T0349090

Las huellas

JORGE CARRIÓN

Las huellas

Galaxia Gutenberg

Galaxia Gutenberg,
Premio TodosTusLibros al Mejor Proyecto Editorial, 2023,
otorgado por CEGAL (Confederación Española de Gremios
y Asociaciones de Libreros).

Publicado por
Galaxia Gutenberg, S.L.
Av. Diagonal, 361, 2.º 1.ª
08037-Barcelona
info@galaxiagutenberg.com
www.galaxiagutenberg.com

Primera edición: septiembre de 2024

De la edición actualizada © Jorge Carrión, 2024
Según acuerdo con Literarische Agentur Mertin, Inh.
Nicole Witt e. K. Frankfurt am Main, Alemania
© Galaxia Gutenberg, S.L., 2024

Preimpresión: Maria Garcia
Impresión y encuadernación: Sagrafic
Depósito legal: B 6428-2024
ISBN: 978-84-10107-50-2

Quedan en nuestras biografías las mismas manchas blancas, olorosas, las mismas huellas de plata perdidas de los pies de los ángeles descalzos, esparcidas en pasos gigantescos sobre nuestros días y nuestras noches.

Bruno Schulz,
Las tiendas de color canela

El recuerdo perdurable de los muertos por la base de la suposición de otras existencias dio al hombre la idea de la supervivencia después de la muerte.

Sigmund Freud,
Consideraciones de actualidad sobre la guerra y la muerte

La imitación (mímesis, en griego)
es el término que utiliza Aristóteles para designar los errores
    auténticos de la poesía.
Lo que me gusta de este término
es la facilidad con la que admite
que aquello con lo que nos las vemos cuando hacemos poesía es el
    error,
la obstinada creación del error,
el rompimiento deliberado y la complicación de los errores
de los cuales puede emerger
lo inesperado.

Anne Carson,
Ensayo sobre las cosas en que más pienso

Índice

Nota del autor

La primera huella se encuentra en un cuaderno: a principios de 2008, durante un viaje a Israel y a Jordania, justo después de visitar Petra y de leer *Véase: amor*, la obra maestra de David Grossman, escribí con tinta negra las primeras líneas de una novela que ya entonces se titulaba *Los muertos*. Imaginaba un mundo dividido en dos castas sociales, los nuevos y los viejos, personajes desorientados en una realidad rota, que trataban de recordar quiénes habían sido en una vida anterior. Aquel mismo día, en el transcurso de una caminata entre rocas muy antiguas, la idea y el estilo de aquella novela habían nacido de un cortocircuito: entre la literatura sobre el exterminio nazi y las series de televisión norteamericanas. Durante los meses siguientes fui añadiendo pasajes, en el mismo cuaderno de tapas también negras, mientras la novela crecía en mi ordenador. Antes de que se publicara, ya había decidido que era el inicio de una trilogía y, al mismo tiempo, su eje de rotación o agujero negro.

Los huérfanos, que ocurre en el futuro de *Los muertos*, surgió mientras me subía en un avión de una primera frase, de una voz, de un inesperado narrador en primera persona: «He tardado trece años en acostumbrarme a la luz amarilla». Creo que empecé a escribir *Los turistas* mentalmente, mientras sufría bajo el mar Rojo durante los ejercicios de un curso de submarinismo que no sé por qué hice pero que me permitió ver el paisaje más alucinante de mi vida. Está ambientada en el pasado de *Los muertos*, en el estricto cambio del siglo XX al XXI; reescribe un cuento que me fascina de Edgar Alan Poe, «El hombre de la multitud»; y sus versos centrales son el texto que más me ha costado escribir.

Los difuntos no es sólo el epílogo del proyecto y un *spin off* de *Los muertos*, también es el epílogo de una obsesión. Durante casi cinco años estuve atrapado en un multiverso de ficciones entrelazadas, persiguiendo las sombras de Mario Alvares y George Carrington por el espacio y el tiempo, y esa novela corta fue el plan que tramé para escaparme del laberinto.

Las primeras líneas que escribí hace más de quince años se parecen muchísimo a las que luego se publicarían, pero mi caligrafía ya no es la misma. De hecho, me cuesta reconocer mi propia letra en esos diarios o bitácoras. Supongo que he pasado de ser un nuevo a ser un viejo en este mundo de los vivos y de la literatura. Y que ha llegado el momento de que esos cuatro libros, que se publicaron por separado entre 2010 y 2015, se lean como un único volumen, como un mapa de varios mundos que durante cinco años se entrecruzaron en un único cerebro.

Me cuesta creer que fuera el mío.

JORGE CARRIÓN
Barcelona,
junio de 2024

LOS MUERTOS

Para Eloy, Jaime, Juan, Mathias y Robert

Primera

–... «no pasarán».

–Madrid.

–También a ellos les dieron. Primero disparan y después averiguan.

–Puedo verte.

–Te estoy observando.

–No te escaparás.

–Guzmán... Erikson 43.

–Transportarán un cadáver por...

MALCOLM LOWRY,
Bajo el volcán

El Nuevo y el Viejo

Nueva York, 1995. Un barrio en las estribaciones de la parte alta de Manhattan; ocho manzanas de edificios; cuatro; dos; una; en su lateral izquierdo: un callejón sin salida y, en él, un charco.

El Nuevo abre los ojos y siente el agua. En posición fetal, el perfil del cuerpo incrustado en el charco. Desnudo. Por la bocacalle pasa gente. Está solo, tirita. Sus retinas vibran, como si estuvieran en fase REM todavía. Tres figuras se detienen, al fondo. Una lo señala, pero el Nuevo no se da cuenta. Las tres figuras se convierten en sendos jóvenes: la cabeza rapada, cazadoras color caqui con las cremalleras abiertas, botas negras. Uno sonríe. Otro aprieta un puño americano. El tercero enciende la videocámara y dirige el objetivo hacia la víctima. La patada inicial le arranca al Nuevo un diente y detiene el parpadeo veloz de las retinas. Convergen golpes en sus carnes. «Bienvenido», le dicen; «bienvenido», repiten al ritmo de los puñetazos, de los puntapiés, de los pisotones. «Bienvenido, cabronazo, bienvenido.» Le escupen, a modo de despedida. El Nuevo es ahora un cuerpo amoratado, cuya sangre mancha el asfalto y se mezcla con el agua sucia. Pasan cuatro segundos y dos convulsiones. Se abre una puerta, en el extremo del callejón opuesto a la bocacalle. Sale el Viejo y se lleva al Nuevo a rastras. Éste no opone resistencia.

El Nuevo abre los ojos y siente el calor de una manta. Una venda le cubre la frente. Bajo una luz frutal, la almohada esponjosa, las sábanas limpias, la manta a cuadros. «Ah, ¿ya te has despertado?», le dice el Viejo desde el quicio de la puerta, con un fardo de ropa en los brazos, «te dieron una buena bienvenida aquellos hijos de puta.» Deja el fardo sobre una silla. «El cuarto de baño está aquí al lado, saliendo a la izquierda, y aquí tienes ropa limpia.» El Viejo abandona la habitación y, a través del pasillo, se dirige hacia la cocina office, donde prepara un desayuno copioso. Llega el Nuevo vestido de negro y dice: «Gracias». «Me llamo Roy», le dice Roy, ofreciéndole la mano derecha. Las arrugas de la frente y del cuello, junto a las canas, indican que se acerca a los sesenta años. «Yo no sé cómo me llamo», responde el Nuevo. «Me lo imagino, no te preocupes, es normal, necesitas tiempo… Te puedes quedar aquí un par de días, pero después tendrás que largarte.» El Nuevo asiente, tal vez porque no es capaz de realizar otro gesto.

Una mujer cabalga sobre un hombre. Es negra, tiene un bello cuerpo, sinuoso, con el volumen proporcionado, exacto. Una cicatriz le recorre la columna vertebral. Cuesta distinguirla a causa de la penumbra, y del movimiento sexual, acompasado, que le sacude las nalgas y la espalda. Parece un tatuaje en forma de columna vertebral. Bajo la mujer está Roy, que la agarra por los muslos mientras la penetra. En algún momento sube las manos hasta la cadera, hasta la cintura, hasta los pechos, que amasa; después intenta alcanzar la espalda, rozar la cicatriz con las yemas. Ella se detiene. Lo mira: cortocircuito. Él baja las manos y sonríe apenas. Al cabo de tres segundos, el ritmo continúa. Empiezan a gemir, cada vez más fuerte; él tensa los brazos, de músculos duros y redondeados bajo el cuero viejo; ella se yergue y su silueta petrifica la marea de la carne, los pechos sobre la respiración agitada, los pezones magníficos, la cicatriz que no obstante se impone.

En la pantalla, un cuerpo desnudo recibe agresiones conocidas, inscrito en el aura vibrátil de un charco. La ventana se cierra. Se abre otra: en medio de un solar, a lo lejos, aparece de la nada el cuerpo desnudo de un adolescente: la cámara se acerca unos pasos hacia el Nuevo que acaba de materializarse, pero enseguida surgen dos hombres de gran envergadura que se interponen, con sus bates de béisbol, entre ambos objetivos (el de la cámara y el de quienes la están utilizando); se oye «mierda», se corta la filmación. «¿Está seguro de que desea eliminar este archivo?» «Sí.» Se abre otra ventana: plano fijo de un callejón sin puertas (contenedores de basura, dos escaleras de incendios). Se materializa, de pronto, un cuerpo de mujer. Desnuda y trémula. Fuera de campo, una voz dice «está muy buena» y otras dos muestran su acuerdo. Entran en el plano tres cabezas rapadas, que se aproximan al cuerpo en posición fetal, lo sujetan y lo violan. Dieciséis minutos de plano fijo. Tres violaciones en la misma postura (ella boca abajo, dos sujetan los brazos, el tercero penetra). El espectador se encuentra en una butaca de cuero negro, abierto de piernas, desnudo. Sólo los hombres gimen; y los gemidos del vídeo se superponen a los del espectador. Tres arrugas, escalonadas, en la nuca y en la parte inferior del cráneo, se encogen y se dilatan al ritmo en que la mano derecha acelera o desacelera su vaivén.

Ha amanecido. Él se da una ducha; ella se queda en la cama. Mientras Roy se está vistiendo, le dice: «Si hacemos muy a menudo estas sesiones de gimnasia, podré dejar la bicicleta». Ella sonríe, seductora. «El Nuevo se va hoy mismo, así que mañana por la noche, si te apetece, puedes venir tú a mi casa y cenamos juntos.» Se despiden sin un beso. Él baja las escaleras –paredes tiznadas, botellas vacías, folletos publicitarios tirados por el suelo–, mira el buzón (vacío); abre su puerta y camina hasta el salón, en cuyo sofá está sentado el Nuevo, con la cabeza vendada y la mirada abs tracta. «Muchas gracias por todo, le agradezco lo que ha hecho por mí, pero déjeme quedarme unos días más, no entiendo nada, no estoy preparado para salir ahí fuera», el tono de voz es lastimoso, pero no parece afectarle a Roy. «Eso es imposible, en ese callejón aparecen nuevos cada dos por tres, si a cada uno que recojo lo dejara quedarse más de dos días, esto parecería un jodido albergue», la respuesta es firme, «tienes que irte: ahora». Acompaña las palabras con un movimiento de la mano: le da un billete. El Nuevo lo coge; baja la cabeza; pone la mano en el pomo, sin fuerza. Se vuelve hacia Roy. Lo mira. Se miran. La mirada de Roy no cambia de opinión. El Nuevo gira el pomo. Se va. Roy se relaja; destensa la mirada y los hombros; se desploma en una silla. La lamparita que hay sobre la mesa del recibidor pincela su rostro en claroscuro. Se golpea suavemente, con el puño cerrado, tres veces, el muslo.

El callejón está idéntico. El charco permanece en el mismo lugar: el Nuevo se agacha y resigue con el dedo índice la mancha de su sangre; rojo que ha empezado a desintegrarse en el gris asfalto. Dirige la vista hacia la bocacalle. Se queda quieto, en cuclillas, temblando levemente, sin moverse. Siluetas a paso ligero. Tres figuras que se detienen. El Nuevo se levanta y hace ademán de retroceder hacia la puerta del edificio que queda unos diez metros a sus espaldas. Pero las figuras prosiguen con su camino y el Nuevo no retrocede, sino que finalmente se dirige hacia el extremo de la calle y lo alcanza y ante él se abre una avenida inmensa, colapsada de movimiento: tres autobuses larguísimos y articulados, coches que –acompañados de bocinazos y gritos e insultos– se adelantan por la izquierda y por la derecha, bicicletas, carros de comida rápida, motos, motos con sidecar, peatones, jóvenes en monopatín y en aeropatín, quioscos móviles y quietos, un tren monorraíl, muchedumbre de hombres y máquinas de algún modo en simbiosis, en un sentido o en el otro, a ras de suelo o a pocos metros del pavimento, manada o enjambre, híbridos. El Nuevo, apoyándose en la esquina, con la boca abierta y la retina acelerada, trata de normalizar su ritmo respiratorio.

«Anoche soñé que Nueva York era destruida», dice un viejo trajeado, de raya al medio, el nudo de la corbata perfectamente ejecutado, gemelos, reloj de oro, que está tumbado en un diván de terciopelo verde. «Es un sueño recurrente en muchos de mis pacientes», le responde una voz femenina, «casi siempre tiene que ver con el más allá... ¿Es usted religioso? Nunca hemos hablado de religión...» «No me considero una persona religiosa, tengo mis principios, siento algo que podría llamarse fe, fe en los seres humanos, fe en mí, en los míos, en mi familia, en mi ciudad, en mi país, por eso me ha inquietado tanto ver esta noche cómo esta ciudad era bombardeada, cómo ardía.» «Se lo pregunto», es una voz dulce pero no empalagosa, atractiva, ligeramente ronca, con fisuras, «porque algunas iglesias han utilizado ese sueño, habitual en tantos de los habitantes de esta ciudad, para defender que procedemos del Apocalipsis, incluso hay reuniones de personas que dicen *recordar* escenas de una misma destrucción... ¿Qué veía exactamente en su sueño?» En la pared hay un cuadro abstracto, en tinta negra, que podría ser una mancha de Rorschach. «Había una sombra, una sombra gigantesca, que de pronto eclipsaba un rascacielos, y la calle, y a mí; yo me resguardaba del impacto de una roca o de un meteorito tras un taxi, a gatas.» «Puede ser un recuerdo, o mejor dicho: un falso recuerdo; puede ser una reacción psíquica a un miedo real: ¿usted le teme a alguien? ¿Hay algo más que quiera contarme?»

Roy ordena los libros de su biblioteca. En este momento coge *A sangre fría*, de Truman Capote, según se lee en el lateral del tomo, y lo coloca en un pilón sobre el sofá. *Historia de Australia, Alejandro Magno, Las mejores cróni-*

cas de 1990, 1.001 documentales que ver antes de morir, Las mejores recetas texanas, Mapas y poder: va cogiendo, hojeando y desplazando cada uno de esos volúmenes. De repente, el Viejo cae sobre el sofá, de medio lado, la cara tapada por las manos. Durante algunos segundos, agitado, pronuncia «¿cómo? ¿Amor?», y ve lo invisible, y no percibe los libros, el salón ni su casa; hasta que se descubre el rostro y, con los ojos muy abiertos, se dice a sí mismo «ya pasó, ya pasó». Va al cuarto de baño a lavarse la cara. La vivienda está llena de estanterías superpuestas, de enciclopedias antiguas, de legajos, de revistas desparramadas por el suelo, de archivos. La televisión permanece encendida: «Nuevas noticias sobre el Braingate, la implicación de la CIA ha quedado al descubierto». Hay planos anacrónicos, fotografías en blanco y negro y cuadros abstractos colgados en los resquicios de pared que no ocupan los anaqueles y sus volúmenes alineados. Se mira en el espejo durante algunos segundos. De regreso a la sala de estar, asoma la cabeza por el umbral de la habitación que ha estado ocupada durante algunos días. Un detalle llama su atención. Se acerca a la cama. Sobre la manta a cuadros hay algo. Lo coge, lo mira, dice «mierda».

Entre vagabundos arrodillados o tumbados, repartidores de publicidad, ciclistas con prisa y transeúntes anónimos, el Nuevo avanza cabizbajo, rechazando los flyers, apartándose cuando le gritan. «Tú eres nuevo, ¿verdad?», le pregunta un mendigo cargado de crucifijos, en un tono que quiere ser amable pero suena amenazador, «dame un billete y rezaré por tu identidad.» El Nuevo reacciona metiéndose las manos en los bolsillos de la cazadora y acelerando el paso. Un zepelín sobrevuela la avenida y la atmósfera se llena de objetos ligeros y dorados, lluvia de publicidad. El Nuevo se detiene en un puesto de hot dogs y pide uno. Su único billete se convierte en un puñado de monedas. Devora. «Eres nuevo, ¿no es cierto?», le dice el vendedor. El Nuevo no responde y sigue caminando. Atardece. El paso de otro zepelín hace que levante la mirada: se fija en un cartel: «¿No sabes quién eres? Yo te ayudaré. Adivina Samantha. Leo tu pasado». El Nuevo entra en el edificio, sube las escaleras y llama a la puerta, ostensiblemente nervioso. Le abre un chico joven, la melena recogida por un pañuelo: «¿Usted? ¿En qué puedo ayudarle?». El Nuevo no responde. «¿Desea ver a Samantha? ¿Le digo que ha venido?», pregunta con voz calma. El Nuevo titubea y, al fin, alcanza a preguntar: «¿Cien dólares?»; pero no aguarda la respuesta. Retrocede dos pasos y sale corriendo. Regresa a la avenida, que continúa con su agitación híbrida, por donde camina hasta que tuerce a mano derecha por una calle sin nadie. Se hace de noche; busca un portal desierto; se sienta en el primer escalón; apoya la espalda en la pared.

«He dejado que se fuera», dice Roy por teléfono, mientras da puntapiés suaves a una bicicleta estática. «No puedo creer que haya sido tan tonto, pero he dejado que se marchara.» Asiente varias veces. «Sí, te digo que ha dejado sobre la cama una señal», dice. Después escucha durante unos minutos, con el rostro claramente compungido, mientras al otro lado de la línea alguien le da instrucciones. En la mano sostiene un pequeño gato de papel de aluminio. Ejecución perfecta del arte del origami. Cuelga. Va al estudio. Con el ceño fruncido, Roy amplía en la pantalla de su ordenador imágenes del callejón registradas por una cámara de seguridad, hasta encontrar un buen plano de la cara del Nuevo; imprime; sale a la calle. El Nuevo duerme. Roy se cruza (no hay detención, no hay reconocimiento) con el hombre que le contaba su sueño de destrucción a su psicoanalista. El Nuevo duerme. Roy camina e interroga periódicamente «¿ha visto a este hombre?». El Nuevo duerme. Roy insiste. El Nuevo duerme. Roy pregunta entre el énfasis y la derrota. La oscuridad oculta al durmiente; a su lado, diminuta, una pequeña oveja hecha de papel.

27

2

Cicatrices

«¿Ha visto a este hombre?», le pregunta Roy al conductor de un autobús, quien niega con la cabeza al tiempo que cierra la puerta. Encadena varias respuestas semejantes. Pasan las horas. Regresa a casa. Ya no hay sangre junto al charco, que ha crecido. La luz del pasillo y la del salón están encendidas. «¿Selena?», nadie responde. Se altera. Descuelga un cuadro y lo coge con las dos manos, a modo de arma contundente. Camina con pasos cortos hacia el salón: no hay nadie. Enfoca la cocina: Selena, la piel negra iluminada por la luz del extractor de humos, remueve un guiso con una cuchara de palo. Tiene puestos los auriculares y mueve las caderas al son de una música que sólo escucha ella. Roy se relaja, sonríe a medias y deja el cuadro sobre el brazo de un sillón. Selena le ve acercarse, se quita uno de los auriculares y le da un beso. «Era el plato que nos preparaba mi madre en los días de fiesta», le dice. «Lo recordé hace poco.» Él no reacciona. «No hubo suerte, ¿verdad?» «No, cómo pude ser tan tonto, joder, cómo pude dejarle escapar.» «Tú no sabías quién era, mejor dicho, tú no sospechabas quién es posible que sea.» Sirve vino en dos copas. Sale humo de la olla. «Porque no olvides que sólo tienes eso», señala el gato de papel. «Y eso, por sí solo, no significa nada.»

Tres gigantes uniformados se lo llevan por la fuerza. En el interior del furgón gris metalizado hay una docena de hombres y mujeres de todas las edades. El que está sentado frente al asiento que ocupa el Nuevo tiene una cicatriz perfectamente circular, del tamaño de una huella dactilar, en el centro de la frente. «¿Y tú qué coño miras?» «Nada, nada, perdona», dice el Nuevo, mientras clava su mirada en el suelo del vehículo. Se abre la puerta: «Venga, venga, bajen, venga, bajen». Todos obedecen. A empujones, van entrando por un portón de garaje. Un altavoz les exige: «Colaboren en su proceso de higienización». Son sentados en butacas, donde los esperan barberos para cortarles el cabello con máquinas de afeitar eléctricas. A continuación, en un vestuario, se desnudan, mujeres y hombres, y dejan sus ropas y pertenencias en cajas de plástico. Uno roza intencionadamente un muslo femenino y recibe inmediatamente un golpe de porra en el hombro. Pasan, en fila, por un tren de lavado: agua fría a chorro, jabón y espuma, diez nuevos chorros, más finos, de agua caliente, nube de vapor, tubos de aire y vapor. La mujer y el adolescente que caminan delante de él tienen sendas cicatrices. Ella: una línea de unos treinta y cinco centímetros, que nace en el omoplato derecho y termina a la altura del riñón izquierdo. Él en toda la espalda: una cicatriz de unos cincuenta centímetros cuadrados de superficie, carne torturada. Otro vestuario. «Sus ropas les serán devueltas una vez que sean también higienizadas; mientras tanto pueden utilizar éstas, que les proporciona gratuitamente la alcaldía de la ciudad»: la voz metálica de un altavoz. Son uniformes blancos y ropa interior también blanca. Con la cabeza rapada y vestido de blanco, el Nuevo parece otro hombre.

«Ya sabes lo importante que es para la comunidad», le dice una voz a Roy, por teléfono. Él asiente. «Seguiré buscando.» Sale del apartamento. Sube las escaleras. Llama a la puerta de Selena. Nadie responde. Abre el buzón (vacío). Vuelve a su casa. Se turba: parece estar viendo algo; algo que se mueve entre los libros y las revistas y los cuadros; algo que sólo puede ver él. La visión desaparece. Respira hondo.

Bebe un vaso de agua. Coge la cazadora. Sale a la calle. Mientras camina, se materializa una niña sobre el charco. No debe de tener más de seis años. Está desnuda; y sus retinas, enloquecidas. El pelo se le moja: negro sobre el gris asfalto. Roy dice «mierda» y pasa de largo. Pero en la bocacalle se detiene. Repite: «Mierda». Y retrocede. Coge a la niña en brazos, «todo irá bien, pequeña, todo irá bien», le susurra. Antes de entrar en su portal, levanta la mirada y la dirige hacia las ventanas que dan al callejón. Se retiran rostros, precipitadamente; se corren cortinas. Roy asiente, con indignación, varias veces y, antes de entrar, escupe.

En la cola de la comida, el Nuevo se sirve pasta en la bandeja. «Gracias.» Sin previo aviso, recibe un codazo. La bandeja salta por los aires, la comida se derrama por el suelo. Antes de que pueda volverse para ver quién le ha atacado, su agresor recibe tres porrazos en la espalda y es esposado por dos vigilantes; a los pocos segundos, los altavoces advierten: «Deben controlar su agresividad, proceden de un pasado muy violento, deben rebelarse contra los impulsos que han traído con ustedes». El Nuevo coge la bandeja y vuelve a hacer la cola. «¿Por qué no te has defendido?», le pregunta un adolescente de rasgos asiáticos. «No lo he visto», se excusa el Nuevo; «pero tampoco sé pelear.» Se sientan juntos, en una larga mesa llena de comensales idénticamente uniformados. La mayoría come mecánicamente, con la mirada fija, sin pestañear. Sólo algunas miradas parecen incómodas, prisioneras.

«Es demasiado joven como para soportar la materialización, mira cómo tiembla.» Las miradas de ambos coinciden en el sofá, donde la niña permanece arropada y trémula. «Ni lo pienses», dice Selena. «Es el primer niño que aparece en el callejón en cinco años...» «Ni lo pienses», repite ella. «¿Desde cuándo eres telépata?» «Te conozco, cariño, te conozco.» Sonríe él: «Pues te equivocas». Se ha sentado en el sofá, acaricia el pelo de la niña: «Ni siquiera se me había pasado por la cabeza». Ella lo mira, divertida y escéptica, desde el umbral. «Mañana mismo la llevaré a un orfanato y en una semana nos olvidaremos de que existió… Por cierto, ¿cómo la llamamos?» Selena se indigna: «¡Roy!».

«¿Tú te acuerdas de algo?» «No, de nada: tengo el cerebro lleno de blanco.» Están en sus respectivas camas, en un pabellón repleto de ellas: cientos de personas durmiendo. Cientos de nuevos. Cientos de cabezas afeitadas. Cientos de blancos horizontales. El otro es el adolescente de no más de dieciocho años y facciones orientales. «Yo me acuerdo de algo: una espada y un hombre volador, ya ves, qué tonterías, pero no me los puedo sacar de la cabeza, a veces estoy en la cola del baño o en el comedor y todo desaparece y la espada está ahí, delante de mis ojos, pero yo no la empuño, ya ves, y el hombre está por ahí volando, y todo es una gradación de grises.» «Venga, duérmete», le dice el Nuevo. «De acuerdo, buenas noches», le desea el otro nuevo. Cuando al fin le acompasa la respiración el sueño, el Nuevo cierra los ojos y gime, como si llorara. Pero no.

La habitación tiene las paredes forradas de ositos rosas, una lámpara en forma de globo aerostático, alfombra color arena. Jessica se sienta en su cama. En la otra, una niña de su edad, recostada en los almohadones, está leyendo un álbum ilustrado. Recibe a su nueva compañera con una sonrisa: «Hola, me llamo Aura, bienvenida». Jessica sonríe a su vez, pero no habla. Se desliza en la cama, hasta quedar acostada, sin desvestirse, fingiendo que se duerme. La saturación de osos y la lectura de Aura, que parece impostada, de pronto, se leen como amenazas.

«Creo que mi auténtico problema es el callejón.» «¿A qué te refieres, cariño?» «Fíjate que nunca salgo por la puerta principal y que casi nunca uso el coche… jodidas puertas traseras.» Se abre la del despacho ante el que Selena y Roy esperaban: «Perdonen la demora», se disculpa la directora, la mirada escudada tras unas gafas metálicas. En la pantalla del ordenador se representan en directo las dos niñas en su habitación: «La mudez es una reacción normal en caso de reintegración a edad temprana», les cuenta a Roy y a Selena la directora del centro –a sus espaldas, fotografías de la institución (un rascacielos inacabable) y diplomas–, «no obstante, se trata de un problema de solución más rápida si el infante convive con adultos, aunque sólo sea el fin de semana». Roy mira a Selena; pero ella se mantiene firme, las pupilas clavadas en uno de los diplomas. «¿Eso también se lo enseñaron en Harvard?», le espeta, de pronto. «Porque cualquiera sabe que todo lo que tiene que ver con el más allá y con la llegada y con la iluminación, o como se les quiera llamar, es un absoluto misterio, que sólo tenemos teorías para aliviarnos, pero ninguna certeza.» «Perdone que le diga que disponemos de estudios que demuestran que...» «Estupideces, vámonos, Roy.» «Discúlpenos, doctora, le agradezco mucho que haya acogido tan rápidamente a Jessica y que le haya conseguido una habitación en este centro, mi... Selena está alterada, demasiadas emociones, le ruego que nos perdone...» La directora asiente, entre abstraída y conciliadora, como si la costumbre también la hubiera preparado para esa situación concreta. La pareja abandona el despacho.

En la pantalla gigante, ante centenares de nuevos vestidos de blanco y sentados en sillas de plástico blanco, son proyectadas las palabras que la megafonía anuncia (o redunda): «Nacemos en la materialización. El problema es que nos materializamos con recuerdos y éstos nos dicen que es posible otra forma de aparecer, que el ser humano nace del vientre de mujer, después de nueve meses de gestación, que nacemos sin lenguaje ni memoria, que éstos se van adquiriendo en el proceso de aprendizaje. Sin embargo, sabe-

mos que eso es falso. Que nacemos al margen de la sexualidad. Que nacemos a cualquier edad. El gran misterio es de
dónde venimos. Deben asumir eso si quieren vivir. Sobrevivir». «¿Te han hablado de los adivinos?», le susurra al Nuevo el adolescente, agachándose para que los instructores no
vean que habla en plena lección. «Los he visto», responde el
Nuevo, «cobran más de cien pavos.»

Roy pedalea insistentemente: dos grandes bolsas de sudor le crecen a la altura de las axilas. Cuando aparezca su
mujer, dejará la bicicleta, se pondrá una sudadera, le cogerá
las manos. «Maldita sea, Roy, sabes lo que me ocurre de vez
en cuando, sabes que pierdo el control, que mis interferencias son mucho menos amables que las tuyas.» Selena está
apoyada en la pared. Se frota las manos nerviosamente. Roy
se le acerca, con pasos cortos, mientras dice: «Hace poco
recordaste que eras madre, cuando me lo contaste te sentí
tan cerca…». «Ni siquiera sé si era un recuerdo verdadero,
recordé la maternidad, la idea de maternidad, pero no vi
ningún bebé entre mis brazos; además, Roy, sabes que no
podemos vivir juntos, sabes que soy peligrosa…» Se abrazan. «Podemos superar este obstáculo, si queremos, podemos ser más fuertes, no sé, con tu terapia, quizá… encontrar
la manera de…» «Te quiero, todo esto es absurdo, pero te
quiero.» Se han dado un beso, mientras hablaban, intermitente, dialogante, encadenado.

En el aula hay quince niños y una profesora. Ellos dibujan con lápices de colores, mientras ella se pasea por entre los
pupitres, observando, matizando, apuntando, sugiriendo.
Jessica ha dibujado a un hombre blanco y a una mujer negra,
cada uno en una mitad de la hoja: el hombre sobre fondo negro, una línea insegura en el ecuador exacto, la mujer sobre
fondo blanco. La profesora se sonríe apenas, pero con un
rictus de preocupación, o de tristeza. Se dirige al ordenador
que hay incorporado a su mesa: teclea algo; a continuación,

activa la música ambiental. Jazz. Las retinas de algunos niños se aceleran.

En la balanza, 79 kilos; en la cara, satisfacción. Se afeita: se mira en el espejo, limpia la cuchilla con el chorro de agua, levanta de nuevo la vista. Mientras se esté mirando en el espejo del cuarto de baño, a Roy se le aparecerá algo –invisible–, algo que le provoca, como siempre, una turbación radical. «Mierda»: se ha cortado con la cuchilla. En ese momento sale Selena de la ducha, desnuda, mojada. «¿Estás bien?» «Sí, sí, ha sido otra maldita interferencia.» Ella lo abraza, desde atrás, por la cintura. «Sigo en los 79, de modo que el primer objetivo de la bicicleta se está cumpliendo... Pero las interferencias se siguen multiplicando...» Se miran en el espejo tatuado de vaho. «Los médicos dicen que la gimnasia ayuda, pero no esperes un milagro.» Se sostienen la mirada. «Lo he estado pensando», dice ella, un beso en el cuello, «creo que... de acuerdo», un segundo beso, en la sangre de la mejilla; mientras tanto, él sonríe y la mira en el espejo y con las dos manos, en un abrazo inverso, le acaricia la parte baja de la espalda, donde nace o muere su cicatriz dorsal.

«¿Qué has aprendido en este centro de integración?», le pregunta un funcionario al Nuevo. «Que tengo que buscar un nombre.» «En efecto, es importante encontrar tu nombre, aquí no te podemos recomendar oficialmente que vayas a un adivino, pero pronto descubrirás que lo hace todo el mundo. Tu patrón es bueno. Tienes habilidades potenciales y una inteligencia desarrollada dentro de las coordenadas normales. El Gobierno te hace entrega de tu documento de identidad numérica, a la espera de que descubras tu identidad verbal», le da una tarjeta, «asimismo, te corresponde una pequeña suma», le entrega un sobre «confiamos en que, una vez que hayas completado tu proceso de adaptación a la ciudadanía y te sientas un viejo ciudadano, recuerdes lo que hicimos por ti.» En la tarjeta hay una fotografía y un número, sobre fondo blanco; en el sobre, un billete.

La profesora llama a la puerta; y la abre con suavidad. Las dos niñas están sentadas a sus respectivos escritorios, haciendo los deberes: le sonríen. «Ha llegado tu momento, Jessica.» Aura le coge la mano. «Mucha suerte», se abrazan. La profesora y la niña suben al ascensor. Bajan veintitrés pisos. En la sala de espera están Roy y Selena: la niña corre a abrazarlos. «Te esperamos aquí, pequeña.» La profesora la toma de la mano y la conduce hacia la gran puerta que hay al fondo de la sala: entran. Llega la directora por la izquierda, con una carpeta en las manos: «Me ha alegrado mucho su decisión, ya saben que el Gobierno se ocupa de todo hasta los dieciocho años, que ustedes sólo tienen que trabajar con ella el aspecto familiar, durante los fines de semana y las vacaciones. Se puede decir que, si firman aquí y aquí, Jessica será como su hija».

«Siéntate, hija, siéntate.» La profesora se va. Jessica se queda a solas con un anciano exquisitamente atildado, que tiene ante sí una computadora liviana, casi transparente; la retira unos centímetros hacia un lado. «No te preocupes, relájate, lo que vamos a hacer es por tu bien, a ver, dame las manos.» El anciano comunica paz. Jessica está tranquila. El sol luce entre los rascacielos, al fondo, llenando de luz el gusto clásico con que la habitación ha sido decorada. Sitúa las manos sobre las del hombre. Se entrelazan. Entonces, los ojos de él se ponen en blanco. Como si se hubieran girado, simultáneamente. «Ahora voy a contarte lo que veo, qué había en tu vida anterior, cuál es tu pasado, Jessica, cuál es tu identidad.»

«Es nuestra última noche aquí.» El Nuevo y el adolescente, los ojos completamente abiertos, susurran en el dormitorio excesivo. «Yo me quedo unos días más», interviene un anciano vecino, de espaldas a sus interlocutores, «hasta que no venza la angustia no puedo salir.» «¿Te dejarán?», le pregunta el Nuevo. «Hasta ahora he pedido tres prórrogas y me las han concedido, no sé cuántas son el máximo.» Hay lástima en el rostro del adolescente. «No puedo salir», prosigue el anciano, «con esto que siento dentro, algo que no me ahoga ni me oprime ni me agobia, sino que me desgarra por dentro.» Hay enajenación en sus ojos. Una negritud que se expande desde la pupila hacia la piel del rostro y hacia las sábanas, blancas. El Nuevo y el adolescente escuchan desde sus camas. Lentamente, se quedarán dormidos; no así el anciano, cuyos ojos de superviviente continuarán enfrentados a su propia oscuridad.

3

Buenas noches, Johnny

El Nuevo tiene la puerta del albergue a sus espaldas. Le ha
crecido el pelo. El portón se cierra; encaja. El Nuevo comienza a caminar. Pasea la mirada por los escaparates: televisores con pantallas de dos metros cuadrados que muestran
la misma película documental, hologramas de mujeres o de
coches, computadoras sin teclado, pelucas biológicas; un
quiosco de prensa («Hillary Clinton se plantea presentarse a
las elecciones demócratas», «Mañana se clausuran los Juegos Olímpicos de Marraquech», «El Braingate y el eterno
problema de los nuevos»); un comercio de artículos de limpieza, una delegación de lotería, un videoclub, una casa de
apuestas, una floristería, un supermercado de tecnomasco-
tas, una agencia de trabajo temporal. El Nuevo entra. Al
otro lado de una mesa de escritorio atiende una mujer con el
rostro absolutamente desfigurado, como un puzle de piezas
desgarradas: «¿En qué puedo ayudarle? Y no me mire así,
que se nota que usted es nuevo y no se ha acostumbrado a
las cicatrices... Si se quiere integrar pronto, tendrá que
aprender a ser más disimulado con sus miraditas... Dígame...» «Busco trabajo, acabo de llegar, no sé quién soy.» No
hay manera de acostumbrarse a la contemplación de la no
forma. «Hace bien en acudir a nosotros, muchos nuevos
nunca se orientan y acaban vegetando en cualquier rincón
de los suburbios... Sin identidad verbal y sin memoria de
habilidades no puede aspirar a un trabajo de remuneración

alta, pero sí puede trabajar de peón... ¿Qué sabe hacer usted?» El Nuevo hunde la mirada entre sus piernas. «Ya veo, todavía no ha recordado ni siquiera sus habilidades primarias. Tengo un puesto como mozo de almacén. Tiene usted un aspecto saludable, seguro que puede cargar y descargar cajas.» Con un folleto de la agencia, mientras los labios de ella siguen hablando en el centro de su rostro deforme, el Nuevo construye un búho que abre y cierra sus alas.

En la señal del poste de la esquina se lee «Calle 13, Círculo VII». Roy avanza hasta encontrar un hueco por el que espiar. A través de un polígono de cristal roto se ve un almacén de unos quinientos metros cuadrados. En él se encuentran unas doscientas personas encadenadas a máquinas de coser mediante un grillete que une cada pierna derecha con la base de metal. El ruido es infernal. Por los pasillos se mueven vigilantes armados con porras. Roy saca unos prismáticos minúsculos y enfoca a cada trabajador o trabajadora. Algunos visten de blanco, otros en cambio han personalizado su indumentaria; pero todos comparten el desaliño, la suciedad. La mayoría tiene la mirada extraviada y no pestañea. Producen trajes de amianto; la maquinaria es potente; hay toxinas en el aire. Al lado de cada máquina, se ve una esterilla enrollada. «¡Eh, tú!», una voz ronca, a las espaldas de Roy: le han descubierto. Se guarda los prismáticos en el bolsillo de la chaqueta y arranca a correr. El vigilante le persigue, con una pistola en una mano y una porra en la otra. Al torcer la esquina, Roy se topa de frente con otro vigilante, también armado. Se detienen. Se estudian. «Sólo estoy buscando a una persona, no soy poli, os lo juro, busco a un nuevo, hace animales de papel, aquí tengo su foto...» El primer golpe lo dobla; el segundo, lo derriba. «No vuelvas por aquí», le amenazan, «no vuelvas, o ten por seguro que vas a sufrir.»

El hombre trajeado se seca con un pañuelo de seda las gotas que han brotado de su frente. Está de nuevo tumbado en el diván de terciopelo verde. «El otro día no quise responderle a la pregunta que me planteó.» «Lo respeto, señor McClane, sé que hay cosas de las que mis pacientes no me pueden hablar», una voz sumamente tranquilizadora, pese a sus grietas. «Pero siento que sea así, me ayuda mucho hablar con usted, mucho, no se lo puede ni imaginar, pero creo que le pondría en peligro si le confesara mis temores, si le hablara de los problemas a los que me estoy enfrentando en mi vida profesional», tartamudea apenas el señor McClane; está sudando y nervioso. «Hablemos en clave simbólica, cuénteme sus sueños de estas semanas en que no me ha visitado, ¿en qué ha pensado?, ¿qué le ha obsesionado?», voz aterciopelada. «Sigo viendo Nueva York en llamas, pedazos de edificios saltando por los aires, también veo la destrucción de todo el país, pero no en imágenes, aproximadamente reales, del natural, cómo decirlo, sino en pantallas, esquemáticamente, iconos que significan bombas, ataques, quizá nucleares.» «¿Y cómo vive usted esos ataques, toda esa destrucción?», voz apaciguadora, necesaria. «Le parecerá una locura, pero casi siempre soy yo quien consigue detener, en el último segundo, después de mil proezas, la destrucción definitiva.» «Ahí tenemos la clave», afirma la voz de mujer, conocida.

«Ésta es la última caja, Johnny», le dice al Nuevo un tipo bajito y fornido, que muestra el vello del pecho por el escote de una sudada camiseta de tirantes. «No te molesta que te llame Johnny, ¿verdad? Es mejor tener un nombre, hasta que descubras el tuyo utiliza un nombre comodín.» Se va. El Nuevo se queda solo, en el almacén enorme. En un rincón hay un hornillo, una pequeña nevera, una silla, un televisor y un colchón. Sobre los dos fogones, cuelga de la pared un calendario: mayo de 1995. Se calienta una sopa, que se bebe tumbado de lado, de cara al televisor. Lo conecta: noticias, un documental histórico, noticias, un programa de entrevistas, un documental ecológico, un reality show, otro noticiero, un documental sobre el ferrocarril. Deja ese canal. La cámara enfoca a un anciano vestido de maquinista, como si estuviera jubilado y hubiera aceptado enfundarse su viejo uniforme para hablar de cómo era el sistema ferroviario en su juventud. La máquina avanza; los raíles atraviesan naturaleza que parece muerta. El Nuevo se queda dormido. Se adivina que las imágenes, sin interlocutor, desfilarán en la oscuridad y sin sentido, toda la noche.

Selena deja caer una bata de seda color mercurio y se mete, enteramente desnuda, en la cama de Roy. Él la recibe emitiendo un quejido de niño enfermo, sin abrir los ojos. Mientras se siente acariciar el pelo, susurra «gracias». «¿Cómo te encuentras? ¿Estás seguro de que no te rompieron una costilla?» «Sí, sí, tranquila, estoy bien, es más la frustración que los golpes, estos jodidos traficantes de nuevos.» «Tienes que relajarte, cariño, déjame, que yo me encargo.» Como una gata negra, la mujer se introduce en el reverso de las mantas. Entre el dolor y el placer, empieza a gemir.

En silencio, el Nuevo carga y descarga cajas hasta que acaba la jornada, se van sus compañeros y el capataz, y él se queda otra vez solo, en el rincón del almacén, entre los cuatro muebles que tantos otros han usado antes de él. Se ducha con agua fría. Tras la cortina de plástico, con manchas de hongos, se podría imaginar que se está masturbando. Enciende la televisión. Calienta una lata de guiso al baño maría. Mientras las imágenes circulan y el agua empieza su ebullición, el Nuevo levanta uno de los extremos del colchón y busca con las yemas de los dedos una ranura entre dos baldosas del suelo. En el escondrijo aparece un fajo de billetes. Los cuenta. Los devuelve a su lugar. Al colocar la baldosa, se da cuenta de que la vecina también está suelta; tras unos segundos de forcejeo consigue levantarla: en el hueco hay un cuaderno. Comienza a leer y se olvida de la televisión y de la lata y del cansancio y del sueño.

«Va a ser mi última visita, a partir de la semana próxima seré alguien, digamos, mediático, y no quiero involucrarla», afirma el señor McClane, en posición horizontal, aterciopelado de verde. «Lo entiendo perfectamente.» «Me ha sido de mucha ayuda, estudiar mis sueños con usted, analizar mi relación con mi esposa y con mis hijos, enfrentarme a mis interferencias, analizar mi forma de entender la responsabilidad social... Todo eso me ha empujado a dar el paso que tenía que dar... Mi familia se merece a alguien que crea de verdad en lo que significan esta ciudad y esta nación.» Se seca la frente con un pañuelo de seda. Se incorpora. Saca su cartera y de ella algunos billetes, que deja sobre el escritorio. Selena ignora el dinero, le desea suerte y le da la mano. El señor McClane se va. Entra una mujer de unos sesenta años, exquisitamente vestida y maquillada, con un vistoso collar de perlas sobre el escote excesivo y rojo. «Buenas tardes, señorita Allen.» «Buenas tardes, querida, no se va a creer lo que me pasó ayer en el gimnasio...»

Con el tranvía aún en marcha, Roy se apea en una parada desierta. Un complejo de apartamentos, paredes cubiertas de grafitis («¿Quién vigila a los vigilantes?», «No Dios; Bienvenidos al Planeta Infierno», «Corred putas al poder, que vuestros hijos ya llegaron»), muros que rodean solares, pavimento en putrefacción. La ciudad se disgrega a cada paso. «Bienvenidos al Círculo 7.2», reza una pancarta destrozada a pedradas y parcialmente quemada. Aparecen chabolas: centenares, dispersas, con sus huertos, sus hogueras, sus niños harapientos que corren en bicicleta sin salir del campo de visión de Roy, como si no pudieran escapar de un radio determinado. Baja por un terraplén –polvo– hasta alcanzar la boca del túnel de metro. Sus ojos tardan en acostumbrarse a la oscuridad; poco a poco, comienza a vislum-

brar los bultos, las siluetas humanas –tumbadas–, y en cada
una, aguzando la vista, individualiza un rostro. Hay alguna
hoguera, improvisada en un contenedor metálico; también
hay luces halógenas, supervivientes de cuando esta galería era
un túnel de metro (semáforos rotos, vías comidas por los hier-
bajos, la sombra de una rata). Roy inspecciona cara por cara
y se repite la misma escena: un hombre o una mujer mayor de
veinte años, con los ojos abiertos, sin mirada, tapado con una
manta vieja y roída o con cartones; y a su lado, colgando de
un pequeño paral de acero inoxidable, una bolsa de suero,
conectada mediante un tubo al brazo de cada persona.
Mientras enfoca otro nuevo rostro y lo descarta, los pasos
de alguien sobresaltan a Roy. Se gira: una chica, con brazalete blanco de cruz roja y una mascarilla de tela sobre la
boca, se ha acercado a cambiar la bolsa de suero del nuevo
más cercano a Roy. «¿Busca a alguien?», le pregunta la muchacha. «Sí, pero aquí nadie tiene nombre… ¿Cuántos hay
en estos túneles?» «El ayuntamiento dice que unos diez mil,
pero nosotros creemos que al menos son cien mil.» «La historia de siempre.» «Sí, la historia de siempre.» Se miran
–pese a la ausencia de luz– a los ojos. «Algunos reunieron el
dinero para descubrir quiénes eran, pero los adivinos no supieron decirles gran cosa; otros jamás reunieron el dinero, la
llegada los traumatizó o enloquecieron a las pocas horas de
estar aquí.» «Ni siquiera visten de blanco.» «No, hay muchos que no fueron detectados por las brigadas de limpieza
y bienvenida», la chica se quita la mascarilla y le ofrece la
mano derecha. «Me llamo Nadia.» Él también se presenta;
se mueven algunos pasos, en busca de más individuos. «Estoy convencida de que con un buen sistema de educación
pública esto no llegaría a producirse; prefieren pagarles el
suero y tenerlos aquí, fuera de la mirada de los viejos ciudadanos, los votantes.» Se han acercado a una de las hogueras:
algunos vagabundos se calientan; las llamas iluminan una

veintena de ojos sin mirada, alrededor de un bidón que se adivina azul.

«Toma, Johnny, y buenas noches.» Se va el jefe, el Nuevo se queda a solas, como cada noche. El calendario señala el mes de junio. Levanta la baldosa, coge el fajo de billetes y le agrega el último sueldo; cuenta el dinero. «Suficiente», se dice.

McClane detiene el coche en el aparcamiento de un bar llamado Sophie's. Cuando se apagan los faros, otro coche, estacionado justo enfrente, los enciende, intermitente y brevemente, tres veces. Su conductor desciende del vehículo con un maletín en la mano, camina hacia el coche de McClane hasta llegar a la puerta del acompañante, la abre y entra. «Es el último maletín, ya no hay más documentos.» «¿Estás seguro de que nadie te ha seguido?» «Completamente.» «Espero que así sea... El juicio empezará pronto, tu nombre quedará para siempre en el anonimato... Una última pregunta», dice McClane, «¿por qué has hecho esto?» Toma aire, extravía la mirada. «Recuerdo el año y medio que pasé como nuevo como la peor época de mi vida; no creo que nadie tenga derecho a hacerte pasar ese mal trago por segunda vez.» Encajan las manos. Se va. McClane arranca. Mientras se levanta la puerta del garaje de su casa, su esposa y sus dos hijos lo saludan desde el jardín. Una vez que ha parado el coche, abre el maletín: en el dossier alguien ha escrito en rojo: «Brain Project».

4

Cuerpo a cuerpo

«Hola, papi, ¿qué haces?» «Estoy pedaleando, preciosa, ¿y tú?» «Acabo de salir de mi clase de música, tenemos un poco de tiempo libre, así que vamos a ir a la sala de juegos, Marco me está enseñando a jugar a ajedrez...» «¿Quién es Marco?» «Un amigo... Papá: es sólo un amigo, siempre que te menciono a algún niño pones esa voz de oso.» «¿Voz de oso? ¿No me digas que te hablan los ositos de la pared de tu habitación y que tienen mi misma voz?» «Qué tonto que eres, papi...» «Te quiero, hija.» «Yo también... Y es raro, ¿sabes?, porque hace muy poco que os conozco, pero es como si os conociera desde siempre... Me tengo que ir, me están llamando.» Jessica cuelga y sale corriendo, con una sonrisa abanico, inocente, abierta en los labios. Roy cuelga y baja de la bicicleta estática, con una sonrisa antónima: preocupada. Antes de entrar en la ducha, con el torso desnudo, se pesa: 79 kilos.

El Nuevo está sentado en su colchón del almacén. Hay una lata en el interior de un cazo con agua; el vapor es parte del ruido de fondo, como las imágenes del televisor. Abre el cuaderno y empieza a leer: «Hace tres semanas que llegué a la estación de metro de East End, pero hasta hoy no he conseguido un cuaderno y un bolígrafo. Sentía una necesidad imperiosa de escribir. No diré que desde el momento de mi aparición (¿o de mi materialización?: han creado una red de palabras para atrapar y retener nuestra incertidumbre) porque aparecí o me materialicé en una estación de metro y un grupo de cabezas rapadas enseguida me localizó y me recibió con patadas. Durante tres o cuatro días no tuve ganas de escribir ni de hacer nada más que dormir, reponerme, olvidarme de la sensación terrible de no saber quién era. El Músico me ha contado que en la ciudad no hay más de trescientos cincuenta puntos de llegada de nuevos, que la alcaldía podría haber creado cerca de ellos centros de acogida y tener a trabajadores sociales a la espera; pero aduce que sería muy caro mantener esa estructura. Dice el Músico que la razón es que los nuevos no votan. Pasan al menos cuatro años hasta que tenemos derecho a voto, y cuando lo logramos olvidamos que los organismos oficiales sólo se ocupan de los viejos. En cualquier caso, está claro que los cabezas rapadas y algunos delincuentes comunes tienen ubicados los puntos de llegada y han hecho de las patadas el ritual de bienvenida».

Tres cabezas rapadas se escabullen entre la gente del andén. Una decena de personas ha visto la paliza sin mover un dedo. Desde la mirada del nuevo, en el suelo, se ve cómo trata de protegerse la cabeza con los brazos, en posición fetal. Llega el metro: todos suben, él se queda. Un músico negro, con el saxo a cuestas, que ha esperado hasta que la soledad tomara la estación, se acerca al Nuevo: le ve llegar. «Oh, Dios mío, qué te han hecho.» Bajo la gabardina lleva un pequeño botiquín: saca gasa y desinfectante, y con inexplicable destreza resigue las heridas, empapa la tela de sangre. A rastras, lo conduce a un cuarto que hay tras la columna. Es una habitación: colchón con mantas, algunos libros en braille, un póster, varias cajas con ropa y objetos, desordenados.

«El Músico: cómo le echo de menos. Él fue quien me recomendó para este trabajo: el encargado, Marc, pasa cada día por su estación, le deja unas monedas, charlan breve-

48

mente. Es uno de sus contactos para colocar a los nuevos que aparecen en el andén: supongo que hay una especie de organización alternativa, de personas como el Músico, que hacen el trabajo del que no se ocupa la alcaldía. Estoy a punto de reunir los doscientos dólares que cuesta la primera visita. En una semana, al fin, podré visitar a Samantha y conocer mi pasado. Saber quién soy. Es curioso cómo algo tan arbitrario como un nombre nos ayuda a confiar en nosotros mismos; tener un nombre significa poseernos. Aunque sea una ficción (otro día hablaré aquí de esa compleja palabra).» La voz del Nuevo, leyendo.

El Nuevo termina de escribir y guarda su diario bajo la baldosa, junto al colchón. Llaman a la puerta. «Adelante, Marc.» Entra un hombre alto y fornido, de aspecto bonachón, con una pequeña cicatriz en la mejilla izquierda. Hablan brevemente durante unos segundos: «Son unos ingresos inesperados, gracias a vosotros, es justo que lo comparta con los trabajadores». El Nuevo le da las gracias, enfáticamente. En cuanto Marc se ha ido, levanta la baldosa, coge el dinero, lo cuenta, se lo mete en el bolsillo, se lava la cara, se peina, se va. Se ve el ajetreo de la calle desde sus ojos. Silba una tonada alegre, pegadiza.

Un joven –enmascarado con unas gafas de sol exageradas– le da dos billetes y se dirige hacia la puerta. Selena le dice que no se olvide de tomarse la medicación que le ha recetado. Él asiente mientras saca los auriculares de la mochila. Cierra la puerta. Selena recoge algunos papeles y los mete en una carpeta; apaga la luz de la mesita: el cuadro abstracto desaparece, y con él el resto del consultorio. El garaje está iluminado por luces halógenas parpadeantes: el ambiente es indudablemente amenazador. Entra en el coche, pone música. Golpea el volante con el dedo índice a un ritmo muy superior al de la música. Aprieta los dientes. Cuando está llegando a Sophie's, gira bruscamente a la derecha. A un kilómetro de oscuridad, detiene el coche; saca un bate de béisbol del maletero; camina algunos cientos de metros por el bosque; finalmente se enfrenta a un árbol y le propina diez, veinte golpes, extremadamente violentos. Saltan astillas. Después, regresa al coche, estaciona en el aparcamiento de Sophie's, saluda a Roy, pide una cerveza. «¿Cómo estás?» «Muy bien», responde ella. «He ido a hacer un poco de terapia, mañana tenemos a Jessica y quiero estar tranquila para disfrutar de su compañía.»

«Samantha me dijo que me llamo Gaff. Vio en mí escenas de una ciudad, que podría ser ésta, sumamente cambiada: había vehículos que se desplazaban por el aire a una velocidad extrema, bares saturados de colores en neón y rascacielos como pirámides multiplicadas, cuyas fachadas estaban recorridas por decenas de ascensores paralelos, simultáneos», el Nuevo deja de leer. Y recuerda. Llama a su jefe, le pregunta por Marc. «Marc desapareció hace algunas semanas, por eso empecé yo como responsable del almacén.» Le pregunta su apellido, se lo dice. Lo busca en el listín telefónico. Tras repasar la lista con el dedo, al fin subraya un teléfono. Lo marca. «Con Marc, por favor.» «Marc no está», una voz de mujer que denota amargura. «¿Quién le llama?» El Nuevo no responde; vacila durante unos segundos; cuelga. Se sienta en el colchón, con la cabeza enterrada en los brazos. En los ojos se transparenta un dolor indefinido; se masajea las sienes. Da vueltas por el recinto. Finalmente, coge el diario de debajo de la baldosa y le prende fuego en el interior de una olla. La pira: le hipnotiza.

«El Braingate es el escándalo más importante que ha afectado a un presidente de Estados Unidos desde el Watergate. La senadora demócrata Hillary Clinton, posible candidata a la presidencia del país, ha declarado, en un emocionado discurso a la nación, con lágrimas en los ojos, que se trata de la perversión de la democracia.» Imágenes de la Casa Blanca y del Congreso; una perspectiva aérea de la sede central de la CIA en Alburquerque, Nuevo México. «Los servicios secretos son tan celosos de su cumplimiento del deber, que han sobrepasado los límites de sus funciones», dice Clinton, con su albino marido Bill a su izquierda, sujetando apenas el codo de su esposa. «El presidente O'Connor, desde el centro sanitario donde se recupera de la extracción de un tumor maligno en el pulmón, ha declarado: "voy a aclarar qué ha ocurrido, y los responsables de los excesos tendrán que responder por sus actos". Ningún miembro del gabinete ha aclarado el vínculo entre el Brain Project y los fondos reservados presidenciales», concluye la voz televisiva. Roy y Selena han acabado sus cervezas y sus hamburguesas: miran la televisión, fijamente.

La mujer de Marc ha salido de una tienda, con una abultada bolsa de papel en cada mano. El Nuevo la sigue. Aprieta los puños; se muerde el labio inferior. Cuando ella llega a casa, dos niños gemelos de unos doce años le abren la puerta. El Nuevo se oculta tras un árbol, al otro lado de la calle. En el momento en que la familia cierra la puerta, él se percata de que en el tronco del árbol hay una fotocopia colgada con una chincheta: «Se busca, Marc Rodrigues, 44 años, cicatriz de doce centímetros en la mejilla izquierda. Su familia está muy preocupada. Se agradecerá cualquier información». La fotografía de un rostro. El Nuevo sale corriendo. Entra en la boca de metro. Con el ceño fruncido, deja que desfilen ante él todas las estaciones; se tapa el rostro con las manos; se masajea con el índice y el pulgar el nacimiento de la nariz; altera constantemente su postura en el asiento del vagón, incómodo. Finalmente, cambia de línea y de metro y se baja en East End. En pocos segundos, el andén se queda vacío. Le parece ver a un hombre alto y negro, con una gabardina; pero es blanco. Localiza, tras una columna, una puerta metálica. Golpea con los nudillos. Le abren.

«Hola.» Nadia, vestida de calle, con los labios y los ojos pintados, ha saludado a Roy en la esquina del colegio. «Ah… eres tú… ¿Qué haces por aquí?», le pregunta él. «Es mi día libre… ¿encontraste a quien buscabas?» «No, sigo en ello… Vengo de dejar a mi hija en el colegio, pensaba ir a desayunar…» «¿Me estás invitando?» Él sonríe a modo de respuesta. La cafetería está llena. Los hombres miran a Nadia: su belleza es demasiado obvia. Piden café y bagels. «No sabes lo que disfruto de mi día libre semanal, después de pasar tantas horas en esos túneles, sobre todo si la casualidad me regala buena compañ…» En ese preciso instante, Roy, apoyándose en la silla, salta por encima de la mesa y empuja a Nadia: ruedan por el suelo al mismo tiempo que se escucha un disparo y se abre un boquete en la vidriera que la agrieta radialmente y cunde el pánico y un hombre con una pistola humeante en la mano empieza a huir. La mirada de Nadia, bajo el peso del cuerpo de Roy, expresa una extrema gratitud.

«¿Otra taza de té?», le pregunta el Músico, con su mirada negada y su sonrisa afirmativa. «No, gracias, aún me queda», responde el Nuevo, sentado en el catre, con su taza en las manos. «Qué alegría verte de nuevo, pero me has dejado preocupado… Estoy seguro de que fuiste a ver a Samantha, además ella me contó que te había contactado con alguien que podría tener relación con tu pasado, un posible miembro de tu misma comunidad… Algo te ocurrió entre el momento en que saliste del consultorio de Samantha y el momento en que deberías haber llegado al lugar donde habías quedado con esa persona.» «No lo recuerdo, Músico, no lo recuerdo, tampoco mi nombre.» El Músico se sirve otra taza de té: «Samantha nunca me dijo tu nombre, sólo me contó que ya lo habías encontrado, que podía quedarme tranquilo... He recibido, y cuidado, a cientos de recién llegados, no mantengo contacto casi con ninguno, pero no sé por qué, tú me preocupaste desde el principio... Ve a hablar de nuevo con Samantha. Es tu única opción».

5

Sobre el fetichismo

Roy pedalea insistentemente, mientras en la televisión sucede un documental asiático: varios hombres circulan por las salas desiertas de un edificio abandonado y hablan, a la cámara y sobre todo entre ellos, con cierta frialdad, como si les costara un esfuerzo sobrehumano dirigirse la palabra. El sudor ha creado un círculo en expansión alrededor de sus axilas. Llaman a la puerta. Es Selena, con dos maletas: «¿Me ayudas a mudarme?». Una alegría inconmensurable transforma la expresión del rostro de Roy. Se abrazan. Después, coge las maletas y las lleva a su dormitorio. «Esta tarde voy a poner mi apartamento en venta.»

Desde la altura que ofrece una tarima, el pastor, cuyo aspecto quebradizo contrasta con su voz grave, radiofónica, se dirige a un auditorio de más de un centenar de personas sentadas en sillas de madera. «Nos encontramos en plena naturaleza, en este paisaje de belleza incomparable...», mueve la mano hacia la izquierda, con ademán de azafata, y las cabezas de sus oyentes se vuelven hacia el prado verdísimo con bosque al fondo que los rodea, «... para constituirnos definitivamente como una comunidad.» La muchedumbre asiente. «Llevamos muchos años hablando en pequeños grupos de nuestro sueño compartido, de los detalles de ese sueño que nos fascina y nos atormenta, que nos inquieta pero que nos une; durante estos días vamos a formalizar un pacto, una unión, de solidaridad y de investigación en el mensaje que nuestro sueño nos comunica.» Los seguidores asienten. «En este país son necesarias las comunidades poderosas, las comunidades organizadas, ha llegado el momento de dejar atrás esos pequeños núcleos de amistades, de cómplices, reunidos para venerar o para analizar un pasado común, ha llegado el momento de crecer, de expandirse, de hacerle saber al Gobierno de esta sagrada nación que hay gente que quiere trabajar, juntos, por un futuro mejor.» Los aplausos, fervorosos, interrumpen el discurso. El pastor vuelve a ser un individuo de aspecto frágil, una vez apagada su voz.

«¿Blanca, negra, latina o asiática?», le pregunta un hombre exageradamente obeso de cabeza afeitada. «Negra», responde el Nuevo. «¿Con cicatriz o sin cicatriz?», pregunta el luchador de sumo. «Con.» «Okey, mire en esa pantalla.» El Nuevo se sienta en una butaca, frente a una terminal sin teclado; mediante movimientos dactilares, va haciendo que desfilen ante sus ojos las fotografías de decenas de mujeres desnudas. Selecciona a una mulata de unos veinte años, con una cicatriz en forma de espiral en el muslo. «Sígame, por favor», le dice un joven encuadrado en un traje gris. Suben en el ascensor, paredes forradas de tela negra. Quinta planta. Puerta 43. «¿Efectivo o tarjeta?» El Nuevo responde con un gesto: le entrega 250 dólares en billetes pequeños. «Que disfrute, dispone de dos horas.» La bata es transparente (la piel cobriza); el cuerpo, magnético, aunque haya sido castigado por algo que no puede ser visible, ni palpable. No habla: actúa. Ella sabe que es su primera vez. Lo desnuda. Le acaricia las piernas con las yemas de los dedos, como si lo barnizara. En pie. Se arrodilla. Le lame el sexo. La saliva. Erecto. Le lame los testículos. Erizados. Le introduce el dedo índice, dos centímetros, por el ano. Sin dejar de chuparlo. Cada vez más rápidamente. Él se corre en su boca. Una mirada neutraliza la vergüenza. Van a la cama. La habitación es pequeña. Entre el rojo y el carne. Como una boca. Sin televisor. Sin dientes. Sin calefacción. Sin ventilador. Sin ventana. Un reloj. Se quita la bata. La transparencia. En el suelo. Cabalga. Cabalgan. Gritos reales. O fingidos. Quién sabe. No importa. Semen en el condón. Quietos.

Alrededor de una mesa, charlan de todo y de nada. Hay armonía entre ellos, parecen viejos amigos, uno sirve café a otro, alguien da una palmada en el hombro, otro dirige una mirada cómplice. «Ahora sólo hay que esperar que reúna doscientos dólares y vaya a un adivino. Aquel mismo día lo habremos localizado.» «¿Y si no está en Nueva York? ¿Y si no lo hace?», pregunta alguien. «Todos los nuevos, si no acaban vegetando en la periferia, ahorran y se pagan un adivino para que les lea su pasado. Todos necesitamos saber quiénes somos. Nadie está tan loco como para renunciar a su identidad.» Roy asiente, da un sorbo a su taza de café: parece un tanto incrédulo y su incredulidad desentona en esa atmósfera de consenso. «Hay que avisar a todos los adivinos que conocemos, y esperar.»

Sin que él mismo se dé cuenta, sus dedos doblan y vuelven a doblar una de las hojas de un folleto del burdel hasta conseguir la figura de un enano erecto. Están en la cama roja. Les quedan diez minutos, según la cuenta atrás del reloj electrónico de pared. «Resúmeme tu historia», le suplica. «Nunca hablo de mí con mis clientes.» Pasan dos, tres minutos, en silencio. Él está fascinado. Su expresión ha cambiado: como si el sexo le hubiera hecho recuperar una parte de sí mismo. Una parte que hubiera estado en el más allá desde su aterrizaje en el charco y que ahora hubiera llegado, finalmente, para restituirle. Resigue con el dedo la cicatriz en espiral. «Yo no tengo, y no las entiendo», le susurra. «Dicen que son nuestro segundo ombligo, pero dicen tantas cosas... ¿Cómo te llamas?» «No lo sé.» «¿No me digas que te has gastado tus primeros 250 dólares en follar en vez de en acudir a un adivino?» Él sonríe a modo de respuesta.

«Gracias por encontrar tiempo para mí», le dice Nadia a Roy, mientras pasean por Central Park. «Me sobra el tiempo libre, soy pensionista.» «Quería agradecerte de nuevo lo que hiciste el otro día por mí, este mundo nuestro está lleno de psicópatas.» Hay gente haciendo jogging, a su alrededor o simplemente caminando, bajo un sol pletórico. «A veces me pregunto qué hacer con mis sueños y con lo que me dijo el adivino, es decir, si vale la pena soñar y si vale la pena investigar tu identidad», el tono es de confidencia. «Convertirte en detective de ti mismo», se sientan en un banco. «Tengo ese sueño que tanta gente comparte, el de la destrucción de Nueva York, y no sé qué hacer con él.» «Yo nunca he soñado con eso, debo ser el único maldito habitante de esta ciudad que no lo ha hecho.» «Yo no soy tan original como tú, Roy, ni tan valiente: nunca hubiera ido sola a buscar a un nuevo a los túneles de metro… antes de trabajar allí», rectifica, «y conocer bien esa zona.» «¿Te hablé del Nuevo?» «Sí, claro, cómo iba a saberlo si no.» «Ya desistí de buscarlo.» «¿Por qué lo hacías? Quiero decir a ése, hay miles de nuevos pululando por nuestras ciudades, y sus historias son casi siempre idénticas.» «Te vas a reír de mí si te lo cuento.» «Nunca me reiría de ti.» «Por un gato de papel.» «No me digas que hace gatos de papel.» «¿Por qué dices eso?» «Fue una de las claves que me dio el adivino para descubrir quién soy», le confiesa Nadia, con un telón inquieto de corredores y de árboles al fondo.

«El otro día quemé la única pista que tenía sobre mi identidad», le confiesa el Nuevo a Lilith. Ambos están desnudos; en el suelo, a los pies de la cama, en cuyo cabezal hay ropa distinta a la de la primera vez. «¿Sabías que hay cicatrices falsas?», le dice ella. «Hay gente que se compra una cicatriz postiza, para pertenecer a según qué comunidad, o para seguir la moda, pero también hay gente que se opera, para disimular su cicatriz y fingir que no tiene, como tú, o para inventarse una nueva historia, una falsa biografía anterior, que concuerde o no con lo contado por su adivino.» «Afortunadamente, encontré otra baldosa, y debajo de ella había dinero suficiente como para hacerte el amor varias veces», dice el Nuevo, mirando el techo. «Y para comprar esto», Lilith le introduce una pastilla en la boca; ella se toma otra. Follan como salvajes. «Te quiero, Selena, te quiero», le grita, mientras la penetra por la espalda, y ella sonríe y sus dientes y sus labios se multiplican por los espejos que cubren las paredes del cuarto. Carnal color de boca abierta.

«Mañana empieza el juicio contra la sección de Operaciones Especiales de la CIA y contra el Departamento de Estado», la noticia es leída por el ordenador, a medida que McClane desliza el cursor por la pantalla. «Jeff McClane, fiscal del distrito 18 de la ciudad de Nueva York, donde fue encontrada y reconocida Cameron Lewis, la mujer que según McClane demuestra la existencia de un protocolo secreto gubernamental…» McClane presiona un vídeo de la pantalla: se observa cómo una cámara de seguridad filmó la llegada a un callejón de una furgoneta; de ella, tras abrirse, descendieron cuatro hombres uniformados y encapuchados, que dejaron el cuerpo desnudo de la mujer en posición fetal; McClane detiene la imagen, acaricia el cuerpo desnudo y pixelado; se muerde el labio. «De momento sólo se conoce la existencia del caso de Cameron Lewis, que ha presentado una demanda por daños y perjuicios contra la integridad psíquica y contra el derecho a la identidad y a la memoria, pero al parecer el fiscal McClane ha conseguido pruebas que demuestran la existencia de una red de intervenciones parecidas a las que sufrió la señorita Lewis, vinculadas con operaciones secretas del servicio de inteligencia.» La esposa de McClane se le acerca por la espalda y le acaricia el pelo: «Todo va a ir bien, cariño… La cena está lista… Se ha ido Jack y ha llegado Jimmy». McClane se levanta, apaga el ordenador y acompaña a su esposa hacia la cocina; en el pasillo saluda a Jimmy: metro noventa y cinco, anchas espaldas, una pistola abultando bajo la americana a la altura del corazón.

«Hola, mami», dice Jessica, rodeada de ositos, con el teléfono inalámbrico en la mano derecha. «Hola, cielo, ¿qué has hecho hoy en el colegio?», le pregunta Selena, de pie en la cocina de su apartamento, un decorado de cajas de cartón y paquetes a medio embalar. «Hemos hablado de las interferencias, porque algunos de nosotros tienen de vez en cuando, pero yo no tengo, sólo visualizo cosas durante la sesión con el adivino.» «¿Quieres hablar de ello?» «No, todavía no, la maestra me ha dicho que es mejor expresarlo cuando ya se ha entendido, que de momento nos lo guardemos para nosotras.» «Me parece muy bien, yo hice lo mismo, algún día, cuando seas mayor, yo también te contaré lo que me dijo mi adivino, ¿de acuerdo, preciosa?» La niña asiente sin hablar: «Te tengo que dejar, porque Aura está durmiendo y no quiero despertarla». «Sólo una pregunta: ¿estás comiendo bien?»

Les separa el fulgor a intervalos de una pequeña vela, dos rosas, dos platos, una mesa. Están en el rincón de mayor intimidad. Lilith mira a los ojos del Nuevo, complacida. Comen, degustan en silencio; suena un piano a sus espaldas. Brindan: «Por el placer», dice el Nuevo. Al cabo de unos segundos de masticar sin mediar palabra, Lilith dice: «Johnny, en parte tienes razón… Yo… Quería decirte que me gustas, que me gustas mucho… Pero no le veo futuro a una relación como ésta, quiero decir, tú viviendo en un almacén y yo en un burdel, gastándonos todo el dinero en cenas y en pastillas… Necesito saber tu nombre, al menos, y saber que vamos a buscar una forma de salir de esta situación…». «No te he contado algo», le dice él, un poco bebido. «¿Qué?», impaciente. «Visité al Músico… Hay alguien que puede desvelarme quién soy, por qué no soy un nuevo como los demás… Se llama Samantha.» «Prométeme que iremos a visitarla.» «De acuerdo.»

El prado y el bosque, al atardecer. Se están despidiendo: se abrazan, se besan, «ha sido un encuentro muy interesante», «ha sido un extraordinario comienzo», con las maletas y las mochilas a los pies, y los coches y los prados y el bosque al fondo. Entonces empiezan a ocupar el espacio aéreo, escalonadamente, tres helicópteros. Las miradas de sorpresa y de temor de más de un centenar de personas que hasta unos segundos atrás eran pura cordialidad. Caen varias granadas de gas blanco. La atmósfera se convierte en una nube irregular, que crece a ras de suelo. Los helicópteros descienden en tres lugares cercanos a la gran casa de campo que ha acogido el encuentro: uno al lado de los coches, otro cerca del pabellón, el tercero junto a la casa. Se bajan decenas de hombres uniformados y encapuchados y enmascarados, vestidos de negro. Los cuerpos de los miembros de la comunidad van cayendo, adormecidos por el gas. Cuando la nube blanca se disipe, todos parecerán haber muerto. Los soldados los cargarán en los helicópteros. El verde, mudo y vegetal.

6

Adivina el pasado

«Estoy muy confundido, he encontrado a alguien, se hace llamar Nadia, pero en verdad no sabe su nombre; recuerda el unicornio, el taller de los muñecos y el búho.» «¿Le hablaste de nosotros?» «Sólo se lo insinué.» «Debes tener cuidado, Roy, sabes que la razón de ser de toda comunidad es el secreto, ¿le hablaste del Nuevo?» «Sí, porque la conocí en los túneles de metro abandonados mientras lo buscaba; me la encontré al cabo de unas semanas, por casualidad, el Nuevo fue nuestro primer tema de conversación.» «Roy, sabes que la probabilidad de encontrar a uno de tu comunidad es de una entre un millón; es estadísticamente imposible encontrar por casualidad a dos en una vida, imagínate encontrarlos con un mes de diferencia.» «Lo sé, lo sé, estoy muy confundido, además se me han multiplicado las interferencias, y Jessica, bueno, me despierta un sentimiento de protección muy, muy fuerte; cuando ella está en casa, o está a punto de venir, no recojo a ningún nuevo del callejón; algo me está pasando. Tengo miedo. ¿Qué puedo hacer?» «De momento, habla con Nadia, hazle las preguntas clave, a ver si vas conociéndola mejor y te aseguras de que es realmente probable que sea de los nuestros.»

Selena está de pie, frente a un árbol, en un bosque, con un bate en las manos. Respira hondo. Le sobreviene un temblor conocido. Empieza a golpear el tronco con el bate. Una, dos, tres, cuatro, cinco, diez veces. Saltan briznas de corteza, astillas. El bate es metálico. Grita. Grita con todas sus fuerzas, hasta el desgarro. Después, deja de temblar. Mete el bate en el maletero del coche. Sube al auto. Dice: «Mierda, cómo lo necesitaba». Arranca. Pasa por Sophie's. Se introduce en el centro de la ciudad. Aparca en el tercer nivel de un párking circular de veinte pisos, al descubierto. Sube en el ascensor hasta el ático. En la puerta hay una placa donde se lee: «Doctora Mónika Martins». Llama. Le abre Nadia, reconocible aunque lleve gafas y su pelo sea rubio. «Bienvenida, Selena, ¿cómo está?» «Ahora muy bien, acabo de hacer una sesión de la terapia que usted me recomendó.» «Muy bien, muy bien, pase», dice Nadia o Mónika Martins mientras cierra la puerta y por el resquicio se observa una sonrisa que es pura abyección.

Un rostro conocido abre la puerta: «Pasen, por favor». Lilith y el Nuevo obedecen y se sientan en la sala de espera, donde aguardan una madre con su hijo. Sale de la consulta una mujer hispana, obesa, con el semblante preocupado; entran la madre y su hijo. Una vez a solas, Lilith y el Nuevo se cogen de las manos: «Todo va a salir bien, has hecho lo correcto, no podías seguir así». «Eso espero, hay algo dentro de mí que me ha impulsado durante mucho tiempo al hedonismo, al puro placer, como si inconscientemente quisiera retrasar este momento; y ahora estoy acojonado.» Comparten una risa nerviosa. Al fin es su turno. «Te espero aquí», le dice ella. Se dan un beso. El Nuevo entra en la consulta. Samantha le reconoce: «Buenos días, Gaff, qué sorpresa, verte de nuevo por aquí».

«Mira en qué te has convertido, McClane», le dice un anciano de cabello cano y engominado, en un rincón de los tribunales. «Vas con guardaespaldas, tienes vigilancia perpetua en tu propia casa, te enfrentas contra gigantes, pero no eres más que un enano.» «Tengo una misión, James, al fin he encontrado el significado de mis recuerdos, y mi misión es trabajar para que este país no juegue con nuestras vidas y para defender la dignidad de los nuevos.» «Espero que no te estés equivocando; ya sabes lo difícil que es ascender en la carrera judicial.» «No quiero ascender, James, quiero encontrar mi paz.» «Ojalá sea así: aquí tienes lo que me pediste», le da un dossier. «Efectivamente había un plan para neutralizarte y efectivamente la persona encargada era la que habías previsto, la que ha coordinado las operaciones de ejecución del Protocolo 10... Dios te bendiga, Jeff.» McClane se aleja por el pasillo. Un enjambre de periodistas lo localiza y empieza a hacerle preguntas. Una voz se impone entre el resto: «Al Legoff, del *New York Times:* ¿cree que el presidente estaba al corriente del Brain Project?». Más allá, algunas decenas de personas llevan pancartas donde se lee «Todos somos Nuevos».

Gaff se asoma por la abertura de la puerta y llama a Lilith. «Te presento a Samantha... Mira esto.» Las mujeres se saludan con un movimiento de cabeza que comunica simpatía. Le pasa una carpeta con un informe adentro. «Estuve aquí hace algún tiempo; Samantha ya me había leído el pasado; ha vuelto a ver lo que ya vio hace tiempo, cuando llegué como un nuevo que había conseguido ahorrar sus primeros dólares gracias al empleo que le había conseguido un tal Marc. Tenía una vida. Yo escribí aquel cuaderno... Poco a poco salí del agujero de la ausencia de identidad.» «Volvió a visitarme», prosigue Samantha. «Nos sometimos a una segunda sesión, recordamos algunas imágenes clave, como los animales de papel», Gaff le muestra el unicornio que ha hecho, sin darse cuenta, con una tarjeta de visita de Samantha, mientras conversaban, «o como un búho, una pajarita, un sombrero, además de hombres capaces de saltar o de matar con una fuerza y una energía sobrehumanas.» «Dice que me dio el nombre y el teléfono de alguien que podría ayudarme, porque en sus sesiones habían aparecido esas mismas imágenes clave.» «Roy es un viejo amigo, hace mucho tiempo que no le veo», interviene la adivina. Muda la expresión del semblante de Gaff. «Sería mucha casualidad, pero... Roy se llamaba, precisamente, el hombre que me recogió en el callejón donde aparecí, o donde me dejaron...» «¿Habéis oído hablar del Brain Project?», les pregunta entonces Samantha.

Gaff se baja de un taxi a la entrada del callejón. Lilith se queda en el vehículo y le desea por la ventanilla: «Mucha suerte, amor». Él camina lento por el callejón, con la mirada fija en el charco, que casi ha desaparecido. Vacila. Al cabo de algunos segundos, llama al timbre de Roy. «Cuánto tiempo, Samantha me lo ha contado todo.» Se sientan en el salón, rodeados de libros y de mapas. Inician una larga conversación.

«Hubo un tiempo en que se aceptaba que debían coexistir dos sistemas educativos, el de los nuevos niños y el de los nuevos adultos, pero se ha ido dejando de lado a los adultos, en parte porque es demasiado caro para la economía de un país mantener dos sistemas educativos en paralelo», le dice Roy a Gaff. Están desayunando. Selena le da un beso a Roy y se despide de Gaff con una sonrisa. Se oye la puerta al cerrarse. «No entiendo por qué me ayudas»: se clavan las miradas. Seis segundos. «Es complicado.» «Soy policía de homicidios, podré entenderlo.» «Fuiste policía, ahora no eres nada.» «¿Cómo que no?» «Cuando Samantha te lo contó, tú de pronto creíste recordar y saber, pero el proceso es mucho más lento de lo que parece; además, eso no te servirá aquí.» «No te entiendo.» «Aquí no hay exactamente policía, hay servicios de vigilancia y de control, brigadas de represión, varias agencias más o menos oscuras, como el FBI o la CIA, pero no hay policía en un sentido recto, como una institución en verdad independiente y justa.» Gaff apura la taza, nervioso: «Y entonces, ¿quién investiga los asesinatos?». Roy se levanta, recoge las tazas de ambos, las deja en el fregadero: «Aquí tampoco hay asesinatos».

Selena hojea distraídamente el periódico mientras merienda con Jessica en una cafetería. «Mami.» «Dime, cielo.» «¿Te parece bonito mi colegio?» Selena mira en la misma dirección en que lo hace su hija: el rascacielos se impone como una mole perfecta de cristal y cemento. «Es muy grande, pero está siempre limpio, sí, se puede decir que es bonito.» «A mí me parece muy feo, el adivino me habló de mi casa anterior, era una casa pequeña y vieja, supongo que por eso no me acabo de adaptar a un lugar tan grande y tan nuevo.» Selena le acaricia la barbilla y le sonríe: «Mira qué te he traído». Le da un paquete envuelto en papel de regalo. A la niña se le ilumina el rostro; destroza el envoltorio. Es una caja de lápices de colores. «¡Me encanta, mami!», exclama; pero su madre no le presta atención, porque ha encontrado una fotografía a toda página de su paciente, el señor McClane, con el titular: «El nuevo rostro de la justicia».

«Ya llevas muchos meses en este mundo, sé que no te revelo nada nuevo… Últimamente me he obsesionado con eso: por qué, por alguna jodida razón, podemos recuperar la memoria de nuestra vida anterior, por qué existe, cómo decirlo, la necesidad de ese… conflicto, sí: conflicto. Porque nuestra vida anterior fue en un lugar donde existían cosas que aquí no existen. Hay gente que se acuerda perfectamente de monstruos voladores, de extraterrestres, de gigantes, de hadas, de dinosaurios, de unicornios…» «Yo recuerdo coches voladores y máquinas con forma humana.» «Por ejemplo: seguro que esos coches volaban a una altura muy superior a la de los reales y que esos androides son mucho más perfectos que nuestros pobres robots… Tenemos recuerdos de un mundo basado en éste, pero de algún modo, mejor.» «O peor: provocó nuestra… muerte…» «Quizá, nunca lo sabremos: ése es el misterio del mundo. ¿De dónde venimos? ¿Es lo que recordamos la vida y esto es la muerte? ¿Son dos vidas? ¿Mundos paralelos, universos alternativos?» «Todo eso me lo he planteado, pero sigo confundido…» «¿Tienes cicatriz?» «No.» Suena el teléfono. «Hola, Nadia, ¿cómo estás? Sí, sí, claro que puedes venir.» Gaff se ha puesto la chaqueta: «Tenemos que decidir algo». «Sí, lo sé, quiero presentarte al resto de la comunidad, entre todos tomaremos la decisión de si hacemos público o no que posiblemente has sido víctima del Brain Project.» «Antes de irme, háblame de la cicatriz.» «La cicatriz es nuestro segundo ombligo. No tenemos memoria de ella. De algún modo es la huella de lo que causó nuestro tránsito. Y tú no tienes.» Está atardeciendo. «Sin cicatriz es más difícil la memoria.» «La memoria de la muerte.» «Sólo la memoria de la muerte lleva a la afirmación de la vida, digámoslo así: integramos en nosotros lo extranjero.» Gaff mira el callejón desierto, la gente que circula más allá de la bocacalle, el charco que aunque empequeñezca nunca acaba de desaparecer. «Han pasado ocho meses.» «Lo sé», Roy se acerca y se recuerda espiando una paliza y arrastrando a un nuevo cubierto de sangre. «Parece mentira, ya sé que suena cursi, pero parece un sueño, una ficción.» «Ése es otro problema.» «Sí, no me digas, ¿cuál?» «Aquí no existe la ficción.»

«Estás tenso, Roy, tienes que descansar», le dice Nadia, y a continuación se desplaza hasta las espaldas de él, y empieza a masajearle los hombros. «Desde que te vi me recordaste a alguien a quien amé en la otra vida», le susurra mientras baja la mano por el pecho, velludo, de él. «Nadia, qué haces, detente, te aprecio mucho, pero detente.» La expresión de Roy se turba. Ve algo. Sonríe. Se relaja: sigue viendo lo que no se ve. Cuando acaba la interferencia, Nadia tiene la boca llena del sexo de él. «Hola, papá, ¿qué haces?», pregunta Jessica desde el recibidor, mientras deja su mochila y su abrigo en el perchero. Selena la adelanta: «Buenas noches, amor…». Se le paraliza la expresión del rostro al ver a la mujer arrodillada, con el rostro, oculto por una cabellera negra, hundido entre las piernas de él. «Hijo de puta», susurra, y Roy le lee los labios, pero no se mueve, porque la interferencia recién está terminando y es incapaz de reaccionar. Selena retrocede y detiene a Jessica antes de que entre en el salón y vea a su padre con el sexo hundido en la boca de una mujer. «Papá está ocupado, nos vamos.»

La reunión

La báscula marca 79 kilogramos. Roy está desnudo y tiene una botella de whisky en la mano. Mira la papelera. Mira la báscula. Mira la papelera. Vuelve la mirada hacia el 79, inmóvil, de siempre. Coge en brazos la papelera, que debe de pesar al menos dos kilos, pero la báscula no cambia de dígito. «Sólo me faltaba esto», se dice, entre dientes. Tira la botella de whisky y la báscula en la papelera. Se mete en la ducha. El baño es inundado por vapor.

La furgoneta de la empresa de fumigación se detiene frente a la casa de la familia McClane. Se apean y llaman a la puerta dos empleados, con el lema «Nos deshacemos de tus inquilinos no deseados» estampado en las espaldas de los monos de trabajo. Les reciben la señora McClane y un guardaespaldas trajeado, afroamericano. «Somos de Fumigaciones y Limpiezas S. A., hemos venido a fumigar la casa.» «Al fin, adelante, pasen, ¿les sirvo un café?» Los dos empleados de la empresa de fumigación sonríen y entran en la casa. En la parte trasera de sus pantalones, el relieve de dos pistolas.

«Hay diversas posturas sobre la otra vida», le dice Roy a Gaff, mientras caminan por una calle atestada de peatones y vehículos. «Hay una postura científica, bastante extendida, que duda de su realidad; Darwin y Freud, por ejemplo, sostuvieron que los falsos recuerdos de nuestro supuesto origen son construcciones de nuestro cerebro, mecanismos de supervivencia psíquica y de adaptación al medio, un capital simbólico personal, imprescindible para la vida en la Tierra.» Se paran en un take away de comida asiática, piden dos platos de chop-suey y dos cervezas. Con el primer bocado, Roy se aturde. «¿Estás bien, Roy?» «Sí, sí, no ha sido nada, sólo una interferencia.» Se ha quedado pálido; tira el envase de plástico; apura la cerveza de un único sorbo. Gaff sigue comiendo, mientras avanzan. «¿Y con el paso de las décadas, siguen teniendo vigencia?» «Los estudios científicos son contradictorios, hay quien asegura que la actividad cerebral de recordar la otra vida es idéntica a la que se produce cuando recordamos sucesos de ésta, de la real; además, ten en cuenta que para acceder a los recuerdos de la otra vida todavía tenemos que recurrir a adivinos e hipnotizadores, no hay ninguna vía científica para recuperar la identidad anterior, en el caso de que lo sea. Ni te cuento la cantidad de filósofos que han teorizado sobre la doble identidad y los límites de lo real. El problema es, en el fondo, qué validez le das a la otra vida, si la consideras verdadera o algo que, inaccesible fuera de la propia conciencia, no es jodidamente real... Aquí es, ya hemos llegado.»

Una habitación de hospital. Paredes y cortinas color crema. Una bolsa escupe, regularmente, suero. En las pantallas se muestran las constantes vitales de la esposa de McClane. «No había soñado con esto», le dice el fiscal, las facciones compungidas, las manos agarradas a las de su esposa. «Se me ha ido de las manos, nunca debería haberme creído capaz de enfrentarme a ellos...» Una lágrima escapa del ojo izquierdo y cae por el puente de la nariz. Cada ocho segundos, suena el pitido de uno de los aparatos que rodean a la convaleciente. «Tantos años soñando con explosiones, con destrucción, con choques de automóviles, con helicópteros... Tantos años con esas interferencias que consiguieron convencerme de que yo era capaz de cualquier proeza. De hacer justicia...», en un hilo de voz. Ella no interviene. De hecho, habla solo. Ella tiene un agujero de unos tres centímetros de diámetro en la mejilla que no sangra; la carne se va regenerando lenta, muy lentamente, pero el dolor es tan intenso que toda la cara está en insoportable tensión.

«Te damos la bienvenida, Gaff», todos asienten y saludan. «Toma asiento.» Le sirven café; hay cierta expectación. «Llevábamos mucho tiempo esperándote. Supongo que Roy ya te ha hablado de nosotros.» «Yo también he esperado mucho este momento... Más del que puedo recordar...» Ríen. «Nuestra historia es sencilla: en 1983, un año después de haber aparecido casi simultáneamente en el mismo callejón de esta ciudad, yo, Morgan, y el caballero que está a tu derecha, Bryant, pudimos costearnos una sesión de hipnosis y descubrimos quiénes éramos. La casualidad quiso que apareciéramos casi a la vez, que nos conociéramos, que nos hiciéramos amigos y que por eso nos confiáramos nuestros recuerdos. Eso no suele ocurrir. En los últimos tiempos hay algunas agencias y algunos programas de televisión que han empezado a normalizar el intercambio de recuerdos, pero hasta hace poco la memoria de la otra vida era un tema tabú...» Se miran, cómplices. «La cuestión es que Bryant y yo nos dimos cuenta de que compartíamos algunos recuerdos. Es decir, que de algún modo fuimos compañeros o amigos o vecinos en la otra vida. Con el tiempo, profundizamos en el conocimiento del más allá, y descubrimos la existencia de *comunidades*, es decir, de la unión de personas que ya se conocían en la otra vida, y que pueden, mediante la conversación, potenciar su identidad.» Morgan se calla: tiene unos setenta años, el rostro arrugado como el coral, la piel del cuello flácida, derramándose sobre el cuello de la camisa blanca, anudada por una corbata negra. Continúa hablando Bryant, cuyo cuerpo todavía conserva un vigor saludable que se manifiesta en el brillo de sus ojos azules: «Hannibal, Zhora, Chew, Rachel, Roy, Leon, J. F. y Pris se han ido uniendo, durante años, a nuestra comunidad. Puede parecer una estupidez, pero estamos convencidos de que cuantas más personas con recuerdos afines podamos reunir, más sabremos de nosotros mismos y del funcionamiento de la realidad. Hace tiempo que éramos conscientes de que faltaba alguien. Es difícil detectar la presencia de un posible miembro de tu comunidad en este mundo, porque todos nos recordamos con otros cuerpos. Por eso hay que fijarse en lo que dijeron, en sus gestos, y sobre todo en sus manías. Varios de nosotros recordamos que en la otra vida tú hacías figuras de papel de aluminio.»

Frente al almacén, aparcado en la acera contraria, hay un coche blanco. Los asientos delanteros están ocupados por dos hombres de trajes negros y camisa blanca; uno de ellos engulle un donut; el otro lee el periódico. En el asiento trasero está Nadia, con una pequeña antena parabólica en el regazo y los auriculares puestos. Su belleza, eclipsada.

«Lo difícil es decidir qué crédito le das a los sueños y a las interferencias, hasta qué punto pueden ser una inspiración o un apoyo para tu vida real», es Roy quien habla ahora, se han servido vino y refrescos, canapés y sándwiches. «Cuando nos reunimos sabemos que de algún modo ya estuvimos reunidos, que viajamos juntos, que sufrimos juntos... Incluso hay quien recuerda la muerte, siempre violenta, de uno de los nuestros, de modo que nos une la solidaridad, pero también el dolor.» «Exacto», interviene Pris, una mujer de unos cincuenta años, afroamericana, mientras escoge uno de los canapés. «Nos une el dolor del más allá, pero también nos consuela la posibilidad de la comunicación, porque está claro que puedes hablar sobre eso con tu psicólogo o con tu adivino, incluso con tu familia, aunque no es demasiado frecuente llegar a esos niveles de intimidad, porque es una memoria que te aleja de los que amas, una memoria de algún modo incompatible con la memoria de tu vida real.» «Pris tiene razón», afirma Hannibal, «tú tienes a tu mujer o a tu mejor amigo, pero sueñas constantemente con otra mujer y con otro mejor amigo, y tu vida sexual o afectiva del sueño o de la interferencia es más intensa que la de la vida real, es como para volverse loco... De algún modo una comunidad es una forma de compartir esa locura.»

En la cama de un motel. Sola. Intenta dormir. No puede. Se le abren los ojos. Se toca el vientre. Ve a un hombre. Camina de un lado a otro, vestido de samurái. Parece enojado. Selena tiene los ojos abiertos y lo está viendo. El hombre se esfuma. Ella coge la lámpara de la mesita de noche y la lanza contra la pared. Estallido. Tapándose la cara con las manos, da vueltas por la habitación, los pies descalzos sobre la moqueta. Llaman a la puerta: «Servicio de habitaciones». «¡No necesito nada!», grita. «Abra, algo se ha roto, déjeme que lo recoja.» «¡Le repito que no necesito nada!» Insiste. Selena abre la puerta y sus acciones se atropellan: una joven hispana, vestida con bata de trabajo, junto al carrito de la limpieza, es empujada, golpeada, pateada, por una Selena irreconocible y furiosa. Cuando la ha arrinconado, ensangrentada, junto al ascensor, coge la escoba del carrito, a modo de lanza: se detiene en el momento en que se disponía a darle el golpe definitivo.

Los dos guardaespaldas se quedan a la puerta de la habitación de hospital; McClane entra a solas. Le da un beso a su mujer en la mejilla sana. La herida, que ya sólo mide un centímetro de diámetro, continúa cerrándose. Deja un ramo de flores en el jarrón de la cómoda y se sienta en la cama, a su lado. La mira: «Muy pronto podrás volver a casa, sólo querían asustarte... sólo querían asustarme». Al cabo de unos segundos suena el teléfono móvil de McClane. Se incorpora. Atiende. Palidece. «No puede ser, no puede ser», repite, enajenado. Guarda el aparato en el bolsillo interior de la americana. Se sienta de nuevo en la cama, junto al cuerpo de ella, ausente. «Cameron Lewis ha desaparecido, cariño, mi única testigo, cariño, no sé qué voy a hacer...»

Nadia da vueltas en la cama, sin poder conciliar el sueño. Enciende la lámpara de la mesa de noche, coge el mando a distancia, conecta el televisor. El zapping la conduce, uno a uno, por los cincuenta y seis canales del cable. Ningún programa parece convencerle. Se levanta. Está desnuda. Busca en la cómoda un estuche con deuvedés: selecciona uno. Es un documental sobre la historia del sadomasoquismo. Regresa a la cama, apaga la luz y se tapa. De vez en cuando, congela imágenes de mujeres solas y, con la mirada imantada al fotograma, parece acariciarse bajo el edredón. Una mujer atada a un saco de boxeo. Una sesión de acupuntura en que el acupuntor ha desaparecido. Una adolescente que ha sido abandonada en una azotea, la muñeca esposada a una tubería, desnuda, bajo una tormenta.

«Finalmente, ¿qué hacemos?», pregunta Morgan al resto de la comunidad. Los vasos están vacíos; la comida se ha reducido a migas y a envoltorios arrugados. «Yo estoy dispuesto a declarar, siento que como víctima del Brain Project mi obligación es hacerlo; ya es suficientemente duro para un nuevo encontrar su camino, como para que le hagan retroceder y empezar otra vez de cero... No se lo deseo a nadie y la única forma de impedir que vuelva a suceder es testificando...» Todos miran a Roy. «Estoy de acuerdo», traga saliva, «como sabéis, McClane fue paciente de Selena; aunque estemos atravesando un momento difícil, mi obligación, por respeto a la comunidad, es hablar con ella y convencerla de que nos ayude a contactar con McClane... Me comprometo a hacerlo.»

La profesora camina entre los pupitres de sus alumnas. Se detiene junto al de Jessica. Está dibujando a un hombre blanco y a una mujer negra separados por un rayo. La profesora le acaricia el cabello y, unos segundos más tarde, cambia la música ambiental por un vals.

8

Apocalypse Now

Cuatro todoterrenos ocupan los cuatro puntos cardinales del coche de McClane. «Agáchese», le dice el chófer, mientras el guardaespaldas que hay a su lado desenfunda su revólver. El fiscal obedece. Los cuatro todoterrenos son negros y tienen los cristales tintados. «No hay nada que hacer», dice McClane. «Son demasiados, deténgase.» Los cinco vehículos se paran al mismo tiempo. Están en una carretera secundaria. Desierta. Nadia y doce hombres se bajan y rodean el coche del fiscal. Llevan armas de fuego. El guardaespaldas deja su revólver en la guantera. «Bajen del vehículo, por favor», ordena Nadia. Los tres hombres obedecen. «¿No buscabas víctimas del Brain Project? Pues aquí las tienes», dice Nadia mientras aproxima una vara de color mercurio a la nuca de McClane.

Gaff y Roy se miran después de consultar el reloj del coche. «Hemos esperado una hora», dice al fin Roy. «Nos aseguró que vendría.» «Se le notaba nervioso.» «Creo que estaba en un hospital.» «¿Estás seguro de que no nos estamos metiendo en un buen lío?» «¿Qué quieres decir?» «No sé, quizá me equivoco, pero es posible que nos hayamos tomado un poco a la ligera toda esta historia... ¿Y si estamos en peligro?» «A mí me preocupa ahora más recuperar a Selena que pensar en eso.» «Joder.» «Joder.» «Necesito una cerveza.» «Yo también.» Alrededor, los árboles proyectan sombras que se cruzan sobre la carrocería del vehículo. Por la carretera, que transcurre a cincuenta metros de donde están detenidos, regresan a la ciudad cuatro todoterrenos.

Nadia está en una furgoneta llena de pantallas, teclados, sistemas de grabación. El Pentágono se perfila a lo lejos. El vehículo entra en un túnel subterráneo, que desemboca al cabo de algunos minutos en un garaje lleno de técnicos que van y vienen, de vehículos militares y civiles, con cañones o sin ellos, orugas o con cuatro o seis ruedas. Abren la parte trasera de la furgoneta; Nadia desciende. La recibe un teniente uniformado. «La están esperando.» La acompaña al ascensor. Éste se abre en una planta con luz natural. Avanza por el pasillo, cruzándose con oficinistas trajeados y agentes con armas reglamentarias, bajo el sobaco o al cinto. Llama a la puerta del fondo, donde una placa anuncia: «D. H. Morgan. Coordinador de Operaciones Especiales». «Adelante.» «Buenos días, señor», le dice Nadia a un hombre de aspecto severo y calva puntiaguda, que la recibe con un frío apretón de manos, sin levantarse. «Buenos días, agente Reegan.» «¿Dónde le han dejado?», pregunta él. «En los suburbios de San Diego. Esta vez hemos decidido cambiar al sujeto de ciudad, para que no pueda ocurrir como con el sujeto Gaff, que por azar ha conseguido recuperar de nuevo su identidad», no pestañea. «¿Le han implantado el chip de seguimiento?» «Afirmativo, señor.» «¿Estamos de acuerdo en que las intervenciones son necesarias?» «Afirmativo, señor.» Transcurren segundos de silencio redundante. «Supongo que usted se preguntará, agente Reegan, por qué he puesto tanto empeño en que precisamente esa comunidad fuera neutralizada; al fin y al cabo no se trata de una comunidad peligrosa, tenemos algunas con muchos más miembros y, sobre todo, con actitudes más ambiciosas y destructivas.» «No quiero insultar su inteligencia, señor, tiene que existir alguna relación entre su propio apellido y el del miembro de esa comunidad, pero no tengo por qué ser informada de ella, señor.» «Mejor así, agente Reegan, confío en su absoluta discreción... ¿Tienen localizado al sujeto Gaff?» «Afirmativo, señor.» «Hasta ahora nunca hemos intervenido a un sujeto dos veces, ¿cree que se repondrá?» «Los expertos opinan que hay un sesenta por ciento de...» «De acuerdo, de acuerdo», la interrumpe, clavando sus ojillos grises en la mirada de ella. «Proceda, agente Reegan, proceda.»

«¿Otra?», pregunta el barman. Gaff y Roy asienten al unísono. Éste coge su teléfono móvil y teclea unos dígitos. «No contesta», admite, derrotado. «Las mujeres son así, Roy, no te perdonan una, no sé si ha sido Lilith o una de las que siempre están en mis sueños, pero alguien me ha dicho hace poco que no soy nada detallista, detallista, joder, detallista, hagas lo que hagas, van a encontrar un adjetivo para acusarte... Y para joderte.» Están borrachos. Hay una docena de botellas sobre la mesa, y los restos de cuatro hamburguesas. En el televisor, Hillary Clinton se pasea frente a las tropas destacadas en Irán. El camarero les sirve dos nuevas botellas de Budweiser. «¿Detallista?» «Sí, tío, te lo puedes creer.» «Joder, eso sí que es excederse, ¿no?»

En el callejón se materializa un anciano. Los ojos enloquecidos, en posición fetal, desnudo, la piel pálida y arrugada, sobre el charco. A los pocos segundos, aparecen tres figuras en la bocacalle. Se aproximan. Llevan cadenas y puños americanos. El primer golpe no provoca ninguna reacción ni grito, de modo que el que lo ha propinado se agacha y mira los ojos del nuevo anciano. No se mueven. «Está muerto.» «Dios mío, nunca me había pasado, ha muerto a los pocos segundos de materializarse.» «Un aborto.» «Sí, ya sé cómo se llama, pero nunca había visto uno.» «Larguémonos de aquí.»

Salen de Sophie's abrazados por el hombro y tambaleándose. Antes de llegar al coche de Gaff, suena el teléfono de Roy. «Es Jessica», le dice, balbuceante. «Hola, cariño,

¿cómo está mi princesa?» «Papi, hablas como cuando has tomado cerveza... Escucha, hace dos días que no puedo hablar con mamá, no me contesta, estoy preocupada.» «No debes estarlo, cariño, ayer hablé con ella por teléfono, yo me voy a encargar de encontrarla y esta misma noche te vamos a ir a visitar al colegio.» «¿Me lo prometes?» «Sí, mi princesa, te lo prometo.» En uno de los coches del aparcamiento del bar está Nadia. Se baja con la mano metida en el bolso. Al verla, a Roy se le muda la expresión. Ella saca una pistola y los apunta y les ordena: «Acompañadme». Perplejos, Gaff y Roy obedecen.

Los ojos de Samantha se quedan vacíos, en blanco, mientras sus manos cogen con fuerza las de una mujer de unos cuarenta y cinco años, obesa, que la mira con un brillo de esperanza en la mirada. «Te llamas Julia», le dice, «veo que eras muy feliz, con tu marido y tus trillizos; vivías en una casa muy grande, con jardín, veo un árbol, un naranjo, que cuidabas con mucho esmero, veo sol, eras ama de casa, pero durante mucho tiempo habías sido jardinera, tienes un profundo conocimiento sobre semillas, abonos, injertos...» Calla Samantha. Las pupilas regresan a sus córneas. «Julia, me llamo Julia», repite la mujer, sin separar sus manos de las de Samantha, «Julia, me llamo Julia, muchísimas, muchísimas gracias, necesitaba un nombre al que agarrarme, necesitaba frenar esta sensación de estar siempre cayendo.»

Roy y Gaff se encuentran junto a unos grandes contenedores de basura, en la parte trasera de Sophie's. Nadia los apunta con su pistola. «No podemos permitir que os establezcáis como una comunidad completa. Ya sabes que en la información está el poder. Muy pocas comunidades han conseguido localizar a todos sus miembros: ellos son los que tienen el control.» «Vuestra comunidad es la que gobierna, entonces, la que permite que los nuevos vegeten en las cloacas de la periferia...» «Es un mal necesario, todos nosotros recordamos haber estado en la Casa Blanca o en el Pentágono, somos unos tres mil, unidos por ese recuerdo, por ese vínculo. Tuvimos una causa, una fe, recordamos, eso nos sostiene. Y sabemos que nuestro poder se basa en la ausencia de comunidades poderosas. Cualquier comunidad que pase de diez miembros es localizada; y su ampliación, interrumpida.» Nadia cree percibir una sombra tras los contenedores de basura: una rata atraviesa el callejón. «Por eso ideasteis el Brain Project.» «Sí, por eso, y porque no queremos destruir. Hay formas más contundentes de evitar que las comunidades crezcan, formas más drásticas que la desaparición absoluta. Yo presioné personalmente para que se desarrollara un sistema que retrasara infinitamente la consolidación de las comunidades, pero que no supusiera la destrucción de los individuos: no soy un monstruo, Roy, no soy un monstruo.»

Selena se despierta en su coche, en un aparcamiento público. Se le aparece de pronto la imagen de la empleada del motel, la sangre y los moratones invadiéndole el rostro, en el suelo, junto a la puerta del ascensor. Llora. Arranca el coche y comienza a conducir. Se seca las lágrimas al mismo ritmo en que el limpiaparabrisas aparta la lluvia. Atraviesa el Círculo 5 de cabo a rabo, por la larguísima calle 40. Las gotas bajan y suben por el vidrio del parabrisas. Suena el móvil. «Mamá, mamá, estoy muy preocupada, acabo de hablar con papá, estaba en el Sophie's, había bebido, creo... Además me ha prometido que vendréis a verme esta noche.» «De acuerdo, cariño, de acuerdo.» «¿Dónde estás?» «Estoy bien, cariño, no te preocupes por mí, te prometo que nos veremos esta noche.»

El Músico toca una melodía mansa, apoyado en la columna de siempre de la estación de East End. Llega un metro, se bajan centenares de personas, suben otras tantas; llueven algunas monedas en la funda del instrumento.

Cuando el andén se queda otra vez vacío, un nuevo se materializa en el suelo. Al Músico se le arquea la ceja izquierda al tiempo que su mirada vacía deja de recorrer el pentagrama.

Nadia sigue apuntando a la sien de Gaff con su pistola, mientras con la otra mano saca una vara de color mercurio y no más de diez centímetros de extensión: la coloca a la altura de la última vértebra de su rehén. «Roy, vete, huye, no te preocupes por mí, como tú mismo me dijiste, aquí no se puede morir a causa de la violencia.» «Qué estúpido eres», afirma Nadia. «Si te vuelo la cabeza tardarás al menos tres días en recomponerte, y te aseguro que la recomposición de tu cerebro te dejará secuelas para siempre.» Un destello ilumina el mercurio y la nuca de Gaff, que cae de rodillas, los ojos súbitamente en blanco, las retinas enseguida aceleradas, enloquecidas, los músculos lenta, mecánicamente cediendo hasta dejar el cuerpo en zigzag fetal. Roy arranca a correr. «¡Detente!», ordena Nadia, «¡por Dios, detente!» No obedece. Un disparo en la rodilla. Nadia se acerca: al ritmo en que él se arrastra, no tardará en alcanzarlo.

Selena aparca en la puerta de Sophie's, junto a una decena de coches solitarios. Entra en el bar. Saluda al barman. «¿Has visto a Roy?» «Se fue hace un cuarto de hora, estaba con su amigo, ese Gaff, hoy no ha venido con esa mujer, muy guapa por cierto, que últimamente le acompaña, mejor vete con cuidado, Selena, porque se empieza hablando de la otra vida y se acaba en la...» Ella se va sin mediar palabra. «Sólo me faltaba esto», se dice entre dientes. Sigue lloviendo. Cuando está a punto de entrar en su coche, ve que el de Roy se encuentra a unos diez metros. Se acerca. Tiene las cuatro ruedas pinchadas. Coge el móvil. Llama.

Suena el móvil de Roy. «¿Qué ha habido de real en lo nuestro?», le pregunta Roy a Nadia. «Todo es real, Roy, todo lo que nos ha pasado, todo lo que ocurre en una pantalla, incluso en un texto, todo es realidad: todo lo que nos ha pasado ha sido realidad concentrada», sonríe leve, seductoramente, bajo una lluvia cada vez más espesa. «No te muevas, o tendré que destrozarte la otra rodilla.» Roy obedece, deja de arrastrarse. La lluvia arrecia. Sufre una interferencia. Se abstrae. «Lágrimas...», dice en voz muy baja. Nadia ocupa el lugar de la mujer de siempre. Le ha metido el cañón en la boca; le ha puesto la vara de mercurio a la altura de la última –o de la primera– vértebra. «Me salvaste, Roy, me salvaste, eso fue real: McClane había descubierto que yo dirigía también la operación para liquidarle y mandó a un sicario», le acaricia el pelo con dos dedos de la mano que sostiene la vara. «Eso fue real, tu cuerpo sobre el mío, como un escudo o una armadura, cubriéndome, mi gratitud fue real, mi cuerpo fue real, yo también quiero protegerte, por eso te voy a convertir en un nuevo: para salvarte.» «Calla, puta», le grita Selena al tiempo que le golpea la cabeza con su bate metálico. Un golpe seco, primero; tres más, cuando el cuerpo de ella ya ha sido derribado. Mira a Roy. Se arrodilla. Le hace un torniquete en la pierna. Lo ayuda a incorporarse. Crece la sangre alrededor de la cabeza de Nadia. «Vámonos a casa, tenemos al menos dos días y medio antes de que ésta se recomponga.» Roy se arrodilla junto al cuerpo de Gaff y le acaricia el pelo. Sus pupilas han enloquecido. «Traeré el coche», le dice Selena. «Nos iremos los tres: estaremos bien... Jessica nos está esperando.» Hay amor, pese a todo, en su mirada.

«Buenas noches, Johnny», le dice el encargado mientras le deja un sobre encima de la nevera. «Buenas noches.» El joven se prepara la cena en el hornillo del almacén. Con el plato de sopa entre las manos, mira un programa de televisión sentado en el colchón. En el calendario se lee «mayo de 1996». Después de lavar el plato, la cuchara y el cazo, retira el colchón y saca de debajo de una baldosa un sobre, al que añade los billetes de la nevera. Junto a los dólares hay un recorte de prensa: «Adivino tu pasado».

Epílogo

Un hombre anuncio pasea por las calles de Harlem: «I hate niggers». Un helicóptero taladra la noche (con un foco). La velocidad: en un taxi, en un coche, en un helicóptero; el hombre con medio cuerpo fuera o en el techo, jugándose la vida. Un teléfono cuelga de una cabina. Alguien ensangrentado. Explota el edificio, el coche, el barco, el mar: explotan. Un hombre negro, con gafas. Una mujer. Verano en la ciudad. Explota la planta baja de otro edificio: vuelan los coches, se expande una nube de humo. Explota un vagón de metro. Del túnel brota, a presión, agua, grueso chorro a presión, como un géiser en miniatura. El médium abre los ojos y le dice a McClane, que se encuentra frente a él: «Tu nombre es John, John McClane, en tu otra vida fuiste policía». «¿De dónde?» «De esta misma ciudad: estuviste en varias explosiones, he visto ruinas, te he visto rodeado de ruinas.» «¿Tenía familia? ¿Cómo era mi vida privada?» «Para ti trabajo y familia eran lo mismo, creo, te debías a tu profesión, a tu ciudad y a tu esposa, creo.»

La calle es atravesada por centenares de soldados, algunos de ellos en motocicleta o en sidecar; el ruido de fondo es de metralla; caen baúles de los balcones; hay hombres que caminan en fila, de pronto son detenidos, y les disparan en la cabeza, y los rematan en el suelo; todos son diferentes, les une un brazalete, donde hay una estrella: una estrella igual para cada uno, en un cuerpo absolutamente diferente. La niña llega a una casa, sube las escaleras, se esconde debajo de una cama. Con las manos se tapa los oídos, pero mantiene los ojos abiertos. Jessica mira al anciano impecablemente ataviado. Éste, escogiendo sus palabras, le dice: «Pequeña, lo que te voy a decir te va a costar años entenderlo…». Ella asiente. «Pequeña: vienes de un mundo en blanco y negro, un mundo de violencia, de destrucción; un mundo absurdo, en el que te escondías para sobrevivir.» «¿Qué significa sobrevivir?» «Seguir con vida, pequeña, ocultarte para esquivar lo que te da miedo, lo que te puede hacer daño.» «¿Como cuando me meto debajo de la cama porque me asustan los truenos?» «Exactamente… No he podido escuchar tu nombre, de modo que, si te gusta, te llamaremos Jessica.» «Claro que me gusta.» «¿Se puede saber por qué?» «Claro que se puede saber: fue el nombre que me pusieron papá y mamá.»

Hay luna llena y un bosque enmarañado y dos jinetes y luna llena y ramos como telarañas y dos caballos, al galope, y llueve, y tres brujas salen al encuentro de los dos jinetes y los dos caballos, que parecían extraviados. Escenario de neón. No imagen definida, no dibujo. Extrañeza. Hombre y mujer conversan: atmósfera de caballos desbocados, de búhos inversos, de naturaleza muerta. Pasado y futuro (o viceversa). De rey muerto, en la cama. Un bosque se mueve. Ambiciosa, di leche con estos pechos, dice ella; ambicioso, un idiota de boca llena de ruido y furia. Espadas. «Te llamaban Lady Macbeth.» «¿Como las otras?» «Sí, tu mundo es muy parecido al de tantas otras mujeres que llegaron al nuestro con tus mismos recuerdos.» «De ahí mis ataques de agresividad y de pánico.» «Efectivamente», asiente el adivino. «De ahí mi miedo a la maternidad.» «Efectivamente», repite Nadia con su disfraz de doctora.

Un coche se eleva. Una explosión sucede. Diez chimeneas escupen fuego sobre la ciudad oscura, pixelada. Llueve: se abren paraguas; una mujer corre, vestida de impermeable transparente, corre, le disparan, cae, mortalmente herida, atraviesa una vidriera en la caída, se rompe, se cae, cristal, cae –muerta–. Un búho. Un unicornio. Un beso, contra una persiana –luz filtrada–. El crujido de un dedo al romperse. Atleta o cristo mojado, bajo la lluvia, cazador, sobre fondo halógeno. De la luz policial: flashes: coches: focos que escarban. Una mujer de peinado perfecto y blusa blanca con hombreras mira fotografías antiguas, y despúes toca el piano: sus labios están furiosa pero recatadamente pintados de rojo. En la pantalla gigante: una geisha (anunciando) gigante. Se alza una pistola: apunta: habrá (pronto) muerte. Un hombre pregunta sobre ovejas mecánicas. Pupilas que se dilatan y se contraen, en la realidad natural y en la realidad de una pantalla. Una galaxia en una retina. O viceversa. Traga saliva (llueve alrededor) antes de decir: «Lágrimas». Entonces: la comunidad, reunida, y las voces en off de los adivinos que les narraron ese mundo que creen haber –alguna vez– compartido, en extrema confusión.

Reacciones

Nuestro dolor
Algunas reflexiones sobre Los muertos

Por Martha H. de Santis[1]

Fui testigo de la alarma que causó entre los responsables de Fox Television Studio el post que Joseph Ortuño Dias, coordinador de contenidos del blog oficial de los telespectadores de *Los muertos*, envió en forma de e-mail a sus superiores, firmado por Anthony Gideon Smith, quien se autocalificaba como presidente del Memorial por los Muertos de la Ficción. Conservo la copia que imprimí aquel día:

> *Los muertos* nos ha abierto los ojos a una realidad que no podíamos seguir ignorando. A las masacres de la Antigüedad, a las víctimas americanas de la conquista europea, a los muertos en las batallas napoleónicas, al exterminio africano de la época colonial, al genocidio de los armenios por parte de los turcos, a los muertos de la Primera y de la Segunda Guerra Mundial, a los más de seis millones de judíos, gitanos, homosexuales, enfermos

1. Artículo publicado en *The New Yorker*, el 1 de agosto de 2011, con la siguiente información sobre la autora: «Martha H. de Santis es licenciada en estudios audiovisuales por la Universidad de Stanford; ha trabajado en la agencia literaria Andrew Wylie y en el departamento de derechos de Twentieth Century Fox Television. Actualmente realiza el máster de escritura creativa de la Universidad de Columbia». Se reproduce el texto sin las divisiones y los subtítulos del original, propios de la maquetación periodística.

psíquicos y presos políticos exterminados por los nazis, a los ciudadanos soviéticos y chinos masacrados en sus revoluciones, sus purgas y sus gulags por Stalin y por Mao, a los fallecidos en las guerras de Vietnam, Los Balcanes o Irak, a las víctimas de las dictaduras sudamericanas alentadas por la CIA, al genocidio ruandés, a los palestinos asesinados por los israelíes, a las víctimas del terrorismo y del terrorismo de Estado, a todos los muertos reales ejecutados por los hombres, por su ciencia de la destrucción, que poseen sus memoriales, sus panteones y sus ceremonias de duelo y de recuerdo, sabemos ahora que hay que sumarles todas las víctimas de *La Ilíada*, del Antiguo Testamento, de los cantares de gesta, de las sagas chinas, de las danzas de la muerte, de las novelas de caballerías, de *La Divina Comedia*, de las tragedias de Shakespeare, de los relatos de aventuras y de naufragios, de los poemas románticos, de las novelas de Sherlock Holmes o de Hércules Poirot, de la narrativa realista decimonónica, de los westerns, de los largometrajes bélicos, de los cómics de superhéroes, de las tres partes de *Matrix*, de las seis de *La Guerra de las Galaxias*, de todas las películas de acción y bélicas de Hollywood, de *2666*, de Roberto Bolaño, o de *Las benévolas* de Jonathan Littell, de todos los videojuegos hiperrealistas, de todas las ficciones –en fin– que han nutrido con su violencia nuestro imaginario y nuestras pulsiones humanas desde siempre.

El consejo de administración de Twentieth Century Fox Television encargó inmediatamente al departamento de comunicación un estudio sobre las consecuencias de *Los muertos*. El resultado fue inquietante. Eran de dominio público los índices de audiencia, que habían superado los de teleseries míticas como *Friends* o *A dos metros bajo tierra;* también se sabía que había provocado la multiplicación de blogs, foros y páginas web donde se albergaba material publicitario, se analizaban fotogramas, se discutían fuentes literarias, se trataba de deducir (a partir de las cicatrices, de las pistas de los fragmentos de biografías recuperadas y sobre todo a las imágenes del boom visual del epílogo final de la primera temporada, cuando se descubre –o se confirma– que Jessica es la niña vestida de rojo de *La lista de Schindler*, que McClane es el detective McClane de la tetralogía *La jungla de cristal*, que Selena es Lady Macbeth, que la comunidad protagonista procede de *Blade Runner*) quiénes eran los protagonistas, a qué obras literarias y cinematográficas pertenecían, se hacían ránquings y votaciones, se daban pistas y claves para acceder al ingente material de toda índole (escenas descartadas, mapas, fotografías, vídeos, películas originales, obras literarias de todos los tiempos, poemas, diarios de personajes, publicaciones periódicas y blogs supuestamente radicados en el mundo de *Los muertos*, una versión en cómic de cada capítulo, un videojuego on-line donde se encarna a un nuevo y hay que sobrevivir hasta que te adivinen tu pasado y un largo etcétera de fragmentos de un laberinto parcelado en ciento ocho páginas oficiales y un sinfín de páginas para-oficiales), material desperdigado por el ciberespacio. Todo eso ya se sabía. Lo que hasta entonces no se había percibido era la instauración de una progresiva conciencia novedosa, de una suerte de duelo absolutamente nuevo. No exagero si digo que en aquellos días del año pasado sentimos que los que habíamos difundido la teleserie éramos los últimos en darnos cuenta de sus efectos en la psique colectiva de nuestro inicio de siglo. Los empleados de Fox vivíamos en una burbuja que aquellos días estalló en mil pedazos.

«El duelo por la muerte se ha expresado secularmente en dos ámbitos de algún modo complementarios: por un lado, el íntimo, el familiar, el de la desaparición de nuestros allegados, abuelos, padres, hermanos, amigos», afirma el psicólogo de la Universidad de Princeton Charles K. Longway, «por el otro, el ámbito de lo público, el duelo por las víctimas de un accidente de aviación o de un atentado terrorista, pongamos por caso, especialmente si ha afectado a miembros de nuestra propia comunidad, es decir, un duelo por empatía hacia lo humano, que empieza en la proximidad y se puede expandir en ejemplos concretos de sufrimiento colectivo, como puede ser una guerra más o menos lejana, una masacre o una hambruna que afecte a individuos con los que guardamos, aunque tenuemente, algún tipo de relación, al cabo, personal.» En su best-seller *Historia del duelo*, Longway pone diversos ejemplos, desde la Antigüedad hasta los atentados perpetrados por Al Qaeda en nuestra época, y argumenta que nunca la humanidad ha vertebrado un discurso sistemático sobre la desaparición simbólica, es decir, que siempre se ha reflexionado sobre cómo el símbolo, la metáfora, la literatura, traducen fenómenos reales (la ropa negra significa luto en Occidente, un poema de Petrarca expresa la desaparición histórica de Laura), pero nunca se ha tratado, ni siquiera de forma indirecta, cómo la muerte concreta de un personaje textual o ficticio puede provocar dolor, no individual, sino colectivo. Porque está claro que la muerte de un personaje de ficción ha podido tener, puntualmente, consecuencias en los límites de la psicología individual de su creador (el célebre caso de la novela *Niebla*, del escritor español Miguel de Unamuno, contemporáneo del filósofo Ortega y Gasset) o en el ámbito particular de sus lectores o fans (el *Werther* de Goethe o *Harry Potter*), pero nunca ha provocado una reflexión y, sobre todo, una generalización –institucional– de un tipo de duelo que no ha sido contemplado –interiorizado– por el ser humano hasta el estreno mundial de la teleserie *Los muertos*.

Entre las repercusiones de este fenómeno yo destacaría la consideración del personaje de ficción como ente con dimensión jurídica, esto es, legal. En la misma época en que el tratamiento de los primates en los medios de comunicación ha empezado a ser observado desde una perspectiva eco-ética, es decir, en los mismos momentos en que lo inhumano, en tanto que cercano o anterior a lo propiamente humano, ingresa lentamente en los códigos de control mediático (respeto, ofensa), por poner sólo un ejemplo entre los muchos que tienen que ver con el cambio de consideración de elementos sociales a principios de nuestro siglo (desde el tabaco hasta la legalidad de las acciones virtuales, pasando por los límites de la sexualidad en internet o la violencia en los videojuegos), en estos mismos años se ha empezado a discutir cuál es el valor, el estatuto de un personaje (literario, cinematográfico, televisivo, gráfico, virtual), cuáles son sus derechos, si los tiene, y sus obligaciones, si existen. Esto ocurre en el mismo momento histórico –insisto– en que, mediante la clonación, la biotecnología y la inteligencia artificial se está gestando la progresiva existencia de otro tipo de individuo o de sujeto posible. En los congresos de bioética, en las revistas científicas de derecho, en las secciones de opinión de los diarios, en las tertulias radiofónicas y televisivas se ha ido creando una maraña de discusión sobre la posible deuda histórica de responsabilidad del ser humano respecto a sus creaciones artísticas. Obviamente, el debate se ha polarizado entre los defensores a ultranza de la libertad de creación y, por tanto, de la libertad de creación de muerte, y los defensores acérrimos de la limitación de la creatividad cuando afecta directamente al final de una vida. Esta cuestión abre otro debate más complejo: ¿Qué es la vida? ¿Es el arte una forma de creación de vida en el mismo sentido en que lo es la clonación celular o la fecundidad inducida o in vitro? ¿Hasta qué punto debe estar desarrollado un personaje para considerarse un ser vivo? Es más: si la responsabilidad del creador, individual o colectivo, se relaciona con la posibilidad de infligir la muerte a una criatura de ficción, ¿dónde se encuentran los límites de manipulación de otros aspectos de la existencia de la criatura, como su victimización, es decir, su transformación en sujeto receptor de violencia, su tortura, su sufrimiento físico o psicológico?

Tanto el debate teórico como el sentimiento práctico, es decir, tanto la discusión colectiva de ideas como la vivencia personal de un nuevo tipo de duelo, dieron un giro a las dos semanas del final de la primera temporada de la serie. Como es sabido, fue entonces cuando nació Mypain.com. El concepto inicial era muy sencillo. Como la propia serie, donde no encontramos elementos dramáticos realmente originales, sino una combinatoria de ingredientes (el lastre del pasado, la infidelidad, la violencia, la paternidad, la traición, el complot, el sentimiento de comunidad, etcétera) propios de la narrativa universal, Mypain surgió como la reconfiguración de algunas de las iniciativas internáuticas de mayor éxito en lo que va de siglo: Messenger, Second Life, Youtube, Myspace o Facebook.

Lo primero que hace el usuario es crearse una ficha personal, con fotografías incluidas, que constituye su carta de presentación y su vehículo de socialización en la red internacional; además de los datos personales, el usuario tiene que rellenar un largo formulario en el cual se le pregunta sobre todo por su relación personal con personajes de ficción ya desaparecidos. Se inicia así la pertenencia a una serie de redes, cuyo núcleo es el sujeto en cuestión. Por ejemplo, Charlie, el personaje de la teleserie *Perdidos*, se ha convertido en el objeto (o sujeto) de culto de una de las redes más numerosas; una red global, se entiende, como las que tienen como protagonistas a otras celebridades difuntas de la ficción, como Hamlet, el Capitán América o el Che. Evidentemente, también hay redes de carácter local o lingüístico, como la que reúne a los fans de La Maga (un personaje del novelista Julio Cortázar) en el mundo latino, a los de Chanquete (protagonista de una serie de televisión de los años ochenta) en España, a los de Akira (el personaje de manga) en Japón: manifestaciones de la nostalgia generacional, homenajes personales a momentos de especial relevancia emocional, recuerdos asociados a productos de ficción, identificaciones, patrones psíquicos, los motivos por los cuales se han multiplicado exponencialmente esas redes, y Mypain llegó a tener cincuenta millones de usuarios registrados a los dos meses de su inauguración continúan siendo analizados por sociólogos e investigadores. Los foros, los chats, las conversaciones personales: la comunicación de carácter íntimo, asociada en primera instancia a la figura desaparecida, pero pronto infiltrada en las capas más íntimas de la persona, han convertido la página web en la más importante de nuestro momento histórico. Cada usuario dispone de suficiente espacio como para colgar los materiales que juzgue oportunos para expresar su «dolor» y su «respeto» (palabras clave en la publicidad de la marca), de modo que la circulación de fragmentos de películas, canciones, objetos fotografiados o escaneados, pasajes leídos, obras propias, etcétera, se ha disparado; y con ella ha nacido otra forma del diálogo y del intercambio cultural.

Los creadores de Mypain dieron en el clavo de nuevo, a las pocas semanas de su lanzamiento y rápida consolidación, cuando anunciaron la creación de un mundo virtual absoluto, que aprendía de los errores de Second Life y sus epígonos y que permitía resucitar a los personajes objetos del duelo, para convertirlos en avatares. Es decir, el usuario puede regresar de entre los muertos a su *objeto de dolor y respeto*, darle una nueva oportunidad, en otro marco de ficción, que –gracias a la interactividad– tiene un vínculo mucho más fuerte con la realidad. Durante los primeros dos días el acceso a los personajes fue gratuito, pero los servidores se colapsaron de peticiones mucho más rápidamente de lo previsto. Cada personaje sólo puede existir individualmente en el mundo Mypain, de modo que sólo puede ser adjudicado y encarnado una vez, hasta que ese usuario decida dejar de manejar a ese personaje de ficción y se dé de baja. Dado que ningún sistema de adjudicación era justo, y el de respetar el orden de solicitud no satisfacía a nadie, los presidentes de la compañía anunciaron que procederían a la subasta pública. Fue una gran campaña publicitaria: se invocó como precedente la subasta que en junio de 1990, en el hotel Metropole de Mónaco, puso a disposición de los mejores postores ochenta y un segmentos del Muro de Berlín, a un mínimo de 50.000 francos cada uno. Si la memoria del símbolo por excelencia de la Guerra Fría fue puesta en venta, ¿por qué no hacer lo mismo con la identidad ficticia de los símbolos de la cultura universal? Se fijó un precio único de salida: 5 dólares, y una semana como límite temporal para la puja. Según un célebre reportaje de la revista *Playboy*, que entrevistó a los afortunados, Charlie fue adquirido por un estudiante de informática nipón, por la suma de 3.500 dólares; Hamlet le costó 8.000 dólares a un profesor de literatura comparada de la Universidad de Texas; el Capitán América fue adquirido por Hillary Clinton por 10.000 dólares; el Che, inexplicablemente, le costó tan sólo 235 dólares a una médico residente sudafricana (se baraja la posibilidad de que sus seguidores no se percataran de que *también* es un personaje ficticio). Seis mil personajes fueron subastados en esa primera semana; la mayoría no pasó de los siete dólares. En las siguientes, cerca de cincuenta millones pasaron a ser representados por otros tantos usuarios. Yo pagué cuarenta dólares por el capitán Ahab: siempre he relacionado la versión infantil de *Moby Dick* que me leía mi padre por las noches con su muerte a causa de un cáncer de páncreas, cuando yo tenía diecisiete años.

Pero prosigamos con esta historia posible de las repercusiones de la teleserie que más ha influido en nuestras vidas. Fijémonos en otro efecto secundario de *Los muertos*, que los filósofos rápidamente han relacionado con el giro subjetivista posmoderno, es decir, con la importancia absoluta que ha adquirido lo individual (la memoria, la identidad o el discurso entendidos como conceptos personales y difícilmente transferibles) en las últimas décadas. Si la criatura de ficción –como la mascota maltratada, como el fumador pasivo, como el embrión– ha pasado a tener un estatus ambiguo y novedoso, lo ha hecho como persona común, es decir, como individuo, no como estrella, famoso o protagonista. Sólo así se explica que los personajes secundarios hayan adquirido enseguida la misma relevancia que los personajes protagonistas o principales, de modo que internet se ha llenado de índices, de listas de personajes de novelas, películas, cómics o videojuegos que pierden la vida en el interior de sus obras, y así la gente ha podido investigar, gracias a los recursos que otorga la red, acerca de cuál era el personaje que merecía la pena ser rescatado, resucitado. Ha habido quien, siguiendo la lógica que ha creído adivinar en *Los muertos*, ha defendido que los personajes planos, muy secundarios, poco desarrollados, tienen menos recursos, menos personalidad, que los personajes redondos, bien dibujados, protagonistas o secundarios importantes (se ha consolidado la opinión de que muchos de los nuevos que vegetan en los túneles de metro son personajes planos en sus obras respectivas); pero también ha habido quien ha considerado que el mundo virtual de Mypain no tiene nada que ver con el de la teleserie, que abre infinitas posibilidades de desarrollo argumental, más allá de lo fijado por Mario Alvares y George Carrington, los creadores, guionistas y codirectores de *Los muertos*.

En cualquier caso, este boom de la ficcionalidad ha revitalizado la literatura, porque ha creado un interés renovado por la lectura, la investigación y la reflexión acerca del universo literario. Los lugares reales que inspiran los espacios ficticios de la muerte, como el Pont Neuf o las Torres Gemelas, se han llenado de altares, velas, ramos de flores. Se han creado mapas globales de identificación de puntos de muerte y, por extensión, de los espacios de la vida de los personajes. Se ha impuesto la moda de la relectura y de la revisión. Obviamente, todo comenzó con la traducción y la reedición de millones de ejemplares de *¿Sueñan los androides con ovejas eléctricas?*, la novela de Philip K. Dick que inspiró *Blade Runner*, y con la puesta en circulación de nuevas versiones del clásico de Ridley Scott; pero continuó con un interés renovado y reforzado por el estudio de lo ficcional. Hay que ver todas las películas, o todos los capítulos, o hay que leer todos los cómics o todas las novelas en que aparece o podría haber aparecido el personaje que has resucitado y cuyo avatar, de algún modo, eres tú, o tu otro yo, porque él depende absolutamente de ti. Por una decisión personal, aunque quepa la posibilidad de crear, inventar, delirar, acciones, vivencias, aventuras, se puede decir que existe un pacto tácito acerca de la conveniencia de que el personaje en cuestión actúe de acuerdo con lo que hizo *en vida*. Para crear esa sintonía es necesaria cierta indagación. En pocos momentos de la historia de la cultura se han vivido experiencias de lectura y de debate tan intensos como en estos meses de furor de Mypain. El intercambio de datos, de información, permite la circulación de un capital intelectual importantísimo, en paralelo al incesante movimiento emocional, porque cada paso que da el avatar responde a un estímulo del usuario, y éste ha creado ese vínculo íntimo porque existe una identificación, una necesidad, un recuerdo, una pulsión. En la galería de imágenes que ponen rostro a mi versión del capitán Ahab se mezclan los retratos realizados por decenas de ilustradores con las fotografías de Gregory Peck y con las de mi padre. Las intercambio en el perfil. Supongo que es mi forma de rendirle homenaje, de recordarle y, sobre todo, de mantenerle con vida. Mi madre mantiene siempre encendida una vela en un rincón de su cocina con la misma intención.

En la historia de la humanidad no existen precedentes, ya lo he dicho, de una red de características similares. Una red primero alternativa, pero con los meses incipientemente institucional y política, de asociaciones primero particulares y cada vez más públicas, que no sólo honran la memoria de los muertos de la ficción, sino también la de aquellos que han sido ficcionalizados tras su muerte. Tampoco hay precedentes, hasta donde llegan mis datos, en la historia particular de la televisión, de un caso como el de George Carrington y Mario Alvares. Por motivos desconocidos, firmaron un contrato blindado que obliga a Twentieth Century Fox Television y, sobre todo a ellos mismos, a que la serie tenga exclusivamente dos temporadas de ocho capítulos cada una. Es decir, al firmar se blindaron contra el éxito posible; contra la eventualidad de que el producto tuviera una gran audiencia y que la cadena les tentara con la posibilidad de planificar siete u ocho temporadas, como ha pasado tantas otras veces, o que –sin más– les obligara a alargar lo que ellos concebían como una obra en dos partes, perfectamente delimitadas. Pero también se blindaron contra la posibilidad contraria, es decir, contra el fracaso: por contrato deben rodarse y proyectarse los dieciséis capítulos; por *ratings* bajos o por cambios de directrices en la programación no puede cercenarse la consecución de la obra. Porque George Carrington y Mario Alvares, no hay duda, ven esos dieciséis capítulos, esas doce horas de película, como una única obra de arte dividida en dos secciones necesariamente separadas temporalmente, en dos secuencias o tramos, en dos series. También en eso han sido pioneros y estrictos. En una entrevista reciente con Chris Wallace, han declarado: «Imagine que Miguel Ángel hubiera aceptado hacer lo mismo que había hecho en la Capilla Sixtina, cambiando las escenas bíblicas, en doce o quince estancias del Vaticano, o que John Ford hubiera aceptado rodar ocho continuaciones de *Centauros del desierto*».

La serialidad ha sido puesta en crisis por Alvares y Carrington. En un hábil equilibrio entre el capítulo de novela, la secuencia narrativa, la entrega folletinesca y el capítulo televisivo, los jóvenes creadores han dosificado la información y las historias cruzadas de su ficción, siguiendo un patrón muy similar al de teleseries como *The Wire;* pero al mismo tiempo decidieron de antemano la duración del producto, como si de un largometraje se tratara, porque tenían muy claro que el sentido que ellos pretendían depositar en él, el debate que con él querían provocar, sólo podía regirse por las leyes del arte, es decir, gracias al control absoluto que un artista debe tener sobre su obra. Obra bicéfala, pero no colectiva, al contrario que las grandes teleseries que precedieron y de algún modo permitieron la existencia de *Los muertos.* Hasta los títulos de crédito y la banda sonora fueron diseñados por los jóvenes creadores.

Mucho se está discutiendo sobre cómo la serie experimenta con un tema muy poco abordado en la teoría dramática, como es el de la serialidad de un personaje que ha sido sometido a múltiples versiones. Selena, al parecer, es una versión de Lady Macbeth. Se nos dice en la serie que son muchas las mujeres que creen ser Lady Macbeth; según la interferencia del capítulo 7, más bien estaríamos ante *la otra vida* de Asaji, la protagonista de la película *Trono de sangre,* de Akira Kurosawa, versión libre de la obra de Shakespeare. Pero el adivino ve, confusamente, según Alvares y Carrington nos muestran en el collage del Epílogo, que el supuesto pasado de Selena no es, directamente, el de la película de Kurosawa, pues en las imágenes se mezclan teatro, cine y otro tipo de imágenes, ambiguas (quizá cómic). En un artículo, Calvin T. da Costa, profesor de la Universidad Pontificia de Río de Janeiro, defiende que en verdad Selena es la protagonista de «My Fairy Lady», un relato paródico y alocado del escritor canadiense Robert Garrett, donde en un monólogo interior la protagonista de *My Fair Lady* va mutando en diversas versiones literarias y representaciones teatrales de Lady Macbeth, desde la shakesperiana hasta la de Shostakóvich o Bieito, pasando por la de Kurosawa. Da Costa concluye, no obstante, que es posible que Alvares y Carrington no conozcan ese relato marginal de un autor menor, lo que complica todavía más el mundo inventado en la teleserie. Porque la diversidad de los caracteres de la comunidad de *Blade Runner* puede observarse también como una crítica de la serialidad posmoderna. Entre la película de Ridley Scott y el estreno de *Los muertos* aparecieron cinco versiones del filme (hasta que en 2007 se publicó *The Final Cut*). ¿Y si la teleserie considera que cada versión de una obra artística comporta la existencia por separado de sus personajes? En otras palabras: ¿y si en el mundo de *Los muertos*, a lo largo de la historia, hubiera existido alguien identificado con Don Quijote tras cada una de las versiones, remedos, alusiones, intertextos que tuvieran como referencia el clásico de Cervantes? De ser así, habría que imaginar no obstante otra vuelta de tuerca: está claro que Selena y el resto de personajes de la serie han desarrollado una personalidad propia desde que se materializaron en aquel mundo; está claro que Selena es un personaje complejo, que consigue al fin canalizar su instinto de maternidad, que logra controlar su agresividad innata, que ama y es amada. Su «pasado», su vida en el «más allá» es un ruido de fondo, un paisaje confuso y fragmentario que sólo influye parcialmente en su vida «real», una especie de vida en el mundo de las ideas platónico que sólo muy lentamente y siempre de forma incompleta va recordando el alma humana. En otras palabras: quizá lo menos importante en la existencia de Selena es haber sido una versión de Lady Macbeth; pero ese pasado condiciona mínima pero decisivamente su presente. Así ocurre con todos los personajes de la ficción.

Por supuesto, la reflexión sobre las sucesivas versiones (perversiones, inversiones, subversiones) de un mismo personaje entronca con el marco de discusión general que, como se ha dicho, gira en torno a la consideración ética del sujeto, como víctima con derechos violentados por el creador. A ello se debe la polémica publicación, dos meses atrás, de *One by one. Human clonation, human inversion*, de Kingsley Asarata, un genetista oscuramente vinculado con la cienciología. El carácter polémico del libro, que está siendo un fulgurante best-seller internacional, se debe a una tesis que entronca sin ambages con *Los muertos*: si el clon es una versión genética de un referente humano, ¿no es éste legal y moralmente responsable de su sufrimiento? Esa idea de *referente* o *modelo* surge de la teoría según la cual todo personaje literario se inspira de una forma u otra en un referente real. En uno de mis cómics favoritos, *Marvels*, los autores, Kurt Busiek y Alex Ross, incluyen al final fotografías de los amigos, parejas y familiares que posaron para la caracterización de la Antorcha Humana o del Capitán América. De ese modo, se desvela un fenómeno universal: todo personaje de ficción tiene uno o más modelos, conscientes o inconscientes, tomados de la vida real. Esa hipótesis ha llevado a la idea de que el cuerpo en que se encarna un personaje de ficción tras su muerte en la obra en que fue engendrado se corresponde –en el mundo de la teleserie– con la imagen física de la persona real que actuó como modelo de los creadores. Eso explicaría el abismo físico que separa a Pris (la rubia Daryl Hannah) de Pris (la afroamericana Anita Holden). Pero hay que añadir, como siempre ocurre en *Los muertos*, que hay un razonamiento de índole conceptual: las traducciones raciales ponen sobre la mesa una discusión implícita acerca de la noción de víctima social (los replicantes en *Blade Runner*, los nuevos en *Los muertos*, los afroamericanos en la realidad estadounidense de la era Obama). También explica, quizá, hasta qué punto la producción de discurso provocada por la teleserie ha superado todos los índices de lo razonable. De hecho, gran parte de lo que aquí se ha expuesto procede de la Thedeadpedia.

Sé de buena fuente que ha existido presión sobre Alvares y Carrington, desde que, el pasado septiembre, se emitió el Epílogo que ponía fin a la primera temporada y se anunció que sólo se rodaría –y por tanto existiría– una temporada más. La presión fue doble. Fox Television se planteó seriamente pagar la hiperbólica suma que implicaba el incumplimiento del contrato; los fans reunieron setenta millones de firmas digitales, provenientes de cincuenta y ocho países, para exigir la prolongación de la serie. La primera presión desapareció por sí sola: el consejo de administración de la Fox Broadcasting Company decidió, por una vez, que el arte debía continuar, por encima de los intereses económicos (después trascendería que llegaron a contactar a James Cameron y a J. J. Abrams como posible reemplazo de Alvares y Carrington para las siguientes temporadas, pero que no se concretó la oferta). La segunda presión, en cambio, no ha cedido. Al revés: se ha multiplicado exponencialmente en su complejidad, porque se ha confundido con las actividades y las acciones de la intrincada red de asociaciones y *memorials* por las víctimas de la ficción, de modo que lo que debe ser visto como una declaración de principios por parte de dos artistas del décimo arte ha sido convertido en una infamia más de los que durante siglos han coartado la libre expresión del duelo por los desaparecidos en el terreno del arte. Los que han despertado la conciencia sobre la responsabilidad de los seres humanos en la muerte metafórica o simbólica, ficcional, de las criaturas de nuestra imaginación, por tanto, son acusados de coartar la elaboración del duelo por esas mismas desapariciones. Además, se publicó recientemente en el *New York Times* una carta firmada por decenas de herederos de creadores, donde se cuestiona la validez ética de la resurrección de personajes literarios y cinematográficos, tanto simbólicamente en la propia teleserie como virtualmente en Mypain.com. Los herederos de Saul Bellow, de Jorge Luis Borges, de Clarice Lispector, de Ernest Hemingway, de Federico García Lorca, entre muchos otros, se preguntan en voz alta si los personajes que han creado los grandes escritores del siglo XX no están sujetos a los mismos derechos de autoría que rigen las obras. Y van más lejos: si la resurrección de sus muertos no atenta contra el espíritu de su literatura. «Aunque quizá estén enterrados en metafóricas fosas comunes», argumentan en la mencionada carta, «nadie tiene derecho a excavarlas ni a violentar su naturaleza, su biografía, su espíritu.»

George Carrington y Mario Alvares, no obstante, han luchado por mantenerse fieles al espíritu original de la teleserie, que de algún modo –me ha sugerido alguien de su entorno–, es el espíritu original de su amistad. Mucho se ha especulado, por cierto, sobre cómo se conocieron. En un especial de la CNN se les preguntó al respecto y hablaron de un youth hostel en el mar Rojo, recién licenciados en la universidad (Carrington estudió en Berkeley, Alvares en Chicago). En la página web oficial de la teleserie se citó, en cambio, un curso de escritura creativa en la librería Shakespeare and Company de París. En *La prehistoria de sus muertos*, Daniel Alarcón, que cubrió para *Rolling Stone* el rodaje de los tres últimos capítulos de la primera temporada, dice que les escuchó contar, después de varias cervezas, que su mito de origen debía ser necesariamente difuminado: tres veces lo evocaron en su presencia, a lo largo de dos meses, y las tres fueron versiones distintas. De todas las disponibles, no obstante, tal vez se podría alcanzar un modelo, un patrón: en aquel youth hostel de la frontera entre Egipto, Israel y Jordania charlaron durante unas doce horas, se tomaron otras tantas cervezas, acabaron. borrachos, abrazados, y con el primer esbozo del argumento de *Los muertos* esquematizado sobre el azul celeste del mar de un mapa. Todas las versiones coinciden, señala Alarcón, en que los unió radicalmente algo que compartieron: una información, al parecer relativa a las historias de sus abuelos respectivos durante la Segunda Guerra Mundial. No quisieron responder la pregunta del cronista al respecto.

Tras la proyección del último capítulo de la primera temporada, según me ha contado Sheryl Smith, que los acompañaba como asistente personal, durante los seis días que pasaron encerrados en un cinco estrellas de Puerto Vallarta, bajo nombres falsos y haciéndose pasar por jóvenes adinerados estadounidenses, Alvares y Carrington bromearon con las amenazas que recibió el ex soldado de las guerras de los bóeres espiritista aficionado y escritor Arthur Conan Doyle cuando decidió matar a Sherlock Holmes. Por las noches, invariablemente, después de pasarse el día discutiendo los argumentos de los capítulos de la segunda temporada, a la quinta o sexta margarita, evocaban también el argumento de *Misery*, la novela de Stephen King en que un escritor es secuestrado por su fan número uno, que no soporta la idea de que su personaje favorito vaya a morir en la próxima novela de su escritor favorito. Aunque, dando tumbos, regresaron durante cinco noches seguidas a sus respectivas habitaciones cinco estrellas mirando constantemente hacia atrás y con la sensación de que eran espiados, se fueron de Puerto Vallarta convencidos de que la serie se mantendría fiel a su espíritu original, que sólo tendría dos temporadas y que la segunda contaría también con ocho capítulos, tras los cuales la teleserie sería un proyecto absolutamente concluido. Se estrenará el próximo 7 de septiembre. Hasta entonces, seguiremos atentos a los debates que, sobre *Los muertos*, tienen lugar en nuestras pantallas.

Segunda

Lo verdaderamente inexplicable no tiene otro santuario que los medios de comunicación masivos.

CÉSAR AIRA,
Cómo me hice monja

Interferencias multiplicadas

Nueva York, 2015. Manhattan. El callejón.

El Nuevo abre los ojos y siente el agua. En posición fetal, el perfil de su cuerpo de piel negra incrustado en el charco. Desnudo. Por la bocacalle pasa gente. Está solo, tirita. Las retinas vibran, como si estuvieran en fase REM todavía. Tres figuras se detienen, al fondo. Una lo señala. El Nuevo no se da cuenta. Las tres figuras se convierten en sendos jóvenes, la cabeza rapada, cazadoras color caqui de cremalleras abiertas, botas negras. Uno sonríe. Otro aprieta un puño americano. El tercero conecta la videocámara. La patada inicial le arranca al Nuevo un diente y detiene el parpadeo veloz de sus retinas. Llueven golpes. «Bienvenido», le dicen; «bienvenido», repiten al ritmo de los puñetazos, de los puntapiés, de los pisotones. «Bienvenido», y hacen ademán de irse, riendo, distraídos. Entonces, inesperada y trabajosamente, el Nuevo se levanta. Se mira las manos, por donde resbala el agua; se mira la piel negra de los brazos; se contempla desnudo: músculos y nervios palpitantes. Después se abalanza sobre los tres cabezas rapadas. Les devuelve los golpes uno por uno; una por una, las patadas. Sus pies descalzos y sus puños desnudos, en el frenesí, parecen blindados. Encaja solamente un puñetazo. Una rodilla en una boca: un crujido. Un pisotón: la cabeza contra el asfalto mojado. Sólo el tercero consigue escapar; pero la videocámara queda atrás, rota, en el suelo.

«Buenos días, Nueva York, les habla el Reportero Aéreo.»
La ciudad es una maqueta tridimensional, una imagen sate-
lital, un videojuego urbano. «Esta mañana el tráfico está
tranquilo, las principales vías de acceso a la metrópolis
se ven despejadas, sólo en Manhattan, como es habitual, se
observan síntomas de congestión.» La isla parece una ame-
ba en formol azul o un feto en líquido amniótico; milimétri-
camente cuadriculada.

Roy ha visto la escena desde una abertura en la cortina
de la ventana. Su mirada transparenta sorpresa. Su mujer se
está duchando; Roy la mira y sonríe; pero quien sale del
cuarto de baño es la otra mujer. «Lágrimas en la lluvia», escucha Roy en su fuero interno, «lágrimas en la lluvia, lágrimas en la…» «¿Cerraste el grifo de la ducha?», le pregunta
Roy a Selena o a la otra mujer, no sabe, nervioso, urgente,
violento. «Sí, ¿qué te pasa?» Lo abraza; se abrazan; sólo el
abrazo es capaz de reemplazar a la otra mujer por Selena, de
poner la realidad en orden. «Las malditas interferencias, me
están volviendo loco, tengo que ir a ver a Samantha.» «¿No
sería mejor un médico?» «Cariño, me acerco a los ochenta,
ya no hay tratamiento que me ponga remedio.» Sale del lavabo, cojeando.

«He encontrado una página muy buena», le dice a Jessica
–inmediatamente después de darle una calada a un porro–,
un joven espigado que acaricia el encaje del sujetador de ella.
«Sí, ¿cuál?» Están tumbados en el sofá, rodeados de libros y
de velas encendidas. Él lleva la camisa desabrochada; ella le
acaricia el sexo, traviesa, por encima del pantalón: sus dedos
índice y anular son dos piernas que caminan por la curva
erecta. Se van pasando el porro. Él le pellizca la antena de un
caracol bajo la ropa interior. «Es un nuevo buscador de comunidades, que admite cientos de palabras clave… Hasta
ahora sólo se podía buscar en cuatro o cinco campos; en esta
página con la más mínima pista te puedes poner en el camino

correcto...» Las dos manos se han colado por debajo de la tela; el porro es dejado en el cenicero. Empiezan a gemir.

El Topo (barba mínima, ojeras, traje y corbata) observa en el hemiciclo que forman diez pantallas. Planos fijos de cámaras ocultas en ocho ciudades de todo el mundo, mapas, imágenes de satélite, radares, retratos robots, datos que llueven en un sinfín de columnas. Observa: ésa parece ser su única tarea. Observar. En las diez pantallas. Leer. Es un lector. Un analista. En diez pantallas simultáneas. Un descifrador de imágenes y de datos. La información circula ante sus pupilas y él la sigue, la persigue, la examina, en diez pantallas simultáneas. La disecciona. Teclea, de vez en cuando. Recibe una llamada. «Afirmativo», responde a través del micrófono: «Afirmativo».

La luz del amanecer le da al Despacho Oval un aspecto crepuscular. Como si cada día fuera el último en ese espacio, público y privado a un mismo tiempo. La presidenta lee un informe con suma atención; de vez en cuando, frunce el ceño y contrae la mandíbula. Cuando acaba, cierra la carpeta: en letras rojas: «Pandemia». Durante unos segundos, mira hacia la ventana y, con la barbilla reposando en las manos entrecruzadas, deja que su propio rostro se tiña de crepúsculo. Al cabo, descuelga el teléfono y dice: «Dígale a Sam que pase». En pocos segundos, un caballero de pajarita violeta y lentes sin montura entra en el despacho. «Buenos días, Sam, quiero que vea esto conmigo.» La presidenta mueve el mouse hasta que se activa un vídeo. En él se muestra la grabación de una cámara de seguridad: un supermercado lleno de gente, entre la que destaca una familia compuesta por una pareja, tres criaturas y una anciana reunidos alrededor del carro lleno de compras. De pronto: desaparecen. Es decir: el carro se queda solo, impulsado aún durante tres segundos por la inercia, pero las seis personas han desaparecido. «Eran los Calvin, no pertenecían a ninguna comunidad, al parecer el matrimonio se había reencontrado después de una tormentosa relación en el más allá, la abuela y los niños eran adoptados... Tú lo has visto, han desaparecido.» «Sí, señora, se han esfumado, en una especie de movimiento inverso al de la materialización... El primer caso de muerte no natural que veo en mi dilatada carrera como consejero de Estado», duda, «... en el caso de que hayan muerto.» «Léete esto», le pasa la carpeta. «Los tiempos han cambiado, Sam, drásticamente, y tenemos que prepararnos para ellos, también drásticamente.»

El Nuevo viste una cazadora caqui, pantalones tejanos, botas militares. Aunque la avenida esté saturada de miradas inquisidoras, cuando no violentas, hay seguridad y determinación en la tensa mandíbula del Nuevo, quieta y tensa, congelada en un único instante del masticar. Rebusca en los bolsillos de la ropa hasta encontrar un billete de cinco dólares. Entra en un bar y pide una hamburguesa y una cerveza. En el televisor la presentadora de un noticiero, mientras a sus espaldas se proyectan imágenes de miles de personas vestidas de blanco confinadas en barracones, dice: «La concentración de nuevos en zonas de acogida no ha solucionado el problema de...». Mientras engulle ruidosamente, como si acumulara hambre de meses, el Nuevo le dice al barman: «Oye, soy nuevo, dime qué tengo que saber para no acabar ahí». «Nadie me había preguntado nunca nada así», responde el obeso camarero, al tiempo que pasa sin énfasis el trapo por la barra. «Supongo que lo que todos intentamos hacer cuando llegamos: conseguir... ¿cuánto es ahora? Si en el 93 eran unos doscientos dólares, ahora al menos deben de ser mil, para ir a un adivino y que te diga quién eres», levanta el plato y la botella del Nuevo para limpiar los redondeles que han dejado sobre la barra. «Claro que también está la opción del centro de integración.» El Nuevo le agarra la muñeca que sostiene el trapo: «¿Qué es eso?». «Un lugar donde te lavan, te dan de comer y una cama durante algunas semanas, te regalan un número de identificación y te enseñan las cuatro reglas básicas sobre cómo vivir aquí.» El Nuevo echa una ojeada al bar. Está vacío. El barman, incómodo, trata de deshacerse de la garra: no lo consigue. Con la otra mano, el Nuevo rompe la botella de cerveza (espuma y líquido, mezclados, a borbotones) y, con un gesto decidido, sitúa la mitad astillada en el cuello del barman: «Dame todo el dinero de la caja».

«Las interferencias se multiplican en la vejez», le dice Gaff. «Es ley de vida.» «Ya lo sé, pero no me imaginaba que sería tan duro: es como vivir dos vidas, simultáneamente, con el temor de que tu vida anterior se vuelva más real que tu vida real… Tu pasado, no sé cómo decirlo, tu pasado se vuelve tu presente.» «Así es la memoria.» «No, esto es peor que la memoria, la memoria tiene que ver con el cerebro, con la conciencia, sólo a veces te provoca un malestar físico… Esto, en cambio, es corporal, una memoria que te afecta los sentidos, que te hace ver, sentir, oler lo que no existe y lo que quizá nunca existió.» «No me asustes, compañero.» «Te lo juro, nunca me hubiera imaginado que envejecer sería esto: dejar que el otro tiempo, el tiempo anterior, el que nunca sabremos si fue real, se inscriba en el tiempo presente, como cuando eres un crío y escribes con una navaja en la corteza de un árbol…» «Roy: tú nunca fuiste un crío, naciste adulto…» Hunde la cabeza entre los hombros y apura su cerveza. Con la obvia intención de cambiar de tema, Gaff rescata un diario del extremo de la barra. «No te lo vas a creer, mira esto»: le señala una noticia cuyo titular es «Se inaugura el memorial por las víctimas del Brain Project. Veinte años después…». En la fotografía, Hillary Clinton, el primer presidente afroamericano de los Estados Unidos, posa al lado de un monolito de mármol donde han sido inscritos centenares de nombres.

«Todo ha cambiado», dice alguien desde detrás de una enorme pantalla de ordenador. «Ni que lo digas, Nadia», le responde alguien a través de los altavoces. «Ahora es imposible evitar que se formen y se expandan las comunidades, absolutamente imposible.» «Ni que lo digas, cariño.» «¿Para qué me metí en toda aquella mierda, entonces, dime?» «Desde luego, cariño, desde luego, para qué.» La belleza de Nadia se ha atenuado, pero sigue habiendo intensidad en sus ojos y sensualidad en sus labios, pese a que el inferior cuelgue apenas cuando lo relaja. Trabaja ante una pantalla de metro y medio por metro veinte, que contiene a su vez doce ventanas. En una de ellas, resaltada con un marco rojo, se ve una furgoneta negra. «Veo tu furgoneta, Frank, te tengo controlado.» «Eso sí que me gustaría, Nadia, que me tuvieras bien controladito.» «No se exceda, agente.» «Eso me gustaría, Nadia, que me dejaras excederme.» Se ríen. «¿Cómo está el crimen organizado?» «Ya sabes que desde hace quince años lo único que importa en este país es el terrorismo… Para barrer los desiertos de Irán utilizan la tecnología punta de nuestros días, para espiar a la mafia me dan los micrófonos en los que Al Capone se cagaba en Eliot Ness.» «Cuánta razón tienes, Frank… bueno, te tengo que dejar, si descubres algo interesante y quieres que te eche una mano, ya sabes que puedes contar conmigo.» «¿Una última misión antes de jubilarte?» «Me encantaría.» «Te tendré en cuenta.»

«Yo fui médico forense», se dice, en su susurro, el Músico a sí mismo, «yo buscaba en los cuerpos abiertos las causas de muertes violentas… Yo practicaba el arte de la autopsia: veía con mis propios ojos…» Tiene los labios ajados, el cabello completamente blanco, la piel arrugada y apenas fuerzas para tocar el saxo. Por la estación de East End van y vienen pasajeros transitorios, trenes subterráneos, voces, urgencias, dosis de calma. Un nuevo se materializa, pero el Músico no se da cuenta. Nadie se detiene: todo sigue con su ritmo frenético: alguien pisa a ese hombre desnudo cuyo cuerpo y cuyas retinas tiritan al mismo compás. Al fin el Músico se da cuenta de su presencia. En los viejos tiempos no hubieras tardado tanto, podría estar pensando. Cuando los vagones han descargado y cargado sus legiones de pasajeros, antes de que el andén vuelva a ser invadido por la espera, el Músico arrastra sus pies hacia el recién llegado; pero antes de que lo alcance, el cuerpo desaparece. La sorpresa y el ataque al corazón del Músico son simultáneos. El saxo golpea en el suelo antes de que lo haga su cadera. Un grupo de jóvenes pasa a su lado, sin detenerse.

2

Richie

En el mostrador de la recepción, el Nuevo entrega 450 dólares. La recepcionista, mientras introduce el dinero en la caja registradora, le sonríe. Es mulata y el blanco marfil embellece su sonrisa espléndida. El Nuevo pone cara de asco: «Yo no soy tu jodido hermano, así que deja de sonreírme así, so furcia». La mujer baja la vista avergonzada. El Nuevo entra en la sala de espera. Hojea una revista: Hillary Clinton apoya la independencia absoluta de Hong Kong; jefes de Estado de todo el mundo se congregan en el funeral de Sarkozy, las razones de su suicidio son todavía una incógnita. «Basura», dice el Nuevo, mientras lanza la revista sobre la mesita. Una madre y su hija lo miran y se sonrojan. Se abre la puerta. Aparece un hombre vestido enteramente de negro, con aspecto cadavérico: ojeras moradas y la piel adherida al cráneo. «Pase, Richie, usted es el siguiente.»

«Ves más claro, Roy, ves más claro», le dice Samantha, con voz melosa. «Es normal cuando se acerca el momento; ha habido una confusión, Roy, una grave confusión, tu nombre no es Roy, sino Lenny; tu mundo anterior es muy parecido al mundo anterior de Roy, pero no son el mismo, los dos son oscuros, pero no son el mismo, te llamas Lenny y echas de menos a tu mujer, por eso te conectas continuamente a algo que te permite verla, sentirla, como si no hubiera muerto.» Samantha le ha cogido las manos mientras sus ojos estaban en blanco; cuando al fin sale de su estado adivinatorio, cuando sus pupilas regresan a la córnea, es Roy quien pierde su mirada.

«¿Por qué me ha llamado Richie?» Están en un estudio repleto de fotografías en blanco y negro de todo tipo de ojos. «Tengo ese don, soy capaz de conocer el nombre en cuanto establezco contacto visual con un cliente.» Ojos grandes y minúsculos, de mujer y de hombre, sin color. «¿Y por qué está tan seguro? Me han dicho que mucha gente se muere sin saber su nombre real, o con muchas dudas sobre el que el adivino le reveló.» Ojos rasgados y redondos, felinos o voraces. «Cada adivino tiene uno o varios dones: el mío es el de los nombres; relájese, deme las manos.» Con cierto reparo, Richie le ofrece las palmas de sus manos: al contacto, un rictus contrariado le tuerce la comisura de los labios. Ojos concéntricos. «Usted estuvo en la cárcel, hacía gimnasia, era cariñoso con sus hijos, respetaba a sus mayores, era respetado, sí, muy respetado.» Richie sonríe; tras él, una mirada de ave rapaz. «No veo nada de su infancia, no tuvo infancia, su vida comienza cuando sale de prisión, y regresa, y las cosas han cambiado, y ya no es tan respetado», los ojos en blanco: calavera perfecta. «Se sube a un coche y atropella a alguien; es capaz de dar palizas; es capaz de matar.» Richie sigue sonriendo. «Es blanco, desciende de europeos, de italianos.» Richie se toca su cara negra, lentamente, con sus negras manos: ha dejado de sonreír.

«Lo siento, Roy», le dice Samantha mientras le da un beso en la mejilla. Lenny baja en el ascensor. Taciturno. Visiblemente triste. Camina por las calles sobrevoladas por zepelines y por aerotrenes; la atmósfera saturada de micropublicidad; los mendigos pidiendo limosna; ajeno. Se sube al autobús. A su lado se sienta un joven negro, con la música muy alta en los auriculares. En un muro, un adolescente pinta «No hay futuro». Se baja cerca de casa. En el charco del callejón se ha materializado un nuevo: más de setenta años, desnudo, tiene el cuerpo infectado de moratones y de heridas. Sangra. Lenny pasa de largo. Abre las puertas. Se acuesta en el sofá. Está tiritando.

En una casa grande, una escalera al fondo; Richie está cenando; una mujer de pelo largo y negro, gorda, con miedo, ofendida, con una pistola en la mano: le apunta: le dispara: un único disparo en el pecho. El adivino le cuenta su muerte. «Así fue, Richie, así fue, ella se llamaba Janice y no he visto odio en su mirada, sino miedo, te temía, Richie, a su manera también te quería, pero en ella predominaba el terror.» El nuevo se abre la camisa. Tiene una cicatriz circular, perfecta, como una moneda, entre los dos pulmones. «Quiero saber más», exige. «Sólo veo a un hombre, lo odias, se ríe de ti, desprecia una chaqueta que le has regalado, se la da a otro, a un criado, os odiáis, los dos pertenecéis al crimen organizado, a la mafia, él es tu superior y el hermano de la mujer que te mató, ahora escucho tu apellido, siempre llega después del nombre, te llamas Richie Aprile.» «Cómo se llama él, quiero saber su nombre», exige, la mirada rapaz, en blanco y negro, al fondo, desenfocada. «El hermano de Janice, tu superior, tu jefe se llama Tony Soprano.»

Selena llega con Jessica. Ambas son bellas: una en los alrededores de los sesenta años, la otra no ha llegado todavía a los treinta; una negra, la otra blanca; madre e hija. «¿Estás aquí? ¡Qué sorpresa!» Jessica se acerca al sofá para abrazar a su padre. «¿Cómo está Samuel?», le pregunta éste a media voz. «Bien, muy bien, se ha quedado en Washington, tiene mucho trabajo.» Mientras Selena hierve agua, Jessica se sienta al lado de Lenny: «¿Qué te pasa, papá?». «Nada, cariño», esquiva su mirada. «Mamá, a papá le pasa algo.» Sale humo de la tetera. «No me llamo Roy.» «¿Cómo?», preguntan al unísono. «Como oís, no me llamo Roy, me llamo Lenny. Toda mi vida ha sido un engaño.» «Cuéntanos eso con calma», le pide su hija. La tetera queda olvidada sobre el mármol.

«Desde el 11 de septiembre, señores y señoras», dice la presidenta ante su gabinete de crisis, reunido alrededor de una larga mesa ovalada, en cuya superficie de ébano se reflejan confusamente los rostros y fragmentos de los trajes y de los uniformes de los asistentes, «muchas cosas han cambiado, pero nada puede compararse con la llegada de la Pandemia que nos azota.» Se proyecta a sus espaldas un partido de béisbol, en un estadio atestado de público. Repentinamente, desaparecen unos veinte jugadores de ambos equipos. Se desintegran. «Hasta ahora habíamos podido mantener los casos, aislados y menores, lejos de la opinión pública, pero desde el partido de los Bears contra los Hawks, eso es imposible. Los ciudadanos americanos y los del resto de países de este planeta saben que, a partir de ahora, pueden desaparecer en cualquier momento.» Una nueva imagen: un banco con doce clientes y tres empleados, entra un hombre con una media en la cabeza y una escopeta de cañones recortados en las manos; pánico; todo el mundo en el suelo; abren la caja fuerte, de pronto: el atracador desaparece. Se desmaterializa. «Hemos analizado la posibilidad de que se tratara de una acción terrorista, pero ha sido descartada; tampoco se puede hablar de una epidemia biológica, sobre todo porque tras la desaparición de la persona no queda ningún tipo de rastro que pueda analizarse...» La presidenta deja de hablar: se acaba de desintegrar el general que, hasta un segundo atrás, permanecía a su lado.

«De manera que la comunidad a la que he entregado mi vida no es mi comunidad. Todos los recuerdos que creía compartir con ellos no existen, son falsos, los he creado yo solito.» Su mujer le agarra fuertemente la mano izquierda; su hija, la derecha. «¿Sabéis qué es lo más jodido?», asiente, respira, asiente. «Lo jodido es que la verdad, la verdad, sí, la puta verdad, maldita palabra, la he tenido siempre delante de mis narices: las interferencias eran lo único verdadero, y nunca supe interpretarlas.»

Pris deja la cesta sobre la tumba y se sienta. Saca un pedazo de torta y empieza a comerlo, lentamente. El cementerio, arbolado y de lápidas espaciadas, refulge a pleno sol de mediodía. «Yo también me muero, querido», dice Pris, «yo también, como todos, como esta comunidad en que alguna vez creímos y que ahora ya apenas se reúne.» Saca una lata de Pepsi de la cesta y la abre. «Ay, Morgan, mira lo que he llegado a hacer: hablar con un muerto para no aburrirme, mientras sigo engordando.» Pris es una mujer obesa cuyo vestido blanco subraya la piel pizarra. «Te echo de menos, Morgan, pero sobre todo echo de menos las reuniones, o mejor: su espíritu, la comunicación.» Una pareja limpia con un trapo el polvo de una lápida cercana; la saludan sin palabras. «Y la compañía, y los polvos, por qué no decirlo, echo de menos follar cont...» Pris se ha desmaterializado. La cesta abierta, el pedazo de torta en el suelo, la lata a medio beber y la pareja desconcertada: los únicos vestigios de su desaparición.

«Una última pregunta y me largo: qué hacen los nuevos una vez que saben su nombre y su historia.» El adivino permanece inmutable, funeral; responde con parsimonia: «Cada cual busca su propio camino, hay quien se olvida de su posible pasado e intenta empezar de nuevo, buscando un trabajo, una pareja, planteándose la adopción de un niño...». «No, señor, de eso ni hablar, yo sólo creo en la sangre de mi sangre.» «Aquí eso no es posible, Richie.» «¿Qué no es posible?» «Procrear.» El rostro de Richie Aprile se transforma en el de un máscara. «Usted ha querido ir demasiado rápido, no lleva ni dos días aquí y ya sabe su nombre, acelerar el proceso tiene sus consecuencias... La otra vía de la que le hablaba es la de intentar vivir en sintonía con su pasado, en ese caso debería buscar lo que se denomina una comunidad, es decir, a las personas con quienes posiblemente compartió su otra vida.» Richie Aprile continúa con su expresión inexpresiva. «Posiblemente», repite. «Sí: posiblemente; aunque tengan recuerdos comunes, aunque exista una sospecha fundada de que fueron compañeros, amigos, enemigos, quién sabe, sólo será eso, una sospecha fundada, morirá con la duda de si realmente...» Las fotografías de ojos continúan observándolos. «En cualquier caso, si ésa es su opción, lo mejor es que busque en internet, hoy en día es bastante sencillo encontrar una comunidad de acogida.» Sin asentir, sin mover ninguna de las facciones de su rostro, el Nuevo se levanta y se va. Baja en el ascensor: solo. Camina por las calles, sin rumbo: solo. Hasta que cae de rodillas, al pasar una esquina, y en el suelo su soledad se contrae hasta reducirse a posición fetal, en el oscuro útero posible que conforman un cubo de basura, dos cajas de cartón vacías y tres escalones.

Ante el espejo del cuarto de baño. Sin cuerpo: tan sólo una cara que se mira; dos ojos inyectados en rojo, con ojeras, que se clavan en ellos mismos. Y unos labios y tras ellos unos dientes, una lengua, unas cuerdas de carne, una garganta, aire, unos pulmones que articulan palabras (un monólogo): «En realidad no sabemos, y lo sabes, en realidad no sabemos... Nada te pertenece... O sólo te pertenece la nada... Hurgando allí... Y en la nada... ¿Cómo te llamas: cómo? Ni eso sabes. La primera certeza: el ladrillo primero. Así que sólo tienes una opción: tú, sí, tú, hablo contigo, tú ya no te debes más a una comunidad que no sea tu mujer y tu hija. Tú, sí, tú, te repito, hablo contigo: tú, sé como tú, junto a ellas, siempre... Has bebido demasiado, Roy, o Lenny, o como diablos te llames, has bebido demasiado... Vete a dormir... No eres dueño de tu boca».

El cementerio marino

«¿Cuántas horas te has pasado aquí tumbado, cariño?», le pregunta Selena, mientras le acaricia el pelo. «Todo el día… He estado pensando, no voy a buscar mi comunidad, quiero decir que ya tengo una comunidad, no necesito la otra, aunque la otra sea la auténtica…», dice Lenny con voz de resaca. «Nada es auténtico, papá.» «Tienes razón, cielo, tienes toda la razón del mundo, pero sí hay algo real: vosotras dos sois mi comunidad.» Una cadena de manos como eslabones. «Precisamente yo venía a deciros que…», empieza a decir Jessica. Los padres enfocan con atención el rostro de la joven «… he encontrado mi comunidad. Habréis oído hablar de ella, se llama la Comunidad de la Estrella. Desde niña sabía que había estado en una especie de gueto, desde niña los adivinos me han hablado de cuánta muerte contemplé antes de materializarme; pero hasta ahora no había encontrado el camino, quiero decir que hasta ahora no había sentido la necesidad de pertenecer… de pertenecer a una unidad superior, ¿sabéis?, a algo más grande que nosotros, o que Samuel y yo. Es una comunidad poderosa. La mayoría comparte el recuerdo de haber llevado una estrella en la solapa. Voy a afiliarme.» «Es curioso», tercia Selena, «cómo pasan los años entre conversaciones superficiales; importantes, porque expresan cariño, pero superficiales, al fin y al cabo, y sólo a veces, diez o doce veces en toda una vida, hablamos de lo que realmente importa.» Roy y Selena se miran: «Tienes razón, Selena, por eso ha llegado el momento de hablarle de Nadia».

Richie Aprile es despertado con violencia. Una brigada municipal, integrada por tres gigantes con uniformes blancos oficiales lo cogen en volandas para conducirlo al furgón también blanco que hay aparcado a unos cinco metros de donde el Nuevo dormía. Por sorpresa, Richie Aprile se desembaraza de sus captores y sale corriendo. Ellos no se inmutan. Una vez que haya desaparecido de su vista, la respiración sacudida por la carrera, se sentará en el suelo y presionará sus sienes con los dedos índice y corazón de cada mano. «Piensa, joder, piensa.» Está temblando. Duda. Titubea. Al fin, actúa. Tras rebuscar en todos sus bolsillos, reúne unos sesenta dólares entre billetes y monedas. Ordena los billetes y los dobla; junta todo el dinero en un único bolsillo. Se ha serenado. Se peina con los dedos. Se incorpora. Comienza a caminar, buscando con la mirada, entre los locales que pueblan la avenida siguiente, alguno en cuya fachada pueda leerse «Internet». Lo encuentra. Una decena de adolescentes juegan en otras tantas computadoras. En el mostrador del fondo le pregunta al encargado: «¿Cuánto cuesta?». «Tres dólares la hora.» «¿Y si tú me ayudas?» El encargado le responde contrariado: «Diez pavos más, tío». «Que sean siete.» «Hecho. Eres nuevo, ¿verdad?» «Más o menos.» «Venga, suelta qué estás buscando.»

Gutiérrez siente el tacto blando del cemento en sus pies. Está de pie, dentro de un recipiente de un metro cúbico exacto, con el cañón de una pistola posado en el ojo derecho. «No morirías, pero sería muy, pero que muy doloroso… Hay quien recuerda que en la otra vida a este tipo de muerte se le llamaba "Moe Green Special"», le dice el pistolero. «Michael, no entiendo por qué…» «¡Señor Corleone! ¡Te he dicho mil veces que has perdido el derecho a llamarme por mi nombre de pila, chivato de mierda!» En derredor de ambos y del recipiente lleno de cemento, cinco hombres trajeados actúan de espectadores o de coro mudo. «No quiero ir al cementerio, por Dios, no quiero estar allí con todos los que yo mismo enterré, no quiero, por Dios, por favor, por Dios, no quiero, no podré soportarlo, por Dios...» El lenguaje se deshace en gimoteo. «Mirad en qué se ha convertido esta basura; en un cobarde, quién te ha visto y quién te ve, Gutiérrez», aunque le hable a él, Michael Corleone, sin dejar de apuntarle mira hacia sus propios hombres, «tomad nota de lo que hacemos con los informantes y con los chivatos.» La cara de Gutiérrez se ha transformado en un nido de miedos, en una diana trémula: si el pistolero disparara, aunque el cañón esté a tan sólo medio centímetro del ojo derecho, es posible que la bala atravesara el tabique nasal, la ceja o el pómulo, tal es el grado de temblor de ese rostro desestructurado por el pavor.

«¿Qué ocurre?, llevas casi una hora tecleando sin parar.» «Estas páginas son delicadas, en cuanto pones en los buscadores palabras clave como "mafia", "muerte", "crimen organizado", la cosa se complica, te va a costar cinco pavos más, pero te aseguro resultados.» Richie asiente: «Cuánto tiempo necesitas?». «Dame hasta mañana a primera hora.» «De acuerdo, pero ni se te ocurra jugármela.» «Descuida, me encanta saltarme la seguridad de la red y conseguir resultados, cuanto más difíciles, mejor.» «A primera hora.» «Sí, señor.»

«Se puede decir que durante todo el siglo XX el Gobierno controló la existencia de comunidades», afirma Lenny. «Hasta que llegó internet», interviene Jessica. «Efectivamente.» Continúan en el sofá. La madrugada disuelve la oscuridad. Sobre la mesita de centro hay restos de pizza y de galletas, y varias tazas vacías. «Aunque ahora haya descubierto que todo era falso, que nunca conocí a Gaff, a Pris ni al resto, que sus imágenes y sus palabras llegaron a mis interferencias por sugestión, ¿entendéis?, por contagio, no me arrepiento de haber compartido con ellos todos estos años de…» «De terapia», completa Selena. «Sí», sonríe, «de terapia, de alivio, supongo que en el fondo pertenecer a una comunidad no es más que una forma de combatir la soledad.» «La soledad extrema», continúa Jessica, «que supone no tener vínculos sanguíneos, no compartir ADN, y sobre todo saber que la sangre y el ADN, teóricamente, se pueden compartir.»

Con el dedo índice, Nadia maximiza la ventana central de su pantalla. Es una cámara del puerto. Una grúa acaba de descargar un contenedor con número de localizador AE5089032. Lo teclea. Procede de los Emiratos Árabes. Cinco furgonetas grises metalizadas se alinean frente a la puerta del contenedor, que es abierta por un operario que no viste el uniforme reglamentario ni lleva casco. De cada vehículo descienden dos hombres fornidos, que empiezan a descargar cajas alargadas, de madera. Nadia manipula el zoom; el ordenador mide las cajas, las escanea, detecta en su interior la forma inconfundible de un misil tierra-aire. «Joder.» Toca dos veces la pantalla con el índice: aparece el mensaje «Enviar la información al centro superior de control»; toca dos veces más, «Muy urgente». La ventana se cierra.

La ventana se abre a renglón seguido en la pantalla central del Topo, que se está ajustando el nudo de la corbata en ese preciso instante. El Topo observa cómo las cajas son descargadas del contenedor y puestas, con cuidado, en la parte posterior de las furgonetas; cómo cierran las puertas de éstas; cómo sus ocupantes regresan a los asientos delanteros; cómo se ponen en marcha al tiempo que el contenedor vuelve a ser elevado por la grúa. Entonces dice por el micrófono: «Emergencia, emergencia, código 17, en el puerto de Nueva York, muelle 28, se está llevando a cabo una operación de descarga de armamento pesado, acudan inmediatamente todas las unidades disponibles». Su voz es recibida por una telefonista del Pentágono. Ésta retransmite el mensaje a la comisaría del puerto. Cinco coches patrulla se ponen en marcha. Cuando llegan al muelle 28 ya no hay nadie: es demasiado tarde.

La puerta –parcial, móvil y doble como la de los salones de un western– se abre impulsada por el cuerpo de Richie Aprile. Observa panorámicamente el interior de los billares. Dos filas articulan el espacio, compuestas respectivamente por siete mesas de billar, cada una con una lámpara y varios tacos colgados de la pared. Al fondo hay una larga barra de bar, en cuyas cercanías algunos clientes apoyan sus traseros en taburetes con asiento de cuero negro. Sobre sus cabezas, cuatro televisores retransmiten espectáculos deportivos: béisbol, peleas de niños, competiciones de dardos, partidas de póquer. Richie Aprile atraviesa el pasillo central, mirando disimuladamente a las parejas y a los grupos de jugadores, que a su vez le observan, sin disimulo, con un punto de provocación. Se sienta en un extremo de la barra y pide una cerveza y unos nachos. Sus cinco últimos dólares. Hojea el periódico: «La Pandemia continúa siendo un misterio inexplicable, hasta ahora ha afectado al 0,1% de la población mundial, según el comité especial de expertos». Al cabo de unos minutos le preguntará al barman: «¿Está por aquí Vito Spatafore?». «¿Quién pregunta?» «Alguien de la familia.» Entonces el barman, desde sus casi dos metros de altura, le hace un gesto a un jugador de billar de fisonomía asiática que, al acercarse, se convierte en la única mujer del local. «Pregunta por ti, dice que es de la familia.» «Ah, ¿sí?, vaya, vaya: ¿Y qué familia es ésa?», pregunta con una voz masculina que no desentona en su gestualidad ni en su cuerpo, equidistante entre los dos géneros. «La familia Di Meo.» Vito Spatafore abre exageradamente los ojos mientras dice: «Jack, déjanos el despacho». Los dos hombres desaparecen por una puerta que hay, disimulada, junto a los lavabos, en uno de los extremos de la barra.

Gutiérrez está inmerso en una mole sólida hasta los muslos. Lo meten en una furgoneta. Lo llevan al puerto. Lo embarcan en un yate que pronto se interna en la bahía. Lo tiran por la borda. Cae, pesadamente. El agua difumina sus contornos. Cae, sigue cayendo. Hay peces. Se pierde la luz en la memoria del aire. Aterriza, con brusquedad líquida, en pie, sobre la arena del fondo. Se levanta una nube de polvo acuático que tarda algunos segundos en disgregarse. Tiene los ojos abiertos, respira, de vez en cuando alguna burbuja escapa de sus labios. Puede mover los brazos, el torso, parcialmente la cadera: pero las piernas están atrapadas por el bloque de cemento. Se da cuenta de que no está solo. A su lado hay un hombre de unos sesenta años, el cuerpo arrugadísimo, los ojos muy abiertos, la mirada asustada. Como un pez cuya cola hubiera sido adherida al fondo de la pecera.

Y otro. Y una mujer. Y otra. Diez, veinte, cincuenta. Un centenar de cadáveres en vida rodean a Gutiérrez en su nueva prisión: su mundo nuevo. Un centenar de ojos de pez se giran para mirarle, desorbitados por un pánico eterno.

«También nuestra comunidad ha crecido exponencialmente», dice Nadia por el micrófono, «hasta el punto de que ahora el Gobierno no puede contratar a todos los que están convencidos de haber trabajado para nosotros en el más allá, por eso han proliferado las redes alternativas y las asociaciones ilícitas… Esto se acaba, amigo mío, esto se acaba… Si no lo hace la epidemia, lo haremos nosotros mismos.» La voz de Frank suena irónica en los altavoces: «Cariño, si esto es el puto apocalipsis, me pido pasarlo contigo en un jacuzzi, con velas y champaña». «Ay, Frank, eres incorregible.» «Hablando en serio, Nadia», ella se concentra en la ventana de su pantalla donde se ve la furgoneta negra, «creo que pronto voy a necesitar tu ayuda, esta nueva cámara va a dar resultados muy, pero que muy pronto.»

«Jack, avisa a los chicos», dice Vito Spatafore sacando apenas la cabeza por la ranura de la puerta. El barman avisa a los tres hombres que estaban jugando a billar con ella. En cuanto entran en el despacho (una gran mesa llena de papelotes, un pequeño escritorio con un ordenador, siete sillas, una máquina expendedora de tabaco, una diana con tres dardos, tres pósteres pornográficos), Vito les dice: «Os presento a alguien de la familia, todavía no sabe cómo se llama, pero he hablado mucho con él, y no hay duda de que es uno de los nuestros». Sandro, Carlo y Christopher le dan la mano. Este último, rubio y de ojos azules, le dice mientras sus manos permanecen encajadas: «Ya te habrá dicho Vito que vivimos en un momento complicado, cuantos más seamos, mejor». «Todavía no le he hablado del tema Corleone, habrá tiempo, Chris, habrá tiempo.» Vito se da la vuelta y los tres hombres admiran sus nalgas, la única parte de su cuerpo que, al moverse, se revela absolutamente femenina. De la caja fuerte que hay en la pared, junto a un cuadro que representa figuras borrosas y cenicientas, extrae una botella de licor y cinco vasos. Sirve. Brindan. Exclaman: «Salute!».

4

La muerte en el mundo de los muertos

«Buenos días, Nueva York», saluda la voz de siempre en el helicóptero habitual. «El Reportero Aéreo os saluda desde su altura desconcertante.» El sol sale, al fondo, y el Hudson se anaranja. «Para nuestro asombro, la Pandemia avanza, la población de la ciudad ha mermado un tres por ciento, y sin embargo sigue amaneciendo.» El helicóptero parece de juguete, una mosca sobrevolando una fruta abierta, incandescente.

«¿No es increíble que nos hayamos encontrado en el foro de la comunidad?», exclama Jessica mientras sujeta con ambas manos las de Aura. Están en un salón de té: hay dos tazas y una porción de tarta entre las dos viejas amigas. «Llevo ya un par de años en ella... ¿Verdad que nunca hablábamos del más allá?», afirma Aura. «He pensado mucho en ello desde que nos encontramos.» «Nunca», confirma Jessica, «aunque dormimos juntas durante cuatro años.» «Rodeadas por aquellos ositos en este mundo sin animales.» Sonríen. «Me alegro mucho de verte.» «Yo también.» «¿Tienes novio? ¿Te casaste?» «Uy, veo que la conversación comienza a complicarse...»

«Ésas son las cajas.» Las grúas del puerto contrapesan la gravedad transportando toneladas en forma de contenedores. El cielo es gris opaco. Vito y Richie se encuentran en un coche berlina, cada uno con un subfusil en el regazo, fumando. A unos cien metros, dos operarios portuarios descargan cajas de un camión para introducirlas en la parte trasera de una furgoneta de reparto de pizzas. Richie y Vito salen del coche y se dirigen, arrimados a la pared y por tanto fuera del campo de visión de los operarios portuarios, hacia el lugar del trasvase. Cuando sean vistos por el conductor de la furgoneta ya será demasiado tarde: aunque se agache y desenfunde su revólver, una ráfaga de no menos de doce balas impacta diagonalmente en su cuerpo. Con el tiroteo los operarios han salido corriendo. «Voy a por el coche», dice Richie. Vito se queda a solas con el mafioso herido: «Sabes que no vas a morir, tampoco te vamos a hacer desaparecer, porque nos interesa que le lleves un mensaje a tu jefe: la familia Di Meo está al cargo del puerto y de sus alrededores, no permitiremos que trabajéis aquí... ¿entiendes?». Sangra abundantemente, pero un zoom permite observar que las heridas se están cerrando, que hay una actividad celular frenética para que no se escape la vida. «¿Entiendes o no?» La víctima asiente. Cargan las cajas de la furgoneta en el maletero del coche. Cierran las puertas del camión. Richie llama a Chris desde su teléfono móvil: «El camión tiene las llaves puestas, ya puedes venir a buscarlo».

«Como ya ocurrió con el sida o con el cáncer, y siglos atrás con la peste bubónica o con la lepra, la humanidad se está acostumbrando a la existencia de la Pandemia.» La presidenta pronuncia su discurso frente a varios centenares de contribuyentes de su campaña electoral, en una cena de gala. «La única opción válida es esperar nuestro momento, si es que tiene que llegar, con estoicismo, viviendo ese milagro que llamamos vida, junto a nuestras familias y amigos, con la dedicación y el esfuerzo que se merece.» Aplausos. La presidenta está sudando. No es capaz de disimular. Está actuando como jamás había tenido que hacerlo. No se cree ninguna de sus propias palabras. «Durante las primeras semanas de alarma, hubo algún atisbo de anarquía, que la policía y, puntualmente, el ejército supieron controlar; pero ahora ya ha pasado la novedad y al menos los ciudadanos de este país hemos aprendido a llevar con dignidad esta amenaza. Brindo por ellos.» Levanta una copa de champaña y –efecto dominó– en pocos segundos todo el salón está en pie, brindando. En cuanto la presidenta regresa a su mesa, donde la espera su pálido marido y otros doce comensales, el comensal sentado en el lado opuesto al suyo, con su rostro circular y enrojecido, le dice: «Como usted sabe, en Israel no ha habido ninguna desaparición, o al menos no se tiene registro de ninguna...». «Como usted sabe, señor Jewison, tampoco en algunas pequeñas zonas del planeta, como Nápoles, Taiwan o Cataluña...» «Ya sabe cuál es nuestra postura a ese respecto, estamos esperando con impaciencia una respuesta oficial del Gobierno que usted preside.» Hillary Clinton asiente, obviamente incómoda. Engulle media porción de tarta de arándanos. Y le dice a Bill: «Cariño, ¿nos vamos?, estoy muy cansada».

Una mujer teclea y en la pantalla aparece la dirección: www.tumitadperdida.com. Cliquea en «nuevo usuario». Introduce sus datos. Escribe dieciséis palabras clave y espera. El atardecer caduca. Cuando ya se dispone a apagar la computadora, suena un «cling». «Se ha encontrado un usuario que responde a los parámetros de su búsqueda. ¿Acepta comunicación?» Con expresión ilusionada, la mujer cliquea el sí. «¿Cómo te llamas?» «Adriana, ¿y tú?» «Chris.» «Ya lo sabía, pero quería leerlo.» «¿Lo sabías?» «Sí, busco a un Chris, las otras palabras clave que he ido conociendo son las que he puesto para llegar a ti.» «¿Cuáles?» «Hombre, Moltisanti, Soprano, guapo.» «¿Guapo?» «Sí, mi adivino me ha hablado siempre de un hombre muy guapo.» «Ya sabes que somos diferentes en el más allá y aquí.» «Soy perfectamente consciente de ello.» «¿Me envías una foto?» «No, no, todavía no.» «¿Te haces la difícil?» «No, Chris, no me

137

hago la difícil, soy difícil, aquí todos somos jodidamente difíciles.»

En los billares, el humo de los cigarrillos densifica la atmósfera. Sandro golpea la bola blanca y dice: «Malditos Corleone, no sabes cómo me jode que sean todavía los putos amos de la mayor parte de esta ciudad». Christopher y Carlo asienten, los ojos enrojecidos por la niebla y por el alcohol. «Desde los años ochenta no ha habido nadie capaz de plantarles cara», otro golpe, el desplazamiento geométrico de las bolas. De pronto, Richie entra en el local, pide una cerveza en la barra y con ella en la mano se dirige hacia la mesa de billar donde están jugando Christopher, Carlo y Sandro. Coge el taco. Con sus ojos azul eléctrico muy fijos en Richie, Christopher le pregunta: «Y bien, ¿qué te ha dicho?». «Ya sé mi historia, ya sé mi nombre.» «¿Y quién eres?» «No os lo vais a creer.» «Venga, suéltalo.» «El adivino me ha dicho que no tiene ninguna duda de que soy... Tony Soprano.»

«Jess, es muy tarde.» «Lo sé, lo sé, amor, dame media hora más.» Samuel está en la cama, enredado en el duermevela. En pijama, Jessica teclea y teclea. En la pantalla, ventanas que se cierran y se abren, de conversaciones paralelas, escritas con entusiasmo; sobre cada una de ellas, la misma estrella, que parpadea. Aura aparece como no conectada. Alguien le envía un link. Remite a un archivo de vídeo. Lo abre. Pulsa play con el mouse. Se deja hipnotizar.

«Sam, por el amor de Dios, cómo se le ocurre ponerme en la misma mesa de Carl Jewison.» Están en la limusina. Bill Clinton se ha dormido, su cabeza reposa en el hombro de su mujer. Desde la protección que le brinda la noche exterior y sus lentes sin montura, Sam se limita a decir, en el tono más apaciguador posible: «Como usted sabe, es el presidente del lobby...», «... que más dinero destina a mi campaña», completa ella, «pero como usted también sabe, la semana pasada me hizo llegar una carta oficial en que me explicaba que Israel es el único país del mundo en que estarán seguros, que el Gobierno israelí piensa expulsar a la totalidad de sus residentes palestinos para dar cabida a la comunidad judeoamericana al completo, que se trata de una emergencia, que el Gobierno de Estados Unidos tiene que costear el traslado, que...». El coche se detiene frente a la Casa Blanca. «Piense en una solución, Sam, no podemos permitir que todas esas cuentas bancarias se fuguen a Israel... Vamos, Bill... Buenas noches.» «Buenas noches, señora presidenta.»

Noche cerrada. Sólo los semáforos y las farolas arrojan luz; no pasan coches por la calle. La ventana de la habitación de Adriana está iluminada. «Hola, guapa.» «Hola, guapo.» «¿Me vas a enviar ya la foto?» «Antes quiero que hablemos de algo.» «¿?» «De las otras palabras clave que puse para encontrarte.» «¿De qué tipo de palabras hablas?» «No me refiero a palabras como guionista, porque tú querías ser guionista, guionista de cine, sino a otras.» «¿?» «Mafia, crimen, FBI, pistola, violencia, cocaína, heroína.» «Eso es pasado, Adriana, puro pasado.» «¿Me lo prometes?» «Sé que mi otra vida fue así, pero ésta... ésta no.» «Ahí va mi foto.» Chris abre el archivo. Ve a una mujer rubia, de ojos azules, saludable, vital. «Ahí va la mía.» Adriana abre el archivo. Ve a un hombre rubio, de ojos azules, con un atisbo inquietante al fondo de las pupilas. Sonríe. Sonríen. Dos labios iluminados por sendas pantallas, que se funden en una sola boca, reflejada.

«Querida Jessica», teclea Aura, «hace tiempo que quería escribirte, pero hasta ahora no he reunido el valor necesario para hacerlo.» Está llorando. «Tengo que confesarte algo. Cuando me hice miembro de la Comunidad estaba convencida de mi sufrimiento en el más allá, de lo que he aprendido a llamar mi estatuto de víctima. La Comunidad me ayudó mucho en mi soledad. Tú, como huérfana, sabes de qué hablo. Pero…», respira hondo, «con el tiempo he ido dudando de mi papel en la otra vida, me he visto provocando dolor, mucho dolor, mi adivino me ha dicho que incluso es posible que… ¿Cómo decirlo? ¿Por qué estamos tan lejos de aquellas dos niñas rodeadas de ositos? Jess, tiemblo al confesarte que es posible que sea un verdugo. ¿Entiendes lo que significa eso? Pensarlo me da escalofríos. Hace días que no duermo», las ojeras de agotamiento certifican su sinceridad, «si yo lo soy, lo fui, cuántos miembros de la comunidad también pudieron haberlo sido…» Guardar borrador. Aura se incorpora y se dirige hacia la ventana, los ojos irritados por el llanto. Se arrodilla enmarcada por la luz de la calle y de la luna. «Quiero desaparecer», reza, «quiero desaparecer», suplica, repite, suplica y repite: hasta que desaparece. Se desintegra. Sin más.

Roy (o Lenny) da vueltas en la cama, sin poder dormirse. Para no despertar a Selena, aparta las sábanas y se levanta a cámara lenta. Va a la cocina y se sirve un whisky, sin hielo, que se bebe de un trago. Como un zombie, sale del apartamento sin cerrar la puerta y se dirige a los buzones: «Roy», lee en la placa, y resigue las letras con el índice, al tiempo que las pronuncia como un niño que aprendiera a leer. Después, abre el buzón (vacío) y regresa al hogar. Mira por la ventana. Conecta el televisor, hace zapping un rato; lo apaga. Se sienta en la butaca del salón. Se levanta. Enciende la luz del lavabo y enfrenta su rostro al que le devuelve el espejo. No aguanta su propia mirada. Las manos se aferran al borde del lavabo. Intenta decir algo, pero no brota lenguaje de su boca. Se mira: «Para hablar de este tiempo sólo es posible balbuce…». Abre el grifo. Corre el agua. Se lava las manos, nerviosamente, también la cara. Cierra el grifo. Se seca. Los labios asoman entre resquicios de toalla: «Estábamos muertos y podíamos respirar».

Richie Aprile (o Tony Soprano) dice «Ha llegado la hora de declararles la guerra» y pone los pies sobre la mesa. A su alrededor, Chris, Vito, Carlo y Sandro, que en un primer momento parecen sorprenderse por la actitud de Tony (Richie), aceptan enseguida sus piernas cruzadas, su aura de poder y, sobre todo, el mensaje que hay en su afirmación. Sin mediar palabra, cada uno se dispone a preparar sus armas de fuego. Las desmontan, las engrasan, las limpian, las miran –con insistencia– como si en esos cañones relucientes o en esos cargadores en que introducen, una a una, las balas, se encontrara la verdad (futura) de las palabras (el mensaje) que, una hora y media antes, dijo su nuevo jefe, justo antes de cruzar las piernas y situar sus mocasines sobre la mesa del despacho y de poner sus suelas frente a sus caras momentáneamente sorprendidas.

5

No ficción

«Siempre ha existido esa unión, Nadia, entre comunidades y organizaciones criminales», las palabras las pronuncia, mientras muerde y mastica un hot dog, un agente veterano. En las pantallas que tienen ante sí, se ve el despacho de los billares, cuya butaca principal ocupa Richie Aprile (Tony Soprano). «Ya lo sé, ya lo sé, Frank, pero no deja de parecerme brutal que en vez de utilizar esta especie de segunda oportunidad que tenemos aquí, nos dediquemos a repetir los errores que cometimos en el más allá.» «Tú sí que has aprendido de tus errores.» «Tienes razón», sonríe, relajada, «pero de los del más acá, no de los del más allá.» «El misterio de la vida», el último bocado, «y el misterio de la familia Di Meo, por Dios te lo juro, en cuatro días les están disputando el poder a los mismísimos Corleone.» «¿Y ése quién es?» «El nuevo jefe, Tony Soprano, su nombre circulaba por la red desde hace bastante tiempo, según parece, al fin ha llegado.» «¿Qué están haciendo?» «No sé, se ríen de algo.» «Dale al zoom.» La cámara oculta enfoca en primer plano la pantalla del ordenador, donde ha aparecido un mapa de la bahía de Nueva York. Con la flecha del mouse, Tony Soprano señala un punto. «Míralos cómo ríen, los condenados.» «Me voy a la central», dice Nadia, «a ver qué hay en ese lugar de la bahía.»

«No eres una novata, cariño, hace más de diez años que experimentas visiones», le dice un anciano ciego, de piel negra y rizos blancos, a una joven pelirroja de no más de veinte años: «Lo vas a hacer muy bien». Ella, ni guapa ni fea, ni alta ni baja, instalada en el ambiguo margen de lo común, le da un beso y se despide de él mientras resigue nerviosamente sus tirabuzones. «Adiós, abuelo», añade, para revelar una voz bellísima, cálida, ligeramente ronca. Entra en el edificio. El conserje, sentado en una silla de plástico, la saluda: «Al fin ha llegado el gran día». «Efectivamente», responde ella. El ascensor. Cuarta planta. Octava puerta. «Allison Beggel. Adivina.» La salita está impoluta; las revistas no han sido leídas por nadie. También su despacho está aún recubierto por la pátina de lo no usado, de lo incorrupto. El reloj marca las nueve. Las once. Las tres. A las cinco sonará –al fin– el timbre. Nerviosa, Allison Beggel se arreglará el cabello, alisará su falda, avanzará hacia la puerta a través de las dos estancias y abrirá la puerta. «Buenos días, soy nuevo», le dirá, más allá del umbral, un individuo delgaducho y nervioso, «he reunido el dinero, quiero saber quién diablos soy.»

Adriana besa a Chris. Selena besa a Lenny. Adriana desnuda a Chris. Selena desnuda a Roy. Adriana besa el sexo firme de Chris. Selena lame el sexo erecto de Lenny. Adriana y Chris se penetran y gimen y vibran. Selena y Roy se compenetran y gimen y tiemblan. En la cama, con Chris dormido a su lado, Adriana ve una discusión extremadamente violenta, que los tiene a ellos dos como protagonistas, en un pequeño apartamento, él la sacude, la golpea, la insulta, «puta», escucha. «Puta.» En la cama, con Lenny dormido a su lado, Selena ve una discusión extremadamente violenta, pero sólo verbal, en que ella agrede con sus palabras a un samurái que es su marido que es un caballero medieval que es su marido que es Roy que es Lenny que, en fin, no sabe quién es. Adriana contrasta con Chris: él dormido, los ojos cerrados, los párpados en placidez; ella despierta, los ojos desorbitadamente abiertos, las cejas perfiladas, en ángulo, como interrogantes. Selena consigue dormirse: «Malditas interferencias», susurra.

«Le seré sincera, señor Cifaretto, usted es la primera persona a quien visito profesionalmente, llevo años practicando, pero ésta es la primera vez que....»' Puro nervio y delgadez, Ralph Cifaretto se levanta y le tira un par de billetes. «Entonces vas a cobrar esto.» Allison Beggel se queda de piedra. Ralph Cifaretto se va con prisa, pero no sin antes arrancar una hoja del cuaderno de la adivina. Una vez en el ascensor, lee las palabras que hay en ella anotadas: «Cosa Nostra, caballo de carreras, mucho dinero, Janice, hermana de, asesinato, Tony Soprano». Sale a la calle, para un taxi, ordena una dirección, llegan enseguida, paga, entra en un bloque, sube por las escaleras, entra en su apartamento (latas de cerveza, recortes de periódico colgados en un corcho), conecta el ordenador, abre una cerveza, mira la pantalla, teclea, vuelve a mirarla. La luz ilumina su satisfacción.

Nadia y cuatro agentes llegan al muelle. Les está esperando una lancha de patrulla marítima con dos submarinistas a bordo. Sólo ella embarca. Les muestra el mapa. En cuanto llegan al punto indicado, se detiene la embarcación y los buzos se sumergen. Descienden empalando con sus linternas subacuáticas la noche de agua. Bajan, bajan, hasta enfocar el fondo de arena. No hay nada. Mejor dicho: no hay nadie. Sólo más de un centenar de cubos de cemento, cada uno con dos huecos, como moldes –vaciados– de piernas ortopédicas. Más de un centenar de cubos como un rompecabezas sin sentido sobre la arena sin significado. En la atmósfera de agua se percibe una ausencia. «Fue una fosa común, con un centenar de prisioneros, o muertos en vida, llámales como quieras, pero llegamos tarde», dirá Nadia, «jodidamente tarde.»

«Carlo, cárgate la puta cámara, ya no nos sirve de nada.» El aludido se levanta, se dirige hacia el minúsculo agujero de la pared donde el FBI había ocultado la cámara y le pega en la lente el chicle que estaba masticando. «Ven aquí, hombre, que esto merece una copa.» Tony Soprano sirve dos vasos de licor y otros dos y dos más, que ingieren entre risas. «Vaya cara habrá puesto el puto Corleone, Tony, eres un genio.» Ríen. Dos tragos más. «Carlo», le dice mirándole a los ojos, sonriendo pero grave, «no entiendo una cosa, perdona que te lo pregunte a ti, pero ¿cómo habéis permitido que una mujer fuera vuestra jefe durante todo este tiempo?» Ha colocado, mientras pronunciaba la pregunta, su mano en el hombro de su subordinado. Hay alcohol en los iris de ambos. «Es que Vito era un hombre, quiero decir que cuando pertenecía a nuestra familia, en el más allá, era un hombre, por eso se llama Vito, como Vito Corleone, un hombre, sí, señor.» «Pero ahora no lo es.» «Ya, pero ten en cuenta que Vito nunca ha sido un auténtico jefe, supongo que se dio cuenta de que como asiática-americana no tenía demasiadas posibilidades de ser la jefe de una familia italo-americana, así que desde un buen principio dejó claro que ella sólo ocuparía ese lugar hasta que llegara Tony Soprano.» «Así que me estabais esperando, ¿no?» «Afirmativo, jefe, afirmativo.» A Tony (Richie) le palpita la sien. «Y no os importa que yo sea negro, ¿verdad?» Traga saliva. «No, jefe, de ningún modo... Tú eres... italiano.» «Pues eso se merece un buen polvo, vamos al Helena de Polla o al Yegua Loca, yo pago.»

«Lo siento mucho», le dice a Adriana un hombre de mostacho y grandes orejas al tiempo que le da dos palmadas suaves en el hombro y cierra la puerta. En ella se lee: «Max Tebald. Adivino». Adriana, lívida, baja las escaleras en un llanto mínimo, pero sostenido.

Frank regresa a la camioneta con una provisión de hot dogs y Coca-Colas light bajo el brazo. Abre la compuerta y sube al vehículo. Cuando se dispone a darle el primer bocado al primer hot dog se da cuenta de que una de las pantallas se ha vuelto rosa, y extrañamente gelatinosa: «Pero ¿qué demonios es esto?...».

«Buenos días, Nueva York, el Reportero Aéreo os saluda», dice la voz de siempre en el helicóptero de siempre, «la Epidemia parece haberse extendido, selectivamente, por algunas zonas de la ciudad, han desaparecido familias enteras y algunas comunidades del Bronx y del Upper West Side... Ya saben que aunque el departamento médico del Gobierno y algunas fundaciones privadas estén investigando a contrarreloj las posibles causas del fenómeno, todo apunta hacia una extinción tan inexplicable como nuestra materialización, así que desde aquí arriba les recomiendo serenidad, que acepten el destino, que vivan con una intensidad absoluta estos días, semanas, meses, quién sabe si años, porque si esto sigue extendiéndose...» La ciudad parece más virtual que nunca, más maqueta o videojuego o construcción tridimensional que nunca. Pura irrealidad metropolitana.

Bajo un puente megalómano, el Mercedes Benz blanco se detiene frente al todoterreno negro. De cada vehículo descienden cuatro hombres, que muestran discretamente sus armas mientras toman sus posiciones. Tony Soprano y Michael Corleone, ambos con gafas de sol, uno con traje negro y el otro con traje blanco, en oposición a la carrocería de sus respectivos vehículos y en sintonía con el color de sus pieles, se saludan con un beso casi inexistente en la mejilla. «Tenemos que llegar a un pacto, Tony, no podemos seguir así.» «Estamos de acuerdo.» Sopla un viento que despeina a los interlocutores y abre sus americanas. «Nosotros nos quedamos con Manhattan y con el puerto, vosotros os quedáis con el resto.» Tony Soprano deja escapar un suspiro sonoro. «El puerto es nuestro, Michael.» «No me jodas, Tony, no me jodas.» «No quiero joderte, sólo exijo aquello que necesitamos para existir, todos nosotros tenemos recuerdos del puerto, incluso alguna interferencia, estamos unidos con el mar, Michael.» «Todos nosotros somos jodidos italianos, aunque seamos negros o chinos, somos italianos, y en Italia hay mar, joder, Tony, eso no es un argumento.» «El puerto no es negociable.» «Me has jodido bien, Tony, me has jodido bien, dándole esa información al FBI.» «No sé de qué me estás hablando.» «No te hagas el listo conmigo, que sabes perfectamente que fueron los tuyos, sino tú mismo, los que le dieron a esos hijos de puta la localización de nuestra fosa.» Tony Soprano desvía la mirada, saca un puro, lo enciende. «Pues tienes que saber una cosa: ahí abajo no encontraron nada, y no fue porque nosotros lo limpiáramos, fue porque la Epidemia llegó antes que nadie... Estamos desapareciendo, Tony, nos están aniquilando, esto es el jodido apocalipsis, y no tiene sentido que nos peleemos entre nosotros mientras llega el apocalipsis, ¿no crees?» «El puerto es nuestro.» «A la mierda, Tony, a la mierda.» Michael Corleone, entre sus hombres nerviosos se introduce en su Mercedes Benz blanco; Tony Soprano (Richie Aprile), con la sonrisa a lado y lado de su puro humeante, hace lo propio en su todoterreno negro.

Adriana llega a casa completamente lívida. Se sienta en el sofá y se tapa la cara con un cojín de corazones rojos y rosas. Por el movimiento acompasado de la tela estampada se sabe que llora. Un llanto cada vez más compulsivo. De pronto se levanta, tira el cojín y se encierra en la habitación. Enciende la computadora. Abre un buscador. Teclea: «Cómo suicidarse». Una página le lleva a otra y a otra y a otra, durante horas: pantallas y pantallas en sucesión de muerte.

«No entiendo por qué no he podido ir a la reunión del puente, Tony.» Se encuentran en el despacho. Tony ha puesto los pies sobre la mesa y ha estrenado un nuevo puro. «Con Sandro, Carlo, Chris y Marco Antonio había de sobras, Vito.» «Pero como capitán...» «Capitana, Vito, capitana», le corrige Tony; y los cuatro hombres que hay tras Vito Spatafore sonríen a medias, como en una mueca o en una burla. «Venga, chicos, tenemos que ir al puerto a asegurarnos de que ese cabronazo ha entendido mi mensaje.» Todos hacen ademán de irse, pero Vito es retenido por un gesto de Tony. «Tú quédate aquí, revisa con Jack la contabilidad, tenemos que ser muy cuidadosos a partir de ahora con todo el tema económico, el FBI, con esto de la Epidemia, se está poniendo muy nervioso, y no quiero que nos cacen por un descuido con los libros de cuentas.» Se van. Vito se queda solo.

Llaman a la puerta. Un chico de una agencia de mensajería le entrega a Adriana un paquete. En el sofá hay otros dos, ya abiertos, y sobre la mesita del salón se ha dispuesto su contenido: un pequeño detonador del que nacen dos cables sin destino y un cinturón con cartuchera. Abre la nueva caja: dos cartuchos de dinamita. Lo coge todo y se encierra en el cuarto de baño.

«Te invito a una copa», le dice Ralph Cifaretto a Vito Spatafore, en la barra de los billares. «¿Nos conocemos?» «Acabamos de hacerlo», responde Ralph. «¿Quieres un cigarrillo?» Parece como si hubiera conseguido congelar su nerviosismo y engordar un tanto su extrema delgadez, para parecer seductor: «La siguiente, por supuesto, la tomamos en un hotel». Lo consigue. En el modo como lo mira Vito, está claro que le ha gustado que sea tan directo. Una mujer barre al fondo. Jack le pasa el trapo al botellero y después seca las copas. Enseguida apuran sus vasos y se van. En el coche de Vito empiezan a manosearse. También en ella se ha operado algún tipo de acentuación: ahora prima su feminidad, sus curvas, la cabellera negra que le oculta el rostro y la vuelve exótica. Aunque llegan hasta un motel, follan en el coche aparcado frente a la recepción. Vuelven a follar adentro, con la única iluminación de la pantalla del televisor. Después, fumando los dos en la penumbra, Vito le pregunta: «¿Cómo te llamas, campeón?». Y Ralph Cifaretto le contesta: «Tony, cariño, Tony Soprano».

Cuando llegue Chris y se sirva una copa y diga «hola, cariño, ¿estás ahí?» y ella salga del lavabo y él pregunte que si le sirve algo, Adriana será alguien absolutamente irreconocible, no sólo por el rostro (desestructurado) ni por los ojos (enrojecidos) ni por la ropa (un albornoz sucio), sino por el odio que le recorre el cuerpo con un poder transformador. «¿Qué te pasa? ¿Estás bien?» Se acerca. Pero una intuición perturbadora lo detiene. «Di algo, amor, di algo, me estás asustando, tienes un aspecto terrible.» En voz muy baja, entrecortadamente, Adriana le dice a Chris: «He ido al adivino… Esta vez lo ha visto claro… Tú… Tú… Mi muerte… Tú…». Uno de sus brazos está fuera de la manga, por debajo del albornoz; éste se le desata; aparece medio desnuda y con el dedo pulgar sobre un detonador que él no podía prever. Christopher ha enmudecido. Parece comprender. «Esto no es venganza», dice Adriana, la voz quebrada por el dolor. En la profundidad de sus pupilas imagina lo que va a suceder: la explosión que vuela dos paredes, los cristales que estallan, sus cuerpos destrozados, descuartizados, fragmentados, y la carne que lentamente se regenera, se une, polvo, amor, sangre, víscera, médula, castigo: quizá, al fin, tendrán sentido.

6

El Topo

Superman surca el espacio a velocidad de vértigo. La sombra del edificio también se mueve, pese a la quietud del sol. Las ocho plantas de un inmueble abandonado se van a desmoronar en cualquier momento: las sombras –la tinta– reflejan la vacilación de la masa, el inminente derrumbe. Sólo algunos vagabundos habitan allí. Superman los ha visto, y después de posar en el suelo con suavidad el camión que el supervillano había lanzado, vuela frenético para sacar al grupo de posibles víctimas del ámbito de esa estructura al borde del derribo. Primero saca, uno en cada brazo, a dos hombres que asaban salchichas en un bidón convertido en hoguera. Después, a una mujer que dormía en un rincón de la primera planta. El estrépito –booooom– del techo al caerse sobre las buhardillas deshabitadas. Una nube de polvo empieza a invadirlo todo. Arrodillado junto a la mujer que acaba de rescatar, gracias a su supervisión, Superman ve a lo lejos cómo el supervillano está atacando un puente. Cuando se dispone a elevarse para prestarle su atención a la nueva circunstancia, la mujer le dice: «Queda alguien... en el sótano». A tres metros sobre el suelo, el superhéroe mira a un lado (el puente atestado de coches) y al otro (la entrada al sótano del edificio que –booooom– ha visto la última planta reducida a escombros) y decide meterse en el nubarrón de polvo y, como quien cambia de viñeta, descender al sótano de sombras –tinta concentrada–, para rescatar a una mujer que acuna a su bebé. Sale con ambos en brazos, a velocidad de vértigo. Pero no es velocidad suficiente para evitar la tragedia: las nubes de polvo superpuestas no permiten ver la lluvia de escombros, los pisos se desmoronan como a causa de un terremoto. Cuando llegan a lugar seguro, Superman y la madre descubren, horrorizados, que el bebé tiene un triángulo de hierro clavado en el pecho.

Mientras apura una copa pide la siguiente. Chris ostenta ojeras de perro, aspecto desaliñado, agujero negro. Liquida a grandes sorbos otro whisky, la mirada clavada en la pantalla que retransmite peleas de niños. «Todos recordamos peleas de gallos, peleas de perros, carreras de galgos o de caballos... Ahora sólo nos queda el boxeo, y esto.» Desde el fondo del local llega Tony Soprano. «Esto nos da mucho dinero, Chris, mucho, en todos los mundos la gente siente la necesidad de apostar, y éste no es una excepción, supongo.» Pide un whisky. «No puedes seguir así, compañero, todos sentimos mucho la desaparición de Adriana, era una buena muchacha, os acababais de conocer y todo eso, pero...» «No se trata sólo de eso, Tony, no es sólo que la había estado esperando desde que llegué, ni que la echo muchísimo de menos, es que no entiendo por qué diablos llevaba una bomba, por qué quería matarme, morir conmigo, como si fuera posible, menos mal que...» Se frota las manos en señal de desaparición. Y agota el último trago. «Yo no estoy muy a favor de psicólogos ni adivinos, pero si crees que te vas a sentir mejor... Acude a ellos, yo qué sé... Pero te necesitamos entero, amigo... Toma, mil pavos, echa un buen polvo a mi salud.» «Gracias, Tony, pero no, no puedo.» Se va. El dinero rechazado queda en la barra.

Un bebé se materializa en la azotea de un rascacielos, entre antenas parabólicas, junto a un palomar, las Torres Gemelas al fondo. Las palomas gorjean, enloquecidas. «¿Qué ocurre, pequeñas?», les pregunta, con voz de tenor, un hombre de unos cincuenta años que sube con dificultades las escaleras que separan su ático del palomar. Al ver al bebé, se le relajan las facciones. «Mira qué tenemos aquí.» Lo coge. Su sonrisa se refleja en la del niño. Mira hacia todos lados, con un punto de paranoia, para asegurarse de que nadie lo haya visto. Después, apresuradamente, se lo lleva escaleras abajo.

Residencia Geriátrica George Bush. En una esquina de la sala de estar, los ciento cuarenta kilos de una mujer negra descansan, cubiertos por una manta, frente al televisor. Se le acercan, con cierta reverencia, Vito y Tony, acompañados de Carlo y Sandro. «Livia, ¿cómo está?», la saluda Vito. «Muriéndome», responde ella. «Tiene usted muy buen aspecto.» «Mira, hijo, mejor que no me mientas, soy una ballena negra, varada en esta butaca, que vive la mayor parte del tiempo en una Nueva Jersey que no es real, con un marido, dos hijas y un hijo...» «Sobre eso quería yo hablarle, precisamente», dice Vito, «le presento a su hijo, Tony Soprano.» La mujer arquea las cejas, levanta el rostro, enfoca. «Éste no es mi hijo», afirma como quien escupe. Sigue mirando la televisión. Tony le coge la mano. «Mamá.» «Quita, impostor, iros, iros, que no me dejáis ver el show de Oprah.» Los cuatro desvían la mirada, o la bajan, o se encogen de hombros, entre la incomprensión y la incomodidad.

«Papá.» «Dime, Bruce.» «¿Por qué me pusiste Bruce?» «Es una larga historia.» «Sabes que me encantan las historias largas.» «Alguna vez te he hablado del más allá.» El niño asiente. Tiene unos diez años, está tumbado boca abajo sobre la alfombra, con un libro abierto entre los codos. Su padre se halla sentado en una butaca, con la estantería llena de libros a sus espaldas. «Pues en mi más allá alguien muy extraño, muy oscuro, que se hacía llamar Batman pero que en verdad se llamaba Bruce, me salvó.» Por como mueve los pies, inquieto, el padre sabe que su hijo no ha quedado satisfecho con la explicación. «Dispara, Bruce.» «Perdona, papá, pero tú me has enseñado a sacarle punta al lápiz, como dices siempre, a preguntar, a no darme nunca por satisfecho.» El padre sonríe: «Venga, dispara.» «Si Bruce te salvó, ¿por qué estás aquí?» «Buena pregunta, hijo… Pues porque me salvó varias veces, pero la realmente importante… No sabes cómo me atormenta todo eso hijo, tú tienes suerte, no tienes memoria del más allá, eras demasiado pequeño, sólo tienes una vida, una memoria… No sabes la suerte que tienes de no ser, como todos nosotros, alguien dividido.»

«Yo sufro una interferencia parecida.» «¿Sí? ¿Cuál?» «Voy por la calle, en blanco y negro, y oficiales uniformados liquidan, uno por uno, con disparos en la cabeza, a personas que aguardan en fila india, su ejecución.» «Yo soy en color.» «Es raro.» «Sí, muy raro.» «Mis manos y mi cuerpo son en blanco y negro, como la gente, como el paisaje, una ciudad en ruinas.» «Y te sientes culpable, ¿verdad?» «Nunca lo había hablado con nadie.» «¿El qué?» «Todo esto.» «Yo empecé a hablarlo a través del chat, no sé, con un micro y unos auriculares, sin videocam, siendo sólo dos voces, cómo decirlo, hablando a través de la noche de internet…» «La poesía ayuda.» «¿Cómo?» «Eso de la noche de internet, que ha sido poético, que la poesía ayuda para hablar de esto, la culpa, la vergüenza… No sé… No haber hecho nada… Que mataran a los otros y no a ti.» «Pero a ti también te mataron.» «Sí, pero después, mucho después.» «¿Sabes cómo fue?» Silencio. «Perdona, no tendría que haberte hecho una pregunta tan íntima.» «No, no, no te preocupes… Está bien hablar… No tengo cicatrices, no sé cómo ocurrió… Mi adivino me habló de una fila de gente, todos vestidos de gris y con la estrella amarilla, una fila, la espera, una espera insoportable… Nada más… No vio nada más, Jessica, nada más.» «¿Vendrás mañana?» «Claro, nadie va a faltar a la cita de Central Park.» «¿Te quedarás en Nueva York unos días más?» «Sí, dos o tres.» «Me gustaría que nos conocié-ramos.» «A mí también.» Jessica parece ilusionada. Suena la llave en la cerradura de la puerta.

Bruce a los catorce años: tumbado boca abajo en la al-fombra de su casa, lee a Marx y a Bakunin. Bruce a los quin-ce años, paseando por la periferia de la ciudad, sembrada de nuevos vegetales con sus bolsas de suero. Bruce a los dieci-séis años: en clase de matemáticas, escribiendo fórmulas en la pizarra. Bruce a los diecisiete años: leyendo *Historia del terrorismo*, sentado junto al palomar, hasta que aparece un nuevo (adolescente), que se materializa en ese instante, y él lo ayuda a bajar a la cama de invitados, mientras escucha a su padre decirle: «El Gobierno no se ocupa de estos pa-rias, alguien tiene que hacerlo». Bruce a los dieciocho años: viendo en televisión el escándalo del Brain Project; apaga el televisor; coge dos bolsas de basura; baja al callejón de los contenedores y lo que ve lo paraliza y le empuja a esconder-se. Dos hombres son apuntados por el arma de una mujer muy bella, que dice: «No podemos permitir que os establez-cáis como una comunidad completa. Ya sabes que en la in-formación está el poder. Muy pocas comunidades han con-seguido localizar a todos sus miembros: ellas son las que tienen el control». El mayor de los hombres refuta: «Vuestra comunidad es la que gobierna, entonces, la que permite que los nuevos vegeten en las cloacas de la periferia...». Y ella añade: «Es un mal necesario, todos nosotros recordamos haber estado en la Casa Blanca o en el Pentágono, somos unos tres mil, unidos por ese recuerdo, por ese vínculo. Tuvi-mos una causa, una fe, recordamos; eso nos sostiene. Y sa-bemos que nuestro poder se basa en la ausencia de comuni-dades poderosas. Cualquier comunidad que pase de diez miembros es localizada; y su ampliación, interrumpida». La mujer se gira bruscamente hacia la izquierda y está a punto de descubrirle; Bruce deja con suavidad las bolsas de basura en el suelo y empieza a retroceder sin ruido. Las voces son cada vez más tenues: «Por eso ideasteis el Brain Project». «Sí, por eso, y porque no queremos destruir. Hay formas más contundentes de evitar que las comunidades crezcan, formas más drásticas que la muerte violenta…» Una vez en casa y con la calma recobrada, poniendo cara de póquer, le dice a su padre: «Bruce, o Batman, el que te salvó, se equivocaba, él quería combatir el mal desde fuera del mal, desde un lugar imposible, inexistente; el mal hay que combatirlo desde dentro, papá. Quiero inscribirme en la academia de policía».

Al tragar saliva, la nuez desaparece bajo la pajarita violeta. Sam encaja la mano derecha del capitán general, mientras en la izquierda sostiene el maletín que éste le ha entregado. Camina apresuradamente. La mano suda, pero ninguno de los cinco dedos corrigen su posición o se mueven en el asa de ese maletín. Atraviesa la Casa Blanca. Pasillos, controles de seguridad, salas, ascensores, subordinados, oficinistas, escaleras, un jardín, militares, más pasillos, más controles de seguridad. Al fin llega a la puerta del Despacho Oval. «Aquí tiene su solución, señora presidenta.» Deja el maletín sobre la mesa. Ella lo abre enseguida.

En la pizarra están escritas, en forma de lista, las palabras «terror», «atentado», «Occidente», «aviones», «suicidas» y «mártires». En el monitor, congelada, la imagen de las Torres Gemelas en el momento del impacto del segundo avión. «Todos habéis visto la televisión… En vuestra vida anterior, como policías, os habríais enfrentado a esa situación a pie de calle; en vuestra vida futura, ya inminente, os tendréis que enfrentar a este tipo de contextos desde una oficina, analizando la información, pensando… Por eso yo os pregunto: ¿cuál ha sido nuestro principal error?» Bruce ya tiene la misma barba y las mismas ojeras que conocemos: «El error ha sido no pensar que la amenaza podía venir de dentro». «¿Qué quieres decir?» «Desde la Segunda Guerra Mundial siempre hemos creído que el ataque vendría de fuera, un cohete, una bomba nuclear, una invasión. Fue un error creer que ese modelo era válido en el siglo XXI. Ahora el ataque viene desde dentro, los aviones despegaron desde el interior de nuestro propio país, y nosotros permitimos que los terroristas recibieran la instrucción que necesitaban en nuestro propio territorio.» «¿Y cómo prevendrías nuevos ataques, Bruce?» «Haciendo una gimnasia mental extrema, hasta pensar como ellos.» «¿Y eso cómo se consigue, Bruce?» «No lo sé, señor, usted es el instructor.» Aunque hay una carcajada general, Bruce consigue neutralizar con una sonrisa cómplice, dirigida exclusivamente al profesor, la soberbia que había en su comentario. La clase prosigue: «Yo tengo una alternativa, Bruce, el error ha sido nuestra falta de coordinación, nuestra falta de diálogo, el FBI, la CIA, la DEA, las policías locales y estatales, cada cual iba por su lado… Espero que dentro de algunos años hayamos logrado hacer converger toda esa información de algún modo.» Bruce anota en su cuaderno: «Opciones convergentes».

En el taxi, Bruce (el Topo) dice: «Es aquí». El edificio de su infancia y adolescencia no ha cambiado en veinte años. Sube hasta el ático en el viejo ascensor. «¿Papá?»: nadie responde. El piso está a oscuras. «¿Papá?... Tengo unos días de permiso y he venido a visitarte….» En la mesa del recibidor descubre varias cartas devueltas por la Administración con el sello de «Petición denegada». La basura se acumula por doquier. Como hay algo de luz en el salón, avanza hacia él por el pasillo: cuando se acostumbre a la semipenumbra, descubrirá el cadáver de su padre, putrefacto, descansando en el sillón. La cara del Topo (Bruce) se endurece. Viene una ambulancia. Se improvisa un funeral en que el hijo (adoptivo) actúa como único testigo. A la salida del cementerio, se cruza con un vecino. «He llegado tarde, te pido disculpas... Pensé que habría una multitud de antiguos nuevos, agradecidos, o alguien del Gobierno diciendo unas palabras de homenaje...» El Topo (Bruce por última vez) no responde.

En el televisor, mudo, son mostradas estadísticas de apocalipsis, sobre un rótulo que reza «pandemia». Se apaga. El mando –el dedo pulgar sobre el power– lo sostiene una Lilith envejecida, derrotada sobre un sillón rodeado de botellas de cerveza vacías. Ojeras en gradación de morados. Tras unos instantes de vacilación, se levanta y coge el teléfono. Al borde del llanto, marca un número. Dos, cinco, siete llamadas. «Hola, has llamado a Gaff, no estoy en casa, deja tu mensaje.» «Hola, Gaff... Han pasado muchos años... Sólo quería decirte, antes de que la Pandemia me atrape a mí también... Que... Que...» Pero cuelga.

Su mirada barre, con dureza, la solapa de los libros, los muebles, las fotografías, la basura, los juguetes, los medicamentos, la ropa; como si todo lo que hay en el piso de su padre le fuera diametralmente ajeno. Cierra la puerta con llave y desliza ésta por la ranura, hacia el interior cerrado para siempre. Llama el ascensor; pero cuando llega, en vez de abrir la puerta, desvía la vista hacia la escalera que lleva al palomar. El sol deslumbra en blanco metálico. De pronto, se materializa un nuevo. Un adolescente. Desnudo. Fetal. Trémulo. Sin dudarlo, el Topo comienza a patearlo implacablemente, como en la repetición en bucle de un penalti: la cabeza, la mandíbula, la nariz –que sangra–, la frente, la boca –más sangre–. Deja un amasijo a sus espaldas. Baja las escaleras. Se sube en el ascensor.

El Topo recibe de fuentes diversas decenas de datos, que su computadora elabora para lograr tres retratos. Congela en tres pantallas distintas los tres retratos robot. Uno es lampiño. El segundo tiene rasgos angulosos. El tercero muestra su cabeza ovalada. Al primero le crea bigote, le cambia el color de los ojos, le alarga perceptiblemente el rostro. Al segundo le suaviza las facciones, le hace crecer el cabello. Al tercero lo adelgaza quince kilos. Después, envía los tres retratos robot a todas las comisarías de Estados Unidos.

7

Central Park

Jessica y Samuel salen de la boca de metro cogidos de la mano. Ríos humanos avanzan hacia Central Park. «Tengo miedo», le dice ella; él le responde con un beso. Abundan las kipás. En camisetas y pancartas se lee el mismo mensaje: «No a otra aniquilación». Todos los manifestantes tienen que atravesar el cordón militar que rodea el parque: soldados cada tres metros; y cada cincuenta, un jeep y una tanqueta. Miles de personas se están concentrando entre los centenares de olmos americanos, pero el ambiente es menos de maratón que de misa, menos de fiesta pagana que profana, de modo que los soldados son menos protectores que profanadores. «He leído que acuden comunidades de todo el país... Imagina, sólo en la Comunidad de la Estrella ya somos casi un millón...» Samuel siente, al respirar, la magnitud del evento: un acontecimiento desmesurado, una noticia desbordada y desbordante.

«Éste no es mi hijo... ¡quita, quita, impostor!»: con voz de falsete, Ralph Cifaretto hace reír a Vito con esa imitación. «¡Quita, quita, impostor!», repite, mientras le hace cosquillas a su compañera de cama, quien no puede dejar de reír. «Eso nos da mucha ventaja, Vito; mucha. Livia, por lo que me has contado, es un símbolo todavía para la familia...» «No hay duda: fue la primera en llegar, enseguida exploró el territorio, se encargó de establecer las redes que permitieran ir localizando a los que fueran materializándose, porque ella estaba segura de que no sería la única...» «Aunque esté senil, es respetada.» «Sí, y todos recordaremos siempre que le llamó "impostor", ahora será mucho más fácil demostrar que tú eres el auténtico Tony Soprano.» Ralph llena de aire los pulmones y sonríe, satisfecho. Sin avisarle, le da la vuelta y la penetra por detrás, bruscamente. Ella, no obstante, pronto empieza a gemir. Y lo hace hasta que el peso de quien la penetra remite. De pronto, está sola, en la cama. Sola. Como si su Tony Soprano no hubiera existido jamás.

El helicóptero sobrevuela la marea humana. No hay palabras ni imágenes para describir cómo Central Park se ha desbordado de gente. Gente en movimiento (cabezas inquietas como hormigas) que contrasta con la inmovilidad del cordón militar (cabezas paralizadas cada tres centímetros). «Buenas tardes, Manhattan.» El locutor enmudece. La ciudad enmudece, porque en todos los hogares y todos los pubs y en todos los escaparates de tiendas de electrodomésticos, sus ciudadanos están viendo imágenes desbordadas de una manifestación sin precedentes. De pronto, todas las pantallas dejan de mostrar la masa y enfocan a Carl Jewison, que a su vez es mostrado en las pantallas gigantes que se han colocado por todo el parque, de modo que su imagen y sus palabras se van a retransmitir simultáneamente para los manifestantes y para el mundo, para el interior y para el exterior en una puesta en abismo que aumenta el nivel de euforia de los dos millones de personas que se han reunido en Central Park.

Las fotos son de una explicitud pornográfica: Chris se encuentra en un almacén vacío, colgado del techo mediante cadenas, sujeto con grilletes que le hieren las muñecas, con los ojos tapados, y desnudo. El cuerpo está agujereado y de cada boquete ha manado sangre abundante, que ya se ha secado. En rotulador rojo, sobre el papel fotográfico de la última imagen: «El puerto es nuestro». Tony Soprano se ha quedado mudo. Golpea frenéticamente con el índice la mesa del despacho. Carlo y Sandro aguardan, impacientes. Cuando llegue Vito los tres le preguntarán de un modo u otro: «¿Dónde coño estabas?». Tony se levanta, sin dejar de mirar la última fotografía, que ahora sostiene con ambas manos. «Le dije que extremara la seguridad, pero el pobre estaba demasiado afectado por lo de su novia... Mierda, mierda, mierda... Todavía no es el momento ideal, pero no nos queda más remedio que actuar con contundencia: informaos de dónde está Michael Corleone, cuáles van a ser sus movimientos, dónde podemos cazarlo.»

«... Los que estamos aquí», prosigue Carl Jewison, «ya hemos sufrido dos desapariciones. A la de cualquier ciudadano, a la que nos trae a este mundo extraño, nosotros le sumamos una anterior, colectiva, devastadora, inexpresable. Una desaparición sin nombre, porque ningún nombre puede hacerle justicia. Una desaparición que, no obstante, nos une. Une a una parte sustancial de la población de Estados Unidos con la población entera de Israel. Sólo pedimos que el Gobierno de este país, que no puede garantizar nuestra seguridad, nos traslade a Israel. Allí, reunidos con nuestros hermanos, esperaremos con paciencia el Final, el Apocalipsis, la desaparición definitiva en el Monte de los Olivos. La Pandemia nos ha enseñado el camino: ha llegado el momento de configurar el Gran Israel.»

«¿Jessica está ahí?», pregunta Lenny, desde el sofá; Selena asiente. «Podemos estar satisfechos, es un día histórico, nunca ninguna comunidad ni red de comunidades le había plantado cara al Gobierno de esta forma.» «Depende de cómo se mire.» «¿A qué te refieres?» «Ay, Roy, a veces eres tan sabio y otras no ves más allá de tus propias narices...», Selena se sienta en el sofá y toma la cabeza de su marido entre sus manos, para hacerla reposar en su regazo. «Se nos va a Israel, nunca más la veremos.» Roy coge las manos que lo acarician con las suyas, pero no despega la mirada de la pantalla. Está tan concentrado en ella que la retina se le pixela. Algo sucede en la realidad televisiva, porque las pupilas de Roy se dilatan, las córneas invaden toda la cavidad ocular, para reflejar el estado de shock que antecede al terror absoluto. No es una interferencia.

«Sigo teniendo miedo», le dice Jessica a Samuel, al oído, mientras la multitud escucha, conmovida, a través de las pantallas gigantes, las palabras de su líder; unas palabras que magnetizan, que envuelven, que abrazan, que logran la *ficción* de un sentimiento de pertenencia a un sueño milenario, a una comunidad antigua como los olmos americanos, como la tierra. «Te quiero mucho, Jessica, piensa en e...» Desaparecen. Se desmaterializan. Se desintegran. Jessica, Samuel, Carl Jewison, dos millones de manifestantes, de ciudadanos, de supervivientes, de integrantes de dieciocho comunidades de desaparecidos de todo el país. De doblemente desaparecidos. Ahora: triplemente. Central Park se sume en el silencio. Un silencio. Pesado. Inaudito. Denso. Las pantallas gigantes continúan retransmitiendo el púlpito, vaciado; el micrófono, sin orador; el parque, sin gente. Los soldados se han quedado mudos, sorprendidos. El helicóptero continúa sobrevolando el área vacía. No ha habido muerte ni desgarro ni agonía ni conciencia de estar desapareciendo, de estar dejando de ser. Instantáneo. Ipso facto. Dos millones. Nadie. Nada.

Nadia amplía la ventana digital de Central Park. Le cuesta salir de su asombro, pero finalmente lo consigue. Dos millones de personas acaban de desaparecer ante sus ojos. Amplía, amplía, amplía, a golpe de zoom, Central Park se agrieta, se pixela, pero no hay rastro, no hay huella de nada ni nadie: nada. Durante diecisiete minutos no puede pronunciar una palabra. Le duelen hasta las lágrimas que no le brotan. «Frank, ¿has visto lo que ha pasado?» «¿Y quién no lo ha visto?» «Ha sido increíble.» «No veía a tanta gente unida a través de una pantalla desde el 11 de septiembre.» «Una red infinita de pantallas: eso es nuestro mundo.» «Una red sin centro y, por tanto, sin Dios.» «Una red horizontal, un auténtico colador... Nos estamos poniendo estupendos, Frank.» «Tienes razón, Nadia, ¿echamos un polvo?» «No me hagas reír, mis inmensas ganas de llorar no soportan el contraste.» «Perdona.» [...] «Por favor, perdóname, he sido un estúpido.» «No llores, Frank, no te preocupes... Tenemos que seguir trabajando.» «Tienes razón.» «¿Te puedo pedir un favor?» «Claro.» «Dentro de una hora todo Central Park estará acordonado, así que tienes unos minutos para acercarte y recoger muestras de arena. Tengo una corazonada.»

Suena el teléfono en el Despacho Oval. Los últimos espasmos solares crean una atmósfera de amanecer turbio. La presidenta Hillary Clinton está de espaldas, oculta en la butaca de cuero negro. Descuelga. «Ha hecho lo correcto», le dice la voz de Sam. Cuelga, sin responder. Sólo se ha visto su brazo, su mano, a causa del teléfono. No existe el resto del cuerpo. Su cara, sobre todo, ha dejado de existir.

«Dentro de unos días se casa su hija menor», Sandro ha entrado impetuosamente en el despacho y ha revelado, sin saludar previamente, su descubrimiento. Tony está limpiando dos revólveres y una escopeta de cañones recortados; comparte los trapos y la caja de herramientas con Carlo, que tiene dos subfusiles desmontados sobre la mesa. «¿Sabes dónde?» «Tengo la iglesia y el restaurante del banquete.» «Asaltaremos el banquete a la hora de la tarta», afirma Tony. «Llamaré a los de la Costa Oeste.» «Hay tiempo para que también venga gente de Italia.» «De acuerdo, por cierto, ¿dónde está Vito?», pregunta el jefe. «Sospecho que tiene un amante, porque Jack me contó que hace unas semanas se fue con un tipo, por la noche, con cara de polvo», responde

Carlo. «Ya tocaba», interviene Sandro, «porque desde que Joachim murió en aquel asunto de Nueva Jersey, el año pasado, no había estado con nadie, que yo sepa.» «Que tú sepas, porque a Vito nunca le ha importado pagar.» «¿De qué incidente en Nueva Jersey habláis?», pregunta Tony. «Claro, tú todavía no estabas con nosotros, fue nuestra primera batalla importante con los Corleone, un asunto de control de tráfico de drogas; perdimos a dos hombres, Joaquim, el amante de Vito, y Pussy Bonpensiero, su mano derecha, sospechamos que acabaron en una fosa; Vito se hundió después de aquello, porque conseguimos imponernos sobre los Corleone, pero perdimos a dos de nuestros mejores hombres, aunque ellos también perdieron a varios de los suyos.» «Pussy», susurra Tony Soprano. «Pussy Bonpensiero», mientras engrasa los cañones siameses y mutilados.

«Te he traído donuts y café, preciosa.» «Debo de tener una cara horrible.» «La cara que tendría Miss Universo si llevara dos noches sin dormir.» «Ha merecido la pena, Frank, mira esto.» Le muestra un informe de laboratorio. «Estos indicadores demuestran que no estamos ante el comportamiento habitual de la Epidemia. La Epidemia no deja ningún tipo de rastro, en cambio, hay un nivel de radioactividad y de sulfatos muy superior a lo habitual en Central Park.» Frank mira los datos desde la distancia de su veteranía. «Ten en cuenta que no existe ningún precedente de desaparición semejante, hasta ahora sólo teníamos casos de, a lo sumo, un par de centenares de personas... Dos millones, por Dios, cada vez que lo pienso se me pone la piel de gallina...» «Quieres decir que quizá una anomalía explica la otra.» «No lo sé, bombón, sólo sé que es hora de que te vayas a dormir.» Un momento. Introduce, una por una, las hojas del informe en el fax.

Las mismas hojas aparecen, reimpresas, en el fax del Topo. Paraliza entonces su frenética actividad lectora. Sólo esas hojas ocupan ahora su atención. Las examina a conciencia. Sonríe. Busca en un monitor las imágenes del tráfico de misiles en el muelle 28. Localiza el nombre de la informadora. En la pantalla central aparecen ochenta y seis casillas, cada una con un nombre. «Nadia Reegan» ha sido destacado por un recuadro rojo. Maximiza su fotografía. Imprime su currículum. Señala con el dedo una línea entre mil: «Brain Project».

8

La última cena

«No esperé tanto para esto... No, no soy la primera presidenta afroamericana de la historia de este país para esto.» La presidenta sostiene ante su mermado gabinete de crisis, compuesto por seis personas, las portadas del *New York Times* («NY es un desierto»), del *Herald Tribune* («La población de Estados Unidos se reduce en un 68% durante el año 2015») y del *Sun Coast Morning* («Sólo Israel y Japón conservan más de dos tercios de su población»). El semblante de preocupación de los asistentes a la reunión no admite paliativos. «Señora presidenta, tiene usted nuestro apoyo, pero no hay duda de que estamos ante una situación sin solución posible. Sólo podemos pedirle una cosa: que nombre una cadena de mando que vaya más allá de lo que ordena la ley, una cadena que no termine con el vicepresidente y el jefe del Estado Mayor, una cadena tan larga que asegure que alguien tendrá el poder, el control de las cabezas nucleares y de las fuerzas del orden en caso de que tanto usted como yo y los demás hayamos desaparecido.» «Estoy de acuerdo, señor vicepresidente, pero antes tengo que admitir algo ante ustedes: tomé una decisión muy dura el mes pasado, una decisión que quiero confesar, que no me quiero llevar a la tumba, soy la responsable de...» La presidenta desaparece, se desintegra, ya no es. A los cinco segundos el vicepresidente toma la palabra: «No tenemos tiempo que perder, hay imágenes grabadas de la presidenta como para conservar la ilusión de que está viva durante el tiempo que haga falta, a partir de ahora ninguna desaparición de personal del más alto nivel va a ser informada a la opinión pública: no vamos a permitir que este país se hunda. Lo mantendremos a flote. Hasta el final». Dicho esto, el vicepresidente también se desintegra.

El Topo amplía la información: «Brain Project». Cientos de imágenes se suceden ante sus ojos. Detiene el flujo en un apellido: «D. H. Morgan, Coordinador de Operaciones Especiales». Los rasgos faciales del Topo dibujan un interrogante. Los ojos fotografiados de Morgan miran los suyos. Se aguantan la mirada. Al fin, aparece sobreimpreso: «Desmaterialización: 18/6/2015». «Ya no podrá responder, ni rendir cuentas», dice el Topo antes de borrar todos los datos.

Cuatro coches en caravana. En el segundo de ellos, Carlo le dice a Tony Soprano: «Estoy nervioso, Tony, pero contento, antes de que esa epidemia acabe con esta puta ciudad, los Di Meo vamos a ser los capos de Nueva York». «Es lo justo», afirma el jefe. «Lo merecemos desde la otra vida, ¿verdad?» «Sí», mastica las palabras, «desde el más allá nos trajimos el deber de superar a los Corleone, de ser mejores que ellos, y esta ciudad será el escenario de esa victoria.» «El otro día te hablé de Pussy Bonpensiero, ¿te acuerdas?» «Claro que me acuerdo.» «Yo he estado pensando mucho en él estos días, era un latino gordinflón, pero con dos brazos como dos troncos… Pussy siempre nos enseñaba sus cicatrices, tenía todo el torso lleno de ellas, cicatrices redondas como ombligos, era un puto colador… Él siempre decía, cuando se tomaba dos copas de más y se desabrochaba la camisa, que para ser de la mafia había que haber sido cosido a balazos en el más allá, que aquellas cicatrices eran su garantía, su garantía de fidelidad, había muerto a manos del enemigo, en combate, decía, las cicatrices eran su certificado, decía, el bueno de Pussy…» «Estamos llegando», le interrumpe Tony Soprano, muy serio, «concéntrate.»

Mientras observa imágenes del puerto, Nadia frunce el ceño. Busca en los archivos el caso del muelle 28 e imprime el informe. A medida que la lectura avanza, su semblante refleja más extrañeza. Mira el vídeo de nuevo: la hora que aparece en la pantalla difiere en cuarenta y tres minutos de la hora que aparece en el informe; no es de extrañar, pues, que la policía llegara demasiado tarde para evitar la captura de los traficantes de misiles. Llama a Frank. Nadie contesta. «Es hora de regresar al Pentágono, veinte años después, justo antes de jubilarme, o de desaparecer», le dice a su buzón de voz.

Frank ha visto salir los cuatro coches de la parte trasera de los billares. Se han dirigido hacia el Círculo 14. Se pone la chaqueta y la gorra de la compañía telefónica, coge el bolso con las herramientas y cierra la furgoneta. «Buenos días, vengo a revisar el teléfono», le dice a Jack. «No le ocurre nada al teléfono.» «Compruébelo, en la central me han avisado de que existía una avería.» Jack entra en el despacho y regresa enseguida: «Tiene usted razón, se ha vuelto a joder, adelante». Con el aspecto más bonachón de que es capaz, Frank entra en el despacho, deja el bolso sobre la mesa y hace ver que examina el teléfono hasta que Jack vuelve a la barra. Entonces se dirige hacia el agujero en la pared. El agujero obturado por un chicle rosa y duro. «Hijos de»: se desintegra.

Selena mira a través de la cancela el interior de Central Park. Las pantallas gigantes continúan allí. Atmósfera de iglesia vacía, de cine vacío, de cementerio sin lápidas ni tumbas ni muertos. Las lágrimas le saturan los ojos y al fin se derraman, abundantes, enturbiando su belleza. La serenidad de su belleza. «Te quiero, Jessica, te querré siempre.» Recuerda el cuerpo trémulo de una niña recién llegada, *nueva*, en el sofá; las conversaciones con Roy; lo que le costó aceptar la idea de adoptarla; su habitación de ositos rosas; su primer día en la universidad; la primera vez que cenaron los cuatro: Roy, Jessica, Samuel y ella. Resigue un barrote oxidado con el dedo índice, lenta, muy lentamente, hasta que dejan de existir.

Tony Soprano y sus ocho secuaces han entrado en la cocina del restaurante por la puerta trasera. Enseguida reducen a los camareros, mientras obligan a los cocineros y a sus pinches a continuar con su trabajo, a actuar con normalidad. La tarta está preparada: cuatro pisos, ciento ochenta porciones. Suena un vals. «Papá Michael debe de estar bailando con su hijita», dice Tony. Cinco de sus hombres ya se han vestido de camareros: ocultan las armas bajo el carrito de la tarta. «Poned esto también», dice Tony mientras sitúa tres subfusiles en el hueco que separa la base de la tarta de la mesa. «Situaros frente a la mesa nupcial y que empiece realmente la fiesta.» Asienten. Acaba el vals. Un animador grita con acento italiano: «¡Y ahora, la tarta!». Los camareros empujan el carrito hacia el salón. Tony Soprano carga su escopeta de cañones recortados; Vito, Sandro y Carlo hacen lo propio con su armamento.

«Es duro asistir a la extinción de tu propia comunidad, Roy.» «Muy duro.» «Primero fueron las muertes de Hannibal y de Morgan, que de algún modo nos hicieron más huérfanos.» «Después la desaparición de Pris, joder, ella era como un centro magnético de todos nosotros.» «¿Te acuerdas del viaje que hicimos en 2005 a Los Ángeles?» «Cómo lo voy a olvidar.» «Sólo ella estaba emocionada, los demás no sentimos nada, Roy, nada, absolutamente nada, acuérdate de cuando estábamos ante el edificio Bradbury, pese a que nuestros adivinos nos lo habían descrito a todos, pese a que algunos tenemos o hemos tenido interferencias que ocurren en ese maldito lugar, que nos han permitido verlo, decenas de veces, pese a todo, no sentimos nada, Roy.» «Lo sé, Gaff, lo sé.» «Pero no hablamos de ello, recorrimos durante tres días la ciudad sin mencionar ni una sola vez nuestras emociones; estábamos todos vivos, pero éramos como huérfanos, sí, señor, como huérfanos, eso es lo que somos todos nosotros, no sólo los de nuestra comunidad, todos los habitantes de este planeta, muertos o huérfanos, seres incompletos, sin remedio.» «Tienes razón, Gaff, tienes razón, y el mundo se ha vuelto más absurdo con la Epidemia, porque nos ha demostrado que no hay leyes estables en este lugar, que todo puede mutar, que algo drástico, radical, incomprensible, puede surgir de la nada.» «Hay algo peor.» «¿Qué, amigo?» «La certeza de que el otro mundo no era mejor: allí éramos esclavos o *blade runners*, replicantes o humanos, modelos básicos de placer o asesinos, pero sobre todo éramos marionetas, peor aún, muñecos de ventrílocuo, muñecos agujereados, muñecos de entrañas ocupadas por una mano, sin voz propia, eso éramos, Roy, muñecos sin voz propia.» «Turistas de una vida ajena, pero, no obstante, sentimos nostalgia.» «Y sí.» «Pero no obstante, no queremos ser los siguientes en desaparecer.» «Y no.» «La vida tiene algo, no obstante, ¿una última cerveza?» «Sólo si la utilizamos para brindar.» En el mismo instante en que realizan ese (último) brindis se desintegran. Desaparecen. Dejan de ser.

El salón es una carnicería. Los cuerpos de todos los vivos son ahora de muertos. No están clínicamente muertos: el acercamiento permite observar que existe una microscópica actividad de regeneración; pero veinte o treinta disparos por cuerpo, algunos de ellos auténticos boquetes causados por la escopeta de cañones recortados de Tony Soprano, aseguran una recuperación tan lenta y unas secuelas tan persistentes, que en este preciso momento se puede hablar de una carnicería, de una necrópolis de salón. Michael Corleone está detrás de una mesa derribada. Respira con tal agitación que la cadena de oro y la cruz que de ella pende tiemblan hasta escaparse del ángulo de la camisa abierta. Se levanta y dispara una, dos, tres veces: falla; recibe un único cañonazo de Tony Soprano, en el pecho. Brota sangre a borbotones. El ejecutor se acerca, lento, sorteando cadáveres, pisando charcos rojos. «Tony», gimotea a duras penas Michael Corleone. «No me llamo Tony», dice mirándole a los ojos, «mi nombre es Richie.» El moribundo insinúa una sonrisa: «Yo tamp...». Un cañonazo en la boca cercena sus palabras. Richie Aprile carga dos nuevos cartuchos. Un disparo en cada rodilla. Dos cartuchos más: los dos codos. Dos más: la frente, el sexo. Con la camisa blanca sucia de sangre, da media vuelta, lanza la escopeta de cañones recortados y se dirige hacia la puerta de salida del restaurante. A medida que avanza, sin que pueda percibirlo porque sucede a sus espaldas, los cadáveres clínicamente vivos se van borrando. Primero se desintegra (desaparece) el de Michael Corleone; después, uno a uno, el de todos los mafiosos de ambas familias. A cada paso que da Tony (Richie) un cuerpo se esfuma; a cada paso que da Richie (Tony), un cuerpo menos en el salón. Cuando al fin empuja la puerta de salida, el espacio está lleno de mesas, sillas, comida, bebida y sangre, pero no hay rastro de cuerpos (seres). Sale a la calle. La Quinta Avenida está desierta. Manhattan está desierto. Nueva York ha sido abandonado. «Gestión de residuos», dice Tony Soprano, confundido, «mis dos vidas dedicadas a la gestión de residuos urbanos.»

Un fondo marino de rocas recortadas y algas verdes, movedizas: desierto a excepción de un banco de peces que se mueve de derecha a izquierda, poco a poco, entre cubos de cemento. La ciudad de Nueva York, desde el agua, desde la Estatua de la Libertad: progresivamente, el tráfico es borrado de las calles, los grupos de colegiales se esfuman, un vagabundo desaparece, un policía se desintegra; Manhattan queda desierto y el asfalto y el cristal se revelan sin movimiento ni presencia humanos. Un helicóptero mudo, como una mosca muerta, cae de repente. La vista aérea de un complejo industrial: naves, barracones, extensión desierta, raíles; se mueven, minúsculos, los coches y un tren, hasta que de pronto ya no están. Un corredor flanqueado de alambradas erizadas de espinas: una veintena de soldados, uniformados, verde camuflaje, vigilan a otros tantos prisioneros, vestidos de naranja, encapuchados, maniatados, arrodillados, reducidos; primero desaparecen éstos, inmediatamente después, aquéllos. La estepa siberiana, la ventisca arrolla la nieve: sólo se ve y se escucha ese duelo entre el viento y el agua helada. Una montaña majestuosa, nevada, cuyo perfil se funde con un cielo prístino, sin vapor de agua; la arboleda es mecida por el viento; en los campos de cultivo hay un carro tirado por dos bueyes: se esfuma el agricultor. Queda la montaña sola y nevada.

En las pantallas que estudia el Topo ya no hay presencia humana. Cada televisor etiquetado («Londres», «París», «Berlín», «Jerusalén», «Pequín», «Tokio», «Los Ángeles», «Nueva York») retransmite un fragmento de una desaparición que se sabe global, absoluta. Ya no llegan faxes. Sólo circula la información que no precisa de intervención humana. Las cámaras: un callejón cercano a Trafalgar Square, un hotel de la periferia parisina, una esquina de Mitte, el Barrio Árabe, la Plaza Roja, un mercado de Tokio, Hollywood, Central Park. El Topo manipula los teclados, da órdenes a través del micrófono, amplía y minimiza fotografías satelitales, busca, persigue; pero no encuentra, en diez pantallas simultáneas. Durante unos minutos, que invierte en seguir tecleando, en continuar con su búsqueda, sabe que es el último hombre sobre la faz de la Tierra. Entonces tres golpes sacuden la puerta. El Topo se da cuenta de que ha mirado en todas las pantallas menos en las de seguridad de su propio edificio: dos pequeños monitores que se encuentran en un extremo de su cabina. Sin volverse, busca en ellos los últimos minutos de grabación y ahí está Nadia Reegan, entrando en la planta 6C, asistiendo a la desaparición de los últimos empleados gubernamentales. Finalmente, el Topo se vuelve. Efectivamente: es Nadia. Empuña su arma reglamentaria: le está apuntando. «Quiero algunas respuestas», dice. Él se limita a sonreír. «Esto no va a quedar así, quiero saber, mi último deseo es saber.» Él sigue sonriendo, como si tuviera un farol y fuera de póquer. O viceversa. Se limita a decir, lentamente, silabeando: «Hemos compartido una esquina oscura del experimento americano». Calla. Y sonríe, impertérrito. Hasta que desaparece y su sonrisa es sólo un recuerdo desintegrado, dejando de ser, flotando frente a las pantallas. Entonces es ella quien se sabe la última mujer sobre la faz de la Tierra. Se sienta en el suelo, la cabeza enterrada entre las rodillas, la pistola apenas sujetada por la mano lánguida. Y se dispone a esperar.

Apéndice

Los *muertos* o la narrativa post-traumática[1]

Jordi Batlló y Javier Pérez
Universidad Autónoma de Barcelona

> Un suceso ya dignificado por el tiempo es
> repetido, repetido y repetido hasta que algo
> nuevo llega a incorporarse al mundo.
>
> DON DELILLO,
> *Mao II*

I

Hay que admitir –nobleza obliga– que tardamos en darnos cuenta de qué era realmente lo que proponía la teleserie *Los muertos* (*The Dead*, Fox: 2010-2011). Los lectores atentos, obviamente, vieron en el título joyceano un guiño, quizá una pista de que nos encontrábamos ante una ficción con pretensiones herméticas; pero pronto la lectura literal eclipsó la posibilidad de ir más lejos: la ficción planteaba la existencia de un mundo al que iban a parar los muertos. Todos

1. Artículo extraído –con la autorización de los autores– de Concepción Cascajosa Virino, *La caja lista 2. Nuevas teleseries estadounidenses de culto*, Barcelona, Laertes, 2015, pp. 45-66.

sus personajes, por tanto, eran los muertos anunciados por el título. A juzgar por los foros internáuticos y por las revistas especializadas, en un primer momento hubo cierto consenso en que eran nuestros muertos los que se trasladaban a ese mundo al ser traspasados. La importancia dramática que, capítulo tras capítulo, fueron adquiriendo las cicatrices (cuyo rol ya había sido anunciado en el título del capítulo 2, titulado precisamente «Cicatrices»), sobre todo las que muchos personajes de reparto tenían –circular– en el centro de la frente, condujo sin duda la lectura hacia la tradición del relato del más allá. Esas personas eran nuestros muertos, los que habían fallecido en nuestra realidad a causa de la violencia. De modo que estábamos ante una ficción emparentada con la narrativa clásica del infierno: Ulises, Eneas, Jesucristo, Dante y un largo etcétera de héroes clásicos habían vivido la experiencia de la catábasis, mediante la cual nos había llegado una descripción ultraterrenal, con especial importancia de las entrevistas a los difuntos. En *Los muertos*, creímos, se negaba la existencia de un interlocutor enviado desde «nuestro lado», se abordaba directamente el averno, se dejaba hablar a los «condenados», en una autonomía inaudita y prometedora.

Nuestra serie, por tanto, no imaginaba el relato de ese mundo como el *decensus ad infera* de un héroe vivo, sino que planteaba la existencia del *infierno* como algo autónomo, sin lazos bidireccionales con la vida ni con nuestra realidad. Al contrario que en *Perdidos* (*Lost*, ABC: 2004-2010), donde el vínculo entre la isla y el exterior, es decir, entre el mundo fantástico y el mundo real, es sólido, aunque personajes como Hugo –internado en un hospital psiquiátrico durante gran parte de la trama, con sus visiones contagiosas y su diálogo con los muertos– se encargaran de hacernos dudar al respecto durante varias temporadas (hasta el punto de llegar a creerse que todos los personajes habían muerto en el accidente de la compañía Oceanic), al contrario que en esa serie, decimos, en *Los muertos* no hay ningún tipo de enlace sólido entre el presente y el denominado «más allá». Los intermediarios (o médiums) entre ambas esferas son los «adivinos», que pueden ver fragmentaria y confusamente el lugar de donde proviene su cliente, pero cuyas visiones o imágenes sólo se pueden compartir verbalmente, no hay modo de visualizarlas hacia fuera de la mente del adivino; es decir, no hay forma de objetivarlas, de compartirlas, más allá de la descripción oral. Tampoco hay regreso posible: la vida (que es la muerte), sin engendramiento ni gestación, se agota en sí misma. Y la incomunicación también rige respecto al otro «más allá», es decir, al «mundo» donde deben de ir a parar los muertos una vez que mueren en la realidad de *Los muertos*. Ahí, por tanto, existe una primera torsión de la teleserie respecto a las que la precedieron. Una segunda torsión –a todas luces la decisiva– tiene que ver con la configuración de sus protagonistas.

Puede decirse que el doctor House (protagonista de la serie homónima: Fox: 2003-2012) cierra un círculo que se abrió con Sherlock Holmes. Es sabido que Conan Doyle –él mismo ex estudiante de medicina– tomó como modelo real de su célebre detective al doctor Bell, en aquellos momentos el médico más prestigioso de Edimburgo. De modo que en la creación del prototipo de detective moderno, intérprete de asesinatos, de la muerte, tenemos a un médico, intérprete de la vida. Hércules Poirot o miss Marple analizan los problemas que plantea lo real mediante el método inductivo, científico; la propia Agatha Christie era esposa de un arqueólogo y ella misma aficionada a la arqueología (la interpretación de las ruinas). Los grandes detectives de la novela y el cine negro son a menudo ex policías, traficantes de información, analistas de síntomas. En la novela posmoderna, el escritor, el periodista, el profesor o el traductor se convierten en investigadores; mientras que en la televisión de esa misma época (1970-2000), los fiscales, los abogados y los policías encarnan la versión televisiva de ese mismo modelo de investigador. Sobre esa base, la época dorada de la ficción televisiva se construye sobre la misma figura del hermeneuta, del intérprete; pero éste deja de ser un policía o un detective. En la primera temporada, el protagonista de *Prison Break* (Fox: 2005-2009) tiene que descifrar el plano en clave que se ha tatuado por todo el cuerpo: en él se ocultan las indicaciones para la fuga de la prisión. Las versiones interpretativas sobre la Isla deciden los destinos de los personajes de *Perdidos*, cuyas teorías y lecturas del espacio donde se encuentran rigen el guión de la serie. Los protagonistas de *CSI* (CBS: 2000-2015) son forenses; el de *Dexter* (Showtime: 2006-2013) es experto en sangre; el de *House* es neurólogo. Con él, un médico, el personaje del investigador vuelve a sus orígenes, esto es, a Sherlock Holmes. Se cierra el círculo.

A conciencia, *Los muertos* se sitúa fuera de ese círculo, en otra tradición, la de *Los Soprano*, serie con la que se vincula explícitamente en su segunda temporada. Tony Soprano acude a una psicóloga, la doctora Melfi, para tratar de entender las razones de sus ataques de pánico; pero no hay una solución única ni una sola interpretación de ellos, es más, la serie se acaba con la renuncia de la psicóloga a su paciente, cuya condición criminal no puede seguir soslayando; en toda la obra, aunque abunden los hospitales a causa de la presencia fantasmática del cáncer y de la vejez, y sobre todo a causa de las consecuencias de la violencia extrema y periódica que marca el ritmo de la ficción, ni una sola vez se espera de los médicos un diagnóstico difícil o problemático. Los dilemas tienen que ver con la acción, no con la interpretación. En ésta se pone el énfasis de la psicología del personaje: Tony Soprano, prototipo, aunque humanizado en nuestro siglo XXI, del «mafioso», es un ser absolutamente incapaz de comprender, de interpretar globalmente lo que sucede a su alrededor; lo salva su intuición, no su inteligencia. En *Los muertos* tampoco encontramos ningún hermeneuta o intérprete privilegiado que sea capaz de encontrar un sentido a lo real ni un «individuo representativo», un «tipo» que permita –como ha dicho Franco Moretti– teorizar «el género en toda su complejidad». El único personaje dotado realmente para la gestión de datos es precisamente el Topo, es decir, aquel que a sabiendas manipula, tergiversa, desvía: un antihermeneuta. *Los muertos* inaugura y extingue un género. Constituye un círculo en sí mismo.

II

Los antecedentes fundamentales de esa línea de exploración narrativa son, sin duda, las series correlativas *Twin Peaks* (ABC: 1990-1991) y *Expediente X* (*The X-Files*, Fox: 1993-2002). Con esas dos obras se introduce en la ficción televisiva el cuestionamiento de la posibilidad de percibir rectamente nuestra propia realidad. Ha sido ampliamente estudiado el modelo de David Lynch en la puesta en escena de los interiores privados de *Los muertos* (el apartamento de Roy, por ejemplo); también se ha hablado de cómo los adivinos fueron vistos en un primer momento como herederos de los personajes que, en la estela de Lovecraft, son capaces de intermediar entre los humanos y los fantasmas, o entre los humanos y los alienígenas. Sin embargo no fueron esas dos obras las escogidas por Carrington y Alvares para el establecimiento de puentes intertextuales evidentes. En *Los muertos*, como es sabido, los macrotextos son otros: *Blade Runner* (Ridley Scott, 1982) en la primera temporada y *The Sopranos* (HBO: 1999-2007) en la segunda. Nada es casual en nuestra serie y menos esta elección. Aunque el tono, la atmósfera, el misterio, incluso la escenografía puedan remitir a *Twin Peaks* o a *Expediente X*, el auténtico tema que quería –contundentemente– plantearse no era el *género* ni mucho menos sus atributos *estilísticos*. Ya hemos dicho que en lo que a eso respecta, estamos ante una obra cerrada en sí misma: la figura del círculo evoca esa autonomía. Sin embargo, en la dimensión temática y en la dimensión conceptual (en la medida en que ellas pueden sobrepasar la estrictamente genérica y, por tanto, *tradicional*), el diálogo debía establecerse con dos ficciones que fueran claramente representativas de dos siglos que se unieron en la bisagra del año 2000, que compartieran la investigación sobre la muerte en relación con el límite de lo humano, que trataran la noción de *comunidad* y que, además, mostraran masacres, porque la masacre es la razón de ser del mundo de *Los muertos*. Entre una película y la otra se sitúa, por cierto, la ficción de donde procede Jessica: *La lista de Schindler* (Steven Spielberg, 1993); al desplazar ese filme, al situarlo como obra secundaria dentro de la estructura intertextual de la teleserie, que sitúa en primer plano a *Blade Runner* y a *Los Soprano*, Carrington y Alvares continuaban dándonos pistas sobre la intención de su propuesta.

No obstante el trabajo argumental con *Blade Runner* y con *Los Soprano*, no estamos ante un producto de metaficción posmoderna. En nuestra postposmodernidad, *Los muertos* actúa como una despedida. Es paradigmática a ese respecto la ironía que muestra la serie en el capítulo 2 de la segunda temporada, cuando Roy, en plena decrepitud y por tanto con más capacidad de convertir las interferencias en recuerdos vívidos, descubre que en verdad se llama Lenny. En otras palabras: que su abnegada contribución a la comunidad de los que creían conocerse de la experiencia compartida en *Blade Runner* ha sido una meta errónea. La metáfora de la vida humana es obvia: en nuestra realidad no existen intérpretes capaces de leer con claridad profética la realidad (eso comparten, ya se ha dicho, las tres obras que venimos analizando: en ellas no hay grandes lectores, no hay nadie que sepa ver lo que está realmente sucediendo, no hay ningún House, ningún Dexter, ningún miembro del CSI; al contrario, repetimos, el único hermeneuta es el Topo, de algún modo un contralector, anarquista, generador de caos, del sinsentido). Pero también es obvia la metáfora del arte posmoderno: la intertextualidad, el guiño, la referencia cómplice, no son más que estrategias de postergación de una certeza.

El relato no puede construirse exclusivamente de palabras o imágenes prestadas, en un tono melancólicamente irónico, en una estructura basada en el pastiche. El relato precisa de un equilibrio extraño, inexplicable, entre lo heredado y lo propio, en un lenguaje con posibilidad para decir lo nuevo; un equilibrio en cuyo centro inexacto hay un sobresentido; si no, cae en el absurdo. Como la vida de Lenny/Roy, quien se ha pasado los años amando a Selena –alguien totalmente ajeno a su comunidad–, pero recordando con una insistencia enfermiza a otra mujer (su esposa muerta, en el interior de *Días extraños* –Kathryn Bigelow, 1995– ficción por cierto, sobre el apocalipsis del año 2000); quien ha vivido entregado al auxilio de los nuevos que aparecían en su callejón, ante la indiferencia o la cobardía del resto de los vecinos, y entregado a la comunidad, que finalmente –como todo– se desvanece. Pese a sus referencias a películas, teleseries, cómics u obras de teatro, *Los muertos* se puede ver, leer, disfrutar sin detectar los guiños, sin conocer los macrotextos, gracias a su manierista planificación, a sus soberbias interpretaciones dramáticas, a su sofisticada banda sonora, a la perfección de su fotografía y montaje o a la inquietud que contagian sus títulos de crédito. Las historias y los personajes, gracias a su relación parcial y a menudo falseada con su supuesto «pasado» en el «más allá» resultan ser autónomos y no parasitarios. A diferencia de tantas narrativas posmodernas, cuya referencialidad es totalmente dependiente, *Los muertos* apuesta por un salto. Un salto al vacío, que no obstante y para sorpresa de todos: fue un éxito.

III

La importancia que se le concede al binomio aparición (1.ª temporada)/desaparición (2.ª) se corresponde con la densidad argumental que se atribuye a cada temporada. «Es más difícil crear un mundo que destruirlo: piense en el mago, en su atrezzo, en su traje, en toda la parafernalia que construye sobre el escenario, un marco enorme, monstruoso, para simplemente hacer desaparecer una paloma», dijo Mario Alvares en su conversación virtual con los lectores del *Chicago Herald Tribune* (19/1/2012). Ciertamente: la primera temporada, en su empeño de edificar un universo coherente, cyberpunk y kafkiano, fue mucho más compleja que la segunda, en que ese universo se fue desintegrando. El binomio conecta también con la intención última de la obra de arte. Una intención que nace, según parece, de la indignación de una lectura: la que les produjo *Las benévolas*, la novela de Jonathan Littell que adopta el punto de vista de un narrador nazi (también *La lista de Schindler* apuesta por la perspectiva de los exterminadores), que leyeron «al mismo tiempo, sin saberlo, en algún momento de 2008... Los dos nos preguntamos cómo alguien de nuestra edad podía haber escrito aquello...» (*Time*, 2/9/2012). Una intención que –interpretamos– no era otra que construir la gran narración post-traumática del inicio del siglo XXI, firmada por «la tercera generación», la de los nietos de los que vivieron la Segunda Guerra Mundial. Se conoce como «narrativa post-traumática» al conjunto de relatos que ha querido dar cuenta de la experiencia del límite, a menudo vinculada con el mundo concentracionario, cuando no con el de la tortura o la violencia institucional, creados por la generación posterior a la que sufrió esa experiencia. Si se considera que la literatura de Primo Levi, Jean Améry, Vasili Grossman o Jorge Semprún es traumática, o de primer grado, elaborada por las víctimas de la violencia extrema, la literatura post-traumática sería la firmada por la siguiente generación o por los testigos indirectos de esa violencia extrema. Su ejemplo paradigmático es la novela gráfica *Maus* (1980-1991), de Art Spiegelman; pero se podrían invocar muchos otros ejemplos, desde la película *Shoah* (1985), de Claude Lanzmann, hasta la narrativa de W. G. Sebald, pasando por documentales en primera persona como *Los rubios* (2003), de Albertina Carri, o *Vals con Bashir* (2008), de Ari Folman.

Aunque la teleserie fuera primero interpretada como perteneciente al género fantástico o de ciencia ficción y, hacia el final de la primera temporada, ocurriera lo que se ha empezado a llamar, globalmente, «el duelo ficcional» (que provocó desde el fenómeno masivo de Mypain.com hasta un aluvión, que todavía dura, de «narrativa del rescate», es decir, de novelas y películas que *resucitan* de su *muerte ficcional* a los exterminados de la ficción universal), que circunscribía intuitivamente *Los muertos* en el ámbito de los relatos post-traumáticos, no es hasta bien avanzada la segunda temporada cuando se multiplicaron los *papers* y los simposios que entroncaron directamente la obra de Carrington y de Alvares con la tradición que acabamos de esbozar. Concretamente cuando, gracias a la novedad que supone internet en el establecimiento de redes de comunidades, Jessica contacta con la Comunidad de la Estrella, con todas las consecuencias que eso conlleva, en el marco del advenimiento de la Epidemia, que por primera vez en la historia del mundo de *Los muertos* enfrenta a sus habitantes con la posibilidad de una muerte antinatural. Entonces vimos claramente que los títulos de crédito iniciales, por ejemplo, en blanco y negro, con flechas de trazo grueso, con los nombres de los directores dentro de un recuadro negro sobre fondo blanco, calcaban los de *La pasajera* (1963), la película de Andrzej Munk. Obviamente, la música no tenía la solemnidad que preside el inicio de la primera ficción importante sobre el exterminio nazi. Pero esa primera clave, que ningún estudioso había percibido, se relacionaba con otra, tan visible como al cabo invisible, que se encontraba en los títulos de crédito finales: una prefiguración y una desmitificación –repetida al final de cada capítulo: anuncio en clave, serializado– de la supuesta sorpresa final de la teleserie. Esos créditos, como todos vimos claramente más tarde, estaban diseñados a partir de planos encadenados que revelaban topónimos fundamentales para la comprensión del sobresentido: el primero era el del fondo marino donde se acumulan los cadáveres de la mafia en la segunda temporada, pero vaciado de muerte (en una posible alusión a *Dexter*, la serie de televisión que, como *Perdidos*, planteó el tema de la masacre y del exterminio en la ficción televisiva del inicio de siglo); el segundo era un plano de la ciudad de Nueva York desierta; el tercero, una concatenación de planos aéreos, elaborados a partir de imágenes satelitales, de lugares que sólo al final de la serie pudimos reconocer: Auschwitz, la estepa siberiana, Guantánamo, el Gran Cañón y Ararat. Por tanto, en los créditos que abrieron y cerraron cada capítulo de *Los muertos* pudimos haber sabido que toda la serie se planteaba como un intento de hablar del genocidio desde la serialidad televisiva. Con un planteamiento absolutamente novedoso y, por extensión, desafiante: el mundo de *Los muertos* está exclusivamente habitado por las víctimas de la ficción humana, de modo que aunque en él también encontremos verdugos (alemanes nazis u oficiales estadounidenses del ejército exterminador, por ejemplo), éstos están representados, más allá de su condición de sujetos ficcionales, sobre todo en su estatuto de víctimas. En otras palabras: en una sociedad constituida exclusivamente por los muertos de la ficción, sin lazos bidireccionales con la realidad de procedencia, vacía de victimarios, los responsables últimos de las masacres cuyas consecuencias estábamos tratando de imaginar en el televisor (o en otras pantallas) éramos nosotros, espectadores. El telespectador de *Los muertos* ocupa la posición del verdugo: en la pantalla es capaz de acceder a la realidad alternativa que sus actos violentos han creado. Primer paso de un lento camino hacia el duelo, el arrepentimiento, la catarsis. O, por el contrario, hacia la convicción, la reafirmación, el odio regenerado.

IV

Con la proyección del último capítulo de la teleserie, un acontecimiento global con la misma presencia mediática y los mismos índices de audiencia que una final de la Copa del Mundo de Fútbol o la Ceremonia de Inauguración de unos Juegos Olímpicos, se produjo la desaparición de Carrington y de Alvares. Una desaparición que, sabemos ahora, estaba pactada y prevista desde los primeros esbozos de la obra. Eso provocó la necesidad de practicar una arqueología del pasado inmediato: se consultaron las hemerotecas, se visionaron los archivos de vídeo, se indexaron los materiales disponibles, se publicó todo lo que ellos habían declarado. Y sobre todo se releyó *La prehistoria de sus muertos*, la crónica de Daniel Alarcón que se ha convertido en el principal documento sobre nuestros atípicos y excepcionales artistas. Siguiendo –presumiblemente– el modelo de Quentin Tarantino, cuyas declaraciones siempre se han situado en el terreno de la ambigüedad, en un arte del desvío que parece aprendido de Godard y que pasa por la actuación constante en el personaje de director, siempre a caballo entre la genialidad y la improvisación, entre la bajísima y la altísima cultura, Carrington y Alvares nunca hablaron abiertamente de la intención última de su obra. Sin embargo, ahora sabemos que ambos estudiaron poesía alemana contemporánea, que ambos cursaron asignaturas sobre representación cinematográfica del exterminio nazi, que ambos cogieron en préstamo de las bibliotecas de sus respectivas universidades libros de Enzo Traverso, Jean Bollack, Henri Meschonnic o George Steiner. Daniel Alarcón recuerda que, entre las bromas privadas que compartían, estaban los dibujitos de gatos y ratones, las canciones de la resistencia francesa y el uso sistemático y travieso del «no pasarán» aplicado a cualquier situación cotidiana que permitiera la risa («tras algunas rondas de cervezas, en un bar, después de un largo día de rodaje, descubrieron que a la puerta esperaba una auténtica horda de fans; entonces dieron marcha atrás, me cogieron por el brazo y, al grito al unísono de "no pasarán", en castellano, al que yo me uní por inercia y porque empezaba a conocerles, salimos corriendo hacia la puerta de atrás»).

En un artículo publicado en la primera entrega de este mismo proyecto («El círculo infernal. Una transición», *La caja lista: televisión estadounidense de culto*, 2007), constatábamos que la serialidad tendía a cerrar el círculo de la felicidad, mientras que las teleseries contemporáneas habían instaurado un «círculo infernal», caracterizado por la endogamia, la traición, la descomposición y la muerte. El final de cada temporada de las series, al menos desde *Expediente X*, ha buscado dejar en el espectador un regusto de innovación; pero también un simulacro de finalidad abierta. *Los muertos* se ha singularizado por una brevedad (sólo dos temporadas, pese a los altos índices de audiencia) que guarda relación directa con su final absolutamente cerrado. Ahora que ha trascendido el background de la producción, podemos además certificar que se ha tratado de una alianza inaudita entre la industria y la ética y, por qué no decirlo, la posibilidad de la utopía. Todos los actores y actrices de *Los muertos* provienen del mundo del teatro y no habían participado antes en ninguna ficción televisiva ni cinematográfica; por contrato, además, no podrán hacerlo nunca, ni ceder su imagen para publicidad o reportajes periodísticos. Su representación de víctimas del supuesto genocidio sistemático que el ser humano ha perpetrado en el dominio simbólico de la ficción estaba determinada –desde la primera lluvia de ideas realizada por George Carrington y Mario Alvares– como única. Sólo el respeto de estas normas éticas podía conducir, según sus autores, a un producto de masas, absolutamente *entretenido*, que fuera además rigurosamente respetuoso con el tema tratado. Un respeto simbólico, obviamente. Puede parecer una solución extrema, pero no lo es si traemos a colación la siguiente declaración de Carrington: «Fíjese en el caso, patético, de Steven Spielberg: primero hace *Indiana Jones* y crea unos nazis malísimos y ridículos, después hace *La lista* y los representa en blanco y negro y pone un documental al final para hacerlo todavía más serio, después filma una historia de terroristas israelíes en Europa, y va el tío más tarde y resucita a Indiana Jones y a sus nazis, y encima tiene el morro de justificarse y de buscar algún tipo de coherencia en todo el desaguisado» (*Film Spectator*, 1/2012). Su objetivo, sabemos ahora, es preservar una memoria de la que no teníamos conciencia. Una memoria y una responsabilidad que no existían. Hasta entonces, el territorio de la ficción había estado más o menos exento de un reclamo de legitimación; ahora sabemos que es posible hacer ficción para todos los públicos, con la mayor exigencia estética y sin descuidar la exigencia ética.

Antes de su desaparición de la esfera pública, que también estaba en el contrato que se obligaron a firmar (se dice que compraron una isla y han fundado una comunidad autónoma con parte de los actores y de los técnicos de la producción), Carrington y Alvares concedieron algunas entrevistas en que contaron fragmentariamente sus orígenes personales; también Daniel Alarcón les preguntó expresamente al respecto. Ambos son hijos de inmigrantes, pero nacidos en Estados Unidos. Ambos son huérfanos desde muy jóvenes. El abuelo de Carrington iba a bordo de uno de los más de trescientos bombarderos cargados con napalm que participaron en la transformación de Tokio en un infierno, en 1945, poco antes de la bomba atómica. El abuelo de Alvares se llamaba Alfredo Álvarez Castro, estuvo en Mauthausen, emigró a Estados Unidos en abril de 1947, tras dos años miserables en Francia. «Los que poseían una memoria óptima murieron», dijo el escritor israelí Aharon Appelfeld (cit. por Dina Wardi, *La transizione del trauma dell'Olocausto: conflitti di identità nella seconda generazione di sopravvissuti*, 1998). La generación de sus hijos es la responsable de la teleserie *Holocausto* (1978), de las películas *La lista de Schindler* o *Ararat* (Atom Egoyan, 2002), o del cómic *Maus*. La generación de sus nietos es la de *Los muertos*.

V

Es sabido que el genocidio de seres ficcionales quiere representar, oblicuamente, el conjunto de los genocidios reales ejecutados por el ser humano desde la Antigüedad. Pero se está estudiando algo que va todavía más allá. *Los muertos* propone un sistema de representación absolutamente coherente, pensado en todo detalle, con alianzas intertextuales con la gran tradición de representación contemporánea del horror: Conrad, Celan, Levi, Resnais, Améry, Lanzmann, Sebald. De este último traeremos a colación algo que dice en *Sobre la historia natural de la destrucción* (1999): «No es fácil refutar la tesis de que hasta ahora no hemos conseguido, mediante descripciones históricas o literarias, llevar a la conciencia pública los horrores de la guerra aérea». Efectivamente, la pretensión de Carrington y Alvares no era otra que llevar a la conciencia global del siglo XXI el horror de la violencia masiva y para ello se han servido del medio de comunicación y artístico más efectivo de nuestro momento histórico: la televisión.

Mucho se ha discutido sobre la imposibilidad de trasladar *Los muertos* a otro lenguaje. *Los Soprano*, tan a menudo comparada con el teatro de Shakespeare, es traducible al lenguaje dramático: quitando algunos inteligentes usos del montaje o la simbología que en toda la serie tiene la televisión (siempre proyectando la escena fílmica precisa o sintonizada en el canal adecuado para que la escena adquiera una dimensión simbólica gracias a su eco televisivo o televisado), la mayor parte del metraje hace uso de un sistema realista que enfatiza en los espacios teatrales (el hogar, la oficina, el barco, el hotel, etc.). Todas las teleseries anteriores a *Los muertos*, de hecho, optan por una óptica naturalista, sin recurrir a la deformación (sólo algunas, como *Ally McBeal* –Fox: 1997-2002–, exploraron la distorsión visual como modo de comunicación de lo surreal). Ahí radica el hecho estético diferencial de *Los muertos:* su imposible traslación a otro lenguaje; su imposible conversión en novela, pese a la conocida existencia de *Los muertos. La novela oficial*, de Martha H. de Santis, que trataremos más adelante.

Kallye Krause ha argumentado, con acierto, que es posible que la semilla de esa línea de representación provenga del penúltimo capítulo de *Los Soprano*, donde el asesinato de Bobby Bacala se filma –operísticamente– mediante el montaje de la imagen de un espejo de seguridad, arriesgados *travellings* de microcámaras adheridas a trenes en miniatura y planos fijos de humanos miniaturizados que parecen responder con sus expresiones de pánico a la tragedia que está sucediendo (el mafioso, como se recordará, es cosido a balazos en el interior de una tienda especializada en trenes de juguete). Pero lo que en *Los Soprano* constituye una excepción, una escena entre miles, en *Los muertos* deviene sistemático. Como si se tratara de la evolución natural de la incorporación de cámaras de seguridad y de superficies especulares que ya llevó a cabo *The Wire* (HBO: 2002-2008), sobre todo en su primera temporada, donde además la cámara está siempre en movimiento, como para evidenciar el carácter líquido, vibrátil, de la realidad, más la asimilación tanto de la óptica sucia y obsesionada por el símbolo del ojo de *Blade Runner* como de los mecanismos narrativos que puso en práctica Claude Lanzmann en *Shoah*, toda la serie está filmada, como se ha dicho tantas veces, mediante planos *distanciados*, desde cámaras situadas en el punto más remoto posible respecto a la ubicación de los personajes (la profundidad de campo como metáfora de la distancia, del respeto hacia lo representado) hasta monitores que retransmiten planos fijos de cámaras de seguridad, pasando por escenas mostradas a través de reflejos de espejos (planos, cóncavos, convexos, de cuarto de baño, de salón, retrovisores, de seguridad, de lentes de gafas de sol, de pupilas…), imágenes de cámara de aficionado, en blanco y negro, pixeladas, manipuladas en la pantalla de un ordenador, etcétera.

Sin embargo, el posible vínculo conceptual con el final de *Los Soprano* constituiría tan sólo una de las caras de Jano Bifronte: la estética y su esencia (o la antiestética, o la suma integradora de estéticas que sólo tienen en común el rechazo automático de cualquier viso de naturalismo) proviene tanto de la televisión como del cine, de la atmósfera de *Blade Runner*, de los monitores de las cámaras ocultas de *Shoah* (citada en el capítulo 3 de la primera temporada), de los niveles narrativos de *Ararat*. Pero no se limita a esos dos ámbitos la absorción de recursos formales por parte de nuestra teleserie: la alegoría animal y el uso del blanco y negro bebe de *Maus*, el intertexto con *Macbeth* de Shakespeare incorpora el diálogo con el género teatral y con su violencia isabelina, ciertos planos remiten directamente a lienzos de Rembrandt y a cuadros de Zoran Mušič (sus paisajes venecianos decoran el despacho de la directora del colegio de Jessica en la primera temporada) o de Arshile Gorky (uno de los documentales que ve Jessica en su habitación durante la segunda temporada versa sobre el genocidio armenio). Escribió Adorno que la función del arte posterior a 1945 es «hacerse eco del horror extremo» («Les fameuses annés vingt», *Modèles critiques*, Payot, París, 1984 p. 54). Nadie ha llevado tan lejos ese eco, visual y conceptualmente, como *Los muertos*.

Sin duda fue esa radicalidad de la imagen la que provocó que los dos o tres primeros capítulos tuvieran una audiencia reticente; pero una vez que nos acostumbramos a ese sistema de representación, para el que nos habían estado educando tanto algunas producciones de cine comercial como internet o los videojuegos, el producto se consumió con el mismo entusiasmo que *Mad Men* (AMC: 2007-2015) o cualquier otra teleserie de estética realista. ¿Por qué? Sencillamente porque los espectadores nos olvidamos de que todo lo que estábamos viendo sucedía *a través* de una pantalla. Una pantalla que no pretendía, como en la ficción televisiva anterior, aparentar ser una ventana. Una pantalla honesta, que mediante el subrayado continuo de la distorsión tecnológica de la mirada nos recordaba que, en tanto que *voyeurs*, estábamos teniendo acceso a un mundo prohibido, a un infierno que nos acusaba como responsables. No obstante, y paradójicamente, la evolución de nuestra mirada, tan acostumbrada a la mediación tecnológica a estas alturas del siglo XXI, permitió que el espectador olvidara la presencia incómoda de la pantalla y accediera casi directamente a una realidad que quería ser catártica, la filmación de un posible duelo.

Pero la distancia existe; la peculiaridad visual de la teleserie no puede ser ignorada ni traducida. Insistimos: una transformación de *Los muertos* al lenguaje literario es sencillamente imposible. No sólo porque un personaje llamado «Ralphie Cifaretto» provocaría automáticamente que el lector le pusiera el rostro del actor de *Los Soprano* que interpretó ese personaje (alguien sin ningún tipo de semejanza física con el actor que lo interpretó en *Los muertos*), no sólo porque un personaje llamado «el Topo» anunciaría automáticamente la identidad secreta que en televisión no tiene por qué revelarse; sino porque la propia esencia de la propuesta de Carrington y de Alvares sería traicionada. Ellos no quisieron escribir una novela, cuyo alcance en la conciencia global a estas alturas de la segunda década del siglo XXI sería muy limitado; ellos quisieron –y lograron– elevar el arte televisivo, el auténticamente influyente y determinante de nuestra época, a un nivel que nadie hubiera pensado que era posible. Sin embargo –nobleza obliga– este ensayo sobre la teleserie ha sido escrito con palabras y ha descrito las imágenes y su intención ética y estética mediante figuras del lenguaje. En esa tensión entre la palabra y la imagen quizá radique el enigma del arte. Nosotros hemos intentado acercarnos a una traducción que sólo puede ser puro deseo.

Sin embargo, el best-seller internacional *Los muertos. La novela oficial* (2012), de Martha H. de Santis, existe. Su existencia –según nuestra opinión– no constituye, no obstante, un contraargumento sólido a lo expuesto en las páginas precedentes. Es sabido que tras la desaparición de los creadores de la teleserie, Twentieth Century Fox Television incumplió una de las cláusulas del contrato que había firmado con ellos y encargó la versión literaria de *The Dead*. La reproducción de un fragmento de ese libro de 690 páginas nos parece suficientemente elocuente de su ineficacia como artefacto literario, subrayada por el hecho de que sus lectores fueron previamente televidentes. Con esa elocuencia concluimos este ensayo:

Picado: en las pantallas que estudia Bruce ya no hay presencia humana. Su rostro se refleja en ellas. Cada televisor retransmite una imagen posible de la desolación global. En la pantalla de Londres se ve un callejón cercano a Trafalgar Square completamente vacío de humanidad; en la de París, un hotel inerte de la periferia, en cuya fachada alguien ha reproducido un cuadro de Chagall; en la de Berlín, una esquina desierta de Mitte; en la de Jerusalén, un plano fijo del Barrio Árabe; en la de Moscú, la Plaza Roja impresionantemente desahuciada; en la de Tokio, un mercado muerto; en la de Los Ángeles, una avenida de Hollywood rabiosamente iluminada; en la de Nueva York, un Central Park doblemente espectral. Un zoom permite observar la mirada de Bruce: quizá excitada pero definitivamente no horrorizada. Otro zoom: sigue hablándole al micrófono. Un tercer zoom: sigue ampliando imágenes al presionar con la yema de los dedos sobre ellas. Sigue buscando. Pero los objetivos, es decir, los seres humanos, los espías, los terroristas, los criminales, los agentes dobles, las agencias de seguridad: todos han desaparecido. Para siempre. Entonces, súbitamente, tres golpes sacuden la puerta. Vemos la sala a través de la cámara de seguridad. Bruce parece darse cuenta de que ha mirado en todas las pantallas menos en las de seguridad del edificio donde él mismo se encuentra: dos pequeños monitores que retransmiten en un extremo de su cabina. Sin volverse, rebobina en ellos los últimos minutos de grabación, hasta que el ascensor se detiene en la planta 6C, que es la suya, en el preciso instante en que tres oficinistas se desinte-gran, como para dejarle vía libre hacia su objetivo a la mujer que ha salido de él. Se oye la puerta al abrirse. Bruce se gira y se en-cuentra cara a cara con Nadia, que le está apuntando con un re-vólver. «Quiero algunas respuestas», dice mientras piensa: «Eres un jodido topo, pero ¿de quién?». Él no hace otra cosa que son-reír. Un plano detalle: hay una pistola bajo la butaca. «Esto no va a quedar así, quiero saber, mi último deseo es saber», dice Nadia con voz desesperada, en contrapicado. Él sigue sonriendo, ambi-gua, malvadamente. Ignora el arma; no está preocupado; sólo dice lo siguiente: «Hemos compartido una esquina oscura del experimento americano», y continúa sonriendo. Un plano de conjunto muestra a los dos oponentes. Ella con el cañón del re-vólver apuntando directamente el entrecejo de él. Seis metros de hielo les separan. Un abismo de interrogaciones que nunca ten-drán respuesta. Un infierno. La cicatriz en el rostro de ella nos recuerda el bate de béisbol con que la tumbó Selena. El carácter imperturbable de él evoca la muerte de su padre, su autodidactis-mo, su llegada entre palomas. La ejecutora del Brain Project con-tra la víctima de Superman. El brazo de la ley contra el topo de la ley. En la mitad derecha del plano vemos cómo, de pronto, Bruce desaparece y su vacío nos revela que justo en el momento empie-za a nevar en Moscú y en Central Park y en Trafalgar Square y en Mitte el sol es rojo y en el Barrio Árabe se ha levantado un viento agresivo y se han encendido simultánea y automáticamente las luces del hotel parisino y de las letras de HOLLYWOOD. En el asiento quedan los auriculares y el micrófono y su casi impercepti-ble zumbido. Mientras supera la sorpresa y la decepción, Nadia mira brevemente las pantallas, anonadada; después, se sienta en el suelo, agacha la cabeza entre las rodillas y espera, derrotada, sin esperanza pero sin incertidumbre, su fin, como todas las demás víctimas de la Epidemia, sin saber la razón o el sentido de su desa-parición colectiva. Primer plano de su rostro oculto bajo las ma-nos y el cabello. Fundido en negro.

L. K.: Han ganado muchísimo dinero con la serie, ¿es cierto que se han comprado una isla?

M. A.: Sí, es cierto.

G. C.: No, no lo es.

L. K.: ¿En qué quedamos?

M. A.: Supongo que en un término medio.

G. C.: O mejor aún: que decidan los telespectadores, que ya son mayorcitos: ¿a quién creen, a Mario o a mí?

M. A.: Sí, ya está bien de tanto paternalismo.

G. C.: Contra la interpretación.

M. A.: ¡Siempre!

L. K.: De acuerdo, pero permitan que insista: se rumorea que están dispuestos a desaparecer… ¿Es una isla un espacio suficientemente grande para su ambición?

M. A.: Era un secreto, Larry…

G. C.: Ahora la gente se va a dedicar a buscarnos a través de Google Earth…

M. A.: Bromas aparte, ya te hemos dicho que lo que en verdad nos interesa es la magia, y en cualquier truco de magia las cosas aparecen y desaparecen.

G. C.: No aspiramos a entrar en la historia de la televisión ni del cine, lo que nos interesa de verdad es entrar en la historia de la magia, ser los Houdini del siglo XXI…

M. A.: Joder, tío, los Houdini… Te habrás quedado descansando después de decir eso…

G. C.: La verdad es que sí, me he quedado en la gloria.

L. K.: No han respondido a mi pregunta…

M. A.: Ay, Larry, tienes razón, pero piensa en esto: quizá las buenas preguntas son las que nunca se acaban de responder.

Entrevista con George Carrington y Mario Alvares,
Larry King Live, 14-1-2012

LOS HUÉRFANOS

Para Juan Goytisolo

«Un grito inútil –dice el gemelo, pero ya no se ríe, su semblante está triste–. No tienes a quién llorar, Adán. Papá está muerto, mamá está muerta, somos huérfanos.» Adán escucha la observación y se ríe. Dentro de la funda se ríe y gime. «¡Somos huérfanos!» Las palabras le hacen gracia; ya no tiene mujer ni tiene hijas, tiene a Gina y él no es más que el gemelo de un eterno estudiante y es huérfano.

YORAM KANIUK,
El hombre perro

No puede extrañarse que lleve a una oposición entre el «tú» y el «yo», a una situación verdaderamente extrema, a la del duelo, de la lucha física. El duelo no es una «institución» como cualquier otra. Es un último recurso, es la vuelta al estado de la naturaleza primitiva, apenas atenuado por ciertas reglas de carácter caballeresco que son muy superficiales. Lo esencial de esta situación es su elemento netamente primitivo, el cuerpo a cuerpo, y todos debemos estar dispuestos para esa situación, por alejados que nos sintamos de la naturaleza. Quien no es capaz de defender una idea pagando con su vida y con su sangre, no es digno.

THOMAS MANN,
La montaña mágica

Eso de los escraches, por ejemplo, que para mí eran una forma de revancha o de justicia por mano propia, algo muy de mi interés pero que por cobardía, o idiotez, o inteligencia, nunca concretaba. A veces hasta pensaba en pedirle a Lela los papeles del auto –le podía decir que había que hacer un trámite, inventarle un nuevo impuesto para autos de más de veinte años, algo así–, venderlo, comprar un Falcon y salir con mis amigos a secuestrar militares.

FÉLIX BRUZZONE,
Los topos

He tardado trece años en acostumbrarme a la luz amarilla. Al abrir los ojos esta mañana no he sentido por primera vez la herida de lo indefinido. Aun antes de lavarme la cara y de ver mis propias facciones distorsionadas por el espejo envejecido, como cada día, reflejo cansado y sin aura, el torso cubierto por el desgastado suéter gris, los codos apoyados en el borde del lavamanos, me he dado cuenta de que mis pupilas habían descansado, de que mi cuerpo había dormido sin interrupción durante siete horas, de que mi cerebro –sobre todo– discernía entre anoche y ahora, pese a que no existiera ninguna diferencia luminotécnica entre el momento en que cerré los párpados y el momento en que los he abierto.

Durante todo el día he pensado a intervalos en ello, en lo mismo: trece años he necesitado para acostumbrarme a la ausencia de días y de noches que no sean meros números, periodos digitales.

Trece años de luz amarilla.

No me siento, sin embargo, hoy más cuerdo que ayer. Quizá acostumbrarse a la luz amarilla signifique justamente lo contrario de la cordura: estar cada vez más perdido, sentirse progresivamente ajeno. Por eso he decidido dejar de ser un simple lector que rinde culto a las palabras para empezar a ser un escritor que las siembra en un teclado, que las nutre y las hace germinar en la pantalla, que las cultiva, temeroso, inquieto, tanto por la novedad de la acción como por las metáforas que está empleando para entenderla (palabras como seres vivos, el lenguaje como biología). La inquietud me ha atenazado durante horas: ni más ni menos que trece años de noches alteradas por la luz amarilla. Mientras simulo que trabajo, me sumerjo irrevocablemente en esa constatación, porque no es una idea, es un hecho: un hecho consistente como sólo lo son los hechos que pueden confirmarse, es decir, los que no dependen de una percepción individual o negociada porque es posible contabilizarlos y por tanto demostrarlos.

–Trece, ni más ni menos, exactamente trece años desde la noche primera.

Chang pasa varias veces cerca de mí, a paso acelerado, con la diligencia de un sobrecargo ante un imprevisto en la cabina del avión, pero nadie parece percatarse de ello. Nos hemos acostumbrado a su supervisión sin pausa, a su perpetuo y sutil estado de alerta. A su paternidad distante. De pronto reaparece y se encuentra a mis espaldas y me pregunta desde lo alto en voz muy baja:

–Marcelo, soy consciente de que te va a parecer extraña la pregunta que voy a formularte, pero: ¿no guardarás por casualidad el plano que hiciste del sótano?

La palabra «paternidad» me ha hecho recordar en sus brazos a aquel lejano bebé llamado Thei. Un recuerdo extraño, porque muy pocas veces la tuvo consigo, la niña casi siempre estaba con Esther, recostada en su pecho excesivo, generoso y acogedor, de un lado para el otro, lloriqueando, mientras sus oídos recibían nanas o susurros en hebreo. Pero, contra cualquier exigencia de verosimilitud, ahora la veo, extremadamente frágil, acunada por su padre, quien la sostiene con una mezcla de voluntad de protección y de soberana indiferencia, como si no fuera suya pero el honor lo obligara a la custodia. Al regresar de la interferencia, me he encontrado con la cara de Chang, con la piel cetrina de la cara de Chang, allí en lo alto, que esperaba una respuesta. Mi ansiedad, como siempre, ha chocado frontalmente con su impasible autosuficiencia. Por el reverso de mis córneas, donde el blanco carnoso deviene abstracta oscuridad, han pasado simultáneamente pero en sentidos contrarios –durante lo que dura un parpadeo– el recuerdo de la última crisis y la amenaza de la próxima. En un hilo de voz, sin levantarme, le he dicho que no. Mientras él dudaba, al mismo tiempo que lo hacían las líneas céreas de sus rasgos, he tratado de estudiar su fisonomía para religarla con su nombre, pero sus palabras han llegado antes de que lograra su objetivo mi concentración:

–No te preocupes por el plano del sótano... Y relájate, que te veo un tanto alterado... Yo también me acuerdo de que hoy es el Aniversario.

He interpretado sus palabras como una invitación a reducir mi jornada laboral, de modo que he abandonado el escritorio y me he dirigido a mi catre, pensando en que es extraño que Chang se equivoque en una apreciación psicológica. Era imposible que supiera que al fin he dormido siete horas seguidas, que me he acostumbrado a la luz amarilla (si es que me encuentro ante una adaptación definitiva). En cualquier caso, su interpretación tenía un alto porcentaje de probabilidades de ser cierta, porque año tras año la fecha que ha mencionado acaba imponiéndose como la única que realmente importa, eclipsando santos, cumpleaños, días internacionales, aniversarios históricos. La tenemos tan asumida que se nos hace difícil recordar que, tal día como hoy, doce años atrás, discutimos sobre la conveniencia de celebrar el aniversario de nuestro encierro.

El primer mes y medio fue de duelo y desánimo; pero con movimientos lentos, como si estuviéramos inmersos en una pecera llena de mercurio y no en un búnker inundado en luz amarilla, fuimos dando pasos, fuimos asumiendo nuestro nuevo estado, fuimos imponiendo progresivamente el sentido común y organizándonos como comunidad. Asignamos las diferentes labores; racionamos las reservas de alimentos; decidimos, tras largos debates, mediante votación a mano alzada, nuestras formas de administración y de gobierno; fijamos los horarios laborales, las rotaciones, los turnos de descanso, los cuarenta y cinco días de vacaciones.

En el transcurso de las deliberaciones sobre la conveniencia de celebrar el Aniversario, Susan recordó que los seres humanos nos caracterizamos precisamente por el culto a los ciclos anuales y manifestó su fe en la necesidad de mantener la memoria viva (eso dijo) de la fecha exacta en que cerramos las compuertas. Para Esther, defensora del sionismo, sólo el recuerdo preciso de lo que ocurrió podía salvar lo que quedaba del ser humano. En algún momento me distraje y dejé que mi mirada estudiara el gateo de Thei entre las patas de las mesas, con su sucia muñeca bajo el brazo; su talla S (la única talla S del búnker) como una anguila entre nuestras piernas, convertidas en columnas de un laberinto donde jugar. Atribuyo a esa distracción el hecho de no recordar el primer grito de Anthony, que durante los años siguientes ha sido señalado por todos mis compañeros como el inicio de su locura y como el prólogo de nuestro declive. Porque fue entonces, en el transcurso de nuestras discusiones, cuando Anthony fue de pronto consciente de que llevaba trescientos sesenta y cinco días en los cerca de cuatrocientos metros cuadrados del búnker, y de que probablemente nunca volvería a conocer su afuera; gritó –según afirman– y esa conciencia primero le provocó balbuceos, más tarde constantes salidas de tono, muestras de exaltación, nervios perpetuamente desquiciados (manos trémulas, tics, la lengua relamiendo una y otra vez los labios) y una paulatina irracionalidad en la expresión. Tres o cuatro noches más tarde, sus gemidos enfebrecidos no nos dejaron dormir y a la mañana siguiente, por su mirada desorbitada y por su incapacidad para articular frases coherentes y por la fuerza con que agarraba nuestros antebrazos cuando quería dirigirse a alguno de nosotros, concluimos que había enloquecido: desde entonces no ha habido signos de mejora y por tanto no ha salido de su celda. Pero eso ocurrió más tarde, fuera del ámbito de lo que estoy ahora reconstruyendo. Recuerdo que aquel día fundacional yo apoyé los argumentos de Susan y de Esther, pero la opinión mayoritaria rechazaba las palabras que ellas habían enfatizado: «memoria», «histórico», «deber», porque en realidad el debate era semántico. Chang invocó el peligroso uso que el Gobierno chino había hecho del concepto «aniversario»; Carl dijo que teníamos que olvidar las fechas si nuestro deseo era asegurar la supervivencia; Carmela habló durante muchos minutos, pero sólo recuerdo el movimiento mudo de sus labios, como si durante todo el tiempo que ha pasado desde entonces mi memoria se hubiera dedicado a vaciar la voz de su cuerpo. Finalmente votamos la posibilidad de celebrar el Aniversario. La propuesta fue rechazada.

–Sería celebrar una fecha ominosa –concluyó Ulrike, en nombre de la mayoría, aunque no sé si utilizando ese adjetivo, tan nuestro–. Si algo nos ha enseñado la Historia es que no son positivas todas las formas de culto al pasado.

El «pasado». Excitante palabra. La sílaba «pas» se encuentra en todas las lenguas cercanas: «past», «passé», «passat», «passato», «pasado». En catalán y en francés, «pas» significa «paso», pero también implica negación. Como si el recuerdo o la memoria fueran vías de acceso hacia algo. Como si la propia palabra fuera la contraseña. Paso palabra, paso con la palabra, gracias a ella. Pero no: te corto el paso. Como si se tratara de la llave, de la combinación numérica o la consigna secreta, pero fuera incorrecto uno de los números o de las letras. Después de «pasadizo», «pasado»: «de pasar, la vida pasada, tiempo que sucedió, cosas que sucedieron en él, militar que ha desertado de un ejército y sirve en el enemigo». La palabra contiene el asa. El agarradero. Para no abismarse; para no ser mordido, masticado, engullido, deglutido por el abismo, que al cagarte te arroja a otro abismo, en cuyo esófago e intestino grueso y delgado y recto y ano, negros como sólo lo son los interiores de las cosas, te precipitas, siempre hacia abajo, hacia la expulsión a otro abismo inferior, la crisis perpetua si no evitaste la caída aferrándote a la sílaba en que se encontraba el saliente del precipicio. No he tardado en cansarme de gandulear en el catre hojeando el Diccionario en busca de viejas palabras, trabajadas hace tiempo. Como «nube»: «Masa de vapor acuoso suspendida en la atmósfera, agrupación o cantidad de personas o cosas, almacén electrónico, líquido o gaseoso de memoria». Como «pasadura»: «Tránsito o pasaje de una parte a otra, llanto convulsivo de un niño capaz de privarle de la respiración». No reproduciré más: si lo hiciera no podría detenerme y no he empezado a escribir para dejarme llevar, sino para lo contrario: para controlarme. La crisis no puede repetirse.

Cuánto me costó aprender a leer esas palabras a la luz de los fluorescentes amarillos.

En eso pensaba cuando Thei escribía o leía, en mis lecciones o en las de otros, porque siempre que la encontraba en algún recodo del búnker, inclinada sobre un cuaderno o un libro, con la talla M de la última década, no podía evitar quedármela mirando: la extrañeza de aprender a relacionarte con el lenguaje exclusivamente a través de luz artificial. Que la escritura y la lectura sean experiencias condicionadas por el metal, la claustrofobia, la arquitectura y la luz amarillenta, en vez de relacionarse con la madera, la apertura, el parque o el jardín, la luz solar. Para alguien como yo, que fue a una escuelita con grandes ventanales y que disponía en casa de una mecedora en un patio al aire libre, es inconcebible que el lenguaje pueda aprenderse como lo que es, la libertad posible, la invitación al viaje y por tanto a la traducción, la libertad en potencia, una especie de utopía en marcha y por tanto siempre varios pasos por delante, entre las paredes del encierro, porque las palabras son móviles, inestables, ni la tinta ni el píxel pueden fijarlas. A los cinco o seis años, Thei ya empezó a impostar esa extrema concentración que la caracteriza, como si le fuera la vida en las letras que traza o en las palabras que lee, como si actuara para nosotros o como si quisiera parecer mejor de lo que es a ojos de una muñeca o de un padre visibles, y de una madre o una hermana invisibles, que la vigilan como un espectro o –lo que es lo mismo– una sombra.

La sombra del búnker, su espejo sin luz, es el sótano. Descubrimos su existencia al tercer o cuarto año de encierro, cuando un día Gustav, al levantarse del rincón en que hacía sus ejercicios de meditación, comenzó a golpear el suelo con los nudillos y a pegar la oreja para escuchar su eco. Por un momento, Susan y yo, que nos encontrábamos cerca, temimos por la cordura de nuestro compañero: nos habíamos acostumbrado a los gritos animales de Anthony, que periódicamente hacían añicos nuestro sueño; pero no disponíamos de otro espacio que habilitar como celda. O eso creíamos. Porque enseguida Gustav nos explicó que aquellas placas de dos metros de largo por uno y medio de ancho que configuraban los suelos de las estancias y pasillos del búnker y que pisábamos como si fueran de cemento, eran en realidad de una aleación de hapkeíta. Después de comunicárselo a Chang, limamos con paciencia el contorno de una de ellas y, tras varias horas de trabajo, la levantamos con dos palancas para descubrir una tumba negra de poco menos de un metro de profundidad. Las placas descansaban, encajadas, sobre una estructura de pilares. Habíamos vivido, sin saberlo, sobre un falso suelo, sobre un rompecabezas de huecos, sobre un sótano tan grande como el mismo búnker. Xabier y yo nos ofrecimos voluntarios para explorarlo. Allí abajo no teníamos medidores de radioactividad, pero parecía improbable que la grieta que tanto temíamos se encontrara justo allí, en el lugar más seguro del refugio. Con linternas en la frente, mi viejo amigo y yo gateamos durante seis o siete horas entre los pilares, con la esperanza de encontrar alguna reserva de algo, la recompensa para el dolor de rodillas que sentiríamos durante los días siguientes. Pero allí no había nada. Era un vacío especular, el plano a escala real del búnker cubierto por una pátina de polvo, el doble subterráneo y oscuro (un alivio) de nuestra prisión o vivienda. A lo sumo tendría unos treinta metros cuadrados más de superficie, porque los extremos, en vez de terminar con líneas rectas, como el original visible, lo hacían con semicírculos, como si el doble temiera las aristas. Es cierto que después dibujé un plano, con el número exacto de placas por cada sala y por cada pasillo: dónde irían a parar aquellas tres hojas ensambladas con su esbozo al carboncillo. Lo había olvidado.

Si la luz amarilla no me engaña, lo que es bastante improbable, hay preocupación en esa mirada que Chang y Carl, que llegan tarde al refectorio, se intercambian antes de dirigirse a sus respectivos asientos. Después de comer el cuscús con atún cocinado por Kaury, que seis de nosotros hemos acompañado con las tres últimas latas de cerveza, el padre de Thei nos abandona durante unos segundos para regresar con trece velas encendidas sobre un bizcocho endurecido: el centelleo de esas mechas tantas veces reutilizadas crea en la máscara que es el rostro de nuestro coordinador otra máscara, superpuesta, como si tuviera tres rostros que se fueran alternando sin cambiar jamás la piel. No celebramos el Aniversario, pero sí el cumpleaños de Thei.

Conservo un recuerdo realmente poderoso del día del encierro a causa del parto de Shu, porque el primer grito de

Thei coincidió con el crujido del cierre de la compuerta. Mientras los que se quedaron afuera aullaban y Chang manipulaba la cerradura y hacía girar la rueda, su esposa se llevaba las dos manos al vientre de nueve meses y dos días, cerraba con fuerza los puños, pocos minutos después de haber roto aguas, las compuertas se cerraban, ella se abría, yo miraba alternativamente a Chang en la puerta y a Shu en el suelo, a Chang ayudado por los fallecidos Frank y Ling, a Shu auxiliada por la fallecida Carmela, mi mirada pendular y mi mareo, vistos desde afuera de mí mismo, desde afuera de los ojos que aquella noche no pudieron cerrarse, hipnotizados por la luz amarilla y por aquellos muertos futuros, por la certeza de que no habría otra luz para mí que no fuera aquélla, que el mundo exterior desaparecía, que la lectura se extinguía o empezaba a mutar, que los informes y su fuerza para anclarme en el presente se convertían en pasado, que los cuerpos de Laura y de Gina se quedaban al otro lado de la compuerta, que Thei nacía y su piel no conocería la luz natural, los baños de sol ni el bronceado, la vida al aire libre, las vacaciones en el mar o en la montaña, los parques, las terrazas, los glaciares, las costaneras, las ballenas, la lluvia, el océano, todo lo que había significado mi vida con Gina y con Laura, con Laura y con Gina, antes de que mis viajes nos separaran, las piernas abiertas de Shu, la niña que surgía, que brotaba como una palabra, que abandonaba ensangrentada el negro uterino para llegar al amarillo, es decir, a la vida, mientras su padre cerraba las compuertas y su madre moría. Hace exactamente trece años.

Con las trece llamas entramadas sobre su rostro pálido, Thei se ha agachado ligeramente hasta tocar con el pelo, cada día más largo y más lacio, el tablero de la mesa, y contrayendo las mejillas y frunciendo los labios, levemente maquillados, ha soplado.

—Pide un deseo —le he dicho en un susurro.

Ella ha sonreído con tristeza pero también con compasión, como diciendo: salir de aquí, si desearlo sirviera de algo. He imaginado esas palabras en sus labios, emergiendo de ellos como en una viñeta, palabras dibujadas con pincel muy fino al lado de ese maquillaje que la luz amarilla convierte en magenta, como si los labios hubieran sido golpeados. No debería usar los pintalabios de las viejas que la rodean, ese carmín vetusto, tantas veces ensalivado durante estos años por mujeres que envejecían aceleradamente, sino un pintalabios nuevo, inmaculado, como ella. Confieso que, mientras echaba de menos mi impriforma y el regalo que hubiera podido hacerle, mis ojos han descendido y he espiado el escote mínimo de su camisa verde, abierto por la inclinación, y que he mirado a Thei por primera vez como a la mujer en que se está convirtiendo, porque pese a la estrechez y a la luz amarilla y a nuestra dieta deficitaria, ella sigue creciendo entre nuestros cuerpos que envejecen, su piel sin mácula entre nuestras pieles tatuadas y arrugadas. Pronto tendrá los senos tersos y escasos y deseables de su madre.

–Siento tener que romper el encanto de este momento con una mala noticia –ha dicho de pronto Chang, sacudiendo mi evocación y mi deseo–: que no cunda el pánico, por favor, os ruego que mantengáis la calma: Anthony se ha escapado.

Esther ha tirado sin querer un tenedor y su rebote metálico ha sido lo único que se ha oído en la atmósfera boquiabierta. Ni siquiera nos hemos mirado, tal era el poder de la sorpresa.

–Carl lo ha detectado hace dos horas y media –prosigue–. De algún modo ha descubierto que el suelo de su celda está compuesto por dos placas y ha conseguido levantar una de ellas. Anthony está en el sótano. Ahora mismo podría encontrarse aquí debajo.

Y ha mirado hacia el suelo. Y todos lo hemos imitado. Y así hemos permanecido durante varios minutos, en silencio, con la mirada clavada en el espejo opaco que nos separa de esa oquedad invisible que ha acompasado, durante trece años exactos, cada una de nuestras huellas.

Hemos estado cerca de tres meses sin hablar, es decir, sin escribirnos, porque la última conversación –cuando se avecinaban los primeros estertores de la crisis– fue excesivamente larga y difícil, un auténtico ejercicio de agotamiento; pero no ha sido necesaria ninguna referencia a ella para que las palabras volvieran a fluir como si hubieran pasado unas horas y no ochenta y tres días de silencio.

El encierro ha sido nuestro tema de conversación.

No el encierro en su acepción más obvia, es decir, no nuestra clausura en nuestros búnkeres respectivos, sino cómo el paso del tiempo ha afectado el propio significado de la palabra «encierro», cómo los años han provocado que el encierro sea cada vez más profundo y por tanto más íntimo, quizá hasta el punto de ya no ser lo opuesto de *la salida* o de *la liberación*, sino una verdad absoluta, sin antónimo ni matices, un verdadero monopolio psíquico. Está claro que *lo exterior* es un concepto que ha dejado de tener sentido para nosotros. No existen realmente la isla del Pacífico donde vive Mario ni la ciudad de Pequín en cuyo subsuelo se ubica este búnker, porque para que algo exista no sólo tiene que ser percibido, sobre todo tiene que ser representado; y no disponemos de percepciones ni de representaciones actualizadas de la isla ni de la ciudad, por no hablar del océano, de China, del mundo, del espacio exterior (porque los seres humanos nos acostumbramos no sólo a vernos representados a escala doméstica, local, nacional e internacional, sino también como planeta, como sistema solar, como galaxia, en un juego de zooms que nos parecía absolutamente normal, como si fuera natural verse a uno mismo desde el aire, desde el cosmos, como si el punto tuviera derecho a la visión del complejísimo e inabarcable conjunto en el que se inscribe como un microbio). Por supuesto, poseemos mapas, algunas imágenes, algunas películas, incluso algunas direcciones de páginas web que continúan en activo, por azar, posiblemente porque sus servidores siguen funcionando en la Zona, material pixelado que tiene como referente la isla, Pequín, los espacios que hay inmediatamente detrás de las compuertas y de las paredes de hormigón; pero son representaciones caducadas, vías de acceso de sentido único: hacia un pasado que no podemos reconocer como esbozo o antecesor de nuestro presente.

Porque el presente no existe para nosotros. Tampoco el futuro. Somos mero pasado irreconocible en vías de extinción. Individuos totalmente incapaces de pensar en imágenes las ruinas o, peor aún, la nada que los circunda. Porque las ruinas invisibles e inimaginables no son ruinas: son nada. *Nothing*, *rien*, *néant*, *niente*, *nulla*, *res:* sólo se puede llenar de nadas la palabra «nada». En el interior el tiempo no es más que una terrible paradoja: o pura abstracción (segundos, horas, días, meses, años digitales, sin amanecer ni atardecer, sin ciclos lunares, sin estaciones, sin cambios térmicos, sin luz, sobre todo; Mario y yo ni siquiera somos mujeres, para tener el calendario de la sangre en las entrañas, el periódico recordatorio de que el tiempo está en la naturaleza, es *menstrual*) o una cuenta atrás encarnada, constatable sólo en nuestros cuerpos, en su deterioro y sus consumos (el tiempo es tanto mis arrugas como el lento vaciamiento del almacén, el pasado está en nuestros códigos de barras, cuyo presente insiste en recordarnos su inutilidad).

Más de una hora hemos consumido con esas divagaciones.

No he hablado con nadie durante tres meses, Marcelo, pero no te voy a mentir, no he echado de menos la palabra escrita ni el intercambio de ideas ni la sensación de estar acompañado, me ha escrito Mario, en español, sin acentos, no te ofendas, amigo, si te soy sincero es para que veas hasta qué punto el encierro es una realidad más poderosa que la soledad.

Yo no estoy solo y sin embargo experimento lo mismo: cada vez estoy más lejos de mí mismo, aunque esté dentro de mí, me siento más hondo, como alejándome...

Te entiendo.

Eres el único.

Pero no nos pongamos trágicos ni profundos ni superserios, che.

Es el «che» más falso que he leído nunca, le he escrito, imaginando su sonrisa (pese a que nunca haya visto su rostro).

En ese momento ha pasado Esther por mi lado, inmutable. Durante los seis o siete primeros años todos nos saludábamos, a menudo ni siquiera con alguna palabra, porque eran suficientes un gesto con la mano o la cabeza, una sonrisa, una mirada. Después, lentamente, sin hablar sobre ello, dejamos de hacerlo. La sonrisa de Esther era un sol de medianoche: no desaparecía de su cara ni siquiera mientras dormía. Siempre nos hablaba, con una expresión más cercana a la plenitud que a la desdicha, de los nueve hijos que había dejado en el kibutz con su marido y del búnker comunitario que habían construido durante tres años en las tierras comunes. Ahora, en cambio, sus labios son una cicatriz horizontal, absolutamente inválida para expresar simpatía. Lo duro no es ver la ruina de esa herida suspendida en el ahora, sino saber que se trata de un resto arqueológico que nadie puede reconstruir, cuya insistente presencia ha ido borrando de nuestro recuerdo la sonrisa original.

Hoy he soñado, le he confesado a Mario, que nuestro encierro en el búnker era un experimento ejecutado por un científico chiflado. La radioactividad ya no era peligrosa, el mundo había iniciado su reconstrucción, los supervivientes habían salido de las catacumbas; pero el científico había decidido mantenernos en la ignorancia para podernos estudiar como si fuéramos cobayas. Yo lo descubría porque descolgaba todos los espejos del búnker: había doce, en vez de los tres que hay en realidad, y detrás de cada uno me encontraba con un cristal transparente, y tras él con el punto rojo de una cámara. Cuando acercaba el ojo al objetivo, veía al científico chiflado, con su bata blanca y sus lentes de miope y su pelo alborotado, mirándome, divertido, a los ojos.

Tienes sueños muy cinematográficos, me ha escrito Mario, sin acentos, con palabras distintas, porque nunca archivo nuestras conversaciones y lo cito de memoria, porque no escribo para registrar, sino para controlarme. Yo, desde que me quedé aquí solo, no he vuelto a recordar un sueño. ¿Era alguien que conoces, alguien del búnker?

No: eras tú.

Esta noche Anthony ha vuelto a despertarnos con sus gritos. Según parece, ha regresado durante un rato a su celda. Carl nos ha informado de que se ha encontrado con mierda y orina junto a los barrotes.

Desde el día en que enloqueció hasta la semana pasada, Anthony permaneció en la única celda de que disponemos, el antiguo almacén de gas y combustible, con su puerta de barrotes y los metros cuadrados mínimos para albergar una vida humana. No tardamos en olvidarlo. Al menos yo, que no lo visité en más de doce años. Dicen que dejó paulatinamente de utilizar la cuchara y el plato y que lo primero que hace con la comida que le sirven es tirarla al suelo para ingerirla como un perro. Que perdió la capacidad del habla. Que gime, aúlla, ladra. Que no se afeita ni permite que le corten el cabello. Que camina desnudo y se masturba como un mono.

Dicen que a veces lo hace exhibiendo su pene enrojecido, con un halo morado alrededor del glande, y otras, de espaldas, tumbado, temblando en silencio. Que no mira a los ojos de los demás, porque no hay humanidad ya en los suyos. Que no responde a las tres sílabas que componen su nombre. Dicen que en su jaula no hace más que esperar la muerte. Eso dicen.

Eso decían: porque ahora ya no está, ya no sabemos cómo se mueve ni qué desea. Se ha rebelado.

Su existencia ha sido durante todo este tiempo uno de los pocos temas de conversación capaces de provocar un debate argumentado –e incluso visceral– entre nosotros a estas alturas del encierro. Cuando ocurre, aunque se encuentre en el otro extremo del búnker, Chang acude para intervenir en defensa de Anthony. No puede advertirse agitación en el tono de su voz ni en su mirada, templada, pero el hecho de que siempre llegue cuando hablamos de nuestro prisionero y que siempre adopte el rol de su abogado, mientras la mayoría nos convertimos, de un modo u otro, en sus fiscales, sugiere que tal vez sea uno de los puntos débiles de nuestro coordinador o líder. Mientras nosotros, con más o menos retórica, insistimos en que el búnker no está equipado para que viva en él un enfermo mental y en que nuestras provisiones no son infinitas (en el fondo es una cuestión económica: tenemos que alimentar la boca de alguien que no trabaja y que a menudo no deja descansar a los que sí lo hacemos), Chang nos recuerda que fue él quien lo trajo, a sabiendas de que era una persona emocionalmente inestable, y que es responsabilidad suya, e invoca los derechos humanos y el pacto que sellamos y una retahíla de obligaciones morales que con los años suenan cada vez más anacrónicas, como si atañeran a personajes de ficción del pasado, a protagonistas de películas, a héroes de novela, y no a nosotros, que vivimos aletargados por una luz amarilla que nos hace olvidar, que nos enajena –nos hace ajenos– aunque sigamos siendo reales.

Tendemos a obviar a Anthony, hasta que una noche, después de meses o de años de no hacerlo, comienza a gritar y grita sin mesura, exponencialmente, como si cada grito fuera tan sólo el ensayo del siguiente, la prueba de que es capaz de gritar más fuerte, más, para recordarnos algo. Algo: sí «algo», ese pronombre indefinido que refiere a lo que no se quiere o no se puede nombrar. Eso. Algo que no sabemos revestir de lenguaje.

No le conté a Mario la fuga de Anthony.

Ni siquiera he pensado demasiado en ella. Es el mayor acontecimiento que ha ocurrido aquí desde la muerte de Carmela y ni le he dedicado atención ni se lo he contado a mi único amigo. Me asusta semejante insensibilidad, cómo estoy permitiendo que la historia resbale sobre mi piel sin penetrar en mis poros, sin entrar en mí, que fui su contenedor, sin que deje rastro en la espiral de mis huellas dactilares ni en el flujo de mi sangre. ¿Habré dejado de sentir? ¿De sentirme? ¿Destruyó la última crisis la capacidad de dejarme llevar por la compasión, el temor, la humanidad, la ternura, el odio? Me miro los pies: bajo las suelas de esas botas el loco se desliza, quizá en este preciso momento, encorvado, tal vez violento, a oscuras, embadurnado de polvo.

Le envidio que haya podido sustraerse de la luz amarilla.

Mientras pensaba en ello experimentaba un vértigo que me obligaba a pensar más profundamente en lo mismo, ensimismándome sin remedio, como si hubiera entrado en el bucle mental de un fanático religioso que reza sólo para seguir rezando, para no cesar de rezar; tratando en vano de huir, cuando pasaban cerca de mí, miraba a mis compañeros (¿cómo llamarlos: compatriotas, camaradas, amigos, conciudadanos, familiares políticos, presos, compañeros de suerte y de tragedia y de desgracia?) uno por uno, tratando de individualizar sus rostros, las arrugas, las líneas, los ras-

gos de sus rostros, sus miradas, sus iris, sus pupilas, los contornos individuales de sus rostros, pese a la dificultad luminotécnica, que todo lo desdibuja y distorsiona, que engaña
la percepción como un ilusionista convertido en atmósfera
envolvente y descompone las líneas de los rostros en puntos
aislados que hay que unir, reseguir, reconstruir; y repetía sus
nombres, porque la repetición tal vez conseguiría volver a
vincular el punto con la línea, el nombre con la cara de los
once que quedamos, reconectarme con ellos, más allá de mí
mismo, de mi piel impermeable, de mi soledad aislante y
de mi propia repetición obsesiva que a ningún lugar conduce.

Xabier (cráneo prominente, rostro huesudo con geome-
tría de diamante en bruto, en cuyo hemisferio inferior lucen
dos ojillos grises, insistentes, ajedrecísticos): viejo amigo,
Xabier.

Susan (piel carcomida por cicatrices de acné y poblada
de gruesos pelos rizados que la luz amarilla disimula, ayuda-
da por la energía que pese a todo irradian los ojos verdes y
la boca, siempre a punto de sonreír sin nunca decidirse a
ello): Susan.

Kaury (líneas ovaladas y curvas en las ojeras, en la piel
colgante del cuello, en los cachetes, que ahogan la vivacidad
en decadencia de la mirada castaña, siempre despeinada):
Kaury.

Esther (cara esquemática, dibujada en trazos finos, redu-
cible a una cruz inscripta en un rombo más alto que ancho,
con esos dos círculos dulces y maternales pese a la amargura): Esther.

Gustav (sucesión interminable de ángulos cóncavos y
convexos en su rostro poliédrico, como tallado a machete,
alrededor del gris verdoso y gélido de sus ojos capaces de
neutralizar la luz amarilla): Gustav.

Ulrike (una faz construida mediante la sucesión de puntos, como un dibujo infantil, una suerte de retrato robot

germánico, tan rotunda, tan eficaz, tan rubia, tan azules los ojos): Ulrike.

He proseguido con el estudio de los rasgos y el recuerdo del nombre que les corresponde, consiguiendo implicarme temporalmente en sus existencias, estableciendo quizá una posible reconexión, hasta que Chang se ha detenido frente a mí, interrumpiendo la visión de Ulrike, de la talla XL de Ulrike, del retrato robot de Ulrike, y me ha llamado la atención. Lo ha hecho con tacto, con el mismo tacto con que durante todos estos años ha cuidado de las relaciones personales del interior del búnker. Mi yo ensimismado ha quedado atrás, como piel mudada que uno ya no siente suya. Mientras Chang me miraba a los ojos, desde su metro noventa de altura, desde su talla XXL, serenamente, me ha dicho en inglés:

—Marcelo, te percibo abstraído, date cuenta de que estás desatendiendo tus tareas.

Tenía razón. Yo me encontraba a la puerta del dormitorio, con el cubo lleno de agua con jabón en una mano y la fregona en la otra. Había estado mirando a mis compañeros, fijamente, durante muchos minutos, no puedo decir cuántos.

—Voy a decirle a Carl que estás listo.

He asentido para ganar tiempo mientras volvía en mí. Desde la sala de control, Carl ha subido entonces al máximo la potencia de los extractores de humo y ha regenerado después el aire de la habitación más espaciosa del búnker. Doce cuchetas triples, irregularmente distribuidas, con un solo ocupante, por lo general en el catre inferior, cuyas pertenencias se reparten en los otros dos colchones, convertidos en estanterías o armarios. Los fluorescentes amarillos se alinean a medio metro del techo, iluminando perpetuamente todos los catres superiores y permitiendo cierta penumbra cerca del suelo, que algunos han reforzado colocando una manta gris a modo de cortina que otorgue cierta intimidad y permita el sueño.

Durante los doce minutos que ha durado la ventilación, aislado por el estruendo, he pensado por primera vez en trece años que esas literas (las palabras, esas orillas intercambiables) son propias de una cárcel. Por supuesto lo extraño es que no lo haya pensado antes. Cualquiera que visitara este búnker cuando era un museo debió de relacionar esas compuertas acorazadas –esos rectángulos de acero de cincuenta centímetros de anchura con doble cilindro de cierre manual– y esos pasadizos recubiertos de hormigón armado y acero y placas de hapkeíta y este dormitorio castrense con los de una prisión de máxima seguridad; sin embargo, yo, que vivo aquí, nunca había reparado en la obvia analogía.

El verbo «cerrar». Las palabras «cerrojo», «cerrarse» y «encerrarse», «encierro», «encerrona». El ruido ensordecedor del aire controlado por Carl favorece el encadenamiento de palabras. Encerrado perpetuamente en el lugar donde vivo encerrado. A punto he estado de escribir, sin cuestionarlo: «en mi hogar». Hogareño, hogareña, hogaño, antaño. Nuestro antaño. Lo pienso hoy por primera vez. O quizá ya lo hice y lo olvidé: he tardado trece años en decidirme a registrar mi presente y mis recuerdos (quiero decir: a controlarlos).

La cárcel va por dentro, me diría Mario, sin rostro, desde su búnker en la isla.

El búnker está bajo la piel.

Las paredes de la celda coinciden con las de tu cráneo.

El perfil del búnker es la silueta de tu cerebro y sus pasadizos y compuertas conectan y separan las zonas del lenguaje y las motrices, las sinapsis que se crean para acometer el futuro y las que se cancelan para evitar evocaciones indeseadas.

Una vez recobrado el silencio, he comenzado a quitar el polvo de las estructuras metálicas de las cuchetas, demorándome en aquellos catres que siempre han llamado mi atención.

En el de Xabier la cama está meticulosamente hecha; su ropa, de talla L, sus zapatos, del número 42, sus novelas de Albert Camus y Michel Houellebecq, un cuaderno de dibujo con dos lápices, una goma de borrar, un sacapuntas, un carboncillo, varios rotuladores resecos perfectamente dispuestos, sus cajas de recuerdos, su fotografía del Olympique de Marsella en la temporada 2019-2020, cuando ganó la Champions, el tablero de ajedrez y la caja con las piezas, sus maletas: todo ha sido colocado según los volúmenes de los objetos, en un orden armónico que recuerda al del viejo *Tetris*.

La litera de Kaury es su exacto opuesto: la manta y las sábanas podrían encontrarse del mismo modo en el tambor de una lavadora; y, en el nivel superior, las bombachas, la guitarra, los cojines maltrechos, el neceser, las zapatillas, la flauta, las libretas, las lentes y las camisas sin lavar podrían estar, en la misma disposición, en la escena de un crimen o en una trinchera asediada por tropas enemigas.

Gustav no posee casi nada. En el catre intermedio hay cuatro prendas de ropa interior, unos pantalones, una camisa limpia, y una caja metálica, que siempre está cerrada, donde se supone que guarda el cepillo de dientes, el peine, el reloj que se quita por las noches y algún otro objeto personal que quizá nadie haya visto. No lee, no ve películas, apenas charla. Cuando acaba su jornada laboral, se acuesta en la cama y cierra sus helados ojos hasta la hora de la cena. Una vez que se ha alimentado, regresa y duerme. Creo que es el único que no ronca.

Junto a la salida de emergencia está la litera de Chang y de Thei. Él duerme en el colchón inferior. Ella, en el superior, con un antifaz que su padre conservó de su último vuelo con Panamerican Airlines. Cuando era un bebé, dormía en el suelo, junto a la pared, en un nido de mantas que le preparó Susan.

Compartió colchón con su padre hasta que cumplió dos años; fue entonces cuando Chang se mudó al catre intermedio. Al cabo de cinco o seis años, en una cómica escena que yo diría que todos recordamos, con los brazos en jarras, en medio de una asamblea, nos dijo que ya era mayor y que quería dormir arriba. Para asegurar el impacto de sus palabras, lanzó contra el suelo la sucia muñeca de ojos ámbar que durante tantos años había sido su pegadiza compañera. Thei es la única que duerme en el tercer piso de una litera. Es la única que tiene menos de cuarenta años.

No toco nada: no puedo dejar huellas.

Huelo las sábanas que un día fueron de Carmela y que nadie se ha preocupado en destruir: acapara mis fosas nasales un olor salvaje y rancio, como de deseo podrido.

Ahí está mi cama: las viejísimas camisas, el viejísimo suéter de cuello alto, la talla XL, que me recuerda quién era yo hace diez, doce años, con quince kilos más y el cerebro casi intacto, sin insomnio, sin obsesiones enfermizas, sin los achaques que me fueron llevando hasta la crisis. Mi cama, vorágine de espasmos y de fiebre y de tanto, demasiado miedo. Mi cama, trono y guarida del Diccionario, que reposa sobre la almohada. Bajo ella –lo compruebo– oculto una cajita con dos condones caducados, fotografías de Laura, de Gina y de Shu, la desgastada tarjeta de embarque del vuelo que me trajo a Pequín desde Buenos Aires, el peón de plata y un bombón.

Cuántas veces he estado a punto de devorarlo.

«Bueno», en las lenguas cercanas: «buono» en italiano, «bon» en francés, «bo» en catalán, «bom» en portugués. Palabra redundante, casi onomatopéyica, deliciosa. El chocolate, como la frutilla, como la canela, como la pimienta verde, como el mate, como el café tostado, como el queso camembert, como la crema pastelera, como el cuscús con cordero, como el salmón ahumado, como el dulce de leche, como la salsa agridulce, como el fernet con cola, como el sushi, como el vino tinto y el blanco e incluso el rosado y las uvas, como la fruta o la verdura frescas, como el agua mineral, es un sabor del pasado.

Barro y friego el suelo, lo desinfecto a conciencia, pero continúa irradiando ese reflejo tenue, macilento. Esa capa viscosa que todo lo recubre. Epidemia de luz mortecina que enmascara las superficies, difumina las esquinas y los ángulos y los vértices, uniformiza los volúmenes, envuelve con su espectro la suciedad, las manchas y las sombras, maquilla las pecas, los lunares y el vello, disfraza de amor las miradas de odio y de odio las miradas de desprecio y de desprecio las miradas de cariño, en un carnaval amarillo por momentos insoportable, pero generalmente aceptado, aceptado por la comunidad como la única opción posible, bajo la forma tácita de un consenso que Anthony, a oscuras y sin rostro, sin puntos que configuren un rostro, sin talla y sin catre, recorriendo el sótano como una rata o una amenaza o una alimaña, imperceptible y no obstante latente, ha conseguido romper.

Todo empezó como una broma. Jorge Costa, adolescente español de quince años recién cumplidos, llamó por teléfono a Adrián Zamora, jubilado español de ochenta y seis años también recién cumplidos. Alrededor de Jorge estaban sus amigos íntimos: Javier y Juan José; Adrián, al otro lado de la línea, se encontraba a solas, porque los lunes, los miércoles y los viernes iban a su casa una asistenta social y una voluntaria doméstica, pero el día de la llamada fue un jueves. Las seis y cuarto. «Buenas tardes, ¿es usted español y tiene usted más de ochenta y cinco años?», preguntó Jorge con una voz que simulaba ser adulta. «Desde ayer, sí», respondió Adrián con su voz ronca. «¿Me podría contar alguna historia sobre la guerra civil española?» Javier y Juan José se reían por la audacia de su amigo: mientras Jorge escuchaba, les hacía muecas, simulaba ser un viejo que transportaba en sus manos un fusil, que apuntaba, que disparaba; pero al cabo de dos o tres minutos, la cara del quinceañero comenzó a alterarse, al tiempo que su atención se iba concentrando en el relato que surgía de los labios de Adrián Zamora. La curiosidad de los amigos hizo que Jorge conectara el altavoz del teléfono. Entonces, los tres fueron siendo fascinados por la ronca voz de octogenario, por el relato de sus meses en el Quinto Regimiento, por su descripción pormenorizada de la violencia (el puñetazo que le dio un compañero cuando él —*medio en broma, medio en serio*— dudó de la fidelidad de su esposa; su primer disparo, que impactó en el tronco de un roble; la primera muerte, que tuvo el rostro de un hombre de su edad, semejante a un amigo suyo, una cara que no se le *va del entrecejo* y cuya visita aguarda cada noche, para hablarle de aquel amigo que también murió en la guerra, en *la misma guerra de tantísima muerte;* las otras muertes, propias y ajenas, las cuentas perdidas de sus muertos) y de la miseria (el tacto en el brazo de una rata que ha detectado tu calor y no quiere irse, la escasez de todo, los recién nacidos sin madres ni leche, las mujeres prostituyéndose, *desdentadas*, desnutridas, los cabellos de los soldados encanecidos prematuramente por el insomnio y por el miedo, la usura, el racismo, el machismo, *el pan a precio de oro*). Veintisiete minutos duró la sesión de hipnosis.

Dos días más tarde, antes de entregar su trabajo sobre la guerra civil española, hablaron de la experiencia en clase de historia. La profesora, Mari Carmen Gustardoy, lo recuerda así: «Jorge, Javier y Juan José no eran alumnos brillantes, pero tenían una gran capacidad para convertir lo teórico en práctico, como habían demostrado creando, a partir del tema de la antigua Roma, un juego de preguntas y respuestas, o una máquina de vapor artesanal cuando abordamos la Revolución industrial; en la clase anterior habíamos hablado sobre el diálogo con los abuelos como forma de recuperar el pasado, y les mandé de deberes que les hicieran entrevistas sobre la guerra civil, pero como sus abuelos habían fallecido, llamaron a un desconocido y les funcionó». Sus compañeros se entusiasmaron con la experiencia y decidieron imitarla. «Todos vinieron a clase con historias, algunas de ellas realmente interesantes», declara la señorita Gustardoy en el Instituto de Educación Secundaria Fernando Martín de Fuenlabrada, Madrid, «historias que ampliaron con nuevas entrevistas y pusieron en su contexto histórico para el trabajo de fin de curso, mientras desarrollaban en clase de informática una red social que ellos mismos bautizaron como Memorybook.» A partir de la experiencia, Gustardoy redactó un artículo que presentó en forma de ponencia en el Congreso Anual de Pedagogos Iberoamericanos. La parte oral de la iniciativa no era novedosa, pero la incorporación tecnológica del teléfono y, sobre todo, de la web 2.0 sí lo era y la experiencia fue imitada por otros centros educativos, que se sumaron a la red de intercambio de información y de recuerdos sobre la guerra civil española y el exilio. Éste fue, sobre todo, el ámbito que trabajaron los centros educativos latinoamericanos que se integraron en el proyecto. Nietos y bisnietos de emigrantes políticos, que hasta entonces habían permanecido ajenos a las vicisitudes de sus abuelos y bisabuelos, se sintieron atraídos de pronto por ellas, no sólo por su interés intrínseco, sino porque suponía poder trabar relación con gente de su edad y poder viajar: «Durante el verano de 2010, quince alumnos nuestros fueron a Buenos Aires, Lima, Caracas y Ciudad de México, invitados por los Centros de Cultura Española de esas ciudades, y durante el verano de 2011, con el apoyo financiero de la Fundación Telefónica, organizamos un encuentro iberoamericano de usuarios de Memorybook: quinientos adolescentes se encontraron en Las Palmas de Gran Canaria para compartir sus experiencias... Y para otro tipo de intercambios».

Mari Carmen Gustardoy se sonroja y cambia de tema. Me enseña fotografías de los muros de algunas naves industriales cercanas al instituto: se ven grafitis que representan escenas bélicas, mezclando la estética de los videojuegos con la de la propaganda republicana, acompañados de lemas como «¡No pasarán!» o «Campesinos: la tierra es vuestra». «Porque los adolescentes nunca tienen suficiente con las discusiones en clase, ni con los chats, la suya es una edad proclive a la actuación», me explica, «como puede ver, tuvimos ciertos problemas de gamberrismo cuando algunos alumnos creyeron darse cuenta de que con las palabras de aquellos ancianos no había suficiente, porque la España en que vivían setenta años después del final de la guerra y treinta y cinco años después del final de la dictadura militar era una España aún con rasgos franquistas, que traicionaba las batallas de sus abuelos y bisabuelos...» Los grafitis están fechados: mayo de 2010. «Afortunadamente, llegó el verano y cuando en septiembre se reanudó el curso los ánimos se habían calmado y otros asuntos habían acaparado la atención de nuestros alumnos; convertimos Memorybook en una asignatura obligatoria, que impartíamos conjuntamente el profesor de informática, Luis Gámez, y yo; modestamente, puedo decir que fue un éxito», y se sonroja de nuevo.

Precisamente hoy, 13 de agosto de 2021, se cumplen ocho años desde que la red social Memorybook, que a principios de 2015 contaba con cerca de tres millones de usuarios hispanohablantes, propiedad de la Asociación de Exalumnos del Instituto Fernando Martín de Fuenlabrada, fue comprada por Microsoft por un millón y medio de euros, que se dedicaron a la construcción de la Mediateca Adrián Zamora y al Proyecto Testimonio Visual, inaugurados en 2018. El proyecto, hasta la fecha, ha documentado audiovisualmente la experiencia en la guerra civil española de los últimos miles de protagonistas supervivientes y los recuerdos heredados por más de setecientos mil hijos de soldados de ambos bandos. Desde el año pasado, su director es Jorge Costa, licenciado en Historia por la Universidad Carlos III de Madrid y doctor en Historia contemporánea por la Universidad de Lyon, de veintiséis años de edad. «Todavía me llama de vez en cuando para pedirme consejo», me confiesa Mari Carmen Gustardoy, que todavía no ha cumplido los cuarenta, «pero hace tiempo que el alumno superó a su vieja profesora.»

Deslizo el dorso de la mano una y otra vez sobre la cubierta, como si en vez de cartón fuera el lomo lanoso de un perro, pero esta noche ni siquiera el tacto del Diccionario consigue que concilie el sueño. Perro libro, manso y sagrado, déjame acariciar tu cabeza de significados. Al abrir los ojos, me reencuentro una vez más con la luz cansada. Durante algunos minutos había dejado de oír ese ruido levísimo y molesto que no me deja dormir, pero ha vuelto. Bajo mi cama. Por momentos parece un crujido que se repite, como el crepitar de un insecto que se revuelve en una prisión de hilo y trata de abrir las alas en vano y sacude las patas sin lograr darse la vuelta ni moverse, mientras la araña avanza hacia él como una plaga mental; al principio me recordaba el muelle de una cama o la maquinaria interna de un viejo reloj, pero ahora tengo claro que el ruido no es metálico, sino animal, ínfimo y animal, como producido por un ser muy pequeño.

–Todos duermen.

Nadie siente la presencia de Anthony en el sótano: su avance inexorable de roedor tan lento.

Me vuelvo hacia la izquierda y miro a Ulrike, que duerme de lado, con los cabellos rubios enmarañados y el brazo colgando, desnudo y flácido. Ni siquiera al concentrarme en esos soplidos acompasados consigo que desaparezca de mi oído el repetido crujido del insecto. La yema del dedo anular de la mano derecha de Ulrike se encuentra a menos de un centímetro del suelo. Sus dedos son precisos. Puedo imaginarlos muchos años atrás, en un aula llena de adolescentes bulliciosos y hormonales, sosteniendo una tiza que se descompone, paulatinamente, sobre la superficie azul de una pizarra, dejando tras de sí nombres y fechas, esbozos de mapas, datos, fragmentos de información que existen porque la tiza se extingue y porque los dedos de una mujer que –pese a su juventud– también se extingue está convirtiendo el mineral en signos, la muerte en lenguaje, mientras se acaban esas infancias y la sexualidad excita pezones y pubis y penes, la fiesta en el silencio.

El ruido ínfimo y persistente no se apaga.

Al levantarme, entre todos esos cuerpos dormidos, soy consciente de que somos muertos.

Muertos vivientes, zombis amables que hacen su trabajo, que mantienen limpia la casa, que se lavan los dientes antes de irse a dormir, que respetan en la medida de lo posible la intimidad de los demás, de los compañeros, de los camaradas, de los cohabitantes, de los secuaces, de los compatriotas de esta patria indivisible, de los demás miembros de la Comunidad.

La Comunidad es más importante que los individuos que la conforman: cada cual debe sacrificar sus intereses personales en beneficio de la Comunidad.

La Comunidad es nuestra única certeza: tenemos que mantenernos activos para conservarla.

Los miembros de la Comunidad se profesarán el máximo respeto.

Cada tres meses se celebrará una asamblea en que se discutirá un orden del día, redactado a propuesta de los miembros de la Comunidad, cada uno de cuyos puntos será votado y aprobado o rechazado a mano alzada. Bianualmente se decidirá, rotativamente, quién debe ocupar la plaza de coordinador de la Comunidad.

Ningún miembro de la Comunidad faltará jamás a su puesto de trabajo ni desatenderá las labores de limpieza, colectivas e individuales, que le sean asignadas, así como los trabajos de manutención, vigilancia y servicio comunitario que le correspondan.

Nadie, bajo ninguna circunstancia, abrirá la compuerta, a menos que la asamblea lo decida de forma unánime.

Todos los miembros de la Comunidad tratarán de preservar el orden, el respeto y el decoro en el ámbito del búnker.

Cada miembro de la Comunidad dispondrá de cuarenta y cinco días de vacaciones. Las bajas médicas las otorgará el coordinador de la Comunidad.

Cada cual es libre de profesar su culto religioso, sin tratar de imponerlo, en la intimidad de su conciencia y en formas de oración que no resulten invasivas.

El domingo es el día de descanso.

Aprobamos las leyes. Sellamos el Pacto.

Ellos y yo; los dormidos y el despierto; esos cuerpos que descansan y el mío, que pese a moverse entre las literas sigue oyendo el crujido animal, el ruido ínfimo bajo las plantas de sus pies descalzos.

Durante los primeros cuatro o cinco años, cuando todavía nos hablábamos y nos queríamos, nos fuimos reuniendo cada tres meses y reelegimos periódicamente a Chang como coordinador. A partir de entonces, las asambleas se fueron espaciando; las conversaciones se fueron diluyendo en la luz amarillenta; se fue imponiendo el silencio; ya nadie cuestionó su cargo. De modo que la Comunidad se fue desintegrando. Formalmente, siguió existiendo, pero en la práctica se convirtió en inercia, en el eco del movimiento originario, como un cementerio que se preserva por su presunta importancia arqueológica pero que no recibe fondos para su conservación ni nadie se preocupa por ella.

Una necrópolis, un camposanto, un cementerio accidental: la mayoría de nosotros no nos conocíamos un mes antes de que Chang cerrara la compuerta. El azar nos reunió, y no tengo duda de que fue el azar, de que el azar existe, porque no hay forma alguna de interpretar como destino la historia de estos trece años de convivencia.

La cara grumosa de Susan aparece ante mis ojos para corroborar mis pensamientos. Nada me une a esa piel granítica y peluda, ciertamente repugnante, ni siquiera existía un vínculo al principio, cuando había en su epidermis la vitalidad de su juventud viajera. Susan llevaba seis meses recorriendo China, con la mochila al hombro, cuando estalló la Guerra. Quedó atrapada en Pequín. La embajada de Gran Bretaña se convirtió en veinticuatro horas en un hormiguero de compatriotas; cuando ella reaccionó, siete tanques impedían el acceso de más ciudadanos británicos. Permaneció quince días en el hotel, pese a que el precio de la habitación subía cada doce horas, hasta quedarse sin libras, sin dólares, sin joyas y sin reloj. Tan sólo la ropa talla L, las botas de montaña, el impriforma averiado, la navaja suiza, el micromóvil cargado de archivos que ha visto y escuchado miles de veces desde entonces le recuerdan ahora quién fue. Cayó NeoGoogle y se quedó sin cuenta de correo electrónico; cayó Globalphone y se quedó sin acceso a su cuenta de telefonía. Llevaba dos días vagabundeando por Qianmen cuando comenzaron a sonar las alarmas; arrancó a correr; había mucha gente en la calle, enloquecida por la desinformación y el rugido monótono, giróvago de las sirenas. Casualmente, vio el pasaje que conduce al búnker. Se metió en él. Había ancianos en cuclillas que leían diarios atrasados a la luz de las velas; mujeres que, rodeadas de niños, cocinaban en hornillos portátiles; bultos que dormían embutidos en sacos de dormir o bajo varias capas de cartones. No entendía por qué, pero seguía descendiendo. Los doscientos metros de túnel se habían convertido en un refugio antiaéreo. Como si estuviéramos en el Londres de 1943 y no en el Pequín de 2035. Un hombre y dos mujeres, vestidos con harapos, arañaban la gran compuerta circular de acero reforzado, mientras en un hilo de voz rezaban, o suplicaban que les dejaran entrar. Susan se unió a ellos; pero en vez de arañar, golpeó con los puños; y en lugar de susurrar en mandarín, gritó en inglés. Más que los gritos, tan semejantes a los que habíamos escuchado durante los días anteriores, lo que penetró el acero reforzado fue el idioma. Por alguna razón que jamás he osado preguntarle, Chang, que se encontraba arrodillado junto a su esposa parturienta, acariciándole la frente, se irguió y les pidió a Ling y a Frank que le ayudaran a abrir, por último, la compuerta. Susan tenía la cara ensangrentada. Lo primero que dijo su boca fue «no, no lo soy, lo siento», mientras miraba el vientre de nueve meses de Shu. Es posible que tuviera que empujar a aquel hombre o a aquellas mujeres, quizá tuvo que golpearlos, arañar, morder, brutalizarse. No sé si alguien le formuló alguna vez la pregunta: brutalizarse, volverse bruta, bestia, animal, salvaje, inhumana. No le pregunté jamás por las extrañas palabras con que nos saludó por vez primera. A los pocos minutos se oyó la detonación y cesaron los aullidos de quienes se quedaron afuera y la inhumanidad empezó a apoderarse de nosotros.

De él, Carl, cuyas facciones son duras incluso cuando duerme y ronca como un bendito. Y de ella, Kaury, que descansa con las manos entrecruzadas sobre un pecho que, aunque palpable, soy incapaz de desear. Y de todos los demás, los dormidos, los muertos, a mi alrededor, mientras me muevo silenciosamente para olvidar el crujido del insecto, el ruido ínfimo y persistente, las palabras que lo representan y que me repito, una y otra vez, al ritmo de mis pasos desnudos por el dormitorio amarillento, hasta llegar a la litera de Chang y Thei.

Entonces veo el pie de la niña adolescente, el pie que atraviesa el ángulo recto de la cama y asoma, entero y concreto, unos treinta centímetros por encima del horizonte de mis ojos. El pie festivo. El pie desnudo. El pie ofrenda, con esas cinco uñas y esas cinco falanges y ese empeine y ese talón de Aquiles. El pie. Su pie. Tocarlo. Besarlo. Eso deseo: que acoja mis caricias y mis besos. Pasan diez, quince minutos antes de que al fin yo sea capaz de llevar a cabo la ejecución del movimiento: extiendo el torso mientras apoyo mi propio pie en el primer peldaño de la escalerilla, que cruje, y frunzo el ceño y alargo el cuello para acercar los labios hacia la piel levemente endurecida de su empeine. Presiento el roce de mi piel en la suya, de mi labio en esa fruta aún verde, piel de melocotón, manzana prohibida. Trampa para alimañas. Me detengo cuando Chang cambia de postura y me da un susto de muerte.

Vuelvo a mi catre, acaricio la lana del perro Diccionario durante algunos segundos y enseguida me duermo.

Mario me ha descrito la isla; extrañamente, nunca antes lo había hecho (o tal vez sí, y no lo recuerdo).

Es muy pequeña: puede recorrerse, a pie, en unas tres horas. Si nada ha cambiado en los últimos trece años (y lo más probable es que así sea), tres estrechas franjas de playa blanca y el embarcadero (con una lancha fueraborda en su amarra, levemente bandeada por el oleaje calmante, y un hidroavión unos metros más allá) ocupan un tercio del litoral; el resto de la costa es rocosa, pero nunca supera los veinticinco metros de altura en sus zonas más abruptas. Frente a una de las playas fue erigido el campamento, con dieciocho bungaloes, un edificio y una carpa de uso común y dos almacenes, que ahora deben de parecer los escenarios huecos de un pueblo fantasma. Dos kilómetros hacia el interior, en el único promontorio de la isla, se encuentra el helipuerto y en su centro, un helicóptero oxidado.

Siempre bromeábamos acerca de él, era el blanco perfecto para un bombardero, me ha dicho Mario, porque constituye el corazón de las comunicaciones isleñas: en la gran cruz blanca dibujada en el suelo convergen el camino que va al campamento y el que circunvala la costa, a menudo allí permanecían aparcados los dos jeeps de que disponíamos para transportar materiales de construcción y provisiones.

La vegetación estaba constituida por mangos, palmeras, cocoteros, abundantes helechos, flores silvestres, musgo constante a causa de la humedad. Los animales eran: roedores, mariposas gigantes de todos los colores, hormigas culonas, colibríes, una colonia de albatros, periódicas aves migratorias y dos inverosímiles osos hormigueros.

Por lo que he ido descubriendo en nuestras conversaciones, durante años formó parte de una comunidad autónoma, de una especie de grupo hippie o compañía de teatro que por algún motivo decidió aislarse en esa isla del Pacífico. Intuyo que lo más interesante son precisamente esas razones, pero Mario parece no querer revelarlas. Prefiere que le describa cómo son los habitantes de nuestro búnker; que le cuente nuestros hábitos; que le detalle nuestros menús cada vez más pobres; que le relate cómo fueron nuestras asambleas, nuestras discusiones, cómo fijamos nuestras leyes; que le hable de Chang, a quien él llama «vuestro líder». Se entiende. Está solo. Es difícil imaginarlo: está solo. Completa, demencialmente solo. Sobre esas cuatro letras (cinco cuando escribe la palabra en inglés) se levantan las paredes que lo han aislado durante trece años.

Tú has tenido la luz amarilla y una quincena de seres humanos a tu alrededor, mientras que yo me consolaba con la bombilla y la pantalla, me ha escrito, no sé si en tono de reproche o como argumento para que deje de quejarme.

Afortunadamente, las placas solares no fueron destruidas por la explosión y aún dispone de algunas bombillas de repuesto. A juzgar por la temperatura constante del refugio, las superbombas no alteraron radicalmente el clima. Desde hace años sólo come arroz con tomate y melocotón en conserva; y sólo bebe agua depurada. Calcula que le quedan reservas para tres años más.

Pero cualquier día de éstos, me escribe en español, sin acentos, mi estómago o mis intestinos o mis riñones o mi páncreas o mi vesícula se van a negar a seguir procesando esa jodida dieta y voy a vomitar hasta vaciarme.

Tampoco puede salir de su búnker.

O al menos cree no poder hacerlo.

Porque, a diferencia de nosotros, que tenemos medidores de radioactividad en el exterior, él no sabe qué ocurre más allá de la compuerta. Quizá los elevadísimos índices que muy probablemente asesinaron a todos sus compañeros y amigos de la isla ya no sean letales. Quizá. No ha reunido el valor o la locura necesarios para comprobarlo.

Soy un cobarde. Esperaré hasta la última lata de tomate, hasta el último grano de arroz. Entonces, sólo entonces, abriré la compuerta. En el caso de que sea capaz de seguir comiendo esa mierda y no empiece a vomitar y vomite durante días todo lo que llevo dentro. Todo. Everything. Absolutamente todo. Cuando haya vomitado mis entrañas, me quedaré vacío –me ha dicho, quiero decir, me ha escrito–, pero ni siquiera vacío seré puro, porque la posibilidad de mi pureza se quedó en el fondo del mar Rojo y debe de seguir allí, entre los peces globo y los barcos naufragados y los corales muertos.

Hoy Thei ha iniciado su formación profesional.

Anoche me dormí percibiendo a Anthony al otro lado del panel sobre el que se apoya mi cucheta, tumbado como yo, mi reverso al otro lado del espejo opaco, con polvo en la tráquea pero sin luz amarilla en las retinas, su respiración sincronizada con la mía, mi hermano en la sombra. Pero me he despertado, por suerte, pensando en la novedad que supone para la niña dar el primer paso hacia la vida adulta. Pese a que ya estoy trabajando en la letra ese, concretamente en las palabras que comienzan con el apasionante prefijo «sub» (como «subactor», que significa «intérprete de una subtrama televisiva que se ha convertido en serie propia», como «subcutáneo», esto es, «que afecta al reverso de la piel», como «subdelirio», es decir, «delirio tranquilo, caracterizado por palabras incoherentes pronunciadas a media voz, compatible con una conciencia normal», o como «subejecutor», «quien con la delegación o dirección de otro ejecuta una cosa»), la excitación por el cambio en la vida de Thei era tal que, antes de levantarme y de asearme, he releído por milésima vez la palabra «parto»: «Acción de parir, el ser que ha nacido, cualquier producción física, producción del intelecto humano, cualquier cosa especial que puede suceder y se espera que sea de importancia, natural de Partia, región del Asia antigua».

¿A qué distancia estará de aquí?

¿Cuántas huellas me separarán de ella?

Durante sus primeros trece años de vida no ha hecho más que jugar y estudiar; en su recreo y en su educación hemos participado la mayoría de los habitantes del búnker. Esther fue su niñera durante los dos primeros años y Carmela se ocupó de ella durante los dos siguientes, por eso no sólo habla a la perfección inglés y español, sino que también conoce canciones, refranes y cuentos tradicionales judíos y mexicanos. De su educación preescolar se encargó Susan, que fue maestra jardinera tras licenciarse en Cambridge; cuando habla con ella su voz adquiere un simpático acento británico. Con Xabier, en cambio, que fue su profesor particular de matemáticas y de ciencias desde los seis hasta los trece años, habla un inglés neutro, internacional, sin el acento francés que él no ha conseguido neutralizar pese a la disciplina militar que aplica al aprendizaje de idiomas. La niña nunca mostró interés alguno en el ajedrez. Ulrike le ha dado clases de historia antigua y moderna y de historia del arte; Gustav le ha enseñado a dibujar; Kaury le dio durante algunos meses lecciones de solfeo, pero el hecho de que sólo dispongamos de una guitarra minó la posibilidad de unos estudios musicales sistemáticos; yo, en mi español desnortado y sin raíces y en mi inglés burocrático y sin matices, he trabajado con ella la redacción y la sintaxis en esos dos idiomas. Con Chang ha aprendido sintaxis y gramática china. Todos los miércoles por la tarde se sientan frente a frente y practican el antediluviano arte de la caligrafía.

Hemos ingerido hoy los últimos fideos. *Fideos con tuco, con fileto, con blanca*: regresan las palabras desde mi otra vida. En los bancos metálicos, frente a las metálicas mesas y los platos y cubiertos de metal, nuestras pieles albergaban músculos blandos, extremidades sin brío, esqueletos consumidos por la artrosis. Durante los primeros siete u ocho años en el búnker, hacíamos gimnasia por las mañanas. La sala de meditación y descanso, con sus colchonetas azules y sus cojines verdes y sus velas –hoy agotadas–, se convertía durante una hora diaria en un gimnasio de aerobic, yoga, estiramientos, abdominales y flexiones. Thei era el contrapunto divertido de aquellas sesiones matutinas que certificaban a diario nuestro envejecimiento y nuestro hastío. Mientras ella saltaba, reía, corría o nos imitaba, nosotros nos íbamos cansando de aquel ritual, de nuestros cuerpos sudados y amarillentos, del propio cansancio, del sudor sin ducha inmediata, de nuestra propia cercanía. Yo fui uno de los primeros en desertar. Un día, según me contó Thei durante el descanso de una sesión de lectura, sólo la niña y Chang acudieron a la cita. Así desapareció la gimnasia de nuestras vidas.

Ellos dos hablan en mandarín. No consigo identificar en sus conversaciones indicadores de cariño. Jamás se tocan. Pero no hay duda del respeto, incluso de la ternura, que se profesan. Cuando están en la misma sala, puedes percibir el vínculo inquebrantable que existe entre ellos. Un vínculo de protección mutua, incluso de sacrificio –si fuera necesario–, que flota en el aire, cómo decirlo: como un puente invisible entre dos orillas de niebla. También se pueden palpar en el ambiente las ausencias que los unen: en varias ocasiones he sentido durante estos trece años que todos los demás éramos prescindibles, erradicables, que sólo Thei y Chang, Chang y Thei eran presencias necesarias en este búnker.

Y hoy Thei ha comenzado su formación profesional. Aunque seguiremos dándole clases particulares dos tardes por semana, beneficiosas tanto para ella como para nosotros, tutelada por Carl dedicará a partir de ahora cinco horas al día a aprender cómo funciona la sala de control. Allí se monitorea el funcionamiento del búnker: los generadores de electricidad y el sistema de saneamiento y reciclaje del agua; los extractores de humos y los regeneradores del aire; los calentadores de agua, los hornos y los hornillos, las neveras y los congeladores; el sismógrafo, las alarmas de incendios y de salubridad ambiental; los controladores de los índices de radioactividad exterior e interior; la contabilidad de consumos del almacén y del dispensario; el sistema informático y electrónico, las claves de seguridad y la búsqueda de páginas web y de señales de televisión y de radio. Durante trece años el único responsable de la sala de control ha sido Carl, un ucraniano de cincuenta y tantos años que cuando estalló la guerra trabajaba como asesor del Gobierno chino para la transformación de búnkeres en museos. Carl: adicto a las flexiones, culpable de gula. Después de tanto tiempo de soledad, pues al ser el único cualificado para velar por nuestra seguridad apenas convive con nosotros, va a tener una pupila, es decir, alguien a quien pasarle el testigo.

Tras el postre –los últimos sobres de flan en polvo–, mientras Chang nos informaba de la novedad, he sentido un espasmo en el pecho: ahí estaba Thei, en el centro de nuestro cosmos amarillo, observada por todos nosotros, sus tíos, sus abuelos, su familia política, con nuestras miradas, densas como lamidos, salivando en el quieto aire que la rodeaba. Incluso las miradas de los fantasmas y la de Anthony, desde el subsuelo, se derretían, empalagosas, al contemplarla.

Como no podía sacarme esa idea de la cabeza, y mientras más pensaba en ella más sólida se hacía (más irrefutable, como un círculo que se va dibujando a sí mismo, sin que crezca el trazo pero sí la velocidad, es decir, como un círculo dinámico en que te sumerges sin remedio), en vez de recluirme en mi puesto de trabajo he ido encontrando excusas para deambular por el búnker. He tardado casi doce minutos en acabar de lavarme los dientes, concentrado en los surcos de mi frente, arrugas que mi madre llamaba «cerebrales» *(Marcello, de tanto estudiar inglés, los pliegues del cerebro te han deformado la frente)*, la cabeza que algún día afeité. Juraría que no he visto mis ojos.

Me he escondido un rato en la sala de meditación y descanso, que olía a sexo. Después he ido a buscar un analgésico al dispensario y me he entretenido cerca de quince minutos rellenando el formulario. Ha sido al depositarlo en el buzón cuando he visto a Susan y a Esther salir del vestuario, sosteniendo entre ambas una bolsa pequeña, o un pequeño saco, tal vez una prenda de ropa, no he sabido identificarlo. Fuera lo que fuese, lo miraban con devoción, con veneración, quién sabe si con codicia o deseo, sin apartar la vista de aquello. Después ha sido Thei quien ha salido del vestuario, con las manos aferradas al vientre y la mirada hundida en el suelo, como si sólo las sombras siamesas pudieran ser capaces de absorber toda la excitación, o quizá la vergüenza, quién sabe si el asco, de sus pupilas. Todo era borroso, amarillo y borroso. Todo, desde el trasfondo de mis propias córneas hasta las lenguas de Esther y de Susan, que juraría que han salido de sus bocas, como medusas bicéfalas, para relamerse. Pero no estoy seguro. Por miedo a ser descubierto, tratando de no dejar rastro, he regresado finalmente a mi pantalla.

La página fue tridimensional, pero se ha desconfigurado y se ha vuelto plana, como si más de una década sin mantenimiento la hubiera adelgazado, la hubiera obligado a volver a sus orígenes, a tal como era antes de que naciera Gina, porque hasta mediados de la segunda década del siglo internet y la escritura eran bidimensionales, como el papel, como los libros, y tras el desastre la Copia se adueñó de los monitores para recordárnoslo.

El cuerpo de Laura, en el quirófano, en cambio, se retorcía en tres dimensiones, sangraba en tres dimensiones, palpable, sensual pese a la asepsia y el médico y las enfermeras y el gran foco rectangular y la propia sangre, aquel 3 de marzo de 2023 que también es carnal y tridimensional en mi recuerdo. Llegué en el mismo momento en que asomaba la cabeza por la herida. Casi una hora y media tardé en recordar que no le había pagado al taxista que me había traído por General Paz desde Ezeiza. Al día siguiente, pese a la ternura inclemente que me inspiraba el cuerpo de la pequeñísima Gina, pese a la debilidad que irradiaba el cuerpo ajeno de Laura, les dije que tenía que volver a partir al cabo de una semana. Siete días de resistencia: no podía dejarme derrotar por aquella ternura, por aquella pequeñez, por mi marsupial deseo de proteger aquel tierno cuerpo que quería separarme de la distancia.

Porque ya me había convertido en adicto a lejanías.

La guerra devolvió al mundo la división clásica: dos dimensiones para la pantalla, tres para la realidad. Elevación, distancia, tiempo. Los físicos fueron exterminados por las superbombas a cuya creación y existencia y explosión contribuyeron y, con ellos, desaparecieron también las otras dimensiones, las que no se pueden tocar, y los universos paralelos que el ajedrez representa.

Se acabó el tiempo, porque: ¿hay acaso tiempo sin historia?

—¿Hay historia sin registro de la historia?

Las huellas permanecen, pero nadie las une mediante las líneas de la coherencia.

—La página es verde.

Pero no es el verde de los videojuegos de los años ochenta; es el verde de la hierba electrónica, un verde muy vivo y muy falso y muy cierto, al que resulta imposible renunciar, como el de aquellos jardines que proliferaron en los años veinte, compuestos por grandes paneles que no sólo reproducían el verde vegetal, sino que al tacto de las plantas de los pies desnudos comunicaban el frescor y el leve cosquilleo del césped artificial. He perdido la capacidad de evocar el verde natural. Aquí no hay naturaleza. No hay jardín, huerto, paisaje. No hay tomates, huevos, berenjenas, carne de vacuno, albahaca, savia, bifes con sangre, algo que aún pueda recordar su último aliento. Sólo tenemos naturaleza envasada, enlatada, atiborrada de conservantes; agua que lavamos una y otra vez; cuerpos cansados por la pequeñez de los espacios, por la ausencia de desplazamientos reales, kilométricos, por la negación del placer. El verde del césped, de las enredaderas que se entretejen en una pérgola, de un árbol, de un campo de cultivo, de un campo de girasoles, del musgo o del helecho se ha convertido en la borrosa sensación de un recuerdo ya sólo latente, que se extingue en el lugar del cerebro donde debe de vivir la memoria.

–El verde electrónico de la pantalla, el verde milimétrico, hexagonal, que envejece tras más de trece años hipnotizándome.

El rectángulo se corresponde con el de una pista de tenis; se divide como tal, y cada uno de los rectángulos resultantes conduce a otra página, que también reproduce una pista de tenis verde electrónico, cuyos contenidos varían según te dirijas a «calendario», «historia», «resultados», «actividades» o «campeonatos».

Los músculos, el sudor, el movimiento, cuando al fin, tras cuatro o cinco años de resistencia, asumí que era padre, la pelota también verde que iba de un lado para otro, que quería ser su padre, el público que aplaudía, yo entre él, sintiéndome un padre más, nervioso durante los primeros minutos, vencida la resistencia, orgulloso más tarde, levemente decepcionado a veces, casi siempre dichoso, porque era la felicidad de tener una hija lo que hizo que temporalmente superara la necesidad de las dosis de distancia, el árbitro en lo alto de su silla, las raquetas, el sol, incluso los nombres de las estrellas de aquella época, toda esa parcela de la realidad se ha reducido a una pantalla verde en forma de campo de tenis.

Yo siempre cliqueo en «resultados».

Porque en esa pantalla sigue estando ella.

La ola global conocida como *la reanimación histórica* tuvo un posible origen local: Madrid, diciembre de 2014. Mariano Rajoy, entonces presidente del Gobierno de España, impulsa la Ley de la Práctica de la Memoria Histórica. Según las seis páginas publicadas en el Boletín Oficial del Estado de aquel mes, la ley obligaba a los ciudadanos españoles, en la medida de sus posibilidades, a mantener viva como ejercicio cotidiano la memoria histórica. Entre las medidas contempladas por el Gobierno se encontraba la obligatoriedad de la enseñanza, en los centros de educación secundaria, de la reanimación histórica, dentro de una nueva asignatura, Educación para la Fe y la Ciudadanía, y la disposición de un presupuesto extraordinario destinado a las asociaciones sin ánimo de lucro que crearan planes de desarrollo de la memoria histórica con el objetivo de reanimarla. Es decir: de revivirla. De ese modo, España trataba de unir dos líneas mayores de su política de centro-derecha que en realidad eran continuistas con las del gobierno anterior de centro-izquierda: por un lado, la revisión de la guerra civil y del franquismo; por el otro, la lucha contra el desempleo, que –en el marco de la crisis económica mundial– tenía en el país del sur de Europa a uno de sus principales afectados. La iniciativa de Rajoy, pues, pretendía incentivar la reconsideración de la historia contemporánea española al mismo tiempo que hacía descender la tasa del paro.

Después de un año de vigencia, el modelo fue presentado por el Gobierno español al Consejo Económico y Social de las Naciones Unidas. Para entonces, la reanimación histórica ya era internacionalmente conocida con ese nombre y ya había sido impulsada oficialmente en Francia, Alemania, Canadá y Estados Unidos, donde la red de asociaciones que la practicaba era más que notable a principios de la segunda década del siglo XXI. Sin apoyo explícito institucional, mediante el voluntariado o la financiación a través de entidades y fundaciones privadas, la reanimación histórica se extendió por el resto del globo terráqueo cuando la resolución 1096/6 de las Naciones Unidas la convirtió en una prioridad política mundial, públicamente subvencionada, con la participación activa del Banco Mundial y del Fondo

Monetario Internacional, con su Día Internacional de la Reanimación Histórica (el 7 de septiembre), con su Comisión de Control, con sus funcionarios y sus informadores.

En el caso estadounidense, la politización fue tan veloz como radical. En 2009 se fundó el movimiento ultraconservador Tea Party, cuyo nombre remitía a las reuniones políticas que prepararon ideológicamente la guerra de independencia norteamericana. En pocos meses contaba con más de mil sedes o «salones de té», en referencia a los encuentros de la alta sociedad que en los siglos XVIII y XIX decidía en el ámbito privado el destino público de la nación. El 7 de febrero del año siguiente se celebró su primera Convención Nacional, cuyo objetivo fue preparar el desembarco de sus fuerzas en la Conferencia de Acción Política Conservadora el día 20 del mismo mes, la reunión anual en que se sigue discutiendo y actualizando el ideario conservador a día de hoy. En ella, el Tea Party insistió en la terminología de inspiración histórica y habló de su «fuerza contrarrevolucionaria». Su reivindicación de los valores del siglo XVIII era esencialmente puritana: como los colonos pioneros, sus miembros reconocían el poder de Dios por encima del poder del Estado, y defendían el espíritu rural de Estados Unidos. La respuesta progresista llegó tarde, a principios de 2015, con el Urban Party, que se expandió rápidamente por las áreas metropolitanas de Nueva York, Chicago, Boston, San Francisco, Nueva Orleans y Los Ángeles, con su defensa a ultranza de los ideales de la contemporaneidad y de los logros en materia de igualdad. A Dios le opusieron el Estado. A la religión, la laicidad. A la moda de tener hijos con síndrome de Down, que los miembros del Tea Party parieron o adoptaron a imitación de su líder Sarah Palin, el Urban Party opuso el aborto, el sexo libre y bisexual, la recuperación –en fin– del espíritu de los años sesenta. Mientras se multiplicaban las falsas comunidades amish en las zonas rurales, en los parques centrales de las grandes ciudades estadounidenses regresaban los conciertos, la marihuana y las orgías.

A finales de 2015 Stephanie Meyer fundó la Red Europea de Asociaciones para la Reanimación Histórica tras haber estudiado los casos locales de España y Estados Unidos. «En ese momento», según relata en el asilo Arco Iris de la Tercera Edad, a las afueras de Luxemburgo, «existía una importante actividad de vivificación histórica en toda la Unión Europea, pero su alcance era exclusivamente local; aunque tuvieran lugar congresos académicos de estudio del fenómeno, en los que participaban expertos procedentes de varios países, y encuentros internacionales de intercambio de experiencias entre practicantes, y aunque la comunicación entre regiones diversas fuera fluida a través de internet, lo cierto es que la reanimación se limitaba a las regiones metropolitanas y a las provinciales, raramente alcanzaba el ámbito estatal y nunca rebasaba sus fronteras.»

Le pido ejemplos: en 2015 existían 675 asociaciones en Europa que trabajaban sobre la Segunda Guerra Mundial. Desde redes nacionales de rutas históricas hasta asociaciones locales de hijos de ex combatientes que se habían reactivado gracias a subvenciones oficiales invertidas en comprar uniformes, desoxidar fusiles y financiar viajes de una semana o de diez días a los bosques o las colinas donde, en su día, sus padres protagonizaron escaramuzas o retiradas, en la Selva Negra, los Cárpatos, Normandía o La Toscana. Cuando un grupo de quince o veinte antiguos soldados alemanes o franceses, una vez ya visitadas las zonas de los países en que habían combatido, decidían viajar al extranjero, siempre lo hacían sin establecer contacto con asociaciones locales. Pedían permiso a las autoridades para disfrazarse y simular una operación; la ejecutaban; y regresaban a casa. Lo que Stephanie Meyer consiguió, gracias al apoyo de Naciones Unidas, fue crear una red profesional de asociaciones, con una potente plataforma on-line que permitía el intercambio constante de información y la generación permanente de vínculos en el conjunto de la Unión Europea: «A partir del 1 de enero de 2016, L'Association 1939, que contaba con ochenta y tres afiliados en Lyon y que había reconstruido sobre todo batallas en el sur de Francia, entró en contacto con el club Die Zweite Generation de Baviera, con casi dos mil quinientos miembros; organizaron conjuntamente un encuentro en Múnich, al que invitaron a la Association Franc-tireurs et Partisans, a la Old Soldiers Union de Londres y a una docena de pequeños grupos de practicantes de toda Europa Central, para representar combates, para revivirlos, y para hablar cara a cara de lo que significó para ellos y sus padres la Segunda Guerra Mundial».

La emergencia de asociaciones para la reanimación histórica, por supuesto, no se reducía al ámbito bélico. Uno de los movimientos más importantes de la segunda década del presente siglo fue, en el otro extremo del espectro, el de la recuperación de artesanado. En la Exposición Universal de Artesanía, celebrada en París en 2015, tuvo lugar una demostración simultánea de setecientos doce oficios artesanales de todo el mundo que se consideraban extinguidos a finales del siglo XX. El coleccionismo de antigüedades también vivió un momento de esplendor, gracias a su democratización: por primera vez desde su nacimiento, debido al interés colectivo que desempolvó, catalogó y puso en circulación todo tipo de objetos antiguos, el mercado dejó de estar destinado a una élite y los precios experimentaron un descenso que provocó compras masivas y grandes beneficios, una buena noticia global según los más insignes economistas de la Era de la Crisis. Incluso objetos de los años setenta, ochenta y noventa que hasta entonces raramente habían sido motivo de colección se convirtieron en ambicionados tesoros (se popularizaron, por ejemplo, las colecciones de casetes, de vajillas de Ikea, de relojes Swatch y de mandos a distancia). En la moda, se impusieron lo retro, lo anacrónico, lo *vintage*, lo siglo XX. Pero no sólo el ámbito de lo real fue objeto de arqueología y vivificación: también en el ámbito de la ficción se llevaron a cabo operaciones similares. Se multiplicaron las páginas web en que se resucitaban personajes muertos en sus obras literarias y cinematográficas respectivas, como si fuera necesario rectificar antiguos errores cometidos por nuestros antepasados. Lo mismo se puede decir sobre las lenguas: proliferaron internacionalmente –como en los años noventa lo hicieron las escuelas de tango o de flamenco por razones en el fondo afines–, las academias de lenguas muertas y minoritarias, desde el indoeuropeo, el griego antiguo, el dálmata o el copto hasta el puelche, el galés, el maorí y el euskera, de modo que a día de hoy se habla con total normalidad de *lenguas resucitadas*, de lenguas, que si bien no son ni serán mayoritarias, sí son habladas por una comunidad cuyo número de miembros duplica o triplica el de hace veinte años. Para Stephanie Meyer se trata de «facetas de un mismo poliedro, de un mismo fenómeno: la cultura del rescate, como si la humanidad hubiera sentido que parte de su patrimonio simbólico había sido secuestrado por el olvido y se hubiera impuesto a sí misma el deber de rescatarlo; una vez llevada a cabo la operación de rescate, nos hemos acostumbrado a convivir con todo eso que habíamos perdido sin darnos cuenta y somos nosotros, sus simbólicos secuestradores, los que experimentamos el síndrome de Estocolmo».

Los artículos de lujo (el chocolate, el alcohol, la fruta en conserva, el desodorante, las especies, el atún, el suavizante, los forros) se han agotado o han caducado y se han podrido. Mientras van menguando los productos básicos (el arroz, la harina, la pasta, el aceite, la salsa de tomate, la sal), el material sanitario permanece. En todos estos años no hemos utilizado o gastado más que una décima parte de los antibióticos, vendas, calmantes, analgésicos, jeringuillas, tijeras, laxantes, pastillas, ansiolíticos, termómetros, antitérmicos, cremas, pomadas, sueros, morfina, supositorios, desparasitadores, rollos de esparadrapo, formol, probetas, tiritas o curitas, tobilleras, desinfectantes, jarabes o bisturíes que atesoramos en los armarios y estanterías de nuestro pequeño dispensario, alrededor de la camilla que tan pocas veces hemos necesitado. Cuando Anthony se decida a atacarnos, porque lo acabará haciendo, debe de haber acumulado muchísimo rencor contra nosotros, sus loqueros, sus carceleros, y si consiguió levantar él solo los cien kilos de uno de los dos paneles de su celda, encontrará también la forma de empujar desde abajo alguna de las losas que nos protegen del sótano para salir de su tumba voluntaria y abalanzarse sobre alguno de nosotros, el primero que encuentre, y golpearlo; cuando eso ocurra, tendremos todo lo necesario para curar las heridas de la víctima, que nadie se preocupe por ello. Como repite una y otra vez Chang, nuestro líder, en inglés: *don't panic*, que no cunda el pánico.

–No *paniqueemos*.

La red de búnkeres que Mao mandó construir durante la Revolución Cultural por si la ciudad era atacada con armas de destrucción masiva (también esas palabras son mías, son nuestras), fue parcelada por el Gobierno de Gan Jin Tsu. Varios centenares de túneles y cámaras acorazadas fueron divididos en miles de búnkeres, pero sólo algunas decenas de ellos acabarían convirtiéndose en museos. Todos poseen un dispensario y un almacén de provisiones, porque la razón de ser de todo búnker es la resistencia. La capacidad de resistencia se mide según los días en que se puede renunciar al exterior, para bien y para mal. La autarquía. Hipnótico prefijo «auto»: la soledad del automotor y de la autopsia y de la autocaravana y de la autopista, la extrañeza del autocine, el piloto automático. El auto judicial, dramático, de fe, el documento. La autonomía de toda ley. Que el pozo, el zulo, la caverna, la gruta, el sótano, el refugio antinuclear devengan úteros autosuficientes a largo plazo, sin necesidad de cordón umbilical. Algo de esa mentalidad quedó en estos búnkeres cuando comenzaron a ser habilitados como museos para el turismo. El instrumental de los dispensarios fue limpiado para su exhibición y en los armarios cerrados se dejaron los medicamentos que no habían caducado y el material sanitario que jamás había sido utilizado. Cuando a finales de la segunda década de nuestro siglo el Gobierno chino decidió que los búnkeres, al margen de su función museística, debían ser rehabilitados como búnkeres reales, los armarios fueron actualizados. También lo fue el almacén. Si llegaba la Tercera Guerra Mundial, un grupo de seres humanos tendría que poder vivir aquí durante al menos treinta años. Velas, cerillas, material de oficina y clínico, mantas, jabón, dentífrico, toallas, trapos, cubiertos, vajilla, sartenes y ollas, herramientas, compresas, comida, agua, condones, linternas, máscaras de gas, mangueras, extintores, taladros, gatos hidráulicos, bombillas teñidas de color amarillo para treinta años.

Efectivamente: estalló la Tercera Guerra Mundial.

Según nuestros cálculos, tras el encierro disponíamos de reservas para cerca de cuatro décadas.

A veces sueño con que somos capaces de derribar las densas capas de hormigón armado que clausuran las conexiones de nuestro búnker con los pasadizos que lo comunican con el resto del sistema, y caminamos durante horas, y encontramos decenas de dispensarios como el nuestro, abandonados, repletos de material sanitario, pero ningún almacén de alimentos y, sobre todo, a ningún ser humano. Fue un tema de conversación frecuente durante los primeros años:

¿cuántas comunidades como la nuestra habrá solamente en los búnkeres pequineses parecidos a éste? Según Chang, al menos existían doce instalaciones de características similares en el momento de las explosiones; pero es difícilmente reproducible el sinfín de azares que hizo que el nuestro no fuera destruido y que no hubiera en él ninguna grieta por donde pudiera penetrar la radioactividad. Según parece, no había tumores malignos en nuestros cuerpos hace trece años y el cáncer no ha podido entrar aquí en todo ese tiempo.

Cada vez que alguien se aprovisiona en el dispensario, debe rellenar un impreso y dejarlo en el buzón. Por las noches, Carl recoge esos impresos junto con los del almacén y los de la cocina y registra lo que hemos consumido. De ese registro depende nuestra supervivencia a largo plazo.

No: no fantasees sobre la amenaza que supone Anthony al otro lado de nuestras huellas en el espejo opaco.

–En el almacén, gatos hidráulicos.

La supervivencia física, por supuesto; porque la supervivencia psíquica, el mantenimiento de nuestra cordura individual, ha dejado de ser un asunto colectivo. Las clases particulares que algunos de nosotros le damos a Thei y la formación continua que recibe de Carl, la partida de ajedrez que disputan semanalmente Chang y Xabier, y la tarde mensual que Kaury y Ulrike dedican a coser (durante algunos años se les unió Carmela, antes del infarto que se la llevó al otro lado) son las únicas actividades voluntarias que implican a más de un miembro de la comunidad. Lo demás es soledad. La meditación de Gustav, las traducciones bíblicas de Esther, las doscientas flexiones diarias de Carl o mi dedicación al Diccionario son algunas de las estrategias que ensayamos para no enloquecer. Electrizante palabra: contiene en acto o en potencia al loco, a la locura y al loquero; el prefijo «en» la convierte en acción, en verbo, porque el proceso es imparable y casi siempre irreversible y el sujeto es el objeto de sí mismo.

El Diccionario era para mí, hasta hace exactamente trece años y un mes, una página web. Yo aprendí a leer con libros y el Libro que siempre estaba al lado de los demás, como la memoria ordenada, jerárquica, del lenguaje –o, al menos, de mi lengua–, era el Diccionario, un artefacto que siempre me fascinó porque en él se condensaba la totalidad, un sistema completo tal como lo definíamos en un momento histórico determinado, pero al que yo acudía sólo como lector a tiempo parcial, como coleccionista de fragmentos. Era un mural gigantesco pero finito; y no obstante yo, en vez de retroceder unos pasos y lograr la perspectiva necesaria para leerlo de izquierda a derecha, de principio a fin, durante años me conformé con observar los detalles, con acercar la lupa a una u otra figura, a manchas de color, a líneas rectas o curvas o espirales, a retazos de forma, a iconos aislados del conjunto. No: la lectura no es cuestión de perspectiva, es cuestión de rigor, de tiempo mecánicamente empleado, de concentración necesaria, porque la dispersión es el primer síntoma de toda crisis.

Hasta los dieciocho años, cuando de manera progresiva empecé a utilizar la Página Web en detrimento de la consulta del Libro, mis dedos sabían que cuando la mirada espigaba una palabra –su género, su etimología, su definición–, ésta se encontraba en un punto definido de la cartografía del volumen, en un orden que no sólo era alfabético, sino también físico, porque la numeración de la página, porque el lugar de la página en que se representaba el lenguaje que a su vez representaba la palabra –su género, su etimología, su definición–, porque el número de páginas que precedían o que sucedían a la página en que se encontraba la palabra –su género, su etimología, su definición–, quedaban registrados en la intuición de los dedos, que pasaban las páginas o, al contrario que en la lectura de un poemario o de una novela, donde no tiene por qué existir el retroceso, volvían atrás, una o varias veces en cada búsqueda, porque casi siempre una palabra conduce a otra. Y escribo ahora en presente, me doy cuenta, y el cambio de tiempo requiere una explicación –que nadie me ha pedido, que nunca nadie me pedirá porque mi único interlocutor es la nada, nadie.

–Que el lenguaje no se descontrole.

Durante quince años mi relación con el Diccionario fue a través de la Página Web: yo leía un libro cualquiera, o un documento en la pantalla, o escribía un informe, y consultaba las palabras cuyo significado no conocía o cuya polisemia no dominaba o sobre cuya definición o etimología albergaba dudas (raramente dudamos sobre el género, aunque sin duda sea la clave de todo). En la Página Web el Diccionario no tenía grosor; disimulaba su jerarquía; se revelaba instantáneo; subrayaba en azul los vínculos que cada palabra, que todas las palabras poseen en su grafía. De algún modo, entiendo ahora que durante tres décadas mi relación con el Diccionario tuvo un intermediario que podría ser calificado de siniestro si no fuera porque su superficialidad es sinónimo de inocencia o, peor aún, de horizonte. Sí: durante quince años perdí mi relación directa, sin ambages, íntima, erótica, desnuda, pornográfica, con el lenguaje, con mi lengua, porque la Red igualó la búsqueda de palabras en el Diccionario con la búsqueda de palabras en cualquier otro lugar, incluso con la búsqueda de imágenes, quietas o en movimiento, y de sonidos, monólogos, musicales o dialogados. Sin embargo, el Diccionario en su forma de Libro continuaba allí, en el lugar borroso en que la realidad sigue acumulando modelos de lo que se representa en la pantalla.

Y estalló la Guerra. Y se colapsó la Red. Y acabaron, de repente, la mayoría de las conversaciones. Y la monotonía invadió los monitores, que hasta entonces habían sido continuas explosiones de diversidad. Y todo fue arrasado por la luz amarilla. Y yo, casualmente, porque las casualidades –al contrario que el destino– sí existen, en la habitación del último hotel en que me alojé, en Buenos Aires, antes de subirme al avión que me trajo a Pequín, encontré en la mesita de noche una Biblia y un diccionario, ignoré la Biblia pero no el diccionario, porque estaba llamado (no *destinado*) a convertirse en el Diccionario. Metí en la maleta aquel volumen de papel, grueso, jerárquico, que empecé a leer, desde la primera palabra –género, etimología, definición–, «a», el mismo día en que se cerraron las compuertas del búnker y dije adiós para siempre al aire libre y al sol y a la libertad restringida que era mi vida, que eran todas nuestras vidas, en la cercanía y en la distancia.

Hoy se cumplen ciento cincuenta y siete meses de encierro. Y unos cuarenta años desde que Sally me regaló mi primer diccionario español-inglés, inglés-español. Y treinta y ocho desde que decidí reanimar en mí mismo, en los rincones de mi cerebro, los idiomas de mis padres, de mis abuelos, de mis antepasados. Y treinta y cinco desde que abandoné mis estudios de filología románica en Salamanca porque no soportaba la ausencia de Laura y malvendí en una librería de viejo mis diccionarios de italiano, catalán, francés y portugués. Y veinte años exactos del día en que le regalé a Gina un diccionario ilustrado y le traté de explicar la importancia de ordenar, de controlar las palabras, para que no se te desborde la vida. Me miró con sus seis añitos y con sus manos tan pequeñas, cogió el libro: «lo leeré cuando no estés». Me fui al día siguiente. Cinco meses de ausencia. Cuando regresé, el diccionario estaba en el cajón de los juguetes viejos.

Cuál será la talla de Mario. Debe de ser una M o, como máximo, una L, porque su cuerpo no puede ser demasiado consistente, no puede ser uno de esos cuerpos que dejan moldes vacuos a su paso por una playa, cuya presencia se hace evidente, incluso llamativa, cuando penetran en un espacio cualquiera. No, el suyo debe de ser uno de esos cuerpos discretos, que dejan un rastro mínimo.

Las huellas, cuyo perfil también es negro, sólo tienen sentido si se convierten en palabras.

Le he preguntado, una vez más, su talla; pero él me ha hablado de su infancia.

Nació en el hospital público de Pilsen, un barrio de Chicago, de madre estadounidense hija de mexicanos y padre estadounidense hijo de español y neoyorquina.

Si los negros de Estados Unidos son afroamericanos, aunque sus familias lleven allí dos siglos, supongo que mis padres eran hispanoamericanos, me ha escrito, pero nunca me hablaron en español, entre ellos sí lo hacían, pero a mí se dirigieron siempre en inglés, recuerdo que a los dieciséis un día llegué fumado a casa, de madrugada, y mi padre me esperaba despierto, y empezamos a discutir y lo hicimos en español, media hora, cuarenta minutos de argumentos absurdos y de palabras subidas de tono, hasta que nos dimos cuenta del idioma que utilizábamos y nos invadió una vergüenza pesadísima, como una masa de cemento allí, en medio del salón, una tonelada de informe y gris cemento, tan insoportable que cada cual se fue a su habitación sin añadir ni media palabra y jamás hablamos de aquello... Es la segunda vez que se lo cuento a alguien... Fui a una escuela pública de mayoría latina. *Latino*, me ha escrito, es una palabra extraña, significa en realidad sudamericano, sobre todo dominicano, mexicano, puertorriqueño, cubano, pero yo soy estadounidense, hijo de estadounidenses, aunque mis abuelos maternos fueran de Sinaloa y mi abuelo paterno español, Álvarez era su apellido, de una pequeña ciudad llamada Gijón, una ciudad con playa, pero sin luz, una ciudad de una tristeza remota, prehistórica, ha proseguido, sin acentos, de modo que soy un cuarto de español, un cuarto norteamericano y dos cuartas partes mexicano, pero tengo la piel oscura, el pelo negro, los ojos castaños, me llamo Mario, me llamo Alvares, de modo que soy latino y como tal era percibido por mis compañeros del colegio, por mis compañeros latinos y por mis compañeros no latinos, supongo que eso ha sido lo que más me ha marcado, Marcelo, bueno, no exactamente ser latino, sino tomar conciencia de que lo era, eso y mi viaje al mar Rojo, los dos hechos más importantes de mi vida.

No le he contado que, hasta la adolescencia, a menudo me situaba ante el espejo del cuarto de baño del departamentito de mis padres, y me repetía, mirándome muy fijamente a los ojos, «Antonio Marcelo Ibramovich de la Santa Croce, Antonio Marcelo Ibramovich de la Santa Croce, Antonio Marcelo Ibramovich de la Santa Croce», hasta que, a copia de repetición, mis apellidos se convertían en palabras y las palabras en letras y las letras en sonido y el sonido en eco y perdían su sentido.

Pero sí le he contado cómo yo, en el barrio de Once de Buenos Aires, pese a mi sangre croata, napolitana, española y judía, pese a que mi católica madre pronunciaba *Marcello* a la italiana, como su adorado Mastroianni, pese a aquellos oscuros parientes que de vez en cuando aparecían por casa y cuchicheaban con mi padre en yiddish, pese a que iba al Colegio Español y no al Nacional, como la mayoría de mis amigos, sólo me sentía y era visto como argentino. Mejor dicho: le he contado que durante toda mi vida he estado convencido de eso, he creído en eso, y que mientras charlábamos me daba cuenta de que nunca sabré el grado de realidad de esa certeza que me ha acompañado durante más de medio siglo, como la palabra «sombra».

No le he contado cómo toda mi vida adulta ha consistido en borrar el rastro de mi argentinidad, como si secretamente aspirara a ser croata y tano y judío y español y francés y mexicano y gringo, cualquier cosa, con desprecio, me daba igual, todo y nada, cualquier cosa, de cualquier patria difuminada, como mi acento difuso, como mi inglés que no pertenece a ningún sitio, como mi castellano o mi español, que es tan argentino como apátrida. No le he contado nada de eso, tal vez porque nunca fue un proyecto consciente, sino una necesidad, la necesidad de huir no sólo por fuera sino también por dentro, no sólo añadiendo millas a mis tarjetas de fidelidad aérea, sino también sumando mutaciones internas, gama de grises y de negros al reverso de mi piel. Sin pretenderlo, recuperé en mis pies y en mi boca la herencia de todos mis antepasados, sus acentos, sus aventuras y desventuras, sus migraciones, sus voces. Para convertirme en ellos tuve que renunciar a mí. Para que sus palabras fueran las mías, tuve que vaciarme paulatinamente de mi propio lenguaje. Al final del camino ni soy argentino ni soy nada: esa anulación siempre la percibí como un triunfo, pero ahora la luz amarilla me hace dudar ante alguno de los tres espejos de mi cerebro.

Me he limitado a leer sus divagaciones sobre el Chicago de los años ochenta y noventa, sobre las bandas de negros y de mexicanos, sobre la agonía y la muerte de su abuelo Mario Álvarez, a quien todos llamaban Mario Alvarcs, de quien heredó una caja llena de cartas, documentos de guerra y medallas sin brillo, color óxido, sobre el accidente de tráfico (un camión de dieciocho ruedas arrolló el Ford Capri) que lo dejó huérfano a los diecinueve años.

Los padres de Laura fallecieron en la ruta 40, camino de la Cueva de las Manos, cuando ella aún no había cumplido los veinte. El coche fue encontrado en el fondo de un barranco. Los míos, de cáncer de páncreas y de mama, cuando Laura estaba embarazada de Gina y yo, a punto de mudarme a Ginebra. En tres meses, la niña perdió la posibilidad de conocer a alguno de sus abuelos.

Todo ese dolor lo recuperé y lo digerí mucho después, me ha confesado, hacia 2015, un poco tarde, ya lo sé, me abrí un perfil en Mypain, le dije a George que elegía a Naphta, el personaje de la novela de Thomas Mann, porque quería investigar en primera persona cómo pensaba un reaccionario radical, recuerdo que él se indignó, recordándome que nosotros siempre habíamos cuestionado ese tipo de uso del arte, pero Mypain no era arte, era una consecuencia necesaria del arte, y fue muy interesante encarnar a Naphta, mucho, pero por algo que George nunca supo, y ahora, como siempre, es demasiado tarde...

¿A qué te refieres?

A que elegí a Naphta porque se suicida. Yo necesitaba saber qué es un suicidio, qué tipo de cambios, de decisiones internas implica suicidarte, o al menos aproximarme lo más posible a ese conocimiento, porque a los diecinueve, la noche del entierro, tuve una soga en la mano, una gruesa cuerda de cuatro metros y medio, una soga parecida a la que usó David Foster Wallace, una soga durante horas en mis manos. Cuántas veces releí el momento del disparo, cuando le grita cobarde a Settembrini y se pega un tiro en la sien.

Es un milagro que la página de Mypain siga funcionando...

Sí.

Supongo que tú también tenías un perfil.

Claro, ¿quién no se abrió un perfil en Mypain? Si no estabas en esa red, no existías. ¿Tú a quién elegiste?

Se ha cortado la comunicación.

Ni el tacto del Diccionario, que me acostumbra a contagiar consuelo (la vibración que hay en el blanco del papel, rodeada del negro de la tinta, se desprende progresivamente de la superficie vegetal, para independizarse, para elevarse, y entonces resigue, circularmente, mis huellas dactilares, sube por las falanges, se entretiene en los nudillos, se desliza por alguno de los muchos huesos que sostienen la mano, asciende por el brazo erizando el vello a su paso, bajo la lana gris hasta llegar al codo, al hombro, al cuello, al rostro, con un masaje de nuevo circular, para tranquilizarme y permitir mi sueño), ni siquiera el tacto del Diccionario ha logrado que mantuviera los ojos cerrados esta noche, que dejara de dar vueltas en el catre durante horas, hasta marearme, porque el miedo a que el Diccionario haya perdido su poder sobre mí me obligaba a pensar más intensamente en la posibilidad de que el Diccionario hubiera perdido el poder sobre mí, mi desamparo, mi extravío, mi soledad suprema, si eso ocurriera, se convertían en desamparo, extravío, soledad real, como si ya hubiera ocurrido. La angustia se estaba volviendo tan angustiante (cada palabra se duplicaba en mi interior, como un clon perverso) que he decidido romper la racha de seis noches de sueño ininterrumpido y me he levantado.

Para huir del crujido del insecto, del ruido ínfimo y persistente, que amenazaba con regresar a mis tímpanos, me he metido en el vestuario. El espejo maciliento me ha devuelto un rostro arrugado, en que cada arruga remitía a un estrato de mi agotamiento. Nos unimos a ciertas personas y nos separamos de ellas. Ganamos y perdemos, al ritmo que impone la vida, amantes, parejas, amigos, compañeros de escuela y de trabajo y de viaje, vecinos, hijos, hijas, padres, madres, abuelos y abuelas, familia. Tengo ya orejas de viejo. Nos sobreponemos a cada pérdida, porque el duelo es el mecanismo humano de la supervivencia. Grandes lóbulos caídos. Pero cada proceso de duelo deja en tu cara una arruga, en tu corazón una cicatriz o un soplo, en tus pulmones unos centilitros menos de aire, en el reverso de tu piel un dolor apagado que en cualquier momento puede volver a ser fuego. Los pelos, rizados, asoman de mis orejas de viejo. No había cumplido aún cuarenta años cuando, tras hablar por teléfono con Gina sobre su primera visita al zoo –estaba fascinada

262

con los flamencos–, me senté en el sofá de mi hotel de Frankfurt y sentí en el pecho que me faltaba el aire, y pensé que no sabía el teléfono de urgencias, que no tenía el móvil en el bolsillo, que no podría levantarme hasta el teléfono de la mesita de luz, que todos los hospitales estaban demasiado lejos, y sentí que no había peso en mis piernas, y pensé que me iba a morir. Esas ojeras me lo recuerdan desde entonces. Dos horas más tarde estaba en el bar de la azotea, invitando a un manhattan a una gallega muy pálida de labios muy rojos, en su primer viaje de negocios. También en Shanghái y París y La Paz puedo evocar cada segundo de cada uno de los tres ataques: la amenaza de una extinción inminente. Por eso las ojeras tienen tres niveles de eco, finísimos surcos que se expanden cuando miro fijamente como ahora. El día que cerramos las compuertas, el quinto ataque de ansiedad (experimentar la presión física en el esternón, ahogarse, intoxicarse de certezas absurdas, estar al borde de la muerte mental) duró toda la noche. Volvió a repetirse, con igual intensidad, la primera vez que cogimos Carmela y yo, porque una vez en la cama me convencí de que Laura jamás me lo perdonaría y la culpa era sólida como una mortaja e igual de irrefutable; pero en aquella nueva ocasión me decidí a levantarme y a compartir mi angustia con Xabier y nos pasamos la noche bebiendo vodka, a escondidas, sentados sobre los cojines de la sala de meditación y de descanso, al calor de una vela. Arrugas arbóreas que surgen de las comisuras de los labios y crecen por los pómulos y se pierden en las curvas del cuello. Aquí comencé a perder el pelo. Ni siquiera tuvo tiempo de encanecerse. Por la mañana, la almohada era un cementerio. Aquí mi pulso empezó a temblar de vez en cuando, sin que pareciera responsable de ello ninguna situación concreta. Y a los sesenta, de pronto, también perdí el control de las palabras. Alrededor de la garganta, la flacidez patética de la piel del cuello.

Me lavo enérgicamente la cara, para que el agua fría arranque de mis facciones las ruinas zigzagueantes de mi pasado. La toalla huele a moho. Trato de recordar el olor del suavizante, en vano. Trato de recordar cómo era la luz blanca, halógena, natural o solar, sin éxito. Al salir, oigo un rumor proveniente del refectorio. La puerta está abierta y, al fondo, dos figuras se inclinan sobre una de las mesas. Me sobresalto al ver a Anthony y a Chang, frente a frente, sin hablarse, con las manos entrelazadas, como si rezaran. Nuestro enemigo y nuestro líder emitiendo un zumbido casi inaudible, rezando por nuestra salvación o por nuestra peni-tencia o por nuestra transfixión o por nuestro inclemente castigo o por nuestra crucifixión final, llevada a cabo por los que dejamos en el exterior. La alianza del búnker con el só-tano para que nos extermine el afuera.

Doy dos, tres pasos. La luz amarilla ilumina las siluetas: los codos de ambas están apoyados sobre la superficie metá-lica; son separadas por un tablero de ajedrez donde ya no quedan demasiadas piezas. Me acerco, sin ruido, hasta el umbral. Un rey y una torre negros contra un rey y cinco peones blancos. El bando negro tiene las de ganar; pero los peones blancos configuran dos islas, muy avanzadas, que en un descuido podrían llegar a imponer una reina. Debe de ser viernes por la noche: la partida semanal de Xabier y Chang. Tengo que desterrar a Anthony de mis pensamien-tos: se ha exiliado para olvidarse de nosotros, no para con-vertirse en una amenaza. Mata al insecto ínfimo que anida en tus oídos. No volveremos a verlo.

–Jaque.

Vuelvo a mi catre antes de que adviertan mi presencia. Ignoro por completo la ciencia de los finales. Seguro que se encuentra en algún manual el modo de resolver esa posición: la pregunta es si alguno de los adversarios lo habrá estudia-do, lo conocerá, se acordará del camino que hay que seguir para derrotar al otro, para eliminar a todos sus peones o para que uno de ellos, una vez sacrificada la mayoría, alcance la octava casilla, el altar de la metamorfosis. De no ser así, prevalecerá, como siempre, la sabia mezcla de la intuición y el sentido común. Yo siempre apostaba, con agresividad, por la apertura y, rabiosamente, por el medio juego. Sin enrocarme. Atacando. Más entregado a la táctica que a la estrategia, al impulso que a la paciencia. Sacrificando. Prefería rendirme a entrar en el lento y pantanoso final. Los finales siempre me han parecido ajenos, esos duelos apocalípticos en que se baten otros, nunca yo.

Aunque lo cierto es que me desmiente mi propio cuerpo, finiquitado casi por completo.

El crujido biológico, la víctima que se retuerce en la telaraña: regresa el ruido ínfimo en el mismo momento en que me agacho para tumbarme en mi catre. El gato hidráulico. Es el fuelle de un gato hidráulico. Anthony se ha hecho con una de nuestras herramientas y está buscando el lugar adecuado para impulsar desde abajo una de las placas que nos separan del subsuelo. La levantará. La convertirá en puerta. Y entrará en nosotros, para atacarnos desde dentro.

Según Susan Taylor Boyle la reanimación histórica ha existido siempre, pero hasta principios del siglo XXI se reducía a la especialización asociativa. Así, los clubes de ajedrez conservaban la memoria no sólo de la práctica de ese juego o deporte, sino también la tradición de algunas partidas, técnicas, personajes ilustres, motivaciones, que se renovaban, que se reactualizaban, cada vez que un maestro se reunía con un discípulo, cada vez que tenía lugar una partida, una victoria con su derrota, un empate o una rendición. Lo mismo se podría decir de las asociaciones filatélicas, de colombofilia, astronómicas, de senderismo, numismáticas, históricas; de las universidades, academias y tertulias; de los clubes de boxeo, de fútbol o de atletismo; etc. Cada institución se encarga de conservar una parcela minúscula, una cápsula de la tradición concreta de un arte o de una afición o de una cultura.

Susan Taylor Boyle pone un ejemplo. El ejemplo de un pequeño local del barrio neoyorquino de Tribeca, en el sur de Manhattan. «Hace ciento treinta y un años», dice, «que en la Little Chess Society se reúnen jugadores de edades y aptitudes diversas, sobre todo para jugar partidas rápidas, partidas de no más de diez minutos, cinco por contendiente, aunque también se disputen batallas más largas, enfrentamientos de largo aliento, de horas o de días, pero sobre todo se estilan las partidas rápidas, insisto, porque permiten charlar entre partida y partida, tomar un café, leer el diario, comentar las últimas noticias del mundo y del barrio y de los vecinos. Hablar, al fin y al cabo, pues es para eso que se reúnen los hombres. Quizá el hombre que más ha destacado de todos los que han frecuentado la Little Chess Society durante más de un siglo sea Morgan Go, un afroamericano que comenzó a jugar al ajedrez a los siete años y medio y no faltó a su cita diaria en el local de Tribeca hasta que murió de una insuficiencia cardiaca a los ochenta y ocho. Bien, eso no es del todo exacto», matiza Susan Taylor Boyle: «durante toda su vida estuvo enfermo cincuenta y tres días, durante los cuales no fue al club. Y también faltó durante los doce días que duró su viaje de 1989 al estado de Alabama. Pero eso», dice, «forma parte de la historia. Y la historia cuenta que Morgan Go, que siempre parpadeaba con insistencia cuando su rival se equivocaba, que siempre escogía uno solo de sus cabellos, sólo uno, y lo arrancaba cuando consideraba que había acabado la apertura, que siempre se acariciaba la barbilla antes de ejecutar el jaque mate, que siempre soltaba una carcajada cuando alguno de sus amigos leía el chiste del *New Yorker* o la tira cómica de Snoopy en *The New York Times*, también estaba en el local el día en que entró el más ilustre visitante con que jamás contó la Little Chess Society.»

La visita fue fugaz; pero pervive. Estamos a finales de junio de 1972. El campeonato del mundo va a comenzar en pocos días. Se abre la puerta. Confusión durante unos segundos: finalmente, no hay duda de que es Bobby Fisher. Ni más ni menos que Bobby Fisher. Parece agotado. Llevo seis días sin dormir, dice, nunca he pedido ayuda, pero ahora tengo que hacerlo, dice, necesito que un grupo de compatriotas me ayude con esto, dice. Se sienta. Dispone las piezas. Es célebre su misantropía, su temperamento desquiciado, su rechazo de un equipo de asesores. Pero allí está: pidiendo ayuda. Era un momento insólito. Histórico. Los trece parroquianos, con Morgan Go entre ellos, se dispusieron alrededor del tablero. Fisher movió las piezas hasta llegar a la variante que le interesaba. Pidió opinión. Escuchó. Refutó. Pasaron tres horas y media de piezas que avanzaban y que retrocedían por el tablero. ¿Bastará con esto para vencer al ruso?, repetía. Ellos decían que no, pero que ayudaría. Que aquello era una escaramuza saldada con cierto éxito; suficiente para ganar una batalla. Y ganar batallas, dijo Morgan Go, que acababa de cumplir sesenta y un años y ya era el líder tácito de la Little Chess Society, es la única forma de ganar la guerra. Susan Taylor Boyle no disimula su emoción: sus pupilas están muy dilatadas, se ha agitado su respiración. Prosigue. Bobby Fisher les dio las gracias. Sus ojeras no eran humanas. Les dijo que había ido hasta allí porque necesitaba compartir aquella pequeña parte de su estrategia con alguien. Y les volvió a dar las gracias. Y se fue. Entonces se dieron cuenta de que lo que acababa de ocurrir no había sido una conversación. Que había sido un monólogo. Ninguna de las variantes propuestas por los socios del club de ajedrez había sido aceptada; pero no importaba. No importaba –estaban convencidos de ello– porque había sido un monólogo necesario. El campeonato del mundo fue estremecedor y demencial. Fisher era el sueño americano enfrentándose a los treinta y cinco asesores de Spaski. El individuo contra la masa. La remota Reikiavik. Los inexplicables errores defensivos de la primera partida. La negativa a jugar la segunda. Las tablas de la cuarta. La memorable sexta partida, la mejor de la competición: el maestro ruso se unió al aplauso del público. Las sucesivas tablas. Veintiuna partidas. Durante dos meses no se disputó ni una sola partida en la Little Chess Society: las horas se fueron consumiendo en la contemplación del televisor en blanco y negro y en la reconstrucción y el análisis de las partidas de Fisher y Spaski en los tableros. Ganó el americano y dejó el ajedrez.

Sin necesidad de discutirlo, Morgan Go fue nombrado tácitamente el encargado de transmitir la anécdota a los socios que, desafortunadamente, no se encontraban en el local el día de la visita, y a los invitados y curiosos que entraban y salían constantemente del local, muchos de ellos turistas de paseo por el bajo Manhattan. Pasaron los años y murieron algunos de los que estaban en el club el día de la visita y otros se mudaron o enfermaron o dejaron el ajedrez y Morgan Go se convirtió en el único que recordaba y que por tanto podía narrar. Entró un día un turista de aspecto distante, londinense, que el azar quiso emparejar con Morgan Go y a quien éste, tras vencer con una variante similar a la que aprendió de Bobby Fisher, le contó la visita. La respuesta del turista, lejos del asombro y la admiración que Go acostumbraba a recabar, fue escéptica. Dudó. Y se fue después de haber sembrado esa duda. A partir de aquel día, los jóvenes de la Little Chess Society comenzaron también a dudar. Al cabo de un mes y medio de la visita del turista, ante una ceja incrédula que se levantó en el rostro de un adolescente que hasta entonces jamás había puesto en entredicho ninguno de los consejos ni de las enseñanzas ni de las anécdotas de Morgan Go, el anciano de ochenta y un años arrugó el ceño y se marchó compungido. Pasó varios días en cama, aquejado de dolores indefinidos. Fue entonces cuando decidió viajar al estado de Alabama. Tomó el primer avión de su vida. Se alojó en un hostal del pequeño pueblo de Foley. Y durante los siete días en que mantuvo el ánimo necesario, paseó por el pueblo, preguntó por el pueblo, trató de descubrir entre los quicios de las ventanas, en las sombras de los jardines, en las mesas de los cafés, en las placas de los buzones, en las miradas de los hombres alguna pista que le condujera a Bobby Fisher, quien treinta años antes había mencionado el nombre de aquel pueblo entre el aluvión de datos técnicos ajedrecísticos que preparaban la final del campeonato del mundo. Morgan Go no encontró a Bobby Fisher en Foley, Alabama. Regresó con muchas menos palabras en la garganta. Jamás volvió a hablar de la visita de 1972. Redujo paulatinamente las horas diarias que pasaba en la Little Chess Society. En los meses que precedieron a su muerte, que le llegó mientras dormía, sus visitas no pasaban de la hora y media, ocho o nueve menos que cuando tenía veinte años y su vida era el club de ajedrez del barrio de Tribeca. Sumido en una tristeza poco perceptiva, murió sin darse cuenta de que durante sus últimos años de vida se habían impuesto en el club algunas costumbres, algunos gestos: que siempre había quien parpadeaba con insistencia cuando su rival se equivocaba, quien escogía uno solo de sus cabellos, solamente uno, y lo arrancaba cuando consideraba que había acabado la apertura, quien siempre se acariciaba la barbilla antes de ejecutar el jaque mate, quien leía en voz alta y describía la viñeta del chiste del *New Yorker* o la tira cómica de Snoppy en *The New York Times*.

Trece años y dos meses: supongo que ha llegado mi declive.

Es una forma de hablar, un tanto dramática y bastante absurda, porque la decadencia hace años que persiste, es inexorable, indecente, insultante, indescifrable, pero alguna ventaja debe de tener no escribir para nada ni para nadie: uno puede acumular prefijos y regocijarse en los adjetivos. En la puesta en escena de la decadencia, en su representación subjetiva y extrañada, mediante palabras teatrales. Complacerme en la retórica complaciente. El drama y el absurdo: nuestra vida aquí.

Pero no des rodeos para huir de la infamia (esa palabra).

–Ve al grano.

He cargado sobre los hombros, durante buena parte del día, una imagen del desayuno: Susan miraba a Thei, absolutamente embelesada, mientras Esther le acariciaba el pelo. Ninguna de las dos se ha comido su tazón de cereales, porque ambas raciones han engrosado la de Thei, que ha aceptado el regalo sin mediar palabra, como una ofrenda o, mejor dicho, como un soborno. Las caricias de Esther eran neutras; pero la mirada de Susan, si no lasciva, se parecía –fatalmente– a la de una mujer enamorada. Cuando se me ha hecho insoportable, he apartado la vista, pero ya era demasiado tarde: la escena había quedado grabada en mi cabeza con la misma intensidad que una definición. No era una fotografía; era una imagen de los viejos tiempos, una imagen en tres dimensiones, pesada como un container o como una cruz en mi espalda, durante tantas horas. Me ha dejado agotado, porque el mero hecho de imaginarla encima de mí suponía cargarla y no podía dejar de hacerlo.

He ido al almacén a comprobar que estuvieran todos los gatos hidráulicos: había tres. ¿No teníamos cuatro? ¿Se lo pregunto a Carl? ¿Informo a Chang de mis sospechas? Formulándome esas preguntas, de camino a mi catre, donde había decidido descansar un par de horas, quizá trabajando en el Diccionario, a las seis y media de la tarde he pasado ante la puerta del vestuario, entreabierta. Y he oído el chorro. Nos duchamos cada tres días. Nadie se acerca al chorro cuando éste cae y choca contra un cuerpo y contra el suelo de la ducha, con ese ruido inquietante y metálico. Nadie. Nadie se acerca, porque tenemos que respetar la mínima intimidad de los demás miembros de la comunidad. Lo dice la Ley, el pacto que sellamos. Pero yo. Quiero decir que yo. Confieso que. Cómo. Cómo escribirlo. Contrólate, contrólate: termina las frases. Yo. Yo he abierto del todo la puerta y la he cerrado tras de mí. Yo me he acercado. Me he acercado lo suficiente. Lo suficiente como para ver. Para ver, a la tenue luz amarilla. Para verlos.

Eran los pies de Thei, sus pies tan blancos, mojados, inmunes al amarilleo, expulsando el eco del chorro, el aura trémula de gotas, digo: sus pies, el final de los gemelos, el tobillo, los diez dedos y el empeine y el talón y la planta, que asomaba intermitentemente, cuando se alzaba de puntillas para manipular –adivino– la temperatura del agua, digo: los pies de Thei. Sus pies, quiero decir y digo. Dos, a lado y lado del agujero de desagüe. Tan blancos y tan mojados, tentando con la caricia. Tan, tanto. Venas y huesos minúsculos, azules o blancos, bajo la piel de seda nieve. Las palabras, el declive. Toboganes de parque acuático, esos pies tan blancos, que culminan en uñas pintadas de rosa pálido como las uñas de Shu, digo: de la misma tonalidad, como si hubiera adivinado las preferencias de su madre, pero todavía hay torpeza en el modo en que recubre de esmalte la parte más cercana a la carne; agua de piscina, de cascada, de lago, de glaciar derritiéndose, quiero decir, de ballena que salta y se hunde en el mar austral, de la bañera de hotel donde abrazaba a Shu y manoseaba sus senos, donde besaba el cuello, el lóbulo, la mejilla, los labios, el clítoris de Shu, donde penetraba a Shu, con el agua caliente y espumosa hasta el pecho, con movimientos lentos, demorados, teníamos toda la tarde para permanecer en la bañera o en la cama, mientras se ponía el sol y atardecía más allá de la Ciudad Prohibida, en una envidiable postal de mímesis milimétrica; uñas de pies descalzos, por la playa, digo: donde la espuma se filtra en la arena, dorada: digo. Palabras pastel, acarameladas, empalagosas: pura decadencia de mi lenguaje.

Veo de cerca el hueso del tobillo; los gemelos que crecen como ubres; el vello recientemente afeitado en sus primeras depilaciones, algunos poros enrojecidos, irritados, por la acción precipitada de la cuchilla; la parte trasera de la rodilla, recorrida por una arteria levemente azulada; el nacimiento de unos muslos que parecen en tensión.

Las gotas me salpican los pómulos, el cuello, los ojos.

Se convierten en lágrimas, del latín «lacrima», lacrimoso, lacrimal, *lacriminal*.

De pronto cierra el grifo.

Retrocedo unos centímetros: si abre la puerta, me encontrará arrodillado y cabizbajo, con la boca abierta y babeante, como un perro.

–Calla. Silencio.

Resbala por la curva de sus piernas agua teñida de blanco: se está enjabonando. Todavía tengo tiempo. Gateo de nuevo hasta la ranura de la puerta y continúo imaginando los muslos, tersos, cada vez más gruesos, mutando junto con las caderas para acoger la menstruación, la capacidad de procrear, una fertilidad que empieza a emanar de su vagina con vello, de su vagina de niña paulatinamente cubierta de pelos negros, cada vez más desnudos de esa espuma que está desapareciendo por el desagüe, su cintura de gimnasta, su ombligo imperfecto, su abdomen, sus senos que se van perfilando, su melena que, mojada, debe de llegarle hasta las nalgas.

Arrodillado, postrado, ante la festiva adolescencia.

–Callado, perro, en silencio.

Declive, decadencia: cómo decirlo ordenadamente, sin sucumbir ante el delirio, sin acabar besando, bebiendo como bendita esa agua que la ha tocado, que se ha deslizado por su piel y que se ha confundido con sus fluidos hasta ser fluido suyo ella misma. Una milésima de segundo antes de que mis labios lleguen al sorbo, me levanto sobresaltado. Miro en derredor: no hay nadie. Trato de serenarme y de identificar la señal de alarma. La piel de mi nuca: he sentido calor en ella. El punto rojo de una mira telescópica o de una cámara oculta o de la mirada de sombras mellizas, invisibles. Busco con la mirada, entre los tubos que corren paralelos al techo, el ojo electrónico que me está espiando y que ha sido testigo de mi renuncia moral; los ojos de los muertos que nos vigilan a través de la atmósfera yodada. Cómo decirlo: no hay cámaras en este búnker. Cómo decirlo: Carmela y Shu y Frank y Ling murieron y el alma no existe. Estamos solos, sin más testigos que nosotros mismos.

Cómo decirlo más tarde, ya en el catre, con el Diccionario abierto entre las piernas, tratando de aplastar con papel, con lenguaje, con lengua, con palabras, con sílabas la erección que no cesa.

Volver atrás, a la palabra en que trabajé hace unos días: «*Sublevar*: Indignar, alzar en sedición o motín. Excitar».

Memorizo el día y la hora: su turno.

Metalizadas sillas de ruedas, camas blancas como un hospital, nebulizadores en forma de pingüinos, rampas, muletas, elevadores de WC, asientos de ducha con y sin respaldo, cojineras, taloneras, implantes de silicona para pechos y para nalgas, muletas, andadores, bastones de empuñadoras caprichosas, impriformas de implantes y de ortopedia, colchones antiescarpas, piernas, pies, manos, brazos, todo tipo de prótesis. Una niña exprime una naranja, se sirve el zumo, se lo bebe; un zoom nos muestra que la piel de la mano con que ha realizado esas operaciones tiene un brillo mate que contrasta con el bronceado de la otra. El de la piel artificial. Una mujer que se levanta y se sienta y se levanta y se sienta y se levanta y se sienta, sin fin. La página web de Models ofrece ese tipo de satisfacciones: poder observar indefinidamente cómo un culo de mujer, una cola femenina se sienta y se levanta, gracias al impulso de un «seat assist». Después de décadas de acceso ilimitado a cuerpos femeninos y a sus representaciones pornográficas, ahora me conformo con ese vídeo.

Mario está conectado.

¿Qué hacés, boludo?, me pregunta, con acentos, haciéndose el canchero.

Fiaca, es lo que hago, le respondo. Le muestro la página, le confieso que esos vídeos forman parte del repertorio de mis obsesiones, que hubo un tiempo en que probaba posibles direcciones de internet, al azar, con la esperanza de que llevaran a nuevas imágenes, a nuevos vídeos, a nueva información (es una forma de hablar: ninguna página es nueva, todas están congeladas en una realidad que ya no existe, anterior a la red de búnkeres en que se ha convertido la civilización, si es que «civilización» es una palabra vigente, en el pasado prebélico, en el pasado condicionado por el prefijo «pre», de lo pretérito, lo precedente, lo que prefigura, lo que se presiente o preocupa, del prepago); pero que ahora me dedico sólo a vagar por las mismas páginas, sin ningún ánimo ni afán de descubrir otras, sin fe en lo nuevo.

Me conformo, me limito, sin cargos de conciencia.

Lo mismo te pasó con los viajes.

¿A qué te refieres?

A tus viajes, Marcelo, al principio viajabas por todo el mundo, tratando de no repetir nunca ninguna ciudad, ningún destino, me dice sin comas ni acentos, pero más tarde empezaste a repetirte, volviste a Pequín, varias veces, y a Madrid…

Y esquivé Buenos Aires…

Y regresaste a Nueva York y viajaste por Estados Unidos en varias ocasiones.

Me obsesioné con el BKKK y con Bobby Fischer.

Y con algunas mujeres…

Mario, ¿te acordás del *facing*?

¿Desde cuándo te hacés el vivo y escribís en argentino, che?

Buena pregunta, pienso, sin teclear, nunca escribo en argentino. Lo hice durante un tiempo, en la adolescencia, después de leer *Rayuela;* pero enseguida me corregí. He utilizado el verbo *corregir*. Como si viviera en el error. Como si la argentinidad fuera un error. En el Colegio Español te exigían redactar en un pulcro castellano, pero todos, incluso los profesores, hijos en muchos casos de republicanos exiliados en el 39, teníamos acento y costumbres argentinas. Mi sintaxis puede ser española, reforzada por las clases en Salamanca, pero el origen de mi vocabulario es indudablemente porteño. Pero he escrito *me corregí*. Como si el acento o las palabras o la dicción o las expresiones pudieran ser erróneos, equivocaciones, fallos éticos, sobre todo si uno pretende escapar, trabajar en la ONU, desprenderse sin saber muy bien por qué de los vínculos familiares, barriales, de una mujer, de una hija, ser promiscuo, ser políglota, ser global —como si eso fuera realmente posible.

¿Sigues ahí?, me rescata Mario.

Sí… El facing… Cómo olvidarlo…

A nosotros el fenómeno nos sorprendió en la isla. Lo descubrió George: un reportaje publicado en *The Guardian* sobre la clínica húngara que había comenzado a ofrecer el cambio temporal de cara… Cambios temporales de cara, lo nunca visto, veinticinco años después de la oveja *Dolly*…

Se ha interrumpido la conexión.

Prótesis, liposucciones, implantes de nalga y de pantorrilla y de pecho, reducciones de cintura, piel sintética, micromóviles externos o implantados, corazones y manos artificiales, facing. Supongo que ése era el problema del ser humano de principios de este siglo. El problema de fondo, quiero decir, el responsable último de la devastación. Llegó un momento en que la tecnología, finalmente, pudo aliviar nuestra endémica sensación de estar incompletos. Llevábamos al menos dos siglos esperando ese momento: nuestro proyecto colectivo (que entre otros nombres tuvo el de «progreso», como si en verdad fuera un «avance, adelanto, perfeccionamiento») dependía de su éxito. Pero el alivio fue temporal, insatisfactorio. Cada prótesis, cada operación provocaba más deseo de prótesis y de quirófano. Le afanábamos a los dioses una brasa y eso nos hacía desear más incendio. Una metamorfosis sin fin.

Cuando fuimos capaces de transformar radicalmente nuestro cuerpo, quisimos cambiar también nuestra personalidad y nuestra biografía y nos multiplicamos y nos enmascaramos en la Red de Redes, infinitas crisis de la misma Crisis; pero no fue suficiente, deseábamos ser realmente otros, resucitar a los muertos en nosotros mismos, en nuestro propio cuerpo, darles una segunda oportunidad. El ser humano no soportaba la unidad: necesitaba clonarse, transfigurarse. Y eso hizo.

Cada línea que escribo, para nada, para nadie, que engendra una línea más, como si yo necesitara escribir para exteriorizarme, para objetivarme, para delegar en cada carácter, en cada palabra, una parte de mí (¿será mi herencia?, ¿mi legado?, ¿para quién?, ¿para nadie?), como si la escritura fuera la herramienta con que me voy extirpando, miembro a miembro, célula a célula, un transplante, una transfusión sanguínea, una trasfixión mística, cada letra que escribo es una neurona que pierdo, que ya no es mía, que es del lector, es decir, de nadie, porque la transferencia es imposible, porque estamos solos y no podemos salir de nosotros mismos.

Todas las palabras: sin excepción.
Como en un viaje demencial por la toponimia; como en un descenso en espiral por el abismo de un mapa; como una expedición de rastreo de huellas por los valles y desniveles y pueblos y depresiones y cordilleras y aldeas y ríos y vertederos y acantilados y metrópolis y periferias y polígonos industriales y búnkeres y sótanos de la historia de la topografía; así he caminado, sin tregua ni descanso, siempre hacia el norte, es decir, hacia el fin, por una ruta exclusiva de palabras.

Las he buscado y encontrado, ensartado, recorrido, subrayado, estudiado, memorizado, interiorizado durante jornadas laborales y ratos de ocio, robándole el tiempo a las comidas y al sueño, discretamente, en silencio, sin que nadie pudiera detectarme ni, por tanto, delatarme.

Suciedad, sucintarse, sucio, súcubo, súcula *(cilindro),* sudación, sudadera, sudar, sudario *(lienzo que envuelve un cadáver),* sudestada, sudeste, sudor, sudoral, sudorífero, soñador, soñante, sueño, suero, suerte, sufrible, sufrido, sufridor, sufrimiento, sufrir *(padecimiento, dolor, pena; sostener, resistir; someterse a una prueba o examen),* sugerencia, sugerir, sugestión, sugestiva *(que suscita emoción o resulta atrayente),* suicida, suicidarse, suicidio, sujeción, sujetador *(sostén, prenda interior femenina, pieza del bikini que sujeta el pecho),* sulfurar, sumar, sumario, sumarísimo, sumersión, sumidero, sumir, sumisamente, sumisión, sumo, súmula *(compendio de los principios elementales de la lógica),* supedáneo, supeditación, supeditar, superable, superante, superdominante, superestrato *(lengua que se extiende por el territorio de otra lengua; cada uno de los rasgos que una lengua invasora lega a otra)*, superficial, superficie, superfino, superior, superiora, superioridad, supernauta, superpauta, superponer, superrealismo, supersónico, superstición *(creencia contraria a la razón)*, supervalorar, superyó, suplantación, suplantar, súplica, suplicación, suplicante, suplicar, suplicio, suprema, supremacía, supriora, sur, súrbana, surcador, surcar, surco, súrculo, sureño, sureste, surrealista, sursuncorda, surtida, súrtuba, suruví, susceptible, suspensión *(en música, prolongación de una nota que forma parte de un acorde, sobre el siguiente, produciendo disonancia, indica el estado de partículas o cuerpos que se mantienen durante tiempo más o menos largo en el seno de un fluido, éxtasis, unión mística con Dios)*, susurro, sutil, sutura *(costura con que se reúnen los labios de una herida)*, suturar, suyo, suya, tabalear, tabelión, tablestaca, táctica, táctil, tacto *(acción de tocar o palpar, manera de impresionar un objeto al sentido táctil, habilidad para tratar con personas sensibles o de las que se pretende conseguir algo)*, tachable, tachador, tachadura, tachar, tachón, tafanario, tafo, tagarote, tahúr, tahuresco, taiga, taja, tajada *(acribillarle de heridas con arma blanca)*, talco, talón *(punto vulnerable o débil de alguien)*, tala, taladrar, taladro, talmúdico, talón *(de Aquiles)*, talla *(cantidad de moneda, escultura, medida convencional, altura intelectual o moral)*, talladura, tallar, talle *(cintura)*, tamaño, tamaña, tambor *(de forma cilíndrica)*, tamizar, tampón *(almohadilla empapada en tinta, rollo de celulosa que se introduce en la vagina de la mujer para que absorba el flujo menstrual)*, tanatorio, tanga *(la pieza sobre la que se pone la moneda)*, tangente, tangible, tango, tanguista, tanque, tanteador, tantear, tántrico *(sexo, sexo, sexo, sexo)*, tapaculo, tapadillo, tapado, tápalo, tapapiés, taquicardia, tarta, tasar, tatuaje, tatuar, tatuarte, tautología *(repetición de un mismo pensamiento expresado de maneras distintas, que suele tomarse en mal sentido por inútil y vicioso)*, taxidermista, teatral, teátrico, teatro, tecla, teclado *(conjunto de teclas de piano y, por extensión, de aparatos o máquinas)*, tejedora, tejer *(discurrir, tramar un plan)*, tela, telar, telaraña *(tener uno telarañas en los ojos)*, telarañoso, teledirigir, telemetría, telenauta, teleshakesperiano, telespectador, televidente, televisado, televisor, televisual, temeridad, tempestad, templar *(enfriar bruscamente el agua)*, templo, tempo, temporal, tenazas, tenebroso, tener, tenerte, tensar, tensión *(estado anímico de excitación, impaciencia, esfuerzo o exaltación)*, tenso, tensa, tensar, tensor, tentación, tentar, tentetieso, teocracia, teocrático, teología *(ciencia que trata de Dios)*, tercería, terciopelo, terraplenar, terrícola, territorialidad, territorio, terrorismo, terrorista, terrosidad, terroso, terruño, tersar, tersa *(limpia, clara, bruñida, resplandeciente, lisa, sin arrugas)*, tersura, testamento *(de la zorra)*, testicular, testículo, testigo, testificar, testimonio, teta *(pezón de la teta)*, tetada, tetar, tetera, teticiega, tetilla, tetina, tetona, tetragrama, tetrarca, tetrarquía, tétrico, textil, textorio, texto, textual, textualista, texturizar, tez, ti *(común a los casos genitivo, dativo, acusativo y ablativo)*, tía *(ramera)*, tíbar *(de oro puro)*, tibia *(templada, entre caliente y fría; mancharse, ensuciarse mucho; hueso; flauta)*, tictac, tiemblo *(álamo temblón, temblor)*.

El lenguaje es trémula oscuridad: por eso las letras son negras y están en movimiento. El Diccionario trata de domesticar esa oscuridad ingobernable, nos ofrece en forma de lista, recortadas de su oscuridad original, la mayoría de las palabras que componen un idioma. Por eso las páginas del Diccionario son blancas. El negro es el lenguaje, el blanco es el Diccionario que salva provisionalmente a las palabras, ordenándolas, de la locura abismal en que perpetuamente residen. El Diccionario es el altar blanco en que sacrificamos al negro lenguaje; por su infinitud, como el cuerpo de Cristo, tenemos que conformarnos con un fragmento, con una sinécdoque *(extender, restringir o alterar de algún modo la sig-*

nificación de las palabras para designar un todo con el nom-
bre de sus partes o viceversa). Una palabra. Cien palabras. El
cuerpo del Lenguaje, muerto por nosotros en la Única Guerra Nuclear. Cómo describir aquellos superhongos que exter-
minaban mi hogar. Menos mal que era noche cerrada. Menos mal que no era mi hogar. O no del todo. Tal vez las
páginas deberían ser negras y las palabras, blancas: eso signi-
ficaría que el lenguaje es luz, pura luz, el bien y la verdad y el
amor de los antiguos. La rehostia consagrada.

–Shu –la he llamado hoy, en clase.

–¿Sí...? –visiblemente turbada.

–Nada, nada, perdona, Thei, ha sido un lapsus, cada día
te pareces más a tu madre.

Ella ha bajado la mirada al tiempo que fintaba una sonrisa.

–Chang también me lo dice siempre.

Hasta la palabra «Shu», con esa hache muda, le pertenece. Su palabra: suya. La he mirado embelesado, mientras
seguía leyendo y subrayando un texto sobre la génesis de la
Biblia.

–Marcelo, ¿tú crees que podría haber una religión que no
se basara en un libro?

Me ha sorprendido: no acostumbra a hacerme preguntas
que no estén relacionadas con la gramática y el estilo. Le he
respondido que las religiones nacen por lo general sin un libro, como palabra hablada, y llegan en un proceso histórico
complejísimo a lo que acaban por considerar su Libro. Ella
ha asentido y se ha sumergido de nuevo en el estudio. Yo
me he quedado pensando en los informes como en fragmentos de un libro futuro de una religión que nunca llegó a pen-
sarse como tal, en los evangelistas como viajeros y como
cronistas y como informantes, en la palabra revelada, en la
palabra sagrada, en la palabra perfecta, en la perfección que
se pierde con la sinonimia, con la perífrasis, con la traduc-

ción, en los nombres del innombrable, en la nomenclatura, en todas las palabras que apuntan hacia Thei.

Algunas lo hacen directamente, otras precisan de reflejos múltiples en diversos espejos, rodeos, cambios de dirección y de sentido, para finalmente dirigirse hacia ella.

Todas las palabras remiten a Thei porque la razón de ser de mi lectura sistemática del Diccionario es encontrar el sentido de Thei, porque en Thei convergen todas las palabras y todos sus significados y en mí, toda la vejez y un desorden que podría volver a estallar en cualquier momento.

El día que el doctor Mautz anunció el método quirúrgico conocido como *Facing* sólo un par de periodistas locales escribieron al respecto. Ocurrió el 18 de mayo de 2019. Pese a los múltiples avances en cirugía estética que se habían dado en las últimas décadas, el «cambio temporal de cara» que anunciaba aquella pequeña clínica de Budapest sonaba, si no a ciencia ficción, a extravagancia magiar. En la rueda de prensa del 18 de mayo, ante cinco periodistas húngaros, el cirujano plástico mostró a su tercer paciente: Mihály D. Entérhy, un multimillonario sexagenario, de facciones caucásicas, ojeras negruzcas y labios finísimos como papel de fumar o de calcar, que tras tocarse el lóbulo derecho, ante los cinco testigos, se transformó en un moreno treintañero, de piel tersa y labios carnosos. El relato de aquel avance científico era tan inverosímil que la noticia, más cerca de la ficción que de la crónica, fue eclipsada por las que la rodeaban; sus escasos lectores quizá la confundieron con un cuento o con una broma. El doctor Mautz no hizo ningún otro esfuerzo por aparecer en la prensa, tal vez porque la lista de espera para sus operaciones de facing aumentaba sin necesidad de publicidad ni de polémica. Las primeras personas operadas no llamaron la atención de los medios. No fue hasta el noveno paciente cuando la prensa internacional descubrió el facing y, con ella, lo hicieron los políticos, los empresarios y los médicos, es decir, la política, la industria y la ciencia –en ese orden.

Los hechos, según parece, fueron los siguientes. A las nueve y veinte de la noche, Andrei recibió en su casa a Luca y a Carmine, dos amigos suyos italianos que estudiaban en Budapest con una beca Erasmus. Berthe, la madre de Andrei, les sirvió un vaso de Coca-Cola, mientras su hijo se cambiaba la camisa, manchada de helado. De espaldas, mientras introducía su mano en la nevera, Luca y Carmine habían observado el prodigioso trasero de doña Berthe, su cuerpo tan bien conservado, sus carnes esculpidas en el gimnasio. La mirada que intercambiaron actuó toda la noche como estímulo. En el bar de Pest donde tomaron las primeras cervezas, buscaron culos como aquél, sin suerte. Estuvieron hablando y flirteando con compañeras de clase y con la camarera, una rubia de ojos muy verdes y fácil sonrisa. Mucho más tarde, en la discoteca de Buda donde tomaron las últimas cervezas, después de que Andrei volviera a casa, bailaron con dos amigas españolas a las que habían conocido en una fiesta estudiantil, bajitas y locuaces, y tocaron sus culos, que imaginaron más blandos que los de doña Berthe sin confesárselo a sí mismos. En el lavabo, compartieron unas rayas. En algún momento, mientras ellos estaban en la barra esperando una nueva ronda de cervezas, las españolas desaparecieron. Apuraban la última jarra cuando se fijaron en una joven que bailaba en el centro de la pista. Una diosa semioscura, recibiendo luz a intervalos. Mayor que ellos, quizá veinticuatro o veinticinco años. Bailaron con ella. La tocaron. La palparon y los palpó. Una primera raya en un rincón, entre parejas que se besaban. Una segunda raya en el coche de ella: cada uno aspiró la suya de uno de sus pechos, sabrosos, operados, levemente diferentes. Condujo hasta el apartamento que los chicos compartían. El trío alternó posturas hasta las nueve de la mañana. Después se quedaron dormidos. A las dos llegó Andrei, que tenía llave, y se encontró a su madre desmelenada entre sus dos amigos desnudos.

Fue el padre de Andrei quien reveló el caso al cabo de tres semanas, en una vista del juicio que mantenía con su ex esposa por la custodia de Ane, su hija menor. En esa ocasión la prensa sí estaba al acecho. Todos los diarios húngaros cubrieron al día siguiente la noticia. Todos los telediarios húngaros abrieron con ella la edición del mediodía. Para entonces internet ya era un hervidero de preguntas y comentarios sobre el facing. Fue titular de CNN, en inglés, en chino y en castellano, aquella misma noche, resaltando las palabras de Berthe Kamondi ante las cámaras: «Es injusto que una mujer de cuarenta y seis años deba conformarse con el rostro que le corresponde por su edad, yo sólo quería tener el que se merece mi cuerpo».

Cuatro semanas más tarde, *Science* publicó en portada el rostro terriblemente arrugado del doctor Mautz. Un rostro de árbol, de madera nudosa, retratado en blanco y negro, con aquellos dos ojos semicerrados, capaces de radiografiarte desde el papel. El titular era elocuente: «Bienvenidos a la cirugía molecular». La operación de facing consistía, en una primera fase, en la alteración física del rostro mediante pequeñas fisuras para la introducción de microimplantes (en las fosas nasales, en el paladar, en los párpados, en los lóbulos); y en una segunda fase, en la construcción de una cara alternativa, previamente diseñada informáticamente, que se lograba mediante la alteración molecular de la cara original. El paciente permanecía internado entre diez días y dos semanas. Los riesgos eran mínimos. El rostro alternativo no podía ser visible durante más de veintitrés horas seguidas: debía descansar, por tanto, como mínimo una hora al día. Si se seguía esa norma básica de seguridad, todo eran ventajas:

belleza, reinvención de personalidad, cambio aparente de raza, máscara para personas perseguidas, etc. Una vez concluida la operación, la propia clínica se encargaba de tramitar los documentos que acreditaran que aquella persona tenía dos caras. Las huellas dactilares, el nombre, el iris o la altura seguían siendo los mismos. En plena euforia mediática, varios periodistas llamaron la atención sobre el hecho de que la primera operación había sido secreta, de que se desconocía el nombre de los pacientes que debieron de prestarse a los experimentos del doctor Mautz, incluso especularon con la posibilidad de que hubiera sido el primer paciente de sí mismo. Que aquel rostro que se mostraba al mundo en la portada de la revista *Science* no fuera el suyo. Pero no había duda de que sí lo era: al menos era uno de los dos. Quiero decir que, de existir, ambos serían igualmente propios.

En tres años y medio, el doctor Mautz era propietario de nueve clínicas de facing, ubicadas en las principales capitales europeas. En 2022, fundó la Escuela de Altos Estudios en Cirugía Molecular en Budapest, que ha significado la apertura de cerca de trescientos centros en los cinco continentes. El precio de una operación oscila entre los veinticinco mil quinientos dólares, en América Latina y África, hasta los treinta mil euros que se pagan en los exclusivos balnearios suizos y alemanes, que ofrecen máxima discreción y la posibilidad de acompañar el proceso con un programa de adelgazamiento. Pese a la oposición inicial, la Unión Europea y Estados Unidos han llegado a un acuerdo de mínimos sobre las implicaciones legales del facing y han añadido una página a sus pasaportes, para la debida identificación de la cara alternativa. La iniciativa ha sido imitada por Brasil, China y Australia. Todavía no se ha alcanzado un acuerdo con el resto de Estados.

La primera conexión explícita entre el facing y la reanimación histórica, como me explica Carlos Wilmar Pacheco, gerente de la prestigiosa clínica de cirugía plástica *Facing Dreams* de Miami, «ha sido la demanda de bellos rostros del pasado, con fuertes vínculos afectivos, idólatras o concupiscentes con el cliente; nuestro centro, por ejemplo, se ha especializado en ofrecer las caras del *star system* de Hollywood del siglo xx, desde Rodolfo Valentino hasta Demi Moore». Los rostros más solicitados son los de Marilyn Monroe, Richard Gere y Uma Thurman. El pasado 19 de septiembre tuvo lugar una reunión espontánea de rostros de *Ocean's eleven* y sus secuelas en Central Park: se contabilizaron ciento cincuenta rostros de Brad Pitt, ochenta de George Clooney, cincuenta y tres de Julia Roberts, treinta y tres de Al Pacino, trece de Andy García y doce de Matt Damon, la mayoría tal como eran durante los años noventa. «Pero no en todo el mundo es así», me explica, «en Rusia aumenta la demanda de rostros de líderes y figuras clave del régimen comunista, como el presidente Dmitri Medvédev o el ajedrecista Borís Spaski, y en Japón, en cambio, la tendencia es la cara de las *idols*, de manera que las concentraciones son monotemáticas: cientos, miles de chicas de cara idéntica, mirando hacia un escenario donde canta la boca que es el original de las suyas.»

No puedo sacarme de la cabeza esta contradictoria hipótesis: somos piezas de ajedrez movidas por la casualidad, uno de los nombres del destino que no existe. De nuestra talla física e intelectual y de nuestro poder invisible, en manos del jugador que nos controla, que decide nuestros movimientos y sacrificios, cuyo cuerpo se ha disuelto en la atmósfera amarilla, depende nuestro rango en el ejército. No hay duda de que Susan, Esther, Kaury y Ulrike son alfiles, con su displicencia de convento, con su feminidad al acecho, que se desliza en diagonal por los intersticios que dejamos los hombres. Anthony y yo somos caballos desbocados, en las cuadras o casillas del vértigo, la celda, el sótano, mi catre, a la espera de dar el salto definitivo. Orientales, caucásicos, en las esquinas del búnker, Carl y Gustav son las torres. Los desaparecidos Frank y Ling eran peones, sacrificados por el jugador supremo, la casualidad o el destino, con la intención de abrir columnas y, al mismo tiempo, de terminar la apertura, los primeros tres años de encierro. Shu y Carmela parecían reinas, pero en realidad eran también peones; peones plateados, sacrificados por el jugador supremo o por Chang, porque Chang es el rey, para mostrarnos que para ganar hay que perder, y que el juego iba en serio. Si Chang es el rey, Thei es su reina. Todo depende de ellos.

–Me he olvidado de Xabier.

¿El peón Xabier? ¿El alfil, el caballo, la torre? Lo imagino diseñando un tablero, midiendo los espacios, trazando las líneas, pintando de negro las treinta y dos casillas negras y dejando en blanco las treinta y dos casillas blancas; pero no soy capaz de identificarlo con ninguna pieza. Tampoco puedo evocar por qué fuimos amigos. Quiero decir que se ha desmaterializado aquel sentimiento de amistad que nos unió durante los primeros años. Quizá solamente fuimos amigos porque estábamos solos y porque, cada viernes por la noche, jugábamos una partida de ajedrez. Nuestra amistad probablemente fuera trivial, sin momentos memorables, igual que nuestras partidas, pero un día por semana se renovaba, como un ritual adolescente.

Eran partidas largas, desde antes de medianoche hasta las tres o las cuatro de la madrugada, acompañadas por licor y por tabaco cuando las provisiones parecían inagotables y Chang y Carl, dormidos, no podían censurarnos. La semana que a mí me correspondían las blancas, empezábamos invariablemente con una Ruy López, que Xabier gustaba de complicar con variantes imprevisibles, acumulando peones en el centro del tablero, enrocándose largo, improvisando un *fianchetto*. Si las blancas eran suyas, en cambio, avanzaba dos casillas el peón de dama y yo respondía con el caballo de rey, lo que desembocaba en una variante extraña de la india de rey (a ser posible, sin enroque por mi parte). Nuestros niveles de juego eran similares. Al cabo del año acumulábamos un saldo parecido de victorias y de derrotas. Jamás alguno de los dos ganó o perdió tres partidas seguidas. Él conocía mi predilección por el medio juego, de modo que intentaba obtener alguna ventaja inicial (un peón, una posición beneficiosa) o resistir, para forzar mi rendición cuando quedara menos de una decena de piezas sobre el tablero. Los dos movíamos la pierna derecha, compulsivamente, durante la partida; los dos meditábamos largamente los movimientos cruciales, sin ocultar una media sonrisa cuando veíamos a las claras que iban a sernos favorables; los dos éramos escrupulosos en el cumplimiento del reglamento: hay que decir «compongo» antes de colocar correctamente, en el centro de su casilla correspondiente, una pieza que ha sido movida, sin querer, por alguna torpeza.

–Pieza tocada, pieza movida.

Las partidas se me confunden en la cabeza (decenas, tal vez centenares, parcialmente repetidas, como los gestos o los ritos que configuran una amistad mediocre); pero puedo reconstruir, en cada uno de sus movimientos, la última, que no empezó en el refectorio, cada uno a un lado del tablero, porque hubo un preámbulo, sin piezas ni tablero blanquinegro, un preámbulo que duró una semana exacta, desde que Xabier se comió con un alfil el peón que protegía en diagonal a mi rey, apoyado por sus dos torres, y dijo «jaque mate». Era su segunda victoria consecutiva. Mientras sonreía de oreja a oreja y dejaba mi peón muerto en la caja, algo cambió en mi viejo amigo. Se tomó de un trago el resto de whisky. En contra de su moderación habitual, me golpeó en la espalda con la palma izquierda y bromeó sobre mi derrota con el tablero y la caja bajo el brazo de camino a las literas. Fue sólo el comienzo de una retahíla de comentarios, chistes y bromas, en el vestuario, en la cocina, en el refectorio, en los pasillos, en todas partes. Puedo recordar cada uno de los días de aquella semana según las expresiones, las miradas, las palabras de Xabier. Lo que hasta entonces había sido intimidad, de pronto se volvía una exhibición pública. La clandestinidad de nuestras partidas se había convertido en tema de conversación entre todos los integrantes del búnker. Te voy a machacar el próximo viernes. Espero que estés estudiando por las noches, porque el viernes tienes un examen. No hay dos sin tres, Marcelo. Su rostro parecía aún más afilado; más grises sus ojos. Me miraron el viernes a las once y media sin ocultar la soberbia. A mí me dolía la cabeza: había dormido poco aquella semana, a causa de ciertos dolores abdominales no sé si provocados por el desconcierto que suscitaba en mí la nueva forma de actuar de mi amigo y no obstante contendiente. Había llegado a preguntarme si no estaría enamorado de Carmela. Pero no le dije nada más que:

–Juguemos.

Porque la apertura fue distinta (contestó a mi peón de rey con su peón de alfil de dama y de pronto nos encontramos, inesperadamente, en el fragor de una apertura siciliana), supe que aquella noche todo iba a ser distinto. No hubo licor. Ni tabaco. Ni palabras. Sudaba su cráneo. También mis manos sudaban. Las mandíbulas de ambos en tensión.

–Compongo –dijo, y volvió a poner en el mismo lugar, nerviosamente, tres o cuatro peones y una torre.

Como si de aquella partida dependiera no sólo que él lograra, después de años de intentarlo sin éxito, su tercera victoria consecutiva, sino también la llegada del día siguiente y nuestra salvación y vencer a la locura y a la muerte;

como si en los saltos de los caballos o en las líneas horizontales que trazaban las torres o las damas o en las diagonales que custodiaban los alfiles o las damas o en el lento avance de los peones se cifraran las claves para abrir la compuerta y restaurar el antiguo orden, sin radiación, sin paisajes desolados, sin un pasado imposible de recuperar, así estaba jugando aquella noche. El medio juego comenzó casi a las dos de la madrugada. Los peones habían encajado, los unos contra los otros, en las casillas centrales. Avancé mi rey para atrincherarlo y comuniqué las torres.

–Compongo –repitió, porque la dama había quedado en la esquina de su casilla en un movimiento anterior.

Empezó a buscar entonces diagonales que, si en el futuro quedaban libres de peones, apuntaran hacia mi monarca. Sacrifiqué un peón de caballo para ocupar con mis torres la columna semiabierta y apuntar con ellas el centro de su enroque. Se defendió con un caballo y colocó un alfil en el centro del tablero, doblemente apoyado por dos peones, acechante. Le gané el otro alfil con una trampa en que, de haber estado relajado, jamás hubiera caído. Después de *componer* cada una de sus piezas, pensó durante cerca de una hora en su próximo movimiento, que finalmente consistió en acabar de blindar su defensa con su segundo caballo. Las cuatro, las cinco de la madrugada. Mi dama se come su peón de torre y, cuando llega su torre al auxilio, continúa con el peón de caballo. He dejado la columna desprotegida: captura uno de mis peones, dobla sus torres, amenaza con invadir la séptima casilla y hacerme jaque. Pero yo lo tenía previsto. Son casi las seis de la madrugada. Si no estuviéramos a diez metros de profundidad y rodeados de capas de hormigón armado, empezaría a clarear, cantarían los primeros pájaros. Si tampoco se hubiera pasado toda la semana dinamitando nuestra complicidad, bromearía con que podríamos hacer una pausa e ir a comprar café y medialunas (*croissants*, *s'ils vous plait*, me corregiría él). Sin mediar palabra, evito el jaque con que me amenaza situando un alfil en el flanco izquierdo del rey. Él, sin dudarlo, siguiendo el plan que se ha trazado, conteniendo a duras penas el primer bostezo, sube la torre hasta la séptima fila, entra en mi territorio. Sus dedos están sujetando la pieza. Todavía no la ha dejado. Entonces se da cuenta de que mi movimiento no sólo era defensivo: mi alfil, al mismo tiempo que protegía al monarca, en la diagonal abierta, atacaba el último peón de su enroque, amenazado también por una de mis torres. Mi dama está cerca; la suya, bloqueada por sus propios peones; podría llegar a ser jaque mate en dos o tres movimientos. Su cráneo es un poliedro brillante. Hace retroceder la torre. La sitúa en la tercera casilla, donde se encontraba. No la suelta en ningún momento.

—Compongo —dice en voz muy baja.

—Supongo que estás bromeando —digo, muy nervioso, en francés.

—Por supuesto, Marcelo —miente, e intenta sonreír, pero no lo consigue.

Desplaza la torre lateralmente, hasta situarla entre los dos peones supervivientes de su enroque, interrumpiendo la diagonal de mi alfil. No ha tenido más remedio que sacrificarla. Cambio mi alfil por su torre. Ha perdido la iniciativa. Se restriega la mano, una y otra vez, por la boca, pero no consigue evitar que las gotas de sudor le salen los labios. Tras meditarlo sin prisa, añado mi reina al ataque. Entonces él se precipita, sostiene la suya con dos dedos y, al cabo de unos pocos segundos de duda, se da cuenta de que, la sitúe donde la sitúe, o bien la pierde o bien le hago jaque mate.

—Compongo —repite sin mirarme, y vuelve a dejar la dama en la casilla donde estaba.

No digo nada.

Mueve un peón.

Lo regreso a la casilla donde estaba.

–Parece mentira que tenga que decírtelo, Xabier: pieza tocada, pieza movida.

–He dicho «compongo».

Vuelve a mover el mismo peón; antes de que lo suelte, cojo su mano y la fuerzo a volver atrás, pero se resiste. El tacto es el mismo de aquel día lejano: yo había dibujado el plano del sótano con un carboncillo suyo, sin pedírselo prestado, en la confianza de la amistad, y él me lo arrebató de los dedos, sin decir nada, y se fue. Siento el sudor de ambos, mezclándose. Dos, tres, cinco segundos. Sus ojos, muy grises y muy cansados, se enfrentan a los míos como lo hacen nuestras manos. Aún tienen el poder de penetrarme. Me duele la muñeca. Me duele la mirada. Pero no me rindo. Quince, veinte segundos.

–¡Esto es ridículo! –grito, al tiempo que dejo su maldita mano y barro con el brazo las piezas del tablero, que se desperdigan por la mesa metálica y caen al suelo, en el mismo momento en que entra Carmela en el refectorio, camino de la cocina, recién duchada, y se queda de piedra.

En aquel momento, se rompió algo, algo que había durado una semana, que había sido responsable del comportamiento de Xabier durante toda una semana. Cayó el último peón, como una lágrima corpórea, y rebotó dos veces.

–Marcelo, perdona, he sido un idiota, no te vayas –dijo el amigo que dejaba de serlo, poniendo su mano sobre la mía, en un gesto que quería ser una caricia.

Pero me fui y nunca regresé.

Mario siempre me pregunta si he llegado ya a la palabra «utopía». Estoy a punto de hacerlo, le he dicho, estoy terminando con la te.

Con los años hemos empezado a repetirnos. Cuando uno se da cuenta de que las últimas conversaciones mantenidas han sido idénticas a otras del pasado, desaparece durante semanas o meses, sin drama, porque ambos sabemos que el otro sigue allí, en *stand by,* aguardando pacientemente el momento de reactivar la conversación que se inició la década pasada.

Seis meses atrás, después de que yo hubiera escrito ya en el chat treinta o cuarenta líneas sobre cómo conocí a Laura, sobre el sexo oral, vaginal, anal de los primeros meses, sobre nuestra boda, el embarazo, mis primeras fugas y la llegada de Gina a nuestras vidas, Mario me hizo notar que ya le había contado todo eso en dos o tres ocasiones; supongo que me dolió esa queja, porque abruptamente y sin que viniera a cuento le revelé que me acosté varias veces con Shu, a quien conocí el día que fui a casa de Chang a entrevistarlo.

Nunca lo olvidaré, fue el día que se hizo público el premio Nobel a Bob Dylan.

¿Él lo sabe?

Supongo que no.

¿Se lo dirás a Thei algún día?

No lo sé.

Sigo sin saberlo.

Afortunadamente no es hija mía: mientras las compuertas se cerraban y Shu daba a luz, yo sólo podía pensar en eso. Eso. La palabra más adecuada para enmascarar mi cobardía. Tantas horas de NCF no sirvieron para que yo adoptara el famoso código de honor que regía las acciones de los personajes encarnados por los subactores más famosos. Recuerdo sus nombres, pero no tiene ningún sentido reproducirlos, porque traicioné lo que esos nombres de ficción quisieron simbolizar en la realidad.

Hoy Mario me ha hablado una vez más de la caja con las cartas de su abuelo y de la prima que recibió su primer beso. Vincula las cartas con el beso, tal vez porque en ellas su abuelo habla repetidamente de una antigua novia, muy joven, dieciséis o diecisiete años, que tuvo que dejar en Barcelona en 1939, cuando partió hacia su exilio francés y fue deportado a un campo de concentración. La prima no es importante para él sólo por aquel beso, que le supo a goma de mascar y a guacamole, sino porque diez años después, en un almuerzo familiar, tras un par de copas de vino, la misma prima le confesó que lo había amado desde siempre, que estaba dispuesta a ser su amiga, su novia, su esposa, su amante, su puta, lo que él quisiera y cuándo él lo quisiera. Y cuatro meses después, durante uno de los veranos que Vanessa, su novia de la universidad, pasaba en el rancho de sus padres en el sur, Mario llamó a su prima desde Chicago y su prima, que vivía en Boston, se subió al primer avión y se presentó en el departamento de su primo y pasaron cuatro días sin salir de la cama más que para ir al cuarto de baño y a la cocina (a por pizza, helado y cerveza). No volvieron a verse. Acabé dentro de ella, Marcelo, me ha repetido Mario, que no sólo está perdiendo la memoria de nuestras conversaciones, también está perdiendo el sentido del tiempo, trece veces dentro de ella, me insistía en que no pasaba nada, primo, que tomo la píldora, pero yo creo que la dejé embarazada, pero no lo sé ni lo sabré, ya no, recuerdo que me decía a mí mismo la próxima vez que hable con mi tía le pregunto si la prima tuvo un hijo, pero no lo hice, y mi tía se murió, y nos vinimos a la isla, y estallaron las bombas, y ya nunca lo sabré. Así de sencillo...

Hubo un tiempo, le he interrumpido, en que creímos que siempre habría tiempo, quiero decir que estábamos convencidos de que siempre tendríamos tiempo suficiente para el saber, que el conocimiento sólo podía entenderse como una progresión infinita, que la lectura era un derecho que nadie nos podía negar, un tiempo que duró más de un siglo.

Ése fue nuestro tiempo.

Es raro que no nos diéramos cuenta de que la Nube no podría durar.

¿Qué quieres decir?

Que subíamos todos nuestros archivos a la Nube, almacenábamos en ella nuestras fotografías, nuestros textos, nuestras agendas, nuestros recortes, nuestras películas, nuestras canciones, nuestros vídeos domésticos, nuestros power points...

Dios mío, había olvidado por completo el power point, qué horror...

Sin duda, verdaderos engendros del Mal Absoluto... Toda nuestra memoria artificial estaba en la Nube, nos descargábamos la información, en los microcelulares, en las computadoras, sólo durante el tiempo de su consumo, después la borrábamos, porque estaba en la Nube, y confiábamos en la Nube, pero toda nube, por definición, es volátil, y en verdad los datos no estaban en ninguna nube, sino que se encontraban almacenados en servidores, monstruosos, espaciales, susceptibles de ataques nucleares, como todo lo demás...

Menos los de la Zona...

Ni la Zona se hubiera salvado si la guerra hubiera seguido un poco más, en el caso de que se salvara...

A veces me imagino esos tanques a cientos de kilómetros de profundidad, llenos de información y, por tanto, de vida, como un museo que nadie visita.

¿Te pasé el link del Museo Británico?

No, ¿no me digas que esa página web todavía aguanta?

Hace años que no entro, pero pruébala: britishmuseum. org. Durante los primeros meses entraba cada día, precisamente por eso que estábamos comentando, porque me permitía reconectarme con la sensación de que toda la historia estaba al alcance de mi mano, porque me permitía alimentar la ficción de que todavía era posible viajar, conocer ciudades, visitar museos. El recorrido virtual es increíble… Pero estoy seguro de que te ocurrirá como a mí: al principio te fascinarán las fotografías de las estatuas griegas y de las momias egipcias, pero pronto sucumbirás ante las fotos de canapés de salmón y de capuchinos y de torta de manzana, en la sección del restaurante.

Eso es mejor que el porno.

No sé qué decirte. Hace cerca de catorce años que no veo un vídeo porno.

No puedo ayudarte con eso, amigo, pero gracias por el link, aunque no tenga el ánimo para muchas novedades.

El tiempo de la seguridad del saber: otro día seguimos hablando sobre eso.

Nunca tecleé el nombre de mi prima en Google Person. Si lo hubiera hecho, ahora sabría si fui padre, si soy padre. Pero no lo hice.

Mejor así: si no, serías huérfano de tus propios hijos.

Ojalá tengas razón y fuera mejor así.

He necesitado cambiar de tema, deshacer el nudo que ocupaba la pantalla, distender la conversación recuperando una broma privada:

¿Qué haces esta noche? ¿Cine, algún bar, unas partidas de dardos, sexo sin compromiso?

He quedado con una chica.

¿Alguien de la isla?

No, viene en hidroavión, nos hemos conocido por internet. La semana pasada le dije que estaba cansado del sexo virtual y dijo que si le pagaba el viaje…

Muy bien, entonces no te espero para cenar.

No, ni para el café: será mejor que no me esperes levantado.

He intercambiado el turno de ducha con Carl, para poder estar en el vestuario sin levantar sospechas mientras Thei se encuentra desnuda al otro lado de la puerta. Yo entro cuando sale Susan, con la piel menos cetrina de lo habitual y los ojos inflamados por el calor del agua. Sospecho que todos queremos estar cerca de Thei, esa batería incombustible, esa piedra solar. Susan sale y yo entro, como si tuviéramos que turnarnos para acceder a la cercanía de Thei: Esther la consigue en el comedor; Carl en la sala de control; yo en mis clases privadas con su consentimiento, y aquí, sin que lo sepa, arrodillado y suplicante como un cordero que se inclina para beber su último trago de agua, antes de ser degollado en el suelo, altar deslavado.

Cada tres días, escucho cómo el chorro de agua cae directamente hasta el desagüe mientras ella regula la temperatura; cómo el ruido furioso invade la atmósfera del vestuario al tiempo que va creciendo la nube de vapor; cómo rebota en su cuerpo y resbala por él y se mezcla con el jabón y lo barre; cómo cesa de pronto, cuando ella cierra el grifo y su sonido es sustituido por otros dos: la respiración agitada y complacida de Thei, mientras se seca; y la glotonería del desagüe, que no es capaz de absorber por completo la espuma del jabón, excesiva.

Thei sale envuelta en su toalla, casi un harapo. Y me sonríe. Invariablemente. Ni una sola vez he detectado en su mirada o en su sonrisa la conciencia de que ella es una mujer que se ha duchado a escasos metros de mí, que soy un hombre. Hemos asumido hasta tal extremo el respeto por la intimidad del otro y la convivencia obligada con él, que la indiferencia se ha vuelto más común que la atención. Acostumbrados como estamos a compartir todos los espacios, Thei se viste sin que yo pueda ver, de soslayo, nada más que los hombros, el nacimiento del seno, los brazos, parte de los muslos y el resto de las piernas. Pero el cuerpo que imaginé se corresponde, a juzgar por lo que insinúa la toalla, con el que recibe desnudo el agua a presión y el jabón color semen.

Le haría el amor.

La penetraría.

Cogería con ella.

Me la cogería.

Me la follaría.

Le echaría un polvo.

Le metería el pene, la polla, el coso, el nabo, la cosa, *the dick, the thing, il cazzo,* el engendro maldito que me arde entre las piernas, el taladro.

La taladraría.

Broca gruesa, en espiral, como palabras de broca gruesa y espirales.

La perforaría.

La hollaría.

La humillaría, humillándome.

Hasta sentir cómo los testículos, los huevos, las bolas, los cojones, mis pelotas rebotan contra su barbilla y sus mejillas, contra sus muslos, contra sus nalgas.

Oral, vaginal, analmente.

–Te violaría, preciosa: te-vio-la-ría.

Y acabaría, culminaría, me derramaría, me vaciaría, me correría en sus ojos de niña, en sus mejillas de niña, en su pelo y sus curvas de mujer, en sus labios y su lengua y su piel de niña, en sus tetas o pechos o senos de mujer, en su concha de hembra, en su coño de mujer, en su culo o su cola de niña.

Le haría el amor como lo hice con Shu.

Exactamente igual como me cogí, me follé, taladré, penetré a su madre.

Sin contemplaciones, pero con ternura.

Sin esas sucias palabras que ahora afloran en mí como un liquen.

Por supuesto, no hago nada más que reprimir mi erección. Esperar a que se vaya. Meterme en su ducha. Tocar la espuma de su jabón con las plantas de mis pies. Y entonces, sí, masturbarme en silencio, pese al chorro de agua, brutal y ensordecedor, diciendo en voz muy baja cada una de las palabras que poseo para poseerla, una y otra vez, repetirlas para que el agua se las lleve, borrando así mis huellas, porque mis huellas son palabras, para que el desagüe me las quite, si no para siempre, al menos hasta dentro de tres días, cuando llegue el próximo turno y, con él, la orden inmisericorde y sorda de arrodillarme de nuevo.

«La pregunta por el gesto es pertinente», afirma en un inglés perfecto Wo Chang en su casa cercana al aeropuerto de Pequín, con vistas a la Gran Muralla, «la reanimación histórica experimentó su giro irreversible el día en que las palabras pasaron a ser gestos, gestos contundentes, quiero decir, un día que no sabemos traducir en una fecha, un día que se fue preparando durante siglos.» Según el investigador, el rastro genético de la reanimación histórica nos remonta a las primeras prácticas del turismo cultural, «por ejemplo, cuando la patricia romana que más tarde se conocería con el nombre de Santa Egeria fue a Tierra Santa para ver, para pisar, para fijar los pasos de Cristo hacia el Monte Calvario, o cuando el poeta renacentista español Garcilaso de la Vega rindió homenaje a Petrarca, el grandísimo poeta italiano, visitando la tumba de Laura, es decir, cuando nació la necesidad de visitar físicamente lo que sólo es abstracción y pasado, porque el turismo se basa en ese culto al pasado abstracto: las guías, los reportajes o las rutas recrean hitos, momentos, anécdotas, historias a partir de sus ruinas, es decir, de los monumentos, iglesias, palacios, calles, balcones, puertas, vacíos en muchos casos, en que sucedieron». El señor Chang me señala en ese momento la Gran Muralla y me habla de batallas, de emperadores, de leyendas que siguen alimentando las visitas que se realizan a diario, simultáneamente, en muchos de los puntos del kilometraje del «único monumento que puede verse desde la Luna, ahí tiene otro relato turístico que muestra la necesidad del culto al pasado, porque hoy en día son muchas las construcciones humanas que pueden verse desde la luna, pero el tópico sigue vigente», afirma casi sonriendo.

«Pero si la mayor parte del turismo es histórico», prosigue, «concretamente el turismo de recreación histórica, que se desarrolló durante la segunda parte del siglo pasado, es la causa directa de que la reanimación histórica pasara tan rápidamente de la palabra a la acción, porque existía previamente un patrón de gestualidad capaz de acelerar el tránsito, quiero decir que aunque ya Stendhal peregrinara al escenario de la batalla de Waterloo, fue después de 1945 cuando los viajes a los escenarios de la historia se masificaron; desde esa fecha también se popularizó la asistencia a fiestas periódicas en que se reactualizan batallas del pasado o la escenificación de mercados medievales y las procesiones religiosas con disfraces que evocan los trajes de antaño y simbólicamente los suplantan.» Según Wo Chang, durante las últimas décadas del siglo XX, la multiplicación universal de esos fenómenos turísticos, que implicaban tanto la visita masiva de los extranjeros como la participación entregada de los locales, fueron los modelos más importantes de la reanimación histórica. El patrón de comportamiento que el ser humano ya había asimilado como normal cuando se empezaron a expandir las asociaciones, los congresos, las redes, las comunidades, las federaciones, el culto exacerbado al pasado.

Porque la clave del fenómeno es el gesto. Fue durante la primera década del siglo XXI cuando asistimos a la desmaterialización de los objetos (las cartas, las fotografías, los libros, las películas) y al ascenso delirante de la fe en el acto: no es casual que en la Navidad del año 2010 a 2011 la mitad de los regalos, en Europa y Estados Unidos, fueran *experiencias* y no objetos. Una estadística de 2020 observa que en las Navidades de esa década se disparó el regalo tanto de viajes, masajes, entradas de conciertos, noches de hotel o rutas históricas como de antigüedades. «Simultáneamente, en lugares remotos y desconectados entre sí, hubo gente que, después de años discutiendo la Historia, interpretándola, recorriéndola, empezó a vivirla», prosigue el señor Chang, «como usted sabe, yo he pasado los últimos años investigando ese tema junto con el grupo de profesores que dirijo en la Universidad Popular de Pequín, gracias a eso puedo darle diversos ejemplos globales que ilustren lo que estoy tratando de comunicarle.» Cruza las manos sobre el pecho y continúa: «empecemos por España, ya que usted es argentino: una asociación que trazaba las rutas que en 1939 siguieron miles de refugiados de la guerra civil española para iniciar su exilio en Francia, que a finales de los años ochenta empezó a realizar una caminata anual desde Barcelona hasta Perpiñán para rendir homenaje a los exiliados republicanos, en 2014 pidió a sus socios que dejaran los teléfonos móviles en casa, que se vistieran con las ropas de sus abuelos, que calzaran zapatos y botas en vez de zapatillas deportivas, que se olvidaran del placer y de las risas para poder sentir en carne propia el dolor y el desarraigo que sintieron aquellas víctimas, aquellos despojados». Consciente del efecto de su ejemplo, sonríe, complacido, antes de proseguir: «Al mismo tiempo, en la otra punta del mundo, un grupo de alumnos de la Universidad de Cairns, Australia, cuyo interés por la conquista de la isla continente se limitaba hasta entonces a la organización de un Festival Anual de los Pioneros, decidió construir un barco de seis velas y ciento diez metros de eslora, cargó su bodega con productos europeos del siglo XIX y se hizo a la mar: querían experimentar qué significaba viajar hacia Australia en una era sin satélites, motores ni mapas de Australia. En paralelo, los miembros de un club de jubilados de Caracas, una ciudad que seguramente conozca, que se reunía todos los jueves por la tarde para comentar lecturas e intercambiar información sobre la dictadura de Pérez Jiménez, comenzaron a confesar públicamente su condición de víctimas de torturadores de la Seguridad Nacional y a exigir un careo con sus torturadores, que sería televisado diez meses más tarde. Los tres ejemplos están absolutamente documentados y demuestran que el espíritu de la época trabajaba en una misma dirección: el paso del discurso, la palabra, al gesto, a la acción».

El señor Chang se interrumpe y me pregunta si deseo un té. Una vez que nos lo haya servido su esposa, proseguirá con su discurso: «Uno de los casos más fascinantes de los que he estudiado es el de la Comunidad de los Duelistas, formada tan sólo por unos pocos cientos de caballeros que han interiorizado los códigos del duelo, tal como se formularon en los siglos XVIII y XIX, y lo practican en caso de ofensa, con arma blanca o con arma de fuego, según convenga; tuve ocasión de entrevistar a tres de sus integrantes y coincidían precisamente en la palabra *gesto*, en la necesidad de recuperar ciertos gestos físicos, en una época como la nuestra presidida por la pantalla, donde el cuerpo desaparece o se convierte en una representación; fue así, paulatinamente, como para cada uno de nosotros, para cada uno de los habitantes del siglo XXI, la Historia comenzó a ser no sólo un discurso, no sólo lenguaje, sino también gestualidad y acción». Quiere decir: no sólo palabras, sino también venganza, incendios, terrorismo, bombas, balas, la posibilidad cada vez más evidente de una Tercera Guerra Mundial.

Los gritos de Anthony han penetrado de nuevo en la noche como una antigua tormenta con sus truenos. Eran gritos animales, de chimpancé o de mono aullador o de animal encerrado en un laboratorio farmacéutico; gritos incansables, a veces proferidos como ráfagas, otras, espaciados por largos e inquietantes intervalos de silencio.

Sólo regresa a su celda para comer y para chillar. Chang nos convenció de que no era conveniente que volviéramos a colocar la placa en el suelo, porque de ese modo el destierro de nuestro prisionero –pues lo sigue siendo en el sótano– sería irreversible; y de que lo alimentáramos, para no cargar con su muerte por inanición en nuestras conciencias.

–Nadie puede vivir de la oscuridad y el polvo –nos dijo.

Oscuridad somos y en oscuridad nos convertiremos. Es él quien le deja, cada día, antes de irse a dormir, nuestros restos fríos en un bol.

Concentrándome en la pantalla, trato de no pensar en mi doble desquiciado del subsuelo.

La bandera de Argentina ondea monótonamente. Da igual en qué página, en qué sección entres, la bandera de Argentina, la eterna albiceleste sigue ondeando en el extremo superior izquierdo de la pantalla. «Embassy of Argentina in Australia» se lee a su lado, en la página principal. Cuatro imágenes constituyen la puerta de entrada a un país traducido: la incombustible fuerza motriz de las cataratas, el noroeste como paleta de rosas y rojos y arcillas y ocres, los glaciares de un azul antiguo, esa impostura que llamamos Caminito. La idea de patria siempre funciona por sinécdoque. Iguazú, el Cerro de los Siete Colores, el Perito Moreno y esa callecita famosa de Buenos Aires a la que nunca fui: eso es la Argentina.

Acostumbro a entrar en «Argentina in brief», aunque resulte redundante, porque me agrada sentir en mi pecho esa ambigüedad ante el mapa de la madre patria. Ese cosquilleo irredento ante la representación de un territorio destruido como todos. El magnetismo del origen gana intensidad cuando sabes que no puedes volver. Los países son nada. Las naciones no existen. Las confederaciones, los imperios, las alianzas militares, las uniones, los tratados de comercio, las fronteras no son más que palabras que escribo, palabras con historia pero sin contenido, limitadas por su propia grafía, sin realidad más allá de los puntos donde termina la tinta negra y empieza el blanco que es su contexto.

La toponimia es lo único que está en castellano en argentina.org.au: cada provincia es de un color diferente, pero los países limítrofes están representados en el mismo tono marfil. La idea de patria siempre funciona por oposición. Los ocho vínculos de la izquierda permanecen inoperativos, supongo que conducían a nuevas galerías de fotos de los atractivos turísticos. Un australiano sólo podría estar interesado en la Argentina como destino vacacional. En «Events» se anuncian misas criollas y espectáculos de tango. La idea de patria siempre opera a través de lo folklórico y lo típico. Cuando me embarga la melancolía, miro los cuatro vídeos de tres minutos de duración que muestran algunas variantes del baile *made in Argentina:* el tango, la cumbia, la milonga y el folklore. Faltan las sevillanas y la sardana del Club Español, el vals de la colonia austriaca, las clases de danza del vientre que se impartían en el Club Sirio, la murga que plagiamos de Uruguay y los bailes de carnaval, de origen africano, que copiamos de Brasil.

Con tres compañeros del secundario fuimos un par de años seguidos a Entre Ríos. No recuerdo si fue en el primer o en el segundo viaje cuando me empaté con aquella mina brasilera, de ojos muy grises, morocha, casi mulata, de no más de veinticinco años, que bailaba como una diablesa y poseída, completamente alcoholizada, nos acusaba de haberles robado la tradición y nos desvirgó a los cuatro amigos en tres noches consecutivas, a modo de venganza.

No extraño todo lo que copiamos de dos continentes ni el guitarreo entrerriano ni el paisaje con cientos de matices ni la música rock ni los acentos de cada provincia ni el cuadril y el vacío y el asado de tira y el chimichurri ni a los chantas de la tele ni hablar por el micromóvil con mis amigos mientras camino por los Bosques de Palermo ni la infancia ni el mate amargo ni el bar de la esquina ni el vino tinto de Cafayate ni las tiendas de discos de la calle Florida ni el boliche de San Martín de los Andes donde me besaron por primera vez ni leer el diario el domingo en un café ni la Pampa ni los aterrizajes en Ezeiza ni los paseadores de perros ni el Sur ni la sensación de tener raíces ni los domingos en San Telmo ni la previsión de la siguiente crisis económica ni los maxiquioscos ni las rotiserías ni la bagna cauda de mi tía Esmeralda ni la vista desde la Torre Porteña ni los conciertos en el Luna Park ni las medialunas ni a mis viejos ni los vecinos de mis viejos ni siquiera a la viuda alegre ni el barrio de Once en que todos ellos convivían en idiomas diversos pero el mismo acento ni la voz de mi madre por teléfono ni el repulgue de las empanadas ni mi departamento de soltero ni la Biblioteca Nacional ni las clases del Instituto Británico ni a mi profesora Sally y su acento de Manchester ni el Botánico ni la pizza con fainá ni las librerías de Corrientes ni ver los episodios finales de la NCF en el cine de mi barrio ni comprar pasta rellena los domingos en la tienda del tano ni las radionovelas ni siquiera a Laura.

–No.

Extraño el sexo, pero no aquellos ojos grises y su ritmo endiablado o los gritos de mi profesora de inglés cuando acababa y empezaba a arrepentirse ni las seis o siete mujeres argentinas con quienes me acosté hace tanto tiempo, porque el sexo, que es lo segundo que más echo de menos, la segunda ausencia más inmediata en mis carnes, nunca fue para mí algo relacionado con la idea de patria. La idea de patria en mi caso tiene que ver, lamentablemente, con la genética, con la herencia que transmitimos en la sangre y en el semen.

Para llegar a la palabra «tradición» *(transmisión de conocimiento de generación en generación)* tengo que atravesar antes las acepciones de la palabra «tormento»: «Atormentar o atormentarse. Angustia o dolor físico. Dolor corporal para obligar al reo a confesar. Máquina de guerra. Congoja o aflicción. Decir o manifestar fácilmente lo que sabe. Persona o cosa que causa dolor físico o moral: *Sus zapatos de tacón son un tormento; su hija es un tormento*».

Después de casi una hora de conversación trivial, Mario me ha preguntado qué me pareció *Los muertos*. Recuerdo vagamente esa serie, de la que vi algunos capítulos aislados, pero que nunca me acabó de llamar la atención: demasiado confusa, demasiados personajes, si te despistabas veinte minutos ya era imposible recuperar el hilo. A Laura le pasó lo contrario: vio todos los capítulos y me insistió en que no podía perdérmela. Como tantas otras veces no la escuché, y ahora es demasiado tarde; quiero decir que en aquella época el aplazamiento tenía sentido (la veré, recuerdo que le dije, te prometo que durante alguna de las próximas vacaciones veré *Los muertos*), pero ahora ya no lo tiene.

No la vi, a Laura le encantó, pero yo no encontré tiempo para verla.

Daría cualquier cosa por tener conmigo *Los muertos*, me ha dicho, por poderla volver a ver, pero todas las copias se evaporaron con la Nube o se quedaron en el campamento.

¿Por qué?, he escrito, en inglés, en mi pantalla, mientras pensaba en el milagro que significaba que la misma pregunta apareciera, en el mismo momento, en la suya, mientras la radiación se extendía por mar y tierra y aire entre nosotros.

Porque siento que me perdí algunos de sus significados.

¿Y tan importantes son para ti?

Sí, Marcelo, sí, en ellos están las razones por las que estoy aquí.

¿A qué te refieres?

Se ha cortado la comunicación. Siempre que ocurre eso pienso que jamás podré volver a intercambiar palabras con Mario. La realidad se empeña en desmentirme: la comunicación siempre regresa, pero no prosigue por el mismo camino que se cortó. Quiero decir que lo más probable es que la próxima vez que hable con Mario no me acuerde de preguntarle sobre *Los muertos*. Supongo que en el fondo no importa demasiado de qué hablamos, lo que alimenta nuestra amistad es el mismo hecho de poder hablar, es decir, de poder escribirnos: la necesidad irreemplazable de ese lenguaje bidireccional y compartido.

Si *Los muertos*, *Juego de tronos* o *Eternidad*, de las que Laura era una auténtica fanática, no consiguieron atraer mi atención (lo que me separó aún más de ella), como tampoco lo hizo la Gran Novela Americana (un relato audiovisual virtualmente infinito, creado por miles de autores amateurs a partir de unas líneas maestras definidas por Jimbo Wales y su equipo de Wikipedia), en la década siguiente –en cambio– la New Chinese Fiction despertó en mí al fan que en la adolescencia había idolatrado las diversas partes de *Matrix*. Ahora me doy cuenta de que mi adicción, compartida con millones de televidentes globales, se debía justamente al miedo, porque ése era el sentimiento que *Laberintos* y sus seis subseries trataba de conjurar, como un exorcismo en cada episodio.

Mientras proliferaban las superbombas nucleares y la Nueva Guerra Fría y la Era de la Crisis se incrustaban en lo más hondo de nuestras conciencias, el Ministerio de la Ficción de China producía la obra que arrebataría a Estados Unidos su monopolio teleserial. Para entonces, las sesiones dobles de series ya eran habituales en los cines; era incluso común que en un multisalas sólo se proyectara un par de películas, de Hollywood o nacionales, y que el resto de la cartelera estuviera ocupada por las nuevas entregas de las series más exitosas. La primera temporada de *Laberintos* se estrenó simultáneamente en decenas de miles de cines de todo el mundo. Con un reparto internacional, rodada tanto en inglés como en mandarín, la ficción planteaba la existencia de un grupo de náufragos o de prisioneros o de supervivientes –nunca fue aclarado– que aparecía en el interior de una estructura conformada por túneles metálicos. La tensión narrativa se lograba tanto mediante la exploración de esa topografía angustiante, plagada de trampas (placas movedizas, gases de la risa, jaulas polimórficas, pozos sin fondo, duplicaciones de los personajes, enfermedades contagiosas, la amenaza constante de la locura) y de sorpresas arquitectónicas (salas de espejos, oasis, pirámides invertidas, bosques artificiales, ventanas a un exterior inverosímil e inaccesible, espacios sin eco o sin gravedad), como gracias al carisma o la repulsión que caracterizaban a los protagonistas, cuyo único rasgo en común era cierto código, un tanto abstracto, de honor. Los guiones comentaban, semana tras semana, en una clave que muy pronto aprendieron a descifrar los televidentes, los grandes acontecimientos de la agenda geopolítica internacional, deslizando pistas sobre las inminentes decisiones del gigante asiático, de modo que a la discusión del contenido dramático por parte de los seguidores se unió la de los mensajes ocultos que afectaban al equilibrio global. Se aunaron, por tanto, en el espacio del cine y de la pantalla privada, el consumo de evasión y el del comentario político, la telenovela y el telediario. Ningún ciudadano informado de ningún rincón del planeta podía ignorar el desarrollo semanal de la NCF, porque en él se cifraba el del mundo.

En la escena final de la primera temporada, cuando parecía que Li Sum, Mo Herrera, Jonathan McCoy, Karl Steven, Harumi Tse y Lolita Electra habían encontrado la salida del laberinto, se revelaba que en realidad sólo iban a salir de una pequeña estructura para penetrar en otra cien veces mayor. Fue entonces cuando se estrenaron las seis subseries, una por cada uno de los protagonistas de *Laberintos*, en los cines de todo el mundo y, una semana después, en las seis páginas web de la superserie. A modo de flashbacks, con decenas de subactores y una única estrella, narraban los seis caminos personales que tenían que confluir en la escena inicial de *Laberintos*, en el ingreso a la pesadilla. Tras la emisión del capítulo sexto de las subseries, se estrenó la segunda temporada de la serie principal, de modo que en muchas salas se emitía cada día de la semana el nuevo capítulo de cada una de las siete series simultáneas. Yo no me perdía, los martes por la noche y los domingos por la tarde, las nuevas entregas de *La Ciudad Prohibida*, la subserie protagonizada por Mo Herrera, y de la propia *Laberintos;* y, con cierta demora, veía los otros cinco capítulos semanales de la superproducción. Me doy cuenta ahora de que ese consumo satisfacía mi necesidad de ficción, de manera similar a como un bazar chino podía satisfacer tus necesidades domésticas o los informes colmaban mi necesidad de realidad.

Nunca olvidaré la última semana de la NCF, la Navidad de 2034, la misma Navidad en que la gripe española se convirtió en una pandemia internacional, a diez años exactos del nacimiento del fenómeno, décima temporada de la serie principal, novena de las seis subseries, un acontecimiento cultural que nos permitió olvidarnos, durante algunos días, de la bionostalgia, de los neonazis, de las superbombas y de la pandemia. La secuencia final de *Laberintos* está grabada en lo más profundo de mi cerebro, como el nacimiento de Gina, como el nacimiento de Thei, como el superhongo sobre Buenos Aires. Se descubre que cada uno de los laberintos de cada una de las diez temporadas eran en realidad partes de una maqueta, una suerte de hormiguero artificial en que convivían, sin encontrarse nunca, decenas, centenares, miles de microscópicas comunidades humanas. Eso es la ficción, recuerdo que pensé. Durante una década habíamos sido testigos de la evolución dramática de seis personajes que no eran más que minúsculas motas de polvo en un desierto diseñado, en el interior de una urna o de un acuario, por un científico de proporciones divinas, en un laboratorio con las dimensiones del cosmos. Justo antes del fundido en negro definitivo, veíamos cómo sus manos, levemente amarillentas, cogían aquella superestructura que durante diez años había sido el continente de nuestras emociones, de nuestra interpretación del mundo, de nuestras pesadillas, de pronto una miniatura en manos de un dios sin rostro, unas manos y una bata blanca, y la introducía en una ranura en la pared. Una década de ficciones se deslizaba por un túnel de paredes blancas y caía al espacio sideral. Junto a los títulos de crédito, con el logo del Ministerio de la Ficción de China, ciento treinta millones de telenautas vimos aquella red de laberintos soldados entre sí flotar, como una nave galáctica, por el vacío sin rumbo.

Al día siguiente, el gigante asiático le declaró la guerra a Corea del Norte y a la República Independiente de Hong Kong.

Siempre he visto ese día como el fin de la segunda fase de un fenómeno histórico que se inició casi un siglo antes. El 1 de septiembre de 1945, tan sólo diecisiete días después de la rendición de Japón, miles de ciudadanos de la ciudad de

Nueva York acudieron al salón de baile del Henry Hudson Hotel, donde el alcalde de la ciudad ejecutó, con toda la pompa que requerían las circunstancias, el primer movimiento de una partida de ajedrez por radiotelégrafo entre las selecciones de Estados Unidos y la Unión de Repúblicas Socialistas Soviéticas. A ocho mil kilómetros de distancia, desde el Club Central de Maestros del Arte de Moscú, respondieron al cabo de unos minutos. Fue la primera competición oficial en que participó la URSS.

Hoy me tocaba fregar los platos, de modo que he tenido que permanecer en el refectorio hasta que todos se hubieran acabado sus raciones de sopa en sobre y sus peras en conserva. Los trocitos de verdura flotaban en mi cuenco como astillas o moscas, lejanamente emparentados con los pimientos, los zapallitos y las zanahorias que quizá fueron antaño, cuando ese tipo de asociaciones eran aún posibles. No podía comer al ritmo frenético en que habitualmente lo hago, porque si no la espera sería literalmente insoportable. Por supuesto, lo peor de los días en que tengo que lavar los platos es que alguien puede trabar conversación conmigo, como ha ocurrido en otras ocasiones. La insensata ha sido Susan esta vez:

–¿Estás durmiendo mejor últimamente, Marcelo? –me ha preguntado en su inglés británico, tan extraño en nuestra comunidad de anglófonos imperfectos y obligados, desde la mesa cercana–. Últimamente casi no hablas solo...

He tardado unos segundos en contestar:

–¿Tú también has escuchado el gato hidráulico?

Susan ha mirado a Esther y a Kaury, buscando su complicidad, y la ha encontrado; enseguida me he arrepentido de mis palabras y he tratado de disimular.

–Perdona, Susan, no había entendido bien tu pregunta, sí, estoy durmiendo un poco mejor.

Las tres mujeres se han vuelto a mirar entre ellas, asintiendo. Su portavoz ha proseguido:

–La otra noche te vi recorrer el dormitorio, como si estuvieras sonámbulo, era por eso que dices del gato hidráulico...

–¿Sonámbulo? ¿Yo? Qué tontería... –He cometido un error imperdonable, no puedo permitir que duden de mi cordura, no otra vez, tengo que olvidarme de la hipótesis del gato hidráulico, del movimiento invisible de Anthóny bajo mis pies, de su sombra constante en el sótano, de los crujidos de insecto que no puede neutralizar el Diccionario.

–Nos mirabas como si fuéramos animales en una jaula, animales dormidos... –Sus palabras han quedado en suspenso cuando Chang se ha sentado a mi lado, con el platito con su pera vibrante en la mano.

–¿No os parece muy interesante que los animales tengan la animación, el ánima, es decir, el alma en su propio nombre y que nosotros en cambio no la tengamos? –les he preguntado, excitado de pronto, moviendo la cabeza para abarcar con la mirada a mis cuatro interlocutores–. Homo, homo hábil, homo austral, homo erecto, homosexual, homologar, homólogo, las palabras del hombre no tienen ánima, alma...

–En efecto –dice Chang, sin énfasis–, es muy interesante, nunca había pensado en ello.

Susan, Esther y Kaury asienten de nuevo.

–Hablábamos de los paseos nocturnos de Marcelo –dice Susan mirando el pecho de nuestro coordinador, porque es menos incómodo que abordar su mirada inclemente, sobre todo cuando aparece de pronto al auxilio o al acecho–, le preguntábamos si sigue teniendo problemas de sueño.

–Durante algunas noches pensé que había solucionado mis problemas de insomnio –les confieso–, pero por lo que parece no ha sido tan definitivo como creí.

Mientras me escuchan, sin bajar la mirada hacia la mesa, clavan con el tenedor pequeños trozos de pera gelatinosa que ingieren enseguida. Siento sus ocho ojos, en esos rostros devastados, clavados en mí; y sus cuatro mandíbulas, en esas bocas terribles, masticar, ensalivar, triturar y tragar esa masa atiborrada de conservantes. Escucho los mordiscos animalescos e ínfimos, como gatos hidráulicos a muchos metros de profundidad en sus gargantas.

–Pero no os preocupéis, que la crisis no va volver a repetirse, la tengo bajo control, estoy haciendo una especie de terapia…

–Todos esperamos que tu diccionario sea más efectivo en esta ocasión –me dice Chang.

–No me refiero al Diccionario…

–¿Por eso has empezado a escribir? –prosigue Susan.

De pronto he pensado que la desaparición de Anthony ha eliminado el único espectáculo que había en el búnker. Hasta hace unas semanas era posible ir a la celda como quien iba al circo o al zoo, a mirar el pene enrojecido del mono. Ahora sólo nos tenemos a nosotros: ver cómo Chang recorre incansablemente el búnker, cómo Thei dibuja ideogramas con su pincel, cómo Marcelo se desahoga escribiendo. Mientras aguardan mi respuesta y siguen masticando la gelatina insípida, entiendo a Anthony, su hartazgo, su exilio.

–¿Escribes sobre nosotros? –inquiere Kaury, con su acento peruano–. ¿Me he convertido en un personaje del escritor Marcelo Ibramovich?

Ellas sonríen; en cambio él parece reprenderlas con el ceño fruncido, pero nadie firmaría una interpretación unívoca de ese gesto, que podría significar también complacencia ante una pregunta tan impertinente.

–No, no… Son sólo ejercicios de autocontrol… Sin voluntad literaria.

–No nos mientas, Marcelo –interviene Esther.

–Sabemos que escribes sobre nosotras –dice Susan.

–Nos hemos convertido en personajes de una novela –insiste Kaury–, una novela titulada *El búnker*, del escritor argentino Marcelo Ibramovich, mundialmente conocido en los metros cuadrados subterráneos de Qianmen y sus alrededores.

–Dios es el único que puede escribir nuestros destinos, Marcelo –Esther.

–Tenemos nuestros derechos, no puedes convertirnos en personajes sin nuestro consentimiento –Susan.

–La arrogancia de los porteños es célebre en toda América Latina... –remata Kaury.

–Ya sabes lo que ha pasado siempre con las minorías cuando han tomado conciencia de serlo y se han organizado como tales –me increpa Esther–: los afroamericanos, los homosexuales, el pueblo de Israel...

–Los incas, los mapuches, los maya-quiché y el resto de etnias latinoamericanas... –prosigue Kaury.

–La clase obrera inglesa en los años veinte de este siglo –remata Susan–. Imagina que nosotros cobramos conciencia de ser un grupo representativo, una minoría amenazada por tu novela, víctimas de la mirada masculina de Marcelo Ibramovich...

–Como todo el mundo sabe... –desorientado, arrinconado en la esquina más inhóspita del patio del colegio, trato de ganar tiempo mientras recuerdo si ha existido alguna posibilidad de que hayan leído las páginas de este documento– ... los seres humanos tenemos derechos y los seres de ficción también los tienen, yo tengo mis derechos y vosotras tenéis los vuestros... –Cambio la clave de mi ordenador cada día–. Y yo, yo no estoy escribiendo sobre vosotras, porque eso tal vez podría vulnerar vuestros derechos. –Nunca me lo he dejado encendido al ir a comer o al lavabo–. Sólo redacto ejercicios de autocontrol sin importancia, si queréis os los enseño ahora mismo...

Es imposible que hayan leído ni una sola línea de este libro que jamás será leído por nadie, así que he mentido. Sólo entonces las tres mujeres han empezado a reír. No han sido las carcajadas de los viejos tiempos, sino una risa escasa y nerviosa repartida entre tres bocas, pero risa al fin y al cabo. Me estaban gastando una broma. Son tan pocas las novedades que acontecen aquí que mi dedicación a la escritura ha sido objeto de comentario y de burla por parte de mis compañeros de encierro. Chang lo corrobora:

—Me temo que las damas sólo querían bromear un poco, Marcelo —comenta impávido—, hace tiempo que no lo hacían, de modo que espero que no te lo tomes a mal. Ya hemos terminado todos, así que en cuanto te acabes la sopa podrás lavar los platos e irte a dormir, seguro que duermes mejor con el estómago lleno.

Con el recuerdo de esas risas tan similares a arcadas, las mujeres se retiran; y enseguida lo hace nuestro líder; y entonces me bebo la sopa en tres cucharadas y me doy cuenta de que, en efecto, duermo mucho mejor las noches en que me he terminado la cena.

Es extraño el humor.

Mientras crecía el interés global por la reanimación histórica, en el pequeño pueblo de Collinsville, Nuevo Texas, saltó la alarma. Los vecinos no quieren comentar lo ocurrido. Harry McGuire, de *The Voice of New Texas*, habla de vergüenza y de miedo, tras la intervención de ciento diez agentes del FBI en una operación que fue portada de todos los diarios y de todos los noticieros del mundo. Se podría añadir la palabra «culpa». Ninguno de los mil setecientos habitantes de Collinsville puede tirar la primera piedra. Los que no se enmascaraban ni prendían fuego ni propinaban latigazos ni asesinaban son hermanos, primos, vecinos, padres, conocidos, compañeros de clase o del club atlético de los que sí asesinaban, golpeaban, quemaban, se enmascaraban. Sabían qué estaba pasando y no lo denunciaron. Todos callan porque son cómplices.

El 2 de junio de 2018 se reúnen en la biblioteca municipal los profesores de la Escuela Secundaria de Collinsville Tony Carpenter, Jane Morrison y Carl Henderson; han decidido llevar su interés por el Ku Klux Klan, que han estado estudiando durante los últimos años, al ámbito de la reanimación histórica. Se constituyen como sociedad cultural sin ánimo de lucro, piden una subvención estatal y comienzan a programar actividades. La primera, inmediata, es la publicación de un boletín mensual, de dieciséis cuartillas fotocopiadas, donde se exponen los resultados de sus estudios de la historia del Ku Klux Klan en Collinsville (disponible en la biblioteca, en el club de jubilados, en la papelería y en el ayuntamiento; y descargable en la página web de la entidad). La segunda, al cabo de seis meses, es una convocatoria para investigadores especializados en la historia de la organización racista y criminal, con la intención de organizar un congreso el año siguiente con el título «El Ku Klux Klan en la memoria local». La tercera actividad, la más importante, es la recreación de un ritual de la asociación racista, con los papeles invertidos, que fue convocado para el 18 de noviembre.

Carpenter, Morrison y Henderson son afroamericanos. Con la ayuda de las asociaciones por la dignidad racial del pueblo y de los pueblos vecinos, convocan, por todo lo alto, un Día de la Reconciliación Histórica. Durante semanas se reparten folletos, se cuelgan carteles y pancartas, se reúnen fondos. Los blancos y los negros de Collinsville se hermanan en la preparación de la jornada. Al fin llega el gran día. Las atracciones de feria, las representaciones teatrales ensayadas en la escuela primaria, la exposición fotográfica, el concurso de tartas de zanahoria: todo es un éxito. Anochece. Para el acto de clausura, Carpenter, Morrison y Henderson hacen traer una gran cruz de madera, que es plantada en un agujero que había sido excavado con ese fin. Para sorpresa de todos, los tres líderes se visten con sendas túnicas negras y cubren sus cabezas con un capirucho enfundado en una máscara también negra. Suben al escenario y dicen: «Hermanos de cualquier raza, para que el Día de la Reconciliación Histórica concluya como es debido, es necesario consumar un ritual». Le prenden fuego a la cruz. «Los hermanos blancos, en señal de perdón, deben apagar esta cruz en llamas con aquellos cubos de agua. Sólo así podremos hablar de una auténtica reconciliación.»

La propuesta podía parecer lógica si se tenía en cuenta, como hacían Carpenter, Morrison y Henderson, el contexto general (sin salir de América: la gira política de Emílio Cardozo, presidente de Portugal, por Brasil, pidiendo perdón por el genocidio implícito en la mayoría de las conquistas; el reconocimiento público, por parte de la dictadura cubana, de la minoría taína; la clausura de los edificios de Ellis Island y la columna de luz que relumbra cada noche en ella, como reparación histórica por las vejaciones y el trato a los inmigrantes estadounidenses que se dio en aquella institución). Pero no era comprensible en el contexto local. A aquellas horas, tras casi diez de celebración, la cerveza había corrido por doquier. Alguien gritó: «¡Y una mierda!». Alguien le respondió: «¡Calla, imbécil!». Otro intervino diciendo: «Que se calle la madre que te parió». Y lo que tenía que ser un ritual simbólico de reconciliación se convirtió en una batalla campal. A la luz de la cruz en llamas, los blancos y los negros de Collinsville se golpean, se pelean, se arañan, se vapulean, se lanzan objetos, corren, huyen, regresan empuñando bates de béisbol y barras de hierro. El balance es terrible: catorce heridos y un muerto. El muerto es negro. William C. Blake, diecisiete años, último curso de secundaria, estrella del equipo de baloncesto del Instituto de Collinsville.

Al parecer, la población blanca del pueblo no se planteó en ningún momento añadir cizaña al conflicto. La población negra, en cambio, desde el principio estuvo convencida de la necesidad de la venganza. En una reunión multitudinaria que se produce en la parroquia el 1 de enero de 2019, presidida por Carpenter, Morrison y Henderson, después de cinco horas de debate acalorado, se llega a una decisión sorprendente. Y se sella un pacto. Desde entonces, cada tres o cuatro meses, un blanco desaparece. Sumarán diecinueve hombres blancos. Ahora sabemos que sus cuerpos fueron enterrados en el mismo lugar, a veintitrés kilómetros de Collinsville, sobre la fosa común en que fueron enterrados diecinueve hombres de color entre 1867 y 1871. Tras haber sufrido las mismas vejaciones que éstos sufrieron: cien latigazos, crucifixión e incendio. Durante seis años, la minoría blanca de Collinsville vive dividida entre el temor y la culpa. El cadáver de William C. Blake planea sobre el pueblo como un santo o un diablo, como una niebla, recordando tantos otros cadáveres de jóvenes negros, un siglo y medio de cadáveres negros en un pueblo que todavía se ve a sí mismo, contra toda evidencia estadística, como eminentemente blanco.

Carpenter, Morrison y Henderson siguen recibiendo subvenciones estatales para la realización de sus investigaciones y congresos. Mientras el plan de las diecinueve víctimas, inspirado en los sucesos de 1867-1871, continúa en marcha, descubren que no sólo el segundo KKK, durante las primeras cuatro décadas del siglo XX, también realizó sus rituales criminales en las cercanías de Collinsville, causando al menos tres víctimas mortales, sino que en los años sesenta una célula independiente autoproclamada Nietos del Ku Klux Klan también actuó en el pueblo. Deciden entonces descubrir a sus integrantes entre los ancianos que aún están vivos. Cuando se interesan por Sebastian Brno, que ha pasado los últimos quince años de su vida en una residencia geriátrica, son detectados por el FBI, que investiga a Brno como posible torturador checoslovaco y espía ruso, huido de su país en 1958 y residente en el pequeño pueblo de Nueva Texas desde entonces. La muerte natural de Brno probablemente evitó su secuestro y asesinato por parte del BKKK (Black Ku Klux Klan) y despertó las sospechas del FBI sobre los actos criminales cometidos en Collinsville.

A los tres meses, Carpenter, Morrison y Henderson fueron detenidos como líderes de una asociación criminal, en una espectacular intervención federal. Gracias a la llegada de un equipo de forenses especializados en fosas comunes, los diecinueve cuerpos fueron encontrados en avanzado estado de descomposición, mezclados con huesos más antiguos, de ciudadanos afroamericanos del siglo XIX, según los análisis. Y se inició un juicio que todavía no ha terminado.

Hoy se cumplen trece años y cuatro meses de encierro; por tanto, hoy se cumplen diez años y tres meses del suicidio de Ling y de Frank; por tanto, hace ciento veinticuatro meses que reconstruyo los hechos sin que ninguna versión me resulte del todo satisfactoria. Porque desde entonces, siempre que es posible, cuando estoy hablando con alguno de los testigos fuerzo la conversación para que me repita el relato de lo que ocurrió aquel día, la narración de aquella ruptura, según el fragmento del espejo que cada cual fue recogiendo del suelo tras la incineración de los cadáveres.

Lo único indiscutible es la existencia de un vínculo entre la pérdida de la comunicación con Catherine y sus hijos, Mel y Lian, y la decisión de tomar las píldoras. Catherine es (o era) la hija mayor de Frank. En enero de 2034, ella, su marido y sus dos hijos habían conseguido llegar a una finca de Connecticut reconvertida en refugio nuclear, en cuyo laberinto de kilómetros subterráneos se estaba refugiando gran parte de la red Conqueror, a la que pertenecía la familia.

Cuando se cerraron las puertas de nuestro búnker, todavía existía internet tal como lo conocíamos, de modo que Chang y Ling pudieron comunicarse regularmente con su familia desde Pequín. Para entonces, eran el de Connecticut y el de Pequín los dos únicos núcleos familiares en contacto, el resto de los parientes o habían muerto o jamás recobrarían la comunicación con Frank y Ling, por un lado, o con Mel, Lian, Catherine y el padre y marido cuyo nombre nunca supe y nadie recuerda, cuya existencia es todavía más improbable que la de su pareja y sus hijos, de quienes se perdieron las fotografías, los registros, como si su destino fuera ingresar en el mismo territorio donde moran (debo escribir esas palabras) el padre, los abuelos, qué más da si naturales o políticos, todos ellos retazos de un mismo exterminio.

Pero en junio de 2035 cayó la Red. De modo que el lugar donde hubiéramos buscado la respuesta a la razón de su propia caída, de pronto dejó de tener respuestas, porque impidió la posibilidad de la búsqueda. La desactivación de los buscadores y de la mayor parte de los servidores globales convirtió la Red en un archipiélago de islas fuera de contexto. A partir de aquel momento, la única manera de encontrar una página web es teclear directamente la dirección exacta en la barra del explorador. Y tener suerte. No puedo saber qué porcentaje de páginas sobreviven, pero son pocas. Yo recordaba al menos ochenta y cinco direcciones; sólo nueve existen todavía. El perfil de Mario, que tuvo la suerte de haber escogido Biomemory como servidor. Y las ocho páginas que sobreviven a mis ojos: la del Museo Británico, la de la Embajada de Argentina en Australia, la de la compañía aérea Magic Wings, la de la tienda de ortopedia Models de Edimburgo, la del club de tenis Parque Roca, la de la red social Mypain, la de la ciudad de San Francisco y la de un parque de atracciones de Moscú. No he encontrado más. La enumeración de esas nueve direcciones que poseo constituye la enumeración de mis nueve vínculos con el exterior. Mis nueve balones de oxígeno.

Ni que decir tiene que no conozco forma alguna de comunicarme con Laura ni con Gina, si es que el azar quiso que sobrevivieran. De tanto abrir y cerrar sus fotografías, siento cómo se van perdiendo los píxeles, cómo se van desdibujando sus auras, es decir, sus almas que no existen, es decir, mi capacidad de identificar en las imágenes el recuerdo de mi mujer y de mi hija, sus cuerpos reales, los que toqué algún día. Cuando era niño, soñaba periódicamente que era capaz de volar: sin alas, con mover los brazos era suficiente para elevarme y recorrer el barrio, los bosques y la costanera. Desde que estoy aquí, la pesadilla recurrente me enfrenta a las deformidades de mi hija y de mi ex mujer, que caminan sin pausa por el laberinto de mi cerebro con la piel corroída por las costras, sin pelo, monstruosamente desnudas, a veces ciegas, otras sin labios, sin dientes, sin lengua, sin palabras, aúllan, gimen, producen con la garganta despellejada sonidos guturales, intentan abrazarme, pero yo no lo permito y me despierto. El búnker de mis sueños también ha sido inundado por la luz amarilla, que tiñe sus carnes como el yodo empapa una gasa. Cuando, minutos u horas más tarde, abro el archivo de sus fotografías, las imágenes se han teñido de sepia, de una pátina amarillenta y algún detalle de sus fisonomías se me revela absurdamente deforme. ¿Esas pupilas no son demasiado grandes? ¿Son cinco o seis los dedos de esa mano?

A los siete días de haber perdido la comunicación con su hija y con sus nietos, porque cayó el perfil de Lian, Frank tomó la decisión de quitarse la vida. Según los datos que he ido recabando, es muy probable que no le comunicara a nadie su decisión, ni siquiera a Ling, con quien vivía desde la llegada de Frank a Pequín en 2029 como corresponsal de la CNN.

Con el pretexto de hacer un reportaje en profundidad sobre los búnkeres de Mao, después de los primeros misiles coreanos sobre Shanghái y San Francisco, Frank se las ingenió para instalarse aquí con su pareja. Según me confesaría más tarde Shu, en aquellos meses previos al encierro definitivo, Chang, que llevaba años trabajando en la conversión del búnker en un *museo real* y gracias a ello se había alejado del enrarecido clima de la Universidad Popular, tenía miedo de reconocer que su intención era cerrar las compuertas cuando cayera la primera bomba, porque él estaba convencido de que el bombardeo llegaría y de que sería mundial y definitivo. Todos aquellos que no eran chinos y encontraron un buen argumento para entrar, se quedaron. A través de fragmentos de relatos y de confesiones, he ido archivando las vías de acceso de cada cual. Carl ya trabajaba aquí, era la mano derecha de Chang; Xabier y Gustav eran compañeros de Chang en la universidad, los únicos extranjeros; Kaury iba a ser la encargada de la traducción al español de las indicaciones del museo y con esa excusa accedió al búnker, tres días antes de la gran detonación; Ulrike se alojaba en un hotelito de un *hutong* cercano y se refugió aquí atemorizada por la violencia de las primeras manifestaciones contra la guerra; Anthony era alumno de doctorado de Chang; Esther, que vivía en la misma urbanización cercana al aeropuerto, siguió a Shu desde su casa el día que fue a buscar las primeras maletas, la siguió por el túnel ya poblado de vagabundos, la cogió fuertemente del brazo cuando se encontraba frente a la puerta y le exigió o le suplicó, quién sabe, que no la dejara afuera; Carmela había sido la empleada doméstica de Shu y Chang y la amante de éste y lo amenazó con destruir su matrimonio si no la protegía; yo llegué porque al aterrizar en Pequín, pálido como un tísico, llamé a Shu y ella me respondió desde casa, cuando estaban a punto de abandonarla, y me dijo que en media hora pasarían a buscarme; a Susan la salvaron su idioma y su determinación y el azar, esa abstracción que tanto alivia, y quizá también su brutalidad, que nos prefiguró, clarividente.

Qué sencillo parece el párrafo que acabo de redactar. Como si fuera posible enumerar los caminos que conducen a un búnker. Como si cada biografía no precisara, al menos, de una serie de relatos para empezar a ser comprendida.

«Revelador»: «Líquido que contiene en disolución una o varias sustancias reductoras, el cual aísla finísimas partículas de plata negra en los puntos de la placa o película fotográfica impresionados por la luz».

La luz.

—La luz, que sólo debería ser blanca.

«Revelar»: «Descubrir o ignorar lo ignorado o secreto».

¿Cómo consiguieron Xabier y Gustav ser profesores titulares de la Universidad Popular? ¿Qué hizo Chang para lograrlo? ¿De qué huían Ulrike y Susan? ¿Por qué Esther dejó atrás a su familia, aparentemente sin remordimientos? ¿Qué matices explican sus relaciones con la maternidad? ¿Ven ellas en Thei a sus hijas y a sus hermanas? ¿O a las amigas que besaron y palparon cuando eran adolescentes? ¿Por qué decidió Chang proteger a Anthony? ¿Qué relación, qué pactos, qué secretos existen entre ambos? ¿Sabía Shu que su marido la engañaba? ¿Por qué me lo confesó Carmela? ¿A qué se debe la chinofobia de Chang? ¿Qué excusa le dio Shu para justificar que yo, en vez de ponerme en contacto con él, la llamara a ella para salvarme? ¿Teníamos tres o cuatro gatos hidráulicos en el almacén?

«Revelar»: «Proporcionar indicios o certidumbres de algo».

«Revelar»: «Manifestar Dios a los hombres lo futuro o lo oculto».

Ling no tenía que estar allí, sino en su puesto de trabajo. Pero, de pronto, sintió que una gota escapaba de uno de sus orificios nasales y atravesaba sus labios. Por un acto reflejo, sorbió el sabor de la sangre. Corrió hacia el lavabo, con el dedo índice, horizontal, presionando. Fue entonces cuando vio salir a Frank del dispensario e introducir la hoja de insumos en el buzón. Entonces se olvidó de su propia sangre y se acercó al buzón, introdujo por la ranura sus dedos, que recuerdo finos y largos como pinzas, extrajo la hoja y la leyó. No dijo nada. Se limitó a esperar. Cuando encontró en la litera que compartían el cuerpo sin vida de él con el frasco de píldoras cobijado en la mano cerrada, la abrió para coger el envase y hacerse con un puñado de muerte, que se metió en la boca, masticó y tragó sin decir nada.

Llegabas a la caja para pagar tu compra y el escáner leía el código de barras de tu muñeca. Los lectores de iris, de saliva, de huellas dactilares, de ADN, de voz o de códigos de barra te permitían acceder a tu casa, realizar trámites en línea, facturar tu equipaje en el aeropuerto, arrancar tu coche o demostrarle a una pareja ocasional que no tenías enfermedades venéreas. Todo era legible. Por eso no fue extraña la emergencia de lectores genéticos, para quienes el ADN era un texto similar a un teorema o a una novela. Se expandieron las bases de datos microbianas, encriptadas mediante enzimas: ristras artificiales de información genética sintetizada. Acuarios, piscinas, lagos de información conectados a supercomputadoras. Memorias biológicas cuyas unidades mínimas eran bacterias y microbios, letras de una variedad sin precedentes. Redes vivas de inteligencia artificial: millones de bacterias conectadas, capaces de jugar partidas de ajedrez.

Miro mi código de barras.

Es absurdo. No sé entenderlo. No sería difícil, con uno de los bisturíes del dispensario, con sumo cuidado, con extrema precisión, recortarlo sin dañar los músculos ni los tendones ni las venas, separar de mi cuerpo ese rectángulo de piel ensangrentada, mi número de serie, el color de mis ojos, mi nacionalidad de origen, los sellos de mi pasaporte, los números de mis cuentas bancarias, mi altura, mi grupo sanguíneo, el patrón de mi ADN, mi año de nacimiento. Lo quemaría, piel y carne y sangre ardientes. O lo guardaría, disecado, en la caja de mis tesoros, junto al peón de plata, las fotos y el bombón. O se lo regalaría a Thei: te entrego el pasado, niña, la identidad del que fui antes del encierro, mi libertad codificada, el gráfico en blanco y negro del sujeto fiscal que pagaba caras habitaciones de hotel y champán para cogerse a tu madre y para engañar a tu padre y traicionar su confianza y su conocimiento, mucho antes de empezar a mirar a las preadolescentes con la lascivia que no sabes leer en mis ojos.

Han pasado veinte años desde que viajé desde Pequín hasta Estocolmo para entrevistar a Abraham Eisenstein, el fundador de la red Gran Israel: seis millones de judíos antisionistas con seis millones de números tatuados en sus muñecas. Era ciego. Ciego y venerable, como un gran patriarca.

Odioso y fanático, como todos los grandes patriarcas.

Patriarca, de *pater*, niña, de padre.

Nunca le he hablado a Mario de las costras, la ceguera, el yodo amarillento de mis sueños ilegibles.

Llevo muchas noches sin dormir, me confiesa Mario, en inglés, pensando en la lluvia.

¿Dónde duermes?

En una esterilla, junto al escritorio donde tengo la computadora… Durante los primeros años debieron de abundar las lluvias radioactivas.

Me imagino que sí.

Debía de ser increíble: un espectáculo alucinante. Me gustaría haberlo visto a través de un vidrio blindado, me dice Mario.

Yo vi el hongo atómico.

¡No mames, güey! –cambia al mexicano–. El que yo vi era tan pequeño, estaba tan lejos, era tan inofensivo, que no cuenta.

Te lo juro, a lo lejos, los dos hongos que destruyeron Buenos Aires.

¿Te acuerdas de King?

Claro que sí, le he dicho.

A veces yo escribía «bomba atómica» en el buscador y veía, como un idiota, el relato multimedia, las fotografías en blanco y negro de físicos centenarios, planos y esquemas de bombas y de aviones bombarderos, los vídeos de las pruebas en el desierto de Nevada y en el océano Pacífico y en China y en Paquistán, que se iban encadenando, atravesados por la voz en off, como si aquellas piezas pudieran realmente ser parte del mismo puzle.

A mí me ocurría lo mismo con Sharon Stone. King encontraba todas sus fotos, todos sus vídeos, todas sus películas, todas sus declaraciones y te armaba un cuento: su infancia, el reportaje de *Playboy*, las películas eróticas, sus metamorfosis de madurez, su oposición a George Bush, su retiro en el Tíbet, su polémica operación de facing para que su otro rostro fuera el de ella misma a los treinta...

¿No digas que te gustaba esa anciana?

Un poco de respeto, Mario, no ha habido nadie como Sharon.

¿Sharon? ¿La tuteas? ¿Era tu amiguita?

Sharon Stone podría haber sido mi madre, pero con ella, en aquella escena del polvo... ¿El polvo? La cogida, no sé cómo le decís allá en tu país, la follada, *the sex scene,* con

Michael Douglas, se seducen en la discoteca y se van a una cama, con aquel maravilloso espejo...

Are you crazy? Are you talking about Basic Instinct? ¡No puedo creerlo! Es la película más tramposa de la historia del cinema noir...

Yo no sé nada de cine, Mario, pero sí sé que nunca he podido ni he querido sacarme el cuerpo de Sharon de la cabeza.

Yo creí en el cine, Marcelo, en un cine que es justamente la Némesis, el Supervillano, el opuesto perfecto de ese cine, su reverso, tal vez yo ya creyera en él antes de llegar al mar Rojo, pero de algún modo George, a principios de 2001, antes de que cayeran las Torres, cuando el siglo xx todavía no se había terminado del todo, me hizo creer todavía más en él, hasta un nivel intolerable, la fe absoluta en el cine, en un cine extremo, en un cine más allá del cine.

Sharon Stone me cambió la vida, sí, señor, mi primera paja.

Un cine que estaba en todas partes: incluso en la pantalla del televisor y en la del ordenador. Incluso en los museos y en las chisteras y en las pupilas. Incluso en una isla dejada de la mano de los dioses.

Sharon Stone antes de sus operaciones. Sharon Stone, portada en *Playboy*, donde no la habían querido antes por ser demasiado petisa.

Te estás poniendo sentimental, Marcelo.

Soy un jodido sentimental.

No te creo.

¿A qué te refieres?

No creo que puedas ser un sentimental en ese búnker, no creo que en ese búnker haya espacio para un sentimental.

¿Y para un semental?

Ya empiezas con las palabras...

Tienes razón, hace siglos que no hablaba con nadie sobre Sharon, hace siglos que no hablo con nadie que no sea contigo, Mario, eres mi único interlocutor, tú y el Diccionario, pero el *motherfucker* del Diccionario nunca me responde.

Pues tendrás que conseguir que te responda.

¿Por qué?

Porque yo me estoy yendo, Marcelo, tienes que empezar a pensar qué harás cuando me haya ido del todo.

No digas tonterías...

...

¿Será pronto?

No me ha respondido; pero sé que estaba allí: mirando la pantalla, acechando los doce caracteres de mi pregunta, parpadeantes.

Sin hambre; no he cenado y me he acostado pronto.

Gina y Laura, Laura y Gina, cogidas de las manos, vagabundas, los ojos sin córneas, los brazos tatuados con cifras y barras ininteligibles, toda la noche, suplicándome que las abrazara, por el laberinto de mis pesadillas tintadas de yodo, es decir, por el laberinto de mis ficciones, y cuando yo trataba de hacerlo, me daba cuenta de que ellas no tenían brazos y de que al final de los míos no existían dedos, yemas ni huellas dactilares.

Esta mañana he entrado una vez más en la web de Gorky Park. Gustav me dijo hace tiempo que es un célebre parque de atracciones de Moscú, que incluso dio nombre a una película de Hollywood. No hemos vuelto a hablar del tema. Las fotografías están pixeladas. No puedo entender ni una sola de las palabras que, sobre fondo naranja, son repetidas eternamente por el publicista anónimo que las redactó, cuyo nombre quizá esté en la sección de créditos. Un maldito jeroglífico. Sólo los números son descifrables: 9.500 rublos (¿el precio de la entrada?, ¿algún tipo de abono?) y 8-800-100-04-24 (¿el número de información telefónica?). En la parte inferior de la página hay dos vídeos domésticos. La cámara del de la derecha enfoca los raíles, la estructura metálica de la montaña rusa, y la ciudad de Moscú, que desde el aire, con el puente al fondo, podría ser Dublín o Buenos Aires. La del izquierdo, en cambio, enfoca sobre todo a una muchacha de larga cabellera castaña que sonríe al principio y se desternilla de risa al final, cuando aumenta la velocidad y llegan los *loops* y se despeina, el pelo, desordenado, invade su cara, la oculta a intervalos, pero jamás tapa su risa, despreocupada y sincera, dientes blancos como la perla que cuelga de su cuello engarzada en una cadenita de plata. No me canso de mirarla. Antes estudiaba cada una de las fotos, incluso trataba de imaginar qué podían significar aquellas palabras escritas en un alfabeto remoto; ahora sólo veo el vídeo de la izquierda. Ella tiene la edad que tendría Gina ahora. Un minuto y veintiséis segundos. Su risa contagiosa. Y pulso play. Su risa virgen. Y pulso play. Sus dientes perfectos, su pelo sin culpa. Y pulso play. La perla que salta.

Las imágenes ostentan a veces sobre mí el mismo poder que las palabras: la misma capacidad para ensimismarme. Ver ese vídeo es como pensar en la palabra «culpa» o en la palabra «duelo» o en la palabra «secreto» o en la palabra «Thei».

Como mirarla cuando, en el comedor, disuelve con la cucharilla la leche en polvo en el agua caliente.

Como estudiarla cuando, con uno de los pinceles que su padre guarda, con celo extremo, en algún rincón que desconozco, crea de la nada caracteres milenarios y negros sobre la blancura del papel.

Como observarla cuando nos hipnotiza a todos, sin previo aviso, como un faro o una santa, en cualquier parte.

Como espiarla e imaginarla en la ducha, ese abismo.

Ayer ocurrió algo extraordinario.

–Sí, sí, extraordinario.

Me encontraba espiando los pies de Thei a través del hueco inferior de la puerta (sus pies desnudos, mojados, enjabonados, envueltos en el vapor que asfixia, enjuagados, empapados, con esas arrugas que aparecen en ellos cuando llevan más de cinco minutos inmersos en esos pocos centímetros de agua) cuando vi que se separaban más de lo normal. Thei acostumbra a situar cada uno de sus pies a unos diez centímetros a lado y lado del desagüe, donde el cemento se agrieta ligeramente, en forma de cicatriz o de fósil. No los mueve durante los doce minutos que dura, por lo general, su ducha (menos cuando los enjabona, levantando primero el derecho y después el izquierdo, con infrecuentes pero graciosas pérdidas de equilibrio, durante las cuales yo, invariablemente, me debato entre el impulso de ayudarla y el miedo extremo a ser descubierto). Pero hoy sí los ha movido. Mucho. Como si bailara. O dudara. O estuviera muy nerviosa. O temblara, febril. La ducha ha durado unos dieciocho minutos, durante la mitad de los cuales los pies se han estado moviendo; se ha puesto de puntillas; ha rectificado la posición tras pisar repetidamente el desagüe; y, sobre todo, se han separado muchísimo, a veinte o treinta centímetros del agujero, mientras le temblaban las pantorrillas. El ruido del agua a presión no me ha dejado escucharla, pero estoy seguro de que en su garganta estaba el sentido.

La destrucción de la Puerta de Brandeburgo constituye la consecuencia más importante de la reanimación histórica en Alemania. Ocurrió el pasado 21 de diciembre de 2024. La capital presumía de su iluminación navideña; los Papá Noel ofrecían caramelos a la puerta de los comercios; los turistas iban hacia la Isla de los Museos, fotografiaban el atardecer desde la cúpula del Reichstag, circulaban incesantemente por Mitte, se fotografiaban entre los nichos marmóreos del

Monumento a los Judíos. Berlín se preparaba para otro fin de año de la Era de la Crisis. Tras el anochecer, los flujos de población se movilizaron hacia sus hogares; los de turistas, hacia sus hoteles. La Puerta de Brandeburgo era, a las tres y cuarto de la madrugada, según las imágenes de las cámaras de seguridad, una mole imperial recortada contra un cielo de acero inoxidable. A las tres y dieciocho minutos: ruinas. El estruendo. La polvareda. La noche fugazmente gaseosa. Ruinas sin muertos.

Por un automatismo que aún sobrevive de principios del siglo, las hipótesis oficiales apuntaron hacia un ataque del terrorismo islámico. Era una interpretación inverosímil; pero una interpretación –la única imaginable– al fin y al cabo. Han transcurrido tres meses desde entonces y ya se ha impuesto una versión mucho más fehaciente, que se consigna en este informe. La versión daría para un thriller o una novela negra. Se obviarán aquí el misterio y cualquier atisbo de clímax. Dos son los datos que explican lo sucedido. El atentado fue perpetrado con dinamita sustraída de un complejo minero de Renania: el mismo que en 1913 fue asaltado por el comando anarquista Rose, con el objeto de volar una fábrica de cemento reconvertida en factoría militar (operación que no concluyó con éxito). Cuando en 1995 se abrió un concurso internacional de proyectos para la edificación de un Monumento a los Judíos Asesinados en Europa, el artista conceptual Horst Hoheisel propuso la demolición de la Puerta de Brandeburgo y la conservación de sus ruinas a modo de homenaje a las víctimas del exterminio. El argumento último de su propuesta era inobjetable: la larga tradición del imperialismo germánico condujo al nazismo, de modo que la Puerta de Brandeburgo, potenciada por la retórica del nazismo, era un símbolo tan peligroso como la cruz esvástica. Destruirlo era la mejor forma de rendir homenaje y pedir perdón a un pueblo destruido. Y conservar las ruinas de piedra y bronce era la única manera de evidenciar plásticamente que la identidad alemana posterior a 1945 no era la continuación armónica de la anterior a esa fecha infame.

La responsabilidad del atentado ha recaído en la Asociación Ayer, probablemente la más importante de la reanimación histórica alemana. El juicio a su comité director se prevé largo. La opinión pública lo comienza a percibir como un juicio al propio Estado, ya que la Asociación Ayer fue enfáticamente apoyada por la presidenta Angela Merkel a finales de 2013 y principios de 2014, como modelo de compromiso cívico y como motor de recuperación económica, y desde entonces ha recibido cuantiosas subvenciones públicas para la aplicación de su programa de actividades de reanimación histórica, que han empleado a 73.400 trabajadores, cuyo sueldo procede en gran parte de esas partidas del Ministerio de la Memoria. En el editorial de *Die Zeit* del pasado 3 de marzo se lanzaba la pregunta de si el atentado terrorista que ha reducido la Puerta de Brandeburgo a un naufragio de escombros no ha sido de hecho pagado por el Gobierno de la República Federal Alemana. De ser así: ¿no se debería procesar al presidente por financiación de atentado terrorista?

La situación se ha vuelto más compleja al descubrirse que se trata de la segunda acción criminal de la Asociación Ayer, pues a finales de 2009 miembros suyos fueron los responsables del robo del célebre letrero («Arbeit macht frei») de la puerta de Auschwitz. La policía lo recuperó a los dos días. Pero se ha sabido ahora cuál era el objetivo de los reanimadores: recibir el año 2010 con la colocación del letrero sobre la Puerta de Brandeburgo. En 1997 Hoheisel proyectó una imagen de la puerta del campo de exterminio sobre la superficie de la Puerta de Brandemburgo, de modo que el artista ha sido cómplice involuntario de dos acciones criminales. Asediado por la prensa, se ha negado a recibirme, pero me ha dicho por teléfono: «El deber del arte es pasar de la contemplación a la acción, pero vuelvo a repetir que no tenía noticia alguna de las intenciones de los miembros de Ayer».

Mario tenía hoy un mal día.

Puedo percibir su grado de nerviosismo según la lengua que utiliza. Cuando está tranquilo, me escribe en español, sin acentos; cuando está nervioso, utiliza el *spanglish* sin ningún tipo de complejo; cuando, en fin, está completamente fuera de sus casillas, se expresa en inglés y en mayúsculas. Era el caso de hoy.

Ha escrito tres veces la palabra «SUICIDE»; ocho, la palabra «MOTHERFUCKER»; quince, la palabra «DEAD»; veinte, la palabra «ART».

En cierto momento he dejado de ser capaz de absorber su depresión, así que he empezado a teclear sin leer lo que él previamente había escrito, es decir, he roto la conversación y he iniciado un monólogo. Él no se ha detenido, de modo que nuestro chat de hoy ha sido un doble monólogo simultáneo: uno en minúsculas, en español, con acentos, y el otro en mayúsculas, en inglés, desaforado.

He tratado de equilibrar sus exabruptos y su insistencia en la muerte hablándole una vez más –aprovechando que no me leería– de Laura y de Gina. Del día en que conocí a mi mujer, en un concierto de fado de una cantante altísima y soberbia, en un boliche minúsculo de Barrio Norte, a la luz de unas velas que a ella la hacían más linda y a mí más canchero, cuando un vinito llevó a otro y el remís nos condujo a su cama en Vicente López y después un cine, otro concierto, un fin de semana en unas termas del Interior y un asado con sus tíos y mis dos años en Salamanca mientras ella terminaba la carrera y mi regreso y mis oposiciones a la ONU y las suyas al CONICET, dos puntos unidos por una línea zigzagueante que a veces parpadeaba, y un año más, la boda en Lagartos, tres años, la cátedra de Laura en la UBA, doce días de retraso, ocho meses y llegó Gina, que estaba destinada (es una forma de hablar, de escribir) a crear un triángulo, prematura, la cesárea que fue la primera herida que compartimos, tan pequeña en mis brazos exactamente el día en que llegué desde Ginebra, adonde regresé de nuevo con una excusa, una semana más tarde, y ella crecía y yo estaba lejos, a lo sumo una vez cada tres meses, en Buenos Aires o en algún lugar de Europa, yo podía tomarla en mis brazos o agarrarla de la mano, cuando ya caminaba, o aguantarle la bicicleta o ponerle los patines o aplaudirla cuando ganaba un partido de tenis o apagaba las velas de su tarta de cumpleaños, cómo pasa el tiempo, Mario, de pronto cumplía once años y no habíamos pasado más de un año y medio juntos, sumando los fines de semana, las vacaciones, la excedencia de tres meses que pedí para intentar salvar mi matrimonio, nuestro matrimonio, que en realidad me sirvió para descubrir que Damián me había reemplazado en el tercer vértice del triángulo, nos presentó la propia Gina, la pequeña Gina, mi niña, en el club de tenis, con una naturalidad que me provocó un escalofrío demoledor (sentí que se congelaba mi médula ósea y que, no obstante su congelación, se expandía por mi columna vertebral, para agrietarla, quebrarla, pulverizarla: bajo la piel, cada una de mis vértebras se reducían a polvo, junto con la médula, junto con cada uno de los átomos de mis vértebras, de mis huesos, de mi osamenta, un osario).

Se ha interrumpido la conexión.

Pero he seguido escribiendo.

Decidí pedir un permiso de tres meses y quedarme en Buenos Aires, reconstruir mi matrimonio, darle a mi hija la presencia constante de un padre. Durante las primeras semanas se instauró entre nosotros la ilusión de que eso era posible. Laura compraba facturas, pan y el diario por la mañana, antes de irse al laburo; yo pasaba un par de horas haciendo pequeños trabajos de fontanería en casa o estudiando etimología, y preparaba las milanesas con puré de papas y de calabaza, o los ñoquis, o el arroz con verduras, o el bife con papas fritas del almuerzo; por la tarde, mientras la niña merendaba un donut con un vaso de Coca-Cola mirando la televisión, nosotros compartíamos un mate amargo y medialunas con dulce de leche; Laura cocinaba una tarta de zapallitos o de choclo o una pizza cuatro quesos para la cena. Con puntualidad suiza, yo le contaba un cuento y le deseaba buenas noches a mi hija a las nueve y media. Tras ver el capítulo de alguna serie o las noticias de la BBC, entrábamos en la cama como en un campo minado, midiendo el alcance y la intensidad de cada paso, siempre a punto de retroceder.

Las veces que hicimos el amor fue con forro y sin preámbulos: de espaldas, con la luz apagada, los orgasmos tardaban en llegar, pero nos sumían después en unos minutos de cariño apaciguador y placentero. En una tregua. Antes de dormirme evocaba escenas de sexo oral y de amor sin plástico, del frenesí sin límites de los primeros años, cuando yo volvía de Europa y los orgasmos se sucedían durante horas en todas las cavidades del cuerpo, sin ningún lugar sagrado.

El mayor placer consistía en ir a buscar a Gina al colegio y cruzar por el parque con ella de la mano, poner rostro a sus amigas, a los padres y madres de sus amigas, a sus maestras, después de tantos años de distancia telefónica, en que su mano no tenía peso ni tacto y en que todos aquellos nombres no eran más que una nube de etiquetas. Los martes y los jueves, Laura, que daba clases en el máster de una universidad privada, tenía tiempo de recogerla y de llevarla a sus clases de tenis. Los miércoles la encargada de recibir a los padres a la puerta del colegio y de entregarles a sus hijos era la bellísima Romina Grasse, profesora de dibujo y de música, de cara y espalda y piernas y mirada y manos afiladas, que al caminar recortaban el aire, a quien el día antes de volver a Ginebra invité a tomar un café, en un lugar que colindaba con un telo.

Antes de eso, Gina, Laura y yo hicimos un viaje. Durante semanas fantaseamos con las cataratas y, de hecho, llegamos a hacer una reserva; pero en el último momento unas lluvias torrenciales en Misiones provocaron que la agencia nos desaconsejara la visita y nos propusiera, a cambio, el destino de Puerto Madryn, porque era aquélla temporada de ballenas. Fui yo quien atendió la llamada telefónica. Me volví para consultar la alternativa con mis mujeres y sus reacciones fueron opuestas: mientras Gina daba saltitos de alegría y sus aplausos acompasaban la repetición de la palabra «¡ballenas!», Laura empalidecía al mismo tiempo que decía sí con la cabeza, de acuerdo. Olvidé esa palidez durante los días siguientes, durante el vuelo desde Aeroparque hasta Madryn, durante la cena del primer día en un bar de lomitos y hamburguesas, durante la noche en la habitación con tres camas y vistas a un mar cuyo movimiento cetáceo iluminaba la luna, y durante el desayuno al día siguiente en el bufet del hotel, que hizo enloquecer a mi hija con su surtido de panes y mermeladas caseras; la recordé de pronto, como un bofetón, cuando subimos en el microbús de la excursión a Península Valdés y Gina gritó: «¡Damián!» y corrió a darle un abrazo.

Los cuatrocientos kilómetros por caminos de ripio, el cielo azulísimo, las once horas siguientes, los pingüinos, los turistas españoles y franceses, el desierto patagónico barrido por el viento, la jovencísima tenista que acompañaba al profesor de Gina, los leones marinos, la lancha desde donde divisamos las ballenas, el oleaje, el acento español, las palabras en francés, la ensalada del almuerzo, los prismáticos, los flashes de las cámaras, las arcadas de aquella mujer tan gorda de Perpiñán, los baches, la metralla que golpeaba las ventanas del vehículo, el cansancio, las miradas inevitables entre Damián y Laura, Laura y Damián, todo se confunde en mi recuerdo en una nauseabunda sucesión de vértigo. Sólo recuerdo con claridad la excitación de la niña, su felicidad al estar viendo aquel espectáculo electrizante junto a las tres personas que más quería del mundo.

Fue la última vez que la vi reír. Abandoné Argentina al cabo de seis días, con la intención de no regresar. Pero las intenciones sólo existen para ser quebradas.

No sé interpretar las miradas de Susan y de Esther cuando se cruzan con las de Thei, porque en ese instante acuden a mi cabeza «turbación», «amor», «temor», «veneración», «deseo», «esperanza», «memoria», «futuro»: palabras irreconciliables. Cuando Susan sale del vestuario, por ejemplo, cada tres días, dejando a la niña dentro, su mirada está claramente inflamada, pero soy incapaz de adivinar las razones de ese fuego que no había visto en este búnker durante más de una década.

–Obviamente, Thei se masturba.

No puedo ver sus dedos; no puedo oír sus gemidos; pero no hay duda de que el nerviosismo de sus piernas, abiertas bajo el chorro y el jabón, responde al placer solitario.

–Hoy me he pajeado mientras ella lo hacía.

Muy rápidamente, con un miedo atroz a ser descubierto (hasta ahora nadie ha entrado mientras yo espero mi turno), sin abrir la cremallera ni bajarme los pantalones, por encima del tejido (la mancha ha coincidido con el perfil del bolsillo).

Después, mientras era yo quien se duchaba, he pensado en su descubrimiento. En la rareza de su descubrimiento. En el búnker no hay sexo. Somos una comunidad monástica, que ha transferido los impulsos animales a la esfera del trabajo, que ha somatizado el trauma de todas las pérdidas gracias a la disciplina y al olvido, que ha reprimido la vida bajo el bálsamo inquietante de la luz amarilla, que ha transferido el impulso sexual del colectivo al loco –prisionero–, el pene sucio arrastrándose por el polvo entre los pilares del subsuelo. Somos una comunidad asexuada. En casi catorce años sólo he escuchado tres veces gemidos de carácter erótico. Los tres fueron a causa de la masturbación y los tres se produjeron durante los cuatro primeros años de encierro, en el anonimato uniforme de las cuchetas. Anthony es un animal, no cuenta. Es probable que al principio hayan existido coitos entre nuestras paredes, como los de Carmela y yo; pero estoy seguro de que hace tiempo que se extinguieron.

–Coito, he escrito «coito».

Es el ambiente más difícil al que se podría enfrentar una adolescente.

La naturaleza, pese a vivir en un invernadero, impone su ritmo: ella florece a su debido tiempo, sus hormonas celebran una orgía, su clítoris se activa, su pelvis se ensancha, su útero sangra, crecen sus pechos y sus pezones se erizan, los labios reclaman el deslizamiento de sus dedos.

Imagino, bajo el agua, una violación colectiva.

Hombres adultos definitivamente desquiciados, con nombres propios: Carl, Xabier, Gustav, Marcelo y Anthony –que emerge de un agujero inesperado con un gato hidráulico en las manos– entran en el vestuario, abren la puerta y la sacan de la ducha con violencia. Ella tarda en reaccionar, no es capaz de entender que sus amigos, sus compañeros de encierro, sus tíos, sus parientes políticos, sus maestros, los amigos de su padre, la estén agarrando con tanta fuerza y la estén obligando a ponerse boca abajo sobre el banco. Ha intentado agarrar la toalla, sin lograrlo. Las yemas de sus dedos tensan, acarician el perímetro de la nada. Y ahí está, con su cuerpecito trémulo contra la superficie metálica. Primero llora; enseguida grita.

–Papá, grita, papá, papá, ayúdame, papá.

El llanto hace que deje de vocalizar; se van apagando sus quejas. Ni siquiera ha pasado por su mente la idea del sexo, de que eso que está viviendo pueda ser una agresión sexual, porque para ella la sexualidad eran sus dedos resbalando por su entrepierna, sus dedos girando, vertiginosos, alrededor del clítoris, sus dedos y ella, nadie más, ni siquiera la posibilidad de alguien más. El primero en penetrarla es Carl, la torre Carl: sus nalgas, en tensión como sus cuádriceps y sus gemelos, se contraen a cada envite. La vamos penetrando todos, por turnos; mientras su concha está ocupada, nos masturbamos con los pantalones bajados. El grifo continúa abierto y el ambiente ha sido nublado por el vapor. Tal vez por eso, por el vapor que abre nuestros poros y nos hace sudar y recubre la escena de una película espectral, nos damos cuenta de que hay más agujeros que podemos colmar. La boca. El ano. En ese momento aparece su padre bajo el umbral de la puerta, sin dar crédito a sus ojos, grita. Arremete contra nosotros y muere, a causa de una golpiza propinada por hombres desnudos de penes erectos y ojos inyectados en sangre.

No dramatices.

Controla tu abyección.

No seas ridículo.

Controla tus palabras: son lo único que tienes.

Antes de dormir, vuelvo atrás y busco «orgasmo» en el Diccionario: «Culminación del placer sexual. Exaltación de la vitalidad de un órgano». Leo diez, veinte, treinta veces esa definición en la que trabajé hace más de un año. Recuerdo, una a una, las palabras. Las pronuncio sin sonido. Me calmo.

338

La decisión de crear una red de metro en Moscú se tomó tarde. En 1931 ya había metro en Londres, en Nueva York y en Buenos Aires, entre otras muchas ciudades occidentales. La tardanza, sin embargo, dio lugar a una de las obras de arte más fascinantes del mundo: todas las estaciones planificadas por la Metrostroi fueron concebidas como un único complejo arquitectónico, como una obra colectiva en que muralistas, escultores, vidrieros, arquitectos e ingenieros alumbraron una obra armónica, excesiva y sobre todo memorable. Durante la segunda gran guerra, la red de metro se convirtió en una red de refugios antiaéreos, de búnkeres. En la actualidad, cerca de 300 kilómetros de vías unen los centros y las periferias de esta megalópolis de dieciséis millones de habitantes.

Borís Kajpov me cita en el café de la estación de Kíyevskaya. «Espero que le parezca un lugar agradable para nuestra charla», me dice, «esta estación fue construida por los arquitectos Katonin y Golubev, en 1954, en honor del tercer centenario de la reunificación de Rusia con Ucrania, si se fija en los mosaicos verá que representan escenas de fraternidad entre los dos pueblos... Mire aquél de allí, los fusiles, los soldados: rusos y ucranianos lucharon juntos, codo con codo, durante la Gran Guerra Patria, cuatro años, desde 1941 hasta 1945.» Es un cincuentón rechoncho, de aspecto modesto pero de mirada desafiante. No tenía aún treinta años cuando institucionalizó el movimiento de reanimación histórica conocido como Ostalgie. Si en el cambio de siglo se conoció con ese nombre al sentimiento no organizado de nostalgia hacia las formas de vida bajo la República Democrática de Alemania, desaparecida en 1990, a partir de 2013, cuando Kajpov crea la Fundación Ostalgie, se expande el significado de la palabra para referirse a la nostalgia que todos los antiguos países comunistas sienten por el socialismo real. En diciembre de 2000, un 75% de los ciudadanos rusos confesaba echar de menos aspectos sustanciales de la Unión

Soviética; durante la primera década del siglo ese porcentaje fue oscilando, pero siempre se mantuvo por encima del 22%; en 2009, con las alianzas explícitas que el gobierno de Barack Obama suscribe con el de Hu Jintao, las estadísticas se dispararon. El sentimiento de pérdida se incrementó muy rápidamente y se extendió geográficamente. Los habitantes de Rusia, de las antiguas repúblicas soviéticas y del resto de la Europa del Este, en estos momentos, pese a sus diferencias nacionales y nacionalistas, se están sintiendo progresivamente unidos por la *Ostalgie*. La nostalgia del Este. Y tengo ante mí, si no a su inventor, sí a quien convirtió ese sentimiento de orfandad en una fuerza política de primer orden.

«Nuestro objetivo era sencillo: recuperar silenciosamente los hábitos, las formas de vida, los principios del comunismo», me dice mientras nos tomamos un café y llegan y se van trenes subterráneos de otra época. El culto al pasado tenía que convertirse en un culto al presente. «Había que acabar con los excesos, con el consumo por el mero hecho de consumir, era necesario instaurar una ética del ahorro para que este país pudiera volver a ser una potencia y un ejemplo, y la mejor forma de hacerlo era recurrir a los modelos del pasado, vestir ropas sin marca, desplazarnos en transporte público o en pequeños vehículos nada ostentosos, comer, vivir, hacer vacaciones, proscribiendo el lujo, esa enfermedad.» Rastrear las huellas que nos interesan del pasado, seguirlas, avanzar por el camino que proponen.

En el este de Europa la sociedad es absolutamente neoliberal, pero se han ido imponiendo costumbres, formas de vida espartanas. La Fundación Ostalgie tiene ahora sesenta y tres millones de socios en quince países; está a punto de constituirse en el primer partido político transnacional de la historia, con el objeto de presentarse a las elecciones legislativas de esos quince países durante los próximos cuatro años. «No hay duda de que la reanimación histórica es buena», me dice Kajpov mientras apura su café, «no sólo Rusia ha inclinado muy favorablemente su balanza comercial en los últimos años, el ahorro ha permitido una subida consentida de los impuestos, que está permitiendo el rearme nuclear con tecnología punta, el control de las dictaduras vecinas y el reequilibrio global, que durante el cambio de siglo había tenido a Estados Unidos y a China como protagonistas únicos.» Una multitud desciende de los vagones mientras es observada por los sonrientes personajes de los mosaicos. «Deje, deje, yo invito, y conserve esto, es un regalo», me dice Kajpov a modo de despedida. Sobre la barra hay un dólar de plata. Un falso dólar de plata, acuñado por una impriforma seguramente esta misma mañana, pero que relumbra como si fuera cierto, como si la época a la que pertenece estuviera barnizada de certezas.

Rusia, precisamente, ha sido la responsable de una escalada militar sin precedentes en lo que va de siglo, mediante la fabricación de superbombas atómicas o Bombas Y, que ha sido imitada por China, la India, Japón, Corea del Norte y Estados Unidos. Hay estadistas que la llaman la Nueva Guerra Fría. Si la Guerra Fría nació el día 6 de agosto de 1945, festividad cristiana de la Transfiguración, fiesta de luz, cuando el bombardero B-29 estadounidense lanzó la Little Boy sobre la ciudad japonesa de Hiroshima, es decir, cuando la carne humana empezó a derretirse, a desprenderse, cuando el sol, por vez primera, descendió a la tierra, la Nueva Guerra Fría ha empezado, en cambio, sin un hecho fundacional, sin calor, sin explosión, como si su lógica fuera la inversa, ir del frío al calor, de la invisibilidad a la historia.

–Se ha producido un cambio irreversible.

Anthony se ha escapado de madrugada y ha iniciado un juego demencial.

–No sabemos cómo ha sido capaz de abrir la puerta de su celda.

Como cada dos o tres días, mientras dormíamos, ha salido del sótano por el agujero para comer y beber. Pero esta vez no ha gritado, porque su sed era otra.

Silenciosamente, camuflado por la luz amarilla, puedo imaginarlo escondiéndose en las esquinas, agazapándose en las penumbras, avanzando a cuatro patas como un perro, hasta llegar al dormitorio. Con máximo sigilo, consciente de que aquí no puede darse el sueño profundo, se ha acercado a la cucheta de Kaury, quizá ha deslizado su mirada –como un escáner– por el desorden, por los instrumentos musicales, buscando una herramienta, cualquier objeto capaz de saciar su sed de destrucción: un cojín, el cojín en que se sentaba Kaury cuando tocaba la guitarra, por las noches, en los viejos tiempos, ha sujetado el cojín con ambas manos y lo ha puesto sobre la cara de su víctima. Ha presionado con brutalidad y con firmeza. Hasta ahogarla. Puedo imaginar las manos de ella, en el brusco despertar, buscando en el aire alguna razón que explicara aquel dolor extremo; sus pies, golpeando el colchón sin fuerza suficiente como para que el ruido despertara a Susan, que duerme en la litera vecina. Kaury ha muerto. Nadie se ha despertado.

–Su muerte ha convivido con nuestro sueño.

La voz de alarma la ha dado Carl, bastante tiempo después del asesinato.

Hemos sido despertados por su voz apremiante, enseguida secundada por la de Chang; los dos estaban muy nerviosos. El cadáver de Kaury significaba una aberración, un cortocircuito en nuestro sistema: un fenómeno incomprensible. Como pacientes psiquiátricos antes de una ducha helada, nos hemos arremolinado alrededor de la litera y nos hemos quedado allí, mirando la muerte como quien ve agua a presión. La luz amarilla empalidecía su lividez, le daba al dormitorio el aspecto de una morgue. Finalmente, Xabier se ha acercado al catre y le ha tomado el pulso.

–No hay nada que hacer.

Del barrote de su litera colgaba la funda de su guitarra.

–Dice Carl que ha sido Anthony, hay que comprobar si aún está en el búnker o si ya ha regresado al sótano –ha ordenado Chang.

Nuestra descoordinación y nuestra torpeza han sido patéticas. Podríamos haber cogido tuberías, o cuchillos, pero supongo que a causa de la novedad y de nuestra inexperiencia, hemos recorrido el búnker con las manos desnudas, mirándonos con miedo, sin ser totalmente conscientes de lo que estábamos haciendo. Cada vez que nos agachábamos para mirar debajo de una cama o de una mesa; cada vez que abríamos una puerta o una compuerta para registrar una habitación, un temblor ridículo se nos contagiaba como un sarpullido (o como la histeria). Detrás de cada recodo se escondía un susto. Nunca hemos sido tan conscientes de las trampas que tiende la luz amarilla como en los minutos que ha durado la búsqueda, que sólo podía culminar en comunión o en sacrificio, el cuerpo y la sangre.

Carl y Chang nos han llamado desde el extremo oriental. Paralizados en el umbral, sin atravesarlo, las miradas magnetizadas por lo que veían adentro. La calva de Carl y la piel cetrina de Chang relumbraban, como si sus miradas necesitaran de un aura que hiciera más elocuente su mensaje. Carl, armado con un bate de béisbol. Chang con las manos desnudas. Mirad, nos decían, miradlo.

A medida que llegábamos, íbamos siendo también magnetizados por aquella visión.

Por Anthony.

Por su desnudez gloriosa y ridícula, bellísima e hiriente, recubierta por una segunda piel de polvo.

343

Anthony se había situado exactamente bajo el extractor de humos.

Desnudo: erecto.

El cuerpo vestido de vello, de cabello, que el ventilador removía, esparcía, en una vibración inquietante: desordenada.

Parecía un monstruo.

La melena hasta los tobillos.

Parecía un hombre.

La barba blanca y bíblica.

Parecía un dios.

Su largo pene que recordaba a una ballesta.

O una bestia.

Las piernas y los brazos recorridos por costras, sangre reseca, magulladuras, cicatrices, lepra.

Un dios, un monstruo, un hombre o una bestia enloquecidos, con los brazos extendidos y la mirada perdida hacia el ventilador.

Hacia lo alto.

Ángel caído: a medida que llegábamos, nos iba mirando, uno por uno.

He regresado de mi destierro borracho de oscuridad, parecía decirnos con su mirada. Esto habéis conseguido, locos. Soy vuestra obra. El heraldo del sótano, el mensajero del espejo opaco, la encarnación del otro camino, de la senda que no recorristeis. Soy vuestro engendro.

–Me pertenecéis y os pertenezco.

Se ha reído. Jamás he escuchado una carcajada tan dolorosa. Tanto para él (sus cuerdas vocales sufrían con esa risa) como para nosotros (nos ha partido el alma, porque nos ha despertado de la estupefacción que su juego había causado en nosotros; de pronto nos hemos dado cuenta de que, años después del suicidio y de la enfermedad mortal, el asesinato también había penetrado en el búnker, de manera que todo lo de afuera podía también afectarnos adentro: absolutamente todo; de pronto nos hemos percatado de que nosotros habíamos creado a esa criatura, porque nuestra decisión de mantenerlo encerrado no había sido suficientemente meditada ni discutida, de que nosotros habíamos matado a Kaury y de que ese cuerpo nos contenía y nos reflejaba, éramos nosotros en potencia, nosotros tras consumar ciertos sacrificios).

Después Anthony ha mirado hacia la puerta abierta de su celda, hacia el agujero por el que podría volver a desaparecer. Pero no lo ha hecho. Ha saltado en cambio sobre Esther, que se había adelantado, anonadada, y se encontraba a dos metros de él, y ha tratado de estrangularla.

Gustav y yo hemos intentado separarlo de ella, pero era un abrazo de piedra, una gárgola, como si el encierro o el ventilador o el ritual hubieran blindado sus brazos, le hubieran investido de una fuerza sobrehumana.

Entonces: la detonación y el silencio.

Detonar: «Iniciar una explosión o un estallido, llamar la atención, causar admiración o asombro».

Silencio: «Falta de ruido, pausa musical, toque militar que ordena el silencio, omisión de algo por escrito, *perpetuo silencio, imponer silencio*».

Anthony ha caído de espaldas y su pene, erecto y pétreo, ha concentrado nuestras miradas. Rodeado de los pelos rizados de los testículos, del vello del abdomen y de las piernas, y de heridas abigarradas y resecas, se alzaba para apuntar hacia el rostro, súbitamente plácido pese a los ojos tan abiertos. Ha sido la existencia del pecado, de esa prueba de la animalidad del loco, el centro de su ser que concentraba nuestras miradas, lo que ha hecho que tardáramos varios segundos en descubrir la sangre que manaba del boquete. El boquete rojo. Entre dos costillas. El boquete rojo que convertía a Anthony en el segundo cadáver de la noche y cuya existencia, al fin descubierta, nos obligaba a unir la detonación con la herida, como antiguamente asociábamos el relámpago con el trueno.

Nos giramos como un grupo de pacientes psiquiátricos que presienten la camisa de fuerza o la cama de electroshocks a sus espaldas.

Y en efecto: allí estaban.

Chang tenía algo en la mano.

Eso: humeaba.

Algo: de metal caliente.

Una pistola.

En efecto: Chang tenía una camisa de fuerza o un generador eléctrico en la mano, porque sostenía en la diestra una pistola todavía caliente.

Durante trece años y medio hemos ignorado que existiera un arma en el búnker.

Durante trece años y medio Chang ha ejercido el poder y la represión sólo con miradas, sonrisas y palabras, aunque en el bolsillo transportara siempre, de día y de noche, una pistola.

Ésa.

Al parecer, algunos días después de nuestros monólogos paralelos, Mario leyó lo que yo le había escrito, y escribió un post al respecto, a sabiendas de que yo soy su único lector.

Su post es tan demencial que prefiero no reproducirlo.

Está escrito en español, *spanglish* e inglés, en alternancia ilógica de minúsculas y mayúsculas.

Me habla en él de su propio triángulo.

Me habla en él de Vanessa, su novia durante los dos últimos años en el Departamento de Artes Visuales de la Universidad de Chicago, a quien conoció –si he entendido bien– cuando ambos trabajaban en la biblioteca. Ella era de

346

Phoenix, Arizona, estaba becada, vivía en el quinto piso de una residencia de la propia universidad, en una habitación con vistas al lago Michigan, con sus heladas orillas invernales y su panorama canadiense cada verano. Les gustaba hacer el amor («REAL LOVE») de pie, contra la vidriera, barnizar el cristal de vaho, me ha escrito, mientras las luces de los barcos avanzaban y desaparecían, de camino hacia la frontera. Les gustaba, me ha escrito, quedarse en la biblioteca hasta tarde, cada uno a lado y lado de la misma mesa, descalzos, con un gran vaso de plástico lleno a rebosar de café con leche con polvo de chocolate y de vainilla, los libros amontonados irregularmente, como un *skyline* entre ellos. Mario vivía en un departamento compartido, en Pilsen, pero pasaba cuatro o cinco noches por semana en la habitación de Vanessa. Y cuando, en agosto, ella se iba al pequeño rancho de Phoenix donde vivían sus padres y sus dos hermanos, él se sentía más huérfano («BUT WE'RE NOW THE REAL & FUCKING ORPHANS») que nunca. Por eso, el verano en que él se graduó, decidió pasar tres meses –tal vez un poco más– viajando por Europa. Y es en el viaje cuando su post empieza a volverse críptico. Esto es, como una película filmada en blanco y negro con cámara digital de principios de siglo, sin trípode y mal montada, me dice en *spanglish* en algún momento. Fue un viaje por la galaxia de mis mitos, me escribe en perfecto castellano. Aterrizó en Londres y tomó un bus hacia Stratford-upon-Avon (Shakespeare: «THE KING AND THE KEY»), desde allí fue a Liverpool (The Beatles) y las Tierras Altas *(Highlander);* cruzó el Canal de la Mancha en un tren que lo dejó en París (Morrison, Rohmer, Celan, Godard), donde pasó tres semanas («*until my shoes* dijeron no más, man»); después: Gijón (su abuelo), Madrid («como tu con laura quien sabe si no nos cruzamos y yo pense que guapa es esa chava como envidio a ese güey que felices parecen», Zulueta, Lorca, «NO PASARÁN»), Barce-

347

lona (Picasso, el grandísimo Picasso, Hemingway), Floren-
cia (Dante), Venecia (Byron, Mann, Visconti), Trieste (Joyce,
Magris), Viena (Zweig), Cracovia (Kantor), Sarajevo (Sac-
co: «*I always dreamed* con hacer en cine *you know* lo que *he
was doing* en sus *comicbooks*»), Tirana (Kadaré), Atenas
(Sófocles, *Ulysses' Gaze*). A los tres días de vagar por las librerías de Atenas se dio cuenta de que no quería proseguir
su viaje por las islas, como tenía previsto, y decidió invertir
los treinta días que le quedaban en recorrer Oriente Próximo. No había películas ni escritores ni cantantes tras su
decisión. El viaje dio un giro de ciento ochenta grados («MAY-
BE POLITICAL MYTHS?»). Voló a Trípoli. En autobuses
locales, viajó a Beirut, Damasco, Palmira, Amán, Petra, Jerusalén, Tel Aviv, el mar Muerto, el mar Rojo. Allí conoció
a George. Y todo cambió: «todo MOTHERFUCKER todo
absolutely EVERYTHING todo todito TODO». Sólo compartieron tres días, en un *youth hostel* del mar Rojo; pero la
intimidad alcanzó tal grado que ya hablaron entonces de
la isla. La idea de la isla, me dice Mario, nació de aquel jodido culo del mundo. Era enero. Quedaron en verse a final de
año en Nueva York («¡LOS VIVOS! OH, MY GOD ¡LOS VI-
VOS!»). Éramos unos putos críos y el 11-S nos convirtió de
pronto en unos putos viejos. George siguió viajando por Jordania. Mario regresó a Atenas y de allí a Chicago. Vanessa lo
esperaba en su departamento, un carguero se alejaba por el
lago Michigan, hacia una abstracción llamada Canadá. Por
primera vez, cogieron en la cama. «¿Has estado con alguien?», le preguntó ella. «NO, LE RESPONDI YO I SWEAR.»
Pero no era del todo cierto. Éramos tres en aquella cama. Mi
triángulo, pese al cuerpo ausente, Marcelo, me ha dicho Mario. El triángulo de las Bermudas donde empecé a desaparecer
de todos los radares. Supongo que George y yo estuvimos
desde el principio fatalmente enamorados («BUT NOTHING
GAY, NO ME CHINGUES»). Pero fue tras la muerte de su

348

hermano en Afganistán cuando él decidió adoptarme. Y *Los muertos* ocupó el lugar de todos los hijos que nunca tuvimos.

El disparo me ha abierto los ojos.

Como si del boquete brotara una sangre capaz de entintar el velo que nos envuelve, de modo que los ojos tuvieran que enfrentarse a partir de ahora a una capa de rojo que neutraliza la máscara amarilla y revela la falsedad, que carga las tintas en la dimensión ficcional de los trece años y medio de nuestra vida aquí adentro.

Por eso he observado los cuerpos que me circundan con mirada microscópica e infrarroja.

Las heridas minúsculas y circulares que tatúan los brazos de Ulrike, como picadas de zancudo: tan sólo prestándoles la atención que nadie les dedica he descubierto que son causadas por la aguja con que se hiere por las noches, pinchazo a pinchazo, cientos de ellos, hasta que se queda dormida.

Las pastillas que ingiere Esther, con un disimulo que no consigue apagar del todo la ansiedad, por lo común una por la mañana y otra a media tarde, pero algunos días, dos, tres, cuatro, vertidas precipitadamente sobre la palma de la mano, en cualquier rincón, como si nadie la viera, desesperada: yo estaba allí, a tres metros, observándola fijamente, y no se percató de mi presencia.

Las largas conversaciones que Xabier mantiene consigo mismo, mientras comemos o mientras trabajamos, sin apenas mover los labios, como si masticara un chicle, disimulo perfecto logrado a fuerza de gestos de represión, de años de represión, para que nadie se diera cuenta de que habla solo, de que es un loco que habla solo.

–De que todos nosotros estamos locos, que hablamos solos.

–Como yo aquí, para nada ni para nadie.

Y el rictus que, periódicamente, recuerda que la cara de Gustav es una máscara tallada a golpes de machete, como si actuara constantemente y de vez en cuando tuviera que reajustar, frunciendo el ceño, forzando una sonrisa, levantando una ceja, dilatando la nariz, la otra piel que cubre sus facciones; como si se hubiera sometido a una operación de facing y a copia de no activar su otra cara, la suya se hubiera visto obligada a absorber parte de la fisonomía ajena, en tensión con la propia, si es que no son las dos suyas, para no explotar.

Para no explotar: ésa ha sido la clave de la contención de Chang durante todos estos años. Pero ahora ha explotado. Su pistola. Ha explotado a través de ella: su válvula de escape. Y en vez de disculparse o de darnos una explicación, ha optado por continuar actuando como siempre, o casi, porque ahora no oculta la amenaza latente, el además posible: si no me obedeces, si te excedes, si rompes las normas, si no eres capaz de contenerte, si no respetas el Pacto, si nos amenazas, si me amenazas, te pego un tiro.

–Como hice con Anthony, parece decirnos.

Su funeral y el de Kaury han sido tensos hasta el preámbulo del sismo. Decíamos nuestras oraciones, seguíamos las consignas de nuestras religiones, en silencio, mientras sus cuerpos entraban en el horno, mientras todos mirábamos, con mayor o menor disimulo, cómo Esther se tapaba enfermizamente el hematoma del cuello, mientras todos mirábamos, frontalmente o de soslayo, cómo Chang acariciaba enfermizamente su pistola por encima de la tela de la camisa, y pensábamos que era capaz de sacarla en cualquier momento y de dispararnos, para acabar de una vez con esta agonía, una bala para cada uno, sólo una bala, para morir desangrados al mismo tiempo que los muertos devenían ceniza en el horno donde cada dos días incineramos nuestra basura, cuerpos descompuestos, inmerecidamente tristes, podridos, en el interior de un búnker de Pequín, quizá esqueletos de un yacimiento arqueológico en el futuro remoto, tal vez, en el caso de que hubiera balas para todos, porque nadie sabe cuánta munición esconde Chang.

«La reanimación es una constante histórica», afirma la investigadora árabe-israelí Rayah Lévi, «no hay más que observar el desarrollo de la moda, en el sentido más amplio del término.» Nos encontramos en su despacho de la Universidad de Basilea. A sus cuarenta y cinco años, aúna determinación y un poso de candidez, como si hubiera sido una adolescente muy ingenua o una joven provinciana y su vida en Europa estuviera tratando aún de borrar de su fisonomía la ingenuidad y la periferia. Es linda. Grandes ojos castaños, pómulos hundidos, labios muy pintados de un granate discreto. Según me explica, los últimos tres milenios de la vestimenta humana se pueden examinar como una recurrente combinación de los mismos elementos, que se abandonan y se recuperan, en una constante metamorfosis. «De la coraza al chaleco y del chaleco al chaleco antibalas, para entendernos, o de las pinturas faciales de las tribus primitivas al maquillaje femenino y de éste al de camuflaje», me sonríe, «y no me mire así, porque la moda es una manifestación profunda del estado de la historia: las mujeres de Tánger, en los años ochenta, vestían minifaldas y bebían cerveza en público, fue la recuperación de ciertos códigos religiosos y la inmigración rural de la década siguiente las que interrumpieron esa tendencia, que parecía imperecedera, e hicieron que regresara el velo al norte de Marruecos.» Lo ha dicho mirándome a los ojos, como una campesina desafiante.

Hace dos años que Rayah Lévi documenta cómo Global Justice ha pasado de ser un movimiento de reanimación histórica eminentemente teórico a ser una guerrilla armada y ejecutora de carácter internacional: «Los últimos siete nazis, ancianos casi centenarios, que habían cumplido los veinte años durante la Segunda Guerra Mundial, no fueron juzgados en Alemania ni en Israel; murieron de un tiro en la sien o de una dosis de cianuro en pleno siglo XXI». Como si yo fuera su alumno aventajado, prosigue: «Una vez que se hicieron públicas, a la velocidad de internet, esas ejecuciones de ancianos nazis y su justificación, es decir, las pruebas que demostraban su culpabilidad en masacres ocurridas hace ochenta años», las manos apoyadas en el escritorio, «empezaron a ser ejecutados represores de dictaduras latinoamericanas, torturadores del Pacto de Varsovia, verdugos de las matanzas étnicas africanas y asesinos oficiales de los regímenes comunistas asiáticos». Los tres casos más célebres –por eso mismo no abundaré en ellos– son los asesinatos del vicepresidente de Estados Unidos Dick Cheney, del ex presidente español José María Aznar y del ex ministro de Defensa de Gran Bretaña Geoff Hoon, ocurridos en un intervalo de poco más de cuatro meses, probablemente por su implicación en las invasiones ilegales de Afganistán y de Irak de principios de siglo.

Según Rayah Lévi, esos magnicidios prueban el grado de sofisticación de las tácticas terroristas de esas organizaciones, a menudo nutridas por ex mercenarios de servicios de inteligencia. Al menos cincuenta y tres asociaciones vinculadas directa o indirectamente con las políticas oficiales de recuperación y reanimación de la memoria histórica decidieron pasar, a mediados de los años veinte de nuestro siglo, del trabajo social, de la divulgación o del estudio académico a la lucha armada en la clandestinidad. Salvo en casos aislados, se trató siempre de la acción punitiva de un grupo organizado, con un alto grado de investigación previa y con pruebas sólidas de la culpabilidad de la víctima. Si a principios de siglo el Estado fue delegando en las asociaciones de reanimación histórica la responsabilidad de la gestión de gran parte de la memoria común y de un porcentaje significativo de la recuperación económica, durante la tercera década del siglo éstas se adueñaron de la responsabilidad penal del Estado en lo que atañía a la injusticia histórica. Las leyes de perdón y los pactos de silencio se mostraban inútiles varias décadas después de su promulgación, cuando se reanimaban los contextos de represión y de violencia institucionales que los habían precedido.

«Le pondré un ejemplo», me dice, «si ya era relativamente difícil mantener el control social en la franja de Gaza durante la primera década de este siglo, imagínese qué ocurrió cuando, ¿cómo podría traducirse?, algo así como la Ola de la Genealogía recorrió los pueblos ocupados, con el apoyo financiero de la Unión Europea y de varias ONG de Estados Unidos; bajo ese paraguas institucional, centenares de nietos de víctimas de la guerra de 1948 decidieron comprender a sus abuelos, en una primera fase, y reencarnarlos, después.» «¿Reencarnarlos?», le pregunto, como un bobo, «¿a qué se refiere?» «Me refiero a una suplantación: el deseo de ser tu abuelo, de entender sus razones, de experimentar su frustración, su rabia, su miedo, de sentir lo que él sintió, de vivir lo que él vivió.» La Ola de la Genealogía comenzó creando centros de documentación; prosiguió con acciones educativas en escuelas de los pueblos ocupados y con obras de teatro callejero cuyo objetivo era tanto concienciar a la población palestina sobre los hechos de 1948 como localizar a nuevos nietos de víctimas de la guerra; terminó como una organización terrorista de justicia histórica, que acabó con la vida de veintisiete militares retirados israelíes, cuya participación, cuando eran muy jóvenes, en los fusilamientos y los atropellos de 1948 era indudable.

Obviamente, todos esos crímenes no siempre quedaron impunes. Se abrieron investigaciones policiales, hubo encausados, juicios, penas de cárcel. La condena con mayor repercusión mediática fue la pena de muerte, en Alabama, dictada contra los hermanos Stillman, de 20 y 22 años de edad, que asesinaron a quemarropa a los también hermanos Hesse, de 97, 99 y 102 años de edad, antiguos miembros de las SS, granjeros ciudadanos de Estados Unidos desde 1957, después de haber pasado doce años en la Patagonia chilena. Pero este tipo de acciones criminales provocaron menor actividad penal que diplomática. El asesinato de Ta Sei Wan, que había dirigido un centro de detención durante el régimen de los jemeres rojos en Camboya y regentaba un hotel de playa en una pequeña isla tailandesa, por parte de un comando internacional de la red Global Justice, integrado por dos alemanes, un estadounidense, un israelí y un ecuatoriano, provocó el primer conflicto diplomático remarcable, cuando fueron llamados a consultas los embajadores de Tailandia en esos cuatro países y se descubrió que Global Justice, de hecho, hasta 2019 había recibido subvenciones por parte de los gobiernos de Alemania, Estados Unidos, Ecuador e Israel. La subvención de la historia había desembocado en la financiación de la violencia homicida de un terrorismo que poseía, si no el respaldo, sí la simpatía de buena parte de la población informada mundial.

Durante el último mes me he refugiado en el Diccionario como nunca antes lo había hecho. El disparo ha reforzado la autoridad de Chang, pero –paradójicamente– ha cuestionado su función de coordinador. Ahora yo no me atrevería a coger una lata del almacén sin anotarla en la hoja de consumos, pero en cambio no tengo problema alguno en dedicar mi jornada laboral al trabajo en el Diccionario. Como si Chang hubiera dejado de ser mi jefe, mi supervisor civil, para convertirse en el policía.

La palabra «tiempo» me ha tenido ocupado durante varios días con sus noches. El Diccionario registra veinticuatro acepciones de la voz, más un sinfín de expresiones y de sentidos figurados. Es fascinante, desde el principio: «Duración de las cosas sujetas a mudanza, época en la que vive una persona, *en tiempo de Trajano*, estación del año, edad, estado atmosférico; en esgrima, golpe que a pie firme ejecuta el tirador para llegar a tocar al adversario; referencias a la época relativa en que se ejecuta o sucede la acción del verbo».

–La ejecución de las acciones.

No hay duda de que la palabra «tiempo» es fascinante; no hay duda de que mi trabajo en el Diccionario me fascina. Pero me pregunto si estoy actuando correctamente, si no permito que la lectura me impida pasar a la acción, si la lectura y el subrayado y la memorización no son pretextos para no actuar, para no realizar los gestos que aguardan ser realizados. Después del disparo, quiero decir, después del disparo y de aquello que el disparo ha revelado, ¿no debería permitir que mi lenguaje se descontrolara y descontrolarme yo mismo? Sin espasmos, sin vómitos, con descontrol controlado, para llevar a cabo un plan que restaure la justicia.

–Porque Thei merece un futuro justo.

El «tiempo de pasión», dice el Diccionario, «el que comenzaba en las vísperas de la domínica de pasión y acababa en las nonas del Sábado Santo».

Ya nunca mencionamos a los que dejamos afuera; y si en alguna ocasión a alguien se le escapa un comentario, ni en su tono ni en nuestras miradas podrá detectarse atisbo alguno de culpa. Si acaso, un punto de envidia. Estoy convencido de que todos nosotros hemos pensado en algún momento que fueron ellos los que en realidad se salvaron.

No sé si albergamos alguna vez esperanza, pero si lo hicimos, la dosificación ha conducido a las últimas existencias. Por momentos, creo que sería posible aferrarme desesperadamente a ellas, tratar de hablar con algunos de mis compañeros (con Xabier, quizá, quién sabe si también con Gustav o con Esther), resucitar en ellos primero la voluntad de conversar, más tarde la discusión de lo que ha ocurrido, finalmente la posibilidad de intervenir, investigando los hechos, reclamando justicia. Quizá sea demasiado tarde para volver a sentir deseo, furia, sentimientos impropios de unos ancianos; me conformo con que nos regresen, aunque sea tan sólo durante algunas semanas, las ganas de vivir.

Temporal.

Tempus Fugit.

Temporizador.

Cuenta atrás.

Tiempo geológico, edad, absoluto, compuesto, época, tiempos heroicos, tiempo relativo, fruta del tiempo, tiempo sidéreo, tiempo solar verdadero, de reverberación, pascual, plenitud de los tiempos, perdido, tiempo perdido, tiempos heroicos, propios de los héroes de antaño, inmemorial, bomba de los tiempos, la noche de los tiempos, muerto, para siempre muerto. *Magnitud física que permite ordenar las secuencias de los sucesos, estableciendo un pasado, un presente y un futuro*, cuya materia (este texto) altera.

Se acorta.

Se agota.

En esta residencia geriátrica de las estribaciones de Marraquech se aloja Fayid Al-Hasid, uno de los máximos expertos mundiales en reanimación histórica. Tras cuarenta años de docencia e investigación en La Sorbona, regresó a su país de origen para morir en él. La enfermera me acompaña hasta el jardín y, a la sombra de una higuera, me acomoda en una butaca frente a la que ocupa el señor Al-Hasid. Lo sé todo sobre él. Unos meses atrás, entrevisté en Lyon a su hija; el año pasado tuve ocasión de conversar a fondo con dos de sus discípulos. Hace años que leo sus artículos y sus libros, que tanto Wo Chang como Rayah Lévi citan siempre con respeto. Pero ellos son eruditos, académicos, teóricos. Al-Hasid, en cambio, pasó a la acción.

Realizada en la Universidad de Nueva York y dirigida por Hayden White, su tesis doctoral versó sobre la ficcionalización de la historia colonial en los manuales escolares franceses. La hipótesis era la siguiente: ¿la incapacidad de un estado para asumir la culpabilidad desemboca siempre en la ficción histórica? La respuesta, tras el análisis de los libros de historia utilizados en la educación primaria y secundaria francesa desde 1950 hasta 1980, era afirmativa. La tesis se convirtió en el célebre *Histoire et fiction. Le problème éternel,* que le abrió las puertas de la academia francesa, pese a la fuerte oposición de intelectuales de la talla de Henri Meschonnic o Jean Bollack, que veían en su análisis retórico de cómo la historia se relata desde los parámetros de la ficción una defensa del relativismo y, por extensión, del negacionismo. Nada más lejos de la intención del joven Al-Hasid, que defendía en realidad la necesidad de reconocer que los discursos históricos eran ficcionalizados por el Estado y sus agentes, como primer paso hacia una recuperación historiográfica de los hechos tal como ocurrieron. En cualquier caso, gracias a la protección de Pierre Bordieu, entró en la cátedra de Sociología, desde donde inició su proyecto de historiar las tergiversaciones conscientes de la historia francesa y europea y su derivación en supuestas verdades asumidas tanto por la novela o el cine de intención histórica como por la población en general (incluidos los profesores).

Tras veinticinco años de docencia, la oficialización de la reanimación histórica supuso para Al-Hasid la oportunidad de dejar temporalmente las aulas para –con una generosa beca de la Fundación Larry Page– estudiar en tiempo real la evolución del fenómeno. Durante tres años redactó el primer *Balance oficial sobre la reanimación histórica*, que yo leí durante mi curso de formación en Ginebra y que, debidamente reescrito como un texto de divulgación, se convirtió en el manual de referencia sobre el tema, *Conflicto de ficciones. Una década de reanimación histórica*. Al mismo tiempo, desarrolló el concepto de *museo real*, que fue de referencia en los años posteriores, según el cual la transmisión de la historia no pasa por la transformación de espacios del pasado en parques temáticos, sino por conservar o restaurar fiel y austeramente, sin concesión alguna al espectáculo, el espacio original. Tras dos años más como consultor externo de la ONU sobre el tema y como profesor a tiempo parcial de La Sorbona, se jubiló. Era viudo. Su única hija se había casado pero no había tenido hijos. Sin el pasatiempo de los nietos, decidió quedarse en París y seguir estudiando el tema en que se había especializado; pero entonces conoció a Pierre.

No se conoce su apellido. Nadie ha conseguido localizarlo. Sabemos de su existencia sólo por los diarios de Al-Hasid, una selección de los cuales su hija publicó en *Libération* cuando se descubrió todo y ya era demasiado tarde. Pierre había leído *Conflicto de ficciones* y asistió a una conferencia de su autor con la intención de conseguir una dedicatoria autografiada. Algo le dijo durante aquellos segundos, algo que llamó poderosamente la atención del profesor, algo que no podemos traducir en palabras porque no fue consignado en el diario; pero que hizo que se citaran al cabo de tres días en una cafetería de Montparnasse. Pierre estaba convencido de que la tesis principal de Al-Hasid, según la cual la reanimación histórica era un movimiento de ficcionalización de la historia, un movimiento eminentemente teatral, en que los sujetos interpretaban biografías ajenas, pretéritas, era errónea. La reanimación histórica era una forma de la verdad. La reanimación histórica era una revolución. La reanimación histórica no conducía a relatos, sino a actos, a hechos, a acciones, a la transformación social y política de lo real. Tres citas más tarde, los argumentos de Pierre (o del hombre que Al-Hasid llamó «Pierre» en sus diarios y que sólo describió como un hombre cansado, cuyo rostro estaba recorrido por arrugas y por cicatrices) desembocaron en una revelación. Él era parte de la Resistencia. No de una asociación llamada *Resistencia*, sino de la Resistencia. La Resistencia francesa. La misma Resistencia que se había opuesto al ejército alemán durante la ocupación. Deslizó un pasaporte por la superficie de mármol de la mesa, entre las dos tazas. El profesor lo abrió: le había sido expedido el 12 de noviembre de 1938 a alguien llamado «Pierre» (los apellidos no fueron anotados en el diario). El viejo profesor francoárabe miró a su interlocutor con expresión desconcertada. Entonces Pierre alzó la mano derecha y se acarició el lóbulo de la oreja derecha con los dedos índice y pulgar. Su rostro vibró, se desencajó, tembló violentamente durante apenas tres o cuatro segundos: entonces la cara de Pierre, la cara de Pierre en el año 2025, fue reemplazada por la cara del otro Pierre, la cara de Pierre en el año 1938. Desaparecieron las agudas arrugas de la frente, la gran cicatriz del pómulo, la breve cicatriz de la ceja izquierda, la casi imperceptible cicatriz de la barbilla. Aparecieron una poblada barba y el arrojo de quien tiene veinte años y está comprometido con una lucha que flirtea con la muerte.

Fayid Al-Hasid había visto en televisión algún caso de facing, pero nunca había contemplado una metamorfosis en directo. Tardó en darse cuenta de lo que estaba descubriendo. Quizá balbuceó. O derramó café. O tiró sin querer la cucharilla o la servilleta de papel al suelo. Se trataba de una transformación molecular, física: gracias a aquella tecnología, un hombre podía ser dos hombres. Si alguien había estudiado a fondo la biografía y la personalidad de otra persona, hasta interiorizarlas, la operación de cirugía estética le permitiría encarnarla. Ser su carne. La reanimación histórica entraba en una nueva fase. El facing era ya una realidad global: en aquel mismo instante podían existir un millón, diez millones de personas como Pierre, como los dos Pierre.

Pertenecía a una célula de la periferia parisina, formada por catorce hombres que se habían sometido como él a operaciones de facing. Provenientes de mundos en progresiva desarticulación, como el agrícola o el industrial, se habían conocido en un curso de ocupación laboral, en que se les adiestró para explicar en primera persona la Segunda Guerra Mundial a alumnos de cuarto y quinto año de primaria. Durante los primeros tiempos de la reanimación histórica, esos quehaceres habían recaído en auténticos veteranos de guerra; pero su progresiva desaparición, mientras aumentaba la demanda de esas actividades, cada vez más presentes en los programas escolares, llevó a la formación de hombres maduros, entre los cuarenta y cinco y los cincuenta y ocho años, que se encontraran desempleados, como sustitutos de los veteranos originales. Pierre y sus compañeros jamás se habían interesado por la historia europea del siglo pasado, pero empezaron a hacerlo a través del fetichismo (la transcripción de las conversaciones con Pierre fue obviamente tergiversada por el profesor Al-Hasid, que integró su propia interpretación en las palabras de su informante), es decir, de los uniformes, las medallas, las armas antiguas, las fotos de época, por la admiración que todos esos objetos despertaban en los jovencísimos estudiantes. Viudos, divorciados o solteros empedernidos, pronto se volvieron adictos a aquellas dosis de empatía. Comenzaron a quedar los fines de semana para asistir a conferencias o a cursos sobre la segunda gran guerra; se intercambiaban novelas históricas, biografías, atlas bélicos; y los domingos por la mañana iban al mercado de antigüedades de

la Place de la Contraescarpe a la zaga de boinas, petacas, ciga-
rreras, navajas o viejos relojes de bolsillo.

Fue allí, un año y medio más tarde, cuando detectaron a
Hans Peter. Uno de los vendedores a quien preguntaban
habitualmente si había recibido *novedades del frente* (Al-
Hasid pone el acento en cómo el lenguaje de la futura Resistencia se iba codificando, se iba aislando, se iba convirtiendo en una isla dentro del idioma francés) les dijo que
acababa de venderle un diccionario de cifrado, francés-
alemán, publicado en Weimar en 1937, a un curioso personaje que aparecía también todos los domingos, solo, a primera hora de la mañana, llamado Hans Peter. Siete días
después, tras ponerse de acuerdo con el vendedor, Pierre y
Mathias se apostaron en un extremo de la plaza y espera-
ron la llegada del alemán. Compró una bala. La estuvo mirando, largamente, en un café cercano; lo siguieron a través
de varias calles, una plazoleta, dos líneas de metro, una avenida, tres calles más, un callejón y el laberinto de un polígono industrial. No entendían las razones de aquella persecución: la estaban llevando a cabo porque sentían que así
debía ser, en modo de *piloto automático* (de ese modo llamaron, a partir de aquel día, a los raptos de la voluntad, al
dejarse llevar). Hans Peter entró en una nave de cristales
barnizados de polvo. Una nave que parecía abandonada. Y,
en efecto, la planta baja, un almacén de unos trescientos
metros cuadrados, estaba vacía y sucia; pero el primer piso,
al que accedieron por la escalera de incendios de un callejón
donde permanecían aparcados tres jeeps, en cambio, estaba
habitado. No podían creer lo que estaban viendo. Era una
suerte de cuartel: una cocina de campaña y una gran mesa
de madera con restos del desayuno; otra mesa, mayor, cubierta de mapas, tres escritorios con computadoras al fondo, junto a seis literas; dos enormes impriformas, industriales, las mayores que habían visto en sus vidas; estanterías

por doquier, con latas, con garrafas, con cajas, con armas, con dinamita, con libros; y entre la cocina, las mesas, los escritores, las literas y las estanterías, once soldados alemanes con uniformes de las SS. Reconocieron el mobiliario, los uniformes y la atmósfera por las viejas fotos de los años cuarenta que coleccionaba Jean-François, el más joven del grupo. Ver las imágenes convertidas en volúmenes, en cuerpos, les provocó un temblor que los atenazó durante todo el trayecto de regreso a París.

El resto de la investigación fue exclusivamente informática. Marcel Louis era adicto a los videojuegos bélicos en red y *hacker* aficionado. Gracias a las matrículas de los jeeps, la dirección de la nave industrial y los datos que habían reunido sobre Hans Peter a través del vendedor (nacido en Múnich, cuarenta y cinco años, aproximadamente una década en Francia, antiguo empleado de la planta parisina de Renault, coleccionista de objetos sobre la Segunda Guerra Mundial), fue descubriendo una maraña de la que aquellos once soldados alemanes eran tan sólo una pequeña parte. Tanto ellos como otros ciento doce individuos se habían sometido a una operación de facing en la misma clínica del XI Arrondissement. Marcel Louis accedió a sus archivos. Extrajo de ellos los rostros de la identidad originaria y los de la nueva identidad, con los nombres que correspondían a ambas. A través de Google Person buscó pacientemente hasta dar con la clave: los ciento veintitrés soldados eran ahora otros tantos miembros del escuadrón de las SS que estuvo activo en París entre 1941 y 1945. Veintitrés de ellos murieron durante la guerra. Dieciséis fueron juzgados. Tres fueron extraditados desde Brasil a Núremberg en 1947. Uno fue capturado por una célula del Mossad en 1956 y fue juzgado en Tel Aviv y condenado a muerte. A los demás se les perdió el rastro.

No es difícil suponer lo que ocurrió después: atracaron un taller mecánico, consiguieron 17.500 euros en efectivo y tres coches deportivos descapotables, que les reportaron 42.000 euros más, y con ese dinero resucitaron a catorce miembros de la Resistencia histórica y empezaron a prepararse para la llegada de la guerra. Cuando Pierre y Al-Hasid se conocieron, hacía ya tres años que el último miembro de la Resistencia se había sometido a la operación de facing. Habían perpetrado dos atracos más; tenían un almacén alquilado, con abundante armamento y explosivos; habían localizado a otros dos escuadrones de las SS y vigilaban sus movimientos; Marcel Louis se había especializado en criptografía y Gustave y Pierre habían aprendido alemán.

Al-Hasid vivió todos aquellos descubrimientos con fascinación: después de tantos años de estudio teórico de la reanimación histórica, estaba viendo con sus propios ojos hasta dónde había sido capaz de llegar. Hasta aquel momento, Global Justice, la red Gran Israel, el movimiento Ostalgie, la Comunidad de los Duelistas, la red Conqueror, la Asociación Ayer y tantos otros movimientos, asociaciones, redes, comunidades, asociaciones o clubes de reanimación histórica habían sido para él palabras, textos, informes, artículos. Era la primera vez que tocaba la historia reanimada con las yemas de sus dedos. El rostro del otro Pierre, aquel rostro de los años cuarenta, las bombas de gas mostaza y lacrimógeno, los pasaportes, los uniformes: todo era auténtico. No una reconstrucción, no un simulacro, no una ficción: pura historia viva. Pura historia viva avanzando hacia la muerte. ¿Debía denunciarlos a las autoridades? ¿Debía hacer públicos todos aquellos descubrimientos?

La respuesta a aquellas preguntas ya la había formulado por su cuenta Arthur, el líder de la Resistencia. El viejo profesor lo descubrió demasiado tarde. Por eso no puede responderme. Por eso la saliva resbala por la comisura de sus labios sin que él pueda evitarlo. Por eso sus ojos están perdidos y no varían ante mis palabras, pues aunque pueda escucharlas, seguramente no alcanza a entenderlas. Soy consciente de que esta peregrinación no tiene sentido: pero tenía que hacerla. Para darle las gracias.

«Gracias» le digo, a la sombra de la higuera, sin atreverme a cogerle las manos.

Su mirada desnortada, su boca cerrada y no obstante babeante. Yo me voy, ellas se quedan.

La ausencia de Mario, controlar la palabra «tiempo» y espiar a Thei con obsesión microscópica e infrarroja ha propiciado algunos resultados. He descubierto que Kaury llevaba años cosiendo, remendando, adaptando la ropa femenina que hay en el búnker al crecimiento de la niña; que Ulrike guarda varios cirios en una caja de cartón, debajo de su cama, a partir de los cuales fabrica pequeñas velas, decoradas con cenefas, pintadas con delicadeza y tesón, para regalárselas a la adolescente; que Susan y Esther lavan, por turnos, su ropa interior, periódicamente manchada de sangre.

Aunque durante el desayuno y durante la cena recibe exclusivamente las atenciones de sus protectoras, la persona con quien más tiempo comparte, más que con su propio padre, es Carl.

Carl, la mosquita muerta.

Durante el almuerzo, he escudriñado en vano sus rostros (los finos rasgos de Thei, sus ojos levemente rasgados y tal vez perfilados con un lápiz heredado de Kaury; la frente inacabable de Carl, prolongada por la calva sin mácula), los puntos que constituyen pacientemente sus caras, porque su expresión era de máxima contención; pero al cabo de unos minutos me he dado cuenta de que sus piernas se rozaban, fugazmente, y que él aguantaba (firme) la mirada de la niña, mientras ella se ruborizaba durante un segundo.

Carl, el cincuentón.

Él la prepara como futura operadora de la sala de control; pero no hay duda de que la relación que existe entre ellos tiene poco que ver con la habitual entre un profesor y su alumna.

Carl, el técnico, el tecnócrata, el presunto robot, la torre negra.

Después de la cena, Thei ha regresado a la sala de control, a todas luces fuera de su horario de formación.

Carl: hijo de la gran puta.

La he seguido.

Carl y sus doscientas flexiones diarias.

La puerta estaba cerrada; pero en uno de los extremos de la sala hay un diminuto respiradero que comunica con un pasillo.

El cuerpo de Carl: negándose a envejecer.

Los he espiado.

Carl, la madre que te remil parió.

Había música. Miraban una pantalla, que bañaba sus caras con destellos. Él ha sacado una botellita de licor y dos pequeños vasos de plástico. El controlador de las provisiones tiene sus propias reservas. Tras servirle dos dedos, Carl le ha enseñado a Thei cómo hay que beberlo: de un trago. Ella le ha obedecido y después se ha puesto a toser, lo que ha sido recibido por él con una carcajada, que a su vez ha provocado la risa nerviosa de ella. Ya te acostumbrarás, creo que le ha dicho. Han hablado, sin mirarse, con los ojos hipnotizados por la pantalla, durante cerca de una hora. Después ella se ha ido. He provocado un encuentro casual en el pasadizo: me ha dicho «buenas noches, Marcelo», en un hilo de voz y con el aliento ligeramente alcoholizado. Yo he estado a punto de entrar en la sala de control y destrozar cada una de las pantallas utilizando la cabeza de Carl como bate de béisbol.

Para calmarme, he trabajado, subrayado, memorizado una única palabra, durante horas, la misma palabra, «transfiguración»: «Del latín, *transfiguratio*. Femenino. Acción y efecto de transfigurar o transfigurarse. En religión: Estado glorioso en que Jesucristo se mostró ante Moisés y Elías en el monte Tabor, ante la presencia de tres de sus discípulos».

Actuar.

Perseverar.

Ser paciente.

Acudir al respiradero.

Espiarles, asomarme a sus vidas.

Descubrirlo. Saberlo.

Saber que ven porno.

Me susurra, memorizado, el Diccionario: «pornografía»: «Tratado acerca de la prostitución, carácter obsceno de obras literarias o artísticas».

Sin literatura y sin arte, el porno aumentado, la realidad virtual pornográfica, el sexo con muñecas replicantes, el porno tridimensional, el porno en primera persona, aquel mundo virtual a escala 1:1 que recubrió por completo nuestra realidad, al desaparecer nos dejó a solas con nuestra memoria del placer, con el itinerario de nombres (huellas) que conducía hacia las ruinas (de los cuerpos).

–Ven porno juntos.

Porno antiguo, elemental, primitivo, pero porno.

El hijo de las remil putas, la mosquita muerta, el redivivo de Carl ha encontrado una página porno y le ha enseñado a Thei qué es el porno y ha creado un oasis de exceso, de voyeurismo, de libertad en su sala de control. Es probable que en términos jurídicos se trate de perversión de menores, pero desde un punto de vista estético es bello y siniestro y estremecedor.

–Y profundamente envidiable.

Es una envidia muy distinta a la que provocaba en mí que Anthony hubiera conseguido escapar de la luz amarilla. Es una envidia punzante, que zozobra y me desestabiliza.

A menudo beben juntos y el licor los relaja y ríen, charlan, escuchan música, como dos viejos amigos o como dos desconocidos cuyas vidas acaban de cruzarse, qué más da. Lo importante es que Thei hace lo que debería hacer cualquier chica de su edad. El problema es que su pareja es cuatro décadas más viejo. Los viernes por la noche, mientras Chang juega su partida de ajedrez semanal con Xabier, Thei y Carl ven vídeos porno.

Los he espiado por tercera vez.

Ven diez o doce vídeos de algunos minutos de duración. Los primeros, en silencio.

A partir del tercero o el cuarto, Carl humedece su dedo índice, desliza su mano derecha en el interior de los pantalones de Thei hasta alcanzar su entrepierna y la acaricia, con suavidad y con insistencia, sin mirar cómo la niña pestañea con lentitud, se relame, se encoge leve, nerviosamente de hombros; hasta que ella acaba mordiéndose los labios.

Eso ocurre hacia el octavo o el noveno vídeo.

Después, ella masturba al viejo.

La semana pasada estuvo a punto de hacerlo con la boca, pero se reincorporó en el último momento y prosiguió con la manita.

Yo me muero de rabia, desde el respiradero; me muero de odio; de celos. Me muero de ganas de matarlos. Envidio sobre todo la mirada de ella: los ojos muy abiertos, imantados a la pantalla, la boca pronunciando, sin emitir sonido alguno, los gemidos, el placer, los orgasmos de los actores y actrices, profesionales o amateurs, proferidos en silencio.

«Transfijo»: «Atravesado o traspasado con un arma o cosa puntiaguda».

«Transfixión»: «Acción de herir pasando de parte a parte; frecuentemente hablando de los dolores de la Virgen».

Cuando yo mismo me alivio, desaparecen mi violencia y mi odio y se atenúa mi envidia. Y empiezo a admirar a Carl, que ha sabido crear una burbuja de deseo y de placer en este monasterio desabrido y apocalíptico. Pero eso no quita que no sienta a veces la tentación de descuartizarlo. Y que no piense muy a menudo en decírselo a Chang. Creo que Thei todavía se preserva. No tienen más que un ritual, un ritual que realizan sentados, verticales, sin considerar la posibilidad de acostarse. Un ritual extraño, barroco como todo lo que es filtrado por la luz amarilla, que no riñe con la virginidad. No obstante: ¿para quién se reserva la virginidad de Thei? ¿Quién será el afortunado o el maldito? ¿Quién la violará o responderá a sus insinuaciones? Todos tenemos más de cuarenta y cinco años; ella aún no ha cumplido los catorce. Si algo no tiene sentido en este pozo, es considerar la posibilidad de la perpetuación de la especie.

Nunca imaginé que me reuniría con un informante en una milonga de mi propia ciudad, porque toda mi vida huí del tango. Me ha citado a las doce en punto, en la mesa más alejada de la pista, donde media docena de parejas formadas por minas asiáticas y ancianos locales bailan sin énfasis. Aparece con esmoquin y un clavel rojo en la solapa. «Buenas noches, usted debe de ser Marcelo», me saluda. «Y usted Joaquín Pellegrini», le digo, a mi vez. «En efecto», se sienta y me pregunta si me parece bien que pida una botella de Chandon. Entre sendas copas y un platito de maníes, con un cigarrillo rubio apagado en su boquilla de nácar, me narra su experiencia en la Comunidad de los Duelistas.

«Bailo tango desde siempre, mis viejos me inculcaron la necesidad de ser fiel a las tradiciones y yo he hecho lo propio con mis hijos, por eso ellos van al Club Milanés cada sábado, a la cancha de River cada domingo y a clases de tango un par de veces por semana; en el rubro profesional, fui árbitro de fútbol durante muchos años y ahora laburo como contable de la Federación», habla muy pausadamente, como si además de masticar las palabras, las fuera digiriendo, «se puede decir que mi vida era bastante convencional, ordenada, digamos, casi perfecta; pero hace ahora exactamente diez años descubrí que mi esposa estaba teniendo una aventura con un compañero de trabajo.» No supo cómo reaccionar. Aprovechó una convención en Mendoza para discutir el nuevo reglamento que entraría en vigor en la temporada 2028-2029, para tomarse unos días de descanso y afrontar su problema personal. «Una noche, en el hotel, a las dos o las tres de la madrugada, después del quinto whisky, un árbitro mexicano, experto en historia de los reglamentos, me habló de la Comunidad de los Duelistas, a la que él decía pertenecer, un club de personas que habían recuperado los valores tradicionales, que creían en el honor y lo defendían mediante el duelo.»

Cuando regresó a Buenos Aires, visitó la página web de la comunidad y profundizó en ella. A medida que fue entrando en nuevos niveles de información, fue sometiéndose a formularios personales que, una vez superados con éxito, le brindaban claves de acceso a documentos sobre la historia del duelo, sobre el reglamento consensuado por la Comunidad, sobre cómo conseguir armas adecuadas, sobre cómo comunicar el reto, escoger a los padrinos o llevar a cabo el duelo en sí. «Yo no estaba demasiado abierto a las asociaciones de reanimación histórica», me confiesa, «porque en la Argentina están muy politizadas, sobre todo por los peronistas, recuerde cómo se empezaron a regalar alegremente viajes a Malvinas o a Tucumán sólo para conseguir votos y para que se embolsaran la guita los amigos hoteleros de los políticos turros; pero esto era algo diferente, una manera muy pensada de recuperar los valores perdidos, los valores en los que yo siempre había creído, pese a que concretamente el del honor, el del

369

derecho irrenunciable al honor, no lo hubiera considerado con la atención que merece.» Las historias que avalan la recuperación de la tradición del duelo, vigente hasta bien entrado el siglo xx, son elocuentes. «¿Conoce usted la historia de la Curie?», me pregunta mientras se lleva la copa de champán a los labios. Ante mi negativa, me comenta: «Cuando se descubrió que la dos veces premio Nobel Marie Curie mantenía una relación adúltera con el también científico Paul Lengevin, que estaba casado, la prensa atacó duramente a la física francesa, trasladando la cuestión moral a su integridad profesional, por su condición de hembra; la restitución de su honor pasó por cinco duelos, los cinco a propuesta de otros tantos defensores de la dama, ante los ataques furibundos de la prensa y de sus enemigos». Tras mucho pensar en ello, Joaquín Pellegrini declaró su intención de ingresar en la comunidad, fue sometido a una entrevista por un miembro de Buenos Aires, fue aceptado, pagó su cuota, solicitó asesoría sobre su caso, compró dos revólveres Smith and Wesson de principios del siglo pasado, fue a ver a su rival a la oficina donde trabajaba su mujer, lo abofeteó con un guante de piel, le entregó un sobre con las características del reto y se fue: «El tipo nunca se presentó en el galpón, mis dos padrinos, compañeros de la comunidad, me dijeron que era normal, que no me preocupara; mi esposa pasó un mes en un hotel, después regresó a casa y me pidió perdón por todo; ahora somos una familia bastante feliz».

La mía no es una familia feliz. En la misma ciudad en que Joaquín Pellegrini rehízo su vida, se ha deshecho la mía. Es agradable estar aquí, rodeado de bailarines, sintiendo las burbujas en el cielo de la boca, hablando sobre la inofensiva Comunidad de los Duelistas, postergando informes sobre otros movimientos y grupos que sí son peligrosos, que sí contribuyen a la desestabilización de la geopolítica internacional, que sí amenazan la seguridad internacional. Tengo que viajar a

Santiago de Chile para entrevistarme con Amadeo Gutiérrez, analista de la *bionostalgia:* un movimiento eco-terrorista que considera necesaria la recuperación de especies biológicas extinguidas, como virus, bacterias, algas, corales, insectos o cepas de enfermedades. En Ciudad del Cabo me espera James Keltridge, uno de los fundadores de la Apartheid Association, que durante más de una década ha defendido las supuestas ventajas sociales de la política racista sudafricana, sobre todo mediante la elaboración de videojuegos, y que ahora se plantea concurrir a las elecciones parlamentarias. Y debo entrevistar en San Diego a Mario Luis Santana, presidente de la red América Hispana, que durante dos décadas ha reivindicado las raíces católicas e hispánicas de Estados Unidos y que muy probablemente sea el candidato demócrata a las próximas elecciones presidenciales. Me despido de Joaquín Pellegrini, un poco ebrio, y tomo un taxi. Me voy al hotel de Chacao donde me alojo y comienzo a redactar este informe. Como ustedes saben, estoy casado y tengo una hija; viven aquí, en Buenos Aires, pero no paso la noche con ellas, sino en este hotel que ustedes pagan como pagaron el Chandon y el taxi. Como pagarían a la puta de lujo, una de esas que enseñan las lolas operadas en los programas de televisión, si ahora mismo levantara el teléfono y pidiera una. Ni siquiera voy a verlas. Viven con otro hombre. Tienen otro padre, otro marido, que me vuelve innecesario. Y es por culpa de ustedes. De estos informes que ustedes me encargaron redactar, hace ya tantos años. Es culpa de ustedes que yo haya perdido a mi hija. No, no me miren así, supongo que algo de culpa también es mía, si es que alguien está ahí, mirando.

No hubo una investigación sobre la fuga de Anthony.

Asumimos el exilio en el sótano y la apertura de su celda, la muerte de Kaury, su desnudez bestial o divina, el hematoma de Esther, el disparo y el entierro de la víctima y del verdugo, unidos en la cremación, dos tallas desiguales y sin voz quemándose en la misma llama, sin preguntarnos por qué ocurrió.

Nos hemos acostumbrado a que la realidad sea constantemente truncada, me ha respondido el Diccionario. Truncado: adjetivo geométrico, el enésimo cilindro. «Truncar»: «Cortar una parte o alguna cosa; cortar la cabeza al cuerpo del hombre o de un animal; interrumpir una acción, dejándola incompleta; quitar a alguien las ilusiones o esperanzas; dejar incompleto el sentido de lo que se escribe o lee».

Pero he descubierto un nuevo monitor. A fuerza de horas de espiar a Thei y a Carl a través del respiradero de la sala de control, he podido identificar cada uno de los instrumentos, de los aparatos, de las computadoras, de las pantallas. Hay una que nunca se enciende cuando Thei está adentro. Es un monitor pequeño, de unos quince centímetros por veinte, muy antiguo, de los años noventa, que Carl sólo conecta cuando se encuentra a solas. Es imposible descubrir qué ve con él desde el ángulo de los agujeros donde siempre que puedo me apuesto a observarlos. Sólo puedo interpretar sus ojos. Fascinados. Severos. Controladores, mientras observan lo que ese pequeño televisor proyecta.

Como aquellas tardes de la adolescencia, que transcurrían en la espera frenética, febril, del momento en que Sabina Monteforte, la dueña de la lavandería, con sus grandes y grávidos pechos, siempre enfundados en vestidos negros, cerrara el negocio, subiera los dos pisos de escaleras, entrara en su casa a menudo cantando *canzonettas* napolitanas, dejara la barra de pan en el mármol de la cocina, pusiera al fuego la pava, abriera la puerta del cuarto de baño, entrara con desparpajo en el cuarto de baño, se situara frente al espejo del cuarto de baño y, tras arreglarse el cabello con los dedos, se llevara las manos a la espalda para bajar la cremallera y permitir que el vestido de luto se deslizara por su cuerpo para enseñarme, a través de la ventana del cuarto de baño, sus negras bombachas de encaje, incapaces de contener aquellas nalgas carnosas, sus enormes tetas sin sostén, que recuerdo pesadas y rotundas, con los pezones morados, como si las viera ahora, toda una vida más tarde, porque vi la misma película muchos días seguidos, casi un año, hasta que conoció a otro hombre y se mudó; como en una película a cámara lenta, yo veía, aquellas tardes de verano, plano a plano, a Sabina Monteforte en el salón, en la cocina, en el baño, a través de las tres ventanas que daban al patio de vecinos que compartíamos, sin saber nunca si aquellos minutos de desnudez que me brindaba la única viuda del bloque de departamentos eran inconscientes o un regalo para mi imaginación y mi mano derecha; así ha transcurrido el día, en el mismo infierno de la espera, pero la excitación era terror, un terror que me excitaba. Porque a las siete de la mañana he cogido laxante del dispensario sin consignarlo. He tenido la cajita, todo el día, en el bolsillo izquierdo de mis pantalones. Por momentos me parecía una rata, muy viva, que trataba en vano de salir de su encierro. Una ratita de laboratorio que me hacía cosquillas en el muslo. Pasaban las horas, comíamos en el refectorio, trabajábamos, nos dispersábamos por el búnker. Me encontraba siempre con Carl, en todas partes. Deseaba tanto laxarme yo mismo, por miedo a ser descubierto; dudaba, siempre a punto de abandonar el plan que me había impuesto. No esconderme, arriesgarme, actuar esta vez, para no acumular más pérdidas, ver a Sabina Monteforte desnuda aunque pudiera descubrirme y por tanto me arriesgara a que no volviera a dejar la ventana abierta del cuarto de baño –como hacía por la mañana, antes de desnudarse para la ducha–, a que no pudiera volver a disfrutar de sus pezones morados ni de sus nalgas palpables que solamente en sueños pude palpar.

Finalmente ha llegado el momento de la cena. He sido el primero en servirme. Garbanzos mezclados con el contenido de la última lata de albóndigas en salsa atiborrada de conservantes. A cada cual le correspondía un puñado de garbanzos y una albóndiga. Me he comido la mitad, con ansia, y he deshecho una pastilla bajo la otra mitad. El polvo blanco ha sido tintado por el tuco. Cuando han ido llegando los demás, ya no había garbanzos en mi plato. Me he levantado, con la intención de tirar los restos de albóndiga al cubo de la basura, pero Carl me ha cogido el brazo:

–¿No me digas que vas a tirar eso? –me ha preguntado.

La rata insistía en mi bolsillo, con la piel morada por los nervios.

En su mirada había aflorado un deseo vasto, incalculable.

–Estoy desganado –le he dicho.

Ha pinchado el manjar con su tenedor y me ha dado las gracias. Entonces, la mirada de Thei se ha interpuesto entre nosotros. Por lo general, en estos casos la comida que sobra se le da a ella; pero por primera vez me he dado cuenta de que la adolescente es consciente de ese poder. Había desafío en sus ojos, una tiranía que ha chocado frontalmente con el deseo de Carl. Ha vacilado durante un instante, durante el cual me ha angustiado imaginar la diarrea de la niña Thei, las horas en el retrete, su ano irritado; pero él se ha zampado enseguida el trozo de albóndiga envenenada. No es momento de analizar las razones de ese conflicto.

–Lo importante es que ha ingerido suficiente laxante como para mantenerlo en el baño al menos una hora.

Y he esperado a que volvieran al centro de control.

Más nervioso aún que durante el día, recorrida mi piel por huellas palpitantes de ratas moradas, pensando en el inminente espectáculo pornográfico que verían mis ojos, he aguardado a que llegara mi momento.

374

Cuarenta minutos más tarde, Carl ha improvisado una excusa para que Thei se fuera y ha salido corriendo de su feudo en dirección a los retretes, sin detenerse a sellar la puerta con la clave de seguridad. Yo he entrado y he conectado el monitor misterioso. Y he descubierto algo que era mejor seguir ignorando.

Que era mejor que permaneciera cubierto.

Porque significa que debo dejar de una vez el refugio del Diccionario; que debo intervenir.

En el monitor, cada cuatro segundos, se ve una dependencia del búnker. El comedor, el gimnasio, la celda, el dormitorio, el almacén, el dispensario, la sala de descanso y el incinerador. Desde diferentes perspectivas. Una docena. Hay un sistema de circuito cerrado. Hay cámaras en el búnker. Somos vigilados. Somos vigilados por Carl. Somos registrados por Carl, la mosquita muerta, el hijo de remil putas, el panóptico Carl.

Me he ido. Temblando. El temblor de todo el día multiplicado por mil ratas moradas, por mil viudas vecinas, exhibicionistas, desnudas y muertas. Sin dejar rastro de mi presencia. Con todas mis palabras hirviéndome en el reverso de las cuencas de los ojos, más negros que nunca, me he enterrado en el catre.

«Transverberación»: «Transfixión. La fiesta de transverberación del corazón de Santa Teresa».

Tras demasiadas semanas de ausencia, Mario ha regresado para formularme la pregunta de siempre: ¿Has llegado ya a la palabra «utopía»?

No todavía, pero lo haré pronto, ya estoy trabajando en la *u*.

He vuelto a visitar la *website* de SF, me ha dicho Mario. Que yo sepa, San Francisco es la única ciudad que continúa existiendo en la red. Te pasas tres décadas acostumbrándote a encontrar, con un clic, cualquier calle de cualquier ciudad del mundo, sus líneas de metro, sus monumentos, sus imágenes emblemáticas y también las marginales, su belleza y sus cloacas, todo, y de pronto te quedas sólo con una única ciudad, la última de las ciudades virtuales.

No puede ser casual que sea San Francisco.

Es absolutamente casual, porque todo lo es.

Me he pasado cerca de dos horas dando vueltas por la web, es muy aburrida, pero toda esa política es fascinante, supongo que porque ya no existe.

Es una página web aburridísima, plagada de fotografías y de vídeos de mítines políticos y de información administrativa; pero contiene una imagen que se me antoja crucial. La red de metro. La red de metro de San Francisco era una cruz. Una cruz inclinada. Sus cuatro extremos son las estaciones de Crossroads y Fremond (noroeste, sudeste) y Endcity y Barack District (suroeste, noreste). Creo que en esa cruz está el sentido oculto de la ciudad.

Algunas de las estaciones tienen, como la propia ciudad, nombres latinos: Embarcadero, San Bruno, San Marcos, El Cerrito, Castro, San Francisco, San Diego, Nueva Tijuana...

También en el bilingüismo está la clave. Los extremos en inglés, conteniendo los topónimos en castellano. Están todas las claves, pero no sabemos descifrarlas... O peor aún, podemos descifrar el detalle, pero no el todo...

Marcelo, estás raro, y mira que te lo dice uno que siempre está raro, ¿qué ocurre en el búnker?

Tengo que pensar aéreamente, ver la ciudad desde el cielo, tratar de recubrir ese mapa con las capas que le faltan, el asfalto, las aceras, las plantas de los edificios, las azoteas, ver el todo, interpretar el todo.

Okey, okey... ¿Tienes un plano del búnker? Dibújalo, si no lo tienes, te ayudaré a pensar tu mundo desde arriba...

376

Desde el cielo.

El cielo no existe.

Vivimos sin cielo.

Vivimos contra natura.

Somos una aberración.

Aberrantes.

No merecemos existir.

Mi deber es investigar la apertura de la celda de Anthony, encontrar al culpable de la muerte de Kaury, quitarle la pistola a Chang, detener la perversión de Carl, salvar a Thei.

Chang no lo sabe.

Chang decidió que de todos los miembros de la comunidad el más adecuado para Thei era Carl.

Chang lo sabe.

Por eso sigue cediendo a la partida de ajedrez de los viernes por la noche.

Chang decidió antes de que todo eso ocurriera que su hija tenía que ser educada por Carl, que de él heredaría la sala de control, la información, el contacto más real que poseemos con el exterior, el lugar donde algún día quizá sabremos —o sólo sabrá ella, porque los demás habremos ya muerto— que podemos abrir la puerta, que la vida afuera vuelve a ser posible.

Chang ha sacrificado una parte del alma de su hija sólo por esa posibilidad.

Yo bauticé a George, me ha dicho Mario, no sé si entiendes las consecuencias de eso, de un bautismo en Tierra Santa, recrear a una persona, enterrarla en el lodo y sacarla, renovada, de él, bañarlo en ti, en lo que tú representas, impulsarlo en una nueva dirección, definitiva.

Y su alma de padre entera.

O no.

Chang sabe que hay cámaras.

O no lo sabe.

Qué importa.

El alma no existe.

Sospecha de algo que está escondido o por suceder.

Chang tiene una pistola y no dudará en volver a utilizarla.

¿A quién de los dos debería retar a duelo? ¿Quién sería mi padrino? ¿Con qué armas batirnos si sólo hay una de fuego?

¿Has llegado ya a la palabra «utopía»?

No todavía, pero lo haré pronto, ya estoy trabajando en la *u*.

He vuelto a visitar la *website* de SF, me ha dicho Mario.

Hoy Thei me ha pedido que le cuente la Guerra.

El temario de Ulrike acabó en 2025, me ha dicho en tono de queja, quiero saber qué pasó después…

Hablaba sin afectación, transparente: era sincero su deseo de saber qué ocurrió, por qué estamos aquí, las líneas intermitentes que conducen hasta su nacimiento y nuestro encierro.

Cerca de catorce años no han sido suficientes para prepararme para ese momento. Durante todo este tiempo de luz amarilla no he hecho más que releer mis informes y pensar en las causas de la Guerra, en la sucesión de factores que la provocaron; pero para ser sincero conmigo mismo debo confesar que poco o nada he pensado sobre la Guerra en sí.

Evoca en mí un archipiélago: la metáfora fundamental para pensar un mundo que hasta hace casi catorce años fue representado por la metáfora de la red.

Pero hoy Thei me ha pedido que le cuente la Guerra. Y le he prometido un relato. Tengo que pensar en cómo imaginar los puentes que unen las causas con el archipiélago. Reconstruir esa maraña de puentes. Porque por vez primera nos encontramos con una guerra sin relato. Con una guerra sin historiadores. Con una guerra sin cuadernos de campo. Con una guerra que demasiado pronto dejó de ser narrada por corresponsales de guerra. Con una guerra sin sentido impuesto a posteriori. Con una guerra sin datos. Con una guerra agujero negro. Con una guerra sin aviones derribados ni cajas negras de aviones caídos en combate. Sin enciclopedias. Sin videojuegos. Sin seminarios universitarios ni actas de congresos. Sin restos de helicópteros calcinados a las puertas de un museo. Con una guerra sin vídeos hechos por soldados, sin mensajes de soldados, sin juicios sumarios por filtración de informes secretos. Sin clases de historia que expliquen las causas y las consecuencias de la guerra. Ni documentales ni simulaciones holográficas. Sin películas bélicas. Sin museos de la guerra. Sin memoriales. Sin rutas turísticas por campos de batalla o por ciudades devastadas. Sin mutilados de guerra. Sin turismo de guerra. Sin novelas históricas. Sin víctimas civiles con nombre y con apellidos y con rostros y con heridas cicatrizadas. Sin veteranos de guerra. Sin balance de víctimas. Sin discusión sobre el balance de víctimas. Sin revisionismo. Sin negacionismo. Sin niños que jueguen a la guerra. Una guerra vacía. Sí: vacía. Como un puente que ha sido dinamitado y cuyos restos se ha llevado un río que con el paso del tiempo se ha quedado yermo, seco.

—Te contaré la guerra —le he dicho—, déjame unos días para que me prepare la clase, pero antes tienes que ver esto.

Y le he mostrado, en la pantalla de mi ordenador, mi perfil de Mypain.com. Con Ulrike trabajó la historia de internet, porque ella posee mucha información en papel sobre el tema. Le he preguntado si sabía lo que era una red social y me ha dicho que sí. De todas las redes a las que yo pertenecía, le he explicado, sólo ésta continúa activa, aunque ya no se puede añadir información ni interaccionar con nadie, sí es posible mirar los perfiles tal como quedaron petrificados.

—Esta red era una especie de juego, un juego muy serio, cada uno de los participantes debía escoger un personaje de ficción que hubiera muerto, que hubiera sido asesinado por su creador, si se puede decir así, y tenía el deber de resucitarlo, de dignificar su memoria en su nueva vida. Yo escogí a Hans Castorp, Thei, el protagonista de una novela de Thomas Mann que se llama *La montaña mágica;* no queda claro si muere o no, porque en las últimas páginas Mann escribe «bajo la lluvia del crepúsculo», y se despide de él por nosotros, diciendo «¡Adiós, Hans Castorp, hijo mimado de la vida!», dejándolo en un limbo entre la vida y la muerte, pero yo asumí su muerte y lo reencarné. La pólvora, la imprenta, el telégrafo, la dinamita, la bomba atómica, de cómo todo eso nació de una causa noble, de la sed de conocimiento, pero fue conducido hacia la infamia y la destrucción, ése es el tema que aborda Thomas Mann. Lee esas citas, Thei, que seleccioné de la novela. Lee esto: «El filántropo no puede admitir diferencia entre la política y la no política. No hay no política, todo es política». Y lee ésta, aquí, en la columna de la derecha: «Sin duda Hans Castorp le veía temblar como individuo ante tal acto de terrorismo, pero veía también cómo se hinchaba el pecho al pensamiento que se trataba de un acto que liberaba a un pueblo y que iba dirigido contra el objeto de su odio». Siéntate en mi ordenador, Thei, navega por Mypain, lee perfiles, pasajes de novelas, comentarios: eso es lo más parecido que ahora tenemos a la Historia.

No sé si habrá entendido que yo pronunciaba la palabra con la inicial en mayúscula.

Sumamente nervioso por otra responsabilidad que cargar sobre mis espaldas, he ido al Diccionario y me he propuesto llegar hasta la palabra que siempre me reclama Mario. Se lo debo. He tardado siete horas. Uralonito, ursina, usanza, usina, usuario, ustión, útero *(matriz de la mujer y de los animales hembras),* utilero, utilidad, utilitario, utilitarismo, utilizable, utilización, utilizar, útilmente, utillaje, «utopía o utopia»: *«Lugar que no existe;* plan, proyecto, doctrina o sistema optimista que aparece como irrealizable en el momento de su formulación».

«Utopista»: «Que traza utopías o es dado a ellas».

He pensado en Morgan Go y en Susan Taylor Boyle durante mis días en Nápoles. Hay en esa historia una teoría optimista de los gestos que perviven, un saliente al que agarrarse para no caer por el precipicio de la Historia. No sé si todavía se leen en voz alta los chistes del *New Yorker* y del *New York Times* en la Little Chess Society de Tribeca; no sé cuál es la duración de la gestualidad que significa una memoria. Pero en las calles de Nápoles he leído «Panificio» en la puerta de una panadería y me he acordado de las panificadoras de Buenos Aires; y en una novela policiaca ambientada aquí me he encontrado con la costumbre de acompañar la pizza con cerveza, lo que siempre hice con mi abuelo y con mi viejo y con los muchachos, los domingos de partido, en la cancha o en el bar de Julio; y Gino Saviano me ha recibido en su casa, para hablarme de la Società del Ricordo Violento, en el décimo piso de un *condominio*, la palabra que utilizamos en la Argentina para referirnos a este tipo de edificios. *Laburo, chibo, birra, zuchini, qué culo, rotisería, laburar, tarantela, raviolis*, el gesto de juntar las cinco yemas de los dedos y moverlas a la altura de los ojos, el fútbol con Messi al frente, cierta tendencia a la teatralidad, sabores, la corrupción, la pasta, la pizza, el sistema académico, la cultura de la queja. Mi abuelo paterno y mi tatarabuela materna eran napolitanos. Casualmente, ambos pasaron sus infancias en la misma calle, la Via Toledo.

He tenido que tomar el tren para entrevistar a otros dos miembros de la Società del Ricordo Violento. La misma línea ferroviaria me ha llevado primero a Castellammare di Stabia y más tarde a Sorrento, en una de cuyas terrazas frente al mar escribo este informe mientras el sol vibra como una bola de cristal al rojo vivo en la boca de quien inocula con su aire el vidrio ardiendo. El tren, de los años cincuenta, tenía asientos reservados para mutilados de guerra.

Por si no ha quedado claro, este informe no contiene la transcripción de las entrevistas que he venido a hacer.

Escribo lo que me apetece.

Después de tanto tiempo de hacerme el boludo (tengo que ser fiel, también a esas palabras), ha llegado el momento de afrontar la realidad. Hace años que viajo a donde me viene en gana, sin superior alguno que apruebe o desapruebe mis desplazamientos, sin supervisor alguno que decida la conveniencia o la importancia de algún encuentro o entrevista determinados. Jamás he recibido ningún tipo de respuesta concreta acerca de alguno de mis informes, que demuestre que han sido realmente leídos y no sólo procesados. Mis tarjetas de crédito, que supuestamente son controladas, jamás se han negado a pagar ninguno de mis gastos (tampoco los de los hoteles de lujo adonde llevé a Mari Carmen, a Susan, a Rayah y a Shu, las facturas de los restaurantes, el alquiler de limusinas, los balnearios, los masajes, el champán francés de madrugada). No he recibido ninguna reclamación o queja por esos gastos, sufragados por las Naciones Unidas, ni tampoco por el hecho de que ya haga un año que escribo los informes en castellano y no en inglés; y que uso la primera persona; y que emito juicios de valor; y que describo situaciones emocionales; en fin, que no sigo el manual de estilo. No es descabellado imaginar que los ordenadores de la Comisión de Informes de Estrategias de Recuperación de la Memoria Histórica albergan millones de informes como los que he escrito durante los últimos años, que nadie lee, que no importan, que no son más que la justificación de un gasto anual, de un presupuesto que tiene que ser consumido para ser reeditado. Supongo que estoy condenado a ser un escritor sin lectores. Un escritor que se ha profesionalizado como adicto a la distancia y como informante y que ha escrito para nada, para nadie, para un ordenador sin conciencia lectora. Un escritor en un búnker, escribiendo para sí mismo, después de haber perdido a su mujer y a su hija. Un escritor huérfano entre huérfanos. Un enorme pelotudo.

Eso es todo.

Eso es todo: le digo a Thei.

He hablado durante cinco horas y media.

Estoy exhausto.

He generado una cronología, una sucesión de hechos, cuatro hilos conductores (las biografías de cuatro posibles protagonistas), anécdotas puntuales, una cartografía mundial, momentos de tensión, incluso diálogos inventados y un sinfín de elipsis.

Hormiguea por todo mi cuerpo la sensación de que esas elipsis se han convertido en focos de infección o en cánceres o en hematomas o en hernias discales. Como si me hubieran dado una paliza o hubiera sufrido un contagio o un accidente y las consecuencias fueran para siempre, irreversibles.

He dicho al menos cien veces «inexplicablemente».

Al menos cincuenta veces «demencia».

He dicho al menos veinte veces «lo siento».

Tantas veces: «Tercera Guerra Mundial», como si eso, sin su tradición discursiva, sin su enciclopedia, sin sus versiones cinematográficas, significara realmente algo.

Eso: algo: exactamente.

Thei no me ha interrumpido ni una sola vez.

Me estudiaba, totalmente concentrada en mi discurso, mirándome a los ojos cuando no debía prestar atención a los esquemas que yo garabateaba sobre el papel, sin la afectación o la impostura de cuando era niña y simulaba un interés hiperbólico en las letras que trazaba o en las palabras que leía. Era su atención absoluta y sincera no sólo la razón de ser de mi reconstrucción, sino también la de la propia Guerra. Quiero decir que la Guerra ha existido durante cinco horas y media porque ella ha tenido la fuerza de voluntad tanto para formular la pregunta como para escuchar la respuesta.

Durante cinco horas y media «Guerra» ha sido una palabra que se dilataba y se dilataba, para albergar cada vez más contenido.

De hecho, sólo he mencionado una vez la palabra «paz». Al final de mi soliloquio, sin venir a cuento, cuando le he dicho: «Yo conocí a tu madre el día que a Bob Dylan le dieron el premio Nobel de la Paz». No sabía quién era Bob Dylan, pero sí estudió en su día la biografía de Alfred Nobel, de modo que algo ha podido comprender en el horizonte de los mitos que no compartimos.

–No entiendo por qué nunca hablabais de la Guerra –ha dicho cuando he callado–, empezaba a creer que no teníais las historias ni las palabras necesarias para ello.

No le he dicho que a veces dudo de la existencia de Stephanie Meyer, Rayah Lévi, Gino Saviano y Borís Kajpov, porque esos cuatro nombres se han ido vaciando de biografía para convertirse en palabras, es decir, en símbolos. No le he dicho que cuando la Ficción vence su enésima partida de ajedrez contra la Historia, ganamos algo, importante, decisivo, pero perdemos muchísimo más. No le he dicho que ella ha sido y será mi única lectora, aunque no haya leído todavía ni una sola de mis líneas.

–Mann tiene razón, todo es política, pero también todo es Historia, con hache mayúscula –ha dicho Thei, toda una mujer.

A la vejez, tras tantos años dedicados a escribir informes, hoy he empezado a creer en la literatura oral.

–Pero no hay duda de que el pasado no existe sin el futuro, sin un lugar que existe en el hoy, que demuestre que el pasado tuvo, que sigue teniendo sentido y que puede sostener un proyecto de futuro –ha proseguido–, por eso necesitaba que me contaras la Guerra, Marcelo, muchas gracias. –Me ha cogido las manos, trémulas, y de pronto me he dado cuenta de que, tras cinco horas y media sin conciencia de sexo, era de nuevo un hombre sublevado.

A renglón seguido me ha preguntado si teníamos *La montaña mágica* en nuestra biblioteca. He experimentado un dolor finísimo, bisturí de láser, en el centro del corazón, una transfixión cardiaca, al responderle que lo sentía pero que no, porque pocas veces la oscuridad ingobernable de la Historia y del Lenguaje ha sido domesticada tan justamente en páginas blancas. Entonces ella se ha ido y yo he sentido que se llevaba consigo la Guerra, la Guerra entera, la Guerra que durante estos últimos días yo había llevado, sólida, sobre mis hombros o en el interior de mi estómago, o líquida, en la médula ósea o en las venas y arterias.

–Ahora es tuya, para siempre, cuídala: te pertenece.

Desde que fue fundada por la ONU el 13 de enero de 2013, la Comisión de Informes de Estrategias de Recuperación de la Memoria Histórica produjo –según datos oficiales– cerca de cien mil series de informes, firmados por informantes como yo. Ésa fue la participación principal de Naciones Unidas en la reanimación histórica: registrar, documentar, levantar acta de lo que había ocurrido y estaba ocurriendo, con la intención de informar a los organismos de control económico y a los países miembros sobre el desarrollo del fenómeno. Así, después de tanto esfuerzo para ingresar en el cuerpo de funcionarios internacionales con sede en Ginebra, me vi a mí mismo participando en algo que hasta entonces había sido poco más que una ráfaga inconexa de noticias leídas sin demasiada atención. Lo que se conocía como «reanimación histórica».

Enseguida comenzaron los viajes, el principal atractivo de las misiones, que en la Era de la Crisis, de la desmaterialización absoluta del conocimiento, seguían creyendo en la importancia de informarse *in situ*, en el lugar en que se estaban produciendo los hechos. Descubrir las grandes metrópolis del orbe, sin repetirlas, sin límite de tiempo, con todos los gastos cubiertos, significó realizar un proyecto que yo había alimentado durante toda mi vida, con la determinación que sólo dedicamos a los propósitos que nunca se formulan del todo. Un proyecto inconcreto que de pronto, en cada nuevo hotel, ante el espejo de cada nuevo hotel, cobraba forma, se hacía tridimensional, cuando yo repetía mi nombre, mirándome a los ojos, a veces con una mujer dormida en la cama, otras completamente solo, «Antonio Marcelo Ibramovich de la Santa Croce», como si en esas sílabas confluyeran Europa y América, la herencia histórica que había en mi sangre judía y en mi educación argentina, Croacia, Italia, la España de mi idioma, el catolicismo de mi madre, pronunciadas con mi acento porteño, menos acento en cada nuevo hotel, en cada nuevo espejo, más español o más gringo o más francés, según el mes, según el año, según el grado de alejamiento de mi familia, de Laura, entregada a su carrera y quién sabe si a sus amantes, cuyos cuerpos a veces yo imaginaba como el reverso de los cuerpos de mis propios amantes, sus amantes nacionales se tornaban complementarios de mis amantes internacionales, en fantasías que olvidaban la existencia de Gina, a quien recordaba con violencia, de nuevo, cada mañana, todas y cada una de las mañanas, tanto si me levantaba solo como si lo hacía acompañado, sobre todo mientras me afeitaba, mientras deslizaba la cuchilla por el mentón, en efecto, Gina, su voz y sus pequeñas manos, estaban ahí, entre el vaho y la sangre, con mayor realidad que la de un fantasma.

Espejo a espejo, hotel a hotel, ciudad a ciudad, iba acumulando sin darme cuenta más duelos de los que en tres vidas sería capaz de digerir, capas de duelo, arrugas de duelo, soplos cardiacos, déficit de aire, abrasado el reverso de la piel, sin darme cuenta, entre tanto viaje y tanto placer y tanta información sin procesar, por nadie, ni siquiera por mí, la vida convertida en mera supervivencia, observando sin actuar, simple espectador, alejándome cada vez más, acercándome al otro, a través de los cuerpos de mis informadoras, cada vez más lejos, más hondo, aproximándome al otro lado de mí mismo, trabajando en paralelo (pero sin ningún tipo de contacto) a centenares de individuos que también recababan información, la ordenaban, generaban relatos, relatos de la reanimación histórica que probablemente no tenían nada que ver con los míos, que seguramente mencionaran a otros testigos clave, a otras asociaciones y redes, otros hechos fundamentales de una historia que estaba demasiado viva y era demasiado compleja (mucho más que la NCF, mucho más que una novela, que una biblioteca atestada de novelas), porque la reanimación histórica era un sinfín de movimientos simultáneos, a menudo contradictorios como todo lo humano.

–Los enviábamos a una central de la que raramente recibíamos respuesta, en fin, informábamos, mientras viajábamos incesantemente por los circuitos mundiales en que la reanimación histórica iba creciendo por gemación, migrando como un cáncer, ¿me entiendes, Thei?, como un cáncer imparable.

Pero Thei no está. No se lo he dicho a Thei. Me lo he dicho a mí mismo.

Thei nunca volverá a estar. Nunca volverá a escucharme. Nunca.

El Diccionario se ha convertido en un sótano.

Carl duerme unas cinco horas por día. Sólo durante ellas, más la media hora del almuerzo y los veinte minutos de la cena, se ausenta de la sala de control. La puerta tiene un código de acceso que algunas noches, irracionalmente, he tratado de descubrir marcando cifras al azar, sin éxito, por supuesto. He dejado pasar más de un mes para que se olvidara de la diarrea y bajara la guardia.

No ha sido fácil dejar que el tiempo corra. Mario no se conecta. Sólo puedo conversar con el Diccionario, ensimismarme en él como en un cuerpo desconocido y eléctrico.

Vadear.
Vado.
Vagabundear.
Vagabundo.
Vagar.
Vampiresa.
Vampírico.
Vapor.
Vaporoso.
Vaporosa.
Veda.
Vedado.
Védico.
Vegetal.
Vencer.
Vencido.
Vender.
Venderse.
Verde.
Verdor.
Verga.
Vejestorio.
Vejez.
Viajar.

Viaje.

Viajero.

Viejo.

Virgo.

Virguería.

Volver.

Vulgar *(hacer vulgar o común una cosa; darse uno al trato y comercio de la gente del vulgo, o portarse como ella)*, vulgaridad, vulgarmente, vulgata *(versión latina de la Sagrada Escritura, declarada auténtica por la Iglesia)*, vulgo, vulnerabilidad, vulnerable *(que puede ser herido o recibir lesión, física o moralmente)*, vulneración, vulnerar *(herir)*, vulva.

La herida.

He acabado con la uve; el fin se acerca y me apremia.

Por eso he forzado un encuentro con Carl en el pasadizo que conduce a la sala de control y le he ofrecido el bombón. Posiblemente el último de los bombones sobre la faz de la Tierra.

–No te agradecí que me cambiaras el turno de la ducha, no podía soportar ni un día más tocar con mis pies el mismo jabón con que antes se había duchado Gustav.

–El bueno de Gustav, cada día está más loco... Es un regalo excesivo, Marcelo. Todos tenemos nuestras manías. Pero ten en cuenta que el favor me lo hiciste tú a mí, porque creo que es mejor no estar tan cerca de Thei ahora que se está haciendo mujer –me guiña el ojo–, y menos ahora que sabemos que su padre tiene una pistola –a veces la luz amarilla rompe los tabúes, nos hace libres o, peor aún, temerarios–, porque supongo que sabes que el turno de ducha de Thei es justo antes que el tuyo...

He simulado que no lo sabía, mientras continuaba sosteniendo en mi mano la bolita de chocolate, envuelta en papel rojo y plateado. Él dudaba. Hacía tiempo que no lo veía tan nervioso, quizá desde el mismísimo día del encierro, porque cuando violenta a la niña en la sala de control de su semblante emana una tranquilidad absoluta, como si sólo el sexo compartido pudiera darnos aquí la paz. La paz os dejo, la paz os doy. Su mirada permanecía adherida con gran intensidad al anzuelo envuelto en oropel. Por momentos desaparecían las ojeras, la calva, las arrugas, la dureza de las facciones y Carl era un tierno niñito de cinco años poseído por el deseo de su mirada. Quiero ese caramelo, decían sus pupilas. No ha podido resistir ni un segundo más y ha aceptado. Me ha mirado con una expresión de agradecimiento totalmente incongruente con las líneas ariscas de su cara y de su cuello y de su espalda, con la perversión de Thei, con los vídeos porno, con el control del búnker:

–Muchísimas gracias, Marcelo.

Ha perdido absolutamente la compostura. Ha sido el niño Carl, aquel muchachito de una ciudad de provincias de la remota Ucrania, quién sabe si con pantaloncitos cortos y camisa blanca y dientes de leche, quien ha deshecho con ansia el envoltorio del bombón y ha extraído la bolita de chocolate y la ha mirado durante una milésima de segundo, el tiempo que ha tardado en introducirla en su boca. Pero quien se ha comido el bombón no ha sido el niño Carl, sino la babosa Carl, el hijo de ramera de Carl, con sus modales de bestia y su torre rabiosa, el hijo de remil putas que llamamos Carl y de cuyo pasado casi nada sabemos. A juzgar por la dilatación de sus fosas nasales, por la avidez nauseabunda y por el relamido, el chocolate, caducado hace años, seguramente rancio, le ha sabido a gloria. Con el lacrimal excitado, súbitamente consciente de la patética escena que acababa de protagonizar, se ha chupado los dedos índice y pulgar, se ha despedido de mí, ha avanzado tres pasos, ha marcado el código en el teclado de la cerradura, ha entrado en la sala de control y ha cerrado la puerta.

Todavía se me acelera el pulso al recordar mi mirada: 7-5-4-1, me han revelado la saliva y el cacao.

Carl duerme poco, pero intensamente, con un ronquido grave y acompasado, que suele mantenerse durante poco más de cinco horas de sueño ininterrumpido.

He regresado a la sala de control de madrugada.

Huele a esa colonia de hospital que gasta su amo y señor. Hay pocos objetos personales: tres bates de béisbol de equipos gringos colgados de la pared; una fotografía en color de Carl, con pelo, entre otros reclutas; algunas botellas vacías cubiertas de cera fundida; una figurita de la Virgen de Lourdes. El sillón es mullido, de cuero gastado, y se desliza gracias a cuatro ruedas giratorias que tardo unos segundos en controlar.

Las cámaras nos graban durante las veinticuatro horas del día y están numeradas del uno al doce. El monitor es antiguo, pero se encuentra conectado a una computadora de los años veinte, por tanto los archivos son digitales y el buscador permite acceder a ellos indicando el número de estancia, la fecha y la hora.

Lo primero que he hecho ha sido verme hace casi catorce años, el día del encierro. No me he reconocido. La pantalla es pequeña y refulge con una luz extraña, de una blancura poderosa capaz de neutralizar los efectos de la luz amarilla; pero no era una cuestión tecnológica, sino existencial. No era yo.

–No: no lo era.

Durante cuatro horas y media no he hecho otra cosa que estudiarme.

Viéndome a mí mismo: quieto o en acción, en participio o en gerundio.

Horrorizado ante el parto de Thei y la muerte de Shu y las compuertas que se cierran, no necesariamente en ese orden; durmiendo o tratando de dormir, dando vueltas en la cama, frotándome los ojos; masturbándome de espaldas a la cámara (ese mínimo temblor sólo puedo identificarlo yo, tal vez sea el gesto que me ha ido constituyendo durante estos años, en el sexo o en las manos); comiendo con apetito o sin él, al principio en compañía y solo con el paso de los años; perdiendo los modales como se pierden las ganas de hablar; con una carcajada en los labios, cuando era otro; viendo una película; charlando con Xabier y con Carmela en los viejos tiempos, confesándoles quizá a qué me había dedicado durante los últimos años, hablándoles tal vez sobre las entrevistas y los informes que me condujeron al búnker; caminando por los pasadizos, palpando las paredes de hormigón, paralizado de pronto ante uno de los focos de luz amarilla; hablando solo, frente a alguno de los espejos, o hablándole a Mario, frente a la pantalla, con una frecuencia de la que no quería ser consciente; jugando a ajedrez con Xabier, los viernes por la noche de los primeros años de encierro, para simular que era posible aquí tener amigos; discutiendo con Chang, a gritos, sobre cualquier minucia, sobre cualquier detalle, aunque en realidad estuviera discutiendo sobre Shu, sobre lo que tras su muerte interpreté como amor por Shu, pero sin mencionar a Shu, sin que él perdiera su media sonrisa, inmune a mis reproches, a mis celos, la última, la única vez que le levanté la voz; haciendo gimnasia, aerobic, abdominales, flexiones, estiramientos, cansándome del cuerpo que yo era; besando y desnudando, cada vez con menos delicadeza, con peores modales, en la sala de meditación y descanso o en la cocina, a Carmela, arrancándole sus remeras talla M para descubrir aquellos pezones que olían a suavizante, cuando yo aún me afeitaba cada día, cuando yo aún recordaba a Gina al afeitarme, cada día; vaciándome en el último forro o condón sin caducar, la última vez que cogimos o follamos, de pie, en el almacén, nuestros rostros desencajados por la evidencia del fin; dándole clases a Thei cuando era niña, con su trenza negrísima como una serpiente en la espalda (¿cuándo mi mente enferma empezó a desearla?, ¿fue realmente el día en que cumplió trece años?); trabajando, sentado o tumbado, en el catre o en cualquier rincón, con un lápiz siempre en la mano, en el Diccionario; reparando una cañería o un fogón o un inodoro; trabajando durante mi turno, cada día, hasta que la constancia se volvió desgana tras el disparo; envejeciendo en televisión; viviendo en televisión; horas y horas frente al Diccionario; cayendo en la desesperación, en la abulia, en la decadencia; avanzando hacia la muerte, prematuramente, pero con paso firme, por los pasadizos de ese búnker de paredes de cemento y tuberías a la vista; la crisis, la crisis, la crisis, petrificado ante la bestialidad angelical de Anthony, brutal y desnudo, ante el disparo, ante su muerte que me abrió los ojos; espiando a Thei en la ducha.

–¿Carl lo sabe?

¿Estaba mirando la pantalla en aquel preciso instante?

¿Por eso me cambió el turno de la ducha? ¿Para que cayera en la tentación vulgar de la vulva de la virgen sin pecado concebida? ¿Para tenerme en sus manos?

–No lo sé. No lo sé. No puedo saberlo.

Pero sí puedo, en cambio, leer en mis labios las conversaciones de los primeros años, cuando todavía hablábamos entre nosotros, nos contábamos nuestras vidas mientras compartíamos, dosificándola, una cerveza o una botella de whisky. Aquellos días menos oscuros, más fácilmente legibles, que siguen existiendo en estos archivos.

Carl, el archivero, el bibliotecario, la memoria del búnker.

–El hijo de remil putas.

Acelero y ralentizo la película de nuestras vidas. Busco momentos identificables.

En esas imágenes, por ejemplo, no hay duda de que estoy hablando de Laura y de Gina: de cuánto las amo y las extraño, de la familia perfecta, del perfecto triángulo, para pasar sin solución de continuidad a la tragedia, a la primera detonación en Puerto Madero, a la segunda detonación en la autopista hacia Mar del Plata, el doble resplandor en forma de superhongos que yo pude ver desde el avión que me traía a Pequín, con una escala en Santiago de Chile que no pudo realizarse, dos nubes infernales y simultáneas, inverosímiles en la lejanía, fundiéndose con la nubosidad del río de la Plata, en el vuelo, enajenado. Casi nada era real, pero yo lo contaba con convicción, creyéndomelo, convencido de que mi ficción era un absoluto verosímil.

Narrar, pese al utópico deseo de verdad, es ir acumulando mentiras.

A menudo hablábamos también (¿cómo he podido olvidarlo?) de la Bóveda Ártica. Corrían las bromas a costa de la Bóveda Ártica. Claro que sí: ese día, por ejemplo, estamos comiendo y de pronto alguien, quizá Xabier, dispara su comentario y ya no podemos parar de reír. Parece mentira: son risas, no convulsiones ni arcadas, esos movimientos que hacen vibrar nuestras mandíbulas. Nos reímos, mientras comemos, de un chiste sobre la Bóveda Ártica. Sería mentira si no estuviera esa pantalla para demostrarme que fue verdad.

Narrar, pese a la necesidad de la mentira, es la búsqueda de la verdad.

Y en esas otras imágenes, por ejemplo, lo recuerdo a la perfección, le cuento a Carmela mi último viaje por Estados Unidos.

Lo recuerdo a la perfección, es decir, lo reconstruyo.

Dejo el play. La película se desarrolla al ritmo en que lo hizo la realidad. Me concentro en la imagen, en mi boca que habla, con la intención de controlar el lenguaje del pasado, el lenguaje que me constituía cuando era otro. Cuando hablaba así: «Al descubrir que nadie leía los informes decidí empezar a viajar por mi cuenta, a dejarme guiar por mis obsesiones personales, y es por eso que fui a Foley dos meses antes de la primera detonación, cuando todavía era posible viajar sin restricciones, porque después de la aniquilación de El Cairo comenzaron las restricciones y sólo el personal diplomático y algunos individuos con autorización especial pudieron embarcar en los escasos vuelos comerciales que mantenían sus rutas, y después de la destrucción de Buenos Aires se cancelaron los vuelos internacionales y sólo permanecieron los militares y los domésticos, hasta que la guerra llegó a Europa y fue el fin, nada que no sepas, Carmela, perdona que divague, fui a Foley por aquella historia que te conté, la de Bobby Fisher y Morgan Go, en busca de alguna pista que pudiera dignificar a mis ojos la figura de Morgan Go, lo cierto es que esto es una tontería o, peor aún, una locura, me decía a mí mismo a la barra de aquel bar, después de pedir un desayuno completo y de preguntarle a la camarera si conocía a alguien del pueblo que hubiera conocido a Bobby Fisher, "¿Bobby qué?", fue su respuesta, de modo que me convertí en el fantasma de un fantasma, repitiendo el mismo error que Morgan Go había cometido muchos años antes, tres días espectrales, desayunando, almorzando y cenando en el mismo bar, atendido por Peggy Blue, a quien me hubiera gustado conocer como te conozco a ti, Carmela, bíblicamente», digo y en ese momento, pese a la lejanía de la cámara, puedo adivinar cómo le guiño el ojo, mejor dicho, recuerdo a la perfección que le guiñé el ojo y que ella aprovechó la pausa para preguntarme si al final encontré o no alguna pista de Fisher y yo le respondí que sí, que «Max, el de la gasolinera, me dijo al tercer día que la única persona del pueblo que pudo haber conocido al Campeón de Ajedrez, así dijo, Campeón de Ajedrez, como si no existieran Capablanca, Karpov, Kasparov, Anand o Carlsen, esa persona tenía que ser Ridley Anderson, campeón del mundo de tenis de mesa, que había nacido en Foley y había pasado toda su vida en la Costa Este y se había jubilado en Foley y en Foley seguía viviendo, así que fui a ver a Ridley Anderson, que en aquel momento estaba jugando a ping-pong con su nieto, a quien le dijo que subiera a su habitación a ver una película, y me invitó a un café y charlamos sobre Fisher, sobre su amigo Bobby, con quien acostumbraba a jugar largas partidas de damas, feroces partidas de tenis de mesa y divertidísimas partidas de bolos, y a quien regalaba antiguos números de *Playboy* de vez en cuando; que murió en Reikiavik en 2008, veinte años exactos después de sus últimas partidas precisamente allí, en casa de Ridley, como demostraban las fotos que me enseñó, instantáneas innegables de una amistad construida al margen de la locura, aunque todos estemos locos, me dijo Anderson, como ese tal Morgan Go, que viajó aquí en 1989, es decir, cuando yo hacía tan sólo dos años que había regresado a mi hogar, y no supo encontrarme, son bellas esas locuras, ¿no cree, Marcelo?».

«¿No crees, Carmela?», recuerdo o quiero recordar que le pregunté. Carmela asiente en la pantalla, tres veces, con una determinación que muy pronto desaparecería de este búnker. Si es que sigue siendo el mismo.

Porque narrar es ensayar voces que no te pertenecen en espacios que están siempre a punto de desaparecer.

Tras darme cuenta de que me había dormido sobre el teclado, a las tres y media, agotado, he regresado a mi catre. Gracias a la caricia del Diccionario (no sé decir si suya o mía), he logrado dormirme.

Me he pasado el día esperando la noche, trémulo como uno de aquellos flanes que hacía mi vieja y que se pasaban el día refrigerándose a la espera del momento de ser cubiertos de dulce de leche como postre de la cena, enormes flanes familiares que vibraban cada vez que alguien abría y cerraba la puerta de la heladera.

–Marcelo, ¿estás bien?

Me ha preguntado la sombra XL de Chang, en su inglés neutro, perfecto, diplomático, pese a los años y la pistola. He tardado unos segundos en encontrar su cara, en mirarle a los ojos, en decirle:

–No, no estoy bien, no estamos bien, Chang, nadie está ya bien, envejecemos, te tememos, tememos tu arma, Chang, nos desesperamos, enloquecemos, poco a poco, sin llamar la atención, sin escenas ni dramatismos, porque no somos bestias, Chang, no somos ángeles ni diablos como Anthony, pero no estamos bien, Chang, para qué te voy a mentir, no estamos bien, querido y odiado Chang.

Le he dicho, en voz baja, pero él no se había detenido a la espera de mi respuesta.

Estaba demasiado nervioso como para cenar.

Poco después de media noche he regresado a la sala de control.

Lo primero que he hecho ha sido constatar que aquí no hay ninguna cámara, que el controlador no es controlado. Debería haberlo comprobado antes. ¿Qué ocurriría si me descubrieran? Poner al descubierto el secreto de Carl, que quizá sea también el secreto de Chang, someterlo a discusión, enfrentarlo: quizá sería la manera de reactivarnos, de provocar una cadena de reacciones, de volver a comportarnos como una comunidad. ¿O sería mejor callar? ¿Es irreversible nuestro letargo? Tengo tiempo para pensarlo. De momento, no me han descubierto. Puedo seguir mirando. ¿Cuándo se lo contarán a Thei? ¿En qué momento de su formación sabrá ella que existen las cámaras? ¿Cómo le afectará esa información? ¿Se buscará en las imágenes mudas? ¿Me buscará? ¿Le importo? No hay cámaras en esta habitación, no quedará registro alguno de lo que aquí ha sucedido: con los años pensará que su iniciación sexual fue un sueño o una ficción. Un efecto más de la telarañosa luz amarilla. Yo no debería saber todo esto. Las cámaras, el monitor, Carl, el sexo, Thei, nuestro pasado televisado.

La pistola de Chang.

No puedo sacármela de la cabeza: como si estuviera enfundada en mi cerebro.

Su presencia se opone, poderosa, a la del Diccionario.

¿Y si nos ocultara otros objetos igualmente poderosos? ¿Una botella de Jack Daniels, una impriforma, una bomba capaz de destruirlo todo?

Veo algunos de los archivos de los primeros meses.

Reconstruyo nuestros debates. Adivino ciertas palabras en nuestros labios. Palabras que se repiten, auténticas contraseñas que nosotros pronunciábamos con fe, pero que los años se ocuparían de vaciar de contenido. Democracia. Esperanza. Temporal. Exterior. Calma. Futuro. Fe. Cooperación. Comunidad. Sociedad. Libertad. Colaboración. Utopía. Era Anthony quien decía siempre «es nuestra oportunidad para la utopía». Cómo pude olvidarlo, lo siento, Mario, te fallé, yo debería haberte bautizado, no sé si sabrás perdonarme. Esas imágenes mudas, con el aura blanquísima de la pantalla, me hacen recordar las palabras que transportan, asociadas, bajo los píxeles, como una sucesión de documentos adjuntos. Palabras que ya no tenemos presentes. Utopía. ¿En qué momento empecé a creer en la distopía? ¿Ante las ruinas de la Puerta de Brandeburgo? ¿En la estación de Kíyevskaya? ¿En el avión que escapaba de dos superhongos? Democracia. Futuro. Fe. En cierta ocasión, Mario, me diste la definición de la palabra «distopía»: «Utopía más tiempo».

Acaricio a Carmela (su silueta deseable) y el dedo índice se me recubre de luz pastosa como semen.

Vuelvo a ver cómo hacemos el amor.

Una, dos, diez veces: nuestra desesperación, nuestra triple lejanía.

Al fondo del plano, en un pasado remoto, cuando éramos otros.

Para Shu, Chang era un tabú, un misterio que la devoraba y que no podía compartir. En cambio, era el tema favorito de conversación de Carmela. Por ella supe que Chang fue renunciando a su influencia en la universidad y se fue dedicando enfermizamente a la rehabilitación del búnker porque no soportaba estar perpetuamente rodeado de chinos: «Intentaba trabajar con colegas europeos y acostarse conmigo, que soy latinoamericana. Se embadurnaba con cremas occidentales, con perfumes carísimos, con texturas y olores que disimularan su raza, su origen. Nunca me ha tocado en el búnker, nunca, como si la muerte de Shu o la vida de Thei le incapacitaran para el erotismo». Por ella supe que trataba de pasar el menor tiempo posible con Shu y que ella tuvo otros amantes, «no tan ardientes como tú», me dice en este momento, apretándome la nalga y mirándome a los ojos, descarada y mentirosa, convertida en un espectro radiante gracias a la blancura cegadora de esa luz.

Busco también el cuerpo de Carmela el día del infarto. También la deseo entonces, mientras se lleva la mano al pecho y desfallecen sus rodillas y cae al suelo. Dios mío, ese escalofrío que me recorre la espina dorsal, desde el cerebro hasta el pene. Fue bella incluso en el momento de la muerte. Ella quería irse y se fue: hasta ese deseo vio cumplido. No fue un peón sacrificado: cómo pude ni siquiera concebir semejante estupidez. Se rindió, con elegancia, como una reina que ve cómo su ciudad, sitiada, ha perdido la capacidad de resistir. Me doy cuenta de que con ella desapareció del búnker, al menos de mi búnker, del búnker que se corresponde con el mapa de mi piel, con los límites de mi cerebro, precisamente el deseo, que –proscrito durante años– no regresó hasta que Thei cumplió trece años. O tal vez fuera después, la primera vez que vi sus pies desnudos en la esquina de su cama o junto al desagüe. Siento una erección dolorosa: no sé si por ella o por Thei. A Carmela le hubiera gustado, aunque ambiguo, este homenaje.

Entonces miro a Thei. La Thei de los últimos meses. Sus ojos ligeramente rasgados, más vivos que nunca, entre las ranuras de una melena negra que le cae por la frente; sus pasos incansables por el búnker, casi puedo oír ese eco; la progresiva seguridad de sus gestos. Deslizando la negra punta del pincel por el papel blanco, dibujando ideogramas bajo la atenta supervisión de su padre. Entrando y saliendo de este maldito cubículo. Caminando por el pasadizo con un bulto en la mano (el zoom revela aquella vieja y sucia muñeca, que ya había olvidado). Entrando y saliendo de la sala de meditación y descanso. Recibiendo en el refectorio, cuando ya todos nos hemos ido, un regalo de Esther, que extrañamente se arrodilla para dárselo. Desnuda, entrando en la ducha, minutos antes de que llegue yo: un cuerpo menudo y perfecto, una postal congelada, una flor que empieza a abrirse –una vez más el declive pastel de mi lenguaje–. En el refectorio, en su litera, caminando por los pasadizos, en cualquier parte, en todas partes, multiplicándose para nosotros, para que haya siempre juventud a nuestro lado, creciendo a una velocidad excesiva. La Thei ya casi mujer. Ya casi Shu.

–Quizá más madura ahora de lo que nunca fue su madre.

Crece un cuerpo y se convierte en la huella viva de otro, precedente.

Son las cuatro y cuarto de la mañana cuando decido poner fin a la sesión. Extiendo la mano para apagar la computadora, pero no soy capaz de resistirme a una tentación nueva, inesperada: ver demoradamente (esas palabras) los primeros minutos de nuestro encierro.

En efecto: ahí está Shu, adorable pese al dolor extremo, en el suelo, dilatando, a punto de dar a luz a Thei, esforzándose, sufriendo, alumbrando finalmente a su hija, minúscula y ensangrentada, con las piernas desgarradoramente abiertas sobre las toallas que ha dispuesto de cualquier manera, de urgencia, Carmela, de una juventud increíble, a su lado, acariciándole el cabello sudado, entrelazados sus dedos a los de la parturienta. Supongo que en esos momentos Chang (fuera de campo) cierra definitivamente la puerta, porque no tarda en aparecer por la derecha del encuadre. Lleva una pistola en la mano. No la recordaba. Su pistola. Nadie la recordaba. O quizá sí. No hemos hablado sobre eso. La sucesión de imágenes (el tiempo) no me deja pensar ni recordar. La memoria es un montaje. La unión de Thei con su madre es cercenada: el cordón umbilical cae al suelo, sucio de polvo y placenta. Chang se lleva al bebé sin dedicarle una última mirada a su esposa, que ha muerto. O que muere. O que va a morir. Imposible saberlo. Después del último esfuerzo se ha convertido en un bulto inerme y quieto, sobre un colchón informe de toallas sucias. Yo no puedo más, mi mareo es perceptible en mi mirada y en mi palidez: desaparezco. A los pocos minutos, Carmela se queda a solas. Mira a derecha y a izquierda para asegurarse de ello. Entonces, introduce sus dos manos en la vagina dilatada de Shu, hurga en sus entrañas mientras sigue girando la cabeza a derecha y a izquierda para cerciorarse de su soledad con el cuerpo aún caliente. Con dificultades, finalmente, extrae un feto muerto.

Siento una punzada infernal (ardor y frío y ácido) en el ombligo.

En un saco de plástico, Carmela mete las toallas y los desechos, antes de que Xabier y Gustav lleguen con la funda negra en cuyo interior, al día siguiente, será incinerada Shu.

No conservo imágenes animadas de Shu anteriores al parto. A duras penas puedo recordar cómo era el hotel donde hicimos el amor. De la bañera, grande y ligeramente ondulada, no tardaba en salir vapor. Había un espejo frente a la cama, sobre un tocador con un cenicero de vidrio y un jarrón sin flores. Había cenefas en el marco del espejo y en la madera de caoba del tocador, pero no sabría dibujarlas. El recuerdo de nuestras imágenes debió borrarlo alguna de las primeras bombas.

En el principio fue el grito.

Es el primer vídeo: nuestro génesis.

Nuestro génesis son dos cadáveres, uno explícito y el otro invisible, como las dos orillas de un puente en un día de niebla.

–Y los aullidos.

No te olvides de los aullidos sordos de los que dejamos afuera, de su aniquilación, no te olvides de ellos ni de ella.

Ni siquiera después de coger, cuando los relatos se vuelven de verdad íntimos, me contó Carmela su secreto. Alivió a los habitantes del búnker de un poco de muerte y sobre todo a la niña de la carga de su hermana muerta.

–Por qué no me lo contaste nunca, Carmela.

Por qué decidiste que éste no era un lugar donde la intimidad fuera posible. Tampoço hablamos nunca de dinero: del sueldo que te pagaba Chang por la limpieza de la casa y el sexo esporádico, del coste de la vida en Ciudad de México y en Pequín, de tus tarjetas de crédito y de mis planes de ahorro, de la emigración económica o la diáspora de América Latina.

Narrar, pese a su búsqueda de luz, es coleccionar eclipses.

Son casi las cinco cuando al fin me voy, con los ojos hinchados por la excitación y el agotamiento. Por miedo a cruzarme con Carl de camino al dormitorio, me hago un ovillo y me oculto en un rincón del vestuario. En mi mente sigue fluyendo la película de las últimas horas, esa película que nunca se detiene y que nadie edita, doce ríos subterráneos y simultáneos que van a dar a un mar que posiblemente nadie contemple jamás.

Otro día de espera: mero tránsito.

Sólo hay tres espejos en el búnker: dos están en los lavabos, al lado de las duchas, el tercero se encuentra en la sala de meditación y de descanso. Una corazonada me ha hecho revisar las imágenes de ese espejo durante los últimos dos años. La intuición era acertada: ahí está Thei, mirándose atentamente a los ojos, como si buscara dentro de sí; Thei, desabrochándose muy lentamente la camisa, tocando con timidez sus senos incipientes, pellizcándose unos pezones que quiero imaginar rosados aunque se vean, en el claroscuro, amarillos; Thei, golpeando con el puño la pared de azulejos hasta gritar por el dolor; Thei, sobre todo, mirándose con atención a los ojos y hablándose.

Porque siempre se habla, a través del espejo, y su soliloquio es acompañado a veces por risas o por guiños o por llanto o por hombros que se encogen, pero habitualmente es inexpresivo, monótono como un grifo abierto. Se toca el lóbulo derecho, con insistencia. Si sumara todas las horas que Thei ha pasado ante ese espejo, tendríamos meses de conversación consigo misma, sin respuesta, a menos que ella misma se interrogue y se responda, como dos espejos frente a frente.

¿Y Chang? ¿Qué hace Chang?

Mientras su hija recibe lecciones, lee en su catre, ayuda en la cocina o se esconde y se castiga en la sala de meditación y de descanso, Chang recorre incansablemente el búnker. He reconstruido uno de esos recorridos. Uno cualquiera. El de nuestro décimo segundo aniversario: por ejemplo. Aunque entre plano y plano desaparezca fugazmente, he podido seguir sus pasos a cámara rápida durante unas doce horas. Se levanta a las seis y media. Se asea. Viene a la sala de control. Sale a las siete y cuarto. Con su sonrisa invariable, desayuna en compañía de quien se encuentre en el comedor: Kaury, Esther, el discreto Gustav y Ulrike, aquel día. Yogurt, copos de avena, café. Abre la compuerta de la sala de meditación: como si quisiera comprobar que no hay nadie. Recorre los pasadizos tenuemente iluminados. Chequea las máquinas de ventilación. Revisa los consumos del dispensario y del almacén. Observa las fechas de caducidad de algunas latas. Conversa brevemente con Xabier. Saluda a Thei, que en ese momento está dibujando una casa y un sol mientras Susan la observa. Supervisa el trabajo de Kaury y el mío. Habla brevemente con Anthony, quien aparece sumiso al otro lado de los barrotes. Acompañado por el resto de la comunidad, almuerza en el refectorio un plato de espaguetis, toma el té verde a breves sorbos y parece alegrarse ante las doce velas que apaga Thei. Regresa al centro de control. Vuelve a chequear la maquinaria de ventilación. Entra en la cocina mientras Gustav prepara la cena: pone unas gotas en uno de los platos de guiso de alubias. Comprueba que los tubos y las llaves del gas no se han deteriorado; desliza el dedo índice por la superficie de los platos. Lava algunos de los utensilios. Espera a que lleguemos al refectorio y me da el plato que había dejado aparte. Mi doctor Chang: me ha estado administrando calmantes desde la crisis. Sigue caminando, saludando, supervisando, comprobando datos, asegurándose de que todo está en orden. En doce horas no se ha sentado más de veinte minutos.

Saluda, ordena, dispone, siempre con su media sonrisa.

Cuando está solo, Chang no sonríe, no mira, no comunica, es difícil imaginar respiración en esa boca siempre cerrada: no hay palabra que pueda reproducir esa expresión.

No puedo creer que sea inmutable. Él también se debe de haber desgastado. Busco hasta que lo encuentro. En efecto, congelo la imagen: ese rictus es de dolor. De tormento. Mi hija es un tormento. Al día siguiente: nada. Dos días después: vomita. Vomitar, vomitada, vomitado, vomitona, vómito. El vómito se esparce por el vestidor, de camino al retrete; pero diez segundos más tarde, Chang regresa con una fregona y un cubo y enseguida el vómito es limpiado, borrado, olvidado. El autocontrol tiene sus límites. Chang sigue un plan, un plan que desconozco, un plan imperturbable que guarda relación con los afectos, es decir, con lo que nos afecta, con sus afectos, que está llevando a cabo sin afectación, sin contemplaciones, pese al desgaste y los sacrificios, sin que le importen las consecuencias.

Un día más esperando la noche.

Esta noche la dedicaré a las duchas: a nuestros cuerpos, a nuestra intimidad. Imagino a Carl, en esta misma silla, excitado ante la desnudez de Carmela, doce o trece años atrás, esos pechos tridimensionales, ese pubis oscuro cuyo espectro amarillento borra la luz blanca de la pantalla, esos muslos carnosos, que ella cubre de loción corporal, porque al principio disponíamos de cremas hidratantes y antiarrugas, de maquillaje sin estrenar, de perfumes, de champúes con fragancias y de lociones reparadoras; imagino a Carl, en esta misma silla, cuando él quizá no había encontrado aún las páginas porno (al escribirlo me doy cuenta de que, extrañamente, no las he buscado todavía), excitándose como yo mismo me excito ante la contemplación de ese cuerpo arrogante que fue mío, parcialmente, como tantos otros, porque nunca tuve acceso a ninguna totalidad, porque nunca dominé las palabras que conducen al todo y si lo hice fue durante tan poco tiempo que no llegué a ser consciente de ello.

Sin esperarlo, encuentro unas imágenes que me congelan y las congelo.

–No puedo creer lo que estoy viendo.

Tardo cerca de una hora (avance y retroceso) en asimilar, es decir, en poder traducir en palabras lo que estoy viendo. 2 de febrero de 2046. La protagonista es Kaury. Ha salido de la ducha y se está vistiendo. Mientras introduce las piernas por los agujeros de las bombachas se forman dobleces en la grasa de sus brazos y de sus piernas. Son las 3.35 a.m. Tenemos prohibido ducharnos entre las 24 y las 5 horas. Quién sabe si está ahí por necesidad de aseo o por necesidad de transgresión. Sin que ella lo advierta, alguien entra en el plano desde la izquierda; lleva una capucha en las manos. Mientras con un brazo inmoviliza a Kaury, con la mano libre le cubre la cabeza con la capucha. No sé decir si la resistencia es real o fingida. Ha habido unos segundos de forcejeo, pero no estoy seguro de su grado de violencia. Podría ser un ritual. Un juego. La representación de una obra escrita por alguno de sus dos actores. El rostro de él permanece en la penumbra; ella está desnuda y resbaladiza; él se baja los pantalones; ella se agacha sobre la banqueta; él apoya su antebrazo derecho en la espalda de ella, obligándola a permanecer inclinada y dejándole las manos libres; ella se agarra al respaldo de la banqueta y apenas mueve la cabeza, cubierta por la tela negra, cabeza sin facciones ni mirada ni grito, atrapada en este sistema de vigilancia sin sonido. Después la viola. Cuarenta y tres minutos; una única postura; dos orgasmos (el semen blanco, dos veces, sobre la espalda de ella). Al fin deja de presionarle la espalda, pero no le quita la capucha.

El agresor se va corriendo; pero durante un segundo mira hacia la cámara y sonríe. Es ese segundo lo que primero he visto: el que congelo y me congela.

Porque no es nadie.

Porque no lo reconozco.

Porque no existe: esa cara de hace dos años no se corresponde con ninguna de las nuestras, ni de entonces ni de ahora.

Narrar es precisamente eso.

Kaury tarda unos segundos en incorporarse. Se quita la capucha con parsimonia. Hay indiferencia en sus facciones. Con la mano recoge el semen de su espalda y lo huele. Las lentes, con la vibración de la banqueta, se le han caído al suelo; las recoge, se las pone; observa con atención la sustancia viscosa que imagino todavía en la palma de su mano.

Ahora son las tres y cuarto; podría permanecer aquí un par de horas más; pero me siento agotado, sin fuerzas ni para continuar sentado.

Durante todo el día he pensado que la próxima vez, es decir, ésta, sólo buscaría a Thei: que en su crecimiento, que en su formación, que en su infancia y en su adolescencia estaban el contrapeso de nuestra decadencia; que en su frescura estaba el antídoto de nuestra podredumbre. Pese a las heridas. Pese a sus soliloquios. Tengo que creer en Thei. Tenemos que creer en Thei, nuestra reina. Pero en vez de buscarla, atormentado de repente por la tentación de actuar, por la obligación de asumir mi responsabilidad, asaltado por dudas sobre la propia capacidad de Thei para redimirnos, me he dedicado a ver los vídeos de la celda.

Supongo que alguien tenía que llevar a cabo la investigación que Chang decidió no hacer.

Supongo.

Durante el primer año: sólo gente que pasa, de vez en cuando, frente a una despensa o un armario, con barrotes y vacío.

El día en que Anthony fue encerrado: Xabier y yo (mi viejo yo, mi yo anterior al que he sido y soy) lo sujetamos por los brazos, lo empujamos con una brutalidad a todas luces innecesaria. Nuestras expresiones parecen indicar que pronunciamos, tal vez gritamos, algún insulto. De pronto, nos salió el policía que todos llevamos dentro. Quiero creer que Anthony se resistió, que trató de librarse de nosotros, que incluso nos escupió: quiero creer que hubo una provocación, quiero creerlo.

La mayoría de los vídeos sólo muestran el vacío: la celda al fondo, con dos manchas diminutas que de vez en cuando irrumpen en la linealidad de los barrotes, como lo harían dos manos blancas sobre dos líneas negras; alguien, por lo general una mujer, le trae la bandeja con la comida.

Los primeros siete años son idénticos. Al menos ésa es mi impresión, que construyo a partir de fragmentos: sólo veo pasajes, escenas, algunos minutos entre *forward* y *forward*, a la zaga de una anomalía que no encuentro.

Durante el octavo año todo cambia.

Las anomalías se multiplican.

Por las tardes, Kaury comienza a ir a la celda. Pasa horas apostada contra los barrotes, de espaldas a la cámara, imagino que hablando, pese a que no se aprecie el movimiento de su boca. Pero sí se ve que, transcurridos unos meses, adquiere la costumbre de levantarse la falda, para incrustar las nalgas entre dos barrotes y dejarse penetrar salvajemente por el salvaje enjaulado. Su boca se abre como en un parto. Cada día. Todos los días. Se sube la falda. Incrusta sus nalgas. Es convulsamente penetrada. Las manos de ella quizá se entrelazan con las de él, a la altura de los hombros, en los dos barrotes a los que se agarra para no caer. Puedo escuchar los gritos, aunque no estén.

–Aunque sean ausencia.

Cada día, todos los días.

La época en que a Kaury le dio por llevar falda.

Hasta el año decimoprimero (hay que preservar esas palabras), cuando de un día para otro Kaury deja de asistir a su cita diaria. Retrocedo veinticuatro horas para asistir al último encuentro entre ellos dos: el 2 de febrero de 2046, a las cinco y media de la tarde. Es idéntico a tantos otros. De pie, de espaldas, las manos en los barrotes, la boca muy abierta. Nunca son descubiertos; nadie acude en auxilio de esos gritos; nada, nadie, nunca.

¿Dónde está Kaury? ¿Qué hace para no acudir a su cita? Está en la cama. Se pasa dos días enteros en la cama, con las manos sobre el vientre, durmiendo a intervalos, las dos manos sobre el vientre, con los ojos muy abiertos a veces, acariciándose, presionándose, abrazándose el vientre. Es Thei quien la arranca de ese letargo: su cuerpecito talla M se acerca al catre con la guitarra en las manos y se la ofrece; su profesora de música vacila durante varios minutos, sin atreverse a sonreír, pero finalmente se incorpora y coge el instrumento y lo toca para la niña, quien sentada en el suelo mueve la cabecita, de espaldas a la cámara, al ritmo de esa música que ya no existe.

Para entonces es Esther quien le lleva la bandeja de comida a Anthony.

–Día tras día, durante años.

Me estremezco al ver cómo se va erosionando su sonrisa, cómo van cicatrizando sus labios hasta devenir una muesca, un fósil en nuestro espacio repleto de cicatrices. Simultáneamente, el modo en que deja la bandeja en el suelo, junto a los barrotes, también va dejando de ser amable. La aridez de la boca se contagia a sus gestos. Empieza a dejar caer la bandeja justo antes de posarla en el suelo. Empieza a lanzarla. Se derrama la sopa, se cae el arroz, se desparraman los guisantes por el suelo.

Algunos días, escupe en la comida antes de dársela.

Un día, el último en que realiza ese servicio, se quita las bragas y se mea sobre las albóndigas y estampa la bandeja contra los barrotes. Lluvia dorada disuelta en luz amarilla. Aparece entonces la cara de Anthony, pugnando por emerger entre los dos barrotes que la retienen, con los ojos desorbitados y la boca muy abierta, gritando o riendo y sus gritos o sus carcajadas se funden con la carcajada de Esther, que puede oírse pese a la ausencia de sonido. Es justamente esa ausencia la que impide entender la presencia de Anthony en ese contexto: porque, a falta de su cuerpo, de su imagen, lo único suyo que hay en ese espacio es su voz, que la tecnología le niega.

Aquella voz que periódicamente perturbaba de madrugada nuestro descanso para recordarnos a todos su razón de ser.

El año pasado, la anomalía la encarnó Chang.

Empieza a ir todas las noches a la celda de Anthony. Se diría que habla y habla y habla, incansablemente, con él. Aunque la mayor parte del tiempo el rostro de nuestro coordinador permanece oculto, cuando se vuelve se percibe claramente que su boca no cesa de moverse, que el motivo de su visita diaria es precisamente ése. Hablarle. Pasan las semanas y Chang comienza a acariciarle la cabeza, como a un perro guardián, sin dejar de hablarle, porque las manos de Anthony, cada día, se deslizan por los barrotes, como si ante el discurso de su amo sintiera la obligación de postrarse a sus pies, hasta arrodillarse por completo. No puedo estar seguro, porque esa zona es la más alejada de la cámara, pero creo que, tras varios meses de visitas nocturnas, Chang adquiere la costumbre –cada noche, antes de irse– de bajarse la cremallera y ofrecerle al perro su entrepierna. A cambio, un día le regala una palanca. Una palanca de hierro de un metro de largo.

Eran tres gatos hidráulicos, pelotudo.

No puedo ver el interior de la celda: pero sí soy perfectamente capaz de imaginar cómo Anthony lima durante días el perfil de una de las dos placas que conforman el suelo de su hogar y cómo finalmente, gracias a la herramienta, con un esfuerzo propio de un dios o de una bestia, abre una puerta hacia el sótano, porque a partir de entonces Chang sólo aparece a las diez de la noche para dejar un bol junto a los barrotes. Eso ocurre durante muchos días seguidos, hasta que una noche nuestro líder, después de posar el cuenco en el suelo, se sienta en el suelo y espera hasta que Anthony acude en busca de comida y habla con él, que se arrodilla, y le pide la palanca y se baja la cremallera y se gira sin habérsela subido y lo hace frente a la cámara. No puedo ver su verga, pero la imagino atroz.

—Sólo para ti es un búnker asexuado.

Inmediatamente después: ejecuta su gesto.

Los vídeos de la celda registran, durante cerca de catorce años, nuestra caída.

Caída libre: aberrante, abismal, absurda, corrosiva, degradante, delirante, deprimente, inmoral, irreversible, kamikaze, obscura y oscura, pútrida, radical, sucia, suicida, terrible, vulgar: ¿cuántos adjetivos serían necesarios para describirla?

No existe un contrapeso de esa caída, no hay antídoto ni salvación posibles. Aunque no la haya visto ni una sola vez junto a la celda, Thei también ha sido alcanzada por la corrupción salvaje. La mudez de Anthony es la nuestra: no hay lenguaje que pueda expresar nuestro hundimiento. Estas páginas no son más que una capitulación. Me rindo cada vez que tecleo una coma, que pongo un punto, que cambio de línea. No he sido capaz de aprender la lección profunda del Diccionario.

Fue Chang quien abrió la celda, quien permitió el juego ritual y la estrangulación y el disparo.

Se subió la cremallera; acarició la cabeza del perro; abrió la puerta; y se fue.

—Se fue.

Pese al riesgo de llamar la atención, me ducho antes de ir a mi catre: froto, froto, froto, bajo el agua a presión, froto diez, cien veces froto, pero no, no hay manera de que el estruendo elimine las voces que me vuelven loco ni que la presión borre el yodo que embadurna la piel.

—Malduermo.

Otro día vacío: puro esperar que llegue la noche digital.

He acudido a la sala de control con la intención de ver qué cuenta la cámara del dispensario. A media tarde, cuando he visto cómo Esther ingería su segunda pastilla del día, me he dado cuenta de que todos mentimos sobre nuestros consumos. El bombón que he ocultado durante tantos años, a la espera del momento de utilizarlo, o el laxante que robé el otro día sin rellenar el impreso correspondiente no son más que minucias. Hurtos sin ningún tipo de importancia. No creo que Esther informe de los calmantes o ansiolíticos que devora. No creo que nadie sea realmente honesto sobre sus obsesiones, sus necesidades o sus dependencias. Pero antes de preocuparme realmente por nuestras reservas de alimentos, necesito ver con mis propios ojos qué ocurre en el dispensario y en el almacén.

Tecleo la clave de acceso a la sala de control. No se abre la puerta. La vuelvo a teclear. Sin éxito.

–Ha cambiado el código.

Han pasado exactamente cinco noches desde mi primera visita: no puedo saber si Carl lo ha cambiado porque lo hace rutinariamente o porque sospecha de la intrusión.

Hace trece días que Mario no se conecta. A causa de mis nervios de las últimas semanas, tengo miedo de no haber detectado señales suyas de despedida o de auxilio. Repetía que estaba contando hormigas para no perder la cabeza; contarlas, seguirlas por el suelo o la pared, mantener el contacto con un ser vivo, autónomo, móvil.

La pantalla no puede ser mi única vida, me decía, ¿me entiendes, Marcelo?

Te entiendo, Mario, claro que te entiendo. La pantalla es bidimensional, la vida se da en todas las dimensiones.

Es cierto, Marcelo, mis personajes eran bidimensionales, aspiraban a mucho más, pero tenían sólo dos dimensiones, porque nacieron para la pantalla y habitaban en ella.

¿Qué personajes, Mario?

Los que nos trajeron a la isla.

¿A qué te refieres, Mario?

Es una larga historia, no puedo contártela ahora; sólo puedo intentar resumirla.

Soy todo ojos.

George y yo, no sé si te he hablado de él, trato de no hacerlo, pero lo cierto es que es, era mi mejor, mi único amigo, pero qué digo, seguro que te he hablado de él, seguro que te he hablado mucho más de él que de mi abuelo y de mi madre y de mis novias.

Así es, camarada.

Él y yo creamos una historia, contratamos a unos actores para que representaran a sus personajes y les hicimos firmar un contrato de por vida en que juraban no volver a interpretar a ningún otro. Mi amigo y yo nos vinimos a esta isla con esos actores. La coherencia, Marcelo, sólo pretendíamos ser coherentes.

Ha enloquecido, pensé, por una vez habla en un único idioma, sin mayúsculas, pero es la lucidez de quien se está yendo. Debo estar atento: esto es una despedida.

Magos, Marcelo, queríamos ser magos. Los Houdini del siglo XXI. La magia tenía que ser nuestro camino hacia la utopía. Y así, por arte de magia, aparecimos en la isla, cargados de tablones de madera, tornillos, clavos, martillos, sierras, motosierras, todo tipo de herramientas, tiendas de campaña, ropa, agua, melocotones en almíbar, leche en polvo, ron, mucho ron, juegos de mesa, pelotas y redes, muchísimos metros de lona y de aislante, carne y atún en conserva, sal, condones, miles de condones, azúcar, café, mucho café, miles de películas, un proyector y una pantalla gigante, un par de poderosas antenas parabólicas, ladrillos, uralita, tubos, kilómetros de cable y de cañería, tecnología portátil, barajas de póquer, sombreros de copa, palomas blancas, pañuelos larguísimos y multicolores. Nuestra intención era aislarnos, ser autónomos, pero seguíamos comunicados con el mundo a través de nuestros teléfonos y de nuestras computadoras. Nos llegaban invitaciones a congresos que teníamos que declinar, por la coherencia, claro, por la utopía. Tuvimos que organizar, además de los turnos de trabajo en el campamento, un club de lectura, un cinefórum, campeonatos de natación y de vóley, porque éramos setenta y siete personas, entre actores, actrices, especialistas, fotógrafos, cámaras, maquilladoras, decoradores, realizadores, montadores, técnicos y operarios diversos, a quienes George había convencido durante años de la importancia de la isla, de la necesidad de la isla, de nuestra aportación a la historia del cine, de la televisión, de la literatura, del arte contemporáneo, de la magia, éramos una comunidad de elegidos, un reducto de la cultura que se estaba extinguiendo fuera del perímetro de nuestra isla y que nosotros, en cambio, mantendríamos viva. Éramos los guardianes del fuego en la isla de Prometeo. Nuestra isla, la llamaba, como si no fuera solamente suya. George era así, se sacaba los argumentos de la chistera con una facilidad que durante años me fascinó y acabó por asustarme. Siempre *ethos*, nunca *pathos*, repetía. No pasarán, Mario, no pasarán. Y soltaba carcajadas contagiosas que podían ser, también, muy incómodas. Nuestra historia podría resumirse así: conseguimos ser éticos durante la mayor parte de nuestras vidas, pero acabamos sumidos en el patetismo. Yo, durante el día, imprimía fotos de Vanessa que horas más tarde, en la playa, ebrio de ron, quemaba imaginando barcos cargueros que se dirigían hacia alguna frontera, imaginando, digo, escribo, porque no se divisaban barcos desde la isla, ni surcaban las luces de los aviones nuestro espacio aéreo, estábamos solos, Marcelo, completamente solos, éramos los mejores, habíamos cambiado la historia del arte occidental, la chingada, ni más ni menos, éramos los más coherentes, los más utópicos, los grandes magos del siglo XXI,

414

los catalizadores de la reanimación histórica, los donjuanes de la pantalla, los rompecorazones de cuantas vanessas se nos pusieran por delante, los devoradores de las ostras y mejillones que arrancábamos de las rocas y de los vinos y quesos franceses y de las fresas californianas y de los jamones españoles que nos traían en helicóptero o en hidroavión, regularmente, cuando la coherencia no se había roto y la utopía era utópica. Porque después pasaron los años y llegaron, en un solo paquete, la duda y el aburrimiento, y empezamos a abusar de la tarjeta de crédito y el helicóptero nos trajo cocaína y antidepresivos y ácidos y hongos y contactamos con grupos de fans y las invitamos a la isla e hicimos sesiones de fotos y cenas en la playa que a veces terminaban en orgías e incluso rodamos un par de pelis porno, con fans y con actores y con actrices de la teleserie, sí, sí, no se lo digas a nadie. Y Anita se enamoró de mí, su piel negra, yo la fotografiaba, la filmaba, desnuda, disfrazada, la humillaba cuando estaba demasiado drogado como para darme cuenta de lo lejos que estaba yendo, violentaba su contrato de por vida, me pasaba por el culo la coherencia, pero no se lo digas a nadie, Anita, es el único nombre que te he dado de alguien de la isla, Anita, George y Mario, los únicos nombres que posees, los únicos nombres que te he entregado, son ofrendas, sacrifícalas, Marcelo, en el altar de tu búnker, imagina que somos Laura, Gina y Damián, que yo soy Damián, que me cogí a Laura como hice con Anita, que adopté a Gina como George me adoptó a mí, mátame, Marcelo, te suplico que me mates, antes de que me convierta en una paloma blanca, o peor aún, negra, negrísima, antes de que salga volando de este sombrero de copa, antes de que abra la compuerta y muera ipso facto, mientras contemplo el osario que tendría que atravesar para ser libre, Houdini: dime cómo puedo escapar del acuario en que me encuentro, con su agua radioactiva, con las cadenas, con los candados sin llave, con la llave maestra en la boca cerrada, los labios que se despellejan, las mejillas que se caen a pedazos y dejan ver los músculos, la quijada, la mandíbula, el adentro, como un telón que se abre o que se cierra, la lengua que ya no sabe qué más decir, si es que algo puede decirse todavía...

Así empezó la despedida de Mario.

Supongo que corté la conexión, sin decirle adiós. No podía soportar el desvarío, el descontrol de su lenguaje (porque el texto que aquí he reproducido no sólo ha sido corregido y puntuado, también ha sido editado). Pero sobre todo no podía soportar que aquello fuera su despedida.

Me colapsé.

Y no ha vuelto a aparecer en mi pantalla. Y ahora la ausencia de esa despedida late en mí como un tercer pulmón, porque temo que esté en un rincón de su búnker, vomitando el melocotón en almíbar hasta la deshidratación o el desangre, o que lleve seis días contando hormigas y persiguiéndolas por los rincones, o que se haya suicidado –sin más.

Porque yo dejé de jugar a ajedrez los viernes por la noche, Chang tiene su coartada. La excusa. El pretexto para dejar a Thei en brazos de Carl. La perversión de Thei es culpa mía. No soportaría que se quedara embarazada.

Porque Chang es, en verdad, la dama: suyo es el poder de ejecución, suya es la omnipresencia.

Porque Thei es, en realidad, el rey: sin ella, se acaba la partida.

El tablero no está conformado por un casillero blanquinegro, sino por una superficie laberíntica sin bandos delimitados, sin bien ni mal, sin maniqueísmo, sin fronteras que nadie debiera traspasar, un espacio único e indivisible de luz amarilla.

Comemos bajo la luz amarilla, trabajamos bajo la luz amarilla, nos masturbamos, hablamos, cagamos, cocinamos, limpiamos, rezamos, incluso mentimos y algún día nos amamos bajo la luz amarilla. Ella es la máscara. Ella es lo real. La luz amarilla ha distorsionado nuestras funciones vitales, las relaciones personales, el diálogo con Dios, la percepción de nuestras facciones y de nuestros gestos. La luz amarilla es Dios. Las mil manos de Dios. Su omnipresencia. Ahora me doy cuenta de que la luz amarilla ha ocupado el lugar de la realidad. Porque sólo en una realidad usurpada, ajena, es concebible que alguien (¿un extraño?, ¿lo soñé?, ¿cuántos días pasé sin dormir?, ¿durante cuántos días no recurrí al alivio del Diccionario?) haya violado con cegadora impunidad, ante una cámara, sin que jamás ninguna de sus víctimas lo haya denunciado. ¿Fue sólo una vez? No lo creo. ¿Cuántas se prestaron a ese juego? ¿Fue un juego? ¿Acaso lo sabe Chang? ¿Habrán ido ellas a confesarle su oprobio? ¿Será ésa la razón del sacrificio de su propia hija? ¿O el pacto entre Carl y él es más antiguo, anterior al cierre de la compuerta, anterior a la muerte de Shu? Sólo en una realidad paralela puedo entender que el Pacto haya podido conducir a la aceptación del crimen por parte de una víctima, refutación absoluta de que la Historia pueda ser un ejemplo o un escarmiento.

Me acabo sin ganas la sopa de lentejas.

–Mi dosis de calmantes.

Esther sigue llevando un pañuelo roñoso en el cuello, pese a que ya no tenga que ocultar los hematomas que le causaron las manos brutales de Anthony.

Los brazos de Ulrike continúan tatuados por centenares de pinchazos, el cuello, las manos, plagadas de cicatrices, pequeñas costras rojizas, los cráteres de su propia extinción.

De camino a mi catre, es decir, a la oscuridad y a la luz, a la oscura luz del Diccionario, Carl me detiene.

Veo su mano, en forma de pistola, a la altura de mi pecho: sus dedos meñique, anular y corazón sujetan la empuñadura imaginaria, su dedo pulgar ha adquirido la forma del martillo y el índice, como un cañón, me señala el pecho a la altura exacta de mis latidos.

Apuntándome directamente al paréntesis de vacío que separa cada sístole de cada diástole.

Hay que imaginar el gatillo y ese mismo dedo índice apretándolo, para que se produzca la detonación, para que la bala imaginaria salga de la carne del dedo, atraviese la uña y los tres centímetros de aire que la separa de mi pecho, atraviese mi viejo suéter de lana gris, mi viejo pecho velludo, mis viejos músculos desgastados, mi viejo corazón.

Levanto los ojos, lentamente, desde su mano hacia su rostro, donde interpreto odio, tal vez furia, por el laxante, por la trampa del chocolate, por el espionaje, por los descubrimientos que nos ponen a todos contra el paredón, a la espera de que alguien, Dios, el jugador supremo, la atmósfera de yodo, nos ajusticie; pero enseguida me doy cuenta de que es un efecto –uno más– de la luz amarilla, una de esas distorsiones a las que no logro habituarme casi catorce años después.

Me está sonriendo.

–Mira, Marcelo –me dice en su inglés dubitativo–, no sabía cómo agradecerte el bombón del otro día... Pero quería, bueno, darte las gracias de nuevo... Y regalarte esto...

Me mete algo en el bolsillo del pantalón.

Y se va.

Mi corazón es una demencial caja de resonancias demenciales.

Hasta que no llegue a mi catre y me tape con la manta no me atreveré a ver su regalo.

Es la miniatura de una botella de Jack Daniels, con once centilitros de whisky en su interior.

Extraño terriblemente a Mario.

Ahí está su último post.

Extraño terriblemente el lenguaje que era yo cuando conversaba con Mario, un lenguaje de adolescentes o de viejos amigos, un lenguaje –ahora me doy cuenta– totalmente ajeno al búnker. Sin él ya sólo me queda esto, eso, lo podrido circundante.

Y ese post.

Hace tres días que me di cuenta de su presencia: fue colgado hace trece días, pero no lo había descubierto porque el chat permanecía inactivo y porque no me esperaba una despedida así.

Ese texto sigue ahí, sin ser leído. Es una botella lanzada al mar seco de internet, es la carta de despedida de un muerto. Se acerca nuestro aniversario y no soy capaz de leer las últimas palabras de Mario. En realidad no son las últimas palabras de Mario, porque sus últimas palabras serán, siempre: «si es que algo puede decirse todavía». No he vuelto a abrir el Diccionario y me resisto a leer ese mensaje. Pasan los días, siguen pasando. He borrado y escrito y borrado y reescrito tantas veces este párrafo. Me constituyen las renuncias, los cambios de opinión, las deserciones. Ni siquiera estas palabras, que no son las últimas pero llegan más tarde, voy a respetarlas. Las puntuaré, las acentuaré, las traduciré, las traicionaré:

Vimos el primer hongo, o quizá debería decir megahongo, a lo lejos, tan lejos que parecía un amanecer prematuro, a ras del horizonte, un tráiler del amanecer. Nos sentimos como Gutiérrez, aquel personaje nuestro que se hunde en el mar con las piernas atrapadas en un bloque de cemento y que se despide de la luz y del aire al ritmo de los versos de un poeta español, también republicano, que fue amigo de mi abuelo. La construcción del búnker había sido una especie de broma privada, un juego, George siempre decía que algu-

419

no de nosotros debería ser encerrado allí y obligado a teclear siempre los mismos números, hasta que fuera descubierto mucho después, por los siguientes habitantes de la isla, y fuera tomado por un loco o por un dios, como los soldados japoneses que vivieron durante años escondidos sin saber que la segunda gran guerra había terminado o como Kurtz en el corazón vietnamita de sus tinieblas. Nos trajeron placas de acero reforzado, vigas, dos hormigoneras y una tonelada de hormigón. Fue nuestro hobby durante casi un año: diseñar los planos, abrir la fosa, erigir la estructura, acondicionar el interior. Lo utilizábamos como almacén. Entonces: aquel tráiler del futuro inminente. Llevábamos muchos meses sin hablar apenas. Más de veinte años en la isla habían limado nuestro carácter, nos habían vuelto ariscos, viejos prematuros de palabras escasas; pero era la actualidad internacional la que nos había quitado definitivamente las palabras de la boca. Las noticias que nos llegaban eran deprimentes y preocupantes. Tras la ola de violencia étnica en Europa del Este y Rusia en contra de ciudadanos de origen asiático, que habían inmigrado tras la Perestroika y ahora eran percibidos como agentes ajenos al nuevo espíritu ruso, y el consiguiente éxodo hacia Oriente de centenares de miles de personas, se había levantado un ciclón de odio racial, con linchamientos y matanzas en diversos puntos del planeta, y el Gobierno chino había enviado fragatas, unidades de élite y batallones para proteger a sus comunidades en cualquier lugar del mundo donde estuvieran amenazadas. Ver las fotografías que mostraban cómo Chinatown, el barrio de Chicago a cuyas fiestas de Año Nuevo yo siempre acudía con mis amigos, se había convertido en una fortaleza rodeada de alambre de espino y protegida por una docena de tanques del Ejército Popular Chino me retorcía las entrañas. Ver la Plaza Roja de Moscú latiendo al ritmo de las pancartas de Stalin y de las proclamas anticapitalistas era un espectáculo *retro insoportable. Ver a Julio César, a Jesús, a Alejandro Magno, a Mahoma, a Felipe V, a Napoleón, a Churchill, a Roosevelt, a Gandhi, a Franco, a Ceaușescu, a Hitler, a Obama, a Hugo Chávez, resucitados, multiplicados gracias al facing, rodeados de cientos de miles de seguidores o confinados en la celda de un hospital psiquiátrico, qué más da, nos convertía a George y a mí en cómplices involuntarios de la hecatombe. Jugar en red a la Tercera Guerra Mundial, liderando a cualquiera de las potencias implicadas se me antojaba un delirio peligroso, tan peligroso como hacer de la Memoria y no de la Historia un asunto de Estado, como convertir la política en una cuestión de pasado y no de futuro. Pero yo no lo veía como un asunto personal. George, en cambio, sí. Era nuestra culpa. Me lo dijo aquella misma noche, la que cerró el día que había nacido con el hongo diminuto, a lo lejos, completamente borracho, tan borracho como sólo lo había visto el día en que nos conocimos, cuando tras descubrir que la chica con quien viajaba y con quien se había acostado un par de veces se había dejado seducir por el recepcionista del hostel, el típico donjuán de balneario, me preguntó si yo jugaba al ajedrez y comenzamos a hablar de Alan Moore, de Quentin Tarantino y de Ridley Scott, a quien entonces admiraba hasta la hipérbole, y de nuestros abuelos y sus guerras y la culpa que era injusto heredar. Y treinta años más tarde resultaba que todo era culpa nuestra. Nosotros sólo sintonizamos con el espíritu de nuestra época, le respondí. Estás equivocado, me gritó, nosotros lo despertamos. Supongo que para entonces ya estaba loco, pero durante mucho tiempo lo había disimulado. Ansiolíticos, calmantes, toda esa mierda: muchísima marihuana. Pasaba las noches fumado, con el último grupo de fans que había llegado a la isla y que ya no había podido regresar y llevaba en la mirada el odio de no haber sido padre. Tú tienes la esperanza de haber dejado preñada a tu prima, me* dijo alguna vez, completamente ebrio, pero yo ni siquiera puedo consolarme con eso. No se afeitaba y se bañaba sólo en el mar, bajo el vuelo circular de los albatros. Apedreaba, si se cruzaba con él, al oso hormiguero. Sólo leía a Guy Debord: de todos sus autores de cabecera, acabó eligiendo al que con más violencia había traicionado. Si mencionaba a Picasso era sólo para preguntarme quién de los dos había sido Sabartés. Como tantas otras veces, los reproches y los gritos, el martilleo de la culpa, a golpe de tragos, se fueron suavizando, se convirtieron en abrazos, en el búnker donde guardábamos las botellas de whisky, en promesas, en algún chiste abortado. Estábamos demasiado cansados para el humor y veinticuatro horas antes habíamos visto una explosión nuclear: las bromas no cabían en esta cámara acorazada. Nadie descubrió la complejidad de nuestra obra, balbuceó. Lo sé, repuse, pero Ciudad de Máquinas y Sombras y los cómics y las novelas y los videoclips y las decenas de páginas web interconectadas existieron, dialogaron entre ellos y con sus lectores aislados, quién sabe si también con alguno que lograra unir todas las piezas, contribuyeron modestamente a otro modo de leer la ficción, ese laberinto, le dije, en que con tanta fuerza creímos. Fuimos creyentes, Mario, creímos como hacía un siglo que nadie era capaz de creer, pero no fue suficiente. Nos faltó genio, nos faltó pasión, la entrega absoluta de aquellos que configuran la estirpe a la que quisimos pertenecer. Cuando me desperté, con un fuertísimo dolor de cabeza, eran las cinco de la tarde y la puerta estaba cerrada. Según la pantalla del ordenador, la fase intimidatoria había terminado y ya se podía hablar de Tercera Guerra Mundial. No me atreví a abrir la puerta. Aquella noche fueron lanzadas siete bombas más en aquellos archipiélagos. Es un milagro que un búnker diseñado y construido por aficionados haya resistido todo este tiempo. Jamás abrí la puerta. George entendió que aquel hongo leja-

no era el principio del fin y yo, como siempre, no entendí
nada. George los mató a todos y me salvó a mí. George se
suicidó y me salvó. En la nota que encontré al despertarme
me decía su letra: «Quiero creer que triunfamos sin transigir,
sin renunciar, quiero creerlo y por eso grito por última vez:
¡No pasarán! (aunque no pueda reconocer mi propia voz)».
Todo es borroso. Se hundió para salvarme. Siempre fue
así. Por eso no quise reemplazarlo contigo. Por eso no he
querido bautizarte. Voy a salir. No me esperes levantado.

En poco menos de un mes, trabajo, subrayo, memorizo todas las palabras que empiezan por *w*, por *x* y por *y*. De la
vigésimo sexta letra del abecedario español, y vigésimo primera de sus consonantes, hasta yuyuba *(fruto del azufaifo)*,
pasando por wagneriano, westfaliano, wólfram o wolfra-
mio, xenofobia, xerografiar, xilógrafo, yaacabó *(pájaro*
insectívoro de América del Sur; su canto es parecido a las
sílabas de su nombre, y los indios lo tienen por pájaro de
mal agüero), yacimiento, yantar, yedra, yerba (mate), yodar,
yodo (violeta, amarillento), yoyó, yugo, yunque, yusión
(mandato, precepto) y yuxtaposición.

Los veintiséis días se suceden entre la jornada laboral y
las horas consagradas al Diccionario, porque no hay nada
más que pueda hacer. Pasear por el búnker significa buscar
inconscientemente las cámaras e imaginar los planos desde
la mirada de Carl, sentado en su butaca, amo y señor panóptico de nuestro aberrante encierro; hablar con los demás
significa obviar sus palabras, desconfiar de sus miradas, ob-
sesionarme con esas verdades que no debería conocer pero
conozco, que les desmiente y les desnuda; cruzarme con Thei
significa desearla más allá de lo tolerable y sufrir con fantasías insanas, pobladas de espejos y de desdoblamientos;
ver a Chang significa ponerme a temblar; navegar significa

mirar durante horas la página principal de un club de tenis, el monopolio de su verde, su verde hipnótico, porque Mario no va a regresar y ni siquiera me despedí de él.

¿Quién será el violador? ¿Xabier, Gustav, Carl, Chang? ¿Yo? Nuestro polizonte, nuestro extraño pasajero.

A los catorce años menos dos días de encierro, llego a la z de «zulo»: «Lugar oculto y cerrado para esconder ilegalmente cosas o personas».

No estamos en un búnker, estamos en un zulo. Nuestra situación nunca ha sido legal ni moralmente aceptable. Dejamos morir a tantos. Coaccionamos, espiamos, mentimos, lloramos, suplicamos para ser los escogidos, para formar parte de la minoría universal que iba a salvarse, sin haber hecho méritos para ello. El Diccionario es mi zulo dentro del zulo. Me alimento de palabras y de latas de judías con carne y conservantes. Me masturbo como un simio, con el pudor del que carecía Anthony, bajo la manta, cada día, al acostarme y al despertarme. Pero he llegado por segunda vez a la zeta. Zapato, zombi, zorra, zorro, zumbar, zumbido, zulú. Las palabras están muertas: son cadáveres en descomposición o totalmente descompuestos, huesos con carne putrefacta o esqueletos de limpio marfil, elefantes a punto de morir, que se acercan al abrevadero, al infinito charco de la oquedad, la trompa cada vez más pesada, menos útil para transportar el agua hasta la boca, el cuerpo cada día más profundamente anclado al fango, la boca cada hora más cerca del agua, hasta que es imposible retroceder, salir, la muerte es un elefante que en la ciénaga, en el lago, se desploma, ataúd de agua, cementerio de marfil, una montaña de osamentas como la que probablemente tapone, desde afuera, la compuerta.

Zulo, zulo, zulo, zulo. Del euskera: agujero.

Tras casi un mes de trabajo, porque memorizar es trabajar, con el cerebro bombardeado por la esfera léxica de la palabra «duelo», por la obligación de batirme en duelo, cierro el Diccionario.

Por fortuna, sigue funcionando la página web de Magic Wings.

Me consuelo con ella.

Busco vuelos: para el día 22 de febrero, entre veinte y veintidós horas, de Pequín a Buenos Aires; perfecto: llegaré a las 10 de la mañana y a las 12 ya estaré en el Botánico con Gina, podremos almorzar en Puerto Madero, cómo extraño compartir un pacú con ella en el restaurante de comida entrerriana, que le encanta desde aquel fin de semana que pasamos juntos en Rosario, aprovechando que Laura tenía un congreso en Brasil, veremos a través de la vidriera un canal del río de la Plata mientras degustamos el río Paraná, después pasearemos por la Reserva Ecológica, podemos incluso alquilar unas bicicletas y recorrer los senderos pedaleando, con los rascacielos del Complejo Faena Júnior a la izquierda y el Puente Interestatal a la derecha, una franja de naturaleza casi salvaje encajonada entre dos obras faraónicas que, gracias a que esto no es más que una novela, habrían sobrevivido a las explosiones atómicas tan sólo para que yo las evocara un día, junto a mi hija, en bicicleta. Ya no soy una niña, me diría, y yo le respondería que a los adultos también nos gusta ir en bicicleta por la costanera del río de la Plata, que la fabulación no sabe de edades, que es tan humana como el amor o la envidia, como la amistad o los universos paralelos, como la luz artificial o el acelerador de partículas, como la admiración o el suicidio, que la ficción es tan humana como los hechos y que los poemas y los cuentos son tan humanos como las crónicas y los informes clínicos y los inventarios y las esquelas, que tampoco son inmunes a la ficción, pues junto a los datos objetivos (un nombre, un apellido, una fecha, una edad), idealizamos al fallecido, maquillamos poéticamente su desaparición, añadimos mitología (una estrella, una media luna, una cruz) y deseos cuyo cumplimiento no podremos verificar (que descanse en paz).

Las únicas fotos de Gina que conservo son instantes de la infancia que me perdí.

Por eso, después de rastrear durante los primeros seis o siete años todas las palabras del Diccionario que apuntaban hacia ella, durante los siete u ocho siguientes he navegado por las páginas web que la señalan: a partir de esas imágenes he ido construyendo un retrato robot de mi hija, que ahora tiene veintitrés años y es bellísima, el pelo lacio que puede cambiar cada día su peinado (no es pelo, papi, es la tecnología, estos moldeadores no existían cuando mamá era joven), castaño como el de su madre, dientes perfectos, luminosos cuando me sonríe, estudia abogacía, quiere especializarse en derechos humanos, no tiene novio todavía (no tengo tiempo para estar de novia, papi, eso es para viejos como vos), siempre visita los parques de atracciones de las ciudades adonde viaja y odia que la trate como a la niña que ya no es.

No guardo copia de mis últimos informes. Sólo queda uno por unir a este diario de mi décimo tercer año de encierro. No conservo los de San Francisco, Ciudad de Panamá, São Paulo y Buenos Aires, mis últimas paradas antes del vuelo definitivo hasta Pequín.

Dejé de archivarlos, de fatigarlos (esas palabras), porque dejaron de importarme. Fueron escritos con prisa, sin cuidado, sin acentos, sin corrección gramatical ni sintáctica; a sabiendas de que, tras el e-mail de «Informe recibido», con el código de clasificación correspondiente generado automáticamente, no sería realmente procesado, ni leído, ni tomado en consideración.

Empecé a viajar sin escribir.

Gina en la montaña rusa, riendo a mandíbula batiente.

Paso cerca de ocho horas mirando las páginas de siempre. Soy el último en servirme la cena y como tan lentamente que me quedo a solas en el refectorio, masticando con dilación los últimos espaguetis que nos quedan, bañados en nada y más calmantes. Todavía no me he llevado el último fideo a la boca cuando llegan Xabier y Chang. Me saludan. En la mirada del francés hay sorpresa. Chang, medio sonríe como siempre. Se sientan a la mesa más alejada a la mía. Colocan las piezas sobre el tablero. Comienzan a jugar. No mueven las piernas porque no están en tensión, incluso comentan las jugadas o bromean acerca de los movimientos del otro. Tras depositar el plato, el tenedor y el vaso en el fregadero, me acerco. En poco más de media hora, las blancas de Chang han conseguido abrir una diagonal y una columna sobre el enroque negro de Xabier. Las dos torres, los dos caballos, un alfil y la dama blancos apuntan hacia los peones y los caballos negros.

—Chang, ¿has visto a Thei?

Nuestro coordinador no separa la vista del tablero y tarda unos segundos en contestar.

—Debe de estar en el almacén, como siempre, últimamente.

Asiento, sin saber exactamente por qué, y después le digo lo que hace diez horas que espero para decirle:

—Deberíamos jugar tú y yo una partida, Chang, si a Xabier no le importa, por supuesto...

Hay en la mirada de mi viejo amigo una capacidad de penetración que no he visto en ningún fenómeno natural ni artificial: en ningún taladro, en ninguna luz, en ninguna bala, en ningún pene. Lo había olvidado. Hay un reproche irrefutable en esa mirada grisácea, que entra por las cuencas de mis ojos y se entromete en mis arterias y en mis pulmones, sin voluntad de ser refutada ni perdonada. En la de nuestro líder, en cambio, la serenidad no puede ser perturbada, al menos por el que he sido yo durante los últimos diez u once años.

–Por supuesto que a Xabier no le importa –me contesta mientras captura con un caballo el peón de rey enemigo–. Jaque mate.

El señor Chang me espera en un Starclash del aeropuerto de Narita. Nos ponemos al día sucintamente: él viene de un congreso sobre turismo e historia en la Universidad de Hiroshima, donde ha presentado una ponencia sobre la transformación del imaginario de las teleseries norteamericanas de culto en rutas culturales por la ciudad de Nueva York; y yo, de entrevistar en Estambul a Freddy Muhammad Knight, que a principios de siglo inventó el *taqwacore* o punk islámico y que en la década de los treinta comenzó a abanderar el movimiento *Sufíes modernos*, que predica la práctica de danzas gróvagas, por parte tanto de hombres como de mujeres, en espacios públicos, como parques, centros comerciales y discotecas, con la intención de armonizar los rituales seculares musulmanes con la moderna y europea Turquía. Después de tomar un café, hemos subido al *Narita Superexpress* y en veintidós minutos nos encontrábamos en nuestro hotel de Ginza. «Descanse», me ha dicho, «que mañana será un largo día.»

Nuestro recorrido por Tokio ha comenzado temprano en el puente de Harajuku, donde en los años ochenta del pasado siglo se inició la subcultura *cosplay*. «Durante cerca de treinta años, en ese rincón», señala hacia la entrada de un templo sintoísta, en un extremo del puente, «se reunieron cada domingo adolescentes disfrazados de sus personajes de manga y de anime favoritos; durante esas horas dominicales se hacía explícita una identificación que, en la mayor parte de los casos, durante el resto de la semana permanecía oculta: pero seguía existiendo, porque la idolatría iba por dentro, el joven pensaba, actuaba, se veía a sí mismo a través del modelo de su héroe o heroína, aunque fuera vestido de estudiante de secundaria o de empleado de supermercado.» La ficción no precisa de máscaras, actúa en el interior del cerebro. No importa cómo te perciben los demás cuando tú mismo te has ficcionalizado; más de lo habitual, quiero decir, porque en cada psicología conviven tantas certidumbres contrastables como intuiciones o construcciones que son pura ficción. Y las ficciones individuales, por supuesto, conducen a las ficciones colectivas. «No hay duda de que se trata de factores que explican, parcialmente, las particularidades de la reanimación histórica japonesa; pero, como siempre», me dice el señor Chang, «me interesa el modo en que ese fenómeno particular fue absorbido por las estructuras de los discursos turísticos.»

Seguimos caminando y el señor Chang me explica que durante la primera década de este siglo las reuniones dominicales de los *cosplayers* se convirtieron en un atractivo recomendado por las revistas y guías de viaje. Cuando un turista llegaba a Tokio sabía que un día tenía que madrugar para asistir a la subasta de pescado en el mercado de Tsukiji, que el viernes y el sábado por la tarde eran los momentos adecuados para ir a Shibuya a fotografiar a las *gals* y que en el puente de Harajuku chicos y chicas vestidos de *dollers*, ángeles, guerreros o personajes de *Final Fantasy* posarían ante sus cámaras y les brindarían, también gratis, la oportunidad de llevarse a casa un exótico souvenir. Hacia 2012, no obstante, sólo cuatro o cinco anacrónicos representantes de la subcultura acudían al puente los domingos. En 2015 ya se había extinguido por completo: «De modo que las fotos de los turistas que viajaron a Tokio antes de esa fecha constituyen valiosos documentos no sólo de la existencia de una tribu urbana en peligro de extinción, sino también de un hábito turístico en vías de desaparición». Cuando el señor Chang ha fotografiado aquel recodo del puente, hoy domingo, por tanto, ha fotografiado un vacío. La Historia no ha dejado rastros. La memoria de cientos de personas que fueron jóvenes en el cambio de siglo y de la atracción turística que alimentaron con sus cuerpos travestidos ya habría sido olvidada de no ser por una placa plateada, que en el muro que da a la estación de metro reza: *En memoria del movimiento cosplay (1980-2015), fundamental en el desarrollo de una cultura pop genuinamente japonesa.*

Esa placa figura en las guías de Tokio de nuestros días: en dos líneas, mientras se enumeran los atractivos de este barrio, se menciona aquel fenómeno de la historia reciente como una curiosidad no demasiado destacable. «Ninguna guía, y he estudiado medio centenar en varios idiomas, señala la relación entre los *cosplayers* y los *kimonoplayers*, la subcultura juvenil que lentamente la sucedió y que tenemos que observar en su relación con la reanimación histórica», prosigue el señor Chang, mientras entramos en el recinto del santuario de Meiji Jingu, «porque el turismo trabaja con la simplificación y esa relación es sumamente compleja.» En las dos últimas décadas se ha ido imponiendo en Japón lo que se conoce como *estética antigua.* «No se trata de rescatar del armario los kimonos de los abuelos, no estamos ante una ética de la humildad como en el caso de la *Ostalgie*, ni siquiera ante la recuperación de valores tradicionales, porque esos jóvenes», en efecto, nos rodean varios grupos de amigas y algunas parejas, todos adolescentes, ataviados con bellos kimonos, «visten a la última moda, kimonos que casi nunca son de seda, llevan peinados que les provocaría un infarto a sus tatarabuelas y hablan y se comportan como modernos habitantes de una megalópolis de cuarenta millones de habitantes.» Le pregunto que, de ser así, dónde ve el vínculo con la reanimación histórica: «El caso japonés es distinto a la gran mayoría, es sumamente particular, mi tesis es que aquí se partió de la imagen hacia la esencia, al contrario de en tantos otros casos». Es decir, si en el mundo árabe o en el ámbito germánico la voluntad de defender valores religiosos o políticas xenófobas, respectivamente, llevó a la convicción ética de que la adopción de una estética determinada era necesaria, en Japón fueron las consecuencias de la moda de vestirse a la manera antigua las responsables de un cambio radical en la historia contemporánea del país. «Los diseñadores y las marcas entendieron que los *kimonoplayers* estaban llamados a dejar de ser una subcultura para convertirse en *mainstream* y se volcaron en la nueva tendencia», me comenta el señor Chang mientras se lava las manos a las puertas del templo, «no tiene más que mirar a su alrededor para ver cómo la sociedad japonesa, después de más de un siglo de lenta adaptación a los hábitos occidentales, viró en un sentido inesperado.»

Nunca había escuchado una interpretación semejante. Miro a mi alrededor: menos nosotros y cuatro o cinco turistas occidentales, todos los visitantes visten kimono y sandalias de madera. Rebobino. En el metro, en la calle, en el hall del hotel, en el restaurante del hotel, en el tren, en el aeropuerto: la mayor parte de los centenares de japoneses con que me he cruzado desde que aterricé en esta ciudad ayer por la tarde vestían a la manera tradicional. Incluso el uniforme de las azafatas de Japan Airlines tenía forma de kimono. Las variaciones respecto a la ropa de las películas de samuráis, si las buscas, son evidentes: esas amigas llevan kimonos de marca (Nike, Smile y Puma); esa pareja viste una suerte de kimono de sport, el de ella más entallado que el de él; no hay duda de que esa atractiva treintañera sólo lleva la ropa interior bajo el suyo, según me revela al situarse a trasluz.

Más tarde, la ruta que ha diseñado el señor Chang nos conduce al Ministerio de la Ficción, creado el año 2031, el primero de los trece que existen actualmente en otros tantos países del mundo: «En los discursos académicos sí que se acostumbra a citar ese hito en la cronología de la reanimación histórica, porque significó que finalmente el ser humano otorgaba a lo imaginario la relevancia política que merecía, al tiempo que se reconocía que la reanimación era en realidad una ficcionalización de la historia: además de asumir las funciones del Ministerio de Cultura, la nueva institución se encargó de gestionar las complejas implicaciones que la llegada de la reanimación histórica al gobierno estaban provocando». Tras la muerte de Haruki Murakami, el primer ministro japonés de Asuntos Ficcionales, el puesto fue ocupado por el cineasta Ryukichi Kerao. A diferencia de su predecesor en el cargo, que jamás asumió como propias las consignas del partido, Kerao vistió kimono y siguió la senda de los samuráis desde los hechos de febrero de 2028.

Hemos llegado al Templo de Yasukuni. «Durante los últimos ochenta años, diversos primeros ministros nipones acudieron a este lugar para recordar a los caídos en la Segunda Guerra Mundial, otros trataron de no hacerlo, porque aquí se rinde homenaje por igual a los caídos en combate y a los que se suicidaron por honor, a los soldados y a los torturadores, a los oficiales que merecen respeto y a los criminales de guerra que no deberían atesorarlo; pero aquel 18 de febrero se produjo una diferencia fundamental respecto a las visitas precedentes. El primer ministro Dai Maroto se encontró aquí con cien mil samuráis», prosigue el señor Chang. El resurgimiento del imperialismo japonés se había fraguado durante mucho tiempo, si no desde la recuperación económica de los años sesenta del siglo pasado, al menos desde que en 2010 China pasó a ocupar el segundo lugar de la economía global y empezaron a multiplicarse los conflictos fronterizos; pero había sido reprimido de forma tácita por la sociedad donde se estaba incubando, sobre todo tras el duelo colectivo por los muertos del desastre de 2011. Si aquel día salieron a la calle cien mil personas ataviadas como samuráis, con sus espadas y sus kimonos, es

432

porque durante los años previos se habían entrenado en el difícil *bushido*, la senda del samurái, habían practicado artes marciales, habían asumido como propio un código de honor secular y severo. Y, finalmente, estaban preparadas para la acción.

Mientras me relataba el auge del imperialismo japonés y su relación con el facing masivo, en el bar del hotel, tomándonos un whisky, por primera vez he visto fascinación, incluso admiración, en la mirada de Wo Chang. En China, me ha contado, el *cosplaying*, como el que se practicó durante décadas en Taiwán, «nunca llevó a un fin tan elevado, porque los chinos, pese a que no queramos reconocerlo, siempre hemos envidiado la superficie de nuestros rivales, el capitalismo de Europa y Estados Unidos, la estética y las tradiciones de Japón, nuestras copias de esas superficies han sido siempre perfectas, pero nunca han podido penetrar en el interior, en la esencia de esos fenómenos, porque nos falta la capacidad de sacrificio de los japoneses, de los europeos, de los norteamericanos, que renunciaron a su alma por la economía, por la belleza, por las tradiciones, porque el alma es un lastre que no te deja ser quien deseas ser, quien mereces ser». Se ha quedado mirando el océano de rascacielos que se extiende hacia la Torre Tokio y el Complejo Toyota y la Torre Mishima y los trasciende. Su rostro es inescrutable, siempre a medio camino entre la sonrisa –que nunca llega– y la dureza –que jamás es absoluta–. Es uno de los máximos expertos internacionales en reanimación histórica, respetado tanto en la Universidad Popular de Pequín como en los departamentos de cultura contemporánea de las universidades más importantes del mundo, vive en una casa envidiable con vistas a la Gran Muralla, está casado con una mujer bellísima. Pero es un hombre incompleto. «Tengo un regalo para usted, Marcelo», me ha dicho, cuando ya el licor había desaparecido y sólo los restos de los cubitos de hielo ocupaban

433

el vacío de los vasos. Se ha sacado del bolsillo interior de la americana un pequeño paquete envuelto en papel dorado. En su interior había una caja. Y dentro de ella, un peón de plata. «Sé que le gusta el ajedrez, a este país llegó tarde, porque la tradición dicta que los hombres elegantes y cultos deben profundizar en la práctica del *go*, y el ajedrez siempre se vio como un pasatiempo extranjerizante, pero cuenta con sus maestros y con sus grandes maestros y con sus artesanos, de modo que le encargué a uno de Hiroshima que hiciera esta réplica de una de las piezas del célebre tablero del emperador Hiroshito, espero que no le ofenda que sea un peón y no un rey, Marcelo», me ha mirado a los ojos y ha sonreído, por vez primera lo he visto sonreír, y había malicia en aquellos labios arqueados, «me parecía lo más adecuado para culminar una jornada, como la de hoy, que tenía que versar sobre el sacrificio, sobre el sacrificio que es capaz de acometer un hombre, unos hombres, una cultura, para que la comunidad en que se inscriben sea poderosa, porque un samurái sabe que, si tiene que matar a su hijo o a su mujer porque lo han traicionado o si tiene que batirse por una ofensa, que si es su deber eliminar a alguien a quien ama o suicidarse él mismo, sólo lo podrá hacer si esa acción favorece al conjunto de la comunidad, como los peones, que son sacrificados para sacar ventaja, para salvar al rey, para ganar la partida.»

Nos hemos enzarzado en una compleja india de rey. Los peones se bloquean mutuamente en el centro del tablero, como ladrillos blanquinegros. Son apoyados por los caballos y los alfiles. Él ha ubicado su reina en la segunda casilla de su alfil, cubriéndole a éste las espaldas, en la misma diagonal blanca. Yo, en cambio, la he llevado a la tercera casilla de mi alfil de rey, para que defienda el único peón que no está encasillado, que amenaza y es amenazado por el peón suyo de rey, en la única tensión explícita hasta ahora. En contra de mis viejos hábitos, quizá precisamente por violentar al que era yo hasta hace una hora, me enroco largo. La partida tiene todos los visos de convertirse en una carrera contrarreloj: quien antes abra las columnas que apuntan hacia el rey del adversario, quien antes destruya el enroque contrario, quien antes consiga penetrar con sus piezas mayores en las líneas defensivas del enemigo, si ha logrado mientras tanto que sus propias defensas se mantengan mínimamente sólidas pese al acoso indiscriminado, podrá ganar.

Xabier y Chang no han parado de hablar durante esta primera hora. Las drogas inconscientes me ayudan a tolerar ese ruido de fondo. No había reparado en la complicidad (un tanto fría, pero complicidad al fin y al cabo) que existe entre ellos. Locuaces, casi bromistas, como si llevaran años aguardando este momento. Vaya con Marcelo, no se ha oxidado en todo este tiempo. Tendría que haber sido el maestro de ajedrez de Thei, un deporte científico es el mejor antídoto contra el misticismo. Buena jugada, me quito el sombrero. Una india de rey, sí señor, como en los viejos tiempos. No puedo creer lo que ven mis ojos: ¡se ha enrocado! No hay duda de que a Shu le hubiera gustado asistir a este espectáculo, no me cabe duda de ello. Ahora ya sabemos lo que hacía todo el día en la cama o frente a la pantalla de su ordenador, sin hablar con nadie, estaba estudiando, estaba preparando esta partida.

—Este duelo —le corrijo a mi viejo amigo.

Entonces, Xabier, en pie desde que había sido obligado a cederme su asiento, se deja caer en un banco cercano; y Chang, que jugaba muy erguido, dividiendo su mirada entre el tablero y el rostro de su cómplice, entrecruza sus manos formando un triángulo equilátero con los brazos y hace reposar en el puño único su barbilla, para clavar su atención en las piezas enfrentadas. Prepara el asalto de su caballo de reina a la casilla central, protegido por dos peones y, tras ellos, la pareja de alfiles. No hay nada más molesto que un caballo en esa posición: dificulta los movimientos de tus piezas, constituye el perfecto aliado de cualquier táctica de ataque y puede regresar, en un único tiempo, a las labores defensivas. Mi alfil negro, que me gustaría destinar al ataque de su enroque, protege esa casilla que él desea ocupar con su caballo. Lo hace. Y, sin dejar pasar un instante, contra toda sensatez, cambio mi alfil por su caballo. Ahora es un peón negro el que ocupa ese lugar maldito. No se lo esperaba. Peones doblados. No sé por qué lo he hecho. Trato de concentrarme de nuevo. Xabier sonríe, siento su sonrisa como un dardo en mi mejilla. Muevo mi pie, nerviosamente, como si apretara un pedal, un acelerador; mi adversario, en cambio, permanece quieto.

No sé cuánto tiempo pasa y hay un vaso a mi lado y otro al lado de mi oponente y otro en la mano de mi viejo amigo y de los tres emana el mismo olor a vodka, tan sólo dos dedos.

–¡Por el duelo! –propone Xabier.

Chang medio sonríe y levanta también su vaso; yo, torpemente, tardo unos segundos en reaccionar, cojo el mío, lo elevo, desconcertado por el clinc del cristal casi opaco. Ellos agotan sus vasos; yo, que hace siglos que no bebo, doy un brevísimo sorbo. Esa botella, en la mesa de Xabier, es inverosímil. Una botella recién abierta de vodka ruso, ni más ni menos.

–Es de mi reserva personal, querido Marcelo –me explica Chang.

–Alguna ventaja debe tener ser el pasatiempo del jefe –añade Xabier.

Imagino un escondite lleno de pistolas, munición y botellas de vodka. Un escondite escondido lleno de armas y bombas y balas y metralla y cajas de cartón con litros y litros de vodka ruso en un escondrijo. Imagino una madriguera, una recámara, una caja fuerte, un rincón remoto, recóndito, una cueva alibabesca, una alacena, el doble fondo de una maleta o de la funda de un violoncelo, un zulo, un recoveco, un sótano, el subsuelo, las alcantarillas, un entero sistema de alcantarillado imagino. Parece que estoy concentrado en mi próximo movimiento, pero en realidad han conseguido distraerme. Ése era su propósito. Tengo que apartar las palabras y regresar a las piezas. Las miro, una por una. Peón, peones, alfil, caballo, torre, reina o dama, rey: las miro y las nombro, una por una. Así, regreso a la partida, a ese peón central y doblado, a mis torres que desean apoyar esos peones del flanco de rey, que empiezo a avanzar hacia su enroque. No más brindis. Ni más comentarios. Que permanezcan callados.

—No te has acabado el vodka. —Xabier, de nuevo.

—Sabes que no puedo concentrarme si no paras de hablar, nosotros siempre jugábamos en silencio...

No me responde. Aprieta el puño, me taladra con los ojos, pero no me responde. Ha acumulado tanto odio, Xabier, durante todos estos años, y yo no me he dado cuenta. Durante diez o quince minutos habla sin decir nada, como si masticara un chicle.

—Buenas noches. —Y se va.

Al fin a solas. Con el gusto del licor aún en la punta de la lengua, me convenzo de que he esperado este momento durante toda mi vida. O, al menos, durante los últimos quince años de mi vida. Desde que Shu me confesó, aquella tarde remota, en la misma bañera de siempre, que le tenía miedo. O desde que él me regaló el peón de plata, como quien regala una amenaza. O desde el parto. O desde que vi a Thei sumergiendo su mano en la entrepierna de Carl, hijo de mil putas y de remil rameras. Este duelo. Espalda contra espalda, sin padrinos, diez, veinte pasos, dos disparos: un único muerto.

Al avance de mis peones por el flanco de rey ha replicado con el avance de los suyos por el flanco de dama. A mis torres comunicadas a la altura de su enroque ha respondido con las suyas comunicadas a la altura del mío. Los peones de ambos llegan al mismo tiempo: chocan contra los de la defensa contraria, alguno se pierde en la escaramuza. Su *fianchetto* dificulta mi incursión; mi enroque es más débil. Pero doblo las torres en la última columna. Apuntalo mis caballos: uno en la defensa del rey propio, el otro en el ataque al rey contrario. Llevo mi alfil al hueco que abre el triángulo de su enroque. Alfil por alfil. Torre por alfil. Saca al monarca de la casilla del peligro. Devoro con mi torre su peón. Lo pone a salvo en la segunda casilla de rey. Sólo he ganado un peón, tengo que incrementar la presión sobre su castillo en ruinas. Concentro mis neuronas en esa zona del tablero y empiezo a generar variantes de ataque para mis adentros. En su mayoría son combinaciones de jugadas que conducen a una clara ventaja, a través de jaques que son ataques dobles; en algunas de ellas incluso alcanzo el jaque mate. Cuando llego a ese momento de mis anticipaciones, no puedo reprimir la sonrisa al ver –como si hubiera ya pasado y fuera cierto ya– la derrota de Chang, cómo sin mirarme derriba su rey, se rinde, para evitar que yo pronuncie las dos palabras que certifican mi victoria. Puedo ganar. Voy a ganar. Va a llegar la estocada definitiva, el disparo certero, el fin que esta situación se merece, preámbulo de un reinicio que todos necesitamos como agua de mayo (las viejas expresiones o herencias). Llevo finalmente mi dama a primera línea de combate. El principio del fin.

Él medita durante muchos minutos. El silencio se disuelve en la luz amarilla. Los números y las letras que organizan, blanquinegros, el ámbito del duelo, se elevan desde las casillas, se combinan, se abrazan, bailan entre las piezas, un movimiento que entre tanta quietud es sin duda la orgía de la victoria, de mi victoria, al fin he actuado: lo reté, jugué limpio, sin ceder a la tentación de usar los ardides deshonestos del adversario, gané, estoy ganando, las letras y los números eso dicen, eso representan. Han pasado al menos veinte minutos cuando despega el codo de la mesa, alarga los dedos huesudos hacia su reina y la acerca al monarca en peligro. Un movimiento defensivo. Ha calibrado sin duda la magnitud de la amenaza y renuncia al ataque. No sólo eso. Un momento.

–Piensa.

En efecto. Desde la nueva casilla, la reina cumple un doble propósito, defiende y amenaza mi propia dama. Me rindo a la evidencia. No puedo sacrificar mi reina a cambio de la suya. Sus torres y las mías quedarían tácitamente en equilibrio: yo ganaría algunos peones en ese flanco, los mismos que él en el otro, torre por torre, quién sabe si torres por torres, un alfil contra un caballo, tres o cuatro peones en cada bando, acabaría el medio juego, entraríamos en un agotador final.

Esa diagonal. No había visto esa diagonal. Su dama no sólo protege a su rey y amenaza a mi reina, también ha ocupado una diagonal ciega que conduce directamente hacia una casilla desprotegida, demasiado cercana a mi propio monarca. Si cierro los ojos, proyecto los movimientos que desembocan en el jaque mate. No me queda más remedio que matar su dama con la mía y dejar que su rey acabe con mi reina. En un abrir y cerrar de ojos, mueren las torres, muere el alfil y el caballo, quedan tan sólo dos islas de peones enfrentadas, orfandades siamesas, con su peón doblado al frente.

–¿Tablas?

¿He sido yo quien ha formulado esa pregunta? ¿Un nuevo acto impremeditado, reflejo, absurdo? ¿Una nueva renuncia? ¿Hemos errado ambos en nuestros disparos? ¿Dónde están los padrinos? ¿Son necesarios? ¿Puede uno batirse en solitario, sin aliados, sin alianzas? ¿Qué necesita Chang para sacar de nuevo su pistola? ¿Cuál es el resorte que activará otra vez la ejecución de la violencia? ¿Por qué he jugado al ajedrez con un asesino? ¿Por qué el tacto de las piezas de madera me ha recordado el del Diccionario? ¿Cuándo abrirá la celda y dejará libre a la bestia de nuevo? ¿Le he ofrecido tablas? ¿Le he suplicado tablas? ¿He vuelto a perder el control de las palabras?

–¿Tablas? –repite Chang, ofreciéndome la mano derecha.

Asiento, cabizbajo, ante mí esa mano que se tiende inverosímil hacia él; encajan esas manos ajenas; me levanto; me giro; avanzo; él ha empezado enseguida a recoger las piezas, puedo oír cómo las introduce, una a una, en la caja; salgo del refectorio, sin mediar palabra.

Al entrar en la penumbra del pasadizo, respiro, aliviado.

Debe de estar en el almacén, como siempre, últimamente.

Cincuenta y dos pasos me separan de esa habitación iluminada por decenas de velas encendidas, la cera derretida y petrificada sobre el suelo de cemento; de esos barrotes cubiertos por fotografías; de ese altar que he ignorado durante demasiado tiempo.

La antigua celda se ha convertido en un santuario de luz macilenta e imágenes de un pasado lejano, casi ficticio.

Frank y Ling, tan elegantes como sonrientes, con la Torre Eiffel a lo lejos.

Carmela con un vestido blanco; Carmela con Thei en brazos, sonriendo a cámara; la cara jovial de Carmela.

Anthony en la adolescencia, sentado en un escritorio, con la mirada retraída bajo unas lentes que nunca antes había visto.

Más cuerpos y rostros, que no reconozco, imágenes en color y en blanco y negro, caras impresas en tres dimensiones, cabellos y ojos y labios y bocas y cuellos y orejas y manos y brazos y jerséis y dedos y uñas y chaquetas y pantalones y gafas de seres que significaron algo para mis compañeros de encierro.

En el interior de la celda, se alza un altar con cirios más gruesos, botellas vacías con collares y rosarios y abalorios en sus cuellos; en el centro se encuentra la vieja y sucia muñeca de Thei, vestida de blanco, acostada en un nido de trapos, ante un retablo de cartón con dibujos de flores y de estrellas en el lugar que deberían ocupar las flores y las estrellas reales que desaparecieron.

Sus ojos ámbar refulgen como los de un gato. Y me increpan.

He sido el ciego de un país lleno de tuertos.

Por alguna inexplicable razón, hasta ahora no reparo en las fotografías de Shu. Son cuatro. Han sido atadas al mural de los barrotes con alambre y conforman una secuencia: camina, tapándose parcialmente la boca con una mano y sosteniendo una sombrilla nívea con la otra, por la Ciudad Prohibida, mientras mira a cámara, como si la mirada quisiera contradecir el pudor del gesto. Un discreto vestido blanco, con minúsculas margaritas estampadas, cubre su cuerpo frágil. Los brazos desnudos. Sin tacones; sin maquillaje. Me mira. Cuatro instantes de un mismo momento. Yo le tomé esas cuatro fotos, es mía esa mirada fósil, era el tercer mes de su embarazo.

Siento una mano en mi hombro. Oigo una voz que dice, a mis espaldas:

—Yo también la echo de menos.

La luz de las velas y los cirios se está apagando. Huele a cera fundida. Chang señala los barrotes cubiertos de fotografías: él es una sombra que no deja huellas, a mis espaldas, sólo veo su mano y escucho su voz.

—Lo dispuse todo para que, de ser atacado por una nueva crisis, fueras el nuevo inquilino de ese lugar; pero la Historia es impredecible. —Hace además de posar su mano en mi hombro, pero se corrige enseguida y la hace retroceder–. Mientras continúen creyendo en Thei, este espacio tendrá que seguir siendo un santuario o un memorial y no una celda. Mientras tanto, seguiremos empatados.

La decisión de hacer una copia de seguridad de la Red se tomó a mediados de 2019, cuando los países miembros de la ONU se concienciaron de la necesidad de combatir la erosión inexorable de internet, la desaparición diaria de millones de datos que no estaban registrados en ningún lugar físico y por tanto no eran recuperables, un fenómeno que avanzaba a un ritmo mil veces mayor que la desertización global. Se decidió realizar una copia de la Red cada diez años. Para tal efecto se destinaron cien kilómetros cuadrados de la Zona. El proceso duró tres meses. Como un escáner del tamaño de un planeta, megamillones de células fueron avanzando por las ondas espaciales archivando a su paso el espejo del mundo, su representación virtual a todas las escalas que los seres humanos habían creado hasta entonces. La Copia, también conocida como el Reverso, el Doble y La Otra Red, era internet tal como existía el día 1 de enero de 2020, aunque para entonces, por supuesto, ya había quedado desactualizada. Durante la década siguiente se fracturó el consenso de la ONU en tantos ámbitos que fue imposible reeditar la operación. Cuando estalló la Guerra y desparecieron la mayor parte de los servidores y fueron borradas las compañías informáticas, la tridimensionalidad de la Red desapareció y con ella lo hicieron quince años de datos, infinita información archivada en el espejo. La Red, suplantada por la Copia, es decir, por su propia madre, desapareció para siempre.

Con ella lo hicieron aquellas fotografías de Shu. Pero ella las había impreso. Y las guardó su marido. Y las heredó su hija.

Hubiera tenido que buscar en las grabaciones de las cámaras la tarde anterior al parto: haber vuelto a leer en sus labios lo que entonces me dijo. Pero no lo hice. Tampoco busqué el vídeo de aquella noche en que Carmela, tumbados sobre los cojines de la sala de meditación y descanso, me dijo que me quería. Ni aquel almuerzo del primer año durante el que le conté a Xabier cómo fue para mí vivir a distancia la primera amigdalitis de Gina. Por alguna razón que no entiendo, porque durante años me pareció el evento crucial de nuestro encierro, tampoco se me ocurrió volver a ver la pelea entre Gustav y Carl, a raíz de un desacuerdo que nadie pudo explicarse y que guardaba relación con cuestiones irresueltas del pasado, sendos puñetazos y muchos gritos que nos arrancaron durante algún tiempo del letargo; desde entonces Gustav dejó de hablar en público y, cuando tiene que comunicarse, fuerza la conversación íntima, en un rincón, fuera del alcance de los oídos del resto. Nada de eso busqué en las cámaras y ya lo estoy olvidando. Porque eso es la vida: olvidar. Porque eso es hacerse viejo: morar (esas palabras) progresivamente al otro lado, el del olvido.

—La zona abisal donde desaparece el recuerdo de las últimas palabras que me dedicó Shu.

La llamé en cuanto aterricé en Pequín. El avión había llegado de milagro, apurando hasta la última gota de la reserva de combustible, con todo el personal de la embajada de China en Buenos Aires a bordo y, en los asientos sobrantes, algunos privilegiados porteños que, como yo, tenían pasaporte diplomático. En el reverso de la córnea me brillaban aquellos dos hongos atómicos. Shu estaba en casa.

—Chang se encuentra en el cuarto de al lado —me dijo en un susurro—, Buenos Aires ha sido destruido, vi las explosiones… —Después de diez horas de avión en silencio, con los ojos muy abiertos y la mirada muy perdida, cerré los ojos, recuperé la mirada y rompí a llorar.

–Chang no quiere a nadie más en el búnker.

–No tengo adónde ir.

–Si le digo que te recojamos en el aeropuerto, se enterará de mis sentimientos especiales por ti.

–No me importa, Shu, no me importa, va a haber más bombas, por Dios, tienes que ayudarme.

Durante algunos segundos (años luz) ella permaneció en silencio. Escuché la voz de su marido, a lo lejos, preguntando: «¿Quién es?».

–Espéranos en la parada de taxis, te recogeremos en media hora.

Y colgó.

El aeropuerto era un caos. Mientras avanzaba entre la muchedumbre, arrastrando mi maleta, me sentía en el preámbulo del apocalipsis: informaciones contradictorias, buscavidas al acecho, familias que llevaban acampadas varios días con sus noches entre mantas y maletas, vuelos que se cancelaban por efecto dominó, imágenes de explosiones nucleares en pantallas gigantes, gritos, políticos escoltados por soldados, carteristas, lavabos encharcados a cuyas puertas había azafatas que ofrecían felaciones a cambio de transporte, familias enteras con anacrónicas máscaras de gas, empujones, carreras, el aeropuerto será cerrado en las próximas horas, últimas noticias desde El Cairo, desde Washington, desde Sídney, desde Tokio, desde Ciudad del Cabo, un agujero negro rodeado de tierra, el cordón desatado del zapato. Cuando me agaché para atármelo, arrodillado, un escalofrío fulminante me recorrió la columna vertebral. No vendrán. Shu no ha convencido a su marido. Llegué al fin a la parada de taxis. No había taxis. Hasta los taxistas están buscando su refugio, dijo alguien en inglés. Los vehículos particulares aparcaban y se iban a gran velocidad, asediados por quienes suplicaban ser llevados a cualquier parte que fuera un poco más segura. Fui empujado en dos o tres ocasiones antes de ver el coche del señor Chang.

Shu, sin bajar la ventanilla, me hizo un gesto desde el asiento trasero. Subí desorientado y torpe al vehículo en marcha; me senté al lado del conductor con la maleta en brazos; cerré la puerta al tiempo que la maleta y yo éramos sacudidos por un terrible acelerón. Alguien alcanzó a golpear el maletero con un puño o un bastón. Me volví para decir «gracias». Habían pasado dos meses y medio desde nuestro último encuentro: pese al maquillaje, se advertía que tenía el rostro muy hinchado; pese al vestido, ancho y negro, estaba claro que yo me había equivocado en mis cuentas durante el vuelo, cuando desesperado por no pensar en mi propia muerte, recordé todos los cumpleaños de Gina, todas las mujeres a las que había besado desde la adolescencia y las semanas de embarazo de Shu. Era su cuadragésima semana.

—Todo esto es demasiado peligroso —dijo Chang, con los pómulos hundidos por la tensión, y no volvió a abrir la boca.

Me agarré al asidero que había sobre la ventanilla y dirigí la vista hacia el asfalto, los monorraíles vacíos, los escasos vehículos que circulaban, las masas humanas que se movían a pie o en bicicleta por la periferia, sin rumbo, buscando refugios que no podrían acogerlos a todos. En los anillos urbanos, nos cruzamos con decenas de coches abandonados, con dos contenedores humeantes y con una barricada. Chang sabía que yo había llamado a Shu a su micromóvil. El cielo era una nube de gas mostaza al atardecer. Chang sabía que su mujer y yo nos habíamos visto a escondidas, nos habíamos acostado, habíamos cogido. Hasta conocía la existencia de la bañera y del espejo. Por eso me había regalado el peón de plata. Pero, en vez de sacrificarme entregándome a la marabunta anónima del aeropuerto, me había recogido. Recuerdo la mirada de reproche de una niña sentada en el asiento trasero de un taxi desvencijado, junto a su media docena de hermanos y hermanas. Imaginé el parto en el búnker al que nos dirigíamos, el bebé de piel blanca y de ojos redondeados. Imaginé a Chang clavándome en el corazón una espada de samurái. Me imaginé penetrando a Shu por última vez. Me vi a mí mismo abriendo la puerta, saltando del coche, rodando por el asfalto, corriendo hasta desaparecer. Llegamos al barrio de Qianmen.

–Lo siento –dije.

Sin darme cuenta, había arrancado el asidero, lo tenía en la mano.

–Lo siento mucho.

En algún momento Chang detuvo el automóvil y nos ordenó que nos bajáramos. Me dio el baúl con ruedas que ocupaba por completo el maletero. Dejó el motor en marcha y las puertas abiertas, para atraer a algunos de los que se arremolinaban en la entrada del túnel. En efecto, una decena de ellos salieron corriendo hacia el vehículo abandonado, despejando el acceso. No puedo evocar sus facciones. La mano derecha de Chang estaba en el interior del bolsillo de su gabardina, mientras que la izquierda sujetaba firme por la cintura a su esposa encinta y la empujaba levemente, para que no se opusiera a penetrar en aquella oscuridad que él conocía tan bien. Yo era un criado, el chico de las maletas, circundado por bultos al acecho. En algún momento se llevó la mano a la oreja, llamó, dijo «estamos llegando», le abrieron Carl y Anthony, que con sendos bates de béisbol mantuvieron a raya a los que trataron de entrar con nosotros. La puerta se cerró tras nuestro paso.

Mi mirada se entrelazó entonces en el vientre de Shu, secuestrada por la palabra «vientre». Ventral, ventrisca, vientre, vientres redondos, vientres rotundos como embarazos, sistemas solares de música esférica, huevos que se quiebran

446

para alumbrar retoños, bebés, dragones, cuerpos celestes, planetas preñados de satélites y de soles, esferas de luz a punto de ser dadas a luz, la partida que es todo parto. Me arrancó de mi primer ensimismamiento la voz de Carl, que le decía a Gustav que estaba cayendo internet, que estaba emergiendo la Copia, que las pantallas de la humanidad retrocedían hasta el 1 de enero de 2020, atestados de noticias lejanas, pero que eran comentadas por sujetos desesperados y vivos, nuestros contemporáneos. Textos e imágenes pretéritas con notas a pie de página de un futuro en extinción. El pasado le ganaba la partida al futuro, pero éste se resistía, con estertores léxicos, con palabras del presente.

En la grabación de la tarde anterior al parto hubiera visto los labios de Shu cuando me decía, escondidos los dos en la sala de meditación y de descanso, que a partir de ahora todo tenía que ser diferente, que me olvidara de ella, que entendiera que estaba a punto de ser madre, que hoy, quizá mañana sería madre, y que la guerra y que el búnker y que Chang, pero yo no pensaba en sus labios, yo no pensaba en poseerla, yo ni siquiera pensaba en que «amor» pudiera ser una palabra puente entre nosotros, yo sólo ardía en deseos de preguntarle si Chang había descubierto lo nuestro. En aquellas imágenes vería mi sudor, mi miedo. Le temía a Chang. Shu, finalmente, se dio cuenta. Bajó la mirada. No me estás escuchando. Todas mis cábalas eran falsas. Decepcionada, como si hubiera escuchado mi mente durante todo aquel trayecto desde el aeropuerto hasta las cercanías del búnker, me dijo: «No te preocupes, la niña no es tuya y le dije a Chang que habías llamado al teléfono de casa». Y se palpó el vientre, aquel vientre de nueve meses, para consolarse. Sabía que había dos bebés en su interior y que uno estaba muerto.

Sin embargo: he vuelto a hablar con Thei.

Me pareció ver una cucaracha: sus ocho patas peludas y la curva negra de su abdomen; pero no, era una hormiga: sus ocho patas sin pelos y las curvas negras de su abdomen; una hormiga que huía del agua, si fuera posible que aquí haya hormigas, si fuera concebible que aquí habiten insectos, como las hormigas que contaba Mario, hormigas que sólo pueden significar vida en el exterior, vida que se introduce por las grietas minúsculas del búnker, una hilera de vida que llega hasta nosotros, los desamparados, para decirnos que la radiación pasó, que podemos salir e iniciar el viaje, porque salir de aquí sólo puede significar eso, el éxodo, la búsqueda mesiánica de las comunidades supervivientes, la procreación, la reconstrucción verdadera, la repoblación del mundo que destruimos, por eso es mejor olvidar la posibilidad de la grieta y de la hormiga y centrarse en el agua, en la música del agua, en su tacto de adoración y placer.

El agua, al salpicar contra el cemento, iba empapando la tela de mis pantalones. Primero, las rodillas, después también los muslos y, desnudas, las palmas de las manos, que palpaban el suelo como si fueran las de un fiel en su mezquita, y al fin el sexo, mi sexo, doblemente humedecido, como mis mejillas, que recibían la humedad fría de la ducha y la cálida de mis lágrimas, mojado por dentro y por fuera, a punto de derretirme o de morir, mientras los pies de Thei bailaban y sus pantorrillas depiladas se estremecían y sus rodillas, dubitativas, miraban hacia el exterior y hacia el interior de sus muslos, por donde el agua bajaba y nos ensordecía.

La presión del agua, el vapor, la consternación han amortiguado su grito.

En un primer momento ha retrocedido hasta pegar su cuerpo contra la pared de la ducha, pero enseguida –por un acto reflejo– ha abierto la puerta de una patada y yo he aparecido ante sus ojos, arrodillado, mojado, incapaz de sentir excitación alguna ante su desnudez al fin conseguida. Ella, mientras se tapaba con las manos un pecho y la entrepierna, quería gritar. Yo le suplicaba con mis ojos enrojecidos que no lo hiciera. Ha comprendido rápidamente que no era la primera vez. Ha entendido en pocos segundos que ella tenía todo el poder: que yo era su súbdito, su esclavo, un feligrés de su húmedo templo, un pobre diablo consumido por el deseo. En tres segundos ha desaparecido el respeto que le merecí durante los años en que le enseñé a redactar y a leer, y la admiración que sintió por mí el día en que le entregué la memoria de la Guerra; y esa doble desaparición, unida al falso recuerdo, la falsa interferencia de su mano enfundando la verga de Carl, ha alargado mis brazos, ha convertido mis manos en tenazas, ha hecho que agarrara sus tobillos.

Me levantaría, cerraría la puerta de la ducha, me la cogería durante horas, por delante y por detrás, sin contemplaciones, acabando en su boca abierta, en su concha de mujer, en su orto de niña, en su piel sin raza. Eso es: sin contemplaciones, como ya hice con su madre y con ella y con su hermana muerta, hace tanto tiempo, en hoteles de lujo pagados por la ONU, hoteles de esponjosas toallas grandes como sábanas y enormes bañeras un tanto onduladas y espejos que pronto serían borrados de la faz de la Tierra.

–Borrados de la faz de la Tierra.

Pero la luz amarilla me paraliza y regresa el llanto, multiplicado, me deshago, sin desprenderme de sus tobillos, convulso, epiléptico, mi frente y mi nariz golpean el suelo de cemento a través del charco, como un muñeco a pilas fuera de control. Hasta que Thei cierra el grifo de la ducha, se agacha para acariciarme el pelo y dice «tranquilo, Marcelo, tranquilo», con una voz capaz de apaciguar a un caballo desquiciado. Entre sollozos, balbuciente, le pregunto que por qué eligió a Carl, por qué a Carl, por qué a él y no a mí.

449

–No me lo hace a mí. No lo hago yo –me dice, extremada y confusamente tranquila–. Es la otra. No soy yo –te lo mostraré, me susurra, mientras se toca nerviosamente el lóbulo derecho–, yo permanezco a salvo, me entrego a Susan y a Esther, porque tú piensas en la Historia, pero alguien tiene que pensar en el Futuro y en la Fe.

En la cama, enfebrecido, me bebo de un trago mi botella de Jack Daniels.

La última noche en Buenos Aires, veinte horas antes de mi vuelo, de mi huida, de los dos hongos nucleares, bebido, llamé a Laura. Damián había dejado el apartamento unos meses antes, para siempre, Gina estaba en casa de una amiga, el taxi me dejó en la puerta al cabo de veinte minutos, la primera vez acabé en su boca, de pie, en el recibidor; la segunda, en su concha o en su coño, qué más da, sobre la alfombra arrugada; la tercera, ya en la cama, entre sábanas que olían a viejo, en su ano dilatado. Sin forro. En algún momento de la conversación posterior, que se demoró hasta el alba, me recriminó que ella y yo nunca hubiéramos hablado de dinero: que yo no le hubiera revelado nunca cuánto cobraba y que ella jamás hubiera hablado conmigo sobre su herencia.

–Lo más íntimo es la economía, Marcelo, eso fue lo que me ofreció Damián desde el primer momento, un diálogo sincero sobre el dinero, *nuestro* dinero. Siempre supe que en tu celo por el dinero había en realidad un plan de huida.

Antes de irme, volvió a chupármela y, con la boca llena de semen, me dijo «te lo debía».

Laura, que no me había dejado penetrarla durante el embarazo.

Durante los días siguientes, me releo. Vuelvo a trabajar en mis propias anotaciones, en mis propios subrayados. No soy capaz de dejar de hacerlo.

–Nada: nadie.

Cuando me siento irrevocablemente triste me sumerjo en la contemplación de la página de color verde electrónico.

Sigo escribiendo.

La hermana de Thei me deja espiarla en la ducha: la puerta entreabierta, apenas unos tres centímetros, jamás cruza su mirada con la mía; a menudo no soy capaz de excitarme, pero sigo mirándola, inerme. Y Thei pasa las mañanas en la sala de control y las tardes y noches en el santuario, rezando, rodeada de las velas prendidas y de quienes desean que les contagie su paz. A veces me siento junto a Susan, Ulrike, Gustav y Esther, en posición de loto, y cierro los ojos y me dejo llevar por la música monótona y tranquilizante que entonan, como el eco de un coro.

Siento que voy creciendo hacia mi fin, aumentando hacia mi propio final.

Carl morirá, Chang morirá, irá cediendo el peligro, se irá extinguiendo la radioactividad letal que nos ha mantenido aquí dentro, y aunque otros hereden la pistola y el control, se difuminará el peligro y todos moriremos.

De esta fiesta mundial de la muerte, de este temible ardor febril que incendia el cielo inexistente, lluvioso y radioactivo del crepúsculo continuo y amarillo, ¿escapará algún día Thei, se elevará algún día el amor? ¿Acaso caminará durante años, como líder o como rebaño, hacia la Cúpula Ártica o del Apocalipsis, ese lugar donde fueron almacenadas todas las semillas del futuro? ¿La acompañará alguno de nosotros, el penúltimo superviviente?

–Si no soy yo el elegido por el azar, la casualidad, el destino o el maestro supremo, dedícame una semilla, Thei, sólo una, la semilla que transfigurarás en campo, silo, granero, reino de la espiga.

Una semilla por aquella hormiga cuya existencia no revelé, porque es mejor así, que el mundo se reconstruya y ella siga aquí, protegida por estos ancianos, quemando años, que el mundo prosiga con su reconstrucción y cree los relatos del mesías que habrá de llegar, que todavía sigue bajo tierra, ese cuento que un día será interpretado como lectura verosímil del futuro. Ahora que el búnker ya no existe para nadie, porque sólo existía para Mario y Mario (acéptalo) ya no está, se ha ido para siempre.

Por las noches, cuando nadie me ve, escondo latas en el agujero de la antigua celda, por si alguna vez entro en crisis y tengo que tomar el camino del exilio.

Debo dejar de escribir este texto, que ya ha terminado, que se transforma en legado. Mi herencia para Thei. Estoy en deuda con ella (me ha revivido) y con su madre (nunca sabré cómo convenció a Chang para que vinieran a buscarme al aeropuerto). El pase del testigo. Mi herencia para nada, para nadie, para mí, para ti, para Thei, quién sabe, nadie puede saberlo.

Empiezo ahora a reescribir el Diccionario, porque ya me lo sé de memoria y ahora es preciso que lo integre en mí, por completo, a través de todas y cada una de sus grafías.

Con el lápiz, resigo la letra, la preposición, la vocal «a»; los sustantivos «dirección», «persona», «pertenencia», «vocal», «letra», «preposición»; el verbo «indicar»; la palabra «abecedario». Continúo con la segunda palabra, «as», la punta del lápiz resigue el perfil de la letra «a» y el de la letra «s» y después de cada una de las letras que componen las palabras que a su vez componen su definición, que yo compongo a través de sus varias definiciones. Y prosigo. Sólo me queda el lenguaje, pero no todo el lenguaje, sólo este lenguaje, el que está contenido en el baúl que es el Diccionario, en mi búnker o zulo dentro del zulo o búnker o baúl o cámara acorazada. Y continúo. Mi Copia. Toda la noche. Hasta llegar a «atemporal», «atenerse», «aterrar», «atizar», «atolondrar», «átomo». No me detengo. Ni siquiera en la palabra «átomo», la unidad básica de la materia según teorías antiguas, con sus neutrones orbitantes, ni siquiera en la palabra «átomo» me detengo. Me ocupará varios años este proyecto de reescritura. Pero el tiempo no es un problema cuando has dominado la palabra «tiempo». No es problema. No. En absoluto. Y cuando acabe, si acaso lo logro algún día, tanto si el destierro me roba definitivamente la luz amarilla como si no lo hace, seguiré leyendo, por supuesto, seguiré leyéndome, porque somos lenguaje, un texto interminable que como un mapa nos recorre el reverso de la piel. Cuando llegue ese momento, si acaso llega, giraré mis globos oculares, dirigiré mis pupilas hacia mí mismo y leeré mi propia oscuridad.

LOS TURISTAS

Para Francesco

Cuántas sandalias desgastó Alighieri en el curso de su labor poética por los senderos de cabras de Italia. El *Infierno*, y sobre todo el *Purgatorio*, glorifican la andadura humana, la medida y el ritmo de la marcha, el pie y la forma. El paso, asociado a la respiración y saturado de pensamiento: esto es lo que Dante entiende como comienzo de la prosodia.

ÓSIP MANDELSHTAM,
Coloquio sobre Dante

La mujer de la multitud

Huella y aura.
La huella es la aparición de una cercanía
por lejos que pueda estar lo que la dejó atrás.
El aura es la aparición de una lejanía,
por cerca que pueda estar lo que la provoca.
En la huella nos hacemos con la cosa;
en el aura es ella la que se apodera de nosotros.

WALTER BENJAMIN,
Libro de los pasajes

Como cada mañana, se dispone a pasar la jornada en el aeropuerto, estudiando a los pasajeros, desentrañando el enigma de sus rostros, viéndolos subir en aviones hacia destinos cercanos o remotos, qué más da, móviles ajenos a su destino inmóvil.

La carburación del motor se apaga como sus pensamientos. Anthony pone el freno de mano, coge del otro asiento la cartera de piel negra que se recorta sobre la tapicería beige, desciende ágilmente del Jaguar y, mientras se cerciora de que todo está bajo control, abre la puerta de su pasajero. De perfil, su chófer siempre le ha recordado a un actor de su infancia, uno de esos secundarios en blanco y negro de películas de intriga, no tanto el mayordomo como el vecino sin una sola línea de guión. Desnudo de la gorra que siempre llevó Ian, su padre, con el cabello meticulosamente peinado con raya al lado y con su metro noventa de estatura, deben de pensar que es su guardaespaldas, esos curiosos que se han girado para admirar la superficie bruñida del automóvil y su célebre felino plateado, como si precisara de protección la rutina que es su vida.

–Aquí tiene, señor Van der Roy –le dice Anthony mientras le entrega la cartera.

–Gracias, querido, nos vemos a las seis en punto, como siempre.

Aún resuena el chasquido de la puerta al cerrarse cuando

el chófer ya ha regresado al lugar que le corresponde y el motor, a su música ronca. La escucha alejarse. Sólo al ver que un taxi ocupa el aparcamiento que había quedado vacante se da cuenta de que el silencio de la mansión rodeada de prados y la melodía motorizada del trayecto en el viejo vehículo han sido, al fin, sustituidos por el ajetreo de la muchedumbre. El aeropuerto de Heathrow es megafonía, bocinas, pasos, ruedas que se arrastran sobre el pavimento, voces, gritos; altavoces, coches, pies, maletas, bocas, frenesí en movimiento.

Atraviesa la puerta automática y se dirige hacia el mostrador de primera clase de British Airways. Tras atender a un joven ejecutivo que vuela a Bruselas, la azafata sonríe tras levantar la mirada:

–¡Señor Van der Roy! ¡Qué alegría volver a verle!

–Lo mismo digo, Sally, ¿cómo ha ido la convalecencia?

–Ha sido dura, no lo voy a negar –la sonrisa se esfuma del rostro de la mujer, cuyas arrugas son disimuladas por el maquillaje–, hoy hace justo un año del accidente, pero lo importante es que me he recuperado y he vuelto a mi puesto… Recibí sus flores, preciosas, y aquel tren de juguete tan, pero tan especial, señor Van der Roy –se miran a los ojos–, Herman, los niños y yo se lo agradecimos de corazón.

–Voy a echar de menos a Jodie, pero no menos de lo que te he echado de menos a ti. Un año no puede competir con una década –dice Vincent.

Tras introducir el código de su British Gold Card, la azafata le entrega la tarjeta de embarque y se despiden.

En el umbral del detector de metales, el guardia de seguridad le saluda también por su apellido y le permite pasar sin que introduzca en el escáner la cartera ni la americana negra. Permanece quieto en la escalera mecánica que desciende. Para ser un viernes de noviembre a las nueve de la mañana, el aeropuerto no registra demasiada actividad. Sólo el local de McDonald's y el establecimiento de Harrods, como es habitual, acumulan personas en tránsito. No hay nadie en el Coleridge's Tabern ni en el Bistró de Montmartre ni en las tiendas de corbatas, bolsos, perlas, pañuelos de seda, relojes, plumas estilográficas. La chica del mostrador de Parker, cabizbaja como siempre. Sólo tres mesas de The Red Baron están ocupadas: él se sienta a la más cercana a la barra y a la puerta, junto a la vidriera que separa el pub del resto de la terminal.

–Una mañana tranquila, Albert –dice mientras el camarero retira del tablero el cartel de *Reservada* y coge la americana que él le estaba tendiendo.

–¿Lo de siempre, señor?

Asiente y saca de la cartera *The Times* y *The Wall Street Journal*. Acompañará la lectura de pequeños sorbos de café, pero no probará las tostadas, los huevos revueltos levemente salpimentados ni el zumo de naranja hasta las diez y cuarto, tras haber leído la segunda contraportada y haberle entregado al camarero ambos diarios. Entonces, mientras se lleve el tenedor o el vaso a la boca, su mirada comenzará a atravesar el cristal, primero con voluntad panorámica, pero enseguida moviéndose como un foco en busca de una cara sospechosa que interrogar. Porque ésa es la razón por la que acude cada mañana a ese rincón del aeropuerto, porque es el mejor observatorio de la especie humana, el lugar óptimo para colmar su necesidad de escrutinio.

A unos treinta metros, justo enfrente de él, una familia árabe dormita en la segunda fila de butacas: el padre, sentado en el centro, ronca con una manta marrón doblada entre las manos; sus tres esposas, que se han recostado y han puesto los pies sobre el equipaje, muestran los ojos por el resquicio entre el velo color arcilla y el *litam*, cuyo extremo inferior ha sido exquisitamente bordado; los cuatro niños, con las cabezas apoyadas en sus mochilas, duermen en el suelo.

Descalzos. Han llegado en el vuelo de las cinco y cuarto de la madrugada desde El Cairo, como tantos otros antes que ellos, y hasta las doce no es su conexión hacia Glasgow, Edimburgo, Manchester o Liverpool, la ciudad en que vivan. ¿A qué han ido? ¿De vacaciones? Podría ser: sólo así se explica que se haya desplazado la familia al completo. Tal vez hayan visitado a los abuelos. En la mano derecha de la única niña hay cenefas de henna y, bajo el brazo, su hermano mayor sostiene un balón de plástico que parece nuevo. En efecto, han sido vacaciones; pero tal vez esa motivación se haya entremezclado con alguna otra. El padre de familia es un hombre muy religioso: durante años, probablemente antes de emigrar, golpeó con la frente la alfombra de la oración hasta que logró ostentar en ella ese callo que recuerda a una verruga. Le llaman *zibziba*, leyó en un extenso reportaje sobre el mundo islámico del fin de semana pasado. Un fanático no invierte tres mil libras en un viaje de placer, sobre todo si no ha podido cambiar en muchos años su juego de maletas, pese a las ruedecillas rotas y esa asa descosida.

Tiene que existir otra razón y se encuentra ahí, en la segunda fila de butacas, ante esos ojos que insisten en los detalles del enigma, que escudriñan al compás del ligero ronquido la chilaba pálida, las túnicas de colores terrosos, los velos, las maletas y bultos, las manos, los ojos cerrados, los pies desnudos. Esa zapatilla, apoyada en una caja de cartón precintada, enseña parte del talón, porque está desencajada. Por supuesto, qué tonto es, cómo no lo ha descubierto antes: la tercera mujer no es esposa, sino hija. Una adolescente de cuerpo menudo que en ese preciso instante se despierta y lo mira, como si hubiera sentido que había sido descubierta y toda esa ropa negra no fuera capaz de neutralizar la sensación de desamparo y transparencia. Antes del viaje todavía podía llevar pantalones cortos y sandalias, participar en los juegos de sus hermanos, dormir en el suelo, corretear descalza. Ahora es mujer. Se pone bien la zapatilla; baja las piernas. Hay vergüenza en esos iris castaños, pero sobre todo hay miedo. ¿A qué puede deberse? Desde siempre la prepararon para esta nueva etapa que ahora enfrenta, de modo que esa expresión no puede ser causada tan sólo porque empieza su primer invierno como persona adulta y en el colegio sus amigas británicas continuarán mostrando sus melenas y se pondrán piercings y comenzarán a beber cerveza en el parque y a fumar a escondidas y ella no podrá participar en todo ello, no, a ella todo eso no le importa ni le interesa. Hay algo más, qué será, algo para lo que no estaba preparada y que ha sacudido la estructura de sus huesos, el mapa de su vida. Su padre es un buen musulmán. La ablación se practica en Egipto desde la época de los faraones, pero si la mutilaron, fue hace tiempo, en un viaje anterior. Tiene que ser otra cosa, pero qué, por Dios, qué puede unir esa huella con aquello que la causó y que se ha quedado en alguna coordenada de Oriente Próximo.

Los miembros de la familia árabe se han ido despertando e incorporando y, en cuanto los altavoces han anunciado el embarque del vuelo hacia Edimburgo, el patriarca ha dirigido al grupo hacia la puerta veintidós. La adolescente disimula, pero sigue mirando a Vincent. Sus ojos castaños se clavan en los ojos grises que la observan desde la mesa del pub. Justo antes de que ella se vuelva y su mirada desaparezca en la distancia, él imagina a un hombre de la edad del padre y de la suya propia, un hombre de barba y *zibziba*, muy gordo, que suda, y sabe a ciencia cierta que la han comprometido con él, que la próxima vez que vuelva esa adolescente a Egipto será para asistir a su propia boda.

–¿Le retiro el plato, señor Van der Roy? –le pregunta Albert, hace mucho que terminó su desayuno y se avecina la hora del almuerzo–. Hoy tenemos bistec de buey con guisantes y puré de patata; o rape a la marinera.

–Tomaré el rape.

En su rincón, a menudo piensa que la multitud es el cadáver de un dinosaurio abierto en canal: sus entrañas. Un laberinto que regurgita aún, porque no ha dejado todavía de ser irrigado por los litros de sangre que alimentan sus latidos. Si alguien sangra es que todavía no ha muerto. Una virulenta y antiquísima maraña de jeroglíficos que esperan su traducción al idioma de nuestra época.

Desde que desapareció la familia árabe, ha identificado a medio centenar de transeúntes y a dos parejas de las butacas. Porque lo normal es disponer de no más de siete segundos, diez o doce si se distraen, se atan los cordones de los zapatos, para adivinar quién es quién; son pocos los que llegan con tiempo y pueden sentarse a leer una novela o una revista, tomarse una bebida del McDonald's, charlar un rato o echar una cabezada. No fue difícil descubrir, gracias a aquella *Lonely Planet* de las Maldivas, que la primera pareja iba de viaje de novios; y que la segunda atravesaba un momento difícil, la muerte de un hijo, tal vez un aborto, a juzgar por las manos de ella, siempre a la altura del vientre, y por el luto de las ropas de ambos. Los transeúntes, en cambio, no dan ninguna facilidad. Hay que analizarlos a ritmo de vértigo. Observar el peinado, las arrugas de la frente, los ojos, las lentillas o gafas, las ojeras, los pendientes, el maquillaje discreto o estridente, dosificado o desperdiciado, los pómulos, los labios, el hoyuelo de la barbilla, si un collar o una corbata adornan o presionan el cuello, cuán inclinados están sus hombros, la marca de la camisa o de la blusa, los colores de la ropa, naturales o artificiosos, hasta qué punto la talla o el corte de la chaqueta o de la americana son los adecuados, la antigüedad de la vestimenta, si van o no a la moda, el movimiento de los dedos de las manos y las uñas mordidas o pintadas, cómo avanzan las piernas, si oscilan o no las caderas, qué significan en el marco de los gestos y del porte esos zapatos y esos pasos. Cuando viajan en grupo, es importante observar el conjunto, porque los amigos, las novias, los padres, los compañeros de trabajo siempre ostentan rasgos en común con el sujeto analizado. El veredicto tiene que ser instantáneo.

Hasta las once, entre semana, abundan los hombres de negocios, los agentes de bolsa y los políticos en misión internacional, que se entremezclan con estudiantes, parejas de jubilados y mochileros, porque antes de mediodía llegan y salen los vuelos más baratos. Por la tarde, el público es más heterogéneo y predominan los grupos organizados, porque salen y llegan muchos vuelos transatlánticos. Siempre, entre doce y una, el campo de visión es invadido por los propios trabajadores del aeropuerto, que acaban o comienzan sus turnos o se dirigen hacia el lugar donde almorzarán: los pasos de las dependientas, los camareros, los encargados, los cajeros y cambistas, el médico y sus dos enfermeros, los limpiabotas, el personal de limpieza y de mantenimiento, los reponedores, los controladores aéreos, los policías y guardias de seguridad, los vigilantes de paisano, las secretarias y administrativos, los vendedores de tarjetas de crédito, las masajistas, los supervisores y el párroco se añaden a los pasos que resuenan constantemente, los de azafatas de tierra y de aire, sobrecargos y pilotos. A todos los tiene identificados, de muchos incluso conoce el nombre, de modo que puede obviarlos para evitar distracciones que le impidan interpretar a los desconocidos. Pero de vez en cuando aparece alguien nuevo y resulta muy interesante catalogarlo tanto como individuo con sus particularidades como en el seno de la red de relaciones, personales y laborales, en que se está insertando. Tras un banquero de Bristol, el equipo juvenil de hockey patines de White Chapel, dos amigas de mediana edad que se dirigían a París o a Lyon, un atlético nigeriano que seguramente era modelo publicitario, una jovencita anoréxica acompañada por una madre alcohólica que iba a confinarla en una clínica privada, si no ocurría a la inversa, y un inmigrante ilegal, probablemente paquistaní, tal vez indio, muerto de miedo, hace un rato pasó junto a él Bill Cohigan, el nuevo barrendero, que ya ha hecho buenas migas con Tommy y Carl. Vincent espera que no caiga como ellos en la tentación de apropiarse de vez en cuando de algún perfume caro del *Duty Free*.

–Este Rioja nos llegó ayer –dice Albert mientras le sirve una copa de vino blanco con la mano derecha y deja con la izquierda el plato de pescado.

Pero él no lo escucha, porque se acaba de sentar en la butaca central de la primera fila, justo enfrente de sus ojos grises y cansados, una anciana. O quizá no lo sea. ¿Cincuenta, sesenta años? Un pañuelo le tapa el cabello y parte del rostro. ¿Tendrá canas? ¿Cuál es el color de esa tela? ¿Niebla, arena, barro, tierra? Es casi el mismo que el del vestido, que llega hasta unas botas de suelas desgastadas. No sabría decir si los hombros están caídos o si es que su espalda no es demasiado ancha. No lleva joyas, bisutería ni reloj. Todo en ella es esencial, como un personaje de Shakespeare, como una vibrátil figura de Edward Munch. No lleva maleta ni bolso. Vincent no podría afirmar si esas manos son de vieja o de joven. ¿Y los ojos? A esa distancia ningún color parece corresponderles.

Debe identificar al menos el color de esos ojos. No ha llegado a coger los cubiertos ni a probar el vino. La servilleta cae de su regazo. Sale de The Red Baron en mangas de camisa. Da dos zancadas. Pero ella ya no está. Camina hacia alguna puerta de embarque. Se camufla en un grupo de jubilados y jubiladas liderados por una muchacha que enarbola una sombrilla fucsia. La anciana avanza por la moqueta con pasos insonoros. Su vestido y su pañuelo desaparecen durante un segundo y reaparecen al segundo siguiente, pero sus botas siempre ahí, zigzagueando entre la multitud hacia el umbral que las aguarda. Él se sulfura ante la posibilidad de no descubrir la palabra que designe el color de esos ojos que el pañuelo ensombrece, oculta. Ha dado ya cien, doscientos pasos, pero todavía no se ha percatado de que el rape a la marinera, el vino y su americana negra se quedaron atrás, junto a Albert y junto a la rutina. Y la servilleta blanca en el suelo, sobre la moqueta granate. Entonces la pierde de vista y se lleva las manos a los hombros y descubre su desnudez, su indigencia, el absurdo de su persecución. Pero esa constatación desoladora dura apenas dos segundos, porque detecta de nuevo a la anciana y dobla a la derecha y da tres, cuatro zancadas y se sitúa en la cola de acceso a la puerta cuarenta y ocho, porque ella acaba de embarcar, entre los demás jubilados, y llega su turno.

—Buenas tardes —lo saluda la azafata de British Airways—, su tarjeta de embarque y su pasaporte, por favor.

Afortunadamente nunca le ha gustado guardar nada importante en el bolsillo interior de la americana: se lleva la mano al bolsillo de los pantalones y saca ambos documentos. Ni se le ocurre la posibilidad de que el vuelo que compró su secretaria no coincida con el de la puerta de embarque cuarenta y ocho.

—Feliz vuelo a Holanda, señor Van der Roy.

No se levanta del asiento 3A en todo el trayecto. Las manos aferradas a los brazos de la butaca como a la barra del vagón de una montaña rusa. El mismo sudor y el mismo vértigo. El cerebro debatiéndose entre la lucidez y la blancura, como si fuera contagiado por esa nubosidad que sobrevuela tanto el canal de la Mancha como el norte de Francia, convertida en fotogramas por la ventanilla insuficiente, en conflicto encarnizado con los rayos de sol. A su lado se sienta uno de sus monstruos, pero no le presta atención ni trata de establecer una conversación con él, porque lo conoce con intimidad incómoda. Consumado turista sexual, responde al nombre de Charles y todos los viernes viaja a Ámsterdam; debe de regresar el domingo por la noche, en el vuelo que aterriza a las siete y media o en el de las nueve y cuarto, porque nunca lo ha visto volver, pero sin embargo cada viernes ahí está, puntual, a las doce y cinco, doce y cuarto como máximo, apresurado, pasando por delante de la cristalera de The Red Baron, con un best-seller diferente bajo el brazo y una bolsa de viaje sin capacidad para más de dos mudas. La deformación le afecta la mitad izquierda del rostro, que se desmorona como una fachada decrépita: la ceja cuelga, sin tersura alguna, sobre un ojo que se hunde en la carne que a duras penas lo sostiene; la flácida mejilla forma un pliegue obsceno; el lóbulo tiene el tamaño de un huevo de pato; la piel del cuello cae como una ubre vaciada. La otra mitad, en cambio, es perfecta, de tal manera que nadie adivinaría su enfermedad al verlo de perfil, a no ser que en ese momento se le cayera del bolsillo una cajita y alguien la pateara sin darse cuenta y fuera a parar junto a la vidriera del pub y su dueño se acercara a recogerla cuando ya fuera demasiado tarde para que Vincent no viera la marca (Durex), la cantidad (veinticuatro) y el tipo (máximo placer con sabor a fresa).

Hay dos tipos de monstruos: los exteriores y los interiores. Los ha estudiado durante diez años. Los primeros sufren deformaciones grotescas, caras manchadas, jorobas; arrastran muñones, dedos amputados, piernas torcidas, cegueras, cataratas, parálisis parciales o totales. Los segundos cargan el horror en sus entrañas, son violadores, pedófilos o pederastas, proxenetas, desviados, promiscuos, adúlteros, fetichistas, pornógrafos, turistas sexuales, puteros. Pero algunos son híbridos de ambas monstruosidades. Tal es el caso de su compañero de vuelo. Enfermo por fuera y por dentro. Él no es racista, cree en la libertad de credo, no le molesta la homosexualidad, defiende el aborto de criaturas no deseadas y respeta las enfermedades invisibles, pero siempre ha observado cierta correlación entre las desviaciones morales y las enfermedades evidentes. No puede ser casual que en la literatura medieval los enanos siempre sean unos pervertidos. Sólo alguien de su calaña podría pasar todos los fines de semana deambulando entre los escaparates del Barrio Rojo para acabar pagando, de madrugada, por una tristísima *felatio*.

–¿Se encuentra bien? –Sólo al sentir la mano en el hombro vuelve al mundo y se encuentra con el semblante preocupado de la azafata cerca del suyo–. Cerró los ojos cuando comenzaron las maniobras de descenso y ya ha abandonado la nave todo el pasaje...

–¡Dios mío! Perdone, es el primer avión que tomo en más de diez años...

Hace frío. Al final del túnel una niña y su madre se dirigen a la escalera mecánica. Cuando él alcanza el primer escalón, en los últimos se ve una docena de zapatos y piernas y traseros y maletines que ascienden. A la carrera llega hasta el grupo de turistas jubilados, guiados de nuevo por la sombrilla fucsia, seguro que la anciana se camufla entre ellos. Pero no la encuentra. Ahí está esa legión desconocida, sin tiempo para ser analizada. Pero ella ha desaparecido. Ahí está el monstruo bifronte. Pero ella no. Ha perdido de vista el pañuelo y las botas en la agitación de Schiphol. Corre hacia el control de pasaportes, con la esperanza de que aún no hayan sellado el suyo; pero justo en ese momento el oficial de la séptima cola estampa la fecha de hoy en el documento de la anciana y ella desaparece de nuevo por detrás de la caseta, bajo el panel de publicidad del De Nederlandsche Bank, rebosante de tulipanes rojos.

Se le hace eterna la espera de su turno, aunque delante de él sólo haya cuatro personas. Las tres esferas del Rolex señalan tiempos que ya no le pertenecen: tiene que llamar a Anthony para que no vaya a recogerlo. Me he ido a Holanda, dile a Carson, a Mallory y a Anne que no se preocupen, que no me he vuelto loco, que alguna vez tenía que volver a subirme a un avión, que les llevaré queso de bola y unos zuecos de regalo.

–¿Vincent van der Roy?

Asiente mientras el oficial de policía, en un control informal, lo examina sin ocultar su curiosidad ante la ausencia de chaqueta y de equipaje de mano. Finalmente, dice adelante. La anciana también viaja ligera, de modo que es absurdo imaginar que estará en las cintas de recogida de equipaje. Pero es exactamente allí, gracias a Dios, donde se encuentra. Junto a la veintiuno. Entre una familia numerosa y media decena de amigos que vuelven de su escapada londinense. Ahora se acercará, la mirará a los ojos, descubrirá si son celestes o marinos o grisáceos o castaños, los leerá, dictaminará su veredicto y se dirigirá al mostrador de British Airways y pedirá un billete de regreso, volará a Londres, recogerá su americana y volverá a casa en su Jaguar, que sólo habrá tenido que esperarle un par de horas. Dos, cinco, diez pasos. A la altura del pecho, las manos de la anciana sostienen un extraño pasaporte. ¿De qué país será? Vincent no es capaz de identificar una nacionalidad en la solapa. Las arrugas de la piel se confunden con las venas y los huesos y la nervadura de la piel del documento. Porque es un pasaporte muy grueso y muy antiguo, color carne abrasada, casi papiro, abultado, como si en su interior estuvieran a punto de reventar las fechas y los sellos. Desde ese ángulo el pañuelo impide que le vea la cara: tiene que rodear la cinta y situarse al otro lado, frente a ella. Eso comienza a hacer al tiempo que llega el grupo de turistas jubilados y comienzan a coger sus maletas y siente el golpe de un carrito en los tobillos y al volverse le pide perdón la mirada rasgada de una cuarentona asiática y la megafonía recuerda que por motivos de seguridad no está permitido fumar en el aeropuerto y cuando al fin llega a su destino la anciana ya no está.

Ya no está junto a la cinta, sino que camina hacia la puerta de salida arropada por varios pasajeros. Esa señora es pura inquietud, sí, señor, se dice mientras reanuda la persecución. Al contrario que el resto de transeúntes, la anciana y él no tienen que hacer la cola de aduana, porque no llevan bulto alguno que introducir en la máquina. Cuando sale a la zona de llegadas, la ve escabullirse entre la muchedumbre que sostiene carteles con nombres propios, para enseguida apostarse al mostrador de ventas de American Airlines. De la funda acartonada del pasaporte extrae una tarjeta dorada de millas, que el vendedor manipula durante un instante. Después sus botas se ponen de nuevo en marcha.

–Perdone, ¿qué destino ha escogido mi tía en esta ocasión? –le dice Vincent al vendedor sin perderla de vista.

–¿A quién se refiere, caballero?

–A la señora que acaba de atender, la del pañuelo en la cabeza y las gafas.

Durante unos instantes los ojos azulísimos y los pómulos sonrojados del empleado dudan, como si no la recordara:

–... Diría que la última mujer... Sí, iba a La Habana.

–No es la única que parece tener Alzheimer –bromea Vincent sin éxito, mientras le extiende su tarjeta Gold–, por favor, deme un billete a mí también.

–¿Un asiento a su lado? Ella viaja en turista y usted. –Abre mucho los ojos, clavados en la pantalla–... Usted tiene millas suficientes como para dar trece veces la vuelta al mundo en primera clase, señor.

–Sí, primera clase está bien.

Pasará menos de cuarenta y ocho horas en Ámsterdam y después cruzará el océano Atlántico para irse a Cuba y todavía no ha llamado a Anthony, que en este preciso momento está conduciendo por la carretera comarcal para evitar así el atasco de la autovía y llegar a tiempo a Heathrow, a las seis en punto, como ha hecho cada día durante diez años, menos en aquella ocasión en que pasó la gripe y tuvieron que recurrir durante casi una semana a los servicios de aquel taxista, Antonio Manuel, español, o quizá fuera puertorriqueño. Debería haberle hecho caso a Mallory y haberse comprado un teléfono móvil, pero si hubiera cedido a su insistencia no habría podido aprender el arte de la interpretación de la masa, que precisa de la máxima concentración durante algunas horas diarias, y tampoco se habría recuperado de su larga enfermedad y jamás habría podido volar de nuevo. ¿Querrá decir eso que al fin se ha recuperado?

Cambia un billete de cincuenta libras y cuando llega a la parada, la anciana ya ha subido en el autobús y se ha situado al fondo, entre varios adolescentes negros y una joven madre encajonada entre el cochecito y una enorme maleta. El frío atraviesa el tejido de la camisa gris y se le adhiere a los poros del brazo y de la espalda. Está anocheciendo y una llovizna desdibuja el paisaje suburbial. A medida que el autobús se adentra en la ciudad se van multiplicando los tranvías y las bicicletas, cuyos faros dibujan conos que perforan la espesura porosa de las gotas de lluvia. La anciana se apea en la Estación Central y él la imita, olvidando por momentos su intención de leerle la mirada, dejándose llevar por cierta inercia persecutoria, la misma que ha de conducirle pasado mañana a una isla que ha naufragado durante décadas en el mar Caribe, a una dictadura comunista y militar. Sin dudar un instante, aquellas botas negras se dirigen al embarcadero, donde una barcaza restaurante está a punto de partir. Ha dejado de chispear.

478

Los euros que lleva en el bolsillo, por fortuna, son suficientes para comprar el pasaje, que incluye la cena, el baile y el préstamo de una americana de paño oscuro y de una corbata color granito. La cubierta, donde una orquesta toca jazz, está adornada con ristras de bombillas que convergen en el mascarón de proa. En el interior unas doscientas personas se reparten entre el bufet, las mesas y las butacas que hay junto a las vidrieras. Ha perdido de vista a la anciana, pero no le importa, porque la embarcación ya se está deslizando por el gran canal y su estómago acaba de recordarle que no ha comido nada desde las diez de la mañana. Se sirve judías con bacon, cóctel de gambas, repollo con salchicha y anguilas ahumadas. Con el plato en una mano y una copa de vino espumoso en la otra, se sienta para contemplar los puentecillos iluminados, las casas flotantes, parejas solitarias a la luz intermitente de las farolas, la trama de canales, la silueta de una bicicleta recortada por la noche, los diques secos. Es extraño, pero está relajado. Durante un rato siente bajo sus pies la tibia circulación del agua.

Cuando al fin se incorpora, se da cuenta de que ni la luna llena ni las bombillas van a permitir que descubra esta noche el color de los ojos de la anciana. Cuando la orquesta comienza con su repertorio de swing y las parejas responden saliendo a bailar, se sirve una segunda y una tercera copa de vino y juega a adivinar las historias de cada flirteo, de cada noviazgo, de cada matrimonio, más intrigado por esos turistas de lujo que por el movimiento constante de la anciana. Pero es incapaz de llegar a veredicto alguno acerca de esos desconocidos que trazan círculos vacuos sobre la pista en movimiento.

La barcaza regresa al muelle, la música cesa y ambos salen a pocos metros de distancia. Las campanas de una iglesia dan las diez de la noche. Zigzagueando entre los pasajeros que han desembarcado, ella entra en un *coffee shop* atestado de humo y de gente, según comprueba Vincent mirando a través de los ventanales. Sigue abrigado, nadie le ha reclamado la chaqueta. Hay una cabina. Llama a su casa.

Para su sorpresa, Anne muestra más alivio que preocupación.

—Tómese los días que necesite, señor Van der Roy, unas vacaciones le irán muy bien, cuidaremos de todo.

—Dígale a Mallory que trataré de revisar mi correo electrónico regularmente.

Al entrar en el local, sus fosas nasales son invadidas por un aroma que no reconocía desde sus años en Cambridge. Ahí está la anciana, al fondo, yendo y viniendo, entre los sofás y la barra, como una sombra entre las sombras, sin mirada. Empieza a entenderla: no puede estar quieta, pero tampoco puede estar sola; parece que huya, pero en realidad no tiene prisa. Apostaría sus acciones de South Gold a que se quedará hasta que cierren. Alguien le ofrece un porro. Aunque es un firme defensor de la legalización de la marihuana, jamás la ha probado ni piensa hacerlo ahora. Pide un escocés con hielo. Y espera.

Espera hasta que a medianoche el *coffee shop* empieza a vaciarse y la anciana sale con un numeroso grupo de estudiantes universitarios y, en los intersticios, las zonas vagas que siempre separan a las personas que parecen unidas, avanza con ellos por los callejones escasamente iluminados. Quince minutos más tarde aparece el primer escaparate: el cuerpo de una mulata encaramada en tacones de aguja se contornea a la luz de dos velas, que dibujan células y bacterias sobre su lencería blanca y su piel cobriza. El Barrio Rojo debe de ser la única zona de la ciudad animada a estas horas, piensa Vincent, reprimiendo el asco que regurgita en su estómago al recordar al monstruo. Ese degenerado seguro que anda por aquí. La gente entra y sale de los sex-shops, de los pubs, de los cabarets, de los sótanos que se expanden bajo los escaparates como catacumbas o mazmorras. La anciana camina y camina, sin detenerse. Su mirada es opaca, pero bajo la luna sus pasos son casi translúcidos. Él siente que todos los ojos de todas las prostitutas de todos los escaparates babean sobre su piel cuando las mira de soslayo. Asiáticas, húngaras, latinas, negras africanas, a la luz macilenta de lamparillas de mesa de noche, de cirios de iglesia, de farolillos rojos. Empiezan a dolerle las piernas, pero no piensa detenerse hasta que se haga de día y pueda finalmente encararla. Sólo pide eso: tres segundos cara a cara, frente a frente.

De pronto la anciana sale corriendo y se sube a un tranvía nocturno. A punto está él de perderlo. Los jóvenes borrachos prosiguen con la juerga, cada uno con su botella de cerveza o de vodka en una bolsa de papel: crestas punk, cazadoras de cuero, botas Dr. Martens, pantalones vaqueros y de pinza, melenas rojas, un esmoquin. Tras veinte minutos de trayecto, todos descienden en la última parada, frente a una nave industrial agresivamente iluminada. Vincent se quita la corbata con un gesto automático y la deja en uno de los asientos, junto a una lata vacía. Enseguida se encuentra en el primer piso de la discoteca, apoyado en la barandilla con un escocés con hielo en la mano derecha, observando esa jauría caótica, esa marabunta nocturna y drogada, ese zoológico flasheado por miles de decibelios, ese texto indescifrable, en cuyo centro, quién sabe si bailando o sólo moviéndose o completamente quieta, la anciana parece sentirse como en su casa.

Le pregunta a un camarero la hora de cierre y éste le responde que las cinco de la mañana. Puede sentarse en un sillón y esperar, tal vez echará una cabezada. Entonces lo ve. Entonces lo ve en la penumbra, en el sofá, siendo besado por una mujer de aspecto elegante, pese al tatuaje que le recorre la pierna bajo el nylon de las medias, elegante y muy atractiva para su edad, luce una pulsera y un collar de perlas que emiten destellos cada vez que el foco barre, giróvago, ese rincón de la sala. Ella se detiene durante un segundo, para pagar la cuenta, y enseguida vuelve a besar el cuello tenso, el pómulo inmaculado, el lóbulo del tamaño de un botón, el párpado y el ojo normales; pero es la otra mitad de su rostro la que se recorta frente a la mirada estupefacta de Vincent van der Roy, el rostro deforme de Charles, que le muestra su real intimidad en esa ciudad que también es suya, como en un escaparate sin vidrio, indiferente como siempre a su mirada de fisgón y los veredictos que dictamina con excesivo desparpajo.

La anciana, sin probar bocado, ha permanecido cerca de una hora arropada por la clientela del Kiekeboe, un restaurante que sirve sin interrupción desayunos y cenas. Vincent, en la mesa más cercana a la puerta, ha devorado unos huevos revueltos con jamón y tostadas y dos cafés solos. Hacía años que no desayunaba sin leer la prensa. Y siglos que no iba a una discoteca. Durante lo que dura un pestañeo le ha parecido encontrarse, a través de la atmósfera grumosa, casi putrefacta, con la mirada de la anciana. Ha sido un momento confuso, quién sabe si inexistente. No ha podido ver sus ojos, pero sí ha sentido una inyección de frío, como si hasta entonces ella no lo hubiera detectado y a partir de aquel momento la persecución fuera a cobrar otro sesgo, porque él se hubiera convertido en un punto rojo en el radar de la mujer de la multitud. El sentimiento ha sido muy parecido al que experimenta un niño tras ser regañado por su madre con una gravedad desproporcionada y por tanto injusta; y aunque haya durado solamente un instante, pervive en Vincent, con esa baja intensidad que es tan propia de los malos recuerdos de la infancia.

Ahora se encuentran en un autocar con setenta y ocho turistas a bordo, que maniobra para aparcar junto al mercado, a orillas del lago de Aalsmeer, un auténtico hervidero a las ocho de la mañana. Centenares de visitantes fotografían decenas de miles de flores, expuestas en grandes contenedores de plástico. Predominan los tulipanes y los narcisos, blancos como el mármol, morados como cardenales, también amarillos e indiferentes, que son transportados por vehículos de carga o se amontonan sobre grandes lonas, a la espera de un comprador. Como un único cuerpo, los turistas entran en el mercado, donde las flores son expuestas como mera mercancía, ajenas a las bodas y los funerales, los parques y los regalos, el amor y el luto, pero conscientes del valor de su belleza gracias a los flashes que perpetuamente las iluminan.

Empujado por la pequeña multitud que no para ni un momento de disparar fotografías, Vincent ha entrado en el mirador para visitantes de la sala de subastas. A través de la vidriera, ve el anfiteatro atestado de compradores. Un enorme reloj marca el dígito 78. Tres segundos más tarde, se detiene. Alguien ha pulsado un botón y ha hecho una oferta por cinco mil lirios como esos diez que muestra el vendedor. El ramo es reemplazado por uno de orquídeas. El reloj comienza su cuenta atrás (100, 99, 98, 97...) hasta que llegue una nueva oferta y el proceso sea reiniciado una vez más y se consuma al fin la mañana y se hayan vendido varios millones de flores.

Ése es el ritmo de la excursión: una cuenta atrás que se pone en marcha cuando el autocar se detiene durante no mucho más de cien segundos y comienza de nuevo en cada parada, hasta que acabe a mediodía y el saldo no sea de tiempo sino de número de fotos y de dinero. En Volendam y Marken lo que hay que fotografiar son esas mujeres sonrientes y supuestamente campechanas que, vestidas con enaguas bombachas y cubiertas con cofias por donde asoman tirabuzones, venden botes de miel y pan casero. En los molinos de Kinderdijk son en cambio los propios turistas quienes deben ser inmortalizados. Vincent observa cómo todos tratan de aparecer a solas o en familia con el molino al fondo, porque la instantánea tiene que documentar una relación personal o familiar entre los visitantes y el icono, sin la interferencia de los desconocidos, esos rostros que nada significarán en el álbum o en la pantalla dentro de veinte o treinta años. Cuando se lleva la mano al bolsillo de la americana en busca de la cámara de fotos que nunca ha tenido, se da cuenta de que sin ella es imposible que pueda pertenecer a esa comunidad. Está desarmado. Desnudo. Como la anciana. Pero ella se entremezcla con esos extraños que jamás podrán ser sus semejantes: no dialoga verbalmente con ellos, pero hay una comunicación corporal entre ese individuo que pulula y la masa que sin darse cuenta lo acoge y acuna. En el Mercado de Queso Gouda, los turistas permiten que sus cámaras descansen y comienzan a comprar compulsivamente quesos, quesitos y requesones. Los olores revuelven con tal virulencia el estómago de Vincent que regresa al autocar antes de que la cuenta atrás llegue de nuevo a cero, le pide al conductor que le abra la puerta, se refugia en su asiento y se queda dormido con la cabeza apoyada en el cristal.

Cuando se despierte el vehículo habrá sido estacionado frente al Rijskmuseum y el sol ya habrá dejado atrás el mediodía.

–¿Se encuentra mejor? –le grita en inglés el chófer desde su asiento–. Estaba muy pálido en Gouda, de modo que decidí dejarle descansar.

–¿Dónde está el resto? –pregunta Vincent, preocupado al descubrir que se ha separado de la anciana por primera vez en veinticuatro horas.

–Han comenzado el tour a pie: Rijskmuseum, Museo Van Gogh, Cervecería Heineken, Madame Tussaud, Casa

484

de Ana Frank. Estarán entretenidos un buen rato. Hasta las seis no volveremos a los hoteles.

En la escalinata de acceso al Museo Nacional de Ámsterdam, Vincent se da cuenta de que separarse de la anciana ha sido en realidad un alivio. Ya no se siente regañado. Sin la obligación de seguirla a todas partes, en el interior de esa americana robada, sin la necesidad de acudir cada mañana a Heathrow, en una ciudad donde no conoce a nadie, por primera vez en mucho tiempo se siente liviano. Aunque todavía avanza algunos pasos más, ante la cola de las taquillas da media vuelta y se va. Buscará un hotel, se duchará y se afeitará. Comerá un plato típico. Se comprará una maleta, algo de ropa, un neceser, unas gafas de sol, un par de libros. Dormirá hasta las seis de la mañana. Después pedirá un taxi que lo lleve al aeropuerto y se subirá a un avión con destino a La Habana. Y eso hace. Se aloja en el Marriott cinco estrellas, donde se asea con regodeo. A media tarde se regala un *rijsttafel*, que el camarero australiano que lo atiende define como el gran plato indonesio-holandés: una sucesión de fuentes en que la carne de cerdo, los camarones, el arroz y los vegetales se combinan con el cacahuete, la soja, el plátano frito o el coco. En los grandes almacenes De Boijenkorf compra todo lo que había previsto, más algo que para su sorpresa añade a la lista en el último momento: una Canon EOS 3000. Y, en efecto, enseguida se queda dormido. Pero a las cuatro y cuarto se desvela y, sin abandonar, marsupial, el edredón, conecta el televisor de plasma y va cambiando los canales, uno por uno, sin prisa, sin detenerse en ninguno de ellos más de cien segundos, rueda de prensa de Bill Clinton, están todos los canales ingleses y norteamericanos, los mismos que tiene en casa, nuevos datos sobre el accidente del Boeing 767 de Egypt-Air, Nicole Kidman con un camisón blanco sentada en el suelo, pero también están los holandeses y los belgas, eso debe de ser flamenco, hombres y mujeres encerrados en una casa con cámaras ocultas sin hacer nada más que charlar, cocinar, lavarse los dientes, terremoto en Venezuela, TVE Internacional, Rivaldo sostiene el Balón de Oro, RAI1 y RAI2, qué guapa es esa presentadora, un canal alemán, algunos asiáticos y árabes, Al Jazeera, Saddan Hussein, Arte, un reportaje sobre Günter Grass, Canal +, cómo son estos franceses, obscenos por naturaleza, no pueden evitarlo, dos mujeres desnudas, en una playa de arena muy blanca, se abrazan y se lamen y tiemblan y se palpan y se revuelcan y se exprimen y se montan y se penetran con los dedos y con la lengua, durante minutos, una blanca y la otra negra, hasta que esa escena culmina y comienzan los preámbulos de la siguiente y Vincent olvida el mando a distancia sobre la colcha.

Le cuesta reconocerse en el espejo. Está muy bronceado y, tras una semana sin afeitarse, se ha dejado una perilla cuyas canas se enzarzan en las de las patillas. La piel quemada de las entradas contrasta con la blancura del cabello y con la tela blanca de la camisa cubana, bordada a mano, que le regaló Catia. Se ha dejado el neceser en la habitación del hotel y en él guardaba un carrete con treinta y seis fotografías de La Habana. Mala suerte. No hay duda de que brillan esos ojos grises que estudian el rostro propio como si fuera el de un forastero. También son canosos esos cuatro pelos que asoman de la guayabera –si recuerda bien esa palabra casi impronunciable– en el pecho cruzado por la cinta de la cámara, con la marca en letras rojas sobre el fondo negro. Estampa las manos en la superficie reflectante y mira con detenimiento sus uñas, sus falanges, sus nudillos, los huesos que unen los dedos con la muñeca, mientras el frío húmedo se adhiere en las palmas. Y sonríe.

Como no encuentra papel con que secarse las manos y la cara, regresa a la algarabía del aeropuerto José Martí con un sinfín de gotas como escudo contra el bochorno. La actividad militar es evidente: los pasos de las botas negras, que preludian los uniformes de camuflaje, marcan el ritmo del espacio. Los cuerpos de los soldados y los cuerpos de los turistas; y a su alrededor, taxistas, jineteras, vendedores de puros, cambistas, chivatos, buscavidas, agentes de la policía secreta, guías oficiales y clandestinos. Arrastra la maleta de ruedas hacia el mostrador de facturación de Iberia, que tiene dos vuelos diarios a Heathrow desde Barcelona y cuatro desde Madrid. Y dos que conectan La Habana con Cancún. Por aquí debe de andar la anciana. Por lo que sabe de Yucatán, comparte por Varadero y esta ciudad el sabor del Caribe, pero sin la monotonía gastronómica ni la miseria política. Tiene ganas de irse, aunque por primera vez en mucho tiempo haya sido aquí feliz.

La noche que llegaron ninguno de los dos gestionó su siguiente vuelo, porque todos los mostradores ya estaban cerrados y el edificio parecía un hangar casi vacío o un cuartel fantasma. La anciana y Vincent, con pocos minutos de diferencia, lo hicieron tres días más tarde, en la pequeña agencia ubicada al fondo del hall del hotel Gran Marina, entre la joyería y la tienda de suvenires y artículos de playa. Era la primera vez que Vincent llevaba en su muñeca una de aquellas pulseras fluorescentes. Y precisamente la sensación de acceso ilimitado (menos a internet: sólo había un ordenador, antediluviano, en la *business room* del sótano) fue la que acabó con aquella ligera sensación que mezclaba la euforia, la intriga, la vergüenza y la libertad, experimentada durante los últimos dos días de persecución y cambios de horario.

Estaba todo incluido. Los bufets de ensaladas, arroces, pastas, pescados, ostras y langostas; las vistas al océano desde la terraza de la habitación 538; las barras libres de zumos de mango, rones, mojitos y margaritas; las clases de salsa, yoga y aqua-gym; la toalla de playa; los espectáculos nocturnos, uno distinto cada noche, pero todos de un modo u otro relacionados con la banda sonora de la película *Buena Vista Social Club;* todas aquellas excursiones, en autocar y en lancha, a islotes de playas paradisiacas y escenarios históricos y bahías recónditas y fábricas de tabaco y plantaciones de caña de azúcar y pueblos coloniales cuyos nombres, si los alcanzó a registrar, ha olvidado ya, en las que se embarcaba la anciana cada mañana y de las que regresaba al atardecer sin que hubiera cambiado nada en ella, la misma mirada inclasificable, la misma energía sin visos de extinción.

Lo sabe porque al sexto día, tras una larga siesta con Catia, decidió esperarla en la parada del autocar. Fueron doce minutos interminables, pero cada uno de ellos mereció la pena. Porque la puerta dosificaba a los turistas: uno a uno fueron bajando y eso hizo también la anciana, bajar los tres escalones, situarse fugazmente cara a cara. Y entonces no pudo esquivar la mirada de Vincent. Entonces él pudo ver, al fin, su rostro geográfico, surcado por cientos de ríos y cicatrices, arrugas y depresiones, la orografía de la historia decrépita de la errancia, en cuyo centro relucían dos ojos de color indefinido, tal vez oscuros, pero luminosos, la escala del mapa que de algún modo representaba cualquier cuerpo menos el de aquella mujer que ya había pasado de largo, camino de la siguiente actividad. Sus ojos mutuamente clavados durante un instante. Suficiente para que él supiera que en aquella mirada sin nadie se condesaba un crimen. Un crimen antiguo. Más antiguo incluso que la anciana. Tan antiguo como el hombre. Por decirlo así: remoto, previo a todo. Prehistórico, original, profundamente *nuevo*.

Cuando Catia lo recogió a las ocho y media para ir juntos a cenar, lo encontró todavía temblando.

–¿Qué sucede, amor? –le preguntó al tiempo que lo abrazaba y lo empujaba suavemente hacia el interior de la habitación.

Se había duchado con agua fría, pero aun así persistía la culpa tremenda que había sentido al descubrir una milésima parte del secreto de la anciana. Porque había sido capaz de leerla. Estaba seguro. Era muy probable que se hubiera equivocado con la mayoría de las personas que había creído interpretar durante toda su vida, pero con Catia y con la anciana no se equivocaba. Había leído sus almas. Sobre todo la de la anciana, cuya inquietud arrastraba una carga tan sólo equiparable a la piedra de Sísifo o a la cruz de Cristo. Pero no fue eso lo que dijo, no quería que aquella mujer tan sensible, que acababa de divorciarse porque su marido no había sido capaz de asumir su incapacidad para procrear, y había venido desde Miami para pasar unos días en paz, y le había devuelto la capacidad de desear, pensara que estaba loco.

—En este hotel se aloja alguien que se parece mucho a mi madre —le responde—, me ha traído recuerdos dolorosos…

Están en la cama. Han hecho el amor tras el desayuno y después de la siesta, pero siente una nueva erección. Todo son novedades. Y pensar que la última vez que entró en una farmacia fue para comprar Viagra. Nunca había dormido la siesta, una palabra española que para él siempre ha sido sinónimo de pereza católica y de jubilados de Birmingham en la Costa del Sol. Y hacía tanto tiempo que no mantenía relaciones sexuales que su lengua reaccionó retrayéndose cuando, tras una primera conversación en la terraza oriental, varias más a la orilla de la piscina, un aperitivo, dos cenas a la luz de las velas, media docena de cócteles y una inesperada mano entrelazándose con la suya, al fin se decidió a besar a Catia. Sus labios se abrían, pero sus dientes y su lengua se cerraban. Sus ojos se encontraron con su flequillo negrísimo y su ceño fruncido y sus ojos castaños y la severidad de sus pómulos y, al fin, una inverosímil sonrisa.

—Te pido perdón, no había besado a nadie desde la muerte de mi mujer.

–No te preocupes, a mí sólo me ha tocado José durante los últimos diez años, estamos empatados.

Y ahora están en la cama, hablando sobre la anciana como si fuera un doble de su madre y Vincent piensa por un momento, uno de esos momentos tan absurdos que algo tienen de certeza, que esa divorciada de Miami tiene la misma edad que tendría ahora su esposa, Katherine, y advierte por vez primera las arrugas del cuello y de las comisuras de los ojos y de los labios, tan vivas que resultan hirientes. La antítesis perfecta de su hija, cuyo nombre también era Katherine, que siempre ostentó la tersura y la agilidad y la elegancia que brindan el polo, el campo, la hípica cotidiana.

La antítesis perfecta, también, de aquella masajista que el primer día, bajo el toldo que hay en la playa privada del hotel, después de cuarenta y cinco minutos de simpatía y profesionalidad, situó su mano, desprovista ahora de fuerza laboral, en el muslo de Vincent y le preguntó si deseaba algo más, mirándolo a los ojos, un servicio extra. Llevaba ya veinticuatro horas en el cinco estrellas todo incluido y había olvidado por completo lo que había escuchado sobre Cuba en las mesas de The Red Baron y todo lo que había leído en la prensa sobre la promiscuidad sexual que imperaba en la isla decadente. Los masajes estaban incluidos en la pulsera fluorescente y pensaba regalarse uno cada día. Pero aquella muchacha de no más de diecinueve años, pecho discreto y uniforme blanco, le estaba ofreciendo la tersura de su piel más allá de los límites de la pulsera. Se levantó, más confuso que indignado. Decidió no darse más masajes. Se encerró en la habitación y su pene, lentamente, volvió a ser un flácido y discreto inquilino de su cuerpo. Y más tarde, en la terraza, se dio cuenta de que aquella pareja, compuesta por una turista cincuentona y el monitor de salsa, que podría ser su hijo, cubiertos hasta la cintura por el agua cristalina a unos diez metros de la orilla, estaba follando. Y, más tarde, en uno de los restaurantes, descubrió los polígonos de miradas indecentes que se creaban, cuyos vértices eran turistas y empleados, porque bajo cada sonrisa de cortesía y cada chiste y cada por favor y cada gracias se ocultaba una proposición ajena a las leyes del matrimonio y del decoro. Una transacción carnal y económica.

Encontró por suerte zonas del hotel, las mismas donde se refugiaba la anciana durante la hora y media que separaba los conciertos de la discoteca, en que algunas parejas con hijos o en luna de miel y algunas amigas sexagenarias creaban un oasis de normalidad y decencia. Desde la terraza oriental podía escuchar la música, ciertamente agradable, ver el camino de luna sobre el mar y sentirse acompañado por personas que no querían nada de él. Fue allí donde, el mismo día en que se compró el billete a Cancún, conoció a Catia. Lo cierto es que no fue él quien la detectó, sino un camarero muy cortés, de edad avanzada, que hablaba un inglés casi perfecto, quien le dijo al servirle el tercer mojito:

—¿Puedo decirle algo, caballero?

—Por supuesto.

—He observado que se hospeda en una habitación individual y que no le interesan las actividades de grupo... Espero que no le parezca impertinente que le diga que sólo hay otra persona en el Gran Marina en una situación similar. —Entonces le señaló, con un discreto movimiento de cabeza, la mesa más alejada de la suya, ocupada por una mujer y una vela.

La llama proyectaba en su rostro una oscilación acuática, que subrayaba sus pómulos y su frente, enmarcados por una abundante melena castaña, y la hospitalidad de sus labios y sus ojos, abstraídos, quizá incluso un tanto soñadores, perfilados por un maquillaje discreto. Un largo vestido blanco, casi transparente, anunciaba su delgadez nerviosa, que días después, a la luz de la mañana, se revelaría natural, gimnástica. *Spinning* cada mañana, en el mismo *wellness center* del que al parecer también es socio Santana, un guitarrista que Vincent no conocía.

–Una vez me puse botox, pero no me gustó lo que vi al día siguiente en el espejo, así que éstas son las tetas que mi madre me dio y no las pienso retocar. Si tengo que disimular mi vejez, prefiero gastarme el dinero en perlas...

Él admira esos senos en este preciso momento, bajo el mismo vestido blanco del primer día, encorsetados por un Victoria's Secret que también conoce, puede ver los pezones negros e imaginar el aura morada que los circunda. La erección persiste, aunque todavía sienta los restos del miedo mezclado con vergüenza que le ha provocado la anciana; pero se va apagando a medida que la conversación avanza.

–El primer día, en el restaurante principal, me pareció ver a José. Me puse a temblar como una niña...

Con la cabeza de ella en su hombro, Vincent le acaricia el pelo ondulado, cuyo tinte realza la cal de la almohada, como si tranquilizarla, hacerla sentir segura, significara en realidad calmarse él mismo, neutralizar esa sensación de amenaza que lo ha embargado hace ya demasiadas horas.

–Mi padre murió en el mismo accidente.

–¿Junto con tu esposa y tu hija?

–Y mis suegros, y mi cuñada, y varios amigos íntimos y empleados de la familia. Todos muertos. Y yo vivo.

–Lo siento mucho, Vincent.

Ahora es ella quien acaricia el cabello canoso y escaso de él, porque los papeles se han invertido y con ellos, la postura.

–Llevábamos nueve años casados, Katherine tenía treinta y tres y la niña cumpliría ocho al día siguiente. Habíamos decidido celebrarlo en una finca que mi suegro tenía en el Lake District. Allí a Kathy le esperaba su nuevo caballo, un pura sangre árabe que se había criado en Hungría, hijo y nieto de campeones, como dijo Alexander, mi suegro, que quería aprovechar la reunión para conmemorar también sus cuarenta años como *sir*. El jet familiar nos esperaba en la terminal de Heathrow para vuelos privados. Yo me había reunido el día anterior en Manhattan con nuestra agencia de inversión en los Estados y perdí el primer vuelo de la mañana. Llamé a Katherine para pedirle disculpas y le juré que Ian me llevaría por tierra y que por nada del mundo me perdería el cumpleaños de nuestra hija. El accidente ocurrió mientras yo cruzaba el océano. Tras desembarcar, me atrajo un televisor mudo, junto a la barra de un pub del que luego me hice cliente habitual. Pedí una pinta, aunque fueran las diez de la mañana. Me la bebí a sorbos muy pequeños, mientras en la pantalla se sucedían aquellas imágenes captadas desde un helicóptero, fragmentos inconexos sin la voz en off que, supongo, estaba dándoles sentido: la cabina rota y huérfana, una ala hundida en la nieve, una hélice inverosímil junto a un lago azul acero. Llegué tarde, como siempre. Llegué tarde a la muerte.

El silencio es la noche al otro lado del cristal.

O una enfermedad mental, que taladra.

–¿Quedaste como único heredero?

Vincent no responde. No recuerda las noticias ni las imágenes del avión siniestrado ni los interrogatorios policiales ni los trámites funerarios ni el entierro: sabe que estuvo en ellos, que estrechó muchas manos y recibió infinitas muestras de dolor y de pésame, que los cadáveres fueron trasladados a diversos puntos de Gran Bretaña y que él solamente tuvo que proporcionarles a cinco sepultura. Sabe también que nunca ha vuelto al cementerio. Recuerda que pasó un mes en cama y que después se reunió con sus abogados y acordó con ellos que se vendieran las acciones que le obligaban a formar parte de juntas y se invirtieran las ganancias en oro, que se quedaba tan sólo con las minas sudafricanas y con las propiedades inmobiliarias. No recuerda cómo le ordenó a Mallory que, mediante generosas indemnizaciones, redujera el personal al mínimo; cómo le explicó que no deseaba formar parte de ninguno de los patronatos, asociaciones, fundaciones y clubes sociales a los que tan inclinado era Alexander. Recuerda que un día, varios meses después del funeral, sintió la necesidad de despedirse de su padre, que nunca se había sentido a gusto entre tanto lujo, de Katherine y de Kathy y de su cuñada, que había muerto soltera y adicta al Prozac, y también de su suegro y de su suegra, que sin reservas habían acatado el deseo de Katherine de casarse con el hijo de un matrimonio de clase obrera, votantes de Margaret Thatcher pese a haber sido víctimas de sus recortes sociales, divorciados en circunstancias turbias, que solamente gracias a una beca había podido estudiar en Cambridge. Entonces pidió una copia de las imágenes de la cámara de seguridad del aeropuerto. El CD brillaba como el metal del siniestro rodeado de nieve. Lo introdujo en la ranura. Pasó la noche en vela observando minuciosamente el comportamiento de su familia durante aquella hora esperando el despegue de la avioneta. Nada había en los rasgos ni en los gestos de aquellas personas que indicara la presencia de la muerte. Tampoco fue capaz de encontrar en su esposa y en su hija, a quienes adoraba, ni en Henry, su mejor amigo desde el dormitorio de la universidad, que le presentó a Katherine en su fiesta de graduación, ni en Cormac, el secretario personal de Alexander, con quien jugaba a golf cada domingo, ninguna huella de sí mismo. Ninguna de aquellas corbatas, ninguno de aquellos collares, ninguno de aquellos bolsos ni maletas habían sido regalos suyos. En aquella época no eran corrientes los teléfonos móviles: ni siquiera su voz, grabada en el buzón, había viajado con ellos. De madrugada se prometió que nunca más volvería a subirse en un avión. Y decidió pasar sus días en aquel pub del aeropuerto, escrutando los cuerpos de quienes, si no anunciaban su futuro, al menos podían revelar las huellas de un pasado que, por completamente ajeno, resultara más tranquilizador que el suyo.

Sin repetir su pregunta, que tal vez haya sido impertinente, Catia ha respetado el silencio de Vincent, sin cesar ni un instante de acariciarle el pelo. Pese a su origen cubano –escapó de aquí en una balsa–, los años en Miami le han enseñado cómo tratar a los anglosajones. Al menos eso piensa Vincent al volver al mundo, es decir, a ese rincón del Caribe varado en el turismo, y encontrársela a su lado, apaciguándolo.

–Es la primera vez que se lo cuento a alguien.

Al día siguiente contrataron a un taxista durante siete horas para que los llevara a conocer La Habana. Era un mulato de metro ochenta, que sabía combinar con elegancia las precarias prendas de su vestuario. Quedaban poco más de cuarenta y ocho horas para que él se fuera a Cancún, supuestamente por negocios, y ella regresara a Miami, donde se alojaría en casa de una amiga hasta que encontrara un trabajo fuera del ámbito de su ex marido José. El día fue perfecto. La exuberancia de la vegetación sorprendió a Vincent tanto como los escasos coches con que se iban cruzando, todos ellos de los años cincuenta. Cuando atravesaban aldeas recorridas por jóvenes en bicicleta o pasaban por delante de apeaderos de autocar en que convivían muchachos, gallinas, viejas, niñas y moscas, Catia le contaba anécdotas de su infancia, vinculadas con la ausencia de productos básicos o con la propaganda de la revolución, divertidas gracias a la picaresca de los isleños. La capital le pareció a Vincent todavía más antigua que los automóviles, casi tanto como el mar o la anciana, con esos edificios volcánicos y esas mansiones dejadas de la mano de Dios. Recorrieron el Malecón, con las olas explotando contra las rocas, a mano izquierda, y las fachadas pintorescas y los niños casi desnudos y felices sucediéndose a la derecha. El taxista, con Catia como traductora, advirtió al turista de que no sacara la cámara por la ventanilla. Rechazaron visitar el Museo de la Revolución. Caminaron por La Habana Vieja. Tanto en la placita donde comieron camarones con plátano frito, como en el Café de París y La Bodeguita del Medio, donde se tomaron sendos mojitos, sonaban las canciones de *Buena Vista Club Social*.

–Los cubanos lleváis la música en las venas, querida –le dijo Vincent al oído, mientras bailaban por primera vez, entre otras parejas también formadas por turistas y cubanos–, en todas partes hay radios encendidas y música en vivo.

Catia iba a responderle, pero en aquel momento el barmán le pidió permiso a Vincent para bailar con *su novia* y el turista se lo concedió. De camino al lavabo, se entretuvo viendo fotografías de Hemingway, con su célebre camisa hawaiana. ¿Será realmente necesario haber estado en Cuba para escribir sobre este país? Tiene que ver el documental de Ry Cooder y Wim Wenders, Catia le ha dicho que está muy bien. Tras aliviarse, la descubrió en el otro extremo del local, entre las parejas que danzaban, los camareros que iban y venían, los flashes de los visitantes. Primero le recordó, aunque la asociación fuera imposible, a Sophia Loren, que aparecía en una de aquellas imágenes junto a Brigitte Bardot, pero en cuanto salió del ensimismamiento vio que la mano del barman estaba descendiendo por la cintura de ella y, azuzado por unos celos totalmente inéditos, la cogió por la cintura y se la llevó de aquel antro de turistas y negros.

El portal vecino estaba a oscuras y en silencio. La empujó, sin brusquedad. La puso de espaldas. Su mano derecha estampando contra la pared la mano derecha de ella. Su mano izquierda le levantó la falda y le bajó las bragas Victoria's Secret. Por vez primera la penetró sin condón. Ella gemía como una gata ante aquellas sacudidas briosas que

496

tanto lo estaban sorprendiendo. Sólo cuando culminó en su boca con un grito ahogado se dio cuenta de que, al fondo, en el tercer escalón de la penumbra, una adolescente los había estado mirando mientras acunaba a un bebé. Y que había un perro dormido bajo los buzones.

Vieron el atardecer a cincuenta millas de La Habana, en lo alto de un promontorio bastante apartado, donde un amigo del taxista, que vivía en una furgoneta, les ofreció botellas de ron y cajas de puros. Vincent le dio un billete de diez dólares, pero no quiso nada a cambio: sólo deseaba que la última fotografía fuera de ellos dos y el sol rojísimo entrando en el mar, al fondo. Antes de regresar al Gran Marina, le pidió al taxista que se detuviera en algún lado donde pudiera comprar carretes. Catia hizo de intérprete de nuevo. El mulato, tocado con una boina, acompañó con un guiño su respuesta. La vio enrojecer.

–¿Qué te ha dicho?

–Que para material fotográfico –bajó los ojos–… y para joyas no hay en la isla mejor lugar que las tiendas del Gran Marina.

Aquella noche no cenaron y al día siguiente pidieron el desayuno en la habitación. Catia sólo dejó la de Vincent para hacer su maleta: su vuelo salía siete horas más tarde que el suyo e iba a aprovechar para ir a Santiago a visitar a los únicos parientes que le quedaban en la isla. Tras hacer el check-out, en la puerta del taxi, ella le entregó un sobre:

–Ahí tienes mi dirección y mi teléfono, ojalá tus negocios te traigan a Florida, me gustaría mucho volver a verte.

En ese momento Vincent le entregó un paquete envuelto en papel de regalo y ella, que hasta entonces había evitado cualquier ataque de sentimentalidad latina, mientras lo abría se emocionó hasta las lágrimas. Era un collar de perlas, con pendientes y una pulsera a juego.

–No puedo aceptarlo –reaccionó–, es demasiado…

¿Qué eran dos mil doscientos cincuenta dólares en comparación con haber recuperado su sexualidad? ¿Cómo podría pagarle a aquella mujer recién divorciada el haber adquirido la capacidad de hablar de su tragedia? La besó en la mejilla al tiempo que con firmeza empujaba sus manos y la caja hacia su pecho. Era la última vez que besaba aquel pómulo, que rozaba aquel pezón oscuro. No iría nunca a Miami y, si lo hacía, no la llamaría, porque a una mujer así se la rifarían los cubanos, los mexicanos y los puertorriqueños de todo el estado y dentro de nada volvería a estar casada. Pero no tenía duda de que merecía aquel regalo.

Desde el interior del taxi, a través de la ventanilla, Catia le sorprendió con estas palabras:

—Quiero confesarte algo, me da mucha vergüenza. —Se había intensificado su sonrojo—... En realidad es una tontería... ¿Te acuerdas el otro día, cuando me dijiste que los cubanos somos muy alegres, que no podemos entender la vida sin música? No me atreví a contarte que el Gobierno obliga a poner música en todos los bares y locales, que incluso hay un canal de radio oficial, por si no tienes dinero para comprar un reproductor... No es oro todo lo que reluce... Cuídate mucho, Vincent...

Aquel momento se pareció mucho a una extirpación.

Se acuerda de él ahora, ante el mostrador de Iberia, y siente calidez en el estómago. La azafata de tierra le informa de que hay una demora de diez horas, debido a unas maniobras militares que acaban de comunicarles desde el Ministerio del Interior; y que como beneficiario de la British Gold dispone de un conductor bilingüe a su servicio y de la posibilidad de una reserva en el hotel Nacional de Cuba para descansar. Lejos de molestarse, Vincent sonríe ante la posibilidad de recobrar su carrete fotográfico y de conocer el célebre hotel, donde se alojaron Buster Keaton y Errol Flynn y Ava Gardner, y del que el otro día, en el sopor alucinante que sucedió al coito en el portal, se olvidó por completo. Así que, tras localizar a la anciana entre los pasajeros que tendrán que pasar el día en el aeropuerto, recostados en su equipaje, se sube a un Chevrolet del 59 y deshace las millas que separan el aeropuerto José Martí del hotel Gran Marina de Varadero. Según el chófer, tendrán tiempo de pasar un par de horas en la terraza donde Robert de Niro y Francis Ford Coppola tomaron rones al atardecer.

Ya han reemplazado el collar, los pendientes y la pulsera a juego en la vitrina de la joyería. En recepción se sorprenden al verlo, pero le entregan enseguida su neceser, con la crema de afeitar, las cuchillas, el peine, las tijeras para las uñas, el cepillo de dientes, la crema dentífrica, la crema antiarrugas, la loción, los tapones para los oídos y el carrete Kodak con sus fotos de La Habana. Tira las cuchillas y las tijeras, porque no le dejarán embarcarlos. Resiste la tentación de ir a ver el Caribe por última vez, entre turquesa y transparente, desde la terraza oriental. Ya se reencontrará con él en Cancún. Pero no puede evitar volverse, cuando el Chevrolet abandona el camino de grava para incorporarse a la carretera principal, para echarle un último vistazo a la piscina donde tanto conversó con Catia. Entonces, en una tumbona, ve su cuerpo bronceado y tenso, en bikini. Está hablando con un cincuentón muy pálido, obeso, que sostiene un cóctel en la mano. Eso le ha parecido, pero no está seguro. No puede ser ella. Cuántas veces le pareció ver a Katherine y a Kathy entre el gentío de Heathrow, cogidas de la mano. No eran ellas. No es ella.

Clava su mirada en el espejo retrovisor y le dice al conductor:

—Acelere, por favor, no sea que lleguemos tarde.

La anciana se muestra más inquieta de lo habitual. Hizo cola durante cerca de una hora ante la puerta de embarque, entre un coloso nórdico que sudaba como un cerdo y una pareja de recién casados cuya luna de miel, a juzgar por el silencio mortificante de ella, no se había correspondido con la que habían proyectado. Debe de haber sufrido miles de cancelaciones y de retrasos a lo largo de su vida viajera, de modo que esas horas de espera no podían ser la razón de su desasosiego. Una vez en el avión, se levantó varias veces para ir a hacer la cola del lavabo más cercano al asiento de Vincent; pero cuando al fin le llegaba su turno, regresaba a su sitio para desconcierto de los que esperaban junto a ella.

Durante las últimas horas ha fantaseado con la posibilidad de flirtear con alguna azafata e invitarla a cenar en Cancún, pero ahora que ocupa su butaca de primera clase apenas levanta los ojos de las fotos de la revista de la aerolínea. Tiene que aprender español, no hay duda de que después del inglés es el idioma más útil para viajar. El Golfo es un vacío cósmico en la noche inabarcable. En poco más de una hora aterrizan en suelo mexicano. La anciana sale disparada de la nave. Él la sigue. Hasta que no haya adquirido el siguiente pasaje aéreo no puede perderla de vista. ¿O sí? ¿Tiene sentido esta persecución? ¿La tuvo alguna vez? ¿Su objetivo no era leer su mirada? ¿No lo ha hecho ya? ¿No ha conseguido, además, superar el duelo, empezar a liberarse, dar los primeros pasos del resto de sus días? A la carrera, las preguntas se encadenan al mismo ritmo en que lo hacen las imágenes de su cama, de la mansión, del Jaguar y del Rolls-Royce, de Mallory, de The Red Baron. No puede volver a casa hasta que sepa qué va a hacer con su vida, a qué vida quiere regresar. La anciana mira en todas direcciones, como si buscara a alguien. Ignora a una vendedora de perfumes. Atraviesa la zona de entrega de equipajes. Sella su pasaporte. Ignora la aduana. Sale por la puerta de llegadas internacionales. Están abiertos tanto los mostradores de venta de las aerolíneas como las agencias de viajes, pero la anciana no se interesa en ellos, prosigue a una endiablada velocidad, esquivando a quien encuentra a su paso. Deja atrás las puertas de salida para pasajeros, el aparcamiento de taxis y el de las conexiones con los hoteles. En esa dirección, según las flechas, sólo hay barcos.

Vaya con la señora, va a hacer un crucero. En ese preciso instante suben al autocar los últimos cinco pasajeros. La anciana intercambia algunas palabras con la vendedora, extiende su tarjeta de crédito y recibe a cambio su billete para el Príncipe de los Mares. Siete días por el Caribe: Isla Mujeres, las ruinas de Tulum, los encantos garífunas de Livingston, los arrecifes de Belice, La Habana y regreso a Cancún. No puede tardar más de cinco segundos en decidirse: si la anciana abandona el crucero en cualquiera de sus paradas la perderá para siempre. ¿No sería eso una bendición? La puerta se cierra. Recuerda a aquella mujer que tanto se parecía a Catia, al borde de la piscina, hablando con aquel puto gordo, más pálido que un muerto. No volvería a Cuba ni ciego de marihuana holandesa. El motor del autocar se pone en marcha. Contiene la respiración hasta que el vehículo desaparece, entonces expira largamente.

–¿Puedo ayudarle?

Sólo al escuchar esa pregunta Vincent se da cuenta de que hace más de un minuto que apoyó sus codos en el mostrador y que todavía no ha dicho ni una palabra. La vendedora es demasiado bella. Podría intentar averiguar el nombre, los apellidos y la nacionalidad de la anciana. Unos rasgos ligeramente indígenas comunican unos enormes ojos oscuros y unos labios incitantes y una nariz graciosa, puntiaguda. Tal vez podría intentar asegurarse del día y el lugar de regreso. Entre el tercer y el cuarto botón de su blusa blanca de botones azul marino se asoma el encaje del sujetador y la piel redondeada del pecho. Es posible que en algunas de las escalas no sea legal ingresar en el país a bordo de un crucero. Piel abultada por la presión del elástico del sujeta-dor. Al final, dice:

—¿Puedo invitarla a cenar?

Para entonces, probablemente por la expresión asustada de la chica ante el silencio de Vincent, que reseguía su escote con impropio descaro, ya se han acercado dos guardias de seguridad, que le piden en español que no moleste a la seño-rita. La vergüenza lo invade como hace el agua en una presa al abrirse las compuertas. Mientras se aleja, la mira por últi-ma vez a los ojos —preciosos— y le pide perdón sin abrir la boca. ¿En quién se está convirtiendo? Seguro que en nadie demasiado distinto al que era a principios de la semana pa-sada, porque siente un gran peso en los hombros, la nuca y las piernas. Y le arde la cara.

Esa noche pernocta en el Sheraton más cercano. Le cues-ta conciliar el sueño, dormita finalmente tres o cuatro horas, durante las cuales tiene una pesadilla protagonizada por al-guien que es la suma imposible de Catia, la belleza yucateca y la anciana andariega. Cuando el primer rayo de sol atra-viesa la cortina, se despierta con un nudo de asfixia en la garganta que sólo cede bajo el chorro helado. Qué hace él ahí. Qué diablos se le ha perdido en México. No quiso acompañar a Alexander a aquella subasta en Sotheby's de pintores de la Revolución. Ni siquiera tolera el picante.

Desayuna temprano, toma un taxi y se sube al primer ferri hacia Isla Mujeres, con la intención de abordar allí el Príncipe de los Mares. Pero tras caminar casi dos horas por el litoral arrastrando su maleta de ruedas con la cámara en bandolera, al llegar a una granja de tortugas se da cuenta de que no ha preguntado dónde está el puerto y que ni siquiera sabe si hay un puerto. El recepcionista, rodeado de fotogra-fías de tortuguitas, caparazones gigantes, huevos semiente-rrados en la arena y niños con sonrisas de oreja a oreja que exclaman en perfecto inglés «¡Somos amigos de las tortugas y vigilamos que no les roben sus huevos!», le informa que, en efecto, en Isla Mujeres sólo disponen del embarcadero por donde él ha llegado, que los cruceros atracan a medio kilómetro de la costa, que las lanchas con los pasajeros que han querido pasar un par de horas en la playa Garrafón y visitar el criadero ya se han marchado.

Mientras deambulaba ha visto un par de buenos hoteles y al menos un restaurante que ofrecía marisco de calidad; pero ha visto también un sinfín de tabernas de mala muerte, que anunciaban concursos de camisetas mojadas, y hippies con perros pulgosos, vendiendo collares manufacturados y tocando la flauta, y hasta mujeres gordas que podrían ser prostitutas sin disfraces tan sofisticados como los de las cubanas. Por tanto, coge la maleta en volandas, regresa a la terminal y se embarca en un ferri de regreso a Cancún, donde se sube en un taxi a cuyo conductor le pide que le lleve hacia el sur, a una playa bonita y apartada.

–Lo mejor es que vayamos a Tulum –le dice el taxista; Vincent sólo identifica el topónimo, pero le dice okey con la mano.

Una hora y media más tarde, tras pagar cien dólares por la carrera, se encuentra alojado en una cabaña con vistas a una interminable franja de arena blanca y a un mar turquesa, aún más bello que el de Varadero. Sólo al abrir las compuertas de la ventana y ver el sol ponerse cesa del todo el miedo que lo atenazó al amanecer y que se ha arrastrado junto a su sombra durante toda la jornada. La cama es de matrimonio y está cubierta por un mosquitero que cuelga del ventilador del techo. En el mármol de la mesita de noche se han petrificado cinco velas. El otro mueble de la cabaña es una nevera antigua sin nada más en su interior que dos botellas de agua y una enorme cubitera.

Al calor del vino blanco de la cena, mira hacia la mesa en que dos amigas de su edad, también británicas, comparten una piña colada gracias a sendas pajitas de plástico. Enseguida baja la mirada y se concentra en su pizza de mejillones. No tarda en acostumbrarse a dormir arrullado por el sonido del mar, a despertarse al alba para caminar un par de horas por la playa antes de la ducha y el desayuno, a consumir los días tomando el sol, leyendo novelas policiales que toma prestadas del salón, bañándose, viendo el fondo submarino a través de unas gafas de buceo, cenando temprano a la luz de las velas. El hospedaje es regentado por un matrimonio italiano que supervisa con tacto el trabajo de una decena de empleados locales. Hay doce cabañas, doce parejas de tumbonas, cada una con su palapa y con una mesita donde apoyar las bebidas o los nachos. En la más alejada del bar es donde pasa más horas. Durante el rato que dedica a la siesta deja una toalla en la tumbona para que nadie la ocupe en su ausencia.

Sin darse cuenta han pasado cinco días, está pagando la factura, tiene que irse. O tal vez no sea un deber, pero quiere irse. Quiere irse y finiquitar de una vez su relación con la anciana. Ha tenido tiempo de sobras para imaginar una nueva vida, pero ni siquiera ha pedido un taxi para llamar a casa desde el pueblo cercano o conectarse a internet en un cibercafé. Pasear, comer, leer, dormir, broncearse, protegerse de los cuerpos de las mujeres, ganar tiempo, irse.

El taxi de vuelta a Cancún le cuesta treinta dólares menos que el de ida, pese a que no resulta sencillo encontrar la terminal donde llegará el Príncipe de los Mares. Trata de entender la portada del diario *La Jornada*, pero sólo es capaz de descifrar algunos titulares relacionados con la política exterior de Estados Unidos y las fotografías que ilustran la violencia del narcotráfico; después se compra una novela de Stephen King, pero tampoco es capaz de concentrarse en ella. Sólo retiene la silueta de un personaje, el Empujador, un asesino psicópata que aprovecha el anonimato de las aglomeraciones en el andén de las estaciones de metro para arrojar a alguien a las vías, alguien que no pudo identificar aquella mano, aquel brazo que lo empujaban, y que muere enseguida atropellado, mientras su asesino huye una vez más, impune.

Cuando la megafonía anuncia la llegada del crucero, se despierta y se da cuenta de que le han robado la maleta. Por suerte, se había dormido con las gafas de sol puestas, la cartera continúa en el bolsillo del pantalón, la cámara sigue en su cinta y hoy se había puesto la guayabera cubana. Ha perdido sólo cuatro mudas de ropa, el cinturón, el bañador y el neceser. Y el carrete sin revelar. Como si no hubiera estado en La Habana, piensa. Dentro de unos años tendrá un sueño erótico y al despertar dudará si Catia existió o fue, como la anciana, solamente fruto de su imaginación.

Pero ahí está la anciana. Un momento. Es imposible. Quién es ésa. La anciana no ha salido sola de la puerta de llegadas, va del brazo de una mujer muy joven y muy delgada, que calza unas sandalias franciscanas y cuyos pasos apenas agitan la tela color arena del vestido que la cubre. Podría ser su nieta. O su bisnieta. O su tataranieta. O un clon suyo que hubiera pasado mil años hibernando en un congelador de algún puerto del Caribe. La anciana ha hecho una amiga durante la travesía. Y, según parece, va a seguir con ella su viaje demencial hacia ninguna parte.

—Siga a ese autocar —dice al subir al taxi.

—No hace falta, va al aeropuerto.

Por fortuna, la bellísima yucateca no se encuentra en el mostrador que hay junto a la parada. O por desgracia. Vincent es consciente de que echa de menos el calor que redescubrió en la 538 del Gran Marina, pero siente pánico ante la posibilidad de volver a ser inundado por la culpa o la vergüenza. Nunca ha soportado el peso de ser regañado, amonestado, ni siquiera acepta que lo corrijan sin levantar las cejas y fruncir el ceño. El medio centenar de cruceristas entra como una turba en el aeropuerto de Cancún para disgregarse y dividirse. La anciana sigue colgada del brazo de la joven. Hacen sus gestiones en el mostrador de American Airlines. Al acercarse, Vincent alcanza a escuchar:

–… para el vuelo a Nueva York, señoras, es muy probable que no puedan viajar juntas.

–Entonces denos dos billetes para San Francisco.

Cada palabra se ha reflejado como un azote en la expresión del vendedor. Las palabras se esculpían en esa carne tan frágil, que las recibía como hace con las pisadas una playa. Por vez primera ha escuchado la voz de la anciana. Ha hablado en una mezcla de inglés, español y otras lenguas, germánicas, eslavas, quién sabe, no importa el contenido, sino la forma, el timbre, el tono, la profundidad subcutánea, uterina, cavernosa de esa voz que alteraba la cara del vendedor, que sacudía los pulmones de Vincent, pero que no parecía afectar en absoluto a la joven, cuyo brazo se sigue entrelazando con el de la anciana sin acusar temblor ni duda.

Durante las horas en la sala de espera, la anciana no ha dejado de hablar ni un segundo. Vincent ha renunciado a los privilegios de la sala VIP para poderlas observar: la joven acerca el oído y la vieja, en voz muy baja, le trepana el cerebro con esa voz a la que sólo ellas dos son inmunes. Lo mismo ocurre durante el vuelo, al menos eso es lo que comprueba en las dos ocasiones en que –aprovechando que alguien espera a la puerta del baño de primera clase– camina cincuenta metros para ir al otro lavabo y así espiarlas. No cesa la cantinela. El salmo. La liturgia. Sus labios se mueven al compás de himnos antiguos. Esas palabras habían permanecido ocultas en el cerebro de Vincent desde las lejanas clases de religión y se han revelado ahora porque son las únicas que pueden describir lo que probablemente la boca de la anciana comunica.

Como es incapaz de dormir, arropado con la manta, selecciona del programa de entretenimiento *Los que corren por el filo* y pide un whisky de malta sin hielo. Katherine y él fueron al estreno en un cine de Broadway, invitados por su dueño, un amigo de su suegro. Los rostros del inventor y del demiurgo, fusionados, darían como resultado el de la anciana. En el fondo todas las historias son una persecución: de un amor, de un enemigo, de un tesoro, de un sueño o de la utopía, de la verdad que oculta un secreto, de la muerte.

—¿Le sirvo otro? —le pregunta una azafata en voz muy baja, con un sonrisa cómplice y señalando discretamente hacia la izquierda con la cabeza.

Vincent, hipnotizado por el combate final entre el policía y el replicante, dice que sí y olvida al instante lo que acaba de ocurrir. No se acuerda de ello hasta que se encienden las luces y le sirven el desayuno, poco antes de que comiencen las maniobras de aterrizaje. Entonces advierte que la butaca más cercana está ocupada por Harrison Ford, que duerme. ¿Qué irá a hacer a San Francisco? ¿Rodar una película, recibir un premio, perseguir a una mujer? Eso se está preguntando cuando la estrella de Hollywood abre los ojos y, poniéndose bien el cuello de la camisa y atusándose el cabello, le da los buenos días.

—Buenos días —responde Vincent—, no se lo creerá, pero acabo de ver *Los que corren por el filo* sin ser consciente de que usted dormía a mi lado.

—¿No me diga? —pregunta el actor sin demasiado interés, con la voz ronca y muchas más arrugas de las que se ven en las revistas—. ¿Has oído eso, Ridley?

—Sí, por supuesto —responde el ocupante de la butaca posterior a la de Vincent, que ya está desayunando—. Precisamente por ella venimos del Festival de Cine de Cancún y nos dirigimos a la Universidad de Berkeley, a clausurar un congreso internacional y a darnos un baño de multitudes... Esa película nos sigue dando más alegrías que todas las demás juntas... Bueno, Harrison rodó también las sagas de *La guerra de las galaxias* y de *Indiana Jones*...

–Nada comparado con *Los que corren por el filo*, se lo digo yo, que las vi todas con mi mujer y con mi hija, la capacidad de seducción de esa película no puede compararse con la de ninguna otra...

–Se lo agradezco, caballero, es usted muy amable. Lo cierto es que ahora ya no estoy tan interesado en ese tipo de cine, el futuro está en la televisión y en los videojuegos, pero siempre es agradable que alguien valore tu obra... –prosigue Ridley Scott.

–Pues entonces la decadencia es imparable.

–¿Tú qué opinas, Harrison?

–Da igual el formato. Da igual que sea cine, tele, cómics, videojuegos. Lo que a la gente le importa son los personajes. Después de haber sido Han Solo, Indiana Jones, Rick Deckard, el Fugitivo y hasta el presidente de Estados Unidos, os aseguro que lo peor de la mitología cinematográfica son los fans, es decir, no los personajes, sino lo que los personajes se convierten en las cabezas de los espectadores, que son capaces de cambiar radicalmente sus vidas para seguir códigos que no existen, que no pueden existir. De modo que me quedo con mis personajes más grises, menos memorables, cuyos nombres ni siquiera yo recuerdo, porque ésos no arruinaron la vida de nadie. Es mejor que la fuerza no te acompañe y que no te creas esa mierda de que el mundo se divide en luz y en oscuridad.

–Amén.

–Espero no haberle ofendido, amigo, usted parece una persona razonable...

—No ha dicho nada ofensivo, no se preocupe —responde Vincent, a todas luces excitado—. Perdone que le haga una última pregunta: ¿No hay rastro de todos ellos en usted? De los famosos, quiero decir, Han, Indiana…

—Supongo que algo queda, pero seguramente no sea lo más positivo, sino lo más vil. Sus obsesiones, su soledad…

A punto está de contarles la historia de la anciana, sería un buen argumento para una película, pero no le agrada la idea de que lo tomen por loco ni le tienta la posibilidad de fastidiar este momento, así que se centra en su desayuno. El actor también come en silencio, pero con un apetito bestial, apurando hasta la última miga de pan con mermelada en cada bocado, limpiando el tenedor con los dientes y la lengua cada vez que se lo lleva a la boca. Vincent siempre ha carecido de esa voracidad. O tal vez no siempre: no estuvo exenta de osadía la estrategia que ideó para conseguir la beca universitaria, ni fue de mosquita muerta el año que entrenó para correr la media maratón, tampoco le faltó arrojo para conseguir acostarse con la dueña del hostal donde pasó sus tres primeros meses en Cambridge. Perdió progresivamente la iniciativa cuando se comprometió con Katherine y accedió a los inagotables privilegios de su familia. La recuperó hace más de quince días, cuando salió corriendo detrás de una inverosímil desconocida que no se dejaba leer.

Huye de la legión de azafatas y pasajeros que aprovechan los segundos que siguen al aterrizaje para pedirle un autógrafo a la estrella de Hollywood y en el túnel se reencuentra con Ridley Scott.

—Nadie me reconoce —le confiesa—, eso antes me molestaba, no sabe cuánto, pero ahora me parece un regalo de Dios.

—¿Hablaba en serio?

—¿Quién? ¿Harrison? Es la primera vez que le oigo quejarse de eso, me parece que lo que no soporta es envejecer, porque esos iconos son sobre todo héroes jóvenes, y él ya se ha convertido en un actor madurito, más adecuado para un *remake* que para la primera parte de la trilogía. Yo creo que lo que lo marcó fue rodar *Sabrina*, esa película fue su punto de inflexión... Pero no le haga demasiado caso.

También es cana la barba del director. La ficción envejece a otra velocidad. El tiempo de la ficción es el contrapeso del tiempo de lo real.

—Siempre he pensado —dice Vincent— que en las sagas, en las trilogías y las tetralogías, usted ya me entiende, el espectador establece otro tipo de relación con los protagonistas, una relación más profunda y más compleja.

—Tiene razón, y ocurre lo mismo a la inversa: también la intimidad que Harrison estableció con Han y con Indiana fue más rica, más fértil, que la que tuvo con otros personajes menos duraderos. Pero en términos de producción, mantener al mismo personaje como eje central de tres o cuatro películas no deja de ser un recurso fácil.

Harrison Ford aparece al final del túnel, rodeado de admiradoras, el encuentro se está acabando. Prosigue el director:

—Se me ocurre que sería mucho más arriesgado o interesante plantearse un proyecto ambicioso, en tres o cuatro partes, donde los auténticos protagonistas casi no aparezcan, donde el protagonismo recaiga en la propia ficción, en su materia, en sus tonos, en sus inflexiones, en sus géneros y subgéneros, no sé si me explico, en sus ideas incluso, de modo que los héroes, que como todos los héroes de hoy serían en realidad al mismo tiempo antihéroes, sólo pudieran entenderse a través de los cientos de reflejos que su historia ha ido dejando en todo lo que, directa o indirectamente, los rodea, historias, personajes, anécdotas, reflexiones, como si en el proyecto ellos fueran el agujero negro y todo el universo que los rodea les diera finalmente sentido.

Aunque no fuera del todo consciente de ello, siempre había deseado conducir por las cinematográficas calles de San Francisco y visitar los escenarios de *Vértigo*. Si la anciana y su acompañante le hubieran dado una semana o diez días de tregua hasta el próximo vuelo, hubiera cogido la autopista hasta Los Ángeles para ver el Griffith Observatory de *Rebelde sin una causa* y conocer Hollywood y quién sabe si pasar después una o dos noches en Las Vegas. Pero nada de eso será posible, porque el siguiente vuelo en que se embarcarán los tres, con destino a París, parte dentro de cuatro horas y media.

Un Boeing 747. Habitáculo con cama. Toma una copa de Don Perignon y dos canapés de vieiras con parmesano. Ve *El Club de la lucha*, que le retuerce las tripas y el cerebro durante dos horas pero al final le deja indiferente. Mira a su alrededor, no sea que esté viajando con Brad Pitt o con ese tal Chuck Palahniuk. No le importaría leerse la novela. En el fondo todas las historias hablan de lo que uno cree ser y de lo que uno realmente es: otra forma de persecución. Cena un sándwich de salmón y una ensalada César, regada con dos copas más de champán. Duerme hasta la llegada sin despertarse ni una sola vez. No se hace ilusiones con la posibilidad de salir del Charles de Gaulle. A las dos horas están embarcando hacia Barcelona. Allí sí que podrá respirar aire fresco, pero sólo durante doce horas, porque esa misma noche partirán hacia Moscú. Dos trenes y dos horas más tarde se encuentran los tres en un parque de atracciones llamado Port Aventura, junto a cientos de turistas, que la extraña pareja ignora en su conversación desigual, perseguida por ese cincuentón bronceado, de aspecto atlético, que viste unos pantalones arrugadísimos y una camisa tropical bastante sucia. En la tienda de suvenires no encuentra ropa decente, de modo que abandona el parque cuando la anciana y su acompañante ya han desaparecido en el área del Mediterráneo, se pregunta por qué diablos no se quedó en Barcelona y se sube en el primer taxi que encuentra.

—Giorgio Armani —le dice al conductor.

—¿Barcelona?

Asiente.

Una hora y media más tarde se está comprando dos trajes, dos camisas, un par de zapatos y un abrigo (en Rusia debe de hacer frío). No tienen calcetines ni calzoncillos, pero si les dice en qué hotel se aloja, con gusto le harán la compra en el Corte Inglés. Les encarga también una Samsonite pequeña. Le recomiendan el hotel Condes de Barcelona, donde según ellos se acostumbran a alojar escritores muy importantes. ¿Habrá dormido ahí alguna vez Chuck Palahniuk? ¿Dónde estará en esos momentos la novela de Stephen King? Siente la vibración bajo sus pies del metro de Barcelona. Después de asearse, tiene tiempo para una paella y una breve siesta.

Las ve llegar desde un rincón de la sala de embarque. El Prat es un aeropuerto doméstico, abarcable, por no decir de provincias. Ahora es la joven quien habla y la vieja quien escucha.

Airbus A320 de Finnair. Croquetas de jamón ibérico y una copa de Rioja Reserva. Otra película de estreno: *Matriz*. Una cabezada. Cuatro horas en el aeropuerto de Moscú. Boeing 740 de British Airways. Bocado de paté de oca y caviar, un chupito de vodka helado. «La aerolínea favorita del mundo, cualquier día de éstos la supera Lufthansa en número de pasajeros», le dice el pasajero más cercano, cuyo rostro acaba de ver y ya ha olvidado. La persecución del mesías. O de Sión. O de uno mismo. «Ya vio usted el MD-11 que explotó al aterrizar en Hong Kong...», le dice el mismo pasajero horas más tarde. O de la verdad. Hace al menos veinte años que no veía *Casablanca* y se emociona sin remedio y pide varios chupitos de vodka, un licor que jamás había probado, para celebrarlo. «El pasado 22 de agosto, no explotó, se inclinó y el roce del ala provocó la explosión», lo intenta de nuevo el muy pesado. Dos horas en Oakland, Nueva Zelanda. Una nave relativamente pequeña de Cathay Pacific, cuyo modelo no identifica. No hay pantalla individual en primera clase. Duerme cuatro horas. Aterrizan en Melbourne, Australia. La anciana y la joven regresarán en menos de seis horas, de modo que decide esperarlas en el salón VIP del aeropuerto. Se cambia de traje y se toma dos excelentes *capuccinos*. Al fin prensa en inglés. Están construyendo una gran valla que dividirá la isla-continente en dos, para que no se expanda la plaga de conejos. Nada raro si se recuerda que ese país nació como una colonia penal nuestra, piensa, pero también fue ése el origen de Gibraltar y a nadie se le ocurre levantar un muro para que no se multipliquen los monos. Airbus A320 de American Airlines. Lee en la revista que sus motores son Rolls Royce. Él casi nunca lo saca del garaje, prefiere su Jaguar del 50. Cómo hubiera disfrutado en aquellas carreteras tan pintorescas de Cuba a bordo de su coche. La erección no lo abandona durante todo el vuelo, porque entre las películas de estreno se encuentran *Belleza Americana* y *Ojos cerrados de par en par*, cuyos personajes femeninos lo sumergen en un vaporoso estado de deseo, como si el cubículo fuera impregnado progresivamente por los efluvios de un hamán.

Mira a su alrededor, por si estuviera a bordo Nicole Kidman. No puede ser. Es imposible. Un milagro. Ahí está la actriz australiana, con sus rizos pelirrojos, sus labios coralinos, la palidez de perfil, dormida, sin más luz para identificarla que la que emana de su pequeña pantalla, por donde llueven ahora los títulos de crédito. Como un sonámbulo se baja la cremallera del pantalón de Armani, introduce su mano derecha por la ranura, encuentra enseguida su pene exaltado y se masturba lentamente, primero mirándola y después, cuando la película concluya por completo y se haga la oscuridad, recordándola, como se ha hecho desde siempre con las estrellas de Hollywood.

—Bienvenidos al aeropuerto internacional de Johannesburgo —le despierta la voz del sobrecargo—, la temperatura exterior es de setenta y cinco grados Fahrenheit, veintitrés grados Celsius...

Cuando recuerda la epifanía nocturna, abre los ojos completamente y busca a su alrededor a la actriz australiana. En el revuelo de compartimentos de equipajes que se abren, manos que agarran el asa de las maletas y pasajeros que se disponen a abandonar la nave, alcanza a ver una cabellera rojiza, un incendio de tirabuzones, un rostro pálido y tal vez pecoso que se dirige hacia la salida. Vincent hace ademán de incorporarse, pero recuerda la mancha. El sueño. Podría preguntarle a cualquiera de las azafatas si realmente ha viajado con Nicole Kidman, pero prefiere no hacerlo. Esa mujer nunca envejecerá, piensa, será siempre joven y bella, como Cat Woman o como un personaje de Henry James, quien al parecer murió enfermo de virginidad, por cierto.

Por primera vez en todo su viaje, Vincent recorre a pie la distancia que separa el avión del aeropuerto, atravesando una superficie de cemento rodeada de sabana. Ese vuelo doméstico de South African Airlines, con capacidad para ochenta exploradores, es el primero que ha tenido que pagar desde que salió de Heathrow. Todavía puede dar once o doce vueltas al mundo con las millas acumuladas durante todos aquellos años sin vuelos. *Bienvenidos a Nelspruit, puerta del Kruger National Park*, lee en la gran pared del recibidor, donde una docena de guías de turismo, agentes de viaje y chóferes de hoteles esperan a los pasajeros recién llegados. La anciana y la joven, junto con otros siete turistas, acompañan a un esbelto empleado de *Riverside Tours*, cuyo microbús está aparcado a escasos metros de la puerta principal. Vincent, en cambio, tras llamar a Mallory desde un teléfono público, se dirige al mostrador de Avis, pues durante las horas de espera de la conexión ha estado leyendo la *Lonely Planet*, ha recordado *Salomón y Saba* y ha decidido recorrer la región en su propio vehículo. El vuelo de regreso a Johannesburgo es pasado mañana: no pueden escapársele.

La carretera no sólo está en mejor estado que las de Cuba, también es superior a la comarcal que Anthony toma a veces para evitar los atascos que cada tarde castigan los alrededores de Londres. El atardecer hibernal crea una vasta gama de colores y reflejos en los prados de flores y en los campos de cultivo. Con el codo apoyado en la ventanilla y las gafas de sol puestas para evitar ser deslumbrado por esa esfera de lava incandescente, Vincent se siente libre, libre como quizá sólo se ha sentido buceando en Tulum, observando el fluir de los peces de colores, la oscilación de la arena al vaivén de las cálidas corrientes submarinas, sus propias manos arrugadas por la inmersión prolongada, sin que exista por unas horas ese murmullo mecánico de engranajes que ruedan y encajan y vuelven a rodar, el ruido del mundo que desaparece cuando sumerges la cabeza bajo el agua, cuando el agua a presión te golpea bajo la ducha, cuando conduces sin prisa por un lugar remoto y te sientes lejano y libre. Una mujer camina por el arcén, contoneando las caderas bajo una falda de franjas granates, azules y verdes palmera, enseñando parte de la espalda y el ombligo, porque lleva la camiseta blanca anudada por debajo de los pechos. Se ven pocos negros y ninguno conduce. Van en bicicleta, como los cubanos, y como ellos por lo general sonríen, aunque lleven en la diestra un machete tan largo como una barra de pan.

El hotel Pronk Pronk es tal y como lo había imaginado: un complejo de estilo colonial, parecido al que debió de dar alojamiento al abuelo Alex cuando vino a cazar rinocerontes antes de la segunda gran guerra. Las paredes de su cabaña de piedra con techo de paja están decoradas con mapas antiguos y con fotografías en sepia de barcos de vapor, manadas de elefantes, pieles de cocodrilo colgadas al sol y cazadores con mostacho que apoyan el rifle en el hombro y, como si se tratara de un podio, apoyan su pie derecho en la cabeza de un hipopótamo muerto.

–No será necesario que encienda la chimenea –le dice al botones africano, pero sí que cenará en la terraza, a la luz de las lámparas de aceite que penden de las vigas.

Todas las cabañas están dispuestas en semicírculo, de cara a un gran vacío de oscuridad, de modo que adivina las mesas y las siluetas de las parejas que mañana lo acompañarán en el tour por el parque. El vino blanco de unos viñedos de Stellenbosch cercanos a una de sus minas –todavía no ha decidido si la visitará– es extraordinario, y la parrilla de carne no está nada mal, sobre todo las salchichas picantes. Cuando le traen la copa de Van der Hum, un licor típico que hará las veces de postre, obsequio de la casa porque mañana es el aniversario del Parque Kruger, se encienden tres potentes focos y descubre que se encontraba ante un escenario indescriptible: una laguna de unos cincuenta metros de diámetro, en cuya orilla en ese momento están bebiendo tres elefantes, ocho cebras y un sinfín de gacelas e impalas. Hay algo de concierto sinfónico o de ópera de texturas, formas y colores en esos cuellos y trompas que suben y bajan, sin hacer apenas ruido.

A las cinco y media de la mañana, una pareja de recién casados, un joven de aspecto huidizo y Vincent entran en el parque a bordo de un vehículo elevado, de puertas macizas, una suerte de mirador móvil que conduce con inverosímil desparpajo una guía de no más de veinticinco años, con el pelo muy corto, hija, nieta y bisnieta de bóeres que, según les ha contado al presentarse, siguen hablando en afrikáner. Pararán en dos ocasiones durante la excursión, para comer y para ir al lavabo. Regresarán a las seis en punto de la tarde, cuando se cierran las puertas del parque. Está prohibido no sólo descender del coche, sino también sacar la cabeza o los brazos:

–Para los animales, que son los únicos habitantes legítimos del Kruger, estamos dentro de una roca, si de pronto detectan que algo asoma más allá de los límites de la roca, pueden reaccionar de manera impredecible. Eso que ven ahí son árboles derribados por elefantes en una estampida. Nuestro viaje será totalmente seguro si seguimos unas normas de seguridad muy básicas, repito, no bajarse del vehículo bajo ninguna circunstancia y no sacar los brazos, el torso ni la cabeza por las ventanas.

No son exactamente ventanas, sino aperturas de varios metros cuadrados, tan sólo alteradas por los barrotes que unen las compuertas con el techo y su toldo. Aunque ya ha amanecido y la claridad se ha apoderado del paisaje, el sol aún no calienta y, para no pasar frío, los turistas tienen que taparse las piernas con esas mantas que imitan la piel de las cebras. En el horizonte de mercurio se recortan las siluetas de jirafas que compiten en altura con los baobabs y las acacias, y las de una lejana manada de elefantes. Muy pronto se detienen: una pareja de hienas está cruzando el camino. Los cuatro sacan a la vez sus cámaras fotográficas y se ponen en pie y apuntan y disparan, diez, quince, veinte veces, como si en ese preciso momento les hubiera hecho efecto la cafeína que han ingerido antes del amanecer. Las pieles con manchas y las crines erizadas.

–El año que mayor turismo registró Sudáfrica fue 1995, porque el año anterior se estrenó *El rey león* –les explica Helen cuando ya se están alejando las ancas y las colas de las bestias–, pero no por ello tengo que ignorar el hecho de que la película de Disney es muy injusta con las hienas. No son carroñeras, sino excelentes cazadoras, tal vez mejores que las leonas, y con una gran ventaja sobre ellas: son matriarcales. Además, poseen un alto grado de sentimiento de territorialidad, esos mojones blancos que ven por todos lados marcan sus fronteras. –El joven ha dejado su pequeña cámara en el asiento, ha cogido un cuaderno y ha comenzado a tomar notas–. Parece ser que hemos tenido suerte esta mañana, hace solamente quince minutos que entramos y... Miren a su izquierda...

A menos de veinte metros avanzan en paralelo dos rinocerontes blancos. Los turistas los siguen, a escasa velocidad, durante más de un kilómetro. Cuernos únicos. Pequeños tanques. Al quinto disparo Vincent recuerda que sólo tiene un carrete de repuesto y decide dosificar su entusiasmo. Pero sus compañeros de tour, armados con cámaras digitales, no escatiman disparos. Hacer fotos les permite seguir en silencio, no precipitarse todavía en la conversación tópica e inevitable. El precio de la excursión incluye los animales, las explicaciones de la guía sobre los animales, las fotografías de los animales y la comida. Sólo la conversación es prescindible.

Pasa una hora de soledad y monotonía desde que pierden de vista a los rinocerontes hasta que llegan a una laguna en cuya orilla conviven flamencos, cocodrilos, hipopótamos y una pareja de búfalos. Helen les advirtió de que iba a probar suerte con un camino secundario, en el que a veces se pueden divisar leones a esas horas tempranas, pero que lo más probable era que no encontraran nada. La amortiguación del vehículo se resiente en cada bache y comunica temblor a las piernas de los turistas. Esos candelabros vegetales son euforbios, según leyó Vincent en la guía anoche. Siente una alegría totalmente infantil cada vez que ve a uno de esos grandes animales, mezclada con una nostalgia familiar que no experimentaba desde los meses que sucedieron al accidente; pero se trata de encuentros esporádicos, inyecciones puntuales de adrenalina, sacudidas de duelo que duran lo que un bache. En cambio, los impalas, las jirafas y, sobre todo, esos árboles rotundos pero fantasmales aseguran la continuidad de la experiencia. Son las comas y los puntos del texto del safari. La conexión necesaria entre las escenas climáticas que justifican su lectura con la piel y con los ojos.

Los prismáticos permiten observar el garbo rojiblanco de los pelícanos, cómo las crías de los hipopótamos se desplazan a lomos de sus madres o el tamaño exagerado de los cocodrilos, que parecen inofensivos como troncos vaciados; y traer a primer plano aquellos antílopes acuáticos del fondo, de ancas blancas y pelaje rojizo o pardo.

Tras otra media hora de conducción aparcan en un merendero situado a orillas de un río, donde grandes babuinos se esmeran en robar a los visitantes las galletas saladas, las lonchas de queso y las bolsas de pan de molde. Helen prepara huevos y salchichas, mientras los treintañeros recién casados ponen la mesa. Se llaman Philippe y Sara. El joven, que estaba escribiendo en una mesa cercana, se acerca y se presenta en un inglés a todas luces del sur de Estados Unidos:

—Yo soy Ahmed —les tiende la mano—, ya sé que el nombre no pega demasiado con mi acento, pero es que mi abuelo era iraní.

—¿De dónde eres? —le pregunta ella.

—De Nueva Orleans, ya sabes, la capital del carnaval y de la comida cajún y de la hibridación racial de varios continentes. —No suena pedante.

—Yo también soy pura mezcla —afirma Philippe, el cráneo afeitado bajo el sol vertical—, como tantos otros franco-algerianos.

Es la primera vez que Vincent escucha esas palabras *(cajún y franco-algeriano)*. El silencio que las sigue es aprovechado por la guía, mientras da cuenta de tres huevos revueltos, para explicarles los pormenores del resto del recorrido. Tratará de seguir esquivando las rutas más transitadas, les enseñará tanto las grandes extensiones donde conviven todo tipo de manadas como los rincones donde se ocultan los facóqueros o las avestruces, pero cuando algún compañero le diga dónde se pueden ver hoy grandes felinos, no tendrá más remedio que dirigirse hacia allí:

–Aunque nos encontremos con una feria. Por si no os ha quedado claro, los cinco grandes mamíferos son el león, el búfalo, el elefante, el rinoceronte y mi favorito, el más bello animal que existe, el leopardo. Algunas reservas privadas aseguran al turista que verá los cinco, que si no le devuelven el dinero. Eso significa mucha presión en el guía, que no cobrará a menos que el cliente quede satisfecho, lo que no sólo puede provocar angustia en la persona, sino también temeridad. Ésa no es nuestra política. Yo no les aseguro nada, porque el parque es mucho más que cinco animales, es una flora y una fauna inacabables, una biodiversidad excepcional... –Levanta la mirada hacia el tronco más cercano, arquea las cejas y con ese movimiento los cuatro turistas descubren una mariposa amarilla del tamaño de una mano abierta, dos pájaros de un azul casi negro cuyos picos brillan como el marfil, y el babuino, que sigue al acecho–. Pero ya han visto tres de los cinco, a ver si hoy hay suerte, vamos a por los que faltan.

En la primera pista forestal se paran junto a una jirafa enorme, para escuchar el sonido hidráulico que hace su lengua prensil al alargarse, arrancar una hoja, retraerse y engullirla. Y poco después contemplan a una familia de elefantes, con dos machos al frente, una hembra con su cría en el centro y un anciano, de piel agrietada y un único colmillo, un tanto rezagado, entre los árboles y la maleza. El espectáculo es sublime y entrañable: se percibe tanto la amenaza que suponen esas miles de libras en movimiento como el vínculo de ternura que une a esos monstruos amables. Sin más ruido que el de las cámaras digitales y el de las pisadas, tan grávidas como lentas, Vincent hace una única fotografía: esos ojos cansadísimos, esa piel prehistórica, ese colmillo triste y asimétrico, que alguna vez fue una brújula y hoy es un resto arqueológico y desnortado, avanzando lentamente hacia el pasado.

—Así que estudias literatura —le dice Philippe a Ahmed durante el intervalo que separa esta atracción de la siguiente.

—Es mi segunda especialidad, la principal es en artes visuales.

—Pues vaya casualidad, Philippe es artista —interviene Sara con su marcado acento francés.

El aludido mira a su esposa con incomodidad evidente. Ella hace una mueca y dirige la mirada hacia el horizonte. Vincent sonríe sin volverse: escucha a sus compañeros de tour porque en ese momento, sin exotismo a la vista, no tiene nada mejor que hacer.

—¿Has visto la película de Hellmuth Costard *El fútbol como nunca antes*? —le pregunta Philippe a Ahmed para romper el hielo, y como éste niega con la cabeza, prosigue—, es una obra bastante experimental, en que filmó a George Best, la leyenda del Manchester United, durante todo un partido. Un partido de futbol que no ves, porque la cámara sólo enfoca a ese jugador. Exclusivamente, a nadie más.

—Qué raro… Voy a verla… En la biblioteca del campus tienen también todas esas películas artísticas… —Ahmed anota en su cuaderno la referencia.

—Yo también hago cosas raras, *películas artísticas* —subraya, divertido.

—Me interesa, me interesa —añade el chico, que ha dulcificado su expresión durante la charla—, porque soy consciente de que el cine de Hollywood está en un callejón sin salida y que si me interesa contar historias tengo que comenzar a estudiar también todas las alternativas posibles… Por eso estoy leyendo este libro. –Le enseña una edición de *La sociedad del espectáculo* en inglés.

–Yo también leí a fondo a Debord cuando era joven. Haces bien, estúdialo, aunque sea para discrepar. Él vivió en una época en que la revolución era casi posible, pero sus ideas todavía son útiles, para entender un mundo que él no supo adivinar…

–Yo creo que lo importante es darte cuenta de que el artista no puede trabajar exclusivamente dentro de lo que se considera arte. Ni tampoco puede hacerlo exclusivamente desde fuera.

–Una buena lectura. En efecto –dice Philippe–, el arte tiene unas instituciones muy codificadas, es un sistema complejo, pero con límites claros. El artista tiene que ser un traficante, alguien que se entrena para salir y entrar constantemente de ámbitos que por lo general no están bien comunicados. Un ser de frontera. Un contrabandista.

–Por eso me interesa tanto la obra de Ridley Scott –afirma Ahmed, para sorpresa de su interlocutor–. ¿Sabías que durante su infancia y adolescencia vivió en varios lugares del Reino Unido y en Alemania, que estudió pintura, diseño gráfico, fotografía, escenografía, incluso decoración de interiores y que se codeó con David Hockney?

–No tenía ni idea…

–Es un creador imprescindible de nuestro tiempo. Alien, Roy Batty, Thelma, Louise, muy pocos cineastas han creado tantos mitos… ¿Sabías que su primera película, *Los duelistas*, es una adaptación de una novela de Conrad? Me estoy planteando escribir un trabajo sobre él, defendiendo la tesis de que es el primer director de cine contemporáneo que no viene de la pintura o de la literatura o del teatro, o del propio cine, sino de la publicidad…

–Muy interesante. No hay arte sin diálogo bastardo...

Vincent está a punto de girarse y de contarles que el otro día conoció a Ridley Scott y a Harrison Ford en un avión, pero no hay duda de que sería recibido como una intromisión. O como la batallita de un abuelo.

–¿En qué estás trabajando ahora? –prosigue Ahmed.

–He hecho una película. Eso, de por sí, ya no es demasiado habitual. Escribir guiones, buscar una banda sonora, resolver los mil problemas de la posproducción, todo eso es más propio de un cineasta que de un artista visual...

–O *era* más propio...

–En efecto –ese chaval ha conseguido captar la atención del artista recién casado–, ahora un artista a veces se parece más a un arquitecto o a un director de orquesta que a Picasso... Mi película forma parte de un proyecto que he desarrollado con un amigo, «No un fantasma, sólo una concha», para el que compramos los derechos de AnnLee, un personaje de manga, a quien le hemos devuelto esos derechos. Es decir, queremos que un personaje de ficción asuma su libertad individual, se responsabilice de su propia vida.

–Eso es una paradoja. Él no puede existir por sí mismo.

–Bravo, *mon ami*. Por eso va a desaparecer. Pero va a hacerlo en libertad. Antes de ello, queremos publicar un anuncio en el diario y animar a que alguien, una persona real, asuma esa identidad ficticia y se vaya tres meses a una isla desierta, un viaje financiado por AnnLee, porque aunque sea una ficción, lo cierto es que genera dinero, becas y subvenciones de ese sistema del arte del que hablábamos, y es legítimo que con ese dinero decida financiar su propia utopía.

–Durante tres meses se encarnará en un cuerpo, en un médium, en una verdad. Eso es genial.

–¡Gracias, muchacho! –exclama Philippe–. Más allá de todo eso, lo que exige el situacionismo –afirma Philippe– es

523

verdad. Te lo digo yo, que titulé una película *No más realidad*. El siglo que viene será el de *Gran Hermano*, pero la exhibición y la transparencia no son proporcionales a la verdad...

–Que se lo digan a los Bush...

–¿A qué te refieres?

–Pues a George H. W. Bush diciendo que no iba a subir los impuestos y repitiendo, mientras se señalaba la boca: «lean mis labios: no más impuestos», pura exhibición mentirosa, porque tardó sólo dos años en subirlos después de ser elegido como presidente...

Las millas se van acumulando hasta que el tiempo se detiene de nuevo:

–¡Atención! –grita de pronto Helen–. Me parece que aquello de allí es un leopardo.

Reduce la velocidad y apaga finalmente el motor en el arcén, a unos trescientos metros de donde dio la voz de alarma. Es increíble que haya detectado esa mancha mínima, camuflada entre las ramas de un árbol deshojado, a distancia semejante. No hay duda de que han tenido suerte con ella. Tras unos segundos de tanteo, los prismáticos les muestran las dos patas que cuelgan, la piel blanca del torso superior, la cabeza interrogante de manchas negras sobre fondo anaranjado, los ojos que refulgen y parecen mirarlos. Y a su lado, un cadáver herbívoro, destripado.

–Gracias a su constitución, extremadamente poderosa, son capaces de subir a un impala que hayan cazado hasta lo alto de un árbol.

No tarda más de veinte segundos en pararse un vehículo tras el suyo. Otro, que es más alto, lo hace poco después a su lado. Decenas de turistas apuntan con sus aparatos ópticos hacia la copa del árbol. De pronto, un tercer vehículo, que circulaba a gran velocidad, frena bruscamente inmediatamente después de adelantarlos. Entre sus veinte pasajeros

Vincent ha visto, durante lo que dura un pestañeo, a la anciana y a la joven. A su alrededor descubre progresivamente un centenar de impalas.

—Disfrutad del leopardo —les dice Helen— y de esos dos elefantes que se acercan por la carretera, porque de aquí no nos movemos hasta que se hayan ido esos imprudentes.

La tensión invade los cien metros cuadrados de sabana y asfalto. Los dos gigantescos paquidermos, unos cincuenta metros por delante de ellos, cortan el tráfico. Cada vez son más los coches particulares y los vehículos de turismo que se acumulan alrededor de Helen, Ahmed, Philippe, Sara y Vincent, quien paulatinamente se va desinteresando por la presencia del leopardo, hasta el punto de dirigir los prismáticos hacia ese camión militar reconvertido en transporte de exploradores donde se encuentra la anciana.

Riverside Tours, se lee encima de la matrícula. Aunque la mayoría de los brazos que sostienen cámaras y prismáticos permanecen en el interior, al menos tres interrumpen la rectitud del perfil, invaden la naturaleza circundante. Esas manos, esa tecnología, desestructuran la roca, constituyen una anomalía, piensa, una amenaza. Entonces ocurre algo inverosímil. Una puerta se abre. Un hombre baja del vehículo. Un hombre con la cámara a la altura de las gafas de miope y un bigotito insignificante y unos labios que relame. Da dos pasos por el arcén, pese a que alguien le grita en inglés que vuelva, que es peligroso. El hombre, con las dos manos sosteniendo la cámara, se acerca al árbol más cercano, de espaldas al leopardo, que en cuanto ha detectado ese movimiento inesperado ha saltado hacia el desconocido, provocando la huida enloquecida de los impalas, que han comenzado a atravesar el camino, por delante, por detrás y entre los vehículos estacionados, Philippe abraza a su esposa, Ahmed y Helen se tiran al suelo metálico, junto a las mantas que parecen pieles de cebra, pero Vincent permanece enfocando con los prismáticos a ese hombre, que es atacado, derribado de un zarpazo por el felino y que cae al suelo, herido, tal vez herido de muerte. La piel ágil del animal, que vibra, fulgurante. Los músculos torpes de su víctima, que no sabe qué ha pasado.

Aunque escucha el ruido de los motores, el ruido inconfundible de los motores y los neumáticos cuando dan marcha atrás y chocan entre ellos, y la algarabía de los impalas y el revuelo de los pájaros y la carrera de los elefantes, toneladas que trotan, y los gritos histéricos, desesperados de los hombres y las mujeres que lo rodean, separados por estructuras de acero que de pronto parecen frágiles como el plástico, Vincent continúa sentado, con la espalda muy pegada al respaldo, rodeado por el llanto de sus compañeros de tour, mirando el cuerpo aumentado de ese hombre que ha recibido el zarpazo del leopardo, la camisa cada vez más empapada en sangre, que ha caído al suelo mientras la bestia saltaba ya sobre el capó del vehículo de *Riverside Tours*, atrayendo la atención o el miedo de los elefantes, que pronto embestirán la vieja carrocería militar y la derribarán, provocando más miedo y más sangre, auténtico pánico, el peor accidente de la historia del Parque Kruger desde que abrió sus puertas hace hoy sesenta y dos años.

Introduce una moneda de cinco rands, presiona el botón de café solo y espera a que la máquina escupa el vaso de plástico y el chorro lo llene de ese líquido negruzco al que ya se ha habituado. El rugido ha camuflado un pitido, ese pitido que enseguida es relevado por su eco, pero el siguiente, los siguientes, hacen que le tiemble la mano y que a punto esté de quemarse, porque aunque eso no sea más que agua sucia, sale casi hirviendo.

El pitido cada ocho segundos.

Dos pitidos, consecutivos, cada ocho segundos.

Desde el umbral de la habitación, desde el umbral de cualquiera de las treinta y seis habitaciones de esa planta, desde el lavabo, desde las máquinas de refrescos, snacks y café, desde el ventanal que da a la granja de avestruces, desde el mostrador de las enfermeras y desde la ventana que da a la ampliación del ala oeste del hospital, desde las puertas de los ascensores o desde el hueco de las escaleras, puede escuchar el pitido doble, los dos pitidos, desde cualquier punto del pasillo y de la sala de espera.

A veces los escucha también desde la cama, a una milla de aquí.

Hace ya diecinueve días del accidente. El balance fue de nueve heridos leves, tres heridos graves y un muerto. Vincent ha ido acumulando en la habitación de su hostal los recortes de todas las noticias que han aparecido en la prensa sudafricana sobre el siniestro, la catástrofe, la tragedia, el peor accidente de la historia del Parque Kruger. El funeral ya se habrá celebrado, piensa, porque el cadáver fue repatriado enseguida a Río de Janeiro. Se trataba de un jubilado del servicio de correos brasileño que viajaba con su hijo. Cuando los elefantes volcaron el vehículo, como se encontraba sentado en el extremo, se golpeó el cráneo contra el suelo y murió al instante. Antes del día de Navidad, todos los heridos leves, víctimas de magulladuras y fracturas y estrés postraumático, fueron siendo dados de alta. Ayer abandonó la habitación 312 uno de los heridos graves, el conductor de *Riverside Tours*, que ha perdido el brazo y el pie izquierdos a causa de los cortes provocados por el impacto de un árbol contra el parabrisas delantero. El hombre miope (en la 322) y la anciana (en la 327) continúan en coma. El primero, según los diarios, se llama Andreas Weiner, alemán de cuarenta y siete años, residente en Stuttgart, casado con Sandra, que lleva casi cuatrocientas horas a la vera de su cama. La segunda no es nombrada en los artículos que ha ido compilando: al parecer se han extraviado sus pertenencias y su único contacto es una joven que había conocido recientemente y a quien no le reveló sus apellidos ni su origen ni ningún dato que pudiera ser útil para su identificación.

El pitido, los pitidos de esas dos habitaciones.

No hay duda de que miente.

Es duro verla ahí, tan cerca de la pantalla de los signos vitales y de la bolsa del suero, sosteniendo las manos de la anciana, contemplándola durante horas, esperando su muerte. Vincent ha observado a la muchacha miles de veces, colocando bien la almohada, humedeciendo con una gasa los labios de la anciana, dormitando rendida en la butaca, al pasar, sin que él se atreviera nunca a detenerse ni a inventar una excusa para entrar, para volver a ver de cerca aquella piel antediluviana, arrugada como un mapa de pergamino, con los ojos cerrados por primera vez. En alguna ocasión ha podido observar a la muchacha de cerca, cuando él estaba sentado en las sillas de la sala de espera, tal vez charlando con el familiar de alguno de los heridos, y ella se acercaba a comprar una Coca-Cola o una chocolatina o un sándwich envasado de pollo con mayonesa. La preceden siempre los pasos de sus sandalias de monja, que resuenan antes de que haga su aparición aquella silueta andrógina, aquel mirar negado por el grueso vidrio de las gafas y por la sombra que proyecta un flequillo sin gracia.

Se respira en el ambiente que hoy es Fin de Año. Las enfermeras se muestran excitadas y Vincent incluso ha asistido al flirteo del doctor Ryan, cirujano, con la jovencísima Melissa, que acaba de ser transferida desde Porth Elizabeth. Esta noche se permitirá cenar algo como Dios manda, probará un tinto local y después llamará a casa para desearles a todos un feliz año nuevo. La última vez que lo hizo, el 24 por la noche, Mallory no pudo ocultar su preocupación y le pidió que se encontraran fugazmente en algún lugar del mundo, para que ella pudiera cerciorarse de que todo iba bien. Eso dijo: quiero estar segura de que todo va bien.

–Sigo en Sudáfrica, querida –le respondió, en el tono más apaciguador que supo simular–, aunque el accidente fue realmente impresionante, sólo resultaron heridos los pasajeros del vehículo del hombre que fue atacado por el leopardo. Los elefantes pasaron por nuestro lado, pero ni siquiera nos rozaron. Yo he estado unos días en la Garden Route y ahora me dispongo a descubrir Ciudad del Cabo. He conocido a un matrimonio encantador –siguió mintiendo– y voy a pasar las fiestas con ellos...

–Perdone que insista, señor Van der Roy, pero yo estaría dispuesta a tomar mañana mismo un avión e ir a cenar con usted a Ciudad del Cabo, o donde me diga, hay algunas decisiones que tomar, asuntos de negocios, un tanto urgentes...

–Envíamelo todo por e-mail, Mallory, y te prometo dedicar toda la tarde de mañana a solucionar esos asuntos...

A regañadientes, su secretaria personal, su mano derecha acabó por aceptar lo que le pedía, pero no sin antes arrancarle una fecha aproximada de regreso. Entonces él le dijo, y aquellas palabras le sonaron lejanas pero ciertas, que siempre había soñado con aprender a bucear y que ya que estaba en África no podía desaprovechar la oportunidad de hacerlo en alguno de los mejores lugares del mundo: Mozambique, Zanzíbar, el mar Rojo. En un par de semanas, le prometió, con su título de submarinista bajo el brazo, regresaría a Londres y reorganizaría su vida. Lo cierto es que durante todos estos días en el hospital, pautados por la angustia del pitido cada ocho segundos, ha pensado sobre todo en el silencio acuático que apaga el ruido del mundo. Y todas estas noches, en la habitación de su hostal, le ha estado dando vueltas y más vueltas a la idea de inscribirse en una agencia matrimonial en cuanto regrese a Inglaterra. De modo que algo había de verdad en su piadosa mentira.

Andreas sigue ahí, entubado y enmascarado e inerme en la 322, un pitido cada ocho segundos. La butaca de Sandra está vacía, debe de haber salido un momento. Al fondo, junto a la ventana, una maleta camuflada por las cortinas. La anciana sigue ahí, entubada y enmascarada y moribunda en la 327, un pitido cada ocho segundos, con la joven a su lado, hablándole o rezando por su alma, quién puede saberlo, rea de un contrato que ambas firmaron mediante palabras y más palabras, litúrgicas, salmódicas, impresas en miles de millas como en hojas de papel perforado. Cuando se abre la puerta del ascensor, aparece Sandra, los cuarenta y nueve, cincuenta años como máximo de Sandra, la cara demacrada y el cabello corto y castaño y las manos como pinzas o como tenazas de Sandra, que sostienen una bandeja de plástico rojo con una ensalada y una lata de cerveza y un pastel de manzana.

–Si hubiéramos tenido hijos, no tendría que cenar sola esta noche, ellos habrían llegado ya para acompañarme en estos momentos tan difíciles…

El pitido y su eco.

–Por supuesto –responde Vincent, apartándose sorprendido, porque es la primera vez que hablan, pese a haberse visto a diario durante casi tres semanas.

–Tal vez hubiera tenido que vaciarme para que él pueda descansar en paz, contárselo todo, antes de que fuera demasiado tarde…

No hay duda de que ella cree que su marido va a morir, porque en caso contrario no hubiera dicho que iba a cenar sola. Sandra debe de pensar que no haber procreado y estar perdiendo a tu pareja es la forma más radical de la soledad, pero Vincent sabe que es mucho peor haber procreado y haber perdido a tu hija y a tu mujer al mismo tiempo y sin días para despedirte de ellos lentamente. No quiere hacer comparaciones, pero sin duda su tragedia, su catástrofe fue muchísimo peor.

Aunque ha pedido unas costillas de cerdo con patatas y una botella de Cabernet Sauvignon, el encuentro del ascensor le ha robado el apetito. Pide la cuenta. Comienza a deambular. Tanto en las casas de los blancos como en las de los negros se celebra la Noche de Año Nuevo, llegan a sus oídos risas y música y brindis. En un viejo póster electoral, desgastado por la lluvia y el viento, le sonríe Nelson Mandela, la mandíbula desencajada por la intemperie. Sin saber cómo, ha caminado hasta el aeropuerto. Hay tres aviones en las pistas, sus moles a oscuras parecen dinosaurios embalsamados. Se sienta en una piedra un rato a mirarlos. La valla distorsiona sus siluetas prehistóricas. Hace frío, pero lleva puesto un buen abrigo. Un abrigo muy elegante, propio de una fecha tan señalada. Nada son esos aviones comparados con elefantes, con ballenas, con mamuts, con dinosaurios. Los harían añicos. Es fútil la batalla del progreso contra el tiempo.

Cuando regresa a su hostal, ya es uno de enero del año 2000.

Falta un minuto para las ocho de la mañana. La puerta del ascensor se abre. Un pitido. Sólo. Ocho segundos: el mismo pitido. Sin eco. Le tiemblan las piernas. Avanza en una nube de confusión. El pitido, huérfano de nuevo. A las ocho en punto llega a la habitación 327 y, como se temía, ya ha sido vaciada. La cama está recién hecha. Han abierto la ventana. Sufriendo para respirar, Vincent acude con pasos torpes al mostrador de las enfermeras, pero sólo encuentra una botella de champán vacía, una bandeja con rastros de galletas y, en la hoja de incidentes nocturnos, la hora y la causa del deceso: 23.59 horas, insuficiencia respiratoria seguida de paro cardiaco.

Ya no está.

Así de sencillo.

Ya no está, porque no era inmortal y ha muerto.

Por un momento piensa en salir corriendo, por si la joven heredera todavía no ha subido al avión de South African Airlines en que sin duda comenzará a asumir su legado. Viajar, viajar, viajar durante cien, durante mil años, que no cese el viaje. Pero después suspira largamente, aliviado como no lo ha estado nunca, como si con el aire saliera de sus pulmones la maldición de la huida que ha marcado los últimos meses de su existencia; y recuerda la promesa que le hizo a Mallory y la posibilidad de recurrir a los servicios de una agencia matrimonial; y decide ir a desayunar y buscar una agencia de viajes y pagar la factura del hostal y hacer su equipaje y volar hoy a Johannesburgo y mañana, a lo sumo, a Egipto, donde tiene que aprender a bucear.

Pero antes se detiene en el umbral de la 322. Sandra no se percata de su presencia. Ha apoyado una revista abierta en la cama y le está leyendo a su marido un cuento, un cuento en inglés, porque en ese pueblo remoto no se consigue prensa extranjera. Llora, con discreción, sin demasiadas lágrimas, pero está llorando. Es posible que leyera ese relato anoche, después de la ensalada, el pastel y la cerveza, tras hacer *zapping* sin demasiado éxito, y que decidiera leerlo de nuevo al día siguiente, en voz alta, aunque su marido no fuera capaz de escucharla. Vincent no puede entender todas las palabras de todas las frases, a causa de la distancia y del acento germánico y de las dificultades que impone al lector, aunque sea ligero, cualquier llanto, pero sí que puede seguir la historia sin problemas, con la mayoría de sus detalles. Habla de un niño al que le han regalado un robot para que le haga de niñera. Se llama Kristi. Se trata de un robot perfecto. Tiene el cuerpo de una mujer joven, ni fea ni guapa, melena de cabello humano, uñas que parecen biológicas, gran autonomía, control remoto, una voz agradable que nunca cambia de tono y todas las habilidades necesarias para satisfacer las necesidades de un niño de once años. Sabe cantar, tocar el piano, leer, practicar deportes, prestarle ayuda para hacer los deberes, jugar a ajedrez, dominó, naipes, damas y otros juegos de estrategia, de azar y de mesa, cocinar, ponerle una película, velar por su seguridad y llamar a los padres en caso de emergencia, mediante un teléfono incorporado a su unidad central de actuación y pensamiento. Los padres pueden llevar al niño al colegio por la mañana, pero sus jornadas laborales no les permiten recogerlo por la tarde, de modo que Kristi es la encargada de hacerlo. Llegan a las cinco y media a casa y están solos hasta las ocho y media, cuando vuelve la madre del niño, bastante cansada y sin demasiada paciencia. Entonces la madre deja que Kristi prepare la cena y después la desconecta, bip, porque está programada para activarse automáticamente a las cinco menos cuarto del día siguiente e ir hasta el colegio y hacer sus tareas de canguro. ¿Cómo va con Kristi?, le pregunta la madre al niño de vez en cuando, ¿lo hace bien? Es estupenda, le dice el niño, con sus ojos ambiguos, la niñera perfecta. Tres meses más tarde, Kristi comienza a mostrar sendas manchas carmesíes en las mejillas de biotejido. Vincent se ha olvidado de los pitidos, para él no existe más que esa voz que lee. Los padres se maravillan del grado de realidad con que fabrican hoy en día a los robots, es como si la muchacha pudiera experimentar esa emoción tan humana: la vergüenza. Un día, cuando Kristi se presenta a la puerta del colegio, el niño aparece con dos amigos y le dice que sus respectivos padres vendrán más tarde a recogerlos. La niñera robótica se sorprende y le pregunta si debe informar a sus progenitores, a lo que el niño responde que no se preocupe, que ellos ya lo saben. Los compañeritos se marchan, por su propio pie, a las ocho y cuarto, poco antes de que regrese la madre del niño. Esa noche, cuando la desconecta, la boca de Kristi, en lugar de hacer bip, deja escapar un aullido. Un aullido, hay que decirlo, bastante siniestro. Tienen que llamar al servicio técnico. Las visitas de los compañeros del niño se vuelven cotidianas. Llegan a las cinco y media y se van a las ocho y cuarto. No son siempre los mismos, pero algunos repiten. Hay días en que, cuando la madre regresa, Kristi ni siquiera ha ordenado los juegos de mesa ni ha colocado debidamente los cojines del sofá. ¿De qué son estas manchas, Kristi?, le pregunta, molesta. Con las mejillas ardiendo, Kristi baja la mirada y no responde. Cada vez son más los compañeritos que quieren ir a la casa del niño por la tarde. Él se inventa todo tipo de excusas para deshacerse de ellos, pero se ponen agresivos y acaba cediendo. Antes de que ocurra una desgracia, el niño le dice a su madre que le gustaría que un día fuera ella quien viniera a recogerlo. Accede a su capricho el viernes siguiente y así él consigue convencer a sus compañeritos que su madre sospecha. La palidez retorna a la cara de Kristi. Meses más tarde, el 4 de julio, la familia recibe en su casa a varios vecinos y amigos y les ofrece una suculenta barbacoa. Hay casi cincuenta invitados. Como no le hacen demasiado caso y es bastante mal jugador de fútbol, para lograr la atención de los varones menores de quince años les invita a que conozcan a su niñera robot. El asunto se le va de las manos. Un absoluto desastre, vaya mierda, con lo que le molaba aquella guarra. No tiene más remedio que deshacerse del cuerpo, antes de que su madre descubra que Kristi, además de sonrojarse, también podía sangrar. Incluso desconectada. El lunes dirá que ella no fue a buscarlo y que no sabe dónde se encuentra, que se debe de haber desprogramado, o que la habrán robado (porque a los robots no se les secuestra, ¿verdad, mamá?). La próxima Navidad pedirá otra. Y cuando cumpla catorce, la moto. Por mucho que frota, tarda casi veinte minutos en conseguir que las manos queden limpias y en ir a buscar su hamburguesa, recién asada en la barbacoa. Todavía no lo sabe, pero toda su vida, que será larga y menos desgraciada que la de la mayoría de sus coetáneos, recordará con una mezcla de ardor y cariño el último juguete de su niñez, porque la vida adulta se caracteriza sobre todo por la pérdida.

Teoría general de la huella

Pero los dioses intervinieron y se llevaron a su hija al mundo del mito y la ficción, la inmateria. Al crecer en el reino del que provienen todos los sueños y todas las historias, Promethea se convirtió en una historia viviente que, a veces, deambulaba por la imaginación de los mortales.

ALAN MOORE
Promethea

Ad locum qui dicitur Lorca,
in orientali parte,
decurrit flumen quod
dicitur Riuus Salatus.
Con o aiutorio de nuestro
dueno Christo, dueno
salbatore, a la muerte
te dexaste prender, ay,
Egeria, la peregrina,
en aquella orilla de sal.
E íbase meu coraçón de mí,
mare morta, vita mia,
decidme, ay hermanitas,
¿cómo contener mi mal?
Samer o Samar, Ausera,
caminante, viajera, peregrina,
mil nomes te dizían,
y entre los mil tú preferías
Egeria, quien en Tierra Santa
por el andar fue maldeçida.
Siguiendo las pisadas
de Cristo Nuestro Señor
por cibdades et desiertos,
montes et llanuras,
desde el Sinaí hasta Jerusalén,

estableçiste Egeria
el mapa de la Fe.
Escrito estaba tu hado
antes de ser patriçia romana
faze siglos que es tu estado
esa maldiçión que te reclama.
Si entre legos el mayor honor
es el de la cavallería,
para ti, santa Egeria,
non era otro que caminería.
Mas no con reyes
ni con grandes señores
caminabas, doña,
que en paz descanses,
solo el pueblo llano
era contigo caminante.
Siempre a ti te acompañaban
putas, sastres e labriegos
caçadores, comerçiantes
e soldados muxeriegos,
verduleras e fulanas,
vagamundos e escuderos.
Se cruzó mi senda con la tuya
una noche de aquelarre,
el Macho Cabrío y la luna,
que nadie de ti me separe,
mas lo hizo la muerte,
que es la Sombra,
tras mil años de bagaje.
Mi camino descendía,
Dueña y Señora, hacia ti,
mamá, mare, madre.
De Castiella et Aragón
las mugieres fueron llegadas

a la salada orilla de Lorca
para facerte ofrendas
para que descanses en paz
en tu Cielo de Leyenda.
Era el uno de enero del año mil
después del naçimiento
de Cristo Nuestro Señor
y començó el mío tormento,
pues me quedé huérfana de ti:
tras tantas leguas juntas
no estaba todavía preparada
para ser en vida difunta.
Como tú me enseñaste:
no es vida si no fluye,
no es sangre si está quieta.
La que tanto amé, ya murió,
y yo seguía viva, viéndola
morir.
De entonces, madre,
mala me siento.
¡Ay madrecita!
¡Malhaya la Sombra maldita!
Tornava la cabeça e estávalas catando.
Catava a las mugieres de lácrimas tan llenas
que el mio coraçón ladraba furia y pena.
Sospiré espavorida ca grandes cuidados avía
pero de mi maestra el legado era sólo la vía.
Infeliz, más me hubiera valido
ser casada,
o tener un cortés amigo,
que ser monja ordenada.
Pasó el funeral
y con él al rastreador,
que nuestra sombra había sido

durante lo que dura un embarazo, hermana,
al fin perdí de vista.
Y pasaron jornadas, meses y años
y llegaron tiempos que me vi
más alegre y placentera
partiéndome de Burgos
para Valladolid,
acudiendo a ferias y mercados,
a romerías y saraos,
viviendo en tierras de moros,
cruzando en barco el Estrecho,
gozando de mil tesoros
a los que tenía derecho,
hablando en castellano y hebreo
arábigo, catalán, italiano,
persa, griego y arameo,
como habitante de burgos,
villas, bosques, desiertos,
caminé y caminé sin cesar,
crucé los montes Pirineos,
lagos, ríos, hielos, la mar
que es el morir, me dijo un reo.
En mi errar incansable
conversé con mil forasteros,
Benjamín de Tudela entre ellos,
y sus ciento noventa ciudades.
Nueve veces me dieron
nueve viajeros
en nueve lenguas
el mismo consejo:
la fe en una sola patria
te hará sufrir;
la fe en cualquier patria
atenuará tu sufrimiento;

pero sólo conocerás la libertad
sin patria alguna.
Monté en caballos y camellos,
zarpé de los puertos oscuros,
hice mío el Mare Nostrum,
sin detenerme un segundo.
Con un manso ruido
d'agua corriente y clara
descubrí en mis viajes
cerca el Danubio una isla que pudiera
ser lugar escogido
para que descansara
y dejé que me tentara.
Mas rechacé los cantos de sirena,
que desviaban del norte mi nave,
pues era el movimiento mi cadena
y nunca mal habrá que lo socave.
Yo era como quien vive en el desierto
que hace frontera con el lago extinto
y fatiga incansable el laberinto
como si en vez de vivo fuera muerto;
el mundo entero era ese desierto
recorrido por fe, azar e instinto,
sin la sospecha de llevar al cinto
las llaves de las puertas del mar Muerto.
Pues no estaba el final de nuestro mundo
en aquellas Columnas de Hércules
ni en el El Cairo, el Sáhara o Bizancio,
y mis robustos pies de vagabundo,
sin peso de equipajes ni baúles,
olvidaron la isla y el cansancio.
Para animal o sombra
no hemos nacido, hermana,
sino para alimentar con nuestros pasos

la virtud y el conocimiento.
Fue así como me uní a las caravanas de venecianos
que mantenían vivo el recuerdo de Marco Polo,
el magnífico, el confidente del Gran Khan, el Alto.
Los restos de la Ruta de la Seda, sus ruinas
me llevaron por primera vez a la India y a China,
al Extremo Oriente voluptuoso.
Atravesé la provincia de Cascar,
con sus plantaciones de algodón, sus árboles frutales
y sus habitantes de avaricia proverbial,
la provincia de Thebeth,
manantial de laca, lino, lana y vidrio,
donde la moneda es el coral,
la provincia de Caindú,
rica en jengibre y canela y turquesas,
el reino de los tártaros y las regiones últimas
del septentrión, como Oscuridad,
un crepúsculo que agoniza,
aire en tiniebla.
No era más que un alma sin reposo ni alivio
lejos de aquello que había sido su hogar.
La sombra del cerezo
que el sol subraya,
recuerdos de mi viaje.
La Gran Muralla era también una ruina,
pero Pequín en cambio era todo oro y esplendor.
Mas la memoria ha olvidado la seducción de las joyas
y retiene en cambio el brillo de los encuentros sin aparente
    valor.
En una taberna llena de comerciantes,
en la falda de una montaña sagrada,
un hombre le dijo a otro:
«Mis enseñanzas no tienen ninguna valía práctica»,
y late aún en mí la respuesta del anciano:

«La tierra sobre la que marchamos es inmensa,
pero esa inmensidad no tiene ninguna valía práctica,
lo único que necesitamos para caminar es el espacio
que cubren las plantas de nuestros pies».
El regreso a Europa se demoró los nueve meses
que preludian todo nacimiento, hermana,
y agónicos fueron como un parto.
A bordo de la nao de bandera portuguesa
la chusma convivía en la bodega con un elefante,
lujosa mercancía que intercambiar por oro, plata o ruegos.
Atracamos en Cochin, el gran mercado de especias,
hicimos puerto en Angediva, bordeamos la costa africana,
nos cruzamos con tres naves egipcias y con una cargada
de negros peregrinos de La Meca.
Algunos amaneceres fueron lluvias de saetas
que nos lanzaban desde la oscuridad
arcos que nunca vimos,
guerreros que no pudimos divisar.
Después de la tormenta en el Cabo de Buena Esperanza,
que nos hizo temer por nuestras vidas,
un albatros posó sus torpes patas en cubierta
y sus alas no pudieron escapar a nuestra euforia.
Lo desnucamos. Lo desplumamos. Lo cocinamos.
Lo devoramos.
Y el mundo fue invadido por la calma sin viento.
Nuestros ojos turbios, sujetos por la pena,
sobre el mar sin olas, vomitando arena,
observando aquella calma de frío y acero
como no había conocido ni el más anciano marinero.
El elefante murió al atardecer de la séptima jornada:
cien brazos fueron necesarios para enterrarlo en el mar.
A veces imagino sus colmillos
que en el fondo de arena
señalan aquella lejana luz

que mece el sol
y el agua desdibuja.
Sólo entonces volvió Eolo, el antiguo dios de los vientos,
para empujarnos hacia el ansiado norte.
La disentería nos diezmó antes de que avistáramos las islas
    Canarias.
Desembarqué en Lisboa y regresé enseguida a las sendas
de tierra firme
que jamás debiera haber abandonado.
¡Oh, error perpetuo de la vida humana!
Enrique el Navegante era ya una leyenda
de la Tradición Inquieta,
como los Cresques,
padre e hijo, y decenas de otros cartógrafos,
marinos, tripulantes, armadores, timoneles y comerciantes,
de Mallorca y Génova y Nápoles.
Meses y años por los viejos
caminos de la vieja Europa
sin reposar jornada alguna
sin ver islas ni mares.
Vida era, porque fluía,
sangre era: no estaba quieta.
Y sin embargo:
polvo pisamos y en polvo nos convertiremos.
El interior del mundo también era recorrido
por levas, plagas, ejércitos, hambrunas.
Lo recuerdo bien.
El dolor de los otros era también el mío.
La Sombra recortaba mi sombra.
Empecé a sentir cada segundo ajeno
como un grano de arena que caía
en el reloj de mis pulmones.
Embargada por esa angustia llegué a Chambéry
el mero día en que el Santo Sudario lo abandonaba.

Embriagada por la multitud que me arropaba,
miré deslumbrada la sábana con el cuerpo duplicado
y me di cuenta que no sólo eran dos los rostros de Cristo.
Eran cuatro, ocho eran, hermana,
como si al milagro de la multiplicación de los panes y los
     peces
hubiéramos de añadir el de la multiplicación de las caras.
Ése es el mecanismo, el engranaje del reloj del viaje.
Se multiplican las huellas como lo hacen las reliquias,
los cruzados, los misioneros, los suvenires,
las enfermedades, las semillas, las palabras,
los pasajeros, los visados, los pasaportes,
la vida móvil, la sangre viaje,
las postales, las cartas, los sellos,
los que viajan y sus pasos,
que son la música del mundo.
La música secreta:
su tambor latido.
Me vieron en Hamburgo en 1547,
y en España tres décadas después,
cuando trece mujeres,
trece,
perecieron en la hoguera
de la Plaza Mayor de Salamanca
por pelirroja brujería,
y dos hombres,
dos,
por el pecado antaño imperdonable
de la sodomía;
me vieron en Viena, Lübeck, Praga,
Baviera, Bruselas y Leipzig.
Testimonios de mis pasos sin tregua
llegaron de Stamford y Astracán,
Viena y Múnich y más allá

a oídos de los más grandes
compositores y poetas de la época,
quienes no imaginándome mujer
hicieron de mí un hombre
y harapiento, sin porte ni ropajes de caballero.
El Judío Errante, hermana, sí: el Judío Errante.
Mi maestra Egeria, yo, tú muy pronto:
tres mujeres,
tres,
y un único nombre de hombre
para decirnos.
Un nombre individual para definir
el sueño de todos, de tantas.
Entré en Moscú con las tropas suecas
que comandaba Jacob Conde De la Gardie
y allí decidí volver a Sevilla y embarcarme
hacia el Nuevo Mundo, que ya no era tan nuevo,
vejez enigma, epidemia.
Cinco meses de mercado en mercado
por rutas nutridas por la venta ambulante
y acechadas por bandoleros.
Palos de mesana inclinados hacia popa,
vientos del oeste, juegos de gallos y de tablero,
doblones en las faltriqueras,
navajas al cinto, cruces y rosarios,
el galeón atracó en Veracruz
el mismo día en que por ventura
la pestilencia asomaba por cubierta.
Fue un siglo de contrastes y cuitas,
allá donde iba con mis propios ojos
comprobaba que el progreso y la barbarie,
que la religión y las masacres
no son más que la cara y la cruz
de la misma moneda falsa.

Ciudad de México, Chiapas, La Antigua,
latigazos que arrancaban tiras de piel,
vida que muere, sangre reseca e inmóvil,
Copán, Nicaragua, Quito, Lima,
nuevas hogueras de fuego antiguo
y esas miradas hipnotizadas por los gritos.
Los virreinatos se sucedían como los templos
y como los castigos que ninguna mente humana debiera
    haber imaginado
y como las pirámides que recordaban un esplendor arra-
    sado.
Del sur llegaban historias de mapuches, quilmes, patagones,
guaraníes, territorios paganos aún por explorar y por con-
    tarse.
En un extremo y en otro del mismo continente,
los españoles y los portugueses parecían cortados
con el mismo patrón por el mismo sastre.
Las iglesias de Cartagena de Indias
semejaban las de Minas Gerais,
los esclavos de las minas de Potosí
eran hermanos de los de Salvador de Bahía.
Como si allá donde viajara el hombre, hermana,
lo hiciera con él un dolor milenario:
como si el movimiento humano
no fuera más que una estrategia
para extender el reino de la Sombra.
Fueron ésas las palabras exactas que pronunció
Jacqueline G. Ospina, vestida de hombre,
en una taberna de La Habana, la víspera
de su enésima partida.
Las décadas que pasé en Nueva Francia y en Nueva In-
    glaterra
solamente hicieron que abonar mis sospechas
acerca de la universal crueldad humana.

El mismo capitán de Lyon
que leía a Rousseau por las noches,
regalaba por la mañana a los mohawk
una manta infectada con viruela,
y golpeaba al anochecer
a su esposa preñada de hembra.
Mientras en América predominaba la frontera
en Europa se expandía la metrópolis.
Todo había cambiado en mi ausencia.
Recuerdo que desde el puerto de Bristol hasta Londres
la gente no cesaba de fluir,
los campesinos que iban a la ciudad a intentar probar for-
    tuna
se confundían con los mercaderes que a un pueblo vecino
viajaban para vender calabazas, clavos, setas, telas, un-
    güentos,
y se confundían con estudiantes que regresaban a sus pupitres
tras visitar a sus familias, a sus amadas y a sus amigos.
En las tabernas se encontraban caminantes
y pasajeros de carrozas y diligencias,
simples, ociosos, curiosos, mentirosos, orgullosos, vanido-
    sos, melancólicos, delincuentes, malvados, desgraciados,
    inocentes y sentimentales.
También París estaba absorbiendo los pueblos vecinos.
A un galante normando le oí decir que aquellos jóvenes aris-
    tócratas
que venían de Londres y, por Venecia, a Roma se dirigían
participaban de la nueva moda de la nobleza europea:
el Grand Tour.
Los exploradores auténticos acometían
la cartografía del planeta,
mientras sus hijos jugaban a disfrazar
de aventura las lecciones.
Como naturalistas observaban atentos

del ignoto reptil la forma extraña
sin saber que era el alma de algún muerto
del cementerio en el que dibujaban.
Mucho me acordé, hermana, de aquellos años previos a la
  Revolución
cuando peregriné mucho más tarde por el norte africano a
  La Meca
y cuando mucho más tarde llegó la era de las exposiciones
  universales,
porque era la fe el acicate de aquellos estudiantes de arte
  romano
que viajaban acompañados por tutores y escribían largas
  cartas por la tarde
para dar cuenta a sus padres de cada uno de los chelines que
  durante la jornada habían gastado en transporte, alojamiento, papel, tinta y clases de esgrima,
hasta el dinero de los cicerones, del vino y de las furcias
debía ser consignado en el apartado de imprevistos;
porque era fe ciega la de aquellos musulmanes que se gasta-
  ban de una vez
los ahorros de toda una vida de privaciones y rezos
para visitar el lugar erigido por Adán y Abraham, la cuna de
  Mahoma;
porque era fe, publicidad y pedagogía pero fe sobre todo
la múltiple fuerza que enseñó a la multitud el valor de
  cambio,
esa abstracción que llamamos divisa y que siempre vincu-
  lamos
con la obtención de seguridad, placer y artefactos.
El viaje de conocimiento, religioso, comercial:
las tres cabezas del mismo monstruo llamado Dinero.
Recuerda, hermana, recuérdalo siempre:
no es vida si no fluye,
no es sangre si está quieta.

Lo mismo ocurre con el Dinero,
que también es circulación,
el movimiento perpetuo de los antiguos
–y de sus capitales.
Sobre todo eso hablé con Lord Byron en Messolonghi,
    Grecia,
poco antes de su muerte. Lo recuerdo bien.
Todo lo recuerdo con una claridad
que me estremece:
la aurora de las selvas tropicales,
los mares turbios y muertos,
los macacos aulladores con sus crías,
las ejecutorias de hidalguía,
las batallas y sus cenicientos epitafios,
la voz grave de Ibn Batuta,
el trazo seco del dibujante de cetáceos,
versos que hablaban de torres de marfil
y de cisnes y de huidas al país que ya no existe,
ay de sus autores, que querían viajar sin vapor y sin velas
y acabaron haciéndolo con opio, en infectos fumaderos,
los pies acariciados por el terciopelo de las ratas
el primer correo aéreo,
el primer radar,
la primera silla eléctrica,
la primera excursión organizada por Thomas Cook
y en el reverso de la misma moneda
el perfil intrépido del cartógrafo y capitán James Cook,
aquella niña que bailaba a la luz de la luna irlandesa,
el colorido otomano de los trajes de Lady Montagu,
a quien mucho más tarde llamarían feminista
y pionera,
fuimos las viajeras desde siempre
eso y mucho más,
el contrapeso necesario,

la válvula soterrada,
aquel indio que me quiso vender una piel de jaguar,
el chino anciano y sabio del haikú
y Lord Byron.
Más triste y más solo que la noche estaba:
La patria y el amor, me dijo, todo lo pierdo,
pero lo que más lamento es perder un mundo
que no soy capaz de traducir en versos.
Le conté aquel encuentro a su hija, Ada Lovelace,
muchos años más tarde,
gran jinete y bailarina, mejor matemática,
mano derecha de Charles Babbage,
profesor de la Universidad de Cambridge
e inventor de la máquina analítica,
que sólo ella supo entender y programar.
También era demasiado tarde para ella.
Oí sus gritos de dolor mientras los médicos
trataban con sangrías su útero con cáncer
y asistí a su funeral, en el panteón Byron,
los huesos de su padre con sus huesos.
No hay números, me dijo, que te preparen para la muerte.
No hay fórmulas que calculen el grado del dolor.
No hay máquinas que predigan tu sufrimiento.
No hay viajes que para el definitivo te preparen.
No hay vehículos que te mentalicen del encierro irrefutable
    del ataúd.
Tren, barco de vapor o piróscafo, globo aerostático, el Tita-
    nic, el automóvil, mucho más tarde el avión, el Concor-
    de, el Boeing, en mi cerebro se confunden como sueños
    los grandes vehículos de transporte de masas, porque sus
    vagones y sus bodegas de carga transportaban igual a
    bueyes y ovejas y caballos y carbón y aceite y bultos y
    muebles y petróleo y aparatos y hombres.
El mundo corría cada vez a mayor velocidad, hermana,

la velocidad del matadero,
y sentía yo cómo mi piel se arrugaba
en un deterioro infinitesimal lentísimo imperceptible
para los otros
pero para mí era una presencia constante y subcutánea
pues para convertirme en el mapa del mundo
mis poros iban imitando cada una de esas mutaciones
que percibían en el exterior
mi cuerpo sismógrafo
mi piel cartografía
la Sombra se adueñaba de mi sombra bajo mi vello bajo mis
	arrugas bajo mis párpados bajo mis pieles
sumándose restándose multiplicándose como los rostros de
	Dios
y los moldes de escayola que superpoblaron el planeta de
	recuerdos
los accidentes del mundo excavándome
representados en mi memoria que es la de todos
lo recuerdo lo recordamos lo recordamos bien
la memoria de Egeria mi maestra y la de quienes la prece-
	dieron
nuestros herederos
los recordamos bien
cada vez más hondo atravesando la arena del reloj de mis
	pulmones
hasta el tendón el músculo la médula la célula el átomo
soy la única que puede decir que conoció a Ramon Llull a
	Galileo Galilei a Isaac Newton a Charles Darwin a Ma-
	dame Curie a Isaac Peral a Nicola Tesla a Albert Einstein
	a Jocelyn Bell
esos hombres y mujeres que llamamos genios
como si algo hubiera quedado en la palabra de la divinidad
doméstica
que designó algún día.

Domesticar: integrar en el hogar, llevar al *domus*.
Finalmente
hermana
tras nueve siglos de espera
en 1900
mi piel conocía el sol
todo mi cuerpo recibía la luz solar
era una fiesta
aquelarre luminoso
sin luna ni Macho Cabrío
blanco puro blanco
luz sobre luz sobre luz fantasma
durante unos minutos
tal vez horas
mi piel reverberaba
joya y agujero negro
horas sin cansancio sin tedio
destierro del *spleen*
pero era tarde.
Yo era una anciana marchita.
Alguien había inventado la *gillette*.
En aquel bañador de una pieza
yo era una repugnante anciana arrugada, impúdica.
Se acercaba el momento del relevo:
la sangre se apaga, como el fuego sin sombra.
Bajo el sol incendio me cantaba a mí misma
y cada átomo de mi cuerpo era tuyo también.
¿Cómo unirse a ti
sin juntarse
consigo?
Ambos íbamos
errantes
en el encantamiento
de la soledad.

Y tú todavía no habías nacido.
Me di cuenta
y fue una iluminación fulgurante
de que el mundo cambiaba de era.
Las mismas casetas de baño que durante siglos
vi desde Norfolk hasta Melbourne,
pues es monocorde la estética de cualquier imperio,
empezaron a desaparecer
porque los cuerpos ya no tenían que ser ocultados.
Languidecía la fe
emergía el deseo.
Cruceros transoceánicos en que el mar se suma, sólo para sí,
    ser total.
Vuelos transatlánticos en que la noche grita con voces múl-
    tiples
y con nubes enredaderas.
La multitud comenzaba a viajar por el cuerpo
y para el cuerpo
ya no más el cuerpo como vehículo del alma
el cuerpo como fin en sí mismo.
El placer existió siempre,
pero fue minoritario,
como la yema solitaria
que da vueltas,
molino, nuclear, vértigo,
alrededor del amor o dulzura de Venus,
también conocido como clítoris,
para despertar las glándulas de Bartolino,
la sonrisa vertical, el punto G
(las palabras, hermana,
son también cronología,
como estos versos,
incluso cuando van
entre paréntesis

como un secreto).
En los baños termales de Grecia y Roma,
en las orgías y los burdeles medievales,
en los masajes egipcios,
en la elaborada cocina del Imperio del Centro,
nácares y corales, ámbar y ébano,
toda clase de esencias voluptuosas,
en los harenes, en los baños turcos,
en las primeras cámaras nupciales,
con sus camas de blanco satén
y sus sillones y sofás de terciopelo,
en las famosas putas de Barcelona,
en los casinos siempre extramuros,
en el así llamado turismo sexual,
como si hubiera un turismo que no sudara
por la gracia de Eros.
Pero era diferente porque ya no había máscara
se desnudaba del camuflaje,
se hacía evidente
y yo, hermana, me apagaba.
Comprar sol
se convirtió en anhelo de turista
y así las islas Polinesias
se transformaron
en portaviones de cemento armado.
Hasta hoteles hubo
con vistas a las detonaciones atómicas,
el sol puro y terrible
naciendo en mitad del desierto.
Lo viví en Tánger,
donde Allen Ginsberg era
un joven caballero sucio de habla andrajosa.
Lo volví a vivir en Las Vegas,
espejismo postatómico.

Y en las montañas Pocono,
capital mundial de la luna de miel,
con sus bañeras de hidromasaje en forma de corazón
y felicidad puesta en escena.
Puro teatro: danzas de la muerte con máscaras de comedia
    nupcial.
En los cuerpos de los hippies,
veo ahora,
en sus pieles y en su libertad,
en el imperativo folla siempre,
con todos y a ti mismo,
folla sin parar,
cinética hedonista,
la alternativa en la piel
a la proliferación de simulacros
que acompañó la expansión del turismo
en nuestro siglo xx.
En los cuerpos de los hippies,
veo ahora,
en sus poros abiertos,
la culminación de un proceso de sufragio
de impugnación al patriarcado
que no pudo darse
ni en la Revolución
ni en el resto de vanos intentos
de imponer una igualdad
real.
Llevé durante algún tiempo gafas de sol,
marca Rayban.
Me sentía ajena, disfrazada,
otra.
Estos ojos cansados
han visto cómo ahora los turistas
se arraciman en los locutorios

y miran en la pantalla
lo que al día siguiente
mirarán como si nunca antes hubieran visto.
Se avecinan tiempos abstractos.
Inmateriales.
Más despojados, más desnudos que nunca,
sin piel, hermana, si eso fuera posible.
El siglo que comienza
será el de la lucha sin tregua
entre los cuerpos y las sombras.
Sólo habrá paz
cuando la vida y la sangre
asuman su naturaleza doble,
biología y píxel,
y se fundan
en carne trémula de fibra óptica.
Viajamos más que nunca
pero no sé si vamos más lejos
ni más hondo.
O si eso importa: hay vértigo también en el maëlstrom de
    megapíxeles,
en esos videojuegos,
en esas descargas.
No puedo saberlo.
No quiero saberlo.
Me adentro.
Me adentro en la Sombra,
en tu sombra,
me anteceden,
atletas de la nada.
Sospecho que la lógica de la actividad humana es siempre la
    misma,
aunque se ajuste a cada momento, la lógica de las postales:
a finales del siglo XIX los viajeros cultos se quejaban

de que en ellas no había apenas
espacio para la escritura,
lo veían como un recurso de turistas y otros seres vulgares,
incapaces de cultivar el noble arte de la retórica;
pero a principios de la centuria siguiente, la moda de la postal se expandió, se normalizó, fue sentida por los viajeros
como el fin de la esclavitud de la carta,
cuya redacción les quitaba tiempo, experiencias, placeres.
Así, el ser humano lamenta lo que está perdiendo, denigra lo
que está llegando para ocupar su lugar, incorpora lentamente las novedades, se olvida pronto de lo viejo si no es
para invocarlo como prueba del escaso valor de lo nuevo.
Hablo de ti y de mí, hermana, no he dejado de hacerlo ni por
un momento desde que nos conocimos en aquel crucero
caribeño, porque la memoria del movimiento del mundo
es también nuestra memoria.
Recordemos.
La angustia de una verdad que sólo puede ser nuestra.
Moriré pronto.
Se detendrá mi vida y la sangre quieta dejará de ser sangre
para convertirse en musgo, en fósil, en polvo, en petróleo, en nada.
Serás atleta del sueño más profundo del mundo de la música
secreta del mundo.
Mi memoria.
Mi heredera.
Incluso ese hombre, mi rastreador desde aquel fatídico día
en el aeropuerto de Londres, se levantará una mañana
dudando de si su persecución por mil aeropuertos fue o
no solamente el eco de un sinfín de huellas.
Deshazte de él e inventa tu propio camino, recuerda que eso
son los hombres, nuestros perseguidores, un género condenado a ir siempre un paso por detrás, como sombras,
infinitos fragmentos de la Sombra.

No olvides nunca la tradición inquieta y femenina a la que
perteneces, mujer y creyente, hermana.

Jamás la traiciones.

Dentro de mil años un nuevo rastreador comenzará a se-
guirte: sabrás entonces que tu fin se acerca y que tienes
que encontrar a tu propia heredera.

Recuerda por último esto que te digo, no lo olvides nunca,
es el núcleo de todo, lo más sagrado, la sangre oscura que
nos recorre como una espiral de vértigo:

todos los caminos

descienden hacia nuestras madres.

Transjordania

–Es así de sencillo –dije pàra mis adentros–.
Intercambian notas a través de una frontera.

BRUCE CHATWIN
Los trazos de la canción

A la tercera vez que se levanta para ir a ver a la anciana, tras dar la vuelta a medio camino de ninguna parte y volver cabizbajo a su asiento, se confiesa que la echa muchísimo de menos. ¿Por qué eligió a la joven y no a él? Ni siquiera los cuatro bourbon que se ha bebido son capaces de atenuar esa sensación de orfandad que lo embarga desde que llegó a Johannesburgo y que no ha hecho más que crecer durante las cinco horas que lleva en este Boeing 505. Se derrumba en su butaca, rechaza la pantalla, reclina el respaldo hasta convertirlo en una cama, se arropa, trata de conciliar el sueño, no desea más ficción. Mañana verá las pirámides y la Esfinge, en una semana estará haciendo un curso de submarinismo en Sharm El Sheikh. No hay nada que temer: es bueno estar solo.

–Señoras y señores, buenas noches, les habla el comandante –las luces se han encendido, las miradas de los pasajeros chocan entre ellas, desconcertadas–, hace unos treinta minutos que detectamos un problema con uno de nuestros motores, no se trata de un problema grave, pero siguiendo el protocolo internacional de seguridad aérea nos vemos obligados a aterrizar de emergencia en el aeropuerto más cercano, el de Khartoum en este caso, donde trataremos de reparar la avería y proseguir con nuestro viaje hacia El Cairo lo antes posible. Perdonen las molestias. Les mantendremos informados.

Con un gesto reflejo, Vincent se apodera del botellín de agua, de la bolsa de cacahuetes y del sándwich de cangrejo y salsa rosa que había quedado sobre su mesa, junto a la novela de John le Carré que terminó durante la primera hora de vuelo. Ha hecho bien: las azafatas están recogiendo las sobras antes de que comiencen las maniobras de descenso.

–¿En qué país estamos? –le pregunta a la sobrecargo una mujer muy preocupada que ha apretado con fuerza la mano de su esposo.

–Sudán, señora.

–¿Y es un país seguro?

Esa mueca admite tanto el sí como el no.

La pista de aterrizaje está débilmente iluminada, apenas algunas bombillas a lado y lado de un riachuelo de asfalto cuyo estado, gracias a Dios, no puede evaluarse a causa de la oscuridad. Pese a ser aún de noche, hay calor en esa atmósfera arenosa que los recibe. Los metros que separan la nave de la sala de espera son alumbrados por los astutos focos de un jeep que podría estar ocupado por militares. Esas cuatro filas de butacas de plástico naranja son insuficientes para tantos pasajeros, de modo que Vincent se sienta enseguida, y entorna los ojos haciéndose el dormido. Pisa la Samsonite con ambos pies y su solidez calma durante un rato la angustia inestable. Son varias decenas las personas que tienen que quedarse en pie o encontrar su rincón en el suelo, la mayoría árabes y negros. Contando las azafatas, no son más de treinta los blancos reunidos en ese aeropuerto sudanés, donde por supuesto no hay sala VIP, ni siquiera un bar o un restaurante abiertos. Para saber si un lugar es civilizado sólo hay que ver si ha llegado a él el concepto «servicio las 24 horas» y si disponen de máquina de café expreso.

Tampoco hay megafonía, o a estas horas no está en funcionamiento, ni más personal en activo que el de la torre de control, de modo que la sobrecargo es quien les informa personalmente de las novedades. Que no son demasiadas. A las cuatro les grita que están esperando a los mecánicos. Vincent se ha bebido de un trago el agua que le quedaba y dormita. A las cinco, que siguen esperando a los mecánicos. Vincent continúa dormitando. A las seis, mientras la sala comienza a llenarse de luz natural, que han llegado los mecánicos. Vincent ronca durante algunos minutos. A las siete, que los mecánicos han ido a buscar las piezas de recambio. Siempre hay alguien que aprovecha esas comparecencias para pedir algo, cualquier cosa que la sobrecargo, por supuesto, no le puede proporcionar. La última demanda es leche caliente para un biberón. Al oír eso, Vincent, atacado de repente por un hambre sin misericordia, ladeándose para no hacerlo frente a esos cinco críos arracimados junto a su gordísima y negrísima y feísima madre, seis pares de ojos que se ha encontrado ahí, escrutándolo, cada vez que ha entreabierto los suyos, se lleva a la boca, con ansia y ruido, los cacahuetes, y devora a continuación el bocadillo de cangrejo. Una gota rosa se estampa en el pantalón a la altura del muslo. La mira. Entonces se da cuenta de que está temblando.

Se siente solo. Desamparado. Absurdo. Qué demonios hace él en África. No tiene ni un solo amigo negro. Nunca le ha interesado el arte egipcio. Dejó intacto el plato aquella vez que Katherine cocinó cuscús. Para una vez que hace un safari, se convierte en una masacre de seres humanos. Quiere volver a casa. Ya. Ahora mismo. Pero no se mueve. Es incapaz de hacerlo. Ya ha amanecido. La pista es tan precaria como había imaginado. La luz se refleja en ella y la envilece. No se observa ningún tipo de actividad en el avión. Cada vez hace más calor. Pastoso, se eleva, progresivamente sólido. Echa de menos a la anciana. Seguirla. Tener una razón de ser. Un motivo para viajar. Para estar en movimiento. Para retrasar decisiones. Eso debe de estar haciendo la joven en este preciso instante. Acumular millas. Quemar calorías.

Dejar que sus células mueran en la inquietud sin pausa. Ser una turista anónima entre los millones de turistas anónimos que recorren sin pausa los circuitos del mundo. Ser el corazón del turismo. Secreto corazón sin vacaciones. El corazón palpitante de la multitud acelerada. La sístole y la diástole (sus pasos) de los senderistas, las compañías aéreas, los excursionistas, las visitas en grupo, los tour-operadores, las agencias de viajes, todos los viajeros y todos los turistas y todos los que de un modo u otro viajan para que ellos puedan también viajar. Estar en sintonía con el ruido del mundo. Formar parte de los mecanismos que mueven el mundo. Lo contrario. Lo contrario de lo que él desea. Porque su deseo es sumergir la cabeza en metros cúbicos y líquidos, que sus oídos escuchen el agua, la nada acuática, esa lentitud que todo lo somete: sonidos, imágenes, la sal en los labios, tus manos arrugadas, formas a tu alrededor cada vez más ajenas y silenciosas, como los contornos que se dibujan y se desdibujan, continuamente, en el fondo de arena mutante.

Cuando el niño le ofrece algo que sostiene en sus manitas inocentes Vincent ya ha dejado de temblar. Es una bandeja plastificada con el desayuno en su interior. Recién traídas desde la aeronave, las están repartiendo en el mostrador, junto a la puerta de embarque, y la madre ha mandado a dos de sus hijos a que hicieran cola y trajeran siete. Abochornado, Vincent coge la suya de esos bracitos que se alargan hacia él, le da las gracias al niño, mira a la mujer con gratitud y clava la mirada en la mancha de salsa. No se plantea levantarse para ver si los de primera clase tienen derecho a una bandeja especial. La mancha se ha vuelto parda, arcillosa. Tiene la medida exacta de una huella dactilar.

–Hola.

Le dice un acento yanqui; pero al levantar la cara se encuentra con un joven árabe, muy moreno y muy despeinado, que se cubre el cuello con un palestino blanco y rojo.

–¿Nos conocemos? –le pregunta Vincent, pero en cuanto ha formulado la pregunta se acuerda del chico, es norteamericano, de Nueva Orleans, su padre o su abuelo era iraní–. ¡Dios mío! ¡Hola! ¡Qué sorpresa tan agradable, un rostro conocido en esta espera interminable! ¿Quieres sentarte un rato? Yo ya llevo horas sentado. ¡Cómo me alegra verte!

Le sorprende su euforia. Le recuerda, de hecho, a la del artista recién casado, como si la mera presencia de ese chico, Ahmed –si no recuerda mal ése era su nombre– comunicara una cierta exaltación. Se estrechan las manos. No hay nada en él que sugiera una energía extraordinaria, habilidades de seductor o capacidad de liderazgo. Sin fuerza en las manos, más bien delgaducho, ni en la melena revuelta, negro petróleo, ni en los ojos un tanto desvalidos y castaños, ni en los labios, erosionados, hay rastros de la vivacidad que Vincent está sintiendo de pronto. Tal vez se deba a que es la única persona a miles de millas a la redonda con quien puede hablar del accidente. Comunicarse. Conectar. De eso se trata, supone. Nos pasamos la vida buscando conexiones, deseando sentir la electricidad que sólo ostentan ciertos contactos, ciertas conversaciones. Ahmed le pregunta por el accidente, los heridos, los muertos. Vincent le cuenta que ha pasado las últimas semanas en el hospital, sin saber muy bien por qué, como si no pudiera escapar de las ondas expansivas de aquella tragedia.

–Ya sabes, el peor accidente de la historia del Parque Kruger –se sorprende a sí mismo diciendo, como si todos aquellos días sometido al compás del pitido no hubieran sido capaces de anular el poder de los tópicos–. ¿Y tú dónde has estado? No te recuerdo desde que llegaron las ambulancias y el helicóptero...

–En cuanto Sara se calmó, Philippe, ella y yo nos fuimos con Helen al hotel. Fue allí donde la policía vino más tarde a tomarnos declaración. Te buscamos, pero alguien nos dijo que te habías ido en una ambulancia...

–Sí, no lo recuerdo con claridad, pero una de las mujeres heridas me recordó a mi madre y, bueno, decidí ir con ella al hospital. Creo que dije que era mi madre, de hecho, para que me dejaran acompañarla, pero tuve que hacerlo en otra ambulancia. El shock, supongo...

–Claro, lo entiendo –dice Ahmed, que sigue en pie con la mochila colgada de un asa, y ambos callan durante unos segundos–. Fue una pasada conocer a Philippe, estuve con ellos un par de días en Mozambique, es un artista bastante prometedor, con cierto prestigio, lo he buscado en Google y ha hecho bastantes cosas interesantes...

Vincent siente celos. Se arrepiente de haber permanecido al margen de la conversación entre ellos, de no haberle confesado que él conoció a Ridley Scott, de no haberle contado que Harrison Ford envejece peor que los personajes a los que alguna vez les cedió su carne. La eterna juventud de Han Solo. Ahora es demasiado tarde. El contexto es otro: están en lo más profundo del tercer mundo y el cine y el arte y los famosos han dejado de tener sentido.

–¿Google? ¿Qué es Google? –improvisa, para apartar el disgusto que le provocan esos pensamientos.

–Un buscador nuevo. Mejor que el Altavista. Te permite encontrar páginas en internet simplemente introduciendo palabras clave. Bastante interesante... Y con mucho potencial... No sé qué de una fórmula revolucionaria... Lo inventaron un par de tipos que no van a tardar en ser muy, pero que muy famosos. No sé si me explico... Sabes lo que es un buscador, ¿verdad? –no prosigue hasta que Vincent, sin demasiado convencimiento, asiente.

No hay nada más ajeno al calor grumoso de ese aeropuerto que la tecnología de última generación. ¿Existirá él en esos buscadores? ¿Se encontrará a través de ellos información acerca de su riqueza, de sus acciones, de su soledad, de sus desgracias? ¿Lo habrá identificado ya alguien como uno de esos raros supervivientes de dos catástrofes históricas? ¿Es eso la suerte? Por fortuna la conversación es interrumpida por el ajetreo de los pasajeros: la avería ha sido reparada, se está procediendo al embarque. Como las puertas son únicas, una sola es la cola que se forma. Tras ella media docena de militares sudaneses, ataviados con uniformes idénticos a los de sus colegas cubanos, han instalado un par de tablas sobre caballetes también de madera, con el objetivo de realizar inspecciones aleatorias de los equipajes de mano. Vincent queda encajado entre Ahmed y los cinco niños que la mujer negrísima y feísima y no obstante amable congrega junto a sus faldas. Aunque ve a sus compañeros de primera clase gozando del merecido privilegio de pasar antes que los de clase turista, decide permanecer entre las personas que han anclado su mente a la cordura durante esas horas demenciales.

Un soldado quinceañero y robusto detiene a Ahmed y le obliga a que abra su mochila. Escarba en ella como en las entrañas de un caballo muerto, a la zaga de calor o de augurios o de un tesoro que el animal digirió cuando estaba vivo. Lo encuentra. En las palmas blancas de sus manos negras sostiene una botella de vino, un Sauvignon Blanc sudafricano cuya silueta transparenta la bolsa precintada. El soldado dice «peligroso» en un inglés patético y hace ademán de meterla en el contenedor de plástico gris donde sus compinches y él han ido acumulando otros objetos que supuestamente tampoco se pueden subir al avión por motivos de seguridad, como botes de champú y frascos de perfume y botellas de agua y paquetes de comida, aunque pasaron en su momento el control del aeropuerto de Johannesburgo porque se ajustan a las medidas internacionalmente autorizadas.

–Es legal. Está precintado. Dentro de la bolsa puede ver el ticket del *Duty Free* –dice Ahmed, sin perder la calma, agarrando lo que sin duda es propiedad suya.

–No entiendo –responde el soldado en su inglés elemental, más sorprendido que violento, mientras tira del plástico para recuperar su botín.

–Habla con tu jefe –le ordena Ahmed, señalando al militar de más edad, un cincuentón de aspecto cansado que sostiene un cigarrillo sin encender en la comisura de los labios.

Los ojos lacrimosos del adolescente y sus dientes apretados revelan furia. Ahmed le sostiene la mirada. Las manos de ambos tiran de los dos extremos de la bolsa: el plástico podría romperse en cualquier momento. Es evidente que si algo odia ese soldado es justamente tener que someterse a la autoridad del viejo de patillas canosas. A dos metros, Vincent, a quien no le han pedido que abra su maleta, observa la escena con el corazón en un puño. Ese chico tiene agallas: él hubiera entregado la botella sin rechistar. Trata de imaginarse cómo debe ser una prisión sudanesa, cómo debe de ser pasarte las veinticuatro horas del día con ese calor harinoso en la garganta.

–¿Un traguito? –le pregunta Ahmed, quien ha aprovechado que el chico dejaba la bolsa y se acercaba a su superior para rasgar el plástico, desenroscar el tapón y beber a morro.

–¿Por qué no? –responde Vincent divertido.

El caldo está tibio, pero le sabe afrutado. Le devuelve la botella. Ahmed bebe de nuevo, escupe después en el interior, cierra el tapón, mete la botella demediada en la bolsa rota y sonríe. Para entonces el soldado cansado, con gesto severo y los brazos en jarras, y el adolescente, aún más tenso que antes, se han situado al otro lado del tablero. Una sonrisa irónica, pero también encantadora. El joven militar está desarmado, pero junto a la mano izquierda del mayor hay una funda, una culata, un cañón. Los tres sudan en silencio, pero Ahmed sigue sonriendo. Con parsimonia, la mirada clavada en la del turista, el cincuentón se quita el cigarrillo de los labios y lo introduce en el bolsillo de su guerrera. Sí, señor, eso son agallas, no deja de sonreír. Finalmente, las patillas canosas se contraen, como si quisieran sacudir el cansancio, y el viejo militar prorrumpe en una escandalosa carcajada. La escena se congela. Y se agrieta rápidamente. Por efecto dominó, el quinceañero, otro soldado que los miraba, Vincent y un matrimonio que también ha permanecido observando con disimulo comienzan a reír también. Sólo Ahmed permanece en silencio, como si esa sonrisa irónica fuera una máscara.

Cuando al fin entran en el avión, empieza a temblar y dice:

—Joder, joder, si se lo cuento a mi padre, me mata, joder, estoy como una cabra.

—Ya sabes, en estos países sin democracia…

—No, no, si digo que mi padre me mata es porque ya lo hice otra vez, lo mismo, en LaGuardia, con un poli blanco que también se quiso quedar con algo que no le correspondía: abrí la lata de paté, escupí y la cerré. «Si el abuelo te ve hacerle eso a un agente de la ley, te cruza la cara de un guantazo», me dijo el viejo.

La democracia no llega a todas partes ni siquiera en el primer mundo, tendría que saberlo. A veces peca de ingenuo. El temblor del muchacho convierte la admiración en ternura.

—Tú me has invitado a un trago —le dice Vincent antes de ocupar su butaca—, cuando hayamos despegado ven, que te corresponderé con una copa.

La angustia de los últimos días ha desaparecido por completo y ha sido reemplazada por un sentimiento que no sabe definir, pero que tiene más de luz que de oscuridad –mal que le pese a Harrison Ford–. Aguarda con impaciencia a que todo el pasaje se haya acomodado de nuevo en la cabina, a que las azafatas repitan su cansina rutina de seguridad, a que la precaria pista de aterrizaje y el aeropuerto y Khartoum y Sudán queden atrás definitivamente, y pide dos copas de vino blanco sudafricano y un whisky, por si el joven desea algo más fuerte. Después se levanta para ir a buscar a Ahmed. En el ecuador de los cinco asientos centrales, empotrado entre un gigante, probablemente luchador turco, y una adolescente obesa con la piel más negra que Vincent haya visto jamás, se ha dormido con un antifaz sobre los ojos. En vez de desilusionarse, sonríe; y, de regreso a su asiento, le pregunta a la azafata si sería tan amable de guardarle los licores para más tarde.

Al cabo de menos de una hora escucha a sus espaldas:

–¿Sigue en pie la oferta?

Como si de dos viejos amigos se tratara, las copas de vino y los whiskies se van a ir sucediendo al mismo ritmo en que lo harán los temas, las bromas, las confesiones, los desacuerdos. *Matriz* les fascinó a ambos por razones opuestas: mientras que Vincent destaca el clasicismo filosófico, bíblico y mitológico de sus referentes, a Ahmed le maravillan la novedad de los efectos especiales y el hecho de que se trate de un proyecto que es sólo parcialmente cinematográfico, que se expandirá en forma de página web, cómic, anime. También *Ojos cerrados de par en par* les gustó por motivos divergentes pero quizá complementarios:

–La valentía de Kubrick se encuentra en la capacidad de explorar las fantasías más íntimas de un matrimonio sin perder en ningún momento el tacto, la elegancia –afirma Vincent–. Por eso me parece tan importante que la mascarada ocurra en una mansión, con disfraces venecianos, y no en un local de alterne o en una mazmorra de cartón piedra. Los actos primitivos pueden ser cometidos, y representados, sin un ápice de vulgaridad.

–Pues a mí, querido, lo que me parece muy valiente por parte de Kubrick es que se atreva a filmar su película más erótica justo ahora que el porno está invadiendo todos los espacios de la realidad –dice Ahmed, apoyado en el respaldo, con el vaso en la mano–. De acuerdo que es elegante, pero es que así es todo su cine, de una precisión formal increíble, todos sus planos son fotografías perfectas. Pero me importa un bledo la elegancia, me interesa mucho más la putrefacción que hay debajo de esas alfombras tan caras, toda esa mierda...

Vincent no sabe si cuando Ahmed dice *querido* se está burlando de él, que siempre usa esa palabra, o simplemente es una expresión propia. Él también decía palabrotas, muchas; dejó de hacerlo durante el último año en Cambridge, cuando entendió que sin apellido ni padrinos de lo único que disponía para entrar en el mundo de las relaciones profesionales era su currículum, su aspecto y su verbo. Es divertido verlo así, sosteniendo con dos dedos el vaso, sus huellas dactilares magnificadas por el cristal. Al otro lado de la cortina, en clase turista, sería de plástico.

–Los instintos son por naturaleza sucios, pero no hace falta insistir en esa suciedad. El erotismo siempre será superior a la pornografía porque es mediante una estética depurada como controlamos esa suciedad que nos rodea y que siempre está a punto de asaltarnos...

–No estoy de acuerdo, el porno ya se ha apoderado del erotismo, si con eso te refieres a cierto pudor a la hora de mostrar tetas, pollas y coños, cada día que pasa los videoclips se ponen más pornográficos, y las series de televisión y los anuncios. ¿No has visto *Los vigilantes de la bahía*? El tamaño de los bañadores de las socorristas está fijado por contrato. La expansión del porno forma parte de la época en que el ser humano está blanqueando su relación con el cuerpo, que siempre ha sido conflictiva, porque Dios lleva un siglo y medio muriendo, pero no lo ha hecho todavía del todo…

–Eso díselo a esa pareja –le dice Vincent señalando con las cejas a un matrimonio musulmán que duerme en el otro extremo de la cabina.

Los dos sonríen sin énfasis.

–Vaya, has dado en el clavo, querido. Mientras que Occidente, sea eso lo que diablos sea, se hace cada vez más pornográfico, Oriente, si es que eso existe, se enmascara cada vez más, como si su apuesta fuera por el secreto en vez de por la transparencia. ¿Me explico? En el fondo estamos ante dos posiciones antitéticas sobre qué significa la ficción. Para Occidente –convierte sus dedos en comillas– la ficción es la libertad absoluta, por eso era absurdo que mi novia se pusiera celosa de las divas de mis DVD de porno o que mi padre se preocupara por el alto grado de psicopatía asesina que yo mostraba jugando a *Fantasía Final*, en cambio, para Oriente –repite el gesto– la ficción es un fenómeno privado, íntimo, que no se puede compartir, y que cuando se comparte puede ser controlado por las autoridades, políticas o religiosas…

–Quizá nos fue de mucha ayuda que nuestra gran ficción colectiva, nuestro Dios, tuviera tantas versiones y provocara tantos cismas. Aquí, en cambio, están bastante de acuerdo en la unicidad del suyo… Lo que está claro es que la desaparición de Dios no es necesariamente buena…

–¿Eres protestante?

–Más o menos, pero no me refería a la desaparición individual, sino a la colectiva…

Dice Vincent y comienza a hablar sobre Cuba, sobre cómo el comunismo quiso ocupar el espacio de la religión, ser el credo único, con su hijo sacrificado por los hombres, el Che, con su Dios padre Fidel, con su evangelización diaria a través de un periódico y de una televisión oficiales, sin fisuras para la duda. Desnudos de la culpa hacia el cuerpo, argumenta ante Ahmed un tanto sorprendido por sus propias palabras, la sociedad entera asumió los principios del libertinaje, de modo que tanto el gobierno como los ciudadanos desaprovecharon una oportunidad histórica para construir una sociedad basada en la verdad, porque la ideología llevó a la propaganda y la promiscuidad, a la mentira sobre el cuerpo y sobre los sentimientos.

–Ahora entiendo algo que leí en el *Times* hace tiempo, algo que vi en Cuba pero que no he entendido hasta ahora –dice mientras juega con el vaso, haciendo girar en su interior el cubito diezmado–: no puede existir la libertad individual si no está respaldada por la libertad de movimiento y por la económica. ¿Qué pueden hacer los cubanos con esa libertad mínima, que es la de sus cuerpos?

Y, cada vez más borracho, empieza a hablarle de su viaje a Cuba. De la precariedad moral. De la vejez de un mundo, que es la vejez de las fachadas, de los automóviles, de los corazones (y al decir esa palabra, se sonroja, pero la repite). De la alegría inverosímil y la música obligatoria. De los buscavidas. De Catia. De las perlas. De aquel cuerpo que muy probablemente era el suyo, pero que en realidad era otro, junto a la piscina. De la verdad innecesaria. De ser libres para saber y para no saber, para discriminar conocimientos. De sus minas sudafricanas, que no quiso visitar para no ser más infeliz, porque es mejor no saber de dónde procede tu dinero. Del erotismo del dinero, de su suciedad última. De la economía que sólo puede crecer, crecer, infinitamente.

Y Ahmed, también en obvio estado de embriaguez, le resume su vuelta al mundo en ocho meses, que empezó en América Latina cuando George Bush venció a McCain y fue proclamado candidato republicano a la Casa Blanca, que prosiguió por el Sudeste Asiático y el sur africano durante la campaña electoral, y que terminará pronto en Tel Aviv, poco después de que George Bush sea nombrado presidente de los Estados Unidos de América. Y le habla de la necesidad de huir que sintió, en enero del año pasado, después de una ruptura amorosa, que se mezcló turbiamente con la sensación de que su país se iba a la mierda y con la decisión de su hermano de hacer la carrera militar. De su duda constante sobre si algún día podrá perdonar a Rebeca por haberse follado a su mejor amigo y por haberle mentido cuando lo descubrió, como si el caso Lewinsky se hubiera apoderado de todos nosotros, como si la mentira de nuestro presidente se hubiera convertido en un fenómeno colectivo. De la decepción profunda, irrefutable que siente cada vez que recuerda que su hermano mayor, Louis, desde que se fue a Georgetown, comenzó a comportarse y a actuar como un irreconocible republicano y ahora, cinco años después, encima militar. De su duda constante sobre la amistad y la enemistad, sobre si es necesaria la amistad para poder crear, porque sin comparación constante, sin voluntad de superar al otro, no puede haber creación verdadera, y si los enemigos nos convierten en mejores creadores, al brindarnos un objetivo a derribar o, lo que es lo mismo, a superar. De las amistades que ha despreciado a lo largo del viaje, amistades con nombres propios, con direcciones de e-mail que seguramente no va a utilizar nunca. De los cuerpos que ha manoseado, de las bocas que ha besado, de los coños que ha poseído, si es que los coños pueden en realidad poseerse, sobre todo de turistas, algunas, pocas locales, sin nombres propios ni direcciones de e-mail que aunque alguna vez quisiera no podría utilizar. De lo que significó para él estar en la Bahía de Cochinos y visitar el Palacio de la Moneda de Santiago de Chile y pasear por Tokio e Hiroshima y entrar en una trinchera cerca de Saigón. Recorrer las ciudades japonesas, sobre todo, epicentros universales de la culpa.

Entre la ventanilla y la butaca enorme hay medio metro, que Ahmed ha ido ocupando mientras hablaba. Las azafatas repiten, al rellenar sus vasos con whisky de doce años, que no está permitido invitar a los pasajeros de clase turista, y mucho menos sentarse en el suelo, que es incluso peligroso, pero no se muestran tan estrictas como lo harían sin la parada de emergencia que acaban de hacer en el culo del mundo y sin esa extraña simpatía que irradia su joven amigo.

—El Sáhara nunca parece acabarse...

—¿Se ve ya el Nilo? —le pregunta Vincent.

—Hace rato, es como una arteria en la piel de arena...

—Eres todo un poeta.

—La poesía no tiene demasiado sentido después de Auschwitz, ya lo dijo Adorno, pero sigue funcionando con las chicas... ¿Vemos una peli? En turista no tenemos pantalla individual, creo que han pasado el *Tarzán* de Disney...

—Me temo que no nos da tiempo...

Pero Ahmed ya está manipulando el mando y ha descubierto el canal de televisión y ha seleccionado una serie, *Los Soprano*, y ha presionado el play.

—Es el capítulo piloto. ¿Lo has visto?

—Yo no veo televisión, querido.

—No me vengas con ese rollo, que es del siglo pasado, y por si no te habías dado cuenta, abuelo, ya estamos en el XXI. Es buenísima. Ahora hay dos en parrilla bastante interesantes, ésta y *El Ala Oeste*, sobre el presidente de los Estados, ambientada en la Casa Blanca, los guiones son una maravilla, si esto sigue así, dentro de poco la televisión será más importante que el cine...

—Pues este abuelo cree que se te va la olla —dice y se tapa la boca, divertido.

A los cinco minutos se inician las maniobras de aterrizaje y la pantalla se apaga y Ahmed tiene que regresar a su asiento. Media hora más tarde las ruedas se deslizan por la pista en perfectas condiciones del aeropuerto internacional de El Cairo. Y cincuenta minutos después se encuentran esperando el equipaje de Ahmed frente a la cinta número 8.

–¿Cómo va la borrachera?

–¿Qué insinúa, joven?

–Ya sabe, caballero, los efectos de ingerir una decena de vasos de whisky, tras al menos cuatro copas de vino blanco sudafricano...

–No sé de qué me está usted hablando. –Como antaño le ocurría con Henry, le cuesta dejar de sonreír cuando habla con Ahmed–... Nunca hubiera adivinado que viajabas con una maleta...

–Creías que era un indigente mochilero, ¿a que sí? Je, je, no es una maleta, sino un baúl de roble, pintado a mano, que compré en un mercado de Bangkok y llevo cargado de libros. En Ciudad del Cabo descubrí a un escritor increíble, se llama J. M. Coetzee, me compré todo lo que ha publicado, sólo he leído un par de novelas, pero en cuanto tenga tiempo me leo el resto. Una es buenísima, te la recomiendo, aunque a ti sólo te gusten los best-sellers, se titula *Vergüenza* y habla de un tipo de tu edad, profesor de universidad en plena crisis de madurez, que se encapricha de una alumna... Ahí está mi niño.

En ese momento llega el baúl, precariamente envuelto en plástico de burbujas y cinta de embalar.

–Espero que no me lo hagan abrir los de aduanas, en Sudáfrica me tuvieron casi media hora...

–Te recomiendo que si ocurre no le digas al oficial que hable con su superior, que aquí por mucho menos te cortan la mano con un sable otomano. –Ahora es el chico quien sonríe–... ¿Antes me has dicho que tu billete de retorno a los

Estados es desde Tel Aviv? Si es así, mejor que no le digas a nadie que tu padre, ¿o era tu abuelo?, nació en Irán...

Se calla. Han dejado atrás las cintas de equipaje. Han pasado por delante del mostrador de aduanas sin que nadie les haya detenido. Han atravesado la puerta de llegadas internacionales. Y ahí está Mallory, entre la multitud que aguarda, evidentemente emocionada, su fiel Mallory, conmovida tras casi dos meses de ausencia, su secretaria, que lo reconoce pese al bronceado y la perilla cada vez más blanca, su mujer de confianza, su mano derecha, esperándolo: la echaba de menos.

Durante el almuerzo le ha prometido que regresará a Londres el 18 de enero, dentro de dos semanas exactas, tras viajar unos días por Egipto y hacer un curso de submarinismo en el mar Rojo. Ya está, así de sencillo, ha puesto fecha al final del viaje después de todas esas semanas de deambulación. Cuanto más lo piensa, mayor es el vértigo que lo invade, como si el firmamento fuera atraído por el magnetismo del suelo y de él dependiera –pararrayos, electricidad, conjuro– que no se produjera el desplome ni el hundimiento. Han pasado toda la tarde examinando documentos financieros y legales en el jardín del Marriott, frente a la fuente que culmina en la estatua de una muchacha con los pechos desnudos, dos pequeñas pirámides de bronce.

–¿Tú dirías que esa estatua es erótica o pornográfica?

Mallory abre tanto los ojos que, para disimular su evidentísima sorpresa, se vuelve con brusquedad hacia la fuente y hace ver que estudia la figura mientras gana tiempo para acertar con la respuesta.

–Es erótica, señor Van der Roy –dice al fin.

–Eso pensaba yo, querida, pero habría que ver los códigos sociales de la época en que fue realizada, puede ser que en aquel entonces fuera vista como algo asexual, quién sabe, más que erótico o porno...

La abreviación vuelve a sorprender a Mallory, pero esta vez se le escapa una sonrisa y no la reprime. Es una mujer guapa. Hace ya más de quince años que Katherine la seleccionó, tras entrevistar a varias candidatas, tanto por su currículum como por su belleza. No soy celosa, le dijo a Vincent desde lo alto de sus tacones de aguja, con tal convicción que él, ajeno también a aquel sentimiento, sintió una descarga amorosa. Lo rememora ahora, mientras estudia esos senos que brillan con los últimos rayos del día y constata que durante algunos años disfrutó de la compañía de dos mujeres tan bellas y sólidas como esa estatua, dos muletas en las que apoyar su indecisión y su timidez sin remedio. La distancia y la ternura, la profesión y la familia, la apariencia y las entrañas. De día, Mallory; de noche, Katherine. Entre semana Mallory, los sábados y domingos, Katherine. Los generosos pechos de Katherine, desnuda bajo las sábanas de seda los domingos por la mañana, cuando se hacían servir el desayuno en el dormitorio y él se permitía pequeñas diabluras con la mermelada y ella le respondía jugando con la nata. Complicidad, ausencia de culpa, libertad. ¿Era aquello porno? ¿Lo hubiera sido si lo hubieran grabado con una cámara? Tal vez su viudez hubiera sido menos arisca con una colección privada de vídeos de aquellos domingos por la mañana.

–Nos quedan por resolver algunos asuntos domésticos, señor Van der Roy.

–Cuéntame.

–Es un poco desagradable, pero me veo obligada a planteárselos. –Traga saliva y se hace obvio, en los pellizcos que se le forman a la altura de la yugular durante un segundo, que se ha sometido a una operación de cirugía estética, probable regalo de cumpleaños, cómo pudo olvidarse de que cumplía cuarenta y cinco el pasado 15 de diciembre–. Por un lado, he descubierto que Anthony ha utilizado el Rolls Royce en un par de ocasiones para asuntos privados. Por el otro, tengo que confesarle que Anne ha estado durmiendo con su novio en casa durante gran parte de su ausencia.

Con las manos en el regazo y la frente inclinada hacia la mesa, donde reposan las tazas vacías con restos de menta y la bandeja de dulces de almendra casi intacta, Mallory espera una respuesta durante varios segundos. Cuando finalmente levanta la mirada a cámara lenta se sorprende de nuevo al encontrarse con una sonrisa de oreja a oreja. En sus ojos se evidencia que no veía una sonrisa en el rostro del señor Van der Roy desde antes del accidente, es decir, desde la prehistoria.

—Estoy seguro de que en cuanto yo regrese todo volverá a la normalidad. Por otro lado, podemos llegar a nuevos acuerdos de convivencia. No me importaría que David, que siempre me ha caído muy bien, se mude al cuarto de Anne, si desean formalizar de una vez por todas su relación, y aunque no pienso prestarle a Anthony ni el Rolls Royce ni el Jaguar, me puedo plantear la cesión ocasional del BMW y del Audi… ¿Arreglado? —Ella asiente—. ¿Para cuándo es tu pasaje de regreso?

—Mañana a primera hora. Menos mal que no cogí el de esta noche, porque con la demora de su vuelo no hubiéramos tenido tiempo de solucionar todas las cuestiones pendientes.

—¿De verdad se corrió el rumor de que el avión había sido secuestrado?

—Sí, señor, por piratas somalíes o por terroristas de Al Qaeda… Fueron horas bastante confusas.

—Vaya, vaya. —Une las cinco yemas de una mano con las cinco de la otra—. Está a punto de anochecer. Ya que me has reservado una suite diplomática, con salón amueblado, si te parece bien podemos cenar algo en mi habitación e irnos a dormir temprano, que estoy agotado.

Mallory frunce imperceptiblemente el ceño. Espera que no lo haya malinterpretado. Qué habrá estado haciendo el bueno de Ahmed durante todo el día, probablemente ya haya visitado los rincones con más solera de la ciudad, la antigua Babilonia, el barrio copto donde la santa familia se refugió cuando huía de Herodes, vaya fijación que tiene con la historia, pero bueno, a él le ocurre algo parecido con el cine, cada loco con su tema. Este ascensor es excesivo. Le encantaría este hotel, con su palacio decimonónico y esas vistas del Nilo arterial que nunca se acaba. Se intercambiaron las direcciones de e-mail, le escribirá para ir juntos a Giza, por eso ha pedido que le instalen un portátil en el escritorio de la suite. Es de sangre y hematoma ese cielo desdoblado.

Llega su ropa de la tintorería justo después de que se duche por segunda vez en pocas horas. No echa de menos la pensión de Nelspruit, pero todavía sí a la anciana, que algo tenía de brújula y aun de estimulante químico, aunque no hay duda de que ya la está olvidando. Porque casi todo se olvida. Hasta que no lo ha mencionado Mallory no ha recordado que llevaba años corriendo diez millas, tres veces por semana, en el gimnasio de la finca. Y que de vez en cuando ha recurrido a los antidepresivos y a los somníferos. Lleva dos meses sin ingerir una pastilla, durmiendo seis o siete horas seguidas en cualquier cama de alquiler, como si fuera otro, alguien por momentos irreconocible.

El perfume de su secretaria sobrevuela la mesa en que han servido el pato y las verduras. Chanel número 5, discreto y efectivo, un clásico. Se ha maquillado para subrayar la carnosidad de sus labios y el exotismo de sus ojos rasgados, impropios de la alumna de un colegio religioso galés que se graduó en diplomacia por la Universidad de Leicester. En el taxi del aeropuerto le confesó que hasta que él abandonó Cancún todos habían opinado que su viaje era una gran noticia, pero que cuando comenzaron a llegar recibos de gastos de la tarjeta de crédito en aeropuertos de todo el mundo empezó a cundir el temor, tanto entre el escaso personal de la mansión como entre los demasiados gestores de sus bienes. «Tiene que saber, señor», le dijo con afectación, «que Peter, del Royal Bank of Scotland, y Louise, de Lottman and Company, fueron quienes más insistieron sobre la extrañeza de sus comportamientos y los que menos educados se mostraron acerca de sus actividades». Pero fue con el accidente del leopardo cuando la preocupación se multiplicó por mil, porque su cara apareció en todos los televisores de Gran Bretaña. Entonces la situación se hizo insostenible y Anne y Carson le aconsejaron que encontrara el modo de reunirse con él, de cerciorarse de que todo iba bien. De que no estaba loco. No pueden saber que, aunque la persecución de la anciana, su certeza de que se trataba de una criatura antigua y sobrenatural, pueda ser tachada de demencial, la auténtica demencia fue anterior, duró diez años y fue asumida por todos como una excentricidad comprensible, cada cual gestiona el dolor a su manera. Menos mal que no le contó nunca a nadie que se pasaba la mayor parte del día perfeccionando el arte de la interpretación de desconocidos con los que no mediaba palabra alguna. En diez años, sin contar a los empleados del aeropuerto, sólo conversó con tres personas. Tres mujeres. Ha olvidado sus nombres, pero no sus rostros. La última, una joven búlgara de movimientos un tanto simiescos y una expresión llena de bondad, cuya tarjeta de crédito había sido pirateada, durmió un par de noches en la mansión. Tal vez, piensa ahora, su hospitalidad se debió al éxito de su veredicto: adivinó tanto la nacionalidad como el problema. Mallory se mostró muy territorial ante la invitada, actuó como una auténtica hiena, pero la búlgara se la ganó como hizo con todas las personas a quienes tuvo que recurrir en aquellos momentos de crisis.

Siempre le ha enternecido que se preocupe tanto por las nimiedades de su vida cotidiana. Mientras mastica con delicadeza, la boca muy cerrada, una gota de jugo apenas a dos milímetros del labio inferior, se interesa por su alimentación y por su espalda, le pregunta por las playas caribeñas y por los paisajes sudafricanos:

—Me he aficionado a hacer fotografías, cuando vuelva las revelaremos y te las enseñaré... ¿Más vino? —Ella asiente, es la primera vez que se ven fuera de Londres y sus inmediaciones, la primera vez que cenan juntos fuera de la mansión—. Y ahora que ya hemos solucionado todos los temas pendientes y ya he hablado suficiente de mí mismo, dime, querida, ¿qué tal tu vida privada?

—He conocido a un hombre —dice ella y enseguida se arrepiente.

—Me alegra escucharlo.

—No es nada serio, señor...

—Mallory, por favor, si justamente lo que deseo es que sea muy serio. Y que tú seas muy feliz.

—Se lo agradezco... Y le prometo que mi eficacia no se va a ver comprometida por mi relación.

—Estoy convencido de ello. ¿Lo conozco?

—Sí, señor —parece una granada abierta—, es Joseph Kobal, el gerente de la agencia que llevó a cabo las reformas del jardín el año pasado, sabe muchísimo de botánica y es muy correcto conmigo. Ninguno de los dos tenemos hijos ni estamos divorciados, de modo que podemos dedicarnos el uno al otro sin preocuparnos por nadie más.

Permanecen un rato en silencio. Enmarcada por el ventanal, El Cairo es una vasta metrópolis dominada por la profundidad, con más bultos que luces, sin apenas líneas de fuga. Se sirven el postre, frutos secos con licor de dátil.

—Pues te deseo toda la suerte del mundo con esa relación, querida. De hecho, hablando de relaciones sentimentales, quería comentarte un asunto delicado. Lo he pensado mucho durante este viaje, he sopesado sus pros y sus contras, y he tomado finalmente una decisión: cuento con tu ayuda y tu tacto para llevarla a cabo. Quiero que te informes sobre las mejores agencias matrimoniales de Londres, las que aseguren mayor discreción y un mayor índice de efectividad, que se conformen con rentas aproximadas y no exijan datos que juzgues confidenciales. Ha llegado el momento de pensar en mi vejez, no quiero morir solo.

Cuando pronuncia esa última palabra, como si una puerta se abriera y la corriente de aire cerrara otra con violencia, lo asalta con ímpetu un recuerdo. Los senos piramidales de Mallory. No sabe a ciencia cierta cuántas veces ocurrió. Cinco, tal vez siete, diez a lo sumo. Durante esos diez años en que no hubo diferencia alguna entre los días laborales y los fines de semana, unificados por la atmósfera siempre idéntica, los mismos perfumes ambientales, la misma intensidad luminotécnica del aeropuerto. De día, Heathrow. De noche, Mallory. Ciclos de soledad devastadora, en que el dolor difumina el contorno de los recuerdos. No puede volver a ocurrir.

–Se ha hecho tarde, estaba todo delicioso, muchas gracias, señor Van der Roy. –Él se levanta y le retira la silla y la acompaña a la puerta.

Esos senos piramidales, al alcance de sus manos, no tiene más que insinuarlo y Joseph Kobal será borrado por arte de magia. La abraza, por primera vez en su vida la abraza.

–Mallory, te quiero mucho...

Ella asiente y su barbilla se hinca suavemente en el hombro de él. A través de la tela de la chaqueta y de la tela de la blusa y de la tela del sujetador siente sus pezones, duros como granos de café, que recuerda o imagina de aquellas noches extrañas. Es la primera vez que le ha dicho que la quiere y es la primera vez que se abrazan. «Las primeras veces»: sería un título excelente para uno de esos poemas que Ahmed compone para seducir a mujeres que nunca más volverá a ver.

–... pero te respeto todavía más, eres una grandísima profesional. No sé qué hubiera hecho sin ti todos estos años...

Ella regresa a su habitación embajador, desde cuyo teléfono de disco dorado probablemente llame a Joseph Kobal para contarle cómo ha ido su día en El Cairo.

Vincent acaba con su erección en el baño, pensando en Catia.

Mallory ya se ha ido, como han ido haciendo con obsesiva puntualidad todas las mujeres de su vida, se recuerda a sí mismo antes de abrir los ojos y de descubrir que en la pantalla de una de las lámparas de pie, la más cercana al ventanal, hay estampado un mapa del mundo, y que el único rayo de sol que escapa del cortinaje perfora en ese momento algún lugar de Oriente Próximo, como si no se conformara con señalarlo y su intención fuera encenderlo. Pese a la sombría certeza que lo ha asaltado en el duermevela, se levanta con la convicción luminosa de encontrarse en el lugar adecuado, mientras las próximas dos semanas se empiezan a convertir en la arena del reloj que una cuenta atrás cronometra.

Nada. Lo vuelve a probar después del desayuno: tampoco. Ahmed no le ha enviado ningún e-mail. Pide en recepción un conductor y un guía de confianza para ir a visitar las pirámides y enseguida le proporcionan un vehículo de la agencia de viajes del propio hotel, con aire acondicionado y los cristales tintados. Motos con niños a bordo, atestados autobuses con las puertas abiertas, coches que se adelantan mutuamente sin respetar las normas, peatones atrapados en el naufragio del tráfico: el proverbial caos cairota se representa a sí mismo al otro lado del vidrio oscurecido. Le sorprende que Giza, en vez de un complejo arqueológico, sea en realidad un barrio de El Cairo y que Keops, la Esfinge y el resto de construcciones faraónicas estén rodeadas tanto por dunas como por edificios en construcción y mezquitas. No hay duda de que hacer fotos en que sólo se vean ruinas, dunas y camellos no es más que prolongar décadas de falsificación de un paisaje que es eminentemente urbano, con esos jinetes que parecen tuaregs en las portadas de las revistas de viajes y que no son más que vendedores de color local, extras de una película que se vuelve a rodar cada día, como ocurre en todos y cada uno de los grandes escenarios del turismo mundial. Desde el hotel no se oía la llamada a la oración, pero mientras camina junto a Karim siente que aquí son esos zumbidos regulares los dueños del compás del tiempo. Le emocionó más la amable fauna submarina de Tulum y la intimidante fauna terrestre del Parque Kruger que esos mamotretos de roca erigidos con mano de obra esclava y saturados de símbolos que no entiende, pero no obstante accede a visitar también Menfis, Saqqara y Dahshur, porque el turismo es también ansiedad e inercia. La pirámide de Zoser, el monumento de piedra más antiguo del mundo, le impresiona menos que la estatua de Ramsés II, su poderoso pecho desnudo, la envidiable perilla. Viajar es establecer una comparación tras otra, acumular agravios. Seguro que Ahmed tiene ideas más interesantes sobre toda esta megalomanía que las que Karim se empeña en reproducir como si fueran suyas. Se ha perdido la oportunidad de visitar estas ruinas, que sólo pueden conocerse mediante transporte privado y que por tanto son demasiado caras para un mochilero. Peor para él.

Nada. No le ha escrito en todo el día. Será verdad que dejó de creer en la amistad. Después de hacer que el polvo del día se escurra por el desagüe de la ducha, decide cenar fuera, en cualquier sitio que le llame la atención durante su paseo. El sol decae. Lamenta haber dejado la cámara en la habitación, pero solamente así podrá relajarse y divagar. Alrededor del puente 26 de julio se encuentran los centros culturales y los restaurantes europeos, frente a las mezquitas de la otra orilla, como si cada fragmento de cada ciudad se obstinara en representar los mismos conflictos, las mismas derrotas de la imaginación y de la historia. Un par de pescadores de pantalones remangados apostan su caña en la barandilla, a lado y lado de la farola verdosa, y ven cómo el hilo desciende hasta las aguas tranquilas sin que la carnaza tiente al movimiento. Más allá hay un embarcadero de falúas, esas barcazas de grandes velas blancas que son elementos imprescindibles de las postales del valle del Nilo.

–Señor, ¿quiere compartir con nosotros una hora de paseo? –le pregunta en su inglés rudimentario un joven español, con el tono de voz que usan los vendedores callejeros.

Son dos parejas, una de Madrid y la otra de Marsella, y un hippie canadiense, que se han reunido para abaratar el precio por cabeza de la travesía. Todos podrían ser sus hijos. Accede, puede ser entretenido y aún es temprano para la cena. El barquero es un anciano de manos nervudas que les cobra por adelantado un dólar y medio a cada uno, levanta el ancla, despliega la vela, clava el remo en el agua y devuelve la falúa a las aguas. El cielo es idéntico al de ayer a esta misma hora, cuando Mallory estaba aquí y Ahmed no se había convertido todavía en su amigo invisible, pero enseguida las uvas que los franceses reparten y la botella de vino dulce que abre el chico del Quebec, mientras el rojo crepuscular tinta la superficie del río, hacen que la nostalgia pase y que por primera vez desde que salió de The Red Baron en mangas de camisa sienta en compañía una vibración prolongada en los poros, una sensación sin nombre que perdura durante el zigzagueo de la embarcación de una riba a la otra de esa co-

rriente que sube hasta el mar Mediterráneo no desde sus po-
lémicas fuentes, sino desde el origen de los tiempos.

Les invitaría a cenar, pero prefiere no imponerles su dinero. Se despiden afectuosamente y cada cual retoma su camino. Él encuentra pronto un barco restaurante que posiblemente no haya navegado jamás, con un menú degustación
tanto de platos como de espectáculos. Así, mientras paladea
platillos de ensaladas con naranja y legumbres con semillas,
de carnes muy condimentadas y pescados al limón, disfru-
ta de un cuarteto de músicos nubios, de un vientre que danza como si no formara parte de las gasas y del cuerpo que lo
circundan y de unos bailarines sufíes que trazan órbitas pla-
netarias sobre el escenario, haciendo girar sus trajes blancos
como diábolos de luz.

Nada antes de acostarse.

Nada después de desayunar.

El vendedor de azafrán y mirra y canela que le sonríe con
su mostacho de filósofo, sentado tras la oxidada balanza
Osha que ha pesado tantos sobres como ése. La gran bandeja de pan que un joven lleva sobre la cabeza en equilibrio.
Letras reducidas a formas, meros dibujos lingüísticos. Las
antenas parabólicas y los minaretes y las cúpulas. Esa calle
multicolor a mediodía. Escaparate de bazar saturado de ca-
chivaches, artesanía, alfombras, antigüedades, polvo. Aquella silueta que medita a contraluz. Una boca que se sabe el
Corán de memoria. El gramófono entre el viejo anuncio de
Pepsi y las cucharas de plata. En el callejón medieval, un
niño le da patadas a una lata en primer plano. Platería. Ca-
charros de cobre que enderezar a fuerza de martillazos que
resuenan todavía. Los trozos de carne de cordero sanguino-
lenta sobre el mármol sin vida. Pipas de agua en línea. La
chilaba y el burka. Un poso de café que con sus cenefas
amorfas insinúa el futuro. Bajo el toldo asoman las ruedas
de una vespa enmarcada por arcos otomanos. Un cielo de-

masiado grande para un niño tan pequeño. El molinillo que, bajo la supervisión de un anciano, devora los granos de café de un cajón de madera. Moniatos a la parrilla. Gallos y pavos y gallinas en jaulas que, como antaño, mezclan madera y aluminio. El joven enamorado que habla por su móvil mientras pisa charcos milenarios. En la calle, el escritorio de la imprenta y el impresor en el escalón sentado. Celosías y sombras de ganchillo. Una mujer muy bella a rostro descubierto, que se enfada porque no es un atractivo turístico y él no es quien para robarle su imagen. Por los laberintos de zocos y de bazares sin nombre, antes de mediodía termina su tercer carrete egipcio (aunque sea Kodak).

Tras un falafel y una Stella en el café Fishawi, el cuarto y el quinto carrete marcan el ritmo de la tarde. Visita una mezquita, una madraza y una ciudadela del siglo XII digna de la versión de *Simbad el Marino* que protagonizaron Maureen O'Hara y el hijo de Douglas Fairbanks. Después, se atreve a entrar sin guía en la Ciudad de los Muertos. Dispara compulsivamente durante cerca de dos horas, como si tuviera miedo de olvidar esas tumbas carcomidas por la maleza, esos niños y esos gatos que dormitan en la penumbra de los panteones, esas casas rosadas o amarillas que fueron antes refugio y mucho antes templo funerario, esa arquitectura sin nadie, esa pobreza sin rostros, porque apenas se cruza con personas durante su vagabundeo y sobre todo fotografía espacios decrépitos, composiciones carentes de vida. Una manera como cualquier otra de representar la muerte, piensa en el taxi de camino al hotel, que es la palabra con que nombramos la ausencia.

Nada: de nuevo.

Pero justo entonces le llega un e-mail de crazy_ahmed@ hotmail.com que dice: «No te pierdas el Museo Egipcio STOP Ni el atardecer en falúa STOP ¿Nos vamos mañana a Alejandría? STOP A las nueve puedo estar en tu hotel, si me dices cuál es STOP Te escribo un telegrama porque es más de tu época que los modernos e-mails STOP Corto y cambio».

El asunto: «No te será tan fácil deshacerte de mí».

Vaya loco encantador, piensa Vincent y le responde enseguida para confirmar el viaje.

—Esos graneros son realmente bellos.

Comenta Vincent, señalando hacia unas construcciones cónicas y blancas de unos cinco o seis metros de alto, culminadas por una cúpula y agujereadas como si fueran mensajes en código morse, que han ido proliferando junto a las palmeras a medida que la carretera dejaba atrás las estribaciones de la capital y se iba acercando al Delta del Nilo.

—Son palomares —le corrige Ahmed—. ¿Te fijaste en los de El Cairo? Eran esas buhardillas falsas, esos ovnis cúbicos que había en las terrazas y en las azoteas, junto con las antenas parabólicas... En el sur los palomares son más rudimentarios, de adobe. En Egipto hay mucha afición a la cría de palomas, donde las han adiestrado desde la Antigüedad.

—Muy interesante, ¿no me digas que eso también lo has aprendido de tu Google?

—*Touché*.

Sonríen a la vez, mirando a través del vidrio tintado esas torres de cal.

—¿Te acuerdas de los hormigueros del Parque Kruger?

—Sí, señor, se parecen mucho, bien visto.

Hace ya al menos media hora que el conductor sintonizó una emisora en árabe: el debate a tres voces atraviesa las cuatro filas de butacas vacías y llega hasta la quinta, donde Vincent y Ahmed contemplan el paisaje, que tras una progresiva desurbanización y varias decenas de millas claramente rurales, ahora va volviendo lentamente a urbanizarse.

—¿Te parece bien que nos alojemos en el Four Seasons? Yo invito —dice Vincent de pronto, quizá sin el suficiente tacto, y añade, preocupado por la duda de su joven amigo—. Es un regalo, espero no ofenderte con él, llevo mucho tiempo viajando solo y me hace ilusión pasar un par de días contigo en Alejandría y obsequiarte con la estancia.

—No, tranquilo, está bien —ofuscado, le tiembla la voz—, es que con mi padre y mi hermano siempre es así, hoteles cinco estrellas y esa mierda. No te ofendas, pero de algún modo este viaje lo hago en contra de mi padre y de mi hermano, en contra de todo lo que ellos significan en mi vida, ya hice una excepción con el Pronk Pronk, porque mi padre insistió en que tenía que alojarme en un lugar que ofreciera la máxima seguridad, pero preferiría seguir en mi línea de hoteles económicos —toma aire—, espero que lo entiendas, no sé, en realidad no es sólo por mi familia, es por la arrogancia de los turistas americanos, esa certidumbre vomitiva de que todo lo compra el dinero, quiero respetar esta tierra, después de que la CIA financiara a Al Qaeda en Afganistán, después de la Guerra del Golfo que impulsó George H. W. Bush, después de todas las operaciones militares y secretas que ha llevado a cabo nuestro gobierno en Oriente Medio, casi siempre para favorecer los intereses petroleros de los magnates texanos, no quiero comportarme como el típico estadounidense… Espero que lo entiendas y que no te lo tomes como algo personal, tú puedes alojarte donde quieras, por supuesto.

—Nunca me ha gustado la teoría freudiana de la necesidad de matar al padre…

—Pues a mí en cambio me parece fundamental, hasta que no haya superado su sombra no seré yo mismo.

La sombra de la madre. La sombra del padre. No es el momento de decirle lo que piensa sobre Freud y toda su basura sobre los recuerdos reprimidos. Pobre chico, no hay peores años que los del final de la adolescencia.

—No te preocupes, querido –dice Vincent–, lo entiendo perfectamente. ¿No habrás visto algún hotel interesante en tu amado Google?

Por supuesto que sí. El chófer los deja en el portal del hotel Crillon, que tiene la particularidad de no ocupar un edificio entero, sino sólo los pisos tercero, cuarto y sexto, todos de viejo suelo enmoquetado y puertas de madera devorada por el salitre. En el centro de las miradas ambarinas de media docenas de aves disecadas, el recepcionista escribe a máquina sus fichas de registro y, tras comprobar los datos leyéndolos a través de las lentes en equilibrio sobre el tabique nasal, les informa que el desayuno es entre las ocho y las diez en esa misma planta y les alarga un par de llaves de los años cincuenta.

—Podría ser un personaje de Lawrence Durrell –le dice Ahmed en el ascensor.

Aunque han entrado por una calle poco iluminada, sus habitaciones están en primera línea de mar. En el balcón vecino, el chico, con su palestino al cuello y su piel bronceada, se lía un cigarrillo mientras otea el horizonte de barcos minúsculos. Tras él, al fondo, se recortan las grúas de la futura Biblioteca de Alejandría, que según leyó Vincent en la revista del avión está llamada a convertirse en el símbolo de la ciudad durante el siglo XXI que ahora apenas da sus primeros pasos.

—No sabía que fumabas –dice levantando la voz, para imponerse al mar y las bocinas que ascienden desde la Corniche.

—No fumo, es un viejo ritual, lo hago cada vez que piso uno de mis mitos personales. El Cairo me interesaba por la historia, pero ninguna de mis novelas ni películas de cabecera guardan relación con esa ciudad. En cambio, Alejandría, qué te voy a contar, *El Cuarteto* y Cavafis, por no hablar del infame Marinetti y del gran viajero Forster, ya sé que son tópicos, pero la mayoría de los grandes maestros son compartidos por muchísimos discípulos, así que me voy a fumar este cigarrillo a la salud de todos ellos.

Los tópicos son *topos*. Espacios de afluencia masiva. La adolescencia y la juventud son las etapas más rituales de la vida, piensa Vincent, las más fetichistas, porque en ellas coleccionamos las primeras y las segundas y las terceras veces, a lo sumo, y, después, con los años, cuando casi todo se convierte en un eco de experiencias anteriores, perdemos ese afán coleccionista. Guardamos las primeras cartas, los recuerdos de las primeras amistades y de los primeros besos, imágenes de fotomatón, pañuelos que algún día exhalaron perfume, postales de unas vacaciones en que todo cambió radicalmente, testimonios de unos cuerpos, de unas relaciones personales, de una vocación que eran el mismísimo futuro. Suvenires de los peores besos, de las amistades que todavía no habían sobrevivido a la prueba del tiempo, de las ideas que todavía teníamos que desarrollar, de nuestra torpeza, de nuestra indecisión, de nuestra condición de inexpertos turistas de la vida. Él también tuvo su caja llena de recuerdos debajo de la cama de su habitación minúscula. Y rituales íntimos que no sólo fue abandonando, sino que también ha olvidado, como un mecanismo de defensa para evitar tener que sonrojarse ante flashes de memoria que le enfrenten con el joven de clase media-baja, como decía su padre, que algún día fue. Los tópicos, piensa, esos lugares donde todos al fin nos encontramos.

Vincent no sabe a ciencia cierta quiénes son Durrell, Cavafis ni Marinetti, escritores sin duda, pero ha visto un par de películas basadas en novelas de E. M. Forster, que le gustaron bastante, lástima que no estuvieran ambientadas en Alejandría. Todos los cafés, pastelerías y restaurantes con más de medio siglo de historia remiten, según Ahmed, a las cuatro novelas que el diplomático y escritor Lawrence Durrell dedicó a esta ciudad, cuyo cosmopolitismo se hace evidente en los rótulos en francés y en griego que ostentan los bazares y las confiterías, en convivencia con el árabe, cuyo alfabeto se asoma con discreción, como una sombra gris. Algunos tranvías también avanzan hacia el siglo pasado, con sus superficies de madera pintada de marfil o de azul turquesa y la palabra «Victoria» impresa al frente. En una esquina descubren un escudo que representa el Faro. La ciudad no tiene nada que ver con aquello que en la Antigüedad la hizo famosa, pero ha sabido crear su encanto con los retazos caducos de su milenaria apertura al Mediterráneo. *El Cuarteto de Alejandría*, le cuenta el chico, trata de fijar una ciudad posible que realmente no existió, porque con Hiroshima y Nagasaki todas las ciudades dejaron de existir tal y como las habíamos conocido antes:

–También lo hicieron las novelas que habían creído en la verdad única del relato, por eso Durrell nos cuenta la misma historia cuatro veces, desde cuatro puntos de vista… Pero ahora mira esto… Hay que imaginar la calle Sharm El Sheikh, que antes era la Rue Lepsius –le dice Ahmed cuando, tras dar algunos rodeos, al fin encuentra la dirección que andaba buscando–, como un antro de promiscuidad, porque aunque ahí veas una iglesia ortodoxa, aquí estaban los principales burdeles de la ciudad. Por las cantinas y los burdeles de Berito me revuelco…

Por una escalera de mármol en penumbra y tras pagarle una entrada simbólica a una sesentona con la permanente recién hecha, acceden al apartamento donde el poeta y empleado del Ministerio Egipcio de Obras Públicas Constantino Cavafis pasó los últimos veinticinco años de su vida, hasta su muerte en 1933. Unos muebles y unas cortinas que no fueron suyos pero que sí pertenecen a aquellos tiempos, junto con varias vitrinas en que se exponen cartas, manuscritos y libros, reconstruyen una escenografía que tal vez pueda invocar su espíritu. La luz mortecina actúa como médium.

Varias de las mansiones del condado, piensa Vincent, han convertido algunas de sus estancias en una suerte de museo de la vida aristocrática que puede recorrerse con un guía tras concertar una visita. Después te ofrecen una taza de té. Con todo el dinero inútil que ha ido amasando podría haber sido mecenas, coleccionista de arte contemporáneo, presidente de una fundación cultural, alguien que mereciera que su casa se convirtiera en museo. Pero no es nadie. Tan sólo un turista que atraviesa los juegos que la luz proyecta sobre un mobiliario vetusto, interesándose en la vida de alguien cuya existencia ha descubierto tres horas antes.

–En uno de sus poemas habló de la vida en lugares sombríos como éste y dijo que cuando se abre una ventana llega el consuelo –le susurra Ahmed–. La poesía urbana de Cavafis, quien por cierto no ocultó su homosexualidad en sus versos, hizo que Alejandría ingresara en el panteón de las grandes ciudades literarias antes que Tánger o Barcelona, al mismo tiempo que lo hacía Lisboa, porque Pessoa y él fueron estrictos contemporáneos.

–¿Pessoa, el poeta portugués? –pregunta, con simulada distracción, mientras estudia una fotografía sepia de Cavafis, quien le mira a través de su gafas redondas de pasta y reprime, con los labios muy apretados, la lengua que gustaba de lamer la piel de otros hombres.

–Sí, claro, el poeta portugués, también oficinista, también urbanita, también bastante interesante, creó un complejísimo sistema poético, asumiendo decenas de voces y biografías distintas, dándoles a cada una un nombre diferente, prácticamente sin contárselo a nadie, como si se tratara de una misión secreta. O quizá sí se lo contara a algunos amigos, pero no supieron escucharle...

–No me puedo imaginar vivir entre burdeles –dice Vincent en voz baja, tras despegar los ojos de la imagen de esos labios prietos.

–Pues yo sí, sería estupendo, me haría amigo de las putas más estrafalarias y de los travestis más histriónicos, en aquella época debía de haber incluso eunucos, supervivientes de los últimos estertores del Imperio Austro-Húngaro... Je, je, no pongas esa cara de horror... Y quizá podemos dejar de hablar en susurros, que somos los únicos visitantes...

La carcajada estalla, mutua y sincrónica, y la señora de la entrada los mira con severidad durante dos, tres segundos, hasta que se une ella también a esa risa contagiosa, un tanto exagerada, sin duda más propia del jovencito yanqui que del caballero británico que lo acompaña, cavila Vincent pese al batir de sus mandíbulas, no debemos de ser la única pareja asimétrica que ha visitado este santuario gay.

En una taberna cercana, poblada sobre todo por marineros de gruesas manos callosas, toman el primer vaso de retsina, mucho más fuerte que las que probarán en los bares siguientes, ocultos en las callejuelas que circundan el museo y que huyen de la luz acuática que predomina en las fachadas del malecón, cada vez más degradados y mugrientos, cada vez con mayor clientela alcohólica y empobrecida, pese a la prohibición islámica de consumir alcohol y la obligación islámica de la limosna, cada vaso más gastado, más lavado, más rayado que el anterior, sin mujeres, hace mucho que dejó de vincular el vino con las mujeres, el alcohol con la desinhibición que necesitaba cuando era un hombre soltero para entablar conversación con una desconocida, pero ahora, con la garganta al mismo tiempo raspada y endulzada por el vino griego, le gustaría que en esta cuarta taberna, mal iluminada por dos fluorescentes que penden sin convicción del techo, hubiera un grupo de mujeres, aunque sólo fuera para intercambiar miradas, insinuaciones que permitieran echar a volar la imaginación, aunque fuera un vuelo corto, vuelo de mosca electrificada por esas chispas que cada pocos segundos deja escapar uno de los fluorescentes.

¿Cuándo dejó de escuchar a Ahmed? Tal vez en la tercera taberna, decorada con fotos de la Meca y de la Explanada de las Mezquitas y con un póster, a todas luces inverosímil, de *La invasión de los ladrones de cuerpos:* Dana Wynter y Kevin McCarthy corriendo desesperados en primer plano, con una gran mano estampada a sus espaldas, líneas y huellas dactilares blancas sobre un contorno negro y amenazador. Le cae bien ese chico, no hay duda de que le ha tomado un gran aprecio, pero es un devoto, un ortodoxo incluso, un yihadista, ésa es la palabra, de la cultura, todo tiene que ver con poemas y poetas, con novelas y novelistas, con cineastas y películas, con conceptos de arte contemporáneo y artistas o críticos o filósofos. Los nombres que más repite son los de Duchamp, Godard, Borges y Debord, lo que no deja de ser sorprendente, porque Vincent creía que los grandes clásicos eran otros cuatro, Homero, Dante, Shakespeare y Cervantes, quizá también Rabelais, Montaigne o Molière, por añadir un francés a la pléyade, en cualquier caso no artistas recientes, además no le suena que ninguno de los cuatro que menciona una y otra vez sea norteamericano, y eso es sin duda admirable en un yanqui, aunque sea un yanqui descendiente de inmigrantes iraníes, porque el sistema educativo de los Estados es una máquina de crear adeptos al régimen. Pero eso no es lo más extraño de Ahmed, lo que realmente le sorprende es, cómo decirlo, que la cultura para él siempre es abstracción, un discurso teórico que se aleja de los objetos inmediatos. Cuando hablaban sobre el poder anticipador de la ciencia ficción, por ejemplo, lo hacían a un metro del póster de *La invasión de los ladrones de cuerpos*, pero el chico fue incapaz de darse cuenta, obnubilado como estaba por sus propias palabras acerca de Aldous Huxley, Ray Bradbury, François Truffaut, Terry Gilliam y Ridley Scott. Vincent tiene la sensación de que los nombres y los conceptos no le dejan palpar el arte, por eso todavía no le ha contado que conoció a su ídolo. Lo mismo le ocurre con sus ideas progresistas: odia a los Bush, es pacifista, tardará años en aceptar las decisiones de su hermano, en volver a quererlo como lo quería cuando no tenía ideas propias y aceptaba sin cuestionar las de su brillante hermano menor, interpreta constantemente la realidad geopolítica desde la teoría de la conspiración, pero no parece haber observado que están viajando y bebiendo en un país regido por una dictadura ni que la alternativa a Mubarak es el islamismo, incapaz de ser democrático, porque la democracia sólo existe cuando se separan por completo Religión y Estado. ¿Es, entonces, Estados Unidos una democracia? Y, sobre todo, no ha asumido el hecho de que no votó: se queja constantemente de la democracia de Los Estados, pero no encontró tiempo en su deambulación por el mundo para registrarse en una embajada y votar por correo.

Cuando, tras un día en que una resaca punzante teñirá de temblores la transparente Bahía de Abu Qir –donde Nelson derrotó a Napoleón en la Batalla del Nilo– y las calles de la ciudad de Rahsid –que en otro tiempo se llamó Rosetta–, se encuentren cenando en el Club Griego de Alejandría, al fin Vincent se decidirá a hablarle del accidente y del luto. Tras unos segundos de silencio, para que el chico recupere su locuacidad, romperá el hielo triste y le contará, sin exagerar ni un detalle, su encuentro con el protagonista y el director de *Los que corren por el filo*.

–¡Oh, Dios mío! ¡Eso es fabuloso! ¡No puedo creerlo! –exclama Ahmed, proponiendo un brindis en ese mismo momento.

Durante los minutos que suceden al clinc del cristal, en que recaba la admiración de su joven amigo, se siente el hombre más feliz del mundo.

–No sé por qué he tardado tanto en contártelo, eres la primera persona que lo sabe, ni siquiera se me ocurrió compartirlo con Mallory, supongo que me daba un poco de vergüenza pensar que alguien pudiera creer que me lo estaba inventando...

–Eso es una tontería, querido, eres una persona que inspira confianza, nadie te tomaría por un mentiroso –dice el chico cuando regresa con sus cubiertos al lenguado a la menier–. Ya le he hablado a mi padre de ti, no tiene ningún problema con que vayamos juntos en coche a Dahab. ¿Estás seguro de que no prefieres un hotel de lujo en Sharm El Sheikh, con un super-monitor de buceo y un yate y todo eso?

–No, los lugares que me mostraste en el cibercafé me encantaron. Tú puedes alojarte en un hostel y yo en un hotelito un poco más decente y propio de mis canas, y nos apuntamos al mismo curso en un centro oficial P.A.D.I.

–Estupendo. ¿Y dices que Ridley habló de la inmortalidad de los personajes de ficción?

–Bien, la verdad es que no lo hizo con esas palabras, pero sí que insinuó que Harrison Ford no era capaz de asumir que los personajes que encarnó sigan siendo jóvenes, mientras él se va haciendo viejo...

–A veces lo pienso: ¿en qué dimensión vivirán los personajes de ficción mientras nadie lee las novelas en que aparecen o ve las películas en que viven sus aventuras? Tiene que haber un limbo, un espacio habitado por esas criaturas cuando nadie las ve. No me las imagino congeladas, sino dinámicas, viviendo al margen de quienes decidieron el guión de sus existencias...

–¿Dónde irán los dioses en que nadie cree?

–¿Qué hacen cuando nadie les reza? ¿Seguirán fluyendo, como la sangre, que no para nunca, aunque nadie la vea?

–Nos estamos poniendo muy metafísicos...

–Y eso que cenamos con Coca-Cola...

Al decir esto, Ahmed palidece de pronto. Por un momento, Vincent prevé un alegato en contra del imperialismo comercial de Estados Unidos, pero enseguida entiende que el cambio del estado de ánimo del joven se debe a otras razones. Ha hundido la mirada en las entrañas abiertas del pescado, vacías de espinas, señaladas por las púas del tenedor y por la punta del cuchillo. Permanece en silencio durante dos minutos enteros.

–Me da mucha vergüenza hacerlo, Vincent –sigue cabizbajo–, pero tengo que confesarte que te he mentido desde que nos conocimos...

El turista frunce el ceño, las facciones reajustadas por la sorpresa.

–... No es nada personal, pero tendría que habértelo dicho antes... –Su voz vibra como si tuviera fiebre–. Tiene que ver con mi padre y con mi abuelo, que en realidad son irlandeses y no iraníes... Después de los atentados de Al Qaeda en Tanzania y Kenia, mi padre me prohibió que dijera mi auténtico nombre si quería viajar por países musulmanes, me obligó a que me inventara que mi familia era de emigrantes iraníes, me convenció de que así estaría más seguro, de que de otro modo mi vida podía correr peligro...

–No pasa nada, querido –dice Vincent, en un tono que quiere ser amable pero resulta tenso–, lo entiendo, ¿cómo te llamas en realidad?

–George. Me llamo George.

–¿Y cuál es tu apellido?

Tarda dos minutos más en contestar, durante los cuales sierra la carne blanca embadurnada con mantequilla y zumo de limón, como si con ese gesto, lento y mecánico, tratara de recordar su nombre completo.

–Bush. Me llamo George Bush.

El recuerdo del canal de Suez se ha ido disolviendo con la progresiva imposición de las millas solares. El azul Klein, en palabras de George, contenido por el color puro del desierto, como ha dicho Vincent. El automóvil, en su descenso hacia el sur por la orilla, ha adelantado a un portaviones de la Marina de Estados Unidos y a un petrolero iraquí, como si la existencia de este viaje fuera más simbólica que real y cada paisaje, cada objeto, cada accidente, cada encuentro respondiera a una lógica superpuesta a la que tiene que ver meramente con los hechos. Aprovecha que el chico –en la monótona rectitud del asfalto– se ha quedado dormido, con esas gafas de sol que le van grandes y el palestino que nunca se quita, para tratar de reconstruir su biografía, enunciada a retazos durante los últimos días, ante los postres en el Club Griego de Alejandría, en el balcón del hotel Crillon mientras compartían un cigarrillo aquella misma noche, a bordo de un coche de alquiler por la carretera norteña que recorrieron al día siguiente, paseando ante las fachadas de cicatrices bélicas de Port Said o las mansiones ajardinadas de Port Fuad, en aldeas sin nombre pobladas por niños, mulas y moscas, y ante ese río artificial que van bordeando a medida que se acercan a la península del Sinaí, una biografía atravesada por el hecho de llamarse George Bush.

Sus bisabuelos inmigraron a Luisiana desde Dublín a finales del siglo XIX, mucho después de la gran hambruna, por motivos confusos que terminaron olvidándose; su abuelo paterno, militar, fue piloto durante la Segunda Guerra Mundial, experiencia de la que regresó con deudas morales que jamás fue capaz de liquidar, ni siquiera cuando sus dos hijos varones encontraron un modo admisible de librarse de Vietnam, y acabó internado en un hospital psiquiátrico, un lugar del que su nieto conserva recuerdos inquietantes; su padre, que comenzó como camarero en un restaurante de comida cajún, es ahora propietario de dieciséis locales en siete estados, pero los continuos viajes de trabajo no le han impedido ser un marido fiel y un progenitor cercano, del mismo modo que el dinero, junto con la vida lujosa y la especulación que conllevan, no le ha supuesto dejar de ser un demócrata convencido; su madre, por último, ha sido siempre profesora de literatura inglesa en una escuela de secundaria, en los suburbios de Nueva Orleans, pese a los intentos de su marido de que lo dejara para dedicarse a cuidar la exagerada casa en que vivieron los cuatro hasta que el mayor se fue a Georgetown y el menor, poco después, a Berkeley. Las raíces de la genealogía de los otros Bush, en cambio, penetran el moho y el lodo de la madre patria, pues ya el tatarabuelo del actual presidente, hijo de un abolicionista, estudió en Yale; uno de sus bisabuelos coordinó a los contratistas de armamento durante la Primera Guerra Mundial, mientras que otro era sacerdote episcopal, como si el origen de toda nación fuera siempre la comunión de la pólvora y la ostia sagrada en el cáliz familiar de la política; su abuelo jugó a fútbol americano y unió en su trayectoria profesional la política y el petróleo; su padre fue piloto durante la Segunda Guerra Mundial, miembro de la Cámara de Representantes, embajador en la ONU, director de la CIA, vicepresidente de Reagan y presidente de los Estados Unidos de América; su esposa, Laura, entre las veintinueve mudanzas que protagonizó junto a George y sus hijos, se ocupó del hogar, vio morir a una hija de leucemia y fue segunda y primera dama de los Estados Unidos de América. Mientras que el George Bush que duerme en el asiento del copiloto es el primero de la familia que ha ido a la universidad, varias generaciones masculinas de los otros Bush, en los dos últimos siglos, han sido alumnos de Yale. Quizá lo único que tienen en común sea que los dos han estudiado carreras de letras y que los dos descienden de personas que cabalgaron en el aire para luchar contra el ejército japonés.

–Para mi padre, que se llama Frank, y para mi hermano Louis, apellidarse Bush nunca significó gran cosa, para mí en cambio ha sido siempre una cruz. Durante toda mi infancia escuché una y otra vez bromas sobre mi nombre y el del presidente, pero aquel señor que podía ser mi abuelo no suponía una amenaza o una sombra, en cambio, su hijo, su hijo era otra historia… Recuerdo perfectamente el día en que me di cuenta de que yo tenía que ser exactamente lo contrario de lo que era él –le contó ayer George, mientras tomaban un café en un área de servicio y un joven con chilaba y turbante les rellenaba el depósito de combustible–, yo acababa de cumplir quince años y él, después de una temporada, aunque parezca mentira, trabajando en Washington como redactor de los discursos de su padre, volvió a Texas y compró junto con varios socios un equipo de béisbol. Salió en la tele, parapetado por una docena de micrófonos, y dijo un montón de basura acerca de la ciudad, el deporte, la superación personal, la fe colectiva. Recuerdo cómo esa palabra, *basura*, mierda de toro, me latía en las sienes. Él era mi doble oscuro, mi reverso, todo lo que yo no tenía que ser: ni un hijo de papá, ni un mentiroso, ni una persona pública. Tenía que ser yo, sin máscaras, alguien crítico, independiente, alguien de verdad –dijo con la palma abierta sobre el pecho–, un sentimiento que no ha hecho más que crecer a medida que él iba escalando posiciones, hasta alcanzar su meta, algo que ha conseguido sin haber vivido nunca en el extranjero, sin haber entendido que este mundo no puede ser comprendido desde esa cosmovisión sureña, fanática, cerrada, que hereda lo peor de los padres fundadores, mientras que yo viajaba y reconectaba con mis antepasados emigrantes. ¿Y qué hacía mientras tanto Louis? ¿Te lo puedes creer? Pues ni más ni menos que frecuentar a tipejos de Calaveras y Huesos, empezar a invertir en bolsa, decidir que quería ser piloto de las Fuerzas Armadas como nuestro abuelo y enrolarse. Ni más ni menos, joder, todavía no puedo creerme que haya traicionado todas nuestras conversaciones, todos nuestros pactos. He perdido a mi hermano para siempre. Ha ganado el hijo de puta de George Bush júnior.

El frenazo sacude a George contra el cinturón de seguridad y hace que sus gafas de sol salgan disparadas, reboten en la guantera y caigan al suelo. Será disculpado luego, piensa Vincent mientras da marcha atrás y aparca en el arcén, a cuarenta metros de la desolada parada de autocar donde ha visto a dos bellezas, madre e hija, recostadas en sus mochilas, haciendo autostop. Ha sido una visión fulminante. Dos pelirrojas idénticas, con los mismos ojos verdes y la misma simpatía en las pecas y los mismos brazos delgados y blancos, pero a veinte años de distancia, refugiándose en la sombra de la agresión del desierto. Deben de dirigirse hacia el mar Rojo, serán la compañía ideal esta noche en Suez, frente a una botella de vino y una parrillada de marisco.

Para su sorpresa, al mirar por el espejo retrovisor sólo ve acercarse a una de las dos mujeres, la más joven, que con una sonrisa radiante y gafas de sol de surfista corre hacia la ventanilla para preguntarle en perfecto inglés londinense:

–¿Vais a Dahab?

–Sin duda –responde Vincent.

–Genial.

–¿Tú sola?

–Sí, sí, ella se dirige a Alejandría, pensaba acompañarla, pero hemos tenido una mala experiencia con un taxista egipcio y, después de conseguir que nos dejara aquí, hemos decidido separarnos, porque yo necesito playa y ella en cambio sigue empeñada con las piedras y la cultura...

–¿Es un buen lugar para que se quede sola? –insiste él, preocupado, pero también deseoso de comprobar si la mujer es tan guapa como le ha parecido a setenta y ocho millas por hora.

–Sí, sí, no hay problema, ya ha llamado a las tres chicas del otro taxi, el resto del grupo, veníamos juntas desde Israel, estarán aquí en una hora, y hay espacio para una más, pero no para las dos... Lo he interpretado como una señal del destino, está claro que tenía que cambiar mis planes... Justamente estábamos hablando de eso cuando habéis aparecido, de modo que... Mi nombre es Jess.

–Vincent, encantado de conocerte... –Encajan las manos y se arrepiente de la aspereza de la suya, de pronto barnizada por una frescura inaudita con ese calor–. Y él es... –comienza a decir, señalando hacia George.

–Ahmed –le interrumpe el joven–, entra con tu mochilón, que semejante monstruo no nos cabe en el maletero.

La risa es tan melodiosa como sus facciones, que Vincent observa por el espejo retrovisor mientras acelera y los dos jóvenes se ponen al día de sus últimos meses de viaje, ella por los Balcanes, las islas griegas, Turquía, Líbano, Siria, Jordania e Israel, las últimas dos semanas con un grupo de amigas a quienes conoció en Jerusalén, que en sus palabras es la capital sagrada del mundo; él por el Sudeste Asiático, Sudáfrica y Mozambique, solo casi siempre, los últimos días con Vincent y ahora también con ella, los tres de pronto convertidos en los vértices de un triángulo dinámico, la hipotenusa con las gafas de sol a modo de diadema, recogiendo su melena brillante, una de esas melenas llenas de matices y reflejos por las cuales en la edad media una mujer era condenada a la hoguera. La luz frontal hace aún más evidente la simetría que ordena su rostro, la frente sin rastro de arrugas, las cejas como dos garabatos de gaviotas, los ojos maragdas, a la misma distancia de la nariz muy fina y los labios muy rojos, que dividen en dos la cara perfecta.

–Jess, ¿te puedo hacer una pregunta? –Las palabras de Vincent rompen un silencio que se había prolongado durante varios minutos tras la larga conversación entre los jóvenes, el asfalto convertido en mercurio en el atardecer incipiente.

–Por supuesto. –Y le dedica otra de sus sonrisas hipnóticas.

–¿Qué ocurrió con el taxista? Te lo pregunto porque lo has comentado antes sin darle demasiada importancia, y supongo que no fue tan grave como para que tuviera que intervenir la policía, pero sí lo suficiente como para que os quedarais varias horas en medio de ninguna parte...

–Bueno, fue bastante incómodo, pero no tanto para mí como para Lucy, ella sí que se lo tomó muy mal y fui yo quien tuvo que tomar las riendas de la situación. Resulta que cuando nos estábamos acercando a un área de servicio le pedimos que parara, porque ella tenía que ir al lavabo, pero el tipo hizo ver que no nos entendía, y se detuvo en la siguiente. Ella fue a los servicios, él fue al bar y yo me quedé en el coche, hasta que vi que el taxista salía con dos amigos, a paso apresurado, y rodeaban el edificio. Los seguí y vi que estaban allí los cuatro, con cara de cerdos sonrientes, encaramados a unos ladrillos, espiando a Lucy a través de unas rendijas. ¿Y sabéis qué fue lo más raro de todo? Pues que había una quinta persona: una mujer totalmente vestida de negro. También miraba. Todo bastante repugnante, como ves.

Vincent se imagina a aquellos hombres de su misma edad, barbudos y gordos, sudando mientras embadurnan con sus miradas la cabellera roja, las nalgas desnudas.

–En efecto, muy repugnante. A veces pienso –añade– que la historia de la humanidad se puede interpretar como una guerra entre hombres y mujeres...

–Y para enmascararla se han inventado todas las demás guerras –le interrumpe George–, bien visto, Vincent, ése es el gran conflicto, todos los demás son desvíos de ése, que es el central, desde las matanzas de mujeres y niños en la Biblia hasta los crímenes de Ciudad Juárez, en México, pasando por la caza de brujas medievales o Jack el Destripador. Bien visto, sí, señor.

—La famosa tensión sexual no resuelta —remata Jess—, pero a lo bestia, a lo *gore*.

Después de encontrar un cuatro estrellas de precio económico en un polígono industrial de la ciudad de Suez, con vistas a una refinería y al otro extremo del canal que han recorrido durante buena parte del día y para cuya inauguración, como recuerda la *Lonely Planet* de la chica, Verdi compuso su ópera *Aida*, sobre esa conjunción de dos continentes atravesada por una línea de agua que la noche ha vuelto negra, después de acomodarse en tres habitaciones consecutivas y de ducharse en tres duchas consecutivas y de una cena temprana de humus, vegetales y mariscos, regados con un buen vino italiano, con la que Vincent ha querido obsequiarles, y de los cafés masculinos y el té femenino y la botella de licor de dátil de la que han ido dando cuenta durante las tres horas siguientes, sin prisa, saltando de un tema de conversación a otro, de los estudios en medicina que ella comenzará pronto en París, porque su padre es británico pero su madre es francesa, al recuento manual de los votos en Florida y la decisión al respecto del Tribunal Supremo; de los tiempos en Cambridge de Vincent, cuando él comenzó a leer el diario todas las mañanas y que tal vez por eso recuerda como saturados de noticias internacionales, la inauguración de las Torres Gemelas, la crisis del petróleo o el atentado palestino de los Juegos Olímpicos de Múnich, a la historia del canal de Panamá, que Ahmed conoce hasta en sus más nimios detalles y que culmina este mismo año, en que al fin el país asumirá la soberanía de ese otro pasadizo entre mares opuestos, entre continentes de agua; de la tristeza de ser hijo único (como Jess y como Vincent) a la tristeza de sentir que has perdido a tu hermano (porque no soporto la idea, les confiesa Ahmed o George, de que termine como el abuelo, gritando por las noches por las bombas que le ordenaron que lanzara y que no se negó a lanzar); de los duros momentos que uno acumula cuando viaja solo a la celebración de los encuentros inesperados, de las cenas memorables, del trayecto de mañana por el Sinaí; después de todo eso, mirando las llamas que arden en ese lugar de frontera continental y quién sabe si vital, que él siente en la suela de los pies, ya en su habitación, sintiéndose gordo, sudado y acompañado, pese al renqueante aire acondicionado y la soledad evidente y recalcitrante de siempre, la garganta tibia por el alcohol, los ojos verdes de Jess entre ceja y ceja, Vincent sentirá que se ha enamorado.

El primer sentimiento que experimenta con claridad a la mañana siguiente son los celos. Jess y George llegan juntos al desayuno, latiendo entre ellos una complicidad que no existía en ese grado anoche después de la cena, cuando se despidieron a las puertas de sus respectivas habitaciones. Opta por no darle demasiadas vueltas al asunto, seguro que se le pasa pronto esa aceleración cardiaca, por Dios, si podría ser su hija, además la intención es llegar pronto a Dahab y empezar mañana mismo, si hay suerte y encuentran el centro adecuado, el curso de submarinismo. Porque anoche la chica les comunicó que, si no les importaba, le gustaría hacerlo con ellos, lo que por cierto llevó a que George hiciera una broma basada en el doble sentido de sus palabras, que para su sorpresa fue bien recibida por ella y provocó más juegos de palabras y sus correspondientes carcajadas. Un trío, ni más ni menos. Sólo una vez en su vida pensó acerca de esa posibilidad, tras una cena y demasiado vino se imaginó con Mallory y Katherine en la misma cama, bajo las mismas sábanas, pero pronto las dos se fundieron en un único cuerpo que ostentaba las virtudes de ambas y por tanto era perfecto, aunque sólo existiera en su imaginación.

No hay duda de que en veinticuatro horas ya se ha consolidado una de esas complicidades tan propias de los viajes. Dos mocosos y un viejo en la carretera, compartiendo millas, palabras e intimidades, con las emociones revueltas, muy lejos los tres de casa (hace cuatro o cinco días que no llama, lo hará mañana). A diferencia de ayer, en que se sucedieron los desvíos y las paradas, el trayecto de hoy, mucho más largo, lo hacen a gran velocidad y sin detenerse, como si la península del Sinaí, en lugar de un abanico de estratos históricos en cuya exploración demorarse, fuera un mero trámite, oscilaciones amorfas, montañas al fondo, calizas y calcáreas, la silueta de un camello, arcillas y tizas, el cielo sin nubes, casas de adobe, un paso de frontera.

A las cuatro y cuarto, sin más sustento en el estómago que el lejano desayuno bufet, están aparcando frente al Blue Hole Hotel, el alojamiento con centro de P.A.D.I. que recomienda la *Lonely Planet* y que además de los dormitorios compartidos dispone de habitaciones individuales, con cuarto de baño privado, agua caliente, televisión por cable y aire acondicionado:

–Son los requisitos de nuestro tío Vincent –le dice George al recepcionista, un hombre moreno y musculoso con un pañuelo en la cabeza que se presenta como Adel, mirando de soslayo a Jess, que sonríe al escucharlo–, si no se busca un cinco estrellas y nos deja aquí solitos y sin su Visa Oro…

Tan sólo cuarenta y ocho horas antes, esa broma le hubiera complacido, porque la hubiera interpretado como un gesto cariñoso, como si el chico quisiera integrarlo en su círculo familiar; pero ahora, en cambio, le parece un empujón generacional, el modo de marcarle la línea que los separa, como cuando una hora antes, justo cuando tras la insistencia zalamera de Jess él aceptó alojarse en el mismo hotel en que lo hicieran ellos, George le preguntó si le molestaba que quitara la radio y le pidió a la chica que compartieran los auriculares del compact-disc.

–¿Qué es esta bomba? ¡Me encanta! –exclamó su Ahmed en cuanto hubo escuchado la primera canción.

–Ella se llama Dot Allison, el disco, *Afterglow*...

Para no escucharlos, Vincent se concentró en el horizonte, eje perpendicular de aquella carretera tan recta que era capaz de empalar como una espada todas las hojas del Antiguo Testamento, una de las rutas que sin duda la anciana recorrió en su peregrinación absurda por un mundo que cada vez se iba volviendo más ilegible. Y ahora hace lo mismo, para olvidar lo antes posible el comentario de su joven amigo, clava la mirada en la terraza del hotel, una plataforma que –sustentada por postes de madera– se adentra en el mar Rojo, cuyo oleaje sin fuerza, capas y más capas de azul mate, se expande radialmente, como si la terraza fuera una piedra que cae una y otra vez en el centro de un charco.

–Él es Mohammed, vuestro monitor –les dice el recepcionista, dirigiéndose a los tres, pero mirando solamente a Jess.

Al girarse, Vincent a punto está de tropezar con un hombre completamente calvo, una auténtica bola de billar de color bronce, con un aro en el lóbulo izquierdo y con dos ojos en que la simpatía y la inteligencia se van relevando y confundiendo. Alguien mucho más musculoso que Adel, vestido con una camisa blanca que realza su bronceado y unos ligeros pantalones de rayas grises y azules que evidencian el grosor de sus cuádriceps y de sus gemelos. Va descalzo. Encaja las manos de los tres, les da la bienvenida en un inglés práctico, desnudo de formalismos y de retórica, y les pregunta si están preparados para trabajar duro. Asienten.

–Desde Aqaba hasta Sharm tengo fama de ser el monitor más exigente de esta orilla del mar Rojo, pero no me preocupo en vuestro caso, porque no hay duda de que estáis en buena forma física, si vais por Egipto llevando a cuestas semejante equipaje –dice, señalando la exagerada mochila de Jess y el baúl de George, que han dejado junto al mostrador mientras pagaban por adelantado el curso y el alojamiento en un dormitorio de tres literas dobles que compartirán con desconocidos.

–Son libros –le aclara Ahmed.

–Oh, Dios, un intelectual, al último me lo dejé ahí abajo –ahora señala hacia el oleaje radial–, se puso a estudiar la flora y la fauna locales y me olvidé de él… Lo hice sin premeditación ni alevosía, como dicen en las películas americanas, sólo espero que al menos contribuyera a la preservación de los tiburones.

Los tres sonríen, no hay duda de que sabe cómo meterse a sus alumnos en el bolsillo.

–Adel os dará los manuales y las instrucciones pertinentes, nos vemos mañana a las ocho en punto –se despide.

Para poder ponerse entonces los trajes de inmersión, deberán comenzar a estudiar esta misma tarde, de modo que aunque la terraza haya comenzado a llenarse de turistas dispuestos a saborear el pescado local mientras se toman una cerveza fría, ellos se comen un sándwich en la sala del televisor durante la proyección del primer vídeo, en que se explican las leyes básicas de la física que permiten que los seres humanos puedan flotar, nadar y sumergirse: el principio de Arquímedes, la presión atmosférica, el principio de Pascal, la ley general de los gases. Durante las dos horas siguientes, cada vez más hundidos en los sillones respectivos, sin cesar de subrayar las páginas del manual en que son desarrollados los temas resumidos en los vídeos y de tomar apuntes en los márgenes, aprenderán las partes del equipo (la máscara, el tubo, el traje y los botines de neopreno, las aletas, el cinturón de lastre, la botella, el chaleco hidrostático, el regulador, el reloj, el profundímetro y el manómetro) y los rudimentos teóricos de la inmersión (cómo descender, cómo avanzar y retroceder, cómo respirar bajo el agua).

–Recuerde que bucear es noventa y seis veces más peligroso que conducir –dice, a modo de conclusión, Jack, el actor californiano que les ha hecho compañía durante cerca de tres horas–. Y ahora, a descansar, mañana será un día que siempre recordará: el de su primera inmersión.

Vincent se toma tan al pie de la letra el consejo del falso submarinista que cuando se reúne con sus jóvenes amigos entre las velas de la terraza, tras la ducha y el afeitado, con su camisa cubana y los pantalones más frescos que ha encontrado en la maleta, está convencido de que en menos de una hora se hallará de regreso en su habitación, durmiendo a pierna suelta. Entonces George pide humus, varias ensaladas, pescado frito y gambas, porque están hambrientos y porque se lo merecen; y Jess pide una botella de vino blanco, para celebrar que al fin se encuentran junto al mar y que ha tenido la enorme suerte de conocer a dos compañeros de viaje y de buceo tan geniales y tan guapos. Se la acaban antes de que llegue la comida y piden otra. Sentado en el cojín, con las piernas estiradas sobre una de las decenas de alfombras que cubren la plataforma, disfrutando de cada uno de los destellos con que las llamas vibrátiles fustigan la roja cabellera de la chica y de cada una de las carcajadas que su Ahmed le provoca, fantaseando con la posibilidad de que fuera su hija o, mejor aún, su amante, su joven esposa, resultado de un matrimonio negociado con los padres o de una seducción por internet, aportando de vez en cuando algún comentario sobre cualquiera de los temas juveniles que ellos tratan, la gente que se cree especial, cómo mantener la amistad con los grandes amigos de la primaria y la secundaria cuando ya estás en la universidad y se abre ante ti un mundo nuevo, la libertad, el control, la independencia, la necesidad y la imposibilidad de independizarse de la opinión y del dinero de tus padres, la vocación, la economía, el futuro, estudiar aquello que tiene salida profesional o aquello otro que te apasiona, que te obsesiona, que te desvela, por lo que serías capaz de matar, tiene la sensación de que esta plataforma imposible sobre las aguas nocturnas pertenece al futuro que él nunca vivió, el futuro que se merecía y que la vida se obstinó en negarle, un futuro en que era una persona relajada y feliz, sin carga alguna de culpa ni de pena; pero que las conversaciones en cambio le llegan desde el pasado y se confunden con las voces que lo rodeaban a los dieciocho, a los veinte, a los veintitrés años, voces que hablaban de lo mismo y defendían las mismas opiniones y esgrimían los mismos argumentos cuando sacaban a colación los mismos temas: la amistad, la libertad, el futuro, los celos, ahora hablan de los celos, de la ruptura de George con Rebeca, de la primera relación importante de Jess, con Antoine, un monitor de esquí suizo que mantenía varias relaciones simultáneas con varias jóvenes como ella. Y él recuerda el pinchazo que sintió esta mañana en el corazón. Y mira a Jess, a todas luces atraída por el verbo desfachatado de su Ahmed, deslumbrada por su ingenio, por su ironía, por su máscara de sangre iraní, tan exótica, tan especial. Y siente de nuevo, entre los pulmones, la misma súbita opresión, que trata de paliar con un nuevo trago.

Ha pasado más de una hora y todavía no han llegado los frutos de mar. En las otras mesas se entremezclan los turistas occidentales y los monitores de buceo egipcios, quienes conversan en voz baja acerca de las minúsculas aventuras de la jornada y de los pasados que no han compartido y que aquí suenan inverosímiles, como si no hubieran existido jamás. Cuando al fin se acerca el camarero con la bandeja, comienza a sonar un tam-tam junto a la barra. Le acompañan unas palmas. Y pronto una voz masculina, grave y rasgada, que canta algo incomprensible y tierno y triste hasta el pavor.

—La diferencia entre Sudáfrica y Egipto es que aquí sientes una antigüedad profunda, nada aquí parece nuevo —dice de pronto Ahmed, porque así se llama George a ojos de Jess, pero desde su punto de vista el nombre de George es George, tal vez se le haya subido el vino a la cabeza, pero eso supone un problema, una persona no puede ser simultáneamente dos personas, no puede tener abuelos irlandeses e iraníes a la vez, no puede ser uno y otro al mismo tiempo.

—Es que el lugar en sí, no sólo la voz, es muy especial —afirma Jess con una gamba en la mano untada en salsa golf—. Y, antes de que me riñas, Ahmed, *querido*, no lo digo en plan mira qué especial que soy, que siempre estoy en sitios especiales. —Su risa es contagiosa—. Pero no hay duda de que hemos tenido suerte al escoger el Blue Hole Hotel. Brindo por ello.

Es el tercer brindis de la noche. Estos chicos no se cansan de beber, capaces son de pedir otra botella, ahora que empieza la música. No tendría que haber bebido tanto con el estómago vacío. Acaba de aparecer la luna, menguante, y su sombra casi fluorescente se extiende sobre las aguas como el reflejo de un ovni alienígena. Hay al menos otras tres mujeres jóvenes y bellas en la terraza, rostros, brazos, piernas fragmentados por la luz insuficiente y vacilante y tentadora.

—Y estoy segura de que el curso va a ser genial, me muero de ganas de zambullirme durante minutos y minutos... Me imagino el fondo del mar como el de *La pequeña sirena*, con muchos colores y bichos y plantas que parecen dibujos animados... ¿Y vosotros?

—Como *Veinte mil leguas bajo el mar* —dice Vincent, su primera frase de más de tres palabras en muchos minutos, exaltado—, la de Kirk Douglas, me imagino el agua azul a nuestro alrededor y nosotros caminando por el fondo del mar, con nuestras escafandras con linternas enormes en los cascos... ¡Brindo por ello!

Divertidos, Jess y George alzan sus copas y apuran hasta la última gota.

—La botella está vacía. ¿Pedimos otra? —pregunta la chica.

—Tenemos que estar descansados y sin resaca, dentro de nueve horas, sería más juicioso…

—Tienes razón, tío Vincent, mejor pedimos un té o una botella de agua mineral… —le corta George—. Yo me lo imagino como en *Abismo*, con criaturas luminiscentes, gigantescas, abisales… —Levanta las manos, como si fueran los tentáculos de un pulpo y, aprovechando que la chica se ha concentrado en sus gestos y en sus palabras, de pronto baja los brazos, hunde sus dedos en la cintura de ella para hacerle cosquillas y el muy payaso ruge como un monstruo de serie B.

Cuando se repone de la carcajada y las sacudidas, Jess insiste:

—Con ojos de niña, así me imagino el mar.

—Esa película siempre me ha fascinado —comenta George—, primero porque los problemas vienen por el interés casi arqueológico de la Sirenita por los humanos, tiene incluso una colección de objetos, restos de naufragios, como si la culpa última fuera de una de las mitades que la constituyen, por no querer aceptar que es menos mujer que pez, en el fondo es un conflicto casi ecológico… Perdonad si no me explico muy bien, es el vino… Por otro lado, me gusta el otro conflicto, entre ella y su padre, el Rey Tritón…

—¿Otra vez con Freud?

Jess mira a George con gesto interrogante.

—Es que Vincent y yo ya hemos hablado de esto de matar al padre y tal…

—Hay que matar al padre, como dijo Freud, aunque él nunca matara al suyo. —El tío Vincent está borracho—. ¿Sabías que Jacob, el abuelo del psicoanálisis, un comerciante de lana judío venido a menos, era cuarenta años mayor que su hijo? —No tendría que haber sacado ese tema, pero ya es demasiado tarde—. Sigmund creció en un único espacio, con una madre de la edad de sus dos hermanastros y un padre que parecía su abuelo. Así se entiende que fuera un libertino, un pornógrafo, un desviado... —Al fin, lo escupe—: Un monstruo.

Cae sobre ellos un silencio incómodo, una especie de velo de seda blanca. Pasean sus miradas por la terraza. Escuchan una nueva canción, alegre, como si no la cantara la misma garganta de antes. Ahmed aprieta con fuerza su puño derecho. Es Jess quien decide aliviar la situación:

—¿Os puedo confesar algo muy, pero que muy freudiano? Si soy sincera, al describir la escena del taxista, sus amigos y aquella señora de negro, espiando a la meona de Lucy —se tapa la boca, ay, los jóvenes y el alcohol—, no sentí repugnancia, sino excitación...

—¿Te puso cachonda? —le pregunta George, ay, los jóvenes y el lenguaje.

Los ojos de la chica, magnetizados como nunca, le dicen sí, y enseguida miran hacia el extremo opuesto del restaurante, donde Adel la saluda con la mano. Para evitar que el silencio vuelva a adueñarse de la cena, cambia radicalmente de tercio:

—Me muero de ganas de respirar por primera vez oxígeno de una botella, tiene que ser una sensación muy especial —se lleva la mano a la boca—, perdón, perdón, antes de dormir copiaré mil veces «no diré más la palabra *especial*» —otra carcajada contagiosa, esa simpatía concentrada en las mejillas pecosas es la manzana del Árbol de la Vida—, quiero decir, no depender por una vez de tus pulmones...

—Sí, es cierto, tendremos unos pulmones artificiales y una armadura, seremos como Darth Vader...

—George, soy tu padre —dice de pronto Vincent, impostando la voz, sin premeditación ni alevosía.

—¿George? –pregunta Jess con cara de extrañeza.

El silencio se impone de nuevo, pero esta vez con contundencia irrefutable, como una lápida de mármol. La chica frunce el ceño y mira a su Ahmed, menos suyo, completamente desconcertada. George los mira a ambos, súbitamente desvalido, como un niño a quien se le ha caído el chupete y espera que lo recupere algún adulto por él. El viejo borracho busca una broma o una disculpa, algo que decir, pero no lo encuentra.

—¿Qué tal la cena, chicos? –pregunta el camarero–. ¿Os retiro los platos?

Aspira y se produce la paradoja: pese a los plomos que hay en su cinturón y el hecho de estar hundiéndose, se siente más liviano que nunca, como si bajo el agua todo peso interno desapareciera de repente. Vincent se sumerge por primera vez unos segundos antes de que lo haga Jess. Durante ese lapso de tiempo siente un dedo de agua entre las ojeras y el plástico de las gafas y ve cómo su cabeza es envuelta por la efervescencia que provoca su propia respiración, pero después se olvida de sí mismo y contempla, arrodillado, la inmersión de su amiga, los ojos brillantes tras su propia máscara, las burbujas escupidas con demasiada premura, radiante como si fuera una muñeca perfecta descendiendo por el interior de una botella de champán.

Cuando sus rodillas se posan en el fondo de arena el círculo se completa. Mohammed ha sido el primero en bajar y los ha ido esperando, ensayando con cada uno el lenguaje gestual propio del buceo, preguntándoles con los dedos, tras cada descenso, si todo está okey. El monitor es su compañero; George es el de Jess. De modo que, antes de que se sumergieran, Vincent ha tenido que ayudar a Mohammed a ponerse el chaleco y a ajustarlo, ha revisado sus botellas de oxígeno y los cierres de su cinturón y le ha sujetado el equipo mientras se calzaba sus aletas. Y a la inversa. Nunca antes había tocado un cuerpo de otra raza. Lo mismo han hecho sus jóvenes amigos, que tras la confesión de anoche están renegociando los términos de su relación, con más monosílabos y gestos que frases subordinadas, tal vez porque la atención continua que reclama Mohammed, quien los ha recibido con un examen sobre los contenidos aprendidos ayer, tampoco permite la divagación ni el flirteo.

El monitor, que en el contexto acuático y ataviado con su equipo profesional todavía parece más robusto, una máquina infalible, les llama la atención, se señala la máscara y repite el ejercicio que ya llevaron a cabo en la orilla: quitársela, volvérsela a poner, presionar a la altura del tabique nasal y expulsar aire por la nariz para vaciar de agua el interior de las gafas. Tanto George como Jess mantienen los ojos abiertos durante la operación y la completan con éxito, pero Vincent, con los ojos muy cerrados, no consigue expulsar la mayoría del agua y comienza a respirar apresuradamente, cubriéndose de burbujas, mientras repite la expiración una, dos, tres veces, en vano. Cuando siente las fuertes manos de Mohammed en sus hombros se tranquiliza y, aunque perciba un picor instantáneo en las córneas, abre los ojos para dejarse guiar. Cálmate, le dice con un gesto, y le recuerda que tiene que mantener la presión con el dedo índice hasta haber completado la expulsión de agua salada. Eso hace. Recupera la normalidad respiratoria. Los jóvenes asienten con una ternura que acentúa la vergüenza que arrastra desde la indiscreción de anoche.

El siguiente ejercicio consiste en quitarse el tubo respirador y volvérselo a colocar, bajo el agua, pulsando la válvula para eliminar el líquido que haya quedado en él. Los tres alumnos lo realizan sin demasiados problemas, pese al miedo que atenaza de pronto a Vincent, al ser invadido por la idea de que si abre la boca en ese momento se ahogará sin remedio. Poco después, cuando tienen que simular un accidente y compartir el aire de su botella con el compañero respectivo, la idea retorna a su cerebro, amplificada, y antes de que el respirador de Mohammed llegue a su boca desnuda, huye precipitadamente hacia la superficie. Se siente de pronto ridículo, ahí arriba, frente a la playa llena de bañistas, bajo un cielo nublado que sobrevuelan tres gaviotas, y pronto comprende que Mohammed no vendrá a preguntarle si está bien, que ahí abajo están observando su aleteo desesperado sin preocuparse por él, porque no hay peligro alguno a veinte metros de la orilla. Enjuaga las lentes, se mete el respirador de nuevo en la boca, desciende los tres metros, completa el ejercicio.

Durante el descanso beben zumos de fruta y repasan en voz alta los peligros de la descompresión: después de un buceo prolongado, durante el cual se ha ido aclimatando el cuerpo a la presión del agua, nunca hay que subir aceleradamente, sino que hay que hacerlo de forma progresiva, con paradas técnicas para que el cuerpo se vaya adecuando a los nuevos niveles. Subir de golpe desde más de veinte metros de profundidad puede suponer la muerte si no hay cerca una cámara de descompresión. En el manual se suceden las tablas que hablan tanto de ello como del tiempo en que hay que reposar entre cada inmersión para permitir que el cuerpo se deshaga del exceso de nitrógeno.

–Estas dos cuestiones son las más importantes del submarinismo –afirma Mohammed, señalándolos con un lápiz–, muere mucha más gente por culpa de no tener en cuenta estas tablas que por encuentros con animales peligrosos o tormentas repentinas. Eso que ha hecho hoy Vincent, a cuarenta metros seguramente hubiera sido mortal.

De forma simultánea, Jess y George posan sus manos en los hombros de su tío. Reconforta saber que no le tienen en cuenta que no sepa beber. Después del test, regresan al mar y bucean por vez primera. Durante los minutos iniciales están demasiado pendientes de manipular el chaleco, de mirar el reloj, de establecer contacto visual periódicamente con su compañero para cerciorarse de que todo va bien, como para disfrutar de los peces translúcidos, miles de ellos, que hay a su alrededor. Pero paulatinamente lo van haciendo, sobre todo Jess, que les llama la atención acerca de ese cangrejo enorme, de ese pez globo rojísimo, de ese pequeño arrecife de coral multicolor.

–¿Os acordáis de la cara de Jess frente a aquel coral enorme colonizado por peces rayados? –les pregunta por la noche Vincent en la terraza, frente a cuatro cervezas muy frías.

–Cómo olvidarlo –tercia Mohammed–, parecía una niña el día de su cumpleaños… Eran ejemplares de pez león cebra, Vincent, miradlo, está aquí. –Señala una de las láminas que lleva siempre consigo.

–Es raro verlo representado, porque es como verlo muerto –dice George mientras observa el dibujo.

Tras la jornada, la admiración de Jess parece ahora dividida entre George y Mohammed, piensa Vincent más tarde, mientras ven juntos tres nuevos vídeos. De hecho, a las ocho la chica le pregunta a Adel por el monitor, porque había dado por supuesto que cenaría con ellos.

–Está con su mujer y sus hijos, guapa, no puede trabajar las veinticuatro horas del día.

–Me había imaginado que era un soltero empedernido, una especie de asceta que vivía sólo para el buceo –les confiesa camino de la mesa.

–Pues imagínatelo también, por ejemplo, en el Ramadán, querida –le dice Vincent–, la vida de una persona nunca es unidimensional…

Ella permanecerá en silencio durante un largo rato, después opinará sobre la comida árabe y sobre el conflicto entre

Palestina e Israel, pero se mantendrá al margen en el resto de temas de conversación, y no será hasta que lleguen los helados del postre cuando se decida a rescatar el tema de las dimensiones de la existencia humana. Entonces les confesará que si algo ha marcado a fuego su vida no ha sido el hecho de ser hija de dos personas de países y lenguas distintas, ni haber ido a un colegio de élite en que la disciplina y la exigencia chocaban una y otra vez contra su espontaneidad y sus ganas constantes de reír, ni el desengaño que supuso descubrir que su primer amor era al mismo tiempo el primer amor de muchas otras muchachas de su edad, sino el haber actuado durante gran parte de su infancia en una serie de la BBC.

–Desde que nací hasta que cumplí trece años fui, además de Jessica Winterbotton, Charlotte Degas, una niña francesa, hija ilegítima del barón de Abbot con la institutriz de sus hijos. Todo surgió por casualidad, el guionista era amigo de mi padre, les falló el bebé que ya tenían contratado y le preguntó si podía contar conmigo. Actué, si es que un bebé puede actuar, solamente un par de tardes, porque mi presencia en pantalla era mínima y porque a mi madre le horrorizaba la idea de verme llorar sin poder hacer nada. Pero poco a poco la fueron convenciendo de que yo tenía que integrar el reparto y a ella, que dejó el mundo de las finanzas para ocuparse de mí y que siempre le había seducido la idea de escribir, le empezó a parecer una experiencia interesante tanto para ella como para mí, y así, como quien no quiere la cosa, fueron pasando los años y yo fui teniendo dos vidas, una real y la otra de ficción, pero como se emitía un capítulo cada día, al final había semanas que me pasaba más tiempo en el plató que en el colegio o en mi casa, es decir, más tiempo como Charlotte que como Jessica. No fue nada genial, la verdad. No os podéis ni imaginar lo raro que ha sido durante toda mi vida sufrir eso que yo llamo «interferencias», falsos recuerdos, palabras que nunca me dijeron de verdad, pero que yo recuerdo como si fueran ciertas, escenas eróticas que no tendría que haber visto una niña de cinco años, sueños ambientados en una mansión donde nunca viví de verdad... Para que os hagáis una idea: mi primer beso fue frente a una cámara de televisión y con un chico que ni siquiera me gustaba... –ha hablado mirando el helado deshecho, pero ahora levanta los ojos y los dirige hacia George–. Perdóname, te lo tendría que haber contado anoche, cuando me explicaste tu jodida relación con tu propio nombre, pero me sentía tan bien conmigo misma desde que me recogisteis cerca de Suez, que preferí no volver a mi neura de siempre...

–Pero uno es sus neuras, ya lo dijo Freud... –dice Vincent, cogiéndola de la mano, sonriente.

–¿Has visto alguna vez la serie? Quiero decir, desde que ya eres mayor...

No es mayor, piensa Vincent, es una niña, es mi niña, los padres nunca sabemos de qué hay que protegerlos, tal vez las mayores amenazas sean siempre ficciones.

–Sí, sí, el verano pasado, pasé un mes en cama, por culpa de la mononucleosis, y la vi entera, algunos días me pasaba doce o trece horas enchufada al televisor, fue una experiencia muy rara, como os imaginaréis, como ver vídeos caseros del carnaval del colegio, no sé cómo explicarlo, es como si toda tu vida hubiera sido un carnaval, o como si tuvieras dos vidas... En un capítulo el barón me pegaba una bofetada, no recuerdo si lo hizo de verdad o utilizamos algún truco en el rodaje, lo que sí sé es que mi padre nunca me ha puesto la mano encima, de modo que mi relación con la violencia siempre ha sido de mentira, pero *ha sido*, ¿sabéis?, ha sido y no ha sido, al mismo tiempo, no sé cómo explicarlo...

–No tienes que explicarlo –tercia Vincent–, todos tenemos problemas con nuestra propia imaginación, se nos escapa, se nos descontrola, nos lleva por donde no queremos...

Está ahí, como una sombra… Una vez leí que, tras ser separados mediante cirugía, los siameses lloran cuando le están dando la espalda a su hermano… Algo así… Yo tampoco sé cómo explicarlo…

Estallan en una carcajada. Una carcajada sonora y triste.

Y se callan en el mismo instante.

Silencio.

—Ella está perdida y las palabras no significan nada —le susurra George a Jess.

—Soy tu musa hembra alfa —le responde, crípticamente, la chica, y deja la mano de Vincent con suavidad, como en una caricia.

Y se levantan y se van a bailar, muy lentamente, al ritmo del tam-tam.

Somos tres seres de ficción buceando por el mar de lo real, pensará al día siguiente Vincent, después del examen final, durante la segunda inmersión, su cuerpo en paralelo al de Mohammed, cuya cabeza afeitada embadurna cada día con polvos de talco antes de embutirse en el mono de neopreno, entre pececillos nerviosos como serpentinas y algas que las corrientes submarinas peinan una y otra vez, con insistencia obsesiva, Jess y George aleteando con las manos cruzadas sobre el pecho inmediatamente detrás de ellos, camino de un arrecife mayor, con más especies de flora y de fauna, con más formas y colores, a mayor profundidad, cada día una atracción turística más impresionante que la anterior, porque el turismo también se sumerge y también se eleva, alcanza todas las capas del mundo, Vincent y sus hijos posibles, Vincent y sus jóvenes amigos, Vincent un poco enamorado de los dos, ignorante de que el triángulo ya se ha roto, sin estridencias, de forma natural, porque todo va y todo viene: sus caminos ya no convergen pero no lo saben y siguen nadando hacia el coral.

Sin la obligación de ver más vídeos ni de estudiar leyes físicas, normas de seguridad y tablas de proporciones en el manual, Vincent duerme una siesta y sale a conocer Dahab con su Canon EOS 3000 sobre el pecho. Aunque predominan los hoteles, las tiendas de suvenires y de artículos de pesca y submarinismo y los restaurantes con cartas en inglés, de vez en cuando se encuentra con cafés populares, donde varias decenas de beduinos toman té o café, disputan partidas de backgammon, fuman shisha y ven películas en el televisor. Sólo hombres, que no se molestan ante las fotografías que hace de sus manos rugosas deslizando las fichas por el tablero o sosteniendo el tubo de ropa, de sus labios que reciben el humo con parsimonia, de sus pieles castigadas por el sol del desierto y el viento marino. Es la primera vez que está rodeado de árabes y no siente miedo.

De pie frente a un postalero que exhibe vetustas fotografías del mar Rojo y la península del Sinaí, mientras se plantea la posibilidad de enviar una postal a casa, una voz lo sorprende por la espalda:

—Perdone, creo que nos conocemos.

Antes de girarse y de enfrentarse a esos ojos castaños, la memoria reciente de Vincent ya se ha activado, porque enseguida a él también le ha parecido que esa voz y él se conocían, que ese acento ligeramente alemán le era familiar.

—¿Sandra? ¿Qué hace usted aquí?

Ante la pregunta, sin duda carente de tacto, la mujer ha tensado sus facciones y ha contraído sus largos dedos puntiagudos.

—Perdone, qué maleducado soy, me alegro mucho de verla, supongo que debe de haber venido de vacaciones...

—Sí, en efecto —balbucea ella, que probablemente esté aquí huyendo de su pasado y ha tenido la mala suerte de encontrarse con una de las pocas personas del mundo que en toda su crudeza pueden recordárselo—. Mi marido, Andreas, falleció al día siguiente de que usted se fuera. Lo enterramos en Waldfriedhof, fue una ceremonia muy sobria, vino mucha gente... Pero, en realidad, a usted no le deben de importar en absoluto esos detalles...

–Sí, claro que me interesan –se defiende.

–Pues no lo hubiera imaginado, teniendo en cuenta el modo en que se largó...

El reproche es justo. Después de tantos días de convivencia forzada, aunque no llegaran a mantener ninguna auténtica conversación, en lugar de espiarla mientras le leía aquel extraño relato a su marido moribundo, tendría que haber entrado en la habitación y haberse despedido de ella como correspondía. La vergüenza se desploma como un viejo edificio en su interior al percatarse de que, además, no ha pensado en ella ni una sola vez desde que abandonó Nelspruit. Siente una acuciosa necesidad de compensarla.

–Tiene toda la razón, mi comportamiento no fue propio de un caballero. La muerte de la anciana me sacudió... Pero eso no es más que una excusa. Le pido perdón, sinceramente.

Ahora es ella quien se sonroja. Sus rasgos pierden dureza, medio sonríe, tal vez arrepentida por su severidad, y cambia de tema:

–Está usted moreno, no me diga que está tomando baños de sol...

–No, no, se debe a algo mucho más ridículo: he hecho un curso de buceo, ya ve, a mi edad...

–Eso está muy bien –hay un punto de admiración en su tono de voz–, *mens sana in corpore sano*, yo desde que llegué camino cada día diez kilómetros, ya me conozco todas las playas de los alrededores...

–¿No se le hacía soportable permanecer en Stuttgart? –ella baja la mirada–, la entiendo, perfectamente, yo también perdí a mi esposa en un accidente... Mire, ahora tengo que irme –ella lo mira a los ojos, como riñéndole por abandonarla de nuevo, justo ahora que ha mencionado el duelo–, pero mi próxima inmersión no es hasta pasado mañana y pensaba aprovechar mi día libre para ir de excursión al monasterio de Santa Caterina, a un par de horas de aquí, no creo que mis amigos vayan a querer madrugar... ¿Le apetecería acompañarme mañana?

Sus amigos no van a querer madrugar mañana, ella es su segunda opción. Maldita sea, una torpeza tras otra. Pero ella asiente y le da el nombre de su hotel. La recogerá a las siete y media, porque el célebre monasterio sólo abre al público hasta mediodía. En las postales parece un lugar memorable, encajonado en un cañón de arenisca, en medio de la orografía del desierto, pero los jóvenes quieren celebrar esta noche que ya han obtenido su certificado P.A.D.I. de submarinismo en aguas abiertas y que la gran excursión al Canyon y al Blue Hole, para demostrarle a Mohammed que son capaces de hacer inmersiones reales, será dentro de treinta y seis horas, de modo que no podrá contar con ellos. La segunda opción no está tan mal. Será bueno para él conversar con alguien de su edad, aunque se trate de una mujer en pleno proceso de recuperación emocional. Entra en un cibercafé y se encuentra con ochenta y siete e-mails por leer, la mayoría de Mallory. Cuando sale, casi dos horas más tarde, ha anochecido.

Jess y George ya deben de estar acabando la primera botella de vino. En el hotel lo esperan las velas y las mesas y las aguas tranquilas de siempre, pero la mesa habitual ha sido ocupada por una pareja de mediana edad, que de espaldas parece formada por dos mujeres. ¿Dónde se habrán metido? ¿No habrán bajado todavía? Tras mirar en todas direcciones, al fin los encuentra: George está al fondo, jugando al ajedrez con un joven de su misma edad, de aspecto tímido y no obstante nervioso; Jess conversa con Adel en la barra, con la frente muy cerca del pañuelo con que el recepcionista se recoge el cabello, hay una botella vacía de vino a su lado. Vincent opta por acercarse a la partida de ajedrez. No sabía que el chico fuera jugador. En realidad no sabe gran cosa sobre George Bush, porque una semana no es nada en comparación con las cientos, miles de semanas que componen una vida humana. Los contrincantes, muy concentrados, permanecen en silencio.

–¿Has cenado? –le pregunta a George.

Él niega con la cabeza.

–Pensaba que íbamos a celebrar juntos…

Evidentemente disgustado, el chico aparta la mirada de la partida y le mira a los ojos:

–Hemos tenido suerte, querido, de que Adel tuviera que esperar hasta que acabáramos el curso para ligarse a nuestra chica, ya sabes, no se caga donde se come…

Sin acabar de entenderlo, convencido de que se puede decir lo mismo sin caer en la vulgaridad, Vincent asiente y cree percibir una sonrisa de burla en los labios del contrincante de su amigo. No tiene ningún sentido que se quede ahí. Le dice que se retira, que está cansado, que ya se verán mañana, y George le da las buenas noches. El recepcionista ha puesto la mano, su zarpa morena, en el muslo de Jess. La punzada en el corazón se está convirtiendo en una perra fiel. Se va a la cama sin probar bocado, madrugará y dará un largo paseo antes de la excursión por la península.

En el taxi, después de casi una hora contándole la vida y milagros de George y de Jess, le pregunta a Sandra para cambiar de tema:

–¿Qué sabes de los cristianos egipcios?

El vehículo adelanta en ese momento al viejo autocar de línea que une los pueblos costeros, constantemente superado por microbuses y taxis con turistas apresurados.

–En El Cairo me alojé en un hotel regentado por una familia copta. Me hablaron de la violencia periódica contra ellos, con resignación, como si fuera parte de un destino inevitable, o el peaje por vivir en tierras de infieles... –Tiene una cicatriz, minúscula, en la barbilla, probablemente un accidente infantil, y restos de acné en la frente–. Yo sé bien qué significa ser parte de una minoría, porque pasé con mis padres varios años en los Estados Unidos y al principio mi inglés no era demasiado bueno, aunque si lo pienso bien fueron peores los años en la universidad, porque estudié en Brown, con una beca, por supuesto, y mi acento nunca me permitió integrarme del todo.

Pronto el mar Rojo es sustituido por llanuras blanquísimas y rocas grandes como montañas, que parecen paletas de pintura. Carbones, morados, cardenales, berenjenas, castaños, dorados, beiges, grises, platas, cenizas, blancos, puros o mezclados, en gradación pautada o en estética anarquía. El taxi se detiene en un control policial y después prosigue, dejando tras él una nube de polvo. Aunque aún no son las nueve y media de la mañana, ya han llegado cinco autocares de turismo y una docena de taxis y coches familiares.

Visitan el monasterio en silencio, muy atentos a los cipreses, a los paneles explicativos, a los iconos antiquísimos, a las sombras que proyectan las viejas vigas de madera y los gruesos muros en que el adobe se hibrida con la piedra, y a los monjes ortodoxos cuyas barbas excesivas aparecen de vez en cuando en una ventana, salen apresuradamente de una capilla, se alejan al fondo del jardín. Dos mil años de oración, estudio, arte, política y aislamiento. Este fue el único rincón del mundo cristiano donde no llegó la polémica iconoclasta. En un paso fronterizo como es la península del Sinaí, por donde cruzaron cientos de ejércitos durante cientos de años, el saqueo y la destrucción parecerían conclusiones inevitables; en cambio, fue protegido, una y otra vez, por líderes de todo cariz, tanto por Mahoma como por Napoleón. Es el único museo del mundo que expone iconos sin vacíos cronológicos, el único viaje de la historia espiritual de cuyos pasos no nos faltan huellas.

—Es un milagro –afirma Vincent.

—Como Machu Pichu o la Gran Muralla, o Lourdes, o Fátima, como todos los milagros ahora es sobre todo fuerza turística –dice Sandra, como si pudiera sintonizar con la frecuencia de parte de sus pensamientos de los últimos meses.

—Por aquí dicen que Moisés recibió de manos de Dios las Tablas de la Ley –comenta él señalando hacia el monte Sinaí, por cuya ladera sube una procesión de turistas.

—Sí, claro, y ya has visto la zarza que ardió –añade ella, con un deje de ironía–, un suvenir que sueña con ser una pieza única, como cada una de las astillas de la cruz de Cristo... No hay mayor timo que las reliquias... Hasta se conservan partes momificadas del prepucio de Nuestro Salvador.

Para dar un paseo por los alrededores tienen que subir por una de las laderas que, inclinadas, engullen la fortaleza religiosa. Desde las alturas parece de juguete, y los turistas se convierten en muñequitos tan bulliciosos como inofensivos. Más allá hay cabras encaramadas a peñascos y pastores que las vigilan con indolencia. También se cruzan con un camellero que les cobra un dólar por fotografiar a sus bestias tumbadas al sol, largas lenguas de jirafa, moscardones en la joroba, miradas que lastiman; pero después parece arrepentirse del peaje y les ofrece un té de menta acompañado de pan de pita y el mejor aceite de oliva que jamás hayan probado.

Un par de horas más tarde, mientras esperan la dorada a la brasa que han pedido en un chiringuito de playa, descubierto por el taxista, al fin llega el momento en que Sandra se decide a hablarle de Andreas. Porque su negativo ha latido durante toda la jornada, esperando el momento de revelarse en color. El discurso que ella ha ido articulando durante las últimas semanas ha situado la ornitología en el centro de su vida en común. Nunca fue fácil, le cuenta, compartir los fines de semana y las vacaciones con alguien obsesionado con los pájaros, con un coleccionista de avistamientos. Su cartilla de la Sociedad Ornitológica Internacional era para él mucho más importante que el álbum de fotos familiar o que su pasaporte. Eso sí, fue honesto desde el comienzo: se conocieron en un parque, en el momento en que él fotografiaba a un *falco peregrinus* extraviado; le enseñó la cartilla y le pidió su número de teléfono, por si en algún momento tenía que demostrar el avistamiento y pedirle que actuara como testigo. A ella le pareció una sofisticada e inverosímil excusa para ligar, pero meses más tarde descubrió en su escritorio una agenda con decenas de nombres de hombre y de mujer y decenas de números de teléfono, los testigos de sus hazañas zoológicas. Estaban en Frankfurt, a finales de los setenta, ella acababa de volver de Estados Unidos y se sentía dolorosamente sola. La seducción fue rápida y no necesitó de ninguna llamada telefónica: se reencontraron cuatro días más tarde por la calle y a la semana siguiente en una biblioteca pública. Ese tercer encuentro concluyó en una habitación de hotel. A partir de entonces sí que usó su número: eran citas fugaces y extrañas, cada vez en un hotel distinto y bajo el imperativo de distintos rituales. Uniforme colegial, gabardina sin nada debajo, cuero, uniforme de enfermera, pero ella siempre pensó que la fantasía que tuvieron que haber llevado a cabo, en aquellos primeros meses, cuando las fantasías todavía formaban parte de su sexualidad, era la de haber follado a través de una reja, que hubiera sido lo más parecido a haber follado a través de la jaula que siempre los separó.

–El viaje de boda tuvo lugar, mira qué casualidad –prosigue–, cuando ya había certificado el avistamiento de todas las especies autóctonas de Alemania y un ochenta por ciento de las europeas. Pasamos veinte días en Australia, alejados de las playas y de las ciudades, es decir, de los lugares que yo más deseaba visitar, recorriendo carreteras secundarias y montañas idénticas a las que había a dos horas de nuestra casa, para proseguir con su colección de aves. Con los años aprendimos, a fuerza de discusiones, a dividir el tiempo entre el turismo y el avistamiento, entre las playas caribeñas y los parques nacionales, entre los museos y los bosques, pero no fue fácil, nada fácil, mira que era obstinado, mi Andreas, ¿de dónde le vendría esa fijación? Había nacido en un barrio proletario de Múnich, no había sido *boy scout* ni nada parecido, era contable desde los veintiún años, pero, no sé, encontró esa vía de escape a tanta ciudad. Una vía de escape más sana, todo sea dicho, que disfrazar a desconocidas y follárselas en hoteles de mala muerte. A medida que fuimos acumulando países en cuatro continentes, una fantasía nada sexual fue creciendo en mí: la de aficionarme a la caza.

–¿Tú crees que todos hemos fantaseado en alguna ocasión con matar? –le pregunta Vincent aprovechando que ha llegado el pescado.

–Sí. Follar y matar deben de ser las fantasías humanas por excelencia. Afortunadamente, es mucho más común la primera que la segunda…

No le molesta esa palabra. ¿Será un efecto de su convivencia con jovencitos? Por primera vez adivina en su voz el coqueteo, aunque remoto, pese a que la mirada trate de desmentirlo. Cuando sus facciones se relajan, cuando no está a la defensiva, es una mujer atractiva, quince, veinte años atrás debía de ser realmente guapa. Dicen que en los campus yanquis reina la promiscuidad, seguramente no fue Andreas el único que hizo locuras con ella.

–Aunque te parezca mentira, no sé qué ocurrió en el Kruger –le confiesa Vincent–, quiero decir que no sé por qué se bajó del vehículo, no apareció en la prensa y nadie habló de eso en la sala de espera, aunque el único tema de conversación fuera el accidente.

–Es que no se lo conté a nadie, ni siquiera a la policía –le dice Sandra, mirándolo a los ojos, de nuevo tensa–, porque me daba vergüenza y porque no quería hacer leña del árbol caído. Lo cierto es que nuestro guía no nos dijo que nos parábamos a observar al leopardo, todos lo entendimos sin necesidad de que nos lo dijera, todos nos giramos hacia la derecha para verlo, pero sospecho que mi Andreas, que estaba obsesionado con avistar durante aquel tour siete especies sudafricanas, sobre todo el cálao trompetero y el pigargo vocinglero, tenía que verlas y que escucharlas, para él no importaban los grandes mamíferos, sino aquellos malditos pájaros, creyó que nos parábamos porque la carretera estaba cortada por los elefantes y descubrió uno de sus pájaros en las ramas del árbol más cercano y quiso fotografiarlo y perdió la cabeza. Y la vida. No era la primera vez que sufría un accidente, en 1984, en el centro de Brasil, durante una excursión que nos costó un ojo de la cara, se cayó por un barranco para conseguir fotografiar a uno de los últimos maracanás azules que quedaban en el mundo, se partió las dos piernas, a su guía y a él los tuvieron que rescatar en helicóptero, menos mal que yo me había quedado en un hotel de Ipanema, ah, y el año pasado se rompió el brazo en las islas Canarias, persiguiendo a un correlimos...

Como si se le hubiera acabado la gasolina de golpe, Sandra se sume en el silencio de un motor agotado. Vincent paga la cuenta y ambos callan hasta pocas millas antes de llegar a Dahab, cuando él le pregunta si le molesta que vuelva a hablarle de sus jóvenes amigos:

–En absoluto, has tenido mucha suerte de conocerlos, tienen todos los defectos de la juventud, pero se compensan con dos grandes virtudes: ser personas interesantes y ser personas generosas. Te han contagiado una gran energía, sin reparar en tu edad y, adivino por lo que cuentas, ignorando que a veces te comportas como un viejo cascarrabias. Eso es impagable.

Lo es, sin duda. Es lo que falta precisamente en su voz, en sus gestos, aunque sean decididos, esa chispa que te roba la pérdida y que vuelve muy lentamente, incluso si recurres a la química y a la terapia, muy lentamente, si es que consigue volver.

—Tienes razón, han sido dos auténticas baterías para mí, dos muletas en las que apoyarme, pero te confieso que me siento en deuda con ellos, llevo días dándole vueltas a ese asunto y diría que lo que me inquieta es la sensación de haberles estado regateando mis historias, porque ellos me han regalado las suyas, lo más íntimo que tenían, y yo en cambio, no sé cómo decirlo, no me he abierto lo suficiente. —Ha apoyado la sien en la palma de la mano, y el codo en la ventanilla—. Siento que no les di nada a cambio de esos regalos, porque en verdad no les conté la mía, mi historia, quiero decir, claro que les hablé del accidente, de cómo perdí a las personas que más amaba y necesitaba, pero esa historia, en los últimos tiempos, cómo decirlo, se ha devaluado, porque ha dejado de ser tabú. Además, es la historia que más veces me he contado a mí mismo. En cambio la otra…

—Estás consiguiendo intrigarme…

—En verdad es una tontería, parte de mi infancia, ya sabes, esa etapa de la vida que en realidad no se puede narrar, porque cuando la cuentas ya eres adulto y ya no tienes acceso a ella… Después de que mi madre nos abandonara, y eso tampoco se lo he contado a Jess y a George, no sé por qué, pero no lo he hecho, como mi padre trabajaba a destajo yo comencé a pasar muchas horas solo. No sé cómo ocurrió, pero de pronto me vi rodeado por varios amigos invisibles. Yo ya tenía como once años, no me correspondía ese tipo de fantasías, ese tipo de juegos, pero lo cierto es que se convirtieron en la compañía que yo necesitaba. Recuerdo sobre todo a Oso, mi viejo osito de peluche, que yo reconvertí en un asesino psicópata de mascotas de peluche, también estaban Lenny, mi hermano gemelo, y Telma, la rata de los consejos. Las conversaciones y aventuras con esos tres eran casi cotidianas, pero había más, muchos más, cada uno con su nombre, con su fisonomía, con su rol. Yo era consciente de que no podía ser descubierto, de modo que sólo charlaba y jugaba con ellos en casa, cuando estaba solo y nadie podía verme cuchichear con mis fantasmas.

El mar Rojo está particularmente azul y brillante esta tarde de enero.

–¿Y qué pasó con ellos?

–Justamente por eso les tendría que haber contado mi historia a los chicos: lo que pasó es que los masacré.

–¿Mataste a tus amigos invisibles?

–Dios mío, no sólo los maté, fue un auténtico exterminio. Un día, cuando estaba a punto de cumplir los trece, aparecieron de pronto en el patio del colegio. Era la primera vez que se mostraban en público. Estábamos jugando a fútbol, yo era el portero y ahí estaban, bajo el roble, tras la portería. Les dije que se fueran, pero no me hicieron caso. Eran al menos veinte. Disimulé, hice oídos sordos, pese a que me llamaban a voces, porque yo era consciente de que sólo podía oírles yo. Y cuando acabó el partido desenfundé mi ametralladora invisible y acabé con ellos.

–Contra el paredón... No sé si reír o llorar...

–Es una historia triste, tan triste que nunca la había contado, ni siquiera a mí mismo. Aquella noche me masturbé por primera vez.

Entre el Canyon y el Blue Hole nadie dice nada. Ha sido la primera inmersión real de ambos, han buceado por un cañón con paredes de arrecife, han rodeado el perímetro de un cráter, han visto una morena cebra de más de un metro de largo atacando a un cangrejo color carne; pero nadie dice nada. Ese silencio es mucho más elocuente que cualquier lenguaje. Han pasado cuatro días extraños en la carretera y en el Blue Hole Hotel, con su terraza al borde del agua como núcleo denso de sus palabras y de sus emociones, se han unido todo lo que era posible pero también se han separado durante esos cuatro días, y el traslado de hoy al auténtico Blue Hole, al accidente geográfico que da nombre al hotel, no sólo convierte la experiencia turística en una simulación, en una escuela, sino que los enfrenta con el original, la razón última de aquellas clases de submarinismo. Y lo hacen sin George. Jess y él, a solas, con Mohammed como testigo incómodo de la ruptura definitiva de aquel triángulo insostenible, incluso ridículo, que nació con un frenazo junto al canal de Suez.

Anoche, tras dejar a Sandra en un cibercafé y acordar que ella lo visitará el mes próximo en Londres, para seguir paseando y charlando una vez que él se haya desintoxicado de la adicción a sus jóvenes amigos, y después de una ducha demorada para borrar de su cuerpo el polvo, la arena del desierto, se encontró en la terraza la misma situación de la noche anterior, pero extremada. Adel besaba a Jess con gula en el rincón más alejado de la barra, acurrucados entre cojines, en un espectáculo dantesco, las velas oscurecían la blanquísima piel de ella e iluminaban la oscurísima piel de él, probablemente la hubiera vuelto a emborrachar, nunca sabes dónde acecha un monstruo, si es que los monstruos existen y toda esa teoría no es más que una estupidez magnificada por la repetición y la inercia, porque en realidad Adel no es más que un guapo donjuán de balneario y Jess tiene luces suficientes como para saber lo que hace con sus labios y con su piel pecosa y con su pelo y con sus senos y con su sexo. En esa noche clónica las velas incendiaban a intervalos de nuevo su cabellera rojísima. Y en la misma mesa de la noche anterior, George seguía jugando a ajedrez con su nuevo amigo, como si fuera la misma partida, una partida interminable que avanzaba con pasos diminutos, mientras esas dos inteligencias prometedoras iban haciendo encajar sus mecanismos. Por fortuna, anoche estaban tomando cerveza y picando de un plato de samosas mientras conversaban.

–O sea que dormimos para recordar... –decía George.

–No exactamente, dormimos para descansar, pero soñamos para seleccionar nuestros recuerdos... –matizó su compañero mientras movía un peón–. Es una realidad biológica, neurológica: la memoria no puede existir sin la ficción.

–Hace unos meses, en Camboya, viendo una obra de títeres, fijándome en aquellas bocas que no se movían apenas, que querían ser transparentes como el sedal, porque trataban que toda nuestra atención se centrara en los muñecos para que éstos cobraran vida, me di cuenta de que las memorias artificiales han convertido a los actores profesionales en el último reducto del recuerdo. –Sus ojos zigzagueaban por la cuadrícula–. Era muy común, en la época del drama isabelino, que unos piratas intelectuales llamados *memoriones*, en cuanto abandonaban el teatro, corrieran a casa a poner por escrito la obra, parece increíble, pero eran capaces de acordarse de todos los versos de una obra de Shakespeare con sólo acudir a una función. Su memoria era de algún modo el complemento de la memoria de los actores y, como en la de ellos, cada obra borraba parcialmente la anterior...

–Entonces –terció el otro– el actor ideal sería el que interpretara siempre el mismo papel, porque preservaría el recuerdo intacto de esa vida de ficción...

–O el que sólo interpretara un papel en toda su vida.

–Interesante.

–Interesante. –Sólo entonces reparó George en su presencia–. ¿Qué tal, Vincent, cómo ha ido en Santa Caterina?

–Un lugar fascinante, querido, no te lo puedes perder, nunca he visto tanta historia reconcentrada...

–No lo haré, no lo haré, de camino a la antigua Transjordania pasaré por ahí, seguro... Por cierto, te presento a Mario...

Se dieron un apretón de manos: nariz rapaz, grandes orejas, ojos afilados, muchos rizos. Vincent pidió una parrilla de carne para compartir y tres cervezas. Pronto asumió su condición de actor secundario, de testigo, porque no había duda de que George había encontrado un alma gemela: el único mochilero habido y por haber que también viajaba por el mundo con un baúl lleno de libros.

–Mario se compró el suyo en Grecia.

–Me sorprendió la gran cantidad de librerías que hay en Atenas... Sin darme cuenta me había comprado más libros de los que podía llevar en la mochila –le contó el muchacho, cuyo inglés perfecto no acababa de casar con su piel morena y sus rizos tan negros que sí podrían ser iraníes–, de modo que me fui a una tienda de anticuarios y compré un cajón de madera del siglo XIX, muy humilde, probablemente de un marinero o de alguien que había regresado de América después de unos años probando fortuna, restaurado y barato, mucho más barato que el de George, de hecho, aunque lo pagara en euros.

Para Mario no ha existido Ahmed, no ha sido necesaria la intermediación de la máscara.

–¿De qué parte de los Estados eres, hijo? –Antes de que George frunciera el ceño Vincent ya se había arrepentido de la palabra *hijo*.

–De Chicago, señor –durante dos segundos seguramente pensó que esa no era la respuesta adecuada, porque añadió–, pero mi abuelo era español, soy lo que allí llaman un *latino*, aunque mi genética sea totalmente europea.

–También los europeos son una mezcla abigarrada –intervino George–, pero eso díselo a esos tejanos obtusos y al presidente que han encumbrado, blancos, cristianos y con la pistola al cinto... Jaque.

El cordero está estupendo, pensó Vincent mientras constataba la ausencia de luna, otra pérdida que sumar a las de las últimas veinticuatro horas. Le hubiera gustado acompañarlo de un buen vino tinto, pero a la hora de pedir le pareció inadecuado imponerles una bebida mucho más cara o una invitación que, como aquel *hijo*, hubiera estado fuera de lugar.

–¿Sabíais que la cerveza se inventó aquí, en Egipto? –les preguntó Mario–. Bueno, en realidad, no es seguro que fuera aquí exactamente, pero sí en esta región, nació al mismo tiempo que el pan.

–*Pan y cerveza* me suena mucho mejor que *pan y circo* –dijo George.

–Yo iba mucho al circo –recordó Mario–, de todos los personajes, mi favorito era el mago, con su sombrero de copa y sus sables y sus palomas y sus pañuelos de colores, siempre lo preferí al payaso, al equilibrista, al domador de leones, a las acróbatas, al elefante…

Hablan sin mirarse, como si las palabras estuvieran a ras de la madera y se escondieran bajo la base aterciopelada de las piezas y se fueran trenzando entre los alfiles y los caballos y crearan cenefas que se superpusieran a las casillas blancas y negras, un lenguaje simultáneo al de la combinación de números y letras.

–Un mes antes del *Mardi Gras* llegaba cada año a la ciudad El Gran Circo de los Cinco Continentes, yo iba siempre con mis padres, me maravillaba aquella sucesión de cuerpos, porque cada destello, cada vuelta de tuerca, se encarnaba en un cuerpo. A los doce años, en clase de música, me di cuenta de que el espectáculo del circo operaba como un *crescendo*, al año siguiente, durante la actuación del mago vi con claridad que ésa era la estructura de los cuentos, introducción, desaparición, reaparición, y a los catorce todo se terminó, porque pasé por la carpa un día por la mañana, después de clase, y vi a todos aquellos actores y actrices sin maquillaje y sin trajes, fumando, insultándose, gruñendo. Sin la nariz roja ni la peluca, con unos tejanos gastados y una camiseta de tirantes, el payaso era un gordo sin glamour, un impostor...

Si no estuviera Mario, Vincent le hubiera contado entonces la historia de sus amigos invisibles, hubiera sido su regalo de despedida; pero prosiguió en silencio.

–Un precedente de Krusty el payaso... La magia es la esencia del circo, porque su lógica de las apariencias recubre todos los espectáculos.

–La magia es la esencia de cualquier relato, cuidado con ese peón, que lo vas a dejar demasiado aislado...

–Gracias, querido –dijo Mario y Vincent sintió una vez más la perra fiel.

–El personal de un circo está conformado por personas de carne y hueso, pero los personajes de un circo son seres ficticios, eso es algo que un niño no puede comprender...

–Bien visto, en efecto, los niños viven en un mundo en que todavía no hay límites entre la imaginación y la realidad. Hacerse adulto significa desterrar de tu vida cotidiana a la imaginación, volverte meramente factual.

–La culpa es de las fantasías sexuales.

–Eso es hacerse mayor: pasar de imaginar todo tipo de criaturas a centrarnos sólo en gente desnuda y sudorosa.

Vincent estaba fuera de lugar, pero no había huida posible. Jess había desaparecido con su musculoso amante.

Mohammed tenía una familia. Buscar a Sandra a aquellas horas podría haber sido malinterpretado por ella y podría haber conducido sobre todo a un largo monólogo sobre su difunto Andreas. Ni siquiera había música en directo, una excusa para apostarse en la barra y trabar conversación con algún desconocido. De modo que siguió escuchando. Quién sabe cuántas cervezas se habían bebido ya.

–Tú y yo tenemos que hacer algo sobre eso, sobre qué queda de la máscara del payaso, del domador, de cualquier actor después de habérsela quitado, hasta qué punto un personaje sobrevive o muere cuando deja de ser interpretado, es decir, cuando dejamos de leerlo o cuando se va borrando de la memoria del actor que lo interpretó.

–Sobre los libros abiertos y los libros cerrados, los vivos y los muertos.

–Sobre nuestros abuelos.

–Sobre la magia.

–Eso, joder, sobre la magia.

–Tenemos que escribir una novela.

–No, mejor hacemos una película.

–No, un proyecto multimedia, tenemos que hacer un proyecto multimedia, brindo por ello.

–Yo también brindo por ello.

–¿Y qué tal si hacemos una serie de televisión?

–No, eso no.

–Bueno, ya lo veremos, lo que importa es que tomemos notas...

–El concepto, lo que importa es el concepto...

–Y que ese concepto sea real...

En algún momento Vincent se quedó dormido. Recuerda pasajes confusos, voces en medio de la niebla. Guy Debord estaba equivocado: el arte sólo puede practicarse desde dentro del arte, hay que infiltrarse en él, como un terrorista, como un topo, para llevar a cabo la obra, pero lo realmente artístico es dejarla atrás, abandonarla a su suerte, recordarla con dolor, como un trauma. Sentía frío, pero no se decidía a dejar los cojines e irse a la cama. Tiene que ser un éxito, el arte casi siempre habla del fracaso, nosotros hablaremos del éxito, porque ya lo dijo Picasso: el artista necesita el éxito, y sobre todo el arte necesita el éxito, el éxito, repite conmigo: el éxito, el éxito, el éxito. De vez en cuando llegaban palabras a sus oídos: péndulo, orificio, magia, espectáculo, cine total, televisión, isla desierta. No seremos padres, porque tener hijos es de mediocres, nos entregaremos en cuerpo y alma al arte. Al Arte, con mayúscula, no, con mayúsculas, joder, al ARTE. Cuando al fin, trémulo, Vincent se despertó por completo, se encontró con los jugadores de ajedrez completamente borrachos en la terraza desierta y sin más luz que la de una última vela al borde de la extinción. Dos voces en la noche sin luna:

–Por cierto, ¿cómo te apellidas?

–Alvares, Mario Alvares, ¿y tú?

–Yo, joder, yo me llamo George Bush, ni más ni menos, ¿te lo puedes creer? Como esa pandilla de asesinos corporativos en pantalones tejanos y con sombreros de ala ancha y el revólver al cinto y tres neuronas rebotando en el cerebro… Por cierto, encantado de conocerte.

–Encantado de conocerte, encantado, y no te preocupes por ese problemilla, que yo te lo arreglo rápidamente: ¿cuál era el apellido de tu madre?

–¿Y eso qué importa?

–Joder, pues claro que importa, responde…

–Carrington.

–Pues hacemos como en España, pero al revés, aunque no te lo creas, la gente allí tiene dos apellidos, primero el de su padre y después el de su madre, y es totalmente legal invertir el orden, así que yo te bautizo George Carrington…

—Encantado de conocerte.

—Encantado, encantado.

—Ah, Vincent, te has despertado —le dijo George, borracho como una cuba—. Dame un abrazo, Vincent, dame un abrazo, te quiero, amigo. Algún día oirás hablar de nosotros, de Mario Alvares y de George Carrington, algún día mi padre, mi hermano y tú os sentiréis orgullosos de mí, orgullosos de algo que hice yo… Pero ahora dime, querido, dime, ¿quién es Lenny? Has dicho su nombre, varias veces, en sueños…

Ahí estaba ese nombre, «Lenny», escrito en mayúsculas sobre un mapa de Oriente Próximo, junto con otros, «Jessica», «El Terrorista», «Roy», «Selena», «Tony», y un sinfín de palabras más. Sólo una se repetía, encima de la península del Sinaí: «Los Vivos, Los Vivos, Los Vivos».

Cuando se retiró a descansar algunas horas supo que George no aparecería, que el submarinismo ya había dejado de tener interés para él, porque llevaba toda la vida buscando un amigo, un amigo de verdad, alguien que reemplazara a su hermano perdido, y al fin lo había encontrado.

Llegan a la pequeña playa del Blue Hole cuando todavía no han pasado las dos horas que tienen que separar ambas inmersiones, para que sus cuerpos hayan sido capaces de eliminar el exceso de nitrógeno, así que Mohammed los invita a acomodarse en los grandes cojines de colores terrosos del restaurante Jacques Cousteau y les pide que aprovechen esos minutos para almorzar. Lo hacen en silencio. Humus, tomate, pepino y pan de pita. De algún modo tanto Jess como George lo han traicionado, ella con Adel, él con Mario; lo han abandonado justamente en el momento en que la última semana tenía que cobrar su máximo sentido. Una taza de té. Pero no siente rencor, sólo una decepción muy leve, que se irá pronto.

–Vincent. –La voz de la chica lo saca de su ensimismamiento, se encuentra con su mirada limpia, con sus simpáticas pecas, y se estremece.

–Dime, Jess…

–Nada importante…

No hay tiempo para palabras, el monitor les urge a que se pongan el equipo, tal vez después, en el jeep, puedan seguir conversando. De nuevo serán pareja, compañeros durante la inmersión. Entre las rocas, los tubos y las aletas de un matrimonio con sus tres hijos dan vueltas, incansables.

–Ahí se encuentra la boca del pozo –les explica Mohammed–, y es un buen lugar para ver pececitos de colores, pero lo increíble está al otro lado. Y también lo peligroso. Recordad que es el punto más siniestro del mar Rojo, casi cien submarinistas han muerto aquí, tenemos que ir con mucho cuidado.

¿Cien víctimas mortales? ¿Pozo? ¿Ha entendido bien? Nadie le ha explicado que hay que meterse en un pozo. Agujero azul, piensa Vincent, y por primera vez desde que llegaron al hotel se fija en el significado de cada una de esas dos palabras. Se va a meter en un agujero, en un pozo, constata al tiempo que el agua tiñe de nuevo los pantalones de neopreno y una niña de no más de seis años se aparta a su paso y Jess desaparece y el monitor le hace la señal de avance y se pone las gafas y toma aire, en un agujero, en un pozo, se repite, cuando ya está descendiendo, a plomo, preocupado por igualar la presión de los oídos y por no golpear con las aletas verticales a Jess, dos o tres metros por debajo, difuminada por la oscuridad acuciante, en caída recta amortiguada por el agua, sintiendo cómo la bombona tropieza en los salientes, marcando el compás en que el aire y el sol se vuelven memoria del aire solar, el metal contra los salientes del túnel, porque es un túnel, un agujero con salida, no un pozo, y ahí está Jess, esperándolo.

El descenso ha sido un paréntesis, concentrado como ha estado en las dificultades técnicas de esos veintisiete metros ariscos, por los que sólo puede bajarse de uno en uno, como por la barra de los bomberos o la escotilla de un submarino. Pero ahora, estabilizada su posición gracias a un aleteo impetuoso que ha durado casi diez segundos, frente al arrecife inmenso, el paréntesis se cierra y Vincent percibe el lugar donde se encuentra. Lo sublime. ¿Alguno de los miles de seres humanos que durante años estudió en el aeropuerto se dirigía hacia El Cairo, el mar Rojo, el Agujero Azul? ¿Cómo pudo estar convencido durante tanto tiempo de que podría interpretar al ser humano sin conocer antes la vastedad del mundo en que los seres humanos, nunca uno, siempre múltiples, se realizan y son?

Miles de veces a lo largo de su vida, está seguro de ello, evocará estos minutos. Se vuelve y ve la Nada. La Nada es Azul. El Azul es el Cosmos. Él es de pronto un astronauta flotando en el éter o en un universo de dimensión única, donde lo profundo, lo extenso o lo antiguo no tienen posibilidad de ser medidos. El pánico lo atenaza. Se confunde con el placer extremo. Sus ojos no pueden digerir el infinito y su belleza. Respira con agitación, consumiendo demasiado oxígeno. Lo reboza el exceso de burbujas. Se vuelve de nuevo, regresa con el cuerpo y su mirada al arrecife, a la solidez de la roca, enfrentada a la volátil inexistencia del azul ilimitado. Es una plataforma irregular, amorfa, monstruosa, cuyos límites tampoco se adivinan. El agua se acaba ahí arriba, a veintiocho metros y medio, pero no es posible identificar ninguna otra frontera. Busca a Mohammed para neutralizar el vértigo, o al menos para aliviarlo, y ahí está, como siempre, suspendido, superior, un dios amable que le pregunta con los dedos: ¿okey? Sí, le responde Vincent, al tiempo que normaliza su respiración en la medida de sus posibilidades, mira el nivel de oxígeno, corrobora la profundidad y descubre a Jess, radiante.

Sus ojos condensan la galaxia azul.

¿Okey?, le pregunta Vincent, okey, responde ella.

Sólo entonces se revelan las anémonas burbujas, los corales cueros y los corales árboles y los corales poro lobulado, los peces lagarto de arena, un pez cardenal tigre, los peces mariposa, las estrellas, las esponjas, esa langosta, los peces ángeles y los peces payaso, las almejas gigantes, las algas que se alargan como cabelleras, el pez escorpión y el pez globo enmascarado y ese pulpo que súbitamente se contrae y se confunde con la roca. Jess y Vincent avanzan uno al lado del otro, hija y padre, esposa y esposo, sus miradas son un péndulo que va del arrecife plagado de vida al vacío azul que es la muerte. Mohammed los guía. Vincent ve un pez espada. El plomo del cinturón y la bombona de la espalda son más livianos que nunca. Imagina, en el fondo cuya existencia no puede corroborar, una gran estructura, un barco hundido, tal vez los restos de un avión, sin duda un naufragio. Ve los ojos de Jess, tras las gafas, dos batiscafos de luz submarina. Piensa que lo más parecido que puede existir a Dios es esto, que Dios está aquí, ahí, abajo, por todos lados, Azul, dormido desde que abandonó a sus hijos al destino de sus accidentes. Jess es un ángel, un ángel con cuerpo de mujer, pura luz sinuosa, un ángel femenino. Expulsa aire, porque se siente demasiado ligero, vaciado del peso del pasado. Ve lo infinito. O no. No está seguro de qué está viendo. Ni sintiendo.

¿Okey?, le pregunta Mohammed, y responde que sí por inercia, pero no está seguro. No. No lo está.

Sin darse cuenta se ha situado encima de Jess, nadando a un metro de su cuerpo de hija, de esposa, de madre, de amante, de amiga que aguarda el momento de pedirle perdón. No lo hagas, hija, soy un actor que ya olvidó su último papel, el perfil de tu ofensa. La mujer de la multitud también fue un día joven y hermosa. El avión hecho pedazos y su caja negra y un anillo circular como un grano de arena están ahí abajo, muy lejos, junto al Dios dormido. Las burbujas de Jess ascienden hacia Vincent. Él comienza a respirar su aire. Su alma. Su amistad. Su ser angelical, inmaculado pese a las garras de Adel, tan limpio, como el pan que horneaba su madre los domingos, pan blanco, inmaculado. Con el plástico de las gafas, con cada uno de los poros del traje de neopreno, con cada centímetro de las aletas, él hace suyo el aire de ella, lo absorbe, lo incorpora, como si esas burbujas formaran una única burbuja, capaz de contenerlo y aislarlo del resto del mar. Una esfera mística que lo contiene, que los contiene. Un globo de feria remota, de feria de infancia. Una gran burbuja que flota. Que lo eleva. Que se eleva, quince, no puede creerlo, tan liviano como una esponja, once, como un globo, ocho, como una mandorla, cinco, como un ángel, sí, exactamente, como un ángel.

Como un ángel, levanta los brazos y siente el aire y el sol en las manos y su luz en los ojos, ha perdido el cinturón con el plomo y el mundo se funde en negro.

La primera vez dura apenas un minuto:

–... lo más extraño era ir a la tienda de golosinas, con un dólar en el bolsillo, mirar uno por uno todos aquellos frascos de caramelos y chocolatinas, decidir qué era lo que quería y cuando el vendedor me preguntaba, quedarme muda, ser incapaz de pronunciar palabra alguna en aquel idioma ajeno...

Un tiempo indefinido más tarde, el oído se activa al menos nueve o diez minutos, durante la mayor parte de los cuales sólo registra el silencio y un pitido periódico, y al final la misma voz, que alcanza a decirle:

−… Vas a estar bien, pronto, muy pronto, ten paciencia, despertarás cuando tengas que hacerlo y tu cerebro se habrá recuperado del todo y podrás volver a Londres y retomar tu vida tras todas las aventuras de este viaje…

Segundos o días más tarde recupera la conciencia por tercera vez. Incapaz de moverse, la voz, aquella voz familiar, levemente germánica, entra de nuevo por sus oídos, esta vez nocturna, sin esperanza:

−… Abrí la puerta sin mirar antes por la mirilla ni preguntar quién era, segura de que Andreas se habría olvidado de nuevo las llaves, pero no era él, sino un hombre uniformado, con una gorra azul y una maleta metálica, de esas que llevan los técnicos, ya sabes, llenas de herramientas, me dijo que venía a revisar la instalación del gas y yo le dejé pasar, sin pedirle identificación alguna, atraída para ser sincera por su aspecto de inmigrante turco y sus grandes manos de artesano, mi Andreas estaba a punto de llegar y yo me permití la libertad de ofrecerle a aquel hombre una cerveza, supongo que en el modo en que lo miré, y juro que era la primera vez en mi vida de casada que me permitía el más mínimo flirteo con un desconocido, él quiso ver mucho más de lo que yo le mostraba, porque me dijo que no quería una cerveza, que me quería beber a mí, eso dijo, quiero beberte, o voy a beberte, algo así, y me cogió por las muñecas, mi error fue no rebelarme enseguida contra ese gesto, quizá porque no me acababa de creer lo que me estaba pasando, quizá porque pensé que me lo merecía, no sé, de pronto yo estaba de espaldas contra la lavadora, él me tapaba la boca con una mano, como si yo fuera capaz de gritar, mientras con la otra me bajaba los pantalones y las bragas y no paraba de frotar su polla, su polla ilegal y negra, su polla circuncidada, su polla que todavía imagino con un halo morado en la punta del prepucio, su polla de pirata turco, contra mis nalgas, clavándome en la piel el botón y la cremallera, la rugosidad de sus pantalones tejanos, que pronto se bajó, para castigar-me, eso lo tengo claro, para castigarme por toda una vida de fantasías contradictorias, por aquel matrimonio con un hombre que no pudo dejarme embarazada porque dedicaba más deseo a sus pájaros que a mi cuerpo, un hombre que sentía más placer encaramándose a un árbol que escurrién-dose entre mis piernas, me lo merezco, recuerdo que pensé, una mano en mi boca, pese a que yo no emitiera sonido al-guno, la otra en mi cadera, su polla ya desnuda, buscando torpemente el camino... Y entonces yo separé mis piernas. No me lo puedo creer todavía, pero eso hice, abrirme de piernas. Su prepucio morado, espero que no puedas oírme, Vincent, no sé por qué te cuento todo esto, supongo que me lo estoy contando a mí misma, aunque lo haga en inglés, si me estás escuchando, parpadea, por favor, aprieta mi mano, ¿no? ¿Seguro? Esto es absurdo, todos estos días aquí, repi-tiendo el castigo que ya cumplí en Sudáfrica. El halo morado de su prepucio, quién sabe cuándo aprendí esa palabra, pre-pucio, ni los años que hacía que no la pronunciaba, o no, el otro día, en el monasterio, la polla de Cristo Nuestro Señor, estoy desvariando, su polla turca, decía, fue rodeada por los pelos mojados de mi coño, porque estaba mojada, y tanto que lo estaba, mojadísima. Pero enseguida salió de mí. Yo me estremecí como una ninfómana. A punto estuve de vol-verme y abofetearlo. O de gritar que me estaban violando. Pero no hice nada de eso, porque el timbre había sonado y el técnico ya se había subido los pantalones y ya estaba salien-do por la puerta con su maleta metálica cargada de herra-mientas inútiles. Era Andreas, que me esperaba abajo. Bajé los tres pisos a toda prisa, viendo por los resquicios de las escaleras la figura del técnico, que se largaba. Le diré a mi Andreas que lo detenga, pensé, que le parta la cara a ese ca-brón. Pero tú lo deseabas, pensé también, hace años que sueñas con ser infiel y ésa era la única forma, cobarde, pen-

655

sé. Sí, Vincent, soy una puta, una puta sucia, puta, puta, más que puta, espero que no me estés escuchando. Pero cuando al fin llegué a la planta baja el turco ya había desaparecido. Y lo peor no fue eso. Lo peor es que en ese preciso momento Andreas le abría la puerta a una vecina de veinte años, que acababa de salir del ascensor, y convencido de que nadie lo veía le miraba el culo con una lascivia que yo nunca hubiera imaginado en él, no, mejor dicho, que ya no recordaba en él, porque era la lascivia de nuestras primeras citas, de cuando yo aparecía disfrazada en un nuevo hotel, una mirada cárnica, una mirada sólida, como un baño de fango, como si ella tuviera los pantalones bajados, como yo misma los había tenido un minuto antes, y sus ojos fueran dos bistecs sangrientos bajando por sus nalgas. Oh, cariño, aquí estás, me dijo Andreas, como si nada malo hubiera pasado, como si la humedad de mi coño y la humedad de sus ojos no fueran la misma humedad, tenemos el tiempo justo para coger las maletas e irnos al aeropuerto, mañana nos despertaremos en Sudáfrica, no veo el momento de cazar con mi teleobjetivo a un pigargo vocinglero.

En las dos ocasiones siguientes sólo escucha el vacío y el pitido, el pitido y el vacío, resonando en su cráneo como una pelota amarilla en una pista de tenis, y alguna voz lejana, podría ser de una enfermera, o de Sandra cuchicheando con alguien más allá del umbral, tal vez George, piensa, tal vez Jess o Mohammed, que han venido a visitarlo, porque esos nombres y sus caras correspondientes están ahí, en la misma pista vacía o el mismo tablero de ajedrez donde resuenan el vacío y el pitido, uno constante, el otro periódico.

La sexta vez en que recupere la conciencia será la última, cuando ella termine de hablar, él apretará con fuerza su mano y todo habrá terminado:

–Lo está haciendo perfectamente, señora –dice una voz masculina, muy grave, en un inglés aproximado.

–Gracias, doctor, de acuerdo, le humedeceré los labios como usted me ha dicho, hasta luego... Era el doctor Ben Saleh, es muy amable, ya lo conocerás cuando te despiertes... ¿Y ahora qué te cuento? Durante estas semanas no he parado de hablar y de leerte las revistas en inglés que he podido comprar o que me han traído tus visitas, porque has tenido visitas, Jess y George se quedaron casi una semana en la ciudad, hasta que vieron que no podían hacer nada por ayudarte y siguieron viajando, me llaman cada tres o cuatro días, yo no tengo e-mail, tendría que abrirme una cuenta, pero no, todavía no me he decidido, Mohammed viene también a menudo, el otro día lo hizo con su esposa y con sus hijos, quería presentártelos, se siente culpable, aunque sabe que no fue culpa suya, que fuiste tú quien a causa de la narcosis cometiste la locura de quitarte el cinturón, pero igualmente, bueno, ya te lo he contado muchas veces. Me repito... La única forma de no repetirme es que te cuente mi última historia, la única que no te he contado, porque durante estos días me he vaciado de todas las historias que me constituían, una por una, las mejores y las peores, las que me hacen parecer una heroína y las que me convierten en un saco de mierda, espero que si has oído alguna, sea una en la que salga favorecida... La última, la peor, espero que después de ésta te despiertes, porque no sé qué más contarte... Esta historia, bueno, es la central, no es la que explica las otras, pero sí, cómo decirlo, la que las organiza... Ya te conté que siempre me sentí desplazada en Estados Unidos, pero en Brown fue peor, mucho peor. Durante los seis primeros meses no conocí a nadie, y mi compañera de habitación resultó ser casi autista, de modo que imagina qué panorama. Un viernes por la noche me arreglé, me puse mi mejor vestido, me maquillé como una zorra, y salí a la calle. No tenía a nadie con quien quedar, pero no podía pasar ningún otro fin de semana encerrada en la habitación o en la biblio-

657

teca sin hablar con otro ser humano. Al pasar por la puerta de la hermandad Alfa Epsilon Pi, un rubio me cogió por el brazo y me llevó adentro. Bienvenida al Resort del Placer, aquí lo tienes todo incluido, me dijo mientras me ponía una pulsera fluorescente, idéntica a la suya, aquí lo tienes todo incluido y también nosotros lo tenemos todo incluido. Muchas veces me he arrepentido de haber cruzado aquel umbral, te lo juro, Vincent, pero no tenía otra opción, era eso o la nada, la depresión, yo qué sé, no tardaron en emborracharme y en drogarme, yo era totalmente consciente de que me estaban emborrachando y drogando, el rubio, su amigo indio y el gordo, el rubio era bastante guapo, pero los otros dos eran unos tipos repugnantes, pero allí estaba yo, bebiendo y riendo, feliz en mi miseria, en algún momento fui al lavabo, después perdí la conciencia, me desperté a la mañana siguiente, en un sofá, rodeada de borrachos, casi todos hombres, ni rastro de aquellos tres. Al volver a la residencia, en la ducha, no descubrí rastro alguno de ellos. Volví el sábado siguiente y todo fue igual, aunque sé que antes de quedarme dormida besé al rubio y que el gordo me tocó las tetas. Bueno, no las tocó, las palpó, vosotros tenéis ese verbo, toquetear, ese verbo guarro, eso es lo que hizo, toquetearme las tetas, por encima de la camiseta y por debajo, también. Casi a mediodía, el domingo siguiente, en la ducha, vi un rasguño en mi muslo, pero no le di importancia. Estaba todo incluido. Las semanas se convirtieron en meros trámites para aguardar la llegada del sábado por la noche. Pero los domingos comenzaron a ser cada vez más duros: una uña rota, un día, la marca de un mordisco en el pecho, otro día, y finalmente mi ropa interior puesta del revés. Todo incluido, suena tan raro en vuestro idioma, todo incluido, todo, todo incluido... –Entonces se acaba su inglés, deja de traducirse y dice lo mismo en alemán y sigue hablando en alemán, una lengua que mana como de un grifo, un alemán que él no comprende, pero que suena mucho más dulce de lo que había imaginado.

Cuando Sandra empieza a llorar y sigue hablando, llorando y hablando, sin que sea posible delimitar dónde acaba el llanto y comienza la palabra, Vincent aprieta su mano y todo termina.

–No sigas –le dice, en un hilo de voz–, no más dolor, ya te has vaciado...

La mujer se derrumba en un llanto total, que aniquila cualquier posibilidad de lenguaje.

Llora durante mucho tiempo.

Al fin calla. Permanecen en silencio diez, veinte minutos, la cabeza de ella sobre la sábana, en el pecho de él cubierto de vello rizado, también blanco, sus manos entrelazadas. El doctor y la enfermera los encuentran así y no ocultan la alegría en sus rostros. Tras la revisión, vuelven a quedarse a solas.

–No he entendido del todo lo que me decía...

–Ya te acostumbrarás a su pronunciación... Te ha explicado que te dieron oxígeno puro, por la narcosis, y en cuanto llegaste al Centro de Medicina Hiperbárica de Sharm el Sheik, donde estamos, te mantuvieron cinco horas en la cámara. Te hicieron resonancias magnéticas y tomografías, no tienes ninguna lesión cerebral. Había que esperar a que salieras del coma de forma natural. De eso hace veintitrés días. Hoy es 31 de enero de 2001.

–Tienes que llamar a Mallory, decirle que estoy bien.

–No te preocupes, me llama cada mañana y cada noche. Vino a verte. Pasó cinco días aquí, conmigo, se ocupó de todas las cuestiones prácticas. Decidimos conjuntamente no trasladarte a Londres a no ser que fuera imprescindible, evitar la presión propia de un vuelo, y veo que hicimos bien.

Decide quedarse en el hospital hasta que haya hablado con Jess, con George y con Mohammed, de quienes no tiene números de teléfono con que contactarles. George lo llama en cuanto recibe el e-mail, consigue hacerle reír con sus peripecias por la antigua Transjordania, ese territorio bíblico que dejó de existir hace siglos, si es que alguna vez existió, y que tal vez sólo sea importante para él, para lo que él está construyendo. No sabe nada de la chica, no se intercambiaron las direcciones de e-mail, pero sí que se escribe a diario con Mario, con quien ha quedado en Nueva York el próximo 15 de septiembre, para comenzar a trabajar en serio en el proyecto de *Los vivos*, hay un taller de escritura cinematográfica que nos interesa, en la librería Shakespeare and Company de París, durante las próximas Navidades, es posible que también vayamos juntos... ¿Qué te parece el nombre, Vincent, *Los vivos*? Va a ser algo grande, le dice, algo sin precedentes, tan grande que después lo dejaremos todo y nos retiraremos a una isla desierta.

Casualmente, la tarde en que aparece el monitor, quien por primera vez no parece un héroe o un dios de bronce a sus ojos, eufórico por su recuperación y aún apenado por no haber sabido detectar que no estaba preparado para una inmersión profesional, le llama Jess desde Barcelona, donde está pasando una semana de discotecas y museos antes de volver a casa. Le pide perdón.

–¿Por qué?

–Por no haber entendido que George y tú, durante esos días, teníais que ser los únicos hombres de mi vida. Soy lo peor, la típica niña mimada que lo quiere tener todo y que se equivoca con sus elecciones...

–No, querida, hiciste bien, hiciste lo que creías en aquel momento que tenías que hacer, lo que te pedían tu cuerpo y tu mente, sin esa parte final no hubiera sido redonda tu experiencia. Cuando ya esté en casa, me gustaría mucho que vinierais a verme tus padres y tú, un día, organizaría una barbacoa, veríamos fotos nuestras, ya sabes, disfrazados de buzos… ¿Qué te parece?

Recibe el alta del hospital a las ocho de la mañana del día siguiente. Dos horas y media más tarde Sandra y él se encuentran en el aeropuerto de El Cairo. Mientras tratan de interpretar esas entrañas, esos amasijos de huellas dactilares o laberintos amorfos que se forman en el poso del café, Vincent le cuenta a Sandra que ha decidido crear una fundación de ayuda a jóvenes creadores y que está decidido a aportar mucho dinero para que *Los vivos*, o como se titule cualquier otro proyecto que salga de las mentes de Mario Alvares y de George Bush o Carrington o como decida llamarse, se haga realidad, porque ahora sólo son unos críos, pero tienen un endiablado talento y es muy posible que algún día hagan algo memorable, y porque él quiere que sean libres y porque la libertad sólo te la asegura el dinero.

—Si es necesario, les compraré su isla desierta.

A las tres parte el avión de British Airways que aterriza en Heathrow dos horas y cuarenta minutos más tarde. Frente a la vidriera de The Red Baron, ante la mesa de siempre, que en este momento ocupa un hombre joven que habla por teléfono, recuerda intensamente una escena de su infancia que había olvidado. Su madre entra en su habitación de madrugada, con el abrigo puesto, el bolso colgado del hombro y un pañuelo en la cabeza, lo despierta, te quiero mucho, hijo, no lo olvides, le da tres besos, lo abraza con violencia, le repite que le quiere, que siempre le querrá. En el umbral se lo repite por última vez. Es incapaz de interpretar qué está ocurriendo, pero su corazón le dice que es un momento importante y duda sobre si debe o no levantarse, suplicarle, perseguirla. Pero no se mueve de la cama. La imagen de sí mismo paralizado por la indecisión se congela como una fotografía color sepia. No es tan ingenuo como para pensar que ésa es la clave que lo explica todo, porque las claves siempre son la suma de muchas claves y de muchas historias, secretamente complementarias. Espera que lo asalte la vergüenza que siempre ha acompañado a esos recuerdos, pero no llega. Ya le contará esa historia a Sandra, otro día, cualquier día, después de haberle contado la historia de la anciana, la increíble, la fantástica historia de la anciana andariega y antediluviana, durante un paseo por los prados de la finca o en un restaurante de Londres o de Frankfurt o de Honolulú, cenando, tienen tiempo, todo el tiempo del mundo por delante.

–¡Señor Van der Roy! –exclama Albert desde la barra, y enseguida llega con su americana y su cartera en las manos.

–Muchas gracias, querido, prometo visitarte cada vez que venga a Heathrow, echo de menos tus vinos y tus pescados…

De camino hacia la salida, Vincent coloca con suavidad su chaqueta olvidada sobre los hombros de Sandra, que se estremece mientras le da las gracias. Sin prisa, como títulos de crédito, los dos ascienden por las escaleras mecánicas y desaparecen finalmente, de espaldas al pasado.

En septiembre de 2015, Fox Television Broadcasting anunció el estreno de *City of Machines and Shadows*, el *spin-off* de *The Dead* (Fox: 2010-2011). En realidad, por motivos legales especificados en las cláusulas del contrato que firmaron en su momento George Carrington y Mario Alvares, creadores de la célebre teleserie, ni la publicidad ni los títulos de crédito reprodujeron esa información; pero los fans y el resto de televidentes enseguida entendieron que se trataba de una precuela de *Los muertos*. Ambientada un siglo antes, narra las aventuras de un nuevo (o recién llegado) cuya identidad está dividida entre dos nombres, Dioniso y Apolo. Los orígenes de la moderna Nueva York y de Estados Unidos, a finales del siglo XIX, dan lugar a la topografía donde, más de cien años después, los personajes de *Los muertos* se verán inmersos en una conspiración urdida por la CIA y en una batalla sin cuartel entre Michael Corleone y Tony Soprano. Si en la obra original imperaba la atmósfera cyberpunk, en la precuela nos encontramos con un híbrido de *steampunk* y western. Hubo rumores sobre la participación indirecta de Carrington y Alvares en la miniserie, cuando se descubrió que Rebeca Williams, su guionista, mantuvo una larga relación sentimental con Carrington. Pero desde la isla del océano Pacífico en que residen, junto con el resto de los actores y técnicos del rodaje de *Los muertos*, los amigos y creadores televisivos negaron su implicación en el proyecto de *Ciudad de máquinas y sombras*, cuyos dos capítulos de 75 minutos, por motivos claramente comerciales, en España y América Latina fueron titulados *Los difuntos*. A continuación reproducimos la adaptación literaria, una creación colectiva llevada a cabo en el taller de escritura creativa «Escribiendo la pantalla», que tuvo lugar en la Universidad Javeriana de Bogotá en julio de 2016, bajo la coordinación del escritor Jorge Carrión.

LOS DIFUNTOS

Hemos de tener una nueva mitología: esta mitología tiene que estar, empero, al servicio de las ideas, tiene que devenir mitología de la razón. En tanto que les demos un sentido estético, esto es, mitológico, las ideas no tendrán interés alguno para el pueblo y a la inversa; en tanto que la mitología no sea razonable, deberá el filósofo avergonzarse de ella.

HEGEL, SCHELLING Y HÖLDERLIN,
Primer programa de un sistema del idealismo alemán (1796)

PRIMERA PARTE

Baile de máscaras

En posición fetal, el Recién Llegado abre los ojos un segundo antes de ser pisoteado por esa yegua de ancas de acero inoxidable, que no esquiva el obstáculo porque es obligada a seguir en línea recta por su jinete. Sale vapor a presión de sus orificios nasales. Se vuelven rojas las bombillas incandescentes de sus ojos. Entre el momento en que la herradura de una de las patas delanteras se hunde, sin ruido, en la carne desnuda del muslo del Recién Llegado y el momento en que la herradura de la última pata trasera, con un crujido, le tritura las falanges de dos dedos de la mano izquierda, el altivo jinete de no más de veinte años de edad escupe en señal de bienvenida y el salivazo se estampa en el abdomen desnudo del Recién Llegado. El dolor detiene el movimiento de las retinas y hace que alargue instintivamente las extremidades, que se hunden en el lodo que lo circunda. Desaparecen la yegua de metal y su joven jinete como un tren por el horizonte del progreso, dejando tras ellos el cuerpo triturado de alguien que todavía no es capaz de saber que existe de nuevo.

Se encuentra en un callejón encajonado entre dos edificios de madera oscura, a cuya sombra media decena de mendigos se le han ido acercando desde ambas bocacalles. Con los brazos extendidos y las bocas babeantes, famélicos a juzgar por su punzante delgadez, están ya a punto de abalanzarse sobre él cuando la chispa de un látigo enciende el aire sobre sus cabezas:

—Fuera de aquí, chusma —dicen unos labios muy gruesos a casi dos metros del suelo, mientras la electricidad vuelve a incendiar fugazmente, con un chasquido, el breve espacio que separa a las almas en pena del cuerpo desnudo y malherido.

A regañadientes, mostrando menos miedo que enojo, los mendigos se detienen y, tras mirar los ojos inyectados en sangre del dueño del látigo, clavados en un rostro negrísimo y totémico, vuelven sobre sus pasos. La mano se relaja. Con un ruido hidráulico, el azote es engullido por la empuñadura, que el cazador guarda en la funda de su cinturón. Va tocado con un sombrero de copa, cuya oscuridad ha sido barnizada por la misma película de polvo que cubre también la chaqueta de cuero y las botas, que reptan por las piernas hasta los tobillos y muestran, amenazantes, sus afiladas puntas de plata. Una gruesa cicatriz en forma de equis le cruza la cara. Se acerca hasta el cuerpo trémulo. Incluso el pene se le ha rebozado en barro. Aprovechando su indefensión, le ata con una soga las manos a la espalda y lo levanta con ímpetu y lo obliga a caminar.

Cuando sus ojos son finalmente capaces de percibir la nueva realidad, lo primero que ve el Recién Llegado es un globo faraónico suspendido sobre la ciudad, en cuya superficie esférica se lee *Titanic*. Por la avenida circulan, en sentidos opuestos, dos diligencias tiradas por caballos mecánicos, el ómnibus hipomóvil, un tranvía que viene, otro que va y un sinfín de peatones: damas que apoyan graciosamente en el hombro la vara de sus sombrillas abiertas, vendedores de periódicos que recitan a voz en cuello los titulares, zagales correteando entre los postes del tendido eléctrico, caballeros con sus bombines y sus sombreros de copa y sus bastones, un anciano pregonero, vagabundos de miradas desamparadas y ropas desteñidas, un delgadísimo hombre anuncio, ciclistas con los bajos del pantalón sujetos por go-

mas elásticas, jóvenes que conducen con delicadeza sus ci-
clomotores para que sus prometidas no pierdan la pamela
desde el sidecar, un viejo vaquero con el lazo al cinto y una
escopeta cruzada a la espalda. El vapor se confunde con el
polvo y sube, a lo lejos, como una etérea enredadera, por las
amarras del *Titanic*, cuyas anclas enormes son custodiadas
por una docena de soldados del Séptimo de Caballería.

Ésas son las palabras que misteriosamente acuden a la
mente del Recién Llegado: «bombín», «zagal», «ciclomo-
tor», «pamela», «Séptimo de Caballería». No es su mundo,
pero conoce su lenguaje. Al sentir las punzadas en el muslo
y en los dedos y la suciedad en la piel y la presión de la cuerda en sus muñecas piensa «dolor»; pero todavía no puede
pronunciar esa palabra. Ni ninguna otra. Los niños se apar-
tan a su paso. Las señoritas clavan sus miradas en el suelo,
pero no a causa de su desnudez, que a juzgar por sus expresiones no les parece escandalosa, sino por la ferocidad de los
gestos de su guardián. Empujándole, el gigante negro avanza a grandes zancadas, al compás que marca el golpeteo de
la funda del látigo contra su muslo poderoso. Una esfera
invisible, tejida de miedo, lo aísla y lo protege. Pasan por
delante de un almacén de herramientas y de una Iglesia del
Otro Mundo y de un gran hotel y de un salón en que un
vaso estalla contra el suelo. Atraviesan una calle. Pasan por
delante de una agencia de publicidad y de una lavandería
china con un chino sentado a su puerta y del taller mecánico
de unas caballerizas. Doblan en un callejón.

En un callejón doblan y todo es diferente:

–¡Ey! ¡Traficante, bienvenido a casa! –grita desde una
ventana una anciana desdentada.

–Vemos que ha habido suerte con la caza –añade, a su
lado, su hermana gemela.

–No hay nada mejor que volver a casa y que las Abuelas
Sin Nietos te den la bienvenida –responde el gigante negro

mientras relaja sus músculos y esboza un simulacro de sonrisa y hace que desaparezca la esfera–. Después de tres días dando vueltas por la ciudad, al final he cazado a uno, y a sólo trescientos metros de aquí...

Hay charcos y basura que Traficante no trata de sortear. Los hombres que hay apostados en las paredes o apoyados en las barandillas de las puertas traseras inclinan ligeramente el rostro, sosteniendo el ala del sombrero con el pulgar y el índice, en señal de respeto. En la entrada a un burdel en penumbra, una prostituta pelirroja le ofrece sus pechos enormes y desnudos mientras le sonríe, pecosa, y señala el pene del Recién Llegado sin vergüenza. «Erección», piensa. Y «lavarás mis heridas», piensa. Y «dame agua». Ha disminuido la presión en las manos atadas a su espalda, pero aún no puede hablar. Se mira el sexo sin vida.

Cuando vuelve a levantar la mirada, han entrado en este cobertizo en que una multitud masculina vocifera sin orden ni concierto, levantando y bajando las manos, en imprecisa relación con los cuerpos desnudos que se exhiben en la tarima central. Sin alcanzar a discernirlos, el Recién Llegado es conducido por Traficante a través del gentío. No hay ya casi rastro de violencia en esa mano férrea que aprieta apenas su clavícula. Le brillan los ojos. Junto a los escalones que conducen a la tarima, cinco hombres, tres mujeres y una niña, todos desnudos, aguardan su turno maniatados. A su lado, un enano albino, que esgrime una pizarra llena de nombres y tachaduras, les indica cuándo deben subir.

–Leonore –le dice Traficante–, aquí te traigo uno joven, fuerte y con cierta inteligencia en la mirada, no me lo vendas por menos de cuatrocientos dólares.

Entonces, cuando el enano albino asiente con un gruñido, la palabra «subasta» acude a la mente del Recién Llegado. Gira la cabeza y ve a un adolescente de mirada y brazos y pene flácidos, cuyos dientes son mostrados en ese momento por un viejo nervudo, que le abre la boca con ambas manos y grita:

—¡Doscientos! ¡Admiren esta dentadura, este ejemplar no puede estar traumatizado con una dentadura tan completa! ¡Doscientos veinticinco ofrece el señor del parche! ¡Doscientos cincuenta el caballero de la barba blanca! A la de una, a la de dos… ¡Adjudicado!

El subastador pellizca la nalga del adolescente subastado, quien responde con un brinco casi inapreciable pero que despierta algunas carcajadas. Los recién llegados son vendidos en riguroso orden. Una vez que se formaliza el trato, abandonan el pabellón con su nuevo dueño. Algunos, con la mirada aún enloquecida, a duras penas consiguen mantenerse en pie: una de las mujeres, la más deseable, camina con tantas dudas que por momentos parece que bailara. La ha adquirido un desvergonzado jovenzuelo que acompañaba la puja con groserías acerca de sus pechos maternales y sus caderas de parturienta y sus ojos sin control y las tres semanas que tardará en estar madura.

—En tres semanas estará tan madurita que sabrá a caramelo.

Es el único del centenar de asistentes que es llamado por su nombre por el subastador nervudo. Don Félix. El sombrero de copa y la levita magenta le quedan grandes, piensa el Recién Llegado, como el «don», incompatible con esos labios delgadísimos y esos ojos brillantes, de desafiadora juventud. Semejante a un ajustado collar, una cicatriz muy fina circunda su cuello. En el bolsillo le abulta un revólver.

—Éste se materializó hace una hora y, como pueden comprobar, ya está totalmente adaptado a nuestro mundo —dice el subastador al tiempo que muestra el cuerpo magullado y sucio del Recién Llegado—. Por su musculatura y su mirada, como comprenderán, no puedo comenzar por menos de trescientos dólares —prosigue, mirando a Traficante y aguantándole la mirada, a pesar de la mueca de desaprobación que le ha dedicado y que ha contraído horriblemente la cruz cicatrizada.

El relieve de las venas y de los huesos se marca en los brazos y en el cuello del subastador cuando agarra con fuerza el cráneo del Recién Llegado y enseña sus dientes y muelas al auditorio. «Mordisco», piensa entonces, al tiempo que cierra la boca con fuerza. El viejo ha retirado a tiempo sus dedos y lo mira sorprendido. Se hace un tremendo silencio. Traficante se lleva la mano al látigo.

—Perdón —dice el Recién Llegado—, estoy aprendiendo a controlarme.

Boquiabierto, el subastador da un paso atrás y se lleva la mano a la boca. Varios de los asistentes se miran y susurran. Traficante se relame. Alguien grita:

—¡Quinientos!

—Hace años que no teníamos un caso como este, señores. ¡Una hora tan sólo entre nosotros y ya es capaz de hablar! ¡Quinientos cincuenta, el caballero de la corbata violeta! ¡Seiscientos por allí, al fondo!

—¡Mil!

Silencio absoluto.

Todas las miradas se congregan en las mejillas imberbes de Don Félix.

—Mil a la de uno, mil a la de dos… ¡Adjudicado!

—Pero pónganle un bozal, por favor —dice el comprador, provocando una ola de risas, que aprovecha para avanzar hasta la tarima con sus dos esbirros mellizos, guiñarle el ojo a Traficante y ordenar a sus hombres que se encarguen de sus dos adquisiciones.

El grupo deja atrás el vocerío, sale al callejón, dobla a la derecha y llega a una plaza poligonal ocupada por tenderetes de fruta y verdura. Don Félix va delante, silbando y sonriendo a las vendedoras más jóvenes, que cuchichean entre ellas ante su vitalidad y arrogancia. Se regala una manzana y la muerde. A través de un laberinto de calles de tierra, jalonadas por edificios en construcción y grandes toldos, llegan hasta el Hudson cuando se inicia el lento proceso del atardecer. En el precario embarcadero les espera un pequeño piróscafo. Como si tosiera, su chimenea escupe nubes de vapor. Desde el río, la ciudad es un sinfín de rascacielos orgullosos de su publicidad: *New York Tribune*, Bank of America, Pony Express. Las embarcaciones van y vienen, como si rasgaran con su movimiento ese telón de fondo arquitectónico y textual. Tras un recodo, aparece de pronto, a tiro de piedra, la ensenada en que se alzan –frente a frente– la Catedral del Otro Mundo y el Ministerio de la Fe. Los grandes puentes metálicos van quedando atrás, a medida que se ensancha la corriente de agua. Cuando el sol es pura incandescencia y el *Titanic*, su luna rojiza, aparece en la otra orilla el hotel Coney Island House, en el centro de una vorágine de transeúntes, antorchas, vapor, faros, vehículos en movimiento y ventanas encendidas, tras la frontera de barcos de vapor y veleros anclados a diversos muelles alineados. Pero el piróscafo no parece querer atracar allí y prosigue un par de leguas por la costa, hacia la ancha bahía. Y entonces aparece.

Es un elefante. Un edificio en forma de elefante. Sus pilares son cuatro patas gigantescas. Sus cinco plantas culminan en una cúpula con trompa humeante y colmillos gemelos y ojos encendidos por continuas chispas azules. Mientras en el exterior anochece y el cielo se convierte en mapa celeste, las ventanas rezuman luz interior.

–Ya estamos en casa –dice Don Félix desde proa.

El viaje del Recién Llegado ha transcurrido en la observación de la topografía alucinante de esa ciudad y en la vinculación de las palabras que posee con las maravillas arquitectónicas, los prodigios tecnológicos y los accidentes geográficos. Topografiando. «Mi lenguaje es insuficiente», ha pensado, «no todo puedo nombrarlo.» En cambio sí posee nombres para los rasgos y partes y miembros del cuerpo de la recién llegada. Y adjetivos para definir su belleza. Y verbos para describir ese temblor que la disloca, esa pérdida constante de una mirada que todavía erra entre dos mundos. Porque él ha recordado la nostalgia de una mujer: de una hermana gemela, de dos madres asesinadas, de ninfas y princesas y reinas. Porque él ha recordado una montaña y, durante algunos segundos, aquella montaña ha ocupado su campo de visión, usurpándole a la metrópolis toda su realidad; y ha sabido que aquella montaña pertenecía como las mujeres a su pasado y que su pasado era ajeno a aquellos rascacielos y a aquella ciudad y a aquel país y a aquel continente. Ella también pertenece a otro más allá. Está seguro. La misma sensación de certidumbre recubre su aprendizaje acelerado.

Los esbirros mellizos aferran a los recién llegados por sus brazos y los hacen descender de la embarcación. Son magnéticos los ojos azul eléctrico del elefante. Es hipnótica esa columna inquieta de humo blanco que se eleva hacia las estrellas. El camino que une el muelle con la entrada principal se bifurca en una glorieta: prosiguen por el sendero que conduce a unas escaleras laterales, descendentes, treinta y tres escalones por donde acceden al sótano. Es un espacio enorme, de techos altísimos, solamente iluminado por las llamaradas de una monstruosa caldera. Flashes rojos. El Recién Llegado entrecierra los ojos para acostumbrarse a esa luz mínima y variable, al tiempo que recibe un empujón y de pronto está en el suelo, con Ella a su lado, con el temblor de Ella a su lado, y los esbirros gemelos y la levita magenta han desaparecido, y un latigazo le arde en la espalda, y sin saber cómo está de pie junto a uno de los innumerables orificios de la caldera, cargando carbón con una pala y arrojándolo al vientre incandescente, al bebé diabólico y malcriado, que agradece cada cucharada con un eructo de fuego.

Así pasan las horas y los días. Cargando carbón con la pala. Arrojándolo al corazón de la caldera. Sintiendo que se le abrasa la piel. Recuperando palabras que son recuerdos, como todas las palabras. Descansando durante veinte minutos cada tres horas, cuando la vagoneta se vacía y Ella, que va recuperando su mirada o está adquiriendo una nueva, que va completando lentamente su mudanza, que cada vez más sucia sigue igual de desnuda e igual de bella, la empuja por los treinta metros de raíles y ayuda a otros recién llegados, hombres y mujeres, todos jóvenes, todos esclavos del ardor diabólico, a recargarla de mineral y a empujarla, pesadísima, hasta donde el Recién Llegado, quien tal vez ha tenido tiempo de ingerir el guiso y el pan duro que le sirven por la mañana y por la tarde, volverá a iniciar su tarea.

Diez son las compuertas por donde se alimenta la caldera. Diez son los responsables de arrojar carbón al fuego, los más fuertes y conscientes. Medio centenar más de recién llegados, mujeres y jóvenes enclenques, en grupos de cinco, cargan y empujan las vagonetas vacías y llenas. Noche y día en la oscuridad rojiza y unánime. Mientras unos duermen, los demás continúan. Cinco látigos empuñados por cinco hombres musculosos y negros, los únicos que en el sótano comen fruta y beben vino y cubren con ropa sus sexos, marcan el ritmo del trabajo.

Cuando así lo desean, penetran por la espalda a cualquiera de las mujeres esclavas. «Ésa», dicen, señalando a una u otra, desnudas también de nombre. Si han bebido, se ensañan, en grupo, y el fuego crepita y multiplica y confunde las sombras de sus falos con las sombras de las empuñaduras de sus látigos. Han pasado ya algunas falsas noches, tal vez semanas, y Ella todavía no ha sido tocada, quizá porque aún se le extravía la mirada y es aún la más torpe de todas las hembras esclavas.

De pronto, se detiene el engranaje de la monotonía. El Recién Llegado es agarrado por dos de sus guardias, que lo conducen a la habitación donde comen y duermen; en uno de los rincones hay un montacargas. Lo meten en él. Arranca el motor. Sube un piso. Es Don Félix quien abre la puerta y le dice:

—Sígueme: el Doctor quiere verte.

Dos sirvientas mulatas, uniformadas de blanco algodonado, lo enjabonan y enjuagan en una gran bañera de cuyo grifo mana agua templada, que al contacto con la piel quemada provoca dolor y placer en el tacto del Recién Llegado. «Al fin son lavadas mis heridas», piensa. Las criadas son jóvenes, está claro que viven ajenas al terror del sótano: aprovechan que Don Félix se distrae mirando por la ventana para acariciar, mientras reprimen una sonrisa, el pecho, el abdomen, el vientre, los testículos de ese cuerpo agradable que les es dado admirar. La erección se produce sin que sea necesaria la palabra. El Recién Llegado se relaja mientras ellas siguen jugando. Desea, al sentir esos cuerpos tan cercanos y su propia sangre excitada, carne y vino. Llegan a sus labios las sílabas de «orgasmo» en el mismo momento en que, mientras una le seca el pelo con una toalla y convierte su cuerpo en un biombo contra miradas indiscretas, la otra culmina el ritual. «Ya soy de nuevo un hombre», se dice, «dueño del cuerpo y del lenguaje.»

Les susurra:

—Gracias —mientras la palabra «culpa» y la palabra «Ella» son invocadas e inmediatamente desterradas.

Todavía descalzo y sin afeitar, pero recién peinado y vestido con un pantalón gris y una camisa blanca, el Recién Llegado apenas se reconoce en el cristal de la puerta de otro ascensor, que Don Félix ha llamado con cierta impaciencia, molesto por las miradas que con mayor o menor disimulo todas las doncellas dedican a su prisionero. En el rostro anguloso se imponen las cejas triangulares y, aunque difuminados en el reflejo, de un gris lunar, los ojos que cobijan. Más allá descubre las siluetas cómplices de las muchachas. Llega el ascensor. Suben. Atraviesa tres plantas presididas por una suntuosidad avasalladora: inacabables mesas de ébano rodeadas de sillas de alto respaldo, espejos de cuerpo entero enmarcados en plata labrada, sofás y divanes de terciopelo granate y turquesa, cortinas de seda, anaqueles con miles de volúmenes iluminados por lámparas de múltiples brazos, suelos cubiertos por alfombras persas. Tan sólo los ve durante unos segundos, pero las palabras acuden como abejas a su cerebro empapado en miel: «ébano», «diván», «turquesa», «seda», «anaquel», «alfombra persa». En el último piso les abre la puerta un mayordomo vestido de blanco. El Recién Llegado imita a Don Félix, que avanza por la cúpula, el interior de la cabeza del elefante, sin desviarse de la alfombra roja que une el ascensor con un escritorio. Coney Island y la bahía se muestran a través de tres grandes vidrieras circulares, en cuyos extremos asoman las puntas de los colmillos de acero. Decenas de pequeñas máquinas pueblan la vasta habitación. Don Félix traga saliva y su nuez de adán traspasa, durante un segundo, la delgada frontera que rodea su cuello. Se sienta y le hace un gesto al Recién Llegado para que haga lo propio en la butaca vacía.

Al otro lado del escritorio dos manos sostienen un diario abierto. *News of the World*, se lee en la portada, que es ocupada por un gran retrato al carboncillo de Wild Bill Hickok, cuya mirada perdida contrasta con la contundencia de un mostacho y una melena desafiantes. *El legendario pistolero se encuentra en Nueva York, donde participará en los actos de inauguración del* Titanic, *el primer globo*

aerostático capaz de cruzar el océano Atlántico. Hickok ha sido invitado en su condición de celebridad, *porque es uno de esos milagros del destino. Son legión los que recuerdan el rostro en el otro mundo del legendario pistolero y coincide con los rasgos del que le ha correspondido en el nuestro. Después de varios años de aventuras, con el dinero que ha ganado gracias a las concesiones de sus minas de oro y diamantes, está decidiendo en estos momentos si se traslada a Nueva York o a Washington, porque tanto los negocios como la política le parecen respetables vías de futuro.*
El Recién Llegado se sorprende al ser capaz de leer en inglés: sólo entonces se da cuenta de que desde su aparición en aquel callejón desolado ha estado traduciendo constantemente, como si su vida en este mundo fuera en sí misma una continua traducción.

–Así que aquí tenemos al prodigio –dice al otro lado de las letras impresas una voz cavernosa, que retumba por la estancia, chocando con las poleas, los engranajes, las cadenas, los péndulos, los cilindros, los relojes, los teclados, las lentes, los pistones, las ruedas, los cables que configuran los artilugios de un taller tan limpio y ordenado que más bien parece un estudio o un museo.

Mientras el diario desciende, el Recién Llegado va descubriendo al anciano dueño de la voz: su calva perfecta, los pronunciados surcos de su frente, las orejas pequeñas y afiladas unidas a los ojos azules por unas arrugas arbóreas, una nariz casi inexistente, como si no fuera más que la flecha que apunta hacia el bigote con su doble espiral, y la boca que dice:

–Hace años que no conocía a alguien que tan sólo una hora después de su aparición ya pudiera hablar, es un honor... Le he dejado tres semanas en el sótano porque he calculado que era el tiempo que necesitaba para descubrir su nombre...

—No se equivoca. Mi nombre es Dioniso. —Un temblor le recorre el espinazo al escucharse a sí mismo pronunciando esa palabra como si fuera realmente capaz de nombrarlo.

—Muy bien, muy bien, un nombre mitológico, Dioniso, el Extranjero, el mediador entre los Vivos y los Muertos, el Hombre Mujer, el Zorro y la Zorra... Mi nombre es Doctor Dédalo, curiosamente también proviene de la mitología griega, el Arquitecto, el Artesano, el Profesor Laberinto... Pero no estamos aquí para hablar de la historia de las palabras... Déjeme que vaya al grano, caballero: en 1868 tuvimos un problema con otro recién llegado que también aprendió a hablar muy rápido, porque al final resultó que hacía años que sabía hablar, un inglés perfecto, y también escribir, de hecho, porque no era en realidad un recién llegado, sino un viejo ciudadano, un periodista de *The Morning* que logró infiltrarse en mi casa con el objetivo de difamarla... Ayer mismo Félix habló con Traficante, el cazador que supuestamente lo capturó —el aludido asiente, sin ocultar su nerviosismo, o su impaciencia—, y no descubrió nada extraño en su historia. Según parece, usted se materializó realmente en aquel callejón hace poco más de veinte días. Pero quería cerciorarme mirándole a los ojos...

—Mis ojos no mienten —afirma Dioniso.

—Tiene usted razón, son demasiado nuevos como para haber entendido los mecanismos de la mentira...

—El cristiano, que detesta la mentira, a todo llama mentira... —se sorprende diciendo.

—¿A quién está usted citando? Muchos aquí dicen llamarse Cristo y predican mensajes que escucharon en el Otro Mundo. Las cicatrices de algunos de ellos, en los tobillos, en las muñecas, en las costillas, demuestran que algún vínculo tuvieron con un crucificado... Pero de ahí a afirmar que son hijos de Dios... —En ese momento el Doctor Dédalo se inclina para coger del cajón inferior una botella de licor y tres vasos, que sirve sin dejar de hablar–. Sólo en la ciudad de Nueva York han aparecido ocho Cristos en los últimos veinte años. Todos repetían lo mismo: que los recién llegados debían alzarse contra los viejos ciudadanos, que su esclavitud era indigna. Como si alguna sociedad –propone un brindis y lo ejecuta–, en la historia humana, no se hubiera basado en un sistema de castas… Cuando sufro eso que yo llamo interferencias, siempre recuerdo los sirvientes que me ayudaron a realizar mis proyectos…

–Todo el mundo repite que los negros ya han conseguido la emancipación –interviene Don Félix, animado por el alcohol–, pero se olvidan de que sólo los viejos ciudadanos, mulatos, mestizos y negros, la han conseguido realmente. Los recién llegados son todos iguales, ante Dios y ante la Ley, sean blancos, negros o café con leche. Sólo él sonríe ante el efecto de esas últimas palabras, suspendidas en el aire como humo de cigarro.

–He dedicado mis dos vidas al progreso técnico del hombre. En mi casa nunca se apaga el fuego porque si se va la luz y nos quedamos a oscuras los monstruos se ciñen sobre el ser humano. Todos los recordamos, esos dragones, esos osos polares, esos dinosaurios, esos grifos, esas harpías, esos elefantes que se aparecen en nuestros recuerdos, como si hubieran existido alguna vez… –Un nuevo sorbo–. No me lo puedo quitar de la cabeza, lo suyo es realmente prodigioso, querido amigo mío, habitualmente tardamos años, sino décadas, en descubrir quiénes podríamos haber sido, en tres semanas los recién llegados normales sólo son capaces de dejar de temblar… Me pregunto si no será usted el ayudante que he esperado durante tanto tiempo… No hablo de un ayudante como Félix, que tiene más músculo que cerebro y demasiada tendencia a las bajas pasiones, me refiero a alguien más cercano a la figura de un aprendiz, de un hijo, mi mano derecha para realizar mis investigaciones. –Y señala los artilugios en derredor, más similares a trofeos de caza que a proyectos en ciernes.

Las arrugas del rostro del anciano recuerdan el diseño de un laberinto: desde que pronunció las cuatro sílabas de esa palabra, Dioniso no ha podido sacársela de la cabeza, como un pájaro encerrado entre cejo y cejo. Don Félix consulta la hora en su reloj de bolsillo, desmesurado como la levita y como el revólver que se insinúa, dice que es tarde y que, si no es necesaria su presencia, se retira. Nuestro amigo no es peligroso, le responde la voz del Doctor Dédalo, que seguirá resonando en la estancia llena de máquinas. Es de noche sobre la bahía. Sus palabras flotan sobre los inventos apagados y sobre el vapor que sale de la trompa del edificio elefante y sobre la noche expansiva. La voz le cuenta a Dioniso que el elefante es el protector africano de los artesanos, que él es antes que ingeniero o sabio o estudioso o inventor un simple artesano, alguien que busca la chispa de energía que sólo surge cuando los dedos se conectan con el cerebro. Entonces Dioniso se da cuenta de que hace calor. Es verano. No ha visto ningún sistema de calefacción. Observa con atención los artilugios que hay a su alrededor. Ninguno de ellos se alimenta de vapor. ¿Cuál es la razón de ser de la caldera? ¿Por qué más de cincuenta personas la alimentan día y noche como a un crío glotón y malcriado?

–Perdone, Doctor, me estaba preguntando la razón de ser de la caldera en la que trabajo, en el sótano…

–No se preocupe por eso, amigo Dioniso, a partir de mañana pasará a trabajar en la biblioteca. No podemos desperdiciar de ese modo sus facultades intelectuales…

–Me halaga, pero sólo quería saber para qué tiene que estar la caldera siempre a pleno rendimiento, no veo aquí grandes máquinas que justifiquen tamaña producción de energía…

—¡Es imposible! —grita el Doctor Dédalo, los ojos abiertos como ruedas desaforadas—. ¡Es imposible que ya sea capaz de hacer deducciones de ese calibre! ¿Sólo lleva aquí tres semanas o me ha mentido? No será otro maldito periodista dispuesto a proclamar a los cuatro vientos mi locura, ¿verdad? —Abre el cajón superior de su escritorio y saca de él una daga cuya empuñadura culmina en un rubí.

Sólo entonces Dioniso sale del laberinto por el que ha vagado, perdido, durante las últimas horas. Diez palabras de este mundo acuden de pronto a su memoria, como un hilo o una brújula: «En tres semanas estará tan madurita que sabrá a caramelo». Se incorpora y, aprovechando el ímpetu, con ambas manos coge el tablero del escritorio y lo levanta como un resorte y lanza el mueble contra el viejo loco, que cae de espaldas a causa de la sorpresa. El mayordomo ha permanecido todo este tiempo junto a la puerta del ascensor, pero cuando reacciona Dioniso ya ha encontrado las escaleras de caracol y baja por ellas saltando de dos en dos los escalones. Todas las lámparas están encendidas: cientos de voltios alumbran en vano la casa en reposo. El primer tramo de escaleras está adornado con máscaras animales; el segundo, con mapas antiguos; el último, con espadas medievales. Coge la más liviana. Pisa las alfombras persas, corre una por una las cortinas de seda, buscando enloquecido la puerta que debe de conducir al sótano. Se oyen voces: lo están buscando. Al fin encuentra la entrada y baja por los escalones metálicos y llega a la estancia de la caldera y ve las sombras negras y rojas de los guardianes sobre el muro, al fondo, junto a una de las pilas de carbón: la mujer a gatas como un jeroglífico sin sentido, las siluetas de los hombres recortadas a su alrededor, los cilindros de los látigos como sexos furiosos.

Corta la mano del primero que sale a su encuentro, clava la espada en el corazón de otro y con un limpio tajo decapita a Don Félix a la altura exacta de la cicatriz que como un collar le rodeaba el cuello. Con los pantalones bajados sus piernas sólo consiguen dar un paso en dirección a Dioniso, antes de caer al lado de su cabeza, sangrante como una fruta roja, aún con los ojos abiertos. Los dos guardianes supervivientes retroceden. Él le da la espada a uno de sus compañeros y levanta en brazos el cuerpo desnudo de ella.

–Seguidme y coged lo que podáis.

Y eso hacen los recién llegados, magullados y sucios y sin ropa, rapiñar tela, herramientas, los objetos con que se cruzan a su paso; y subir por las escaleras. Ante las palas y los látigos, los mayordomos se amedrantan, refugiándose en las habitaciones vecinas. Los antiguos esclavos atraviesan el umbral y corren por el jardín en dirección al piróscafo. Hay menos fulgor en la iluminación de la casa con forma de elefante, como si algunos minutos sin carbón en la caldera hubieran sido suficientes para que descendiera la fuerza de la luz.

Cojeando, esgrimiendo patéticamente la daga, el Doctor Dédalo se asoma al balcón del primer piso:

–¡Que no se apague el ardor de la caldera! ¡Que no se apague la luz del progreso!

Pero, a la carrera, Dioniso no lo oye, porque sus oídos han sido saturados por los latidos de Ella, cuyas carnes en pánico palpitan en sus brazos.

–Es un honor conocerle, ¿sería tan amable de dedicarle esta fotografía a mi esposa Elena? –Halagado, Wild Bill Hickok coge la pluma que le tiende el desconocido de ojos grises, observa su propio retrato durante unos segundos, escribe finalmente una escueta dedicatoria y estampa su autógrafo.

Con esa poblada barba y el monóculo es difícil reconocer a Dioniso en el hombre que se retira y cede su lugar al próximo admirador de la celebridad. Hickok es el único hombre armado de la fiesta: sus Colt de plata relumbran en las fundas transparentes como lo hacen las cucharillas del pudding y las fruteras repletas de manzanas y melocotones. Se suceden los brindis con champán y las sonrisas postizas y las conversaciones triviales y las sortijas y los broches de brillantes y las corbatas a su alrededor, mientras camina hacia la salida. El ascensor de cristal desciende sin prisa por los cincuenta metros de altura que separan la ciudad del *Titanic*. Varias decenas de personas, que se arremolinan a escasos pasos de la entrada, lo miran con envidia cuando abandona el ascensor. «La vana vanidad», piensa, «es lo que os hace esclavos.»

El tranvía lo deja en las estribaciones de Harlem. Camina durante diez minutos por el descampado que separa la última calle del barrio de una fábrica abandonada. Custodiando la entrada, un sexagenario sostiene con la mano derecha la espada robada, mientras con la izquierda se toca las muelas:

–Buenas noches, Vlad –le saluda Dioniso–. ¿Cómo estás?

–Buenas noches, Dioniso, es mi turno de vigilancia y, como cada noche en que estoy solo, me entran unas ganas terribles de morder cuellos humanos, ya sabes, recuerdo haber tenido unos colmillos muy afilados, pero en cambio...

–También recuerdas, o crees recordar, que eras capaz de convertirte en niebla... Tenemos que aceptar el presente, Vlad, y negociar una tregua con nuestros recuerdos, para que nos hagan más fuertes en vez de convertirnos en unos perpetuos nostálgicos...

Gruesas cortinas de fieltro ocultan las luces de cientos de velas encendidas en el interior de la fábrica vaciada. Una pátina de blancor quebradizo embadurna los colchones, los taburetes, los hornillos, las cajas que hacen las veces de mesas, las botellas, los candelabros de plata, los hombres y mujeres que yacen o hablan o cocinan, en pequeños grupos, aquí y allá. Al constatar el respeto con que lo saludan, recuerda por primera vez a Traficante. «Éste es mi reino», piensa, «como era el suyo aquél.»

–¿Cómo te encuentras, mi reina? –le pregunta a la mujer, vestida de blanco en la penumbra, con el pelo recogido con una diadema, mientras le acaricia la mejilla.

–Tras un mes con todos estos cuidados –señala el almohadón, la colcha de lana, la taza con los restos de té, los pilones de libros–, se puede decir que ya soy yo.

–Elena. –Ella asiente, con una sonrisa, que se enchancha al ver el melocotón que él le muestra.

Extrae tres más de sus bolsillos, que lanza a un cercano grupo de muchachos. Al quitarse el sombrero de copa, aparecen nuevos frutos, que reparte entre los compañeros cercanos. Entonces su voz se eleva por encima de la pátina vibrante de luz mortecina:

–El momento se acerca, compañeros –todos se callan y escuchan–, os habéis ido recuperando de vuestras quemaduras y de vuestras dudas, habéis alimentado vuestro cuerpo y vuestro espíritu, mientras esperábamos el día y ese día ha llegado ya. No voy a daros más lecciones sobre el funcionamiento injusto de este mundo. No es de justicia que los recién llegados sean sometidos a vejaciones y torturas, no es de justicia su esclavitud y lucharemos para que acabe de una vez por todas… Oliver, Charles, Robin y Carlota, venid, voy a contaros mi plan.

Alrededor de dos candelabros que iluminan un gran plano, conversan y discuten hasta medianoche. Después, mientras los demás duermen, Dioniso coge una pluma y escribe una y otra vez lo mismo, a la luz de la última llama encendida.

A media mañana, los cinco se encuentran a bordo del tranvía. Robin mira embelesado la palidez de Carlota. En cada parada suben y bajan limpiabotas, alfareros, deshollinadores, tenderos, panaderos, empleados de banca, camareros, prestamistas, cocineras, torneros, mecánicos. En cierto momento, Oliver y Charles, que no tienen más de trece años y ocultan sus miradas bajo sendas gorras manchadas de hollín, exclaman al unísono:

–¡Diantres, señor! ¿Qué está usted haciendo?

Señalan con dedos inquisidores al caballero gordinflón que se encuentra sentado a su lado, súbitamente enrojecido por la vergüenza. Charles se sube la cremallera de los pantalones cortos. Las miradas de todos los pasajeros se concentran en sus calcetines de rombos, en su mano, en la entrepierna adolescente, tan cercana a la lascivia del gordo. Con el bombín de nuevo en la cabeza, el caballero se apresura a descender en la parada inminente. El silencio es pesadísimo. Todo el mundo escruta con compasión al jovencito y con reprobación indignada al adulto, hasta que éste abandona el vehículo y desaparece con paso rápido.

–¿Estás bien? –le pregunta Carlota, con un aire compungido que acentúa el azul de sus venas bajo la doble palidez del velo y de la piel.

–Sí, señorita –responde Oliver en un hilo de voz, pero el silencio es tal que todos los pasajeros pueden entenderlo–. No sé qué ha ocurrido, de pronto he sentido un movimiento ahí abajo…

–Ya se ha ido –le consuela una anciana exquisitamente vestida, con un collar y una pulsera de esmeraldas verdes como la tela de su pamela–, toma esta moneda y cómprate un refresco para reanimarte.

–¡Gracias, señora!

–Yo también me bajo aquí –interviene Robin, con una sonrisa encantadora subrayando la afabilidad de sus ojos claros–, permítame que la ayude.

Le alcanza el brazo, para que la anciana se apoye en él; pero cuando ha descendido el peldaño, Robin rectifica:

—Pensaba que era ésta, pero es la siguiente. Que tenga muy buen día, señora.

Y la puerta se cierra. Y Oliver, Charles, Robin, Carlota y Dioniso prosiguen cada cual en su lugar, como si no se conocieran. Hasta que seis paradas más adelante, por ambas puertas, se apean, para reunirse en la esquina de los grandes almacenes Poe & Melville.

—El pobre gordinflón llevaba más de trescientos dólares en la cartera —dice Oliver—, supongo que se dirigía a su pastelería favorita...

—Y aquí tenemos seis esmeraldas inmaculadas —prosigue Robin, mientras introduce la joya en el bolsillo de la americana de Dioniso—: robar a los ricos para dárselo a los pobres.

—Nuestra causa así lo requiere —afirma el cabecilla con solemnidad—. Ya sabéis lo que tenéis que hacer ahora. El Museo de la Historia de América se encuentra allí. Nos encontraremos en esta misma esquina dentro de tres horas.

Los dos jovenzuelos y Robin siguen la dirección que ha señalado su dedo índice, mientras Carlota se agarra al brazo de Dioniso y, como un falso matrimonio, ambos entran en los grandes almacenes. Tras empeñar la pulsera en la sección de joyería, pasean por la de sastrería masculina hasta que encuentran el traje, el cuello postizo, los gemelos, los puños de camisa, los guantes de piel de cabritilla, el pañuelo de seda, el cinturón, las botas y el sombrero que andaban buscando. Una generosa propina hace que el sastre les asegure que habrá realizado los arreglos antes de una hora. Durante ese tiempo, Carlota adquiere un reloj de bolsillo y dos anillos de plata. Y Dioniso hace que le afeiten y le arreglen la melena en la peluquería del último piso, mientras lee en *The Morning* la última entrega de la serie «En la fiesta del *Titanic*», escrita por un reportero que consiguió infiltrarse en la elitista celebración disfrazado de camarero.

Cuando Wild Bill Hickok y su esposa entran en el Bank of New York son solícitamente recibidos tanto por el botones negro y el guardia de seguridad blanco de la puerta como por el joven empleado que, en cuanto los ha visto, se ha levantado para acudir a recibirlos.

–Es un honor, señor Hickok, que uno de nuestros más célebres clientes nos visite en el día de hoy.

–Sé que acostumbro a hacer mis gestiones en su sucursal de Chicago –dice la celebridad–, pero Claire, mi prometida, y yo hemos decidido mudarnos a la Gran Manzana, de modo que a partir de ahora vendré más a menudo.

El botones, el guardia y el empleado, pese a sus sonrisas complacidas, no pueden evitar mirar insistentemente los Colt de plata en sus fundas transparentes.

–Veo, caballeros, que han detectado enseguida cuál es el motivo de mi visita: quiero depositar mis pistolas en una caja de seguridad. Los tiempos de las reyertas pasaron hace tiempo, ahora es el momento de dejar atrás también las exhibiciones de tiro, las botellas a cien metros, las monedas perforadas en el aire, ese tipo de niñerías...

La mujer asiente bajo el velo, sin dejar de mirarlo con admiración, y entrecruza las manos a la altura del vientre.

–Pronto seré padre, nuestro proceso de adopción está a punto de terminar, y tengo que empezar a ser visto por los demás y, sobre todo, a verme a mí mismo como un hombre de negocios.

–Por supuesto, por supuesto –afirma el joven empleado, con los lentes empañados a causa de la agitada respiración, mientras ve de soslayo cómo se acerca alguien por su derecha–... Le presento al señor Smith, director de esta sede central...

–Yo me ocupo, gracias, Calvin. Es un honor para nosotros que quiera depositar sus míticas armas en nuestra cámara acorazada. Usted sabe –hay orgullo en su expresión– que también es mítica por su extrema seguridad. Acompáñeme un segundo a mi despacho y enseguida le conduciré al sótano.

Tanto los clientes como los cajeros miran con disimulo al famoso y temido y envidiado pistolero y tahúr del Salvaje Oeste.

–Tenga la amabilidad de firmar aquí –le pide el señor Smith, entregándole una pluma y un tarjetón.

Tras comparar el autógrafo con el del archivo durante unos segundos, dice:

–No hay duda de que es auténtica, por supuesto, por supuesto. Síganme, por favor.

Descienden una veintena de escalones de mármol. Dos nuevos guardias custodian la puerta de acero de la cámara acorazada, circular y pesada como la escotilla de un submarino. Con una gran llave de hierro, el señor Smith abre la cerradura; los dos agentes hacen girar la rueda y empujan lentamente la compuerta.

–No hace falta que nos acompañen, entro con uno de los hombres más famosos y temidos de la faz de la Tierra –bromea el director.

Un millar de cajas de seguridad. Una enorme sala con un millar de cajas metálicas en las paredes y, en el centro, una mesa de superficie reluciente. Antes de buscar la de Hickok y de abrirla con otra de las llaves que contiene el aro de la principal, el señor Smith alisa su chaleco y tose con el puño sobre la boca. Deja la caja abierta sobre la mesa y se retira discretamente, dando la espalda a la pareja. Ella entonces se mete en el bolso el fajo de billetes y las bolsitas de terciopelo negro con diamantes en su interior. Él introduce en los bolsillos de su chaqueta los cuatro lingotes de oro y un par de pedruscos igual de dorados pero menos brillantes; y coloca en su lugar los dos Colt de plata.

El señor Smith y el guardia de la puerta principal los acompañan hasta el coche a vapor que conduce Robin, tocado con una gorra sucia de hollín. Oliver y Charles saltan desde la parte trasera, donde viajaban de pie, y bajan la escalera para que la pareja pueda acceder al vehículo. El señor Smith besa la mano de Carlota, que responde con una reverencia antes de desaparecer en la oscuridad. Cuando encajan las manos del director y de Dioniso, éste le dice:

—Me he permitido firmarle un retrato mío, por si deseara regalárselo a su esposa o a sus hijos. —Y le entrega un sobre lacrado.

—Muchísimas gracias, señor Hickok, no sabe hasta qué punto Tomy, mi hijo menor, admira sus hazañas, es un coleccionista voraz de las entregas biográficas que publica cada semana la revista *The New World*...

Dioniso se quita el sombrero de ala ancha con la mano izquierda y se acaricia la punta del bigote con la derecha. El coche no tarda en doblar por la siguiente esquina, dejando un halo de vapor sobre los adoquines y las tapas de las alcantarillas. Al abrir el sobre, el señor Smith no encuentra un retrato dedicado, sino una tarjeta blanca en que se puede leer «las pistolas pertenecen al Museo de Historia de América, afortunadamente no ha sido necesario utilizarlas, confío en que las devolverá. Disculpe las molestias: Apolo».

SEGUNDA PARTE

El santuario y el exilio

–Estoy embarazada –le confiesa Elena, en la cama.

Todavía no ha amanecido. Dioniso acaba de quitarse del rostro el pañuelo negro que lo ocultaba, tras dejar en un extremo de la nave un cubo de pintura y una brocha y desear buenas noches a los compañeros de la salida nocturna. Se estaba aseando en una jofaina cuando ha escuchado la voz de la mujer a sus espaldas. Esas siete sílabas que tenían sentido en el otro mundo, pero que en este carecen de él.

–Sé que es una locura, amor –prosigue ella, el rostro apoyado en el hombro de él–, en estos seis meses hemos aprendido a convivir con los recuerdos y por tanto a despedirnos de nuestra antigua vida y a darle la bienvenida a ésta. Hemos renunciado a los lazos familiares y te juro que había empezado a renunciar a la idea de ser madre. Si ni siquiera conocemos la menstruación...

–Por eso mismo me sorprenden tanto tus palabras...

–Pero es que yo siento la criatura. –Y le coge la mano y la lleva a su vientre y, en efecto, está ligeramente abultado, pero Dioniso no sería capaz de aventurar si hay otra vida bajo ese calor que siente en la palma.

«Area, Príapo, Anfisio, Sirio, Acis, Orfeo», piensa él.

«Ifigenia, Nicóstrato, Córito, Luna, Helena», piensa ella.

Se quedan dormidos.

Los días se consumen entre reuniones, trabajo comunitario y asambleas. Ya son más de trescientos los recién llegados que conviven en las dos plantas de la fábrica abandonada. Han comprado cajas de leche en polvo, garrafas de aceite y de vino, sacos de legumbres y verduras, especias y semillas; fogones eléctricos, ollas, sartenes y vajillas; armarios y ropa; literas, colchones, sábanas y mantas; tablones, estanterías, libros, papel, lápices, plumas y tinta; martillos, clavos, hachas, machetes; una pequeña imprenta. Se suceden las clases para niños y para adultos, los turnos de cocina y limpieza, los encuentros constantes para decidir líneas de actuación.

Una vez se acercaron dos policías y reclamaron cierto impuesto de vivienda: desde entonces pasan cada viernes para recoger sus cincuenta dólares y mirar hacia otro lado.

Las noches se consumen en la repartición de panfletos y pasquines, en la pintura de grafitis («Somos los nuevos y hemos venido para quedarnos»; «Abolición de la esclavitud ya»; «Resistencia y Libertad») y en la búsqueda de recién llegados en los puntos de materialización habituales. Las brigadas de propaganda están formadas siempre por tres miembros. Cada noche una brigada de cinco, armada, hace la ruta a la zaga de recién llegados. Todos llevan el rostro cubierto por un pañuelo negro.

—Apartaos, chusma —dice una silueta en la oscuridad, que se revela paulatinamente como el cuerpo de Traficante—, yo lo vi primero.

Los cinco hombres enmascarados, que en ese momento se disponían a recoger el pesado cuerpo de una mujer de mediana edad, trémula y desnuda, para cargarlo en una camilla, se quedan petrificados al escuchar el crujido del látigo sobre sus cabezas, iluminadas de pronto por una chispa azulada.

Es Dioniso quien antes reacciona:

—Es nuestro. Nosotros llegamos antes. Ésa es la regla de oro de los cazadores.

—Tú lo has dicho, de los cazadores... Yo por aquí no veo a ninguno.

Los compañeros se encaran a Traficante, con sus machetes y sus porras, amenazantes. El cazador responde cambiando el látigo de mano y sacando con la diestra una pistola de la funda que ocultaba bajo la chaqueta, a la altura del corazón.

—En este mundo no es posible la muerte violenta, pero os aseguro que un tiro en la cabeza deja secuelas irreversibles...

La noche se agrieta por momentos. El silencio y la expectación se han vuelto insoportables. La recién llegada sufre un estertor. Dioniso decide quitarse el pañuelo:

—Eres tú... –dice Traficante.

—Supongo que en tu barrio me deben de conocer como el Decapitador. –Es nueva, la ironía, en esos ojos lunares.

—Veo que conoces muy bien el funcionamiento de las leyendas urbanas. –Sonríe y los dientes blancos brillan en las facciones negras–. Don Félix, por si te interesa, sigue postrado en una cama de esa casa absurda en forma de elefante, inconsciente, una cabeza tarda al menos un año en volver a ser parte de un cuerpo. En su lugar, el loco de su amo manda a uno de sus mayordomos, para que siga comprando recién llegados... Tu pequeña revuelta no ha servido para gran cosa, ya tiene treinta o cuarenta nuevos esclavos...

—Entonces tendré que cortarle la cabeza de nuevo a Don Félix el año que viene... Y volver un día de éstos a Coney Island, con un ejército, para rematar la faena.

—Sólo por lo que le hiciste a ese engreído ya te ganaste mi respeto: yo mismo tendría que haberle borrado de la cara aquella sonrisa de autosuficiencia. ¿Qué hacemos ahora, Recién Llegado?

—Mi nombre es Dioniso y he iniciado una revolución. —Es la primera vez que esa palabra aflora en sus labios.

—¡Diantres! Qué buena noticia. Es lo único que faltaba en la ciudad de Nueva York. —El sarcasmo es rabioso—. Voy a repetir la pregunta por última vez: ¿Qué hacemos ahora?

—Voy a conseguir lo mismo que conseguisteis los negros hace cincuenta años: la abolición de nuestra esclavitud. Quiero que trabajes para nosotros: te pagaré trescientos dólares por cada recién llegado que nos traigas, sin importar su estado.

No hay duda de que la propuesta toma por sorpresa a Traficante, que de pronto ha dejado de encontrarle sentido a esa pistola que sostiene en la mano derecha. Tarda cinco segundos en contestar:

—Trato hecho, pero ten en cuenta que te acabas de ganar el odio de las personas más poderosas de esta ciudad.

Dioniso le explica dónde se encuentra la fábrica. Encajan sus manos.

La noche prosigue en la excitación causada por este encuentro. Varios compañeros opinan que tendrían que aprovisionarse de armas de fuego. Sólo Robin expresa su rechazo a esa idea.

—No sólo tenemos que vencer, también tenemos que convencer: y la violencia no es convincente. Cuando hayamos rescatado a dos mil, a tres mil recién llegados, el nuestro será un ejército tan numeroso de brazos y cerebros que no hará falta que lleven escopetas para que nuestros sueños se hagan realidad.

Los otros tres vuelven con la camilla a la fábrica. Robin y Dioniso se encuentran por azar con Charles, Oliver y Werther, un pelirrojo de poderosa musculatura y labios de mujer, que ya han acabado su ronda de repartición de pasquines. Entran en una taberna. Hablan de fusiles. Corre el whisky. Van a otra. Hablan de atracar un banco o un tren.

Sigue corriendo el whisky. Entran en otra taberna. Hablan de poner bombas, de entrenar un ejército, de marchar hacia Washington pintando sus lemas en todos los muros que se encuentren a su paso. Cuando el dueño, después de haber puesto los taburetes sobre las mesas y de haber barrido les diga que tiene que cerrar, saldrán a la calle y el cuello de una botella habrá sido atrapado por el puño de Dioniso.

Las farolas a gas quedan atrás, se internan en callejones desalmados.

De pronto, se topan con la fachada de una iglesia del Otro Mundo, iluminada por antorchas.

En el rostro del líder se enfrentan dos miradas, dos caras, dos almas, dos seres.

–¿Qué haces, amigo? –le pregunta Robin.

–No lo sé.

Ha lanzado el tapón de la botella, ha desanudado el pañuelo del cuello y lo ha introducido por el cuello hasta empaparlo en whisky. «La música del caos», piensa, «la armonía de la bacanal que expulsará a los mercaderes del templo.» Entonces Dioniso, con la antorcha en una mano y la botella en la otra, se ve a sí mismo diciendo estas palabras, que aunque recubra con su propia saliva no dejan de parecerle ajenas:

–Hay que quemar las iglesias, porque emulamos el Otro Mundo sin sentido. El cristianismo es platonismo popular. Los griegos se inventaron la razón: todos recordaban haber muerto, en Troya, en las Termópilas, en Salamina, y para explicarse ese caos del Otro Mundo tuvieron que creer en el sentido del nuestro. A eso lo llamamos el paso del mito al logos. La filosofía lleva en su sangre esa teología, ese sinsentido, esa muerte. El caos del Otro Mundo es el mismo caos del nuestro. Dios no existe. Dios es una invención de los Viejos Ciudadanos para dominarnos. Lo que el mundo poseía de más sagrado, ese caos que nos igualaba, se ha desangrado bajo sus cuchillos. Para ellos la razón y la fe son lo mismo: un modo de perpetuar nuestra esclavitud. ¡Abajo el Capital! ¡Arriba el relámpago, la electricidad, el fuego! ¡Que reinen los incendios en la noche de Nueva York!

Y prende fuego al pañuelo y lanza la botella contra la vidriera de la iglesia del Otro Mundo y se oye una explosión y el humo y el fuego comienzan a inundar la nave, dibujando espirales rojas y negras, orgía de demonios que los hombres contemplan embobados, como si la botella en realidad hubiera estallado dentro de ellos, antes de salir corriendo, ebrios de licor y de adrenalina, por la oscura periferia.

Al regresar a la fábrica, noche negra y cerrada, Dioniso ve complacido cómo Charles y Oliver se meten en la misma cama, y en vez de dirigirse hacia el lecho de Elena, él se mete desnudo bajo las sábanas de Carlota, quien lo recibe con un gemido de sorpresa y un agudo temblor.

—Hace tanto que te esperaba, Dioniso —le susurra, la respiración entrecortada.

—Para ti seré Apolo, el arquero.

Charles, Oliver y Robin llegan a la fábrica a bordo de un camión de Jack Daniels. Al bajar muestran sin ambages escopetas de cañones recortados en las manos y revólveres al cinto.

—Es demasiado bueno como para quemarlo, Dioniso —dice Robin, con ojeras de cansancio bajo sus ojos verdes—, los cócteles Molotov deberían contener alcohol destilado, no whisky de primera.

Dioniso lo mira con seguridad y soberbia.

—Hace tres meses ni siquiera conocías la palabra «Molotov» y ahora eres todo un experto en fabricación de explosivos.

Robin baja la mirada y se dispone a ayudar a quienes ya se han acercado a la parte trasera del camión para descargar las cajas.

Al levantar la vista, Dioniso se encuentra con un mar de toldos. El descampado que rodea la fábrica se ha convertido en un campamento que alberga a cientos de personas. Las ollas humean, los niños corren, un grupo de hombres arremangados levanta a golpe de martillo una estructura de madera, algunas mujeres tienden ropa recién lavada, otras amasan pan. La cola para entrar en la fábrica atraviesa el corredor central, flanqueado de grandes tiendas de campaña, hasta donde alcanza la vista. Dos vigilantes, fuertemente armados, custodian la entrada.

Las bocas rezan en voz baja. El líder no puede reprimir una mueca de disgusto. Ancianos y críos, cojos y tuertos, mancos y deformes, mujeres y hombres adultos, todos con cicatrices evidentes, casi ofensivas, profieren en voz muy baja sus oraciones mientras aguardan su turno. Se apoya en una columna: allí está Elena, con una mano en el vientre abultado y la otra en la mano de esa joven con un cráter en el lugar del ojo, que le suplica algo arrodillada. Todos esperan el momento de hablar con La Mujer y de ver con al menos uno de sus propios ojos el Milagro. Porque en pocas semanas la voz ha corrido como la llama por un reguero de pólvora y han acudido mutilados y tullidos y sedientos y pobres diablos (más palabras que se acumulan en la mente de Dioniso y de Apolo, Apolo y Dioniso, porque es una única mente con dos nombres provisionales, como todos) desde Manhattan y Coney Island y New Jersey, para ver el primer embarazo que se recuerda en la historia de la humanidad.

–Ayer llegó una pareja caminando desde Boston –le dice Carlota a sus espaldas–, y al menos hemos detectado a cuatro periodistas disfrazados de devotos, probablemente hayan conseguido no sólo testimonios, sino también alguna fotografía...

Con celos o desesperanza, Robin los observa, desde el otro extremo de la nave, entre los huecos que deja la muchedumbre en fila, la caja de madera en brazos.

—La revolución laica se ha convertido en una feria religiosa.

—No puedes permitirlo.

—Es lógico que así sea: todo lo mueve una misma Fe. De momento nos interesa mantener esta farsa: hemos multiplicado por diez nuestras fuerzas, esos desgraciados nos entregan sin rechistar todos sus ahorros para que podamos pagar a veinte cazadores, que nos traen a cerca de cien recién llegados por semana. Cuando sea el momento, nos trasladaremos, fundaremos nuestra propia ciudad, y extenderemos la revolución por todo Estados Unidos. Sueño con un refugio inexpugnable, subterráneo, un búnker. Elena y el niño podrán quedarse aquí, en este santuario...

—Estás muy seguro de que se producirá el milagro...

—He puesto mi oído en su vientre: no hay duda de que en ella laten dos corazones.

Carlota lo ha empujado suavemente hasta el reverso de la columna y ha introducido ambas manos por la cintura de su pantalón.

—¿Renunciarás a ellos, Apolo?

—Si la revolución lo requiere, por supuesto.

—Dios de la flecha... —dice ella y se arrodilla y abre la boca y la mueve y lo alivia.

—Bendita seas, hija. —Y el sarcasmo también es nuevo en sus labios, que no cejan de aprender.

—Amén —dice ella, después de tragar.

Es mediodía cuando llega Traficante con una niña pequeña en brazos. Entre cuchicheos, los peregrinos los miran con admiración, mientras el gigante negro tocado con su sombrero de copa se abre paso entre las patas de palo, los parches, los harapos y las muletas de la muchedumbre. Uno de los guardianes de la puerta lo acompaña por las escaleras. En el primer piso han sido erigidos tabiques y Dioniso posee ahora una habitación con vistas al campamento, suntuosamente amueblada.

–Este es mi reino, Traficante, que será entregado por vosotros, pecadores.

–A mí no me vengas con esa basura cristiana.

–¿Qué te parece la cama con dosel? ¿No es digna de una santa?

–Te estás convirtiendo en un cínico, Dioniso, pero no he venido para recordarte lo que ya sabes, sino para venderte a este bebé. No aparecen en todo Nueva York más de tres al año, de modo que pensé que te lo tenía que entregar personalmente. –Frunce los labios–. Una hermanita para tu hijito.

–Déjala en la cama, que descanse, hasta que deje de temblar. Le pediré a Carlota que se ocupe personalmente de ella.

Traficante obedece y después se acerca al ventanal.

–No van a permitir que sigas acumulando poder, Dioniso.

–¿A quiénes te refieres?

–A todos, a la Iglesia, al Gobierno, a la Policía, a las bandas, has conseguido indignarlos a todos… Ofrecen cinco mil dólares por tu cabeza.

–¿Cinco mil dólares modernos equivalen a treinta monedas de plata de la Antigüedad? ¿Y por qué no me entregas tú mismo? ¿No hay ningún olivo tan alto como para servir de horca a alguien de tu estatura?

–Porque prefiero trabajar para ti que hacerlo para bribones como Don Félix. Todos recordamos nuestra llegada, la esclavitud, los primeros años, todos sabemos que fueron injustos. Pero nuestro sistema social se basa en la mano de obra de los recién llegados: sin ellos no hubiera estallado la Revolución industrial, no navegarían barcos de vapor, no hubiéramos ganado la guerra contra los indios ni contra los ingleses, no se hubieran construido rascacielos...

– ... Y no habría pirámides en Egipto ni la Gran Muralla en China. Cuando Marx dio la vuelta al mundo comprobó que la historia de la humanidad se sostiene en esa constante: en todos los rincones del globo los nuevos son esclavos, los viejos conforman la clase dominante. Fíjate que digo «nuevos». Porque en la expresión «recién llegado» se convierte de un estado breve, transitorio, en algo que puede ser definitivo. Voy a conseguir que nos cambien el nombre, porque sólo cambiando las palabras podemos transformar la realidad. A los tres, a los seis, a los nueve meses los recién llegados se convertirán, legalmente, en nuevos. Esas ideas circulan impresas por toda la ciudad, esperando su momento, que ya está llegando...

–No son las únicas ideas que circulan por la ciudad –le interrumpe Traficante–: también se habla de las fugas de recién llegados, de fábricas que se paralizan, de falta de mano de obra y de tu santa y su milagro... El día menos pensado un fanático, o peor aún: un agente del Gobierno, se disfraza de peregrino y ocurre una desgracia... No se puede hacer la revolución en solitario, Dioniso, la revolución no es posible sin diplomacia, sin espionaje, sin inversiones, sin capital, sin pactos, sin sobornos...

–Sin corrupción.

Se miran. Apolo le entrega un sobre al cazador. La niña respira aceleradamente bajo el dosel. Llegan voces desde el campamento, amortiguadas y confundidas por la distancia. La cicatriz que cruza la cara de Traficante parece de pronto una diana dibujada con dos latigazos. Se despiden.

Mientras en el piso inferior Elena continúa recibiendo, escuchando, consolando, estrechando las manos de cientos de peregrinos, en el piso superior la tarde es consumida por una larga reunión de Dioniso con algunos de sus hombres, alrededor del escritorio, en cuyo centro se despliegan los planos del *Titanic*. El dedo del líder se desliza por el papel como una culebra voraz. Los demás preguntan o asienten. Al anochecer, se embadurnan las caras con hollín, se calzan gorras de visera estrecha, se visten con camisas y pantalones negros, enfundan cuidadosamente sus revólveres bajo los chalecos de paño y colocan cartuchos de dinamita y escopetas en sendos baúles con ruedas.

El globo gigantesco está atracado en Central Park, rodeado por medio centenar de antorchas. En este preciso instante se encuentra a ras de suelo. Los pasajeros embarcarán poco después del amanecer. Decenas de mecánicos comprueban ahora la maquinaria, mientras un enjambre de operarios carga las bodegas de carbón. A las tres de la madrugada, se completan la supervisión y la recarga. A las seis y media, siguiendo las instrucciones de la policía, comienzan a llegar los coches y los carruajes con los pasajeros y sus criados. Van entrando en el hotel volante ese centenar de elegidos: jóvenes matrimonios, parejas de jubilados, un par de familias, algún solitario caballero, periodistas que disparan los flashes de sus cámaras. Los primeros viajeros transoceánicos del *Titanic*. Más de un millar de mirones se arremolinan en la explanada de Central Park, admirados por la envergadura del globo y por la empresa que está a punto de acometer, anunciada en grandes pancartas ilustradas: parte hacia París, en el primer vuelo aerostático a través del océano Atlántico, con una única parada en las islas Canarias. A las nueve se encienden los motores. Se cortan los fardos. El público agita pañuelos blancos. Un par de reporteros no cesan de tomar notas. La nave se eleva majestuosa, cinco, diez, veinte metros.

Entonces, para sorpresa de la multitud, una enorme ancla cae desde el cielo y se clava en la tierra batida y un tirón sacude la gruesa soga que detiene el ascenso del *Titanic* y hace que tiemble su lona preñada de aire. Ante el desconcierto de los asistentes, una botella de cristal cae también y explota contra el suelo, dejando al descubierto una hoja de papel enrollada. Tras mucho titubear, el agente de policía de mayor rango avanza unos pasos y coge la hoja y lee: «El *Titanic* ha sido requisado por el pueblo. Exigimos el reconocimiento inmediato de los derechos de los recién llegados y la aprobación por parte del Congreso de una nueva forma de ciudadanía: la de los nuevos ciudadanos. Hasta entonces París tendrá que seguir esperando». Uno de los reporteros se le ha acercado por la espalda y ha leído el extraño mensaje.

Tres horas después, se distribuye por toda la ciudad una edición especial de *The New World* del 12 de abril de 1887, con el siguiente titular: «La Santa y el Revolucionario: El líder de los Recién Llegados obra un milagro y secuestra el *Titanic*».

24 DE OCTUBRE DE 1888

–¿Una cucharada más de sopa? –le pregunta una mujer obesa, con los mofletes rojos y las manos negras de carbón.

Difícilmente puede reconocerse a Dioniso en la fisonomía de ese hombre que asiente, sin mediar palabra. La mujer arroja caldo aceitoso en su cuenco de madera. Come sin separar la boca del recipiente, como un perro. Una barba asimétrica y encanecida ha invadido su mentón; un parche ha cubierto su ojo derecho; una capa robusta abriga ahora su cuerpo vacilante, que al levantarse apoya en un sólido bastón, de la altura de un enano.

—¿Cómo se llama, triste forastero? —le pregunta la mujer tras cobrarle un par de monedas.

—Nadie, mi nombre es Nadie —responde Dioniso, antes de salir de la taberna de ese oasis inverosímil, formado por dos árboles enfermos y una laguna casi seca, y enfrentarse al sendero que zigzaguea y avanzar por él y volverse cada vez más lejano y más ajeno y más pequeño, por ese desierto inmenso, extraño, sin fin.

12 DE ENERO DE 1891

—No puedo creer lo que ven mis ojos: ésa es la ametralladora de Wounded Knee —dice un vagabundo anciano, señalando los ocho cañones de un arma que se oxida, abandonada, bajo un toldo cubierto de nieve.

Tapados por ásperas mantas, sentados o tumbados junto al muro del fuerte, los pordioseros alargan sus manos y sus piernas alrededor de la hoguera, tratando de que las llamas calienten al menos las yemas de sus dedos y las puntas de sus pies. Nadie ignora durante unos segundos las punzadas de frío y se concentra en la ametralladora con su único ojo.

—Yo estaba allí —le susurra el viejo—. Nos acercamos al campamento de los indios con la convicción de que no habría que realizar ni un solo disparo, pero al mismo tiempo veíamos la ruleta rusa de esos cañones, esa maravilla, ese hijo privilegiado del Progreso, y sentíamos su respiración brutal, el bombeo desesperado de su corazón, latiendo enloquecido de deseo. Éramos más de quinientos soldados del Séptimo de Caballería, más de mil orejas escuchando la palpitación de esa máquina de sombras. Las horas se sucedían al compás de aquel bombeo. No llegaba la orden de disparar, pero tampoco lo hacía la rendición de los indios. Yo tenía veinte años y un fusil con bayoneta en mis manos. Hacía muchísimo calor. Es difícil imaginarlo, con tanta nieve alrededor, pero el sol caía a plomo, inmisericorde, como si el infierno se hubiera disfrazado de blancura, y estábamos empapados en sudor. Los indios no disponían de armas de fuego. Ni siquiera vimos sus arcos y sus flechas. Era un mar de toldos en un silencio que sólo interrumpía, de vez en cuando, el llanto de un crío, un bebé, casi un recién nacido. –Un temblor recorre las arrugas del rostro del anciano–. Y de pronto, sin que recibiéramos orden alguna, oímos el giro de la ametralladora, sus ocho cañones que disparaban. Y empezamos a disparar nosotros también y las balas perforaron los toldos, las tiendas y la carne. Fue una masacre. Una masacre sin sentido. Es la primera vez que pronuncio esa palabra.

Se levanta la ventisca, comienza a nevar con furia.

1 DE JUNIO DE 1893

Los dedos de los pies se escapan por los agujeros de las botas de Nadie.

Su único ojo lee: «Texas City».

Sacia su sed en un abrevadero.

Vagabundea por las calles hasta que encuentra la estación de ferrocarril. Camina por los raíles. Mira a izquierda y derecha: nadie vigila. Se sube a uno de los vagones de mercaderías.

–Hace cinco años que camino, he completado mi expiación –se dice, dejando el bastón en el suelo y apoyando la espalda contra la madera agujereada.

–Cuidado… –susurra una voz a su lado.

Entonces descubre a una familia en la penumbra: tres niños dormitando, una mujer adusta y un hombre que lo mira, cómplice. El silbido, el vapor, las ruedas que giran, el tren se pone en marcha.

El hombre le ofrece una fruta, que Nadie acepta: el tacto del melocotón le provoca una sonrisa triste. Entonces el hombre, que fue profesor antes de tener que abandonar su hogar tras el incendio de New Orleans, comienza a hablar sobre la historia de la tecnología y sobre el Progreso. Nadie tan sólo asiente, mientras piensa: «globo», «vapor», «dinamita», «ametralladora», «*Titanic*», «masacre».

–Lo que menos importa es la historia de la electricidad, que ha existido desde siempre; lo que en realidad importa es la historia de su comercio. En la historia de la domesticación de la electricidad seguramente la figura más importante es la de Nikola Tesla, el inmigrante serbio, el brillante conferencista, el gran mago, el genio loco, el inventor de la radio, el triunfador en la guerra de las corrientes. Pero Tesla murió pobre. En cambio, Thomas Alva Edison, el doblemente esclavo, como negro y como recién llegado, el empleado de Western Union, el inventor del fonógrafo, el fundador de General Electric, murió en la extrema riqueza. Pero no sólo se diferenciaron por el dinero, por la incapacidad para gestionar el dinero de uno y la brillantez económica del otro. Tesla no se dio cuenta de que la transmisión internacional de corrientes de energía o la comunicación transoceánica no aliviaba nuestro gran problema, porque comunicarnos con otros continentes no significaba aprender más sobre nosotros mismos. Edison, en cambio, fue perfectamente consciente de que la electricidad sólo sería realmente útil y, sobre todo, rentable, si nos ayudaba a descubrir nuestros orígenes. Mucho se ha repetido que Edison hizo que su invento menos conocido, la silla eléctrica, estuviera alimentada por la corriente alterna que defendía Tesla, en vez de por la corriente continua que él mismo defendía, para perjudicar la posteridad de quien fue su empleado y cuyas ideas expolió; pero Tesla supo de sus orígenes europeos gracias a la Máquina de la Memoria de Edison...

Sólo al escuchar la palabra «memoria» vuelve a la conciencia de Nadie la vivacidad antigua de Dioniso y Apolo, aquel conflicto perpetuo que lo mantenía vivo. Los rayos de sol entran en el vagón por los agujeros de la madera, atravesando el aire, iluminando fragmentos de niños: una rodilla desnuda, un ojo cerrado, una mano. Le pregunta al hombre por esa máquina. Era un invento que te permitía recuperar, entera, la memoria de tu vida anterior. Saber quién eras. Recuperar tu auténtico nombre. Tu biografía. Tu historia. Las descargas eléctricas te sacudían el cerebro y resucitaban en ti tu otra vida. Tu vida y tu muerte. Tu unidad.

–Porque somos muertos. Tuvimos que morir allí para reencarnarnos aquí.

–No entiendo por qué nadie me había hablado nunca de esa máquina, por lo que usted dice era una auténtica maravilla…

–Fue prohibida, durante el Gobierno de Lincoln, por las secuelas que dejaba: a cambio de la memoria te cobraba la cordura, la mayoría se volvía loco después de recibir en la cabeza semejantes descargas… Mi padre llegó a ver una en Coney Island. Dicen que en algunas ferias y circos de California, en el Salvaje Oeste, donde todavía no existe una autoridad fuerte, aún se encuentran las últimas Máquinas de la Memoria de Edison, el inventor, el ángel y el diablo Thomas Alva Edison, que le robó a Tesla la posteridad.

17 DE OCTUBRE DE 1895

–La Mano del Muerto –dice el jugador de su derecha.

–Pareja de ases y ochos –le corrige Nadie.

–Así llamamos a esa mano por aquí, forastero, la Mano del Muerto, vete a saber por qué… Todas las palabras tienen su historia y, en su origen, su razón de ser, pero las usamos sin conocer ese camino, porque no queremos regresar a ese pasado... Escalera de color –añade, antes de recoger las monedas y los billetes que se habían acumulado en el centro del tapete–: otra expresión que nos habla del espacio...

–Me retiro, no quiero perder todo lo que he ganado durante estas horas –dice Nadie, al tiempo que se levanta–. Buenas noches, caballeros.

Pese a la palidez causada por el trasnoche, la camisa blanca y el flamante parche de cuero comunican arrojo. Se dirige a la barra y pide la última copa.

–Mañana es 18 de octubre, Día de Alaska –le dice el barman–. Dígame usted a quién se le ocurriría semejante estupidez. Le compramos Alaska a los rusos, un millón y medio de metros cuadrados llenos de yacimientos que no figuran en el mapa, sin tener a nadie que quiera irse al norte a morirse de frío. Los colonos prefieren las minas de oro de Nueva Texas y de California, porque aquí hace sol y llega el ferrocarril y con él las putas, que también te hacen sudar.

–¿Nos salió caro? –le pregunta Nadie, apurando el último sorbo.

–¡Demonios! ¡Y tanto que nos salió caro, ese parque de hielo! ¡Nos costó un ojo de la cara! –Traga saliva–... Glups, perdón... Nuestros enemigos son los ingleses, no los rusos, y le aseguro que no hay peligro en una frontera de hielo, pero el Gobierno quería esa inútil zona de seguridad...

–Quiero pagar también mi habitación. –Desliza un billete de veinte dólares por el mostrador–. Mañana partiré temprano, sintiéndolo mucho no podré quedarme a celebrar el Día de Alaska. –Es la primera broma que pronuncia en una década.

El barman suelta una carcajada y le pregunta adónde se dirige.

—Me gustaría visitar todas las ferias de California. Estoy buscando una máquina y me han dicho que es allí donde se podría encontrar.

31 DE DICIEMBRE DE 1899

—Se acaba la era de los pistoleros y los forajidos, comienza la era del circo y del turismo —se dice Dioniso mientras atraviesa, lentamente, el sendero que separa un rodeo y una arena de duelos, de camino hacia el campamento circense que, al fondo, se recorta sobre un atardecer que vuelve fantasmal esa feria en medio del desierto.

Mientras su silueta avanza hacia poniente, a su derecha un vaquero trata de mantener el equilibrio a lomos de una motocicleta enloquecida, que escupe vapor a raudales, con una mano en el manillar y la otra en el sombrero de ala ancha, jaleado por medio centenar de espectadores; y a su izquierda dos pistoleros aguardan a que los camilleros retiren el cuerpo herido de quien perdió el duelo anterior. Dioniso frena a las puertas de *El Salvaje Oeste, espectáculo itinerante*, según se lee en grandes letras escritas en rojo sobre una sábana blanca que cuelga, a modo de estandarte, de una columna de madera. El perímetro es delimitado por unas treinta caravanas dispuestas en forma de círculo; en el centro de éste, varios toldos de diversos colores y tamaños despiden gritos y reclamos. Extramuros, entre la zona destinada a los rodeos y los duelos y la entrada principal, una decena de zagales se ofrece para aparcar y vigilar los vehículos mientras dure la visita.

Uno, de no más de diez años, se hace cargo de la moto con sidecar de Dioniso.

—Cuida bien mis maletas —le lanza una moneda— y tendrás otra cuando las recoja.

A medida que avance hacia el interior de la feria, irá discerniendo rostros y voces: en ese tenderete, una anciana ofrece a voz en cuello todo tipo de ungüentos; en ese otro, un joven apache con su cabellera de plumas y su maquillaje tribal se golpea con un puño el pecho y reta a los visitantes a un pulso por un dólar; más allá, bajo las lonas, se exhiben mujeres que danzan casi desnudas, malabaristas y saltimbanquis, niños que pelean al ritmo de las apuestas, vaqueros mostrando sus habilidades con dagas y látigos, un faquir asiático, pistoleros capaces de atravesar con bala y sin truco una moneda sostenida por dos dedos y un mago con sombrero de copa que vende tazas de un café generado por una máquina inverosímil.

La carpa principal es la única velada, la única que no muestra el origen de los gritos y las voces que se suceden en su interior. Está en el centro del recinto, como su único secreto. «Palacio de la Memoria», reza la pancarta. Dos gemelos barbudos y musculosos y albinos, con el torso desnudo, custodian la entrada y reciben, en los recipientes que cuelgan del volcán de sus cuellos, las monedas que permiten el acceso al corazón de *El Salvaje Oeste*.

Cuando Nadie paga, siente en su corazón el conflicto entre los dos nombres que fue y sigue siendo.

Bobinas solenoidales, lámparas incandescentes, tubos preñados de gas, espirales y cables alrededor del trono de la tortura: la escenografía es inquietante como el laboratorio de un científico chiflado. El público aguarda, expectante, a que sea ubicado en el centro de la carpa, a que aten sus brazos y sus piernas con correas, a que el casco recubra su cabeza, a que sea conectado el interruptor.

La primera descarga corre en diagonal, incendiando de azul al mismo tiempo los dos cables que convergen en el casco, que es recubierto por un aura azulada. El cuerpo de Nadie y Dioniso y Apolo se tensa hasta el límite, ante las bocas abiertas del público. Durante los primeros segundos permanece en silencio, pero en sus facciones se puede ver la sobreabundancia de palabras, el túnel que en sus pupilas se abre hacia las profundidades de un tiempo que no es de este mundo. Cierra el ojo que no oculta el parche. Abre la boca para que surja de ella una voz grave, mineral, sobrecogedora, llena de recodos, porosidad, abismos y grietas:

—Soy eléctrico. Soy electricidad, energía, ceniza y hálito. Soy pura combustión desde mi nacimiento, pues nací de madre mujer y padre rayo. Volví una y otra vez y en cada transformación algo perdí y algo conservé, desaparecieron y brotaron palabras, porque el lenguaje se crea pero no se destruye: es pura transformación, como la memoria. La mía no fue una muerte física, porque no existía como cuerpo. La mía fue la muerte de un concepto. No fui vida, fui texto. No tuve rostro, rasgos, fisonomía, sexo, años, huellas dactilares. No tuve límites, porque me tradujeron, de modo que vivo en aquel mundo y en éste, en aquél como sucesión de lecturas, como invasión constante en millones de cerebros, en millones de Troyas engañadas por millones de caballos centauros, medio cuerpo de verdad, medio cuerpo de mentira, en este errante cuerpo mío que intenta borrar de su mente lo que hizo, caminando y caminando, moviéndose, como si el viaje constante fuera una forma del olvido, como si cada paso sobre el polvo destrozara un recuerdo. Las palabras son menos confusas que los nombres. —Todo su cuerpo es tensión que vibra, las chispas lo recubren, como un aura eléctrica—. Son muchos los que están en mí y me constituyen, los que hierben en mí y me confunden: el Caos, Dioniso, Fénix, Apolo, el Orden, la Armonía, la Música, el Arquero, Baco, Ecce Homo, Zaratrusta, Superhombre, Superhéroe. Pero no soy ellos. El enorme conocimiento hace un Dios de mí, dijo el poeta cuando los dioses y los hombres podían aún tolerar la coexistencia. Estoy hastiado de mi sabiduría, como la abeja ahíta de tanta miel, necesito que mis manos se extiendan y eso hacen, extenderse, acariciar el aire y la luz, tratar en vano de domesticar el fuego, quemarse, arder, porque ya no es posible concebir la existencia de dioses y todos han muerto ya, como moscas irracionales abrasadas por las llamas de la ciencia y la razón. Los dioses han muerto... –Una última ráfaga de electricidad azul, que azota el casco y hace que se le tense aún más la mandíbula–. Dios ha muerto y por tanto he muerto también yo, que fui Dios, el último dios que fue posible.

Entonces la voz pierde su profundidad subterránea, se dulcifica, vuelve a ser suya, mientras desaparecen el azul y las chispas, y el público relaja sus facciones, se mira asombrado, duda si aplaudir o no hacerlo y una mano apaga el interruptor como si frenara un tren.

–Me llamaron Dios. Fui Dios. Ahora soy un perro errante llamado Nadie, que avanza sin rumbo por el laberinto que es todo desierto.

1 DE ENERO DE 1900

Botellas vacías, sombreros agujereados, toldos caídos, restos de pólvora quemada, borrachos dormidos: *El Salvaje Oeste* amanece convertido en un vertedero.

Una mujer desnuda yace a su lado, bajo una manta, en la parte trasera de un carromato. Hace trece años que no tocaba un cuerpo de mujer. No sabe durante cuánto tiempo permaneció conectado a la Máquina de la Memoria, pero sí sabe que el viaje duró años y que cuando al fin recuperó la conciencia del espacio y del tiempo lo embargó una sed insaciable. Justo entonces los fuegos artificiales compitieron con el esplendor de la luna creciente y de las estrellas y alguien le pasó una botella de Jack Daniels y sonrió con tristeza y comenzaron los brindis y el baile y los tragos para despedir un siglo y darle la bienvenida al siguiente. El alcohol venció al dolor de cabeza. Bebió y bailó con la pelirroja, con quien horas más tarde fornicaría en aquel carro, al borde del alba y de la inconsciencia, como un dios decadente y no obstante enhiesto.

–¿Cómo te llamas? Me diste cuatro nombres, anoche: Apolo, Dioniso, Nadie y Dios. –Su voz es melosa, pese a la ronquera causada por el exceso–. Apuesto a que en realidad te llamas Dioniso… Habla la voz de la experiencia: me he acostado con tres o cuatros Dionisos y siempre han sido unos amantes extraordinarios, más bebedores de vino que de whisky, porque no hay duda de que tú eres alguien bastante original…

El halago se abre paso, torpemente, por la nublada conciencia de Nadie, por los recodos ariscos de los últimos años, por la soledad que ha sido su vida desde el día en que abandonó la ciudad de Nueva York. Aunque su primer impulso sea apartarla, lo cierto es que la acerca a su cuerpo, imantando su abdomen a la espalda de ella. Pese a los rayos de sol, vuelven a quedarse dormidos. Cuando abran los ojos de nuevo, las botellas habrán desaparecido, al igual que las manchas de pólvora en la arena recién regada.

–Uno de mis amantes llamados «Dioniso» hablaba en verso. Recuerdo que me dijo: «Muere para vivir: así el joven Apolo agonizaba». No conozco mejor definición de la resaca. –Le da un beso y se escabulle de sus brazos.

Él se despereza lentamente, sintiendo restos de electricidad en sus brazos y en sus piernas: no sabe si son cenizas de la máquina o de la pasión al fin recuperada y perdida de nuevo. Le compra a una anciana dos panecillos y una taza de café. Los saltimbanquis, los pregoneros, los duelistas, las gitanas, los rodeos motorizados, los forzudos, las mujeres desnudas: todo ha regresado a una actividad que ya ha olvidado la fiesta de anoche. Cuando da el último sorbo, descubre la melena rojiza sobre el escenario de una carpa rojiblanca. Al acercarse ve a los niños que, sentados en el suelo, siguen hechizados el curso de los acontecimientos: las marionetas caminan y corren, hablan y gritan, se caen y se levantan. Media docena de adultos ven también el espectáculo, de pie; Nadie se une a ellos.

Sólo la cabeza y los brazos de la pelirroja sobresalen del telón de fondo; pero no son mirados, porque la atención se centra en las figuras movidas por hilos y en la voz que las envuelve y les da personalidad y sentido:

«Estoy embarazada», dice la muñeca de cabello largo y túnica blanca.

«Pero eso no es posible, amor mío», responde el muñeco que la sostiene en sus brazos.

«Lo sé, es un milagro.»

Nadie siente cómo la electricidad regresa, le eriza la piel, le inflama los músculos, le recorre la espina dorsal como mil diablos o mil mordiscos.

–Por primera vez en la historia de nuestro mundo, una mujer se quedaba embarazada. La noticia viajó al Norte, al Sur, al Este y al Oeste, y comenzaron a llegar peregrinos a aquel rincón de la lejana Ciudad de Nueva York –prosigue la narradora, sin impostar la voz–. Mientras tanto el Nuevo continuaba robando a los ricos para alimentar a los pobres, reclamando derechos para los recién llegados, organizando un pequeño ejército capaz de hacer la revolución.

«Tu redondez crece como la luna, amor mío.»

«Él será libre, Nuevo, el primer hombre nacido de vientre de mujer, él está llamado a ser el mesías, él hará la revolución, suyo será el reino de la espiga.»

Los títeres se separan con violencia.

«¿Qué quieres decir con eso? ¿Que yo no seré capaz de llevarla a cabo?»

«No, no, sólo digo que todavía es pronto, que tenemos que esperar, aumentar nuestras fuerzas, esperar a que nazca y a que crezca, porque el milagro lo señala como el elegido.»

La muñeca abandona la escena. Aparece otra, con un velo.

«No la escuches, Nuevo», se abrazan, «el milagro la ha enloquecido, tú eres nuestro líder, tú y sólo tú debes conducirnos a la revolución.»

—Desoyendo las palabras de su esposa y siguiendo el consejo de su amante, aquella misma noche el Nuevo reunió a sus mejores hombres, a Sansón, el forzudo, a Robin, el arquero, a Vlad, el Vampiro, a los hermanos Oliver y Charles y a muchos otros. Armados hasta los dientes, se dirigieron al puerto de la ciudad. Allí estaba atracado el *Titanic*, el mayor barco que hubieran construido los seres humanos, el transatlántico que tenía que zarpar al día siguiente, con cinco mil pasajeros a bordo, hasta la ciudad de Londres, en la otra orilla del Atlántico. El Nuevo y sus hombres lo secuestraron. Sembraron la sala de máquinas de cartuchos de dinamita. Exigieron que el Gobierno firmara la carta de libertad para todos los recién llegados.

«¿Qué es ese ruido?», pregunta la mujer embarazada.

—El Nuevo, en el Titanic, no podía saber lo que estaba ocurriendo mientras tanto en el campamento. No podía saber que la misma noche en que él había decidido secuestrar el barco, el Ejército había decidido asaltar el campamento. A mil soldados del Séptimo de Caballería, enviados desde Washington, se les había encomendado la tarea de capturar a la santa y aplastar la revuelta.

«Es el Ejército», responde la muñeca del velo, «estamos indefensas.»

«Nos rendiremos», afirma la otra marioneta, «preparad banderas blancas.»

«No, lucharemos.»

«Te odio, todo esto es culpa tuya, tú me robaste al Nuevo, tú le alejaste del campamento, tú lo empujaste a la destrucción, como hiciste con Robin, que siempre te amó en silencio…»

Las marionetas se enzarzan en una pelea.

«¡Toma, bruja!»

«¡No me tires de los pelos!»

Los niños no saben si reír o si llorar, porque las interjecciones no diluyen la tragedia en ciernes.

–Entonces –la titiritera lanza petardos sobre el escenario y los niños se sobresaltan, entre el temor y la excitación– comenzaron los disparos. Las mujeres dejaron de pelear y profirieron un grito agudo a gritar. Las banderas blancas no fueron respetadas. Todos los hombres y mujeres, todos los niños y ancianos del campamento fueron acribillados. –Las marionetas desfallecen, un barco de madera invade desde la izquierda el escenario portátil–. Al día siguiente, los titulares de todos los diarios hablaron de la masacre. Miles de personas acribilladas, mutiladas, que nunca volverían a ser las mismas. Arrojaron sobre la cubierta del *Titanic* un paquete con decenas de ejemplares. El Nuevo leyó una de aquellas portadas y dio un grito desgarrador, aaaahhhhhhhhh, y se clavó un cuchillo en el ojo. Entonces Vlad, Sansón y Robin dejaron sus armas en el suelo y levantaron los brazos. Y el Nuevo saltó por la borda y se perdió en el sucio mar de la bahía.

Silencio.

Se baja el telón.

Un niño, boquiabierto, tras muchas dudas al fin pregunta:

–¿Y adónde fue?

Al otro lado de la tela roja una voz responde:

–Triste y pobre, huyó muy lejos, donde nadie pudiera saber quién era, donde nadie supiera que perdió a su hijo, a su mujer, a su amante, a sus hombres, que fue incapaz de llevar a cabo su revolución. Porque allí, donde su nombre fuera Nadie, sólo allí podría comenzar a reunir nuevos hombres y nuevos amores, el embrión de nuevas revueltas. Porque, niños, no olvidéis que su lucha era legítima, que su causa era justa, porque luchaba por un mundo mejor.

—La política de ayer es ahora nuestra épica —dice una voz al oído de Nadie.

Al volverse, Dioniso ve la chaqueta cubierta de polvo, las botas con punta de plata, la cicatriz en forma de cruz: es Traficante. Ha envejecido, pero no hay duda de que es él, que lo ha perseguido hasta el fin de un mundo.

—Tiene que ser real el mesianismo para que alguna vez surja un mesías, porque primero se crea la mitología y más tarde llega el héroe. —A Apolo le trae el viento la voz de Ella, que tantas otras fue, o le dicen esos otros labios, los que ve ante sí, pero no son concretos, sino calor o ventisca, los labios del Doctor Dédalo o los de Elena o los de Carlota o los de Don Félix.

—Política, épica, mitología, mesianismo —repite nuestro protagonista polimorfo—: las vidas se convierten en leyenda.

14 DE OCTUBRE DE 1914

La pared es inconmensurable y antigua como la Tierra y muestra capas que son los estratos de la memoria: negros, grises de diversa intensidad, arcillas, ocres deslavados, un blanco inverosímil y una última franja de verde liquen, la vida o la esperanza, allí en lo alto.

En la falda del desfiladero hay una cabaña minúscula, al borde de un sendero que viene del Este y se prolonga hacia el Oeste, al amparo del muro geológico y su gama de tiempos. Su chimenea expulsa humo como si tosiera. Hay una moto y un sidecar sin ruedas al borde del camino.

En el porche, un anciano se despide de un joven viajero, se estrechan las manos.

–No puedo más que dejarle un diario atrasado como pago por su hospitalidad.

–Es suficiente recompensa –balbucea el anfitrión, un hilo de baba resbala por su barbilla, su único ojo se encuentra al borde de la demencia.

El viajero se va, se aleja, desaparece.

En la portada del diario, acercando mucho el papel a la cara, el anciano ve la fotografía de un uniforme ensangrentado, con el agujero de una flecha a la altura del corazón, y lee sobre el asesinato del Archiduque Francisco Fernando de Austria y sobre la invasión de Serbia por parte del ejército austrohúngaro.

Uno de los titulares dice: «La guerra será mundial: en toda Europa han sido llamados a filas millones de *nuevos*».